世界侦探推理名著文库

[英] 威尔基·柯林斯 著

陈登颐 译

月亮宝石

群众出版社

·北 京·

图书在版编目（CIP）数据

月亮宝石/（英）柯林斯（Collins，W.）著；陈登颐译．—北京：群众出版社，2012.12

（世界侦探推理名著文库）

ISBN 978-7-5014-5042-8

Ⅰ.①月… Ⅱ.①柯… ②陈… Ⅲ.①侦探小说—英国—近代

Ⅳ.①I561.44

中国版本图书馆 CIP 数据核字（2012）第 242574 号

世界侦探推理名著文库

月亮宝石

［英］威尔基·柯林斯 著

陈登颐 译

出版发行：群众出版社

地　　址：北京市西城区木樨地南里

邮政编码：100038

经　　销：新华书店

印　　刷：北京泰锐印刷有限责任公司

版　　次：2012 年 12 月第 1 版

印　　次：2012 年 12 月第 1 次

印　　张：20.5

开　　本：787 毫米×1092 毫米　1/16

字　　数：411 千字

书　　号：ISBN 978-7-5014-5042-8

定　　价：45.00 元

网　　址：www.qzcbs.com

电子邮箱：qzcbs@163.com

营销中心电话：010-83903254

读者服务部电话（门市）：010-83903257

警官读者俱乐部电话（网购、邮购）：010-83903253

文艺分社电话：010-83903973

总序

阅读经典 收获智慧

于洪笙

在色彩缤纷的世界文学园林里，侦探推理小说是一株盛开着奇异的花朵、分外引人入胜的巨大乔木。《中国大百科全书》“外国文学卷”对“侦探推理小说”这个词条是这样定义的：它是西方通俗文学的一种体裁，与哥特式小说、犯罪小说以及由它们衍生出来的间谍小说、警察小说、悬疑小说同属惊险神秘小说的范畴。侦探推理小说主要描写具有惊人推理、判断能力的人物根据一系列的线索，破解犯罪（多是凶杀）的疑案。它的结构、情节、人物，甚至环境都有一定的格局和程式，因此它也是一种程式文学。

但就是这种文学样式，在自己并不太长的发展历史中，创造出两个奇迹：其一，产生了一个读者不准其死去的文学形象“福尔摩斯”。英国作家柯南·道尔一八八七年在《血字的研究》中创造了他，从此福尔摩斯成为人类智慧的符号并承担起人类“保护神”的重任。这不仅标志着福尔摩斯这个人物形象在文学意义上的不朽，更重要的是在现实生活中世界读者对他的需求，这是从人类文学产生之日起任何文学形象所不能比拟的。其二，它产生了一位被称作“侦探小说女王”的作家——阿加莎·克里斯蒂。在她生前，即二十世纪六十年代，她的作品就在一百多个国家发行了四亿多册，仅次于《圣经》。如果考虑到《圣经》的销售主要依赖于悠久的宗教历史和庞大的教会系统作为背景的话，那么克里斯蒂就是世界文学史上最受读者欢迎的作家了。

不朽的人物形象、世界上最高的图书销售量，均是在侦探推理小说领域创造的。如果我们还不能就此下结论说侦探推理小说是最好的文学样式，那么至少可以说它是最受读者欢迎、极具文学魅力的文学样式。

自一八四一年美国作家爱伦·坡创作《莫格街凶杀案》之后，侦探推理小说便以其曲折的情节、强烈的悬念、严谨的逻辑为表现手段，闪耀着理性的光芒，以智慧文学的形式显示出独有的魅力，在世界文坛上脱颖而出。从此，侦探推理小说便在世界各国拥有广大的读者，有关图书始终占据着国际图书市场销售量的四分之一以上，成为其他文学类图书难以企及的畅销、长销的图书类型。究其原因，侦探推理小说强大的生命力无非是由它的内容和形式所决定的。首先，侦探推理小说的巨大魅力，在内容上与它在审美上的主体意识被读者认可有关。一篇（部）优秀的侦探推理小说，不管故事发生在何国何时，不论篇幅长短，它都不能缺少一位正面人物。这个正面人物继承的是世界文学传统，如史诗、悲剧中的英雄原型。在这个带有英雄色彩的正面人物即“侦探”身上，体现着人文精神和对人性的优点的描述，如正义、智慧、维护文明秩序，为纠正法制生活中的失衡、偏颇而奋不顾身等。他的主体人格应该是伸张正义、嫉恶如仇、尽忠职守、视死如归。这样一个在社会生活中具有奉献精神、牺牲精神的文学角色被创造者赋予的理想的色彩，是人类在生存、繁衍、发展、进步、创造文明的过程中所必须发扬光大的。正如比利时著名诗人维尔·哈伦所说：“文学的主旋律是对人的肯定和人性的张扬。”因为信仰、理想犹如阳光对于万物，是被人类自己肯定、歌颂的，所以它便具有了永久的魅力。这种理想色彩的魅力，满足着人类对英雄的崇拜需求，也就是人类对自己理想的肯定。

与此同时，侦探推理小说是用故事的载体，反映着人类同自身存在的毒瘤——犯罪的斗争，是人类对自身文明进化过程的不断反思。文明与犯罪，是人类历史进程中的双生子，而人类是必须要前进的，因此，同形形色色的犯罪作斗争，则集中反映着正义与邪恶、文明与贪欲、“真善美”与“假恶丑”的较量，体现着人类对自身理想的坚定捍卫。在这种较量中，文学的真谛得到了阐述。从这个角度讲，侦探推理小说还应在“智慧文学”前面加上“理想文学”。

同时，关于侦探推理小说在文本形式上的魅力，早在二十世纪三十年代，意大利杰出的马克思主义理论家安东尼·葛兰西就做了研究。他写道：“侦探推理小说这类书籍为什么总是令人读得如此入迷？它们能使人们得到什么样的满足？符合怎样的兴致？它们能给予人们什么样的特殊幻美？……阅读时，人们在幻想着‘美丽的’、‘有趣的’冒险，这种冒险应是个人不受约束的主动的精神表现。”

好奇地逗留在事物面前，屏住呼吸并密切地注视它们的奇异性，这是人的特性。而正是这种好奇心，促使人类产生了区别于动物的伟大的想象功能。想象，这一人类本身所具有的天性，是人类生存、发展和创造文明的需要。正是想象才构成了人类行为中的创造性的基本特征。没有了想象，只知道追求近前的目标，人们就会减弱并失去活力。正是想象，激发着人类走向一个又一个未知的世界。在想象中去探秘，去历险，去体验英雄般的感受，人们这一古老的愿望正是在侦探推理小说中得到了满足。

作为一种智慧文学，侦探推理小说情节的主要框架是解谜，而读者的阅读实质上即是参与分析、判断、推理的解谜过程。对青少年读者来说，这更能激发他们的好奇心及探险、揭秘的心理，进而满足他们想象的乐趣、思索的乐趣、发现的乐趣、参与的乐趣，使他们在阅读的愉悦中不知不觉地进行了思维训练，提高了智能。因此，人们称侦探推理小说是“脑力体操”，这种脑力体操对当今的青少年尤为重要。

日本东京创造力开发研究所所长山上定也先生认为：“推理锻炼可以使头脑聪明，而作为一个现代人，应当及时掌握当代独特的成功利器——信息推理术，并把它和演绎法相结合，这能使你由此及彼、由表及里、举一反三、触类旁通，从而以高超的创造力迎接信息社会的挑战。”这番话倒是从另一个角度回答了孩子们为什么爱读侦探惊险作品的问题。一九九八年，由中国出版工作者协会少儿读物工作委员会和中华读书报社联合进行的“中国的孩子爱读什么书”的调查结果显示，侦探惊险作品超过“卡通漫画”及“寓言童话”，独占鳌头。

基于以上原因，由北京侦探推理文艺协会和群众出版社联合策划，决定推出《世界侦探推理名著文库》这套丛书，作为献给全国热爱这一文学样式的广大读者的一份珍贵的礼物。北京侦探推理文艺协会是我国目前在侦探推理文学研究、创作领域唯一的专业协会；群众出版社则是最早翻译出版《福尔摩斯探案全集》和大量世界侦探推理佳作的全国著名的出版机构，在此样式的出版上声誉卓著。协会与出版社强强联合推出这套丛书，意在从权威的角度向读者推荐世界侦探推理文学领域的泱泱名作，其中包括这一文学样式在一百七十多年发展历程中涌现出的众多流派的巅峰之作。与此同时，对收入本套丛书的每部作品，我们均特邀专家撰写导读文章，发挥他们各自独特的审美才华，对文库收纳的众文本进行阅读上的尽情评点，从而使广大读者更加明白什么叫精彩、什么是名著、悬疑之美是如何形成的……从某种角度上看，我们这种阅读加欣赏、点评的做法是希冀读者在读完文库后能有一个宏观上的史线般的阅读收获，即知晓在世界侦探推理文学领域有哪些优秀的代表作家，那些精彩绝伦的作品为什么能够影响至今。如果这些不是我们的奢望的话，那么丰富的知识信息定会使这些图书成为读者朋友阅读、收藏、研究这一文学样式的最佳文本。

爱因斯坦说："我们所能有的最美好的经历是对神秘的感悟。它是坚守在真正艺术和真正科学发源地的基本感情。谁要是体验不到它，谁要是不再有好奇心，也不再有惊讶的感觉，那就形同行尸走肉……"让我们放松心情，敞开胸怀，捧上这些充满神秘、惊险、智慧并能引发我们的好奇心的经典之作！让阅读这些作品成为我们人生最美好的经历吧！

（本文作者为中国人民公安大学教授、北京侦探推理文艺协会常务副会长）

导读

这颗宝石的“理趣”值得珍惜

胡小伟

初读英国著名作家柯林斯的长篇侦探推理小说《月亮宝石》已是五十多年前的事了。当然，是先读完群众出版社的《福尔摩斯探案全集》以后，兴趣不能遏制的结果。现在回想起来，初中时期应该是对这类小说最有兴趣的，一来正处于青春期，智力和身体发育迅速，求知欲旺盛；二来随着课程开设的增多，如何把这些各自独立的书面知识融为一体，化为眼前能够触及的社会实践，便成了摆在眼前的一个课题。侦探推理小说提供了另外一种视角：代数、几何中蕴含的逻辑概念，物理、化学中蕴含的科技常识，以及历史、地理中蕴含的广博知识，再加上语文带来的阅读快感，使我们自然产生了追根究底的解谜乐趣……有一段时间，我和同学们走在大街上，特别喜欢观察路人的举止行为，以发觉事物中暗藏的玄机。回忆起这个成长阶段的事情，总会令我感到愉悦。

让我们把话题拉回到《月亮宝石》。一颗藏在印度神庙中价值连城的宝石，在英伦三岛引起了层出不穷的事件，从而勾连出一个个性格各异的神秘人物，可见作者的匠心独运。但更为难得的是，柯林斯在一百多年前，对于英帝国占领印度后的抢掠罪行能够毫不留情地进行揭露。随着情节的发展，英国的一个贵族家族的命运以佛家所云的“善有善报，恶有恶报；不是不报，时候未到”的方式戛然而止，诡异之间，自然具有严密逻辑的震撼力量。另外，书中描写了十九世纪中叶欧美政治、经济的高速发展与医学、心理学等学科的发达。以上这些共同促成了柯林斯这位现代侦探小说鼻祖的成功。

当年我读过《月亮宝石》之后的第一感觉是，此作品为长篇小说形式，比柯南·道尔笔下的福尔摩斯探案故事具有更大的容量。尽管是缩译本，但情节曲折，人物繁多，无论从哪个角度来看，都超过了柯南·道尔的小说。如果我们知道，实际上柯林斯这部小说的创作比柯南·道尔的《福尔摩斯探案全集》早十九年，就会惊异于作者基于现实生发出来的奇思妙想，为后来许多作家开创了神游的空间。这次出版的是全译本，内容比我当年所见增加了许多，在重现十九世纪英国贵族世家生活风貌、人际关系等方面，有较大的扩展。这可能会给看狄更斯，喜欢英伦古典“情趣”的读者带来更多的回味，但另一方面，也多少损伤了侦探推理故事所特有的逻辑“理趣”。

时光荏苒，距我初读此书又过了半个多世纪，与小说所描述的案件在时间的长短上略同。经济的飞速发展，带动了科技的发展，信息能够在瞬息之间被传遍全球，我们对时空的认知，已与《月亮宝石》里的人物对时空的认知有了很大的不同。现今教育制度和生活水准的改变，已把人生智力增长的第一个青春期从初中提前到了小学高年级。对于孩子们来说，将书本上的各种知识化为日常生活中的具体事物加以归纳，以重新认识和发现日常生活中的秘密是十分重要的。正因为如此，侦探推理小说“化妆教科书”的作用才得以显现。而这种小说特有的将科技思维、法律常识和正义观念融为一体的文学样式，应当加以推广，为培养优质公民奠定更加坚实的基础。

（本文作者为中国社会科学院文学研究所研究员、北京侦探推理文艺协会顾问）

目录

序　幕　猛攻塞林加帕坦（一七九九年）

一封家书的摘录 ……………………………………………… (3)

第一部　钻石失窃（一八四八年）

朱莉娅·维林达夫人的总管，加布里埃尔·贝特里奇叙述的种种事件 ……………………………………………… (9)

第二部　真相大白（一八四八～一八四九年）

第一个故事
——已故约翰·维林达爵爷的表侄女克莱克小姐撰稿
……………………………………………………………… (131)

第二个故事
——马休·布罗夫律师撰稿 ……………………………… (180)

目 录

第三个故事
——富兰克林·布莱克撰稿……………………………（196）
第四个故事
——摘自埃兹拉·吉宁士日记…………………………（263）
第五个故事
——富兰克林·布莱克继续叙述………………………（286）
第六个故事
——卡夫探长撰稿 ……………………………………（298）
第七个故事
——坎迪先生的来信 …………………………………（305）
第八个故事
——加布里埃尔·贝特里奇撰稿………………………（307）

尾声　发现月亮宝石

一、卡夫探长下属的报告（一八四九年） ………………（311）
二、波利堡号船长的报告（一八四九年） ………………（312）
三、默思怀特先生的报告（一八五○年）
——摘自《致布罗夫先生书》 ……………………（313）

序　幕

猛攻塞林加帕坦

（一七九九年）

一封家书的摘录

（一）

我在印度写下这封信，是给英国的亲戚们看的。

写这封信的目的是向他们解释，我为什么不肯跟我的表兄约翰·亨卡什尔言归于好。以前，我守口如瓶，绝口不谈此事，曾引起家里人的误会。其实，我对他们的高见倒是非常重视的。这里，我请求他们在读完全文以前别轻下断语。并且我以名誉担保，我要写的每句话、每件事都是千真万确、无可置疑的。

一七九九年五月四日，英军在贝尔德将军的率领下，对加帕坦发动猛攻。我和表兄都参加了这次举世瞩目的大战役。就在那时，我跟表兄失和了。

为了把这件事的来龙去脉交代清楚，我还得从猛攻之前谈起。同时还得谈谈，我们兵营里当时流传的许多关于塞林加帕坦宫殿里的大量金银财宝的故事。

（二）

其中有个最离奇的故事是关于印度历史上很有名的“黄钻石”的。

根据最早的一些传说，这颗宝石原来是镶嵌在四手印度神祇——月亮神的前额上的。

一来，它那黄幽幽的光泽很像月亮的清辉；二来，人们迷信镶嵌着它的那尊神祇已赋予它一种灵性。它能随着月亮的圆缺而时明时暗，从而获得了“月亮宝石”的美名。这个名称直到现在，还在印度流传呢。我听说，在古罗马和古希腊一度也有过类似的传闻。不过，印度的传说是讲月亮神额上的钻石。而古罗马和古希腊的传说讲的则是一颗质量较次的半透明的宝石，据说也是吸取了月亮的精华而时明时暗、闪烁不定，因此也被称为月亮宝石，直到今天仍被一些珍宝收藏家津津乐道。

黄钻石从公元十一世纪便开始历经磨难。

来自伊斯兰教伽建尼国的征服者——马穆德苏丹横跨印度，占领了圣城松纳特，当天就把建立了几百年的著名古刹里的全部珍宝洗劫一空。这古刹是印度教徒的朝拜圣地，也是东方世界的一大奇迹。

庙里的神像只有月亮神逃脱了征服者伊斯兰大军的蹂躏。三个婆罗门把这尊前额镶嵌宝石的凛然不可侵犯的神像连夜搬了出来，迅即转移到印度第二圣城贝拿勒斯的一座圣殿里去了。

这座雄伟大殿的四壁镶嵌着奇珍异宝，成排的金柱撑托着巍峨穹窿、重檐殿顶。月亮神被安放到新的神龛里供人瞻仰膜拜。在新的神龛落成的当晚，护持神毗湿奴给这三个婆罗门托了个梦。

护持神将灵气吹到了月亮神额前的宝石上。三个婆罗门俯伏在地，将脸藏在袍袖里。护持神告诫他们，从今以后世世代代，必须由三个婆罗门僧侣日夜轮流看守，不得稍有懈怠。三个婆罗门悚然聆听神谕，俯伏跪拜。护持神还训诫他们，胆敢触碰这颗神圣的宝石，必遭天谴。盗窃者若将神物传给后代，子孙也必然遭殃，靡有孑遗。三个婆罗门梦醒以后，叫人把神的预言铭刻在神龛外面的大门上。

时光飞逝，一个个世纪过去了。那三个婆罗门的接班人世代相传地日夜守护着这颗价值连城的月亮宝石。一个又一个世纪过去了，到了十八世纪初，莫卧儿大帝奥朗则布统治印度。他下令再度捣毁婆罗门教的所有庙宇，并将其洗劫一空。四手月亮神的神龛也在劫难逃，变成屠宰圣牛的屠场。所有的神像都被捣得粉碎。月亮宝石被奥朗则布麾下的一个高级军官掠夺走了。

守护月亮宝石的三个僧侣势单力薄，明争是绝对不行的。他们只好乔装跟踪，暗中守护这颗宝石。犯了渎圣罪的那个武夫惨遭不测，死于非命。月亮宝石带着神的诅咒，从一个不法的穆斯林手里流失到另一个不法的穆斯林手里。尽管人事变迁，三个僧侣的后代仍矢志不渝地看守着，期望有朝一日护持神毗湿奴会让神圣的宝石重新回到他们手里。岁月如流，转眼到了十八世纪末叶，月亮宝石成了塞林加帕坦苏丹替浦的财产。他把它镶嵌在一把短剑的柄上，作为装饰，并下令将短剑藏到精品武器库里去。甚至在那个时候，就在苏丹本人的宫殿里，三个担任护卫的僧侣也在暗中看守着月亮宝石。当时替浦苏丹的宫殿有三个武官，别人都不知他们的底细，他们却恪守，或是装得恪守伊斯兰教规，而赢得了国王的信任。据说，那三个武官就是婆罗门僧侣乔装的。

（三）

这个关于月亮宝石的故事当时在我们兵营里不胫而走。但大家都是姑妄听之，漠然置之。只有我的表兄例外，他爱听怪诞不经的故事，也容易相信。在猛攻塞林加帕坦的前夕，就因为大家把月亮宝石的传说当做山海经，付之一笑，他还对我和其他的人大发雷霆，愚顽地与我们争吵起来。亨卡什尔的坏脾气又发作了。他夸下海口，说一旦英军攻下塞林加帕坦，我们就会看见这颗钻石戴到他的手指上。大家听了他这番狂言后哄堂大笑。那天晚上我们都以为事情就此结束了呢。

现在谈谈猛攻塞林加帕坦的情况。

我跟表兄一开始就没在一起。我们渡过河，在第一个突破口插上了英国国旗，越过前面的壕沟，杀出一条血路，进了城。在整个过程中我一直没有看见他。直到傍晚我们占领了全城，贝尔德将军亲自在死人堆里找到了替浦苏丹的尸体，这时我才遇到了亨卡什尔。

那时我们俩各属一个支队，奉贝尔德将军的命令去平息攻克该城后形成的抢劫掳掠的混乱局面。随军人员随心所欲，无所不为，令人痛心疾首。更糟糕的是，士兵们通过一个无人看守的门找到了王宫的宝库，将金银财宝塞满了私囊。我就在宝库外面的院子里碰见了亨卡什尔，他跟我都是奉命在各自的士兵中维持秩序。不过显而易见，亨卡什尔经过了这场骇人听闻的大屠杀以后，脸上已经露出一种杀红了眼的疯狂神情。依我看，他完全不配担负维持秩序这样一个重大任务。

宝库里面一片混乱和骚动。幸好还没有见到什么暴行。人们（如果我还能用这个字眼来称呼士兵们的话）干丢脸事情的时候都是恬不知耻的。到处都可以听到各种各样粗俗的笑话、戏谑和俏皮话。想不到这时又有人提起那颗钻石来了。“谁拿到月亮宝石了?”这句话竟成为煽风点火的信号。哪个地方抢劫刚结束，这句话一冒出来，便又煽动在场的人抢起来了。因此抢劫竟像一场扑灭不了的大火。我正在徒劳无功地维持秩序，忽然听到院子那边传来一阵瘆人的惨叫，便立刻循声奔了过去，生怕掠夺的火焰又在那儿熊熊燃起。

我跑到一扇敞开的门前，只见两个印度人（根据他们的服饰，我猜想是宫廷的武官）躺在门口的血泊中已经死去。

紧接着屋里（这屋子看来是武器库）又传出一声惊呼，我赶紧跑进去。只见又有一个印度人受了致命的重伤，正向一个人的脚边滑下去，那人恰好背朝着我。我一进去，那人顿时转过身来。我一看，原来就是约翰·亨卡什尔。他左手拿着一个火把，右手拿着一把鲜血淋漓的匕首。在他向我回过身来的一瞬间，匕首柄端嵌着的一颗宝石，在火炬的照耀下就像火舌般地闪闪发光。那个气息奄奄的印度人滑成跪立的姿势，指指亨卡什尔手里的匕首，用他的本国语言诅咒道：“月亮宝石会给你和你的子孙后代降祸的!”他话音刚落便倒在地上，断了气。

我还来不及干什么，那些跟着我穿过院子的人就蜂拥而入。表兄像发了疯似的朝他们奔过去。“把闲人撵走!”他冲着我嚷道，“派个人在门口站岗!”他拿着火炬和匕首向人群猛冲而去，人们纷纷退让。我派了我连队里两个靠得住的人在门口站岗。整个夜晚我再也没有见过表兄。

到第二天清晨，抢劫还在不断发生。贝尔德将军因此雷厉风行地下令，凡是有盗窃行为的，不论职位高低，一经查明，格杀勿论。在观看布告的人群中，我又遇到了亨卡什尔。

他若无其事地向我伸出手来，说了声“早安”。

我没有跟他握手。

“你先告诉我，”我说，“武器库里的那个印度人是怎么死的？他临死时指着你手里的匕首说的话是什么意思？”

“我想，那个印度人是伤重身亡的吧。”亨卡什尔说，“他临死说的那句话，我也和你一样不明白。”

我目光炯炯地逼视着他。他头天晚上的疯狂已经平息。我决定再给他一个机会。

“你要对我说的就这些吗？”我问道。

他的回答很干脆：“就这些。”

我转身就走，从此我们再没有说过话。

(四)

我要声明一下，上述有关表兄的这些事，只是供我们家族的人参考罢了。除非万不得已，我不想公之于众，因为从亨卡什尔所讲的话中，我拿不到任何直接罪证，可以向司令进行控诉。那些回忆起在猛攻塞林加帕坦前夕他怒火勃发的人，曾不止一次就钻石的事对他冷嘲热讽。可是不难想象，他本人回忆起我在武器库突然碰见他的那幕情景，就只好隐忍着一言不发。最近听说，他想调到另一个团，据他本人宣称，正是为了躲开我。

无论这个传闻是真是假，反正我总是下不了决心控告他。我这打算是有充分理由的。我要是想公开揭发他，除了他知我知的一本良心账以外，我拿不出任何真凭实据。

我非但不能证明他杀死门口的那两个印度人，甚至也不能说他杀死了里面的那一个，因为我毕竟没有亲眼目睹他杀人。确实，我听见了那人临死说的话。不过如果亨卡什尔说，这人是神志昏迷时说的谵言妄语，我又怎能反驳呢？因此我只好请我们的亲戚自己断定，我对此人的怀疑究竟是对是错。

末了，我还得说一句，虽然这个有关月亮宝石的荒乎其唐的印度传说我并不相信，但我对这事却有自己的迷信的看法。我相信善有善报，恶有恶报，这颗宝石定会带来灾难。我不但感觉到（也可能是错觉）亨卡什尔犯了罪，我还相信，如果他把这颗钻石留在身边，他活着一天，就会懊悔一天；如果他把钻石送给别人，那接受钻石的人，有生之年也会懊悔不迭的。

第一部　钻石失窃

（一八四八年）

朱莉娅·维林达夫人的总管，加布里埃尔·贝特里奇叙述的种种事件

第一章

《鲁滨孙漂流记》第一部第一二九页上有这么一段话：

“我现在才明白，虽然已经晚了：不预先计算一下需要多少代价，不预先对自己的力量做一个正确的估计，就贸然动手干，真是太愚蠢了。”

昨天我看《鲁滨孙漂流记》，正好翻到那地方。而今天早上（一八五〇年五月二十一日早上）碰巧我们女东家的外甥富兰克林·布莱克先生又来跟我聊了一会儿。

“贝特里奇，”富兰克林先生说，“我刚才到律师那儿读了些公馆的事，其中也谈到了两年前，我姨妈在约克郡的别墅里丢失印度钻石的案子。布罗夫先生跟我有同感，都认为，为了阐明事情的真相，应该把这件事的经过，尽快原原本本都写下来。”

我一下子没弄懂他的用意，不过我认为不管怎么说，站在律师一边总没错，总不会惹什么麻烦。于是我就说，我也这么认为。富兰克林先生便又说了下去。

“你知道，因为钻石失窃这件事，好些清白无辜的人都曾经蒙受嫌疑。现在要不把事实记录下来，供后人参考，这些无辜人的名誉就会蒙上阴影。所以毫无疑问，应当把这件奇事的来龙去脉写下来。贝特里奇，我认为我跟布罗夫先生已经找到写这件事的好办法啦。”

毫无疑问，他们俩对这办法都很满意。可是到目前为止，我还看不出这事跟我有什么关系。

“咱们有某些事实需要讲清楚，”富兰克林先生说下去，“咱们还有几个当

事人能够从自己的角度把这些事讲清楚。那么显而易见，最好的办法就是大家轮流来写这个月亮宝石的故事。根据自己的体验来写，知道多少写多少，不超出这个范围。咱们得先从五十年前我舅舅亨卡什尔在印度当军官期间怎么弄到这颗钻石谈起。这故事的楔子，我已经从一封往日的家书里找到了。写信的人以见证人的身份提供了细节。其次就是要写这钻石怎么会在两年前落到我姨妈在约克郡的宅邸里去，又怎么会仅过了半天多一点儿的时间就丢失了。贝特里奇当时在姨妈家的这一段经历，谁也没有你知道得详细，所以故事的开头部分，非得你来动笔了。”

他这一番话就把我在钻石失窃案里的作用交代清楚了。如果您想知道我当时是怎么反应的，那么我要奉告您，我回答得很得体。您要是处在我的地位，也会这样做的。我少不得谦虚一番，说不能胜任他托付的事情，口头上尽管这样说，私下却认为，我是够精明的，只要好好动动脑子，完全能把这件事办好。我猜想富兰克林先生一定从我的面部表情看出我的内心活动了。他说我过谦了，一口咬定要借重我的大力。

富兰克林先生已经走了两个小时了。他刚转身，我就到书桌前坐下，动手写这个故事。尽管我挺有能耐，可是一直坐到现在，还是没辙。我不由得想到鲁滨孙的那一段话：“不预先计算一下需要多少代价，不预先对自己的力量做一个正确的估计，就贸然动手干，真是太愚蠢了。”您总记得吧，在我冒冒失失，不自量力，担当这项工作的前一天，我偶然打开这本书，偏偏一眼就看到了这句话。这样，我不禁要问：“这不是老天爷的预兆又是什么？”

我并不迷信，想当年也念过一大堆书，也算得上是个半拉子的学者。虽然我年已古稀，但记性挺好，腿脚也灵便。我说《鲁滨孙漂流记》是一本空前绝后的好书，您听了可别认为我没见识。我多少年一直看这本书，一般是抽上一斗烟，边抽边看，靠它来解决凡俗生活中各种疑难问题。我发现这本书一直是我忠诚的伙伴，共患难的良师益友。碰到情绪不好——看《鲁滨孙漂流记》；碰到没有主意——看《鲁滨孙漂流记》。老伴在世时找我的碴儿，烦扰我——看《鲁滨孙漂流记》；现在多喝了两杯，神志不清——看《鲁滨孙漂流记》。因为翻得太勤，我已经看坏了六本装订得很结实的《鲁滨孙漂流记》了。我们女东家上回过生日，又赠送了我这第七本。我每逢喝醉了，就靠它醒酒，恢复精神呢。这第七本书值四个先令六便士，是蓝封面的，装订结实，还有一幅插图。

慢着，这可不太像在讲钻石的故事，对不？老天爷，我真是稀里糊涂，不知道个东南西北，扯到哪儿去啦？得了，请您别见怪。我还是再拿一张纸，重新开始写吧。

第二章

我在上面刚提到我的女东家。按说呢，这颗宝石要不是人家馈赠给夫人的千金，就绝不会落到我们公馆里来，更谈不上在我们公馆里丢失了。再说，要不是夫人经过怀孕和分娩的痛苦生下小姐，她这个人根本就不会在世界上存在，哪里还谈得上接受礼物！所以啊，咱们还是要从夫人谈起，这才谈到根子上了。而且让我告诉您，要是您有一份像我这样的总管美差，谈谈夫人可也是件惬意的事呢。

您如果涉足于上流社会，就一定会知道亨卡什尔府上的三位漂亮小姐。大小姐叫阿黛莱德；二小姐叫卡罗琳；朱莉娅小姐是三姐妹当中年纪最小的，照我看也是性格最好的。我可会看人呢，您一会儿就会发现。我一开头是在老爵爷——就是三位小姐的父亲——手下当差。谢谢上帝，这宗宝石案子跟他毫无牵连。在我所遇到的上三流、下九流的人当中，数他最爱训斥人。我是在十五岁那一年来给老太爷当差的。说得具体些，是给他的三位千金当小听差。我在那儿一直待到朱莉娅小姐嫁给约翰·维林达爵爷。这位爵爷可是个罕见的大好人，就是缺少个人管他。咱们私下说说，这回倒真的找到一个合适的人了。可以说，他讨了我们夫人真是有福气。他兴旺发达了，心宽体胖了。可以说，自从夫人陪他上教堂去结婚那天开始，一直到为他送终，看他永远闭上眼睛为止，他一直活得舒舒坦坦、安闲自在，死也瞑目啊！

刚才说漏了件事，这里要补上。我是以新娘随从的身份，陪她到夫家的公馆和庄园里来的。“约翰老爷，”她说，“我少了加布里埃尔·贝特里奇可不行。”约翰爵爷说：“我的夫人，我少了他也不行啊。”瞧，他对夫人就是这样言听计从的。这样一来，我就在维林达府上当差了。对我来说，只要跟女东家在一起，随便到哪儿都无所谓。

我看见夫人对屋外的事务，像农活儿什么的很感兴趣，加上我本来就是庄稼人的底子（我是一个小农的第七个儿子），于是我对农务的事情也迷恋上了。这样，夫人便安插我在农庄庄头手下干活儿。我尽心竭力地干，上上下下对我都很满意。我的职位越来越高了。过了几年，在一个星期一，夫人对爵爷说：“约翰老爷，那个庄头是个蠢货，多给他些养老金，让加布里埃尔·贝特里奇来接替他的位置吧。”嗳，像夫妻不和，反目为仇的事儿，您一定听得够多的吧。可是在爵爷府上情况恰恰相反，爵爷对夫人是言听计从，百依百顺。我当上庄头了。你们爱怎么看就怎么看吧。你们当中某些人会从这件事吸取教训，另一些人则从中得到鼓励。好，闲言少叙，咱们还是言归正传吧。

嗯，您会说：“啊，你的运气不坏啊。”对，有了这个体面的职位，受到东家的信任，又有了一套独用的小屋住。上午到农庄各处查看查看，下午记工账目，到晚上抽抽板烟，看看《鲁滨孙漂流记》。我还缺少什么，还有什么不称心的呢？哎，您总记得当初亚当一个人住在伊甸园里，尚且感到美中不足呢。您要是不责怪亚当，那就别责怪我。

我看中的那个女人就是替我料理家务的。她叫塞利娜·戈比。她长得结实健壮。说起挑选老婆，我同意已故的威廉·科贝特的看法，只要看她吃饭吃得香，走起路来稳稳当当挺带劲儿，那准没错。塞利娜·戈比在这两方面都不赖。这是我娶她做老婆的一个理由。此外还有个理由。那纯粹是我自己悟出的道理。塞利娜作为一个单身女人，少不得要我掏饭钱和工钱。而一旦嫁给我，就不会要我掏钱了，还可以伺候我，节省开支，还饶上一丁点儿爱情。这岂不是两全其美嘛。高！我有责任把这个看法原原本本地告诉我的女东家。

“夫人，塞利娜·戈比的事我反复掂量过了，”我说，“我觉得娶她做老婆，要比雇她当管家划算。”

夫人听了捧腹大笑。她说，我的如意算盘打得实在高明，用的语言也令人绝倒，她真不知道哪个更令她惊讶。对啊，有些事情很微妙。一般人是悟不出它的妙处的，除非是像她这样有素养的人，听了以后才咂摸出味道来，忍俊不禁呢。我自己虽然悟不出这事情妙在何处，但我懂得，既然夫人允许了，我下一步就可以向塞利娜·戈比提亲事了。于是我就对她一五一十地把事情挑明了。塞利娜说些什么呢？我的天！您要问这话，可见得您对女人真是懂得太少了。当然，她说“好”呗！

快到大喜的日子了，已经谈论结婚礼服的事情了。这时我倒疑虑开了。我也向一些过来人讨教过，他们在这种微妙时刻是什么心情。原来他们在婚礼前一个星期，心里都巴不得退婚。他们不过是想想而已，我呢，比他们还要进一步。我真的要付诸行动了。可不是白白退婚。我是个正派人，不会不拿出点儿好处，就叫她平白无故地跟我解约。在退婚时给女方一些补偿费，这是英国法律规定的。我根据法令的精神，在心里仔细掂量了一番，决定赔上一床鸭绒被和五十个先令，请她了结这门亲事。说来简直难以置信，但这倒是千真万确的——她真蠢透了，居然不肯退婚。

当然，那我也只好就此认命了。新婚的礼服，我尽可能买便宜货，其他费用也是能省则省，怎么便宜怎么来。我们俩虽算不上幸福的一对，也算不上不幸。我也讲不出个道理来。我们俩虽然都想彼此体贴、照顾，却总是你碍我的事，我挡你的道。碰到我要上楼去，我老婆却偏偏下楼。要不然就是相反，我老婆要下楼，却偏偏碰上我要上楼。根据我个人的体会，结婚生活嘛，就这么回事。

我跟我老婆在上楼下楼这样的事情上彼此妨碍，闹了整整五年，老天爷终于可怜我，解除了我俩彼此纠缠的烦恼，让她升天了，撇下我跟独苗的小女儿潘尼洛浦。没多久，约翰爵爷也去世了，撇下夫人和一个也是独苗的小女儿，雷茜尔小姐。关于我的女东家，我这里要补充交代几句。我的小潘尼洛浦承蒙她亲自过问，悉心照顾，上了学，成长为知书达理的精明姑娘；到她成年时又提拔她当了雷茜尔小姐的贴身侍女。

说到我自己，我仍旧年复一年地当我的庄头。一直到一八四七年我的生活才发生了转变。那天，夫人做了个不速之客，到我的小屋里来，同我喝茶。她说从我给老爵爷当小厮的时候算起，我已经给她当了五十年差啦，说着就把亲手编织的一件漂亮的毛线背心送给我，说是让我在冬天御御寒。

我得到女东家这样贵重的礼品，受宠若惊，真不知道该怎么谢她的抬举才好。可是大大出乎我的意料，她送这件背心，原来不是为了抬举我，而是为了安抚我。我自己并没有感到老了，可是夫人却发现我日渐衰老。夫人到我小屋里来，是想用甜言蜜语哄我（如果我可以用这个字眼儿的话）放弃庄头这份重活，而到公馆里去当总管，舒舒服服地安度晚年。我认为这是耻辱，竭力反对。我们争了一会儿。可是夫人知道我的弱点，她把这说成是对她的照顾。结果我只好停止争论，像个老傻瓜一样，用新织的羊毛背心擦擦眼睛，答应她，可以考虑。

夫人一走，我反复考虑，心乱如麻，忐忑不安。于是我就采用每逢疑虑时屡试屡验的万应灵丹——抽起板烟，翻一遍《鲁滨孙漂流记》。这本神奇的书果然灵验。不消五分钟，我就在第一五九页上看到了这么一句宽心的话："今天我们喜爱的东西，明天就会讨厌。"这一下我心里顿时就亮堂了。对啊，今天我虽然一心想继续当庄头，可是按照《鲁滨孙漂流记》这本书上的权威说法，明天我兴许就不愿干了。好啊，我何不按照明天的心情来办事呢？这样一想我就心平气和了。那一晚我上床睡觉时，还是维林达夫人农庄上的庄头；第二天一早醒来，却摇身一变，成了维林达夫人府上的总管啦。于是一切都称心如意，皆大欢喜。这都是《鲁滨孙漂流记》的功劳啊。

我女儿潘尼洛浦正好从我的肩膀上头瞅着我写些什么呢。她说我的文笔很漂亮，写的也都是实话，可就是有点儿毛病，怎么老是文不对题呀。人家叫我写钻石的故事，我怎么唠唠叨叨，尽扯些自己的私事呢？哎，真奇怪，我自己也不知道怎么搞的。再一想，那些耍笔杆儿、靠着写书混饭吃的先生们有没有发觉，他们也犯了和我同样的文不对题的毛病呢？要是犯了，我对他们深表同情。得了，又是个张冠李戴的开头，浪费了好纸。现在该咋办呢？我也想不出个好办法，只好请您耐着性子，让我第三次重新写钻石案子的开场白了。

第三章

为了把故事的开头写好，我尝试了两个办法。第一个办法是搔头皮苦思冥想，结果还是一筹莫展。第二个办法是跟我女儿潘尼洛浦商量，结果倒商量出了个新的主意。

按照潘尼洛浦的看法，我应该从我们听说富兰克林·布莱克先生要上我们公馆来那天写起，然后按照顺序有条不紊地一天一天写下去。要是您照这个办法硬是把记忆固定在某一天上，当时的情景就会栩栩如生地在您脑海里浮现出来。难就难在首先要弄清楚到底是在几月几号，星期几。潘尼洛浦说，这件事她有办法，只要参看她自己的日记，按图索骥就行了。她上学的时候学会记日记，直到今天还保持这个习惯，没有间断过。听了这话我灵机一动，马上顺着竿子往上爬，建议干脆由她代劳，原原本本地按日记的内容讲就行了。潘尼洛浦马上涨红了脸，狠狠地盯了我一眼，说日记是她的隐私，不能向任何人公开。我就问她："隐什么私？"潘尼洛浦说："贫嘴！"我说："乖乖。"

那么，按照潘尼洛浦的办法来开头吧。首先，我要告诉您，星期三早晨夫人专程请我到她的起居室里去。那天是一八四八年五月二十四日。

“加布里埃尔，”夫人说，“有个消息，您听了一定会喜出望外。富兰克林·布莱克已经回国了。他明天就要到咱们这儿来，要待到下个月，和我们一起庆贺雷茜尔的生日。”

我听了心里那份高兴啊！要不是出于体面，我手里如果拿着顶帽子，我准会把它抛到天花板上。富兰克林先生从小跟我们住在这公馆里。后来我一直没见过他。根据我的记忆，从各方面看来，在那些抽陀螺、打坏窗子的孩子当中，他算是最乖巧的一个。雷茜尔小姐在一旁，听我这么一说，就反驳道，她记得他是摧残洋娃娃的能手，也是不让一个精疲力竭的小姑娘从马背上下来的最可怕的暴君。雷茜尔小姐最后总结说：“我一想起富兰克林·布莱克，就气得要死，烦得要命。”

您听了我的话，一定很自然地要问，富兰克林先生怎么从小到大会一直远离故土，侨居外国？回答是，因为他父亲尽管是一位公爵领地的继承人，却苦于无法证明。

简单地概括，事情的经过是这样的。

夫人的大姐嫁给了以家财万贯和那宗大诉讼案而闻名遐迩的布莱克先生。他一直吵着要英国的法官剥夺公爵的财产，归到他自己的名下。他究竟往多少律师的腰包里塞满了钱，使多少本来彼此没有恶意的人为他的是非曲直互相争吵，我实在数也数不清。直到他的太太和三个儿子当中的两个相继去世了，法官们才决定，也不要他的钱了，干脆给他尝尝闭门羹的滋味。布莱克先生认为祖国亏待了他。他发现，最好的报复方法就是不让他的祖国享有教育他孩子的荣幸。他惯常这么说：“既然我本国的法院对我如此蛮横无理，我又怎么能相信本国的学校会教好我的孩子呢?”还有一层，布莱克先生不喜欢男孩子，连自己的孩子也不例外。有这两层原因，您就得承认了吧，结果只能有一个——富兰克林先生就被他父亲送离英国，到样样事物都高出一筹的德国，到他父亲信得过的那些学校去读书。布莱克老先生本人则舒舒服服地待在英国，留在议会里开导他的同胞们，就公爵财产的问题连续发表宏论，直到今天还劲头十足。

够了，感谢上帝，关于布莱克老先生的事情到此为止。我也不想枉费精神多谈他的事，您也不用费神听了。让他纠缠于公爵领地吧，咱们还是谈钻石的案子。

说起钻石，咱们就得回叙富兰克林先生的事情。他虽然把那颗灾星宝石带到公馆里来，可是他本人却是无辜的。

我们的乖孩子侨居国外以后，并没有忘记我们，他经常跟我们通信，有时写给夫人，有时写给雷茜尔小姐，有时也写给我。他临走前还跟我有过一回经济上的交往——向我借过一团线、一把四刃的折合刀子，还借了七个先令六个便士的现款。这笔钱他迄今没有还我，我也不指望他今后会归还。他写信给我主要就是想再借一点儿呗，别的事当然不多谈了。倒是我从夫人那儿打听到有关他在外国生活学习和身心成长的一些情况。他在德国的学校学了一阵子，便又到法国的学校就读，后来又到意大利的学校去深造。哎呀，他就这样折腾来折腾去，给培养成了个万事通。他会写几篇文章，会画几笔画，此外唱歌啊，演戏啊，作曲啊，什么都会两手。但我怀疑，他在这些方面的借鉴，也跟以前向我借款一样，都是一星半点儿的，成不了大气候。他成年以后就继承了他母亲的遗产，每年有七百英镑的收益。像他这样有钱就敞开手用，这点儿钱哪里够他花？结果，他越有钱花，就越是缺钱用，好像他的口袋有个缝补不起来的无底洞。然而他天生活泼潇洒，遇事随和，所以到处都受人欢迎。他这里待待，那里住住，到处都去。他的住址嘛，经常换，正像他自己承认的，没有个准地方。写信给他，干脆就写“欧洲，邮局，待领”得了。有两次他曾打定主意，要回国来看看我们。但两次都是有个（恕我用词不雅）行为不检的荡妇从中作梗，使他不能成行。第三次，正如夫人告诉我，我又转告您的，他走成了。五月二十五日，星期四，我们将第一次看到往日的乖孩子长大以后是个什么模样了。他出身高贵，敢说敢为，算起来，今年该有二十五岁了。现在有关富兰克林来公馆前的事情都告诉您了。

星期四这天是个万里无云的晴朗夏日。夫人和雷茜尔小姐原以为富兰克林先生总要到晚餐时分才会来，就乘上马车，到邻近的某个朋友家吃午饭去了。

她们走了以后，我去看了看供客人住的卧室，招呼用人把一切都准备妥当。然后，作为夫人公馆的总管，并且作为饮食主管人（这是我自己要求的，因为我不愿别人拿已故约翰老爷的酒窖的钥匙，我恼火这个），我到酒窖去拿出一些府上有名的拉托尔红葡萄酒，放在夏日温暖的阳光下晒晒，好去掉寒气，供晚餐时饮用。后来我转念一想，温暖的夏日空气非但对葡萄酒有益，对老年人的健康也同样有益啊！于是我就拿上一把蜂窝式的靠背椅子到后院去了。这时我忽然听见从夫人公馆前部的大阳台上传来一阵轻轻敲鼓的声音。

我绕到大阳台那儿，只见三个穿白束腰外衣、白裤子、肤色赤褐的印度人，正抬头窥望公馆的屋子呢。

我走到近前仔细一看，这三个印度人胸前都挂着小手鼓。他们身后站着个浅色头发、眉目清秀的英国小孩儿，拿着个袋子。我估计这些家伙大概是走江湖变戏法的。那孩子大概是给他们拿变戏法的道具袋子的。三个印度人当中有一个会讲英国话，我得承认，姿态非常文雅。他马上证实了我的猜测，请我准许他们在公馆主人面前变几套戏法。

我并非脾气乖戾的老头儿。一般来说，我是赞成娱乐的。而且我思想也开通，绝不会因为谁的肤色比我黑一点儿就猜疑他。不过咱们凡人当中最好的人也有点儿毛病。我的毛病是什么呢？如果我知道有一只餐具篮子放在公馆外面的配菜桌上，而又正好碰到一个陌生的走江湖卖艺的，举止谈吐都比我文雅，我就立刻担心那只餐具篮子了。于是我就告诉那个印度人说，公馆的女东家已经出去了，措辞强硬地请他们一伙离开这儿。那印度人姿态优雅地鞠了一躬，就带着他那一伙人走了。随后我就回到院子里，坐在那把蜂窝式靠背椅子上，沐浴着阳光睡着了。不，说得确切点儿，并没有睡着，只不过是打起盹儿来了。

我女儿潘尼洛浦，好像公馆着了火似的从屋里向我飞奔而来，一下子把我吵醒了。您猜她要干什么？她要把那三个卖艺的印度人立刻抓起来，罪名是他们知道今天是谁从伦敦来看我们，他们还打算伤害富兰克林·布莱克先生呢。

富兰克林·布莱克这个名字把我的瞌睡驱散了。我睁开眼睛要她把事情的来龙去脉说个分明。

原来潘尼洛浦刚在我们的屋子里跟管家婆的女儿闲聊。两个姑娘走出屋子，看见那三个印度人受了我的警告，正带着那个小孩儿离开公馆。她们就怀疑那个小男孩儿受了印度人的虐待，也说不出个名堂，只是因为那个男孩眉清目秀，体质娇弱罢了。公馆院子与大路之间隔着一道篱笆，于是她俩就偷偷地遮掩在篱笆里面，一面顺着大路走去，一面窥探外边印度人的动静。她们果然看到印度人在大路上要了一套令人提心吊胆的戏法。

他们仨首先顺着大路上下张望，看清两头都没有行人的踪影，然后又转身朝我们公馆仔细察看，接着便叽叽咕咕地操着土话争论开了。随后又狐疑不决地面面相觑。接着，他们都回过头来瞅着那英国男孩，仿佛指望他来帮个忙。于是那个会说英国话的为首的印度人就对孩子说："把手伸出来！"

我的女儿潘尼洛浦说，听了这句可怕的话，不知道什么东西居然挡住了她的心，没让它跳出来。我心想，可能是她的紧身胸衣吧。可是她嘴巴里却说了句："你倒是叫我汗毛都竖起来啦！"（注意：女人喜欢这样的称赞。）

那么，当那个印度人叫孩子把手伸出来的时候，孩子往后退缩，摇摇头说他不愿意。那印度人倒带了几分和蔼的口气问他愿不愿意被送回伦敦市场上的老窝，睡在一只空筐子里挨饿受冻，脏乎乎地没人管。这句话解决问题了。孩子老大不愿意地伸出了手。那印度人就从怀里掏出个瓶子，往孩子的手心里倒了点儿黑乎乎的东西，好像是墨水。那印度人先抚摩孩子的头，又在头顶上方画了几下，接着念念有词地说声"看"，那孩子就像泥塑木雕一样僵直地站着，眼睛直勾勾地盯着自己掌心上的墨水。

（我写到这儿，这伙印度人却好像是在变一套浪费墨水的拙劣戏法。我有点儿不耐烦了，又有了昏昏欲睡的感觉。可是潘尼洛浦下面的几句话，却又使我惊醒过来。）

这些印度人又朝路两头张望了一番，然后为首的那个印度人就问孩子："看见那个从外国来的英国绅士了吗？"

孩子说："看见了。"

印度人又问："那位英国绅士今天是不是就从这条路到公馆里来，不走别的路？"

孩子说："那位英国绅士今天就是从这条路到公馆里来，不走别的路。"

隔了一会儿，印度人又问了第二个问题："那位英国绅士随身带着那东西吗？"

孩子隔了一会儿才回答："带着。"

印度人又问第三个，也是最后一个问题："那位英国绅士是不是按照原来所说的，到擦黑儿的时候才来？"

孩子说："我说不上来。"

印度人问："为什么？"

孩子说："我累了。我头脑里像起了雾，迷迷糊糊的。我今天什么也看不见了。"

这番盘问到此结束了。为首的那个印度人又用土话跟其他两个交谈了一会儿，指指孩子，又指指那个镇。我们事后查悉他们就住在镇上。然后他又在孩子头上画了几道符，往他额上吹了口气，就使他蓦地一下惊醒了。于是这一伙就往镇上扬长而去。

俗话说：许多事情骨子里都有道理，只要琢磨就能悟出来。那么这件事骨子里是什么道理呢？

照我看，是这么个道理。首先，这个戏法班子的班主从用人在屋外的闲聊中听到富兰克林要到公馆里来的消息，看出他可以从中捞点儿油水。第二点，他们仨和那个小男孩儿为了赚那笔钱，存心在外面溜达会儿，直到看见夫人乘马车回府，就跟着回来。刚才他们又预卜了一下富兰克林什么时候来。第三点，潘尼洛浦听到的那番话不过是他们在预演，那套鬼画符、念咒语的把戏，就好像唱戏的彩排一样，不足为怪。第四点，今晚我最好还是多看着点儿，别让他们把餐具篮子偷走。第五点，潘尼洛浦最好是冷静下来，别那么大惊小怪，好让我，她父亲，在阳光下再打一会盹儿。

我认为，这才是正确的看法。可潘尼洛浦就是不同意。本来嘛，年轻女人总是爱胡猜想，乱喳喳。不过您要是对她们的习性和为人有所了解的话，听了潘尼洛浦的话，也不会感到诧异了。照我女儿的看法，这件事情可是非常严重呢。她特别提醒我要注意那印度人的第二个问题："那位英国绅士随身带着那东西吗？""哦，父亲，"她十指交叉紧握，紧张地说，"这可不是闹着玩的。'那东西'是指什么？"

"乖女儿，等到富兰克林先生回来，"我说，"咱们可以问问他嘛。"我边说边挤挤眼睛，表示我纯粹是在开玩笑。潘尼洛浦可把事情看得挺严重。她的这种认真劲儿把我逗乐了。"我倒要看看，富兰克林先生葫芦里究竟卖的什么药。你问他，"潘尼洛浦说，"看他是不是也把这当做玩笑。"女儿甩下这话，便离开了我。

她一走，我就打定主意，真要去问问富兰克林先生——主要是为了让潘尼洛浦安心。当天稍晚的时候，我真的跟富兰克林先生谈了。谈话的内容下文另有交代。这会儿我卖个关子，暂且不说。只不过提醒您一句，我万万想不到富兰克林先生居然也跟潘尼洛浦一样把事情看得非常严重。等我告诉您，他认为"那东西"指的就是月亮宝石，您就会明白，他想得有多严重了。

第四章

很抱歉，我又让您听我唠叨我和我那蜂窝式的靠背椅了。"在阳光底下昏昏欲睡的老汉”并不是什么有趣的话题，这我完全明白。不过，事情总要按先后顺序按部就班地谈啊。富兰克林先生要在当天晚些时候才来。在他来以前，还得麻烦您跟我磨蹭一会儿。

我女儿潘尼洛浦走了以后，我还没来得及再打个盹儿，就听见下房里盘子碟子响成一片，原来是准备开午饭了。我是在自己的起居室里用饭的，用人们吃饭的事跟我无关。我祝愿他们胃口好，吃得香，就在椅子上坐舒服点儿，把腿伸展开，打算再睡个好觉。就在这时，又有一个娘们儿蹦了出来，跑到我面前。这回可不是我女儿啦，是帮厨女佣南希。我正好挡住她的路，她请我让开点儿。就在这时，我瞅见她怒容满面。作为用人们的头头儿，我有个规矩，从来不容许她们摆脸色的。再说，我也不许她们未经许可，背着我行动。

“你不吃午饭，干什么呀?”我问她，“出了什么事啦，南希?”

南希没有回答，打算推开我的椅子跑过去。我霍地跳起来，揪住她的耳朵。她是个胖乎乎的俊俏的年轻姑娘。我惯常用这种粗鲁的亲昵方式来表示我对一个姑娘的好感。

“出了什么事?”我又问了一遍。

“罗珊娜又要误饭啦，”南希说，“大家叫我去喊她回来。这屋子里什么重要活儿都落在我的肩膀上。让我过去，贝特里奇先生!”

这里提到的罗珊娜是我们公馆里第二个粗活女佣。对这个女佣我颇有点儿怜惜。待会儿您就会知道为什么了。我也从南希的脸色看出她找罗珊娜回来是不会有什么好话的。我转念一想，反正我眼下也没啥事情干，还不如我自己找她来。我只要暗示一下，以后要准时，我知道她会听我的话的。

“罗珊娜在哪儿?”我问。

“不用说，准在沙滩上，”南希把头一甩，“今儿早上她那头晕病又犯了，就请假出去呼吸新鲜空气。真烦人!”

“回去吃午饭去，姑娘!”我说，“我对她有耐心，我去喊她回来。”

南希高兴了（她胃口很好）。她一高兴就显得俊俏。她一显得俊俏，我就抚弄她的下巴。这不是什么下流动作，只是一种习惯。

我拿起手杖就上沙滩去。

且慢。对不起，又要打断您的思路了。咱们这儿先要把罗珊娜的事情跟沙滩的事情交代清楚，才能够接下去谈，因为这两桩事情都跟钻石的故事有密切关系。我也喜欢把事情一讲到底，讨厌东拉西扯。可是怎么也避免不了，要知道在现实生活中，人物和事件总是烦人地不断冒出来，您不理会它也不行。咱们只好耐心点儿，该提的人和事，还得简短地交代一下。反正我保证，很快就要转入这个神秘案件的正题了。

先谈人再谈事，这是通常的规矩。罗珊娜是我们公馆里唯一的新女佣。在我说这话的四个月以前，夫人在伦敦参观了一个感化院。这个感化院的宗旨是拯救失足妇女，避免她们在获释以后又回到堕落的老路上去。女管事的看到夫人对感化院颇感兴趣，便指给她看一个名叫罗珊娜·史珀尔曼的姑娘，讲了她的悲惨身世。这段悲惨故事我不打算在这里重复，因为我不喜欢做于事无补的长吁短叹。您想必也有同感。我只想用一句话简单地概括：罗珊娜曾经做过贼。不过她可比不上那些在伦敦开大公司，抢劫千万人钱财的盗贼。她只盗窃过一个人的钱。她落入了法网，紧跟着又坐了牢，进了感化院。女管事的对罗珊娜的看法是，尽管她曾经失过足，犯了罪，可这姑娘倒是千里挑一的好姑娘。只要给她一个自新的机会，她是不会辜负任何基督徒对她的期望的。夫人是个最虔诚的基督徒，听了这话以后便对女管事的说："罗珊娜·史珀尔曼上我那儿去做事，就可以洗心革面，重新做人啦。"过了一个星期，罗珊娜就上夫人的公馆里来，当了第二个粗活女佣。

关于那姑娘的底细，除了我和雷茜尔小姐以外，夫人没有告诉任何人。承蒙夫人抬举，她大多事情都要跟我合计。这一回她又找我商量罗珊娜的事情。我近来也常常变得和已故的约翰老爷生前一样，总是附和夫人的意见。我赞同她对罗珊娜的看法。

可怜的罗珊娜到我们公馆以后可交上好运了。女佣们谁也不会揭她的疮疤，因为谁也不知道她的底细。她和其他的人一样挣工钱，享有自己的权利。而且夫人不时地讲上几句友好的话来鼓励她。而她呢，我也得说一句，也没有辜负这份恩情。尽管她体质虚弱，偶尔还犯头晕，可她总是谦卑地小心翼翼地干活，再累也毫无怨言，而且干得很出色。可就是她跟其他女佣合不来，只有我女儿潘尼洛浦始终对她很和气，但也总是达不到亲密的程度。

我不知道这姑娘到底什么地方得罪了她们。她长得实在不漂亮。我们公馆的娘们儿中数她最丑，而且不幸肩膀也畸形，一边大，一边小，当然不会引起别人的忌妒。我看，用人们不喜欢她，大概是因为她老是不吭声，不合群。人家说长道短闲聊天，她不是干活就是看书。轮到她休息，十次有九次她总是悄悄地戴上无边帽，单独出去。她从来不吵架，人家冒犯了她，她也不动气，可总是孤芳自赏地跟别人保持一段距离。还有一层，她长得虽然丑，却自有一种气派，不像个使女，倒像位小姐，从她说话的声调里，从她脸上的神情间流露出来。简单地说吧，她头一天踏进公馆的门，那帮娘们儿就风风火火地说她拿架子了。这实在冤枉。

罗珊娜的事说得差不多了。现在我只要把这个古怪姑娘的许多乖僻行为挑出一件来谈谈，就可以接下去说沙滩的事了。

我们公馆坐落在约克郡海岸，紧挨着大海，四周都有景色宜人的小路，夹道是阴郁的冷杉。顺着这条路走四分之一英里，便到了一个环立着低低的岩壁，满目荒凉的小海湾。

那儿有很多沙丘，向大海伸展。在沙丘的末端有两堵石岬远远地伸进大海，一堵被称为北岬，一堵被称为南岬，这两堵岩岬之间是约克郡海岸一带最险恶可畏的流沙地带。随着季节的嬗变，有时伸展得远些，有时近些。潮水一退，整片流沙就不断颤悠抖动，模样神秘极了，仿佛在不可测的深处，有个可怕的怪物，在翻滚搐动。我们这一带的居民在惊骇之余，给了它一个"激沙滩"的称号。在海湾口有一道长堤伸入大海约半英里，挡住并遏制了海涛的威力。冬天或夏日，当潮水袭来时，大海仿佛将滚滚的波涛留在大堤后面了。海水只是涨起，平稳地灌入海湾，悄悄地漫过流沙，然后悄悄地退走，这景象是凄寂的，但我可以告诉您，它又是极其可怕的。从没有哪条船敢开进这海湾里来。我们这儿有个叫柯柏洞的渔村，村里的孩子们也从来不到这儿来玩。我觉得，连鸟儿都不肯飞往激沙滩，总是离它远远的。一个年轻姑娘，在轮到她外出散步的时候，现放着几十条景色宜人的路径不走，却偏偏看上这块地方，也不和别人结伴儿，偏偏要孤零零一个人坐在这儿做针线活儿，或者看书，这实在让人难以置信。可是不管您怎么说，罗珊娜·史珀尔曼除了偶尔到柯柏洞去看她唯一的朋友（这个朋友的事留待下文再说），总是爱走这条路。我现在就是上这儿来找她回来吃午饭。写到这儿，咱们就言归正传，一方面谈罗珊娜的事情，同时把激沙滩的情况也描述了。

我在庄园里没看见这个姑娘的踪影，就走过沙丘，来到了海滨。果然，她在那儿。只见她戴着无边草帽，披一件朴素的灰色斗篷——她老爱穿这件斗篷，以便尽量遮住她那畸形的肩膀——孤零零地坐在那儿，眺望着流沙和海洋。

我走到她面前，她吃了一惊，背过脸去不看我。作为仆人的头头，我认为她这样做是失礼的，我不能不过问，就把她的身体扳转过来。我看见她在流泪。我的口袋里放着一块印花大手帕。夫人一共送给我六条这样漂亮的大手帕。我掏出手帕，对罗珊娜说："好姑娘，过来，跟我在海滨的小坡上坐下。我先给你擦干眼泪。然后，请原谅我的冒昧，你能不能告诉我，你哭什么？"

您到了我这把年纪就会发现，坐到海滨的小坡上可不是一件容易的事，要比您现在想象的难多了。等到我慢慢坐下，罗珊娜已经用她自己的一块便宜的麻纱手帕（它的质地比我的手帕差多了）把眼泪擦干了。她静悄悄的，样子怪可怜的。可是我叫她坐下，她就乖乖地坐下了。您要安慰一个娘们儿，最好的办法便是把她搂在怀里。我正想用这个灵验的方法，可是转念一想，使不得！罗珊娜可不是南希，我的乖乖，这可是大实话！

"来，告诉我，好姑娘，"我说，"你在干什么呀？"

"在哭过去的事情，贝特里奇先生，"罗珊娜悄声说，"有时候难免会想到过去的经历。"

"得啦，得啦，姑娘，"我说，"过去的经历已经没有影子了。你怎么还忘不了呢？"

她抓住了我外衣的衣襟。我是个邋遢的老汉，吃的肉，喝的酒，有不少都沾到衣服上了。多亏一些好心的娘们儿给我清除掉了油垢。早一天罗珊娜还用一种新的特效清洗剂把我衣服上的一块油腻去掉，但还是在衣服的绒毛上留下了一些痕迹。姑娘指着那地方，摇了摇头。

"脏是去掉了，"她说，"可还是留下了一个印儿。贝特里奇先生，还是有一个印儿！"

我没有吭声。冷不防被人发现衣服上的脏印儿，当然不好意思讲什么。

还有一层，不知怎的，我特别为这姑娘难受。尽管她丑，但她那双棕褐色的眼睛，倒是很俊。她看到我幸福的晚年，我的恬然安适的神情（这些都是她永远也得不到的），眼光里透着一种尊敬。我不由得为她，我们公馆的这第二个粗活使女，感到心情异常沉重。我不知道该怎样安慰她。只剩下一件事可做，就是带她回去吃午饭。

“扶我站起来。”我说，“你可要误了午饭啦。我是来找你吃饭去的。”

“怎么您来找我，贝特里奇先生?”她说。

“他们叫南希来找你，”我说，“可是我想，好姑娘，南希的责备你受不了，还是我来好些。”

这可怜的人并没有扶我起来，而是悄悄地把手塞到我手心里，轻轻捏了一下。她竭力克制住，不哭了。我器重她。

“贝特里奇先生，谢谢您的好意，”她说，“我今天不想吃饭了。让我在这儿再待一会儿吧。”

“你怎么喜欢待在这儿?”我问道，“是什么东西叫你一个劲儿地往这儿跑?”

“这儿有股力量拽我来，”那姑娘一边低声说，一边用手指在沙地上画着，“贝特里奇先生，我想离它远远的，可总是办不到。有时候，我真觉得我的坟墓就在这儿等着我呢。”她说话声音很低，仿佛对自己的幻想感到害怕。

“说什么坟墓啊！家里有烤羊肉和板油布丁在等着你哪！”我说，“马上回去吃饭，罗珊娜。你完全是因为饿着肚子，才会这么胡思乱想的。”我说话的口气很生硬，我这么一把年纪，听到一个二十五岁的年轻姑娘居然谈起什么坟墓来，就不由得要发火。

她好像没有听见我的话。她把手按在我肩膀上，没让我起来，使我仍旧坐在她身边。

“我觉得这鬼地方把我迷住了。我每天晚上梦见这地方。我在做针线活儿的时候也想到这地方。贝特里奇先生，您知道我很感激你们。我努力做到不辜负您的好意和夫人的信任。不过，有时候我觉得，对我这么一个尝够了辛酸的女人来说，这儿的生活未免太安宁，太美好了。我混在用人里，心里明白跟她们合不来，在她们当中感到非常孤独，比一个人待在这儿还要孤独。夫人不知道，感化院的女管事也不知道，诚实的人本身对我这样的女人就是一种狠狠的鞭挞。不要责备我，您这个好心人。我在好好干活，不是吗？别对夫人说我不满足，我很知足。只不过，我的心有时候不太平静罢了。”她把手从我的肩膀上抽回去，忽然指了指那片流沙。“您瞧，”她说，“多么神奇，多么可怕！这地方我见过几十次了，可是每次都感到新奇，就好像从没有见过一样。”

我看了看她指的地方。潮水正在退去，可怕的流沙开始颤抖了。广袤的棕黄色的沙面，缓缓地喘息起伏。整片的流沙上面呈现出涟漪，颤动不已。“您知道，我看这片流沙像什么?”罗珊娜又抓住了我的肩膀，“它看上去好像有成千上万的人埋在下面，快闷死了。人人都挣扎着想冒出头来，可是在可怕的深渊里只有越陷越深！您扔颗石子，贝特里奇，您扔颗石子进去。咱们瞧瞧沙子怎么把它吞进去吧！”

她讲的话真叫人丧气。这都是饿着肚子再加上心情不安的结果。我想狠狠地批评她几句（我向您保证，这都是为了这可怜的姑娘好），可话已到了舌头尖儿，还没有来得及开口，就听见沙丘间有人喊我的名字：“贝特里奇先生，你在哪儿？”我不知道是谁叫我，便大声应道：“在这儿！”罗珊娜一骨碌站起来，循声望去。我也正想站起来，忽然看见这姑娘的面容完全变了，不由得非常惊愕。

罗珊娜变得满面春风。她往常总是脸色苍白，这时脸上居然泛起一层美丽的红晕。她喜出望外，一时说不出话来，连气也透不出来了，全身洋溢着喜悦。“谁啊？”我问道。罗珊娜也把我的问话重复了一遍。“哦，是谁啊？”她柔和地说，多半是自言自语，不像是对我说话。我回头一看，只见沙丘间迎面走出一位目光炯炯的少爷，身穿一套黄褐色衣服，配着同样颜色的手套和帽子，饰孔里插了朵玫瑰花。他笑容可掬，和蔼可亲，就连激沙滩也会回他一笑呢。我还没来得及站起身来，那个年轻人就到了我身边，在沙地上坐下。他用一种外国派头紧紧地搂住我的脖子，差点儿叫我喘不过气来。“亲爱的贝特里奇老汉，”他说，“我欠了你七个先令六个便士。这一下你该认出我了吧。”

上帝保佑，原来是富兰克林·布莱克先生！他比约定的时间提前了四个钟点。

我还没来得及开口，就看见富兰克林先生抬起头来，有点儿诧异地望着罗珊娜·史珀尔曼。我跟着他也对那姑娘看了看。她羞得涨红了脸，显得很窘。不知道为什么那么窘，大概是看到了富兰克林先生诧异的眼色吧。她突然一声不吭地走了，既没有向富兰克林行屈膝礼，也没有跟我打招呼。这跟她平素的为人真是大相径庭。一般来说，像她那样举止文雅大方的女仆，是非常罕见的。

“这姑娘真怪，”富兰克林先生说，“不明白我有什么使她吃惊的！”

我乘机拿这位年轻绅士的大陆教育取笑了一番：“少爷，我看，大概是您那特帅的外国派头使她吃惊了吧。”

我在这里写富兰克林先生的漫不经心的问题和我拙劣的回答，是为了给所有的蠢人一点儿安慰和鼓励。正像我曾经说过的，低劣者一旦发现优越者在某些场合并不比自己聪明，会无比欣慰的。无论是受过良好的外国教育的富兰克林，还是我这天资过人、见多识广的老汉，当时都一点儿不明白罗珊娜·史珀尔曼这奇怪的举动究竟是什么意思。所以还没有等到她飘动的灰色小斗篷在沙丘之间消失，我们就把这可怜虫搁到脑后了。直到很久以后，我弄清了事情的真相，才为罗珊娜·史珀尔曼感到难受。您自然会问：“哟，一个女佣，有什么值得写的？”嗳，看下去，朋友，耐心地看下去吧。也许有朝一日您也会同样地为她伤心的。

第五章

罗珊娜走了以后，我要做的第一件事便是第三次试图从沙地上站起来。富兰克林先生却拦住了我。

“这鬼地方倒有一样好处，”他说，“就是这儿平时没人来。现在就咱们俩。待在这儿，我有话跟你说。”

他说话的时候，我仔细打量他，看看我面前的这个人身上，还有没有我记忆中那个小男孩的影子了。我感到困惑了。他的模样跟以前迥然不同了。我左看右看，那个小男孩的玫瑰色的脸颊，已经像他的整洁的小夹克衫一样消失得一干二净了。他脸色苍白，而且最令我诧异和失望的是，他下巴和嘴唇上都留了褐色的卷曲的胡髭和髯须。他行动快速活泼，令人愉快，不过比起他小时候那种随随便便、天真可爱的样子来，可差远了。更糟的是，他小时候我们估计他会长得很高，可现在却并不高。他身材匀称，腰身比较细，仪态倒也落落大方，就是嫌矮了些，比中等身材也还差两三英寸。总之，他使我困惑了。这些年来，他原先的模样已荡然无存了。唯一令人欣慰的是，聪慧真诚的眼神还没变。从他的眼神里，我又找到以前那个乖孩子的影子了。好，我对他的模样的探讨就到此为止吧。

“欢迎您回老家来，富兰克林先生。”我说，“更令人高兴的是，您比原先约定的提前了几个小时，少爷。”

“我提前来是有道理的，”富兰克林先生应道，“贝特里奇，最近三四天里，我怀疑自己在伦敦受到了监视，被盯上了梢。我不乘下午的班车而改乘早车，就是要甩开一个皮肤黝黑的外国人。”

我听了他这番话，不由得颇为惊恐。霎时间，那三个变戏法的，还有潘尼洛浦说他们想要陷害富兰克林先生的那番话，蓦然涌上了我的心头。

“谁在监视您，少爷？为了什么？”我问道。

富兰克林先生没有理会我的话，只管说下去：“把今天到公馆里来的那三个印度人的事对我说说。很可能监视我的那个外国人，跟你碰见的那三个变戏法的是有牵连的。”

“您怎么知道有三个变戏法的来过，少爷？”我问。我承认，接二连三地提问是不礼貌的。可是人性都是有缺点的，您不能提出过高的要求，对我也不例外。

“我在屋里碰到潘尼洛浦，”富兰克林先生说道，“是她告诉我的。你女儿从小就看得出会长成个俊俏的姑娘。贝特里奇，她果然出落得那么俊了。潘尼洛浦的耳朵细巧，一双脚也纤小可爱。你故去的妻子是不是有这些出奇的优点？”

“故去的贝特里奇太太倒是有一大堆缺点。其中的一项，如果您不见怪的话，便是没有恒心。她老是对手头的事情不专心，三分是女人，七分倒像只苍蝇。她干任何事都没有恒心。”

“她的脾气倒跟我合得来，”富兰克林说，“我也是干什么都没有恒心。贝特里奇先生，你比以前更精明了。是你女儿这么说的。我问她那几个变戏法的详细情况。她说：‘爸爸会告诉您的，少爷。他真是老当益壮。’潘尼洛浦说话的时候一副娇羞的模样，真可爱。尽管我敬重你，但我也忍不住！呃，没什么，她小时候我就认识她。再说，我也没有损害她什么。好，咱们谈正经的吧。那些变戏法的到底干了些什么？你女儿说你会把那几个家伙的事原原本本地告诉我的。”

我对我女儿可有点儿不满意了，倒不是因为她让富兰克林先生亲了嘴，那我倒不在乎。我欢迎他那样干。我不满意的是她多嘴，叫我来替她传播她那无聊的话。不过现在被逼到这一步，我也只好讲啦。我一讲，富兰克林先生那高兴劲儿就都化为乌有啦。我讲完了，他还把为首的那个变戏法的问小男孩的两个问题重说了一遍，好像是为了把它深深地铭记在心上。

“‘那位英国绅士今天是不是就从这条路到公馆里来，不走别的路？’‘那位英国绅士随身带着那东西吗？’我怀疑，”富兰克林边说边从口袋里掏出一个封着的小纸包，“那东西指的就是这个，贝特里奇先生。这个就是我舅舅亨卡什尔那颗有名的钻石。”

“老天爷啦，少爷！”我低声喊起来，“您怎么会弄到那缺德上校的钻石的？”

“那个缺德上校立下遗嘱，规定把钻石送给我表妹雷茜尔作为生日礼物。”富兰克林先生说，“我父亲是那缺德上校指定的遗嘱执行人。他打发我送来了。”

我听了富兰克林先生这番话，心里这一惊非同小可，就是亲眼看见缓缓漫过激沙滩的海水突然干涸了，也不会这么厉害。

“上校的钻石遗赠给雷茜尔小姐！”我说，“少爷，您父亲居然成为上校遗嘱的执行人！新鲜！富兰克林先生，您下多大的赌注都行，我敢保证，您父亲就是拿了火钳也不会碰上校一下的！”

“好硬的口气，贝特里奇！那位上校有什么不对？他属于你们这一代，不属于我们这一代。你把你所知道的关于上校的事都告诉我，我再把我父亲怎么当了他的遗嘱执行人，还有其他一些事情都告诉你。我在伦敦对亨卡什尔舅舅和他那颗钻石的一些隐秘事作了些调查，其中我看有好些丢人现眼的情节，我要你证实一下。你刚才叫他‘缺德上校’。我的老朋友，多动动脑筋想一想，这是什么缘故？”

我看他很认真，就把事情的底细都告诉他了。

以下是我那番谈话的要点，完全是供您参考的。请用心记住，要不然，以后看到钻石案子下一步的情节您会莫名其妙的。所以请您把什么吃饭啊、孩子啊、新女帽啊，等等事情都搁到一边，试试看，那些有关政治啊、跑马啊、伦敦物价啊，以及夜总会里遇到的烦恼事啊，看看您能不能都忘掉。请别把我的老气横秋的口吻放在心上，这不过是我提请读者注意的一种方式。上帝啊！我难道没有看见您手里拿着最伟大的作家的杰作吗？我难道不知道您著书比和人谈话更容易心不在焉吗？

我要回过来谈谈夫人的老太爷，就是那个脾气坏、爱骂人的爵爷。他共有五个子女，老大和老二是儿子，隔了好几年没有生，忽然又接二连三地生了三位小姐。我们夫人，前面已经讲过了，是三位小姐当中年龄最小、素质最好的一位。两个儿子呢，老大亚瑟继承了爵衔和产业。老二就是那个德行约翰，继承了一位亲戚遗留的一笔可观的家产，后来到军队服役去了。

常言说得好，家丑不可外扬。我把亨卡什尔的高贵家族也看成了自己的家。对这个德行约翰的一些丑事，我巴不得不去提它，提了就是丢亨卡什尔一家的丑嘛。老实说，我相信他应当归到世界上最坏的败类里面。他到军队以后，一开头是在皇家禁卫军里，还没到二十二岁就不得不脱离皇家禁卫军，其缘故，不提也罢。军队里纪律是很严明的，德行约翰感到受不了，于是他便到印度去服现役，想看看那儿是不是比较宽松些。不过平心而论，说到勇敢，他倒是够勇敢的，既像斗犬那样凶悍，又像斗鸡那样顽强，很有一股蛮勇劲儿。他参加了猛攻塞林加帕坦的战役。不久以后他就调到另一个团。待了一段时间，他又换到了最后一个团。在这第三个团里，他终于弄到了上校的军衔。他得到上校头衔，同时也得了日射病，只好回英国来了。

他回来时声名狼藉，家里人个个都不认他，请他吃闭门羹。当时夫人新婚不久，她就声称，当然也得到了约翰爵爷的同意，永远不准他上门。大家回避上校是因为他的种种劣迹。我这儿要提到的只是钻石的事。

据说他是用了罪恶的手段才弄到这颗印度宝石的。他虽然胆大包天，这件事却提也不敢提。他从没打算卖掉它。他并不缺钱花，而且平心而论，他当初弄这颗宝石，并不是为了卖钱，也从来没交给别人，甚至从来不让别人看一眼。有人说他是害怕和军事当局发生纠葛，也有人说他深恐被人家看见，自己就会送命。

作最后这种猜测的人，对他的真正性格是一点儿都不了解。不过最后这种说法也许有一点儿事实根据。说他害怕，当然不对。不过他在印度倒确实有两次差点儿送命。好些人确信，这归根结底是为了宝石的缘故。他一回到伦敦，大家都尽量回避他，大家认为这主要也是由于月亮宝石的缘故。男士们不要他参加他们的俱乐部。他向不止一位女士求婚，都遭到了拒绝。亲戚朋友在街上碰见他，都假装没看见。

一般人身处困境，总懂得通权达变，以顺应环境。可是德行约翰哪怕明明有一百桩过错，也绝不会在全社会的攻击面前屈服。他在印度曾不顾杀身之祸，硬是把钻石放在身边。在英国也是同样，尽管众叛亲离，人人唾弃，他也硬要把钻石放在身边。由此可见他是何许人也。他是个天不怕地不怕的硬汉子，尽管容貌英俊，却透着鬼气，好像恶魔附在身上似的。

我们常常听到有关他的各种传闻。有人说他抽上了鸦片，有人说他在收藏古书，有时又传闻他在搞一些稀奇古怪的化学实验。有时又有人看见他在伦敦最下等的贫民窟里跟一些低三下四的人在一起鬼混，吃喝玩乐。总而言之，上校过的是一种独往独来的邪恶的秘密生活。他回英国以后，我见过他一次，只有这么一次。

大概在我写这篇报道的两年之前，也就是在他去世一年半以前，没承想上校竟到夫人在伦敦的宅第来做了一次不速之客。那天是六月二十一日，雷茜尔小姐生日的晚上，照例举行了一次庆祝的晚宴。听差通知我有一位绅士要见我。我走进门厅，看见上校，站在那儿，又老又瘦，面容憔悴，衣衫不整，可还是惯常那副桀骜不驯的架势。

“上去告诉我妹妹，”他说，“就说我来祝贺外甥女的生日。”

在这以前他曾经多次写信，要跟夫人和解，可是我深信，他骨子里不过是在惹她生气。可是亲自登门，这还是头一回。我正想说女东家当晚要操办一次宴会，正忙乎着呢，可是一看他那穷凶极恶的神情，又被吓得把话咽了下去。我只好上楼去禀告，让他在门厅里稍候。用人们都站在那儿，远远地盯着他看，好像他是个随时会使人遭殃，令人家破人亡的丧门星似的。

夫人也有一点儿（只有一丁点儿）这个家族的脾气。当我禀告她，她的二哥求见的时候，她发话了。“告诉亨卡什尔上校，”她说，“就说维林达小姐没工夫，正忙着呢，就说我不愿见他。”我考虑到上校强劲有力，不像一般绅士那样能约束自己，弄不好要动武，请求夫人把话说得婉转些。可是毫无用处！家族的脾气冲着我发作了。“我需要听你意见的时候，”夫人说，“你知道，我总是会主动找你商量的。我现在可没有找你商量。”我只好下楼传达夫人的口信。不过经过了一番斟酌，我斗胆改动了夫人的原话，把语气改得和缓了些。我说：“上校，夫人和雷茜尔小姐正忙着呢。她们不能见您，深表遗憾，望您海涵才是。”

尽管措辞还算有礼貌，但拒见的口气是改不了的。我原以为他会大发雷霆，可真没想到居然没有。上校表现出令人诧异的克制，不动声色地听了我的回话，只用他那双灼灼发光的灰色眼睛盯着我看了一会儿。然后，他嘿嘿地笑了起来。他的笑很特别，不像别人那样从嘴里往外笑，而是把笑声往喉咙里咽进去。这是一种低声的阴险的窃窃奸笑，令人毛骨悚然。“谢谢你，贝特里奇先生，”他说，“我会记住我外甥女的生日的。”说罢，他就转过身体，走出去了。

第二年小姐过生日那一天，我们听说他病倒卧床了。过了半年，也就是我写这篇报道之前半年，有位德高望重的牧师给夫人写了封信。他通知夫人两件咄咄怪事：其一，上校临终时宽恕了他妹妹；其二，他宽恕了每一个人，是痛改前非、光明磊落地去世的。尽管教会里出了些有德行的主教和牧师，我本人是真心诚意地虔敬教会的。但我敢说，德行约翰至死也没有悔改。魔鬼还盘踞在他心里。他这个坏蛋临终时还干了最后一件坏事，骗那个牧师上了当。

以上就是我告诉富兰克林先生的一番话的要点。我越往下讲，他越是听得聚精会神。听我讲到上校在他外甥女生日那天被他妹妹撵出门去的时候，富兰克林先生竟像被一枪打中了要害似的那么震惊。虽然他嘴里不说，但我从他的面部表情能清楚地看出，我讲的话使他忐忑不安。

"你的话说完了，现在该我说了。我要告诉你，我在伦敦发现的一些情况，以及我是怎么卷进钻石的事情中来的。不过首先我要问你一句话。老朋友，你看样子好像不知道咱们俩商量的目的是什么，对不对？也许我看错了。"

"不，您没有看错，少爷，"我说，"我是不知道。"

"既然这样，"富兰克林先生说，"先要让你知道我的观点，才能往下谈。我舅舅送给雷茜尔表妹的那件生日礼物，我认为牵涉到三个非常严重的问题。贝特里奇，请你留神听，最好是扳着指头往下数，这样可以帮助记忆。"富兰克林说。他为自己头脑清晰感到高兴，这使我回忆到这神态真和他小时候一模一样。"问题一：在印度是不是有人阴谋盗窃上校的钻石？问题二：那些阴谋盗窃的人是不是尾随上校的钻石到了英国？问题三：上校知不知道这个阴谋，他送这件礼物给天真无邪的雷茜尔小姐，是不是存心给他妹妹家惹祸招灾？这就是我担心的事，你听了可别吓着。"

他说得倒怪轻松，我听了可真胆战心惊呀。

他要是没料错，那我们这个好端端的英国公馆，将蓦地给一颗见鬼的印度钻石搞得鸡犬不宁、惶惶不安了。这颗钻石是祸根。

富兰克林的一番话把维林达公馆面临的灾难阐述得昭然若揭。死鬼上校为了私怨用它引来一帮印度坏蛋，阴谋陷害我们，真是可怕呀。不过且慢，在十九世纪这么个文明进步的时代，在法纪严明、国泰民安的大不列颠，谁听说过会发生这等事？既然谁也没听说过，所以我也不必相信它，不用理会它，还是继续往下写我的钻石故事。

当您突然听到一则可怕的消息，惊恐万状的时候，八成您会感到胃里难受，而您一感到胃里难受，就会六神无主，烦躁不安了。我坐在沙地上，心里烦躁不安。我感到胃里在翻腾，或者说心里在翻腾，您爱怎么说都行，反正是一个意思。富兰克林看到这一点了，但他欲擒故纵，先不往下谈他的事，而是尖刻地问了我一句："你想干什么？"

我想干什么？我没有告诉他，可是我不妨对您说心里话。我想抽抽板烟，再翻一翻《鲁滨孙漂流记》。

第六章

我不动声色，恭恭敬敬地请富兰克林先生说下去。富兰克林先生叫我别惶恐不安，便接着往下说了。

我们少爷首先谈到他调查缺德上校和钻石的事情。他来公馆以前，第一步先到汉普斯泰德去拜访我们家的律师。一天，饭后他们俩在一起闲谈，富兰克林先生无意中透露出他老太爷受委托要给雷茜尔小姐送一件生日礼物。两个人你一言我一语，结果律师问起是什么礼物，又问起故世的上校跟布莱克老先生怎么会交上朋友的。富兰克林披露的事实确实很不寻常，我唯恐自己的拙劣文字难以贴切地表达，所以干脆尽可能引用富兰克林的原话。

“你还记得吗，贝特里奇先生?”富兰克林先生说道，“亨卡什尔舅舅从印度回来时，我父亲正在打着有关公爵领地的那场倒霉的官司。亨卡什尔手头有某种文件，我父亲认为这些文件对于证明他的所有权有点儿用处。所以他就去找上校，说是欢迎他回国。上校可没有上当，他说：‘嘿，您一定对我有什么要求吧，要不然你绝不会玷辱自己的名声来找我的。’我父亲只好摊牌了，当场承认需要那些文件。上校说考虑一天后再给他答复。上校的答复是一封非常古怪的信。我的那位律师朋友给我看了。他答应我父亲可以把文件拿去用，可是他开门见山地要求我父亲为他办件事。他说，多亏了战争（这是他的原话），他才获得了世界上最大的钻石。不过他有理由相信，如果携带着宝石，无论走到天涯海角，待在哪座房屋里，或是寄宿在谁家里，他都性命难保，宝石也一定会丢失。因此他决定请另外一个人来保管这颗钻石。那个人不用担任何风险。他不妨把钻石寄存在有防护设备的银行或珠宝商的保险库里。他也不必采取什么积极的防护措施，只不过每年在一个约定的日期，在一个预先商定的地址收拆上校寄来的一封信，信上单单写明上校那天还在人间。要是过期还未收到上校的信，就表明上校已被人暗杀了。在这种情况下，也只有在这种情况下，才能把一封跟钻石保存在一起的密封函拆阅，严格按照密封函的指示处理钻石。如果我父亲肯担起这份奇怪的责任，上校的文件就可以奉送。信的意思就是这样。”

“那您老太爷怎么办呢，少爷?”

“怎么办?”富兰克林先生说，“我就要告诉你。他根据常识来判断，说这件事情简直荒唐。上校在印度鬼混，弄到一块不值钱的水晶，就把它当钻石看。他说什么有人阴谋危害他的生命啊，什么采取防护措施啊，都纯属痴人说梦。尽人皆知，上校抽了多年的鸦片，所以才这么胡思乱想。话虽这么说，我父亲只好把鸦片鬼的臆想当成事实，按照他的荒唐主张担起那份稀奇的责任来。因为除此以外，再无别法可以弄到那些弥足珍贵的文件。何况，这样做，他本人也没有任何风险。于是那颗宝石和一封密封的函件就此进入了银行的保险库。上校那些定期寄来的通知信，就由我们的家庭法律顾问布罗夫先生代表我父亲收拆。不过任何聪明人在那种情况下也只好那样相机行事。纯粹按照严格推理办事的人毕竟是很少的。贝特里奇先生，我们往往根据自己浅薄的经验来判断是非，往往只相信那些报刊上登载的虚构的故事。”

从富兰克林的话里我能清楚地看出，他认为他老太爷对上校的看法是轻率的，也是错误的。

“那么您自己对这件事是怎么看待的，少爷?”我问道。

“咱们还是先把上校的事说完吧，”富兰克林说，“英国人的头脑很奇怪，往往缺少系统性。贝特里奇，老朋友，你的问题也是一个例子。咱们英国人除了制造机器以外，可算是宇宙间头号懵懂糊涂的人了。”

“嗬，这就是外国教育的好处。”我暗自思忖，“他在法国学会了怎样嘲笑自己的同胞。”

富兰克林接着往下说。

“我父亲拿到文件，就再也没有见过他的内兄。布罗夫先生年年都在规定的日期收拆上校的来函。我见过这堆函件，都是千篇一律简单透顶的两句话：‘敬启者，余犹健在。钻石事毋庸费心。约翰·亨。’但不知是六个月还是八个月以前，信的内容改变了。这回写道：‘敬启者，兹悉余将不久于人世。请速来代拟遗嘱。’布罗夫接信后立即到上校在郊外的有庭园的小别墅里去。上校从印度回国，就在那儿离群索居。跟上校做伴的有狗，有猫，有鸟，但是除了做家务的仆人和为他诊疗的大夫以外，他身边没有一个人。遗嘱非常简单。上校搞他的化学研究，早把家产挥霍掉一大半啦。上校神志完全清醒，在床上口授遗嘱，共有三条。第一条规定要妥善饲养他的那些动物。第二条是将遗产捐助北方一所大学作为建立化学实验系的经费。第三条就是由我父亲做执行人把月亮宝石赠给他外甥女做生日礼物。我父亲起初不愿意，但转念一想，也就答应了。因为一来，他办此事不担任何风险；二来，布罗夫认为，这钻石说不定也值些钱，对雷茜尔多少有些好处呢。”

“上校有没有说把钻石送给雷茜尔小姐的理由，少爷？”我问道。

“他非但说了，而且把这理由写进遗嘱了。我摘抄了一份，待会儿就给你看。不过贝特里奇，你别打岔，让我一桩一桩地往下说呀。好，已经告诉你上校的遗嘱了。现在谈谈上校死后的情况。按照惯例，少不得要把钻石拿去估估价。所有的珠宝商都咨询了，他们都证实上校没搞错——他拥有世界上最大的钻石之一。要对它准确地估价有不少困难。要论它的大小，确实是钻石市场上极其罕见的。它的色泽也是独具一格。可惜宝石的正中有一点儿小小的瑕疵。但即使有这个严重的缺陷，各位行家的最低估价也有两万英镑。可想而知，我父亲有多惊奇了！从前他曾认为这钻石是普通的水晶，差点儿不肯当遗嘱的执行人。那样一来，我们这家人就得不到这份稀世珍宝了，真是好险呀。而如今他既然对这件事产生了浓厚的兴趣，好奇心就驱使他拆开了那封跟钻石保存在一起的密封信。布罗夫也把这封信给我看了。我认为，它倒提供了一条线索，说明了威胁上校生命的阴谋是什么。”

“少爷，”我说，“那您相信这里面是有个阴谋喽？”

“对，”富兰克林说，“尽管我没有我父亲那样出色的判断力，但我相信上校说的话，他的生命确实受到了威胁。密封信里写的和我想的一样，指出两种做法。第一种是他在床上正常死亡的情况下，就把钻石送给雷茜尔小姐。第二种做法是，在他遭到谋杀的情况下，我父亲就得把月亮宝石秘密地送到阿姆斯特丹，找个有名的钻石切割能手，把宝石切成四块或者六块，然后卖掉，用这笔款项捐助他遗嘱里所提到的某大学，作为化学实验经费。唉，贝特里奇，你动动你那灵活的脑筋，你从上校这些指示里能得到什么结论？”

我马上动开了脑筋，可是这脑筋是英国式懵懵懂懂的，得不出什么结论。结果只好请富兰克林先生开导我是怎么回事。

“你得注意，”富兰克林说，“只有在上校没有遭到暗杀的情况下，完整的钻石才能保全。他没有对他所痛恨的敌人说：‘哪怕杀了我，你们也得不到钻石。它藏在严密防护的银行保险库里，你们只好干瞪眼。’他反而说：‘杀了我，钻石就不再是钻石了，它将失去特性。’这是什么意思?”

这时我好像有了一种奇妙的外国智慧，灵机一动便说：

“我明白，上校的用意是降低钻石的价值，使那些歹徒不能称心如意!”

“满不是这么回事，”富兰克林说，“我作了一番调查。照行家的看法，把钻石切开，反而能卖更高的价钱。理由很简单。六颗或四颗完美无瑕的钻石，卖价要比一颗有瑕疵的大钻石还要高些。如果歹徒的用意在于谋财，那么根据上校的指示，经过阿姆斯特丹的能工巧匠的加工，钻石岂不是更值得偷盗，在钻石市场上更易脱手，能让歹徒们得到更多的钱吗?”

“哎哟，上帝保佑，少爷，”我失声喊道，“那么阴谋的目的到底是什么呀?”

“阴谋是由宝石的原主，那些印度人策划的。这桩事主要是出于一种古老的迷信，我现在手头上有一份家书可以证实我的看法。”

我这才明白为什么富兰克林对我们公馆里来过三个变戏法的印度人这么重视。

“我不想硬要你同意我的看法，”富兰克林继续说，“不过我看这些人是献身于神的虔诚的圣徒，他们根据古老的印度教的迷信，哪怕赴汤蹈火也要伺机夺回他们的神圣宝石。我认为这是和我们所知道的东方民族的忍耐性，东方宗教的影响力完全吻合的。然而话说回来，我是个富于幻想的人，在我的心目中，现实存在的人物绝不止是肉店老板、面包师傅、征税的税吏而已。还有许多别人以为是虚妄的、子虚乌有的事物，我也相信它们的确存在。好了，我刚才所作的猜测，你就姑妄听之吧，信不信由你。现在咱们来讨论唯一跟咱们有切身利害关系的实际问题吧。上校死了以后，盗窃月亮宝石的阴谋是否还存在？上校把宝石作为生日礼物送给他外甥女的时候，知不知道这一点?”

他说到这里，我才恍然大悟，原来归根结底，事情要牵涉到夫人和雷茜尔小姐呢。于是，我便全神贯注，一字不漏地听了下去。

“我发现月亮宝石有这么一段经历以后，就不大愿意把它带到这儿来。”富兰克林说道，“可是布罗夫先生提醒我，总得有个人把上校遗赠的宝石交到我表妹的手里啊，与其别人来办，还不如由我来办。我从银行里取出钻石以后，就提心吊胆，老觉得街上有个衣衫褴褛、脸色黝黑的人在盯我的梢。我到我父亲的公馆里去拿行李，发现有我的一封信。为了读这封信，我在伦敦又多耽搁了一会儿。于是我就把钻石重新存到银行里，那时我疑神疑鬼，好像又看见了那个衣衫褴褛的人。今天早晨，我再次把宝石从银行里取出的时候，又第三次看见那个人了。我便瞅个空子溜掉了。我趁他没有发现之前，不乘午后那班车，改乘了早车，这才带了钻石安全到达。见面第一个消息是什么？我竟听说，三个变戏法的印度人已经到夫人公馆里来过了。而且他们知道我要来，还知道我将带什么东西来。并且在他们自以为没有人注意的地方，装神弄鬼地占卜了一番。至于他们把墨水倒在那个男孩儿的手心里，叫他寻找远方的一个人，和那人口袋里的东西，我并没有多费时间思考，因为这类事情我在东方已经是司空见惯了。我认为无非就是念咒占卜那一套。当前咱们亟须解决的问题是，这到底是一件偶然的不相干的事情被我牵强附会了呢，还是一个铁证，证明打从月亮宝石离开银行的保险库，那几个印度人就对我严密监视，紧跟不舍呢?”

我们俩好像都没有想到如何对付这么个棘手的问题，只好面面相觑。随后我们又看看潮水平缓地流进来，淹没了激沙滩，水面越涨越高。

“你在想什么?”富兰克林问道。

“我在想，”我回答说，“不如把这颗钻石埋到流沙里，让它永远消失，一了百了。”

“要是你口袋里有这笔钱，”富兰克林回答得很干脆，“那就一言为定，马上把它埋掉。”

真奇怪，在您心烦意乱的时候，一个小小的笑话便可以彻底消除您的烦恼。我们俩暂时找到一个寻开心的好办法了。想象怎样处理掉雷茜尔小姐的合法财产，怎样使遗嘱执行人布莱克老先生陷入可怕的困境，急得团团转。我们就这样胡思乱想地笑了好一会儿。至于喜从何来，我现在却说不出个道道儿。

富兰克林先生先停止了开玩笑，回到正题。他从口袋里掏出一封信，拆开信封，把里面的信纸递给我。

“贝特里奇，”他说，“咱们先要对付一个问题，那就是上校把钻石遗赠给他的外甥女，究竟动机何在? 你要记住整个事情的来龙去脉：从上校刚回国那阵子，一直到他嘿嘿地奸笑着对你说他会记住外甥女的生日为止，这一段时间，维林达夫人是怎样对待她哥哥的。再看看这个。”

他递给我上校遗嘱的摘要。我写这篇报道的时候一直把它放在身边，现在抄录如下，供您参阅。

“第三项，也是最后一项，如果我孀居的妹妹朱莉娅·维林达在我死后第二年，她的独生女雷茜尔过生日的时候还健在的话，我就把属于我的那颗黄钻石，也就是东方闻名的月亮宝石赠给我的外甥女雷茜尔·维林达。我希望执行人在我死后第二年她过生日那天（如果可能的话，要当着我妹妹——即上面提到的朱莉娅·维林达——的面)，亲手或委派某个可靠的代表，把钻石赠给她，归她个人所有，并且希望执行人把这份遗嘱的核对无讹的抄本交给我上面提到的那个妹妹，通知她我在遗嘱的第三项即最后一项声明将钻石送给她女儿，以此证明我已经诚心地原谅她在我生前对我的种种侮辱。特别是证明，我临终时已经原谅当年她女儿过生日那天，她命令仆人不让我——一位军官，也是一位绅士——进门的那一次侮辱。”

以下还有一段话说明，如果在立遗嘱人去世时，我的女东家或雷茜尔小姐也已经去世，就必须根据和钻石一起存放的密封信的指示，将钻石送到荷兰。此时，月亮宝石售得的款项必须一并充做遗嘱里已经提到的北方某大学化学实验教学经费。

我把这张纸还给富兰克林，心里怪恼火的，不知道该怎么对他说才好。您也明白，直到那时，我还是始终认为上校临终时还是像他生前那样缺德。我并非说，上校遗嘱的抄本使我改变了这种看法；我只是说，我看了抄本，惊愕透了。

“哎，”富兰克林先生说，“你现在看过上校口授的遗嘱了，有什么看法？我把月亮宝石送到我姨妈的公馆，你认为我是盲目地帮助上校进行报复呢，还是认为我为上校辩护，证明他是一位忏悔前非的基督徒呢？”

“少爷，”我回答说，“我不敢说他临终时是否心怀鬼胎，企图报复，嘴里却扯了个弥天大谎。只有上帝才知道事情的真相。别问我吧。”

富兰克林坐在那儿，用手指拧着遗嘱的抄本，仿佛存心要把事实的真相拧出来。同时，他自己也仿佛有了很大的改变。他本性是活泼、聪明、开朗的。现在不知道怎么搞的，却变成了一个迟钝、严肃、沉思冥想的人了。

“这个问题有两个方面，”他说，“有客观的一面，也有主观的一面。咱们到底采取哪个方面？”

他受过法国教育，也受过德国教育。到这时为止，其中的一种教育一直在全面支配着他的行动。而现在显而易见，另一种教育已经取而代之了。我有一条生活准则，便是不去理会我不理解的东西。于是我便游移在主客观之间。用大白话来说便是，我干瞪眼，一言不发。

“咱们来咂摸出这件事的内在涵义，”富兰克林说，“我舅舅为什么要把钻石遗赠给雷茜尔，而不是给我姨妈呢？”

“这倒不难猜，少爷，”我说，“亨卡什尔上校很了解我们夫人，知道遗赠给她任何东西，她都会断然拒绝的。”

“他怎么知道雷茜尔不会拒绝呢？”

“少爷，人世间能有这么个年轻女士，经得起像月亮宝石这样贵重的生日礼物的诱惑吗？”

“这是主观的一面，”富兰克林说，“贝特里奇，你能够把她们母女的主观想法分析得这样头头是道，实在令人佩服。但是上校的遗赠还有一件神秘的事找不到原因。上校送给雷茜尔小姐生日礼物，为什么要以她母亲健在作为必要条件？这该怎么解释呢？”

“我不愿意诬蔑死人，少爷，”我答道，“不过，他要是存心通过送外甥女礼物来使她妹妹家里惹祸遭殃的话，他当然要在他妹妹在世的时候送，好让她受尽精神上的折磨呀。”

“哦，这就是你对他的动机的分析吗？”富兰克林说，“这又是主观方面的分析！贝特里奇，你有没有到过德国？”

“没有。请问您是怎么分析的呢，少爷？”

“依我看，”富兰克林说，“上校的目的很可能是要让他妹妹知道他临终时原谅了她。他送这份礼物给外甥女并非为了外甥女本人，因为上校连见都没有见过她，而是通过送这份厚礼来表明自己跟妹妹和解的诚意，表示自己临终时已经原谅了她。我认为这么解释要算是最合理的了。我这个分析跟你的完全不同，这是主客观相结合的看法。看起来，很可能两种解释各有道理，可说是并行不悖，相辅相成。”

富兰克林作了这么个使人心悦诚服的解释，仿佛认为已经尽了分内的责任，仰卧在沙地上，问我接下来该怎么办。

他是个聪明人，头脑很清醒，在分析月亮宝石的事情上一直是我望尘莫及的。我压根儿没料到他突然讲起了洋腔洋调、莫名其妙的话，而且他突然变得好像没有主见，竟要靠我出主意了。后来我才知道——这是雷茜尔小姐告诉我的，她头一个发现的这一点——富兰克林的思想令人费解地变化无常，完全是因为在他的性格还没有定型、最容易被潜移默化的时候，就被送到国外，移居过好几个国家，受过好几种外国教育的缘故。一种教育还没有在他身上扎根，另一种又取而代之。结果呢，他回国的时候，性格就变成大杂烩，经常生活在一种自相矛盾的状态中。他有时忙忙碌碌，有时却疲疲沓沓；有时清醒，有时却糊涂；有时是当机立断的典范，有时却优柔寡断，一筹莫展。他把法国式的、德国式的、意大利式的性格熔于一炉。此外，他骨子里那种英国式的性格也不时流露出来，仿佛向别人宣告，瞧，我还在这儿，尽管被扭曲得面目全非了，但还残存在他的骨子里。雷茜尔小姐常说，他的意大利性格往往占上风。在这种时候，他会出乎意料地向环境屈服，并且说尽好话，央求您替他负责任。我想，要是您认为现在意大利性格在他身上占上风了，那倒是八九不离十，给您说中了。

“下一步该怎么办，不是该由您拿主意吗，少爷？”我问道，“总不能要我拿主意吧？”

富兰克林好像没有掂出我这句话的分量。这时候他心乱如麻，除了头顶上瓦蓝的天空以外，什么也看不出。

“我不愿意没来由地惊动我姨妈，”他说，“我也不愿意不打声招呼就溜走。贝特里奇，你说一句，要是你处在我的地位，你该怎么办？”

我只告诉他一个字：“等。”

“完全赞成，”富兰克林说，“可是等多久呢？”

我把我的主意说给他听。

“依我看，少爷，”我说，“总得有人把这讨厌的钻石在雷茜尔小姐过生日那天交给她吧。我看，还是您交给她好。得了，今儿是五月二十五日，她生日是六月二十一日。咱们差不多还有四个星期工夫。咱们等着瞧这段时间里会出什么事，再见机行事，看要不要通知夫人一声。”

“好极了，贝特里奇！”富兰克林叫道，“可是从现在到生日这段时间里，钻石该怎么处理？”

“当然按照您老太爷的办法喽，少爷！”我答道，“您老太爷把它存在伦敦一家银行的保险库里，您不妨把它存在弗利辛霍银行的保险库里。”弗利辛霍是离我们最近的一个镇，就是英格兰银行也未必比那儿更安全。“我要是您的话，少爷，”我又添了一句，“我就趁夫人、小姐现在还没回来，立刻骑马把它送到弗利辛霍银行去。”

现成的一件事要他去干，再说又是骑着马去干的，行！富兰克林听了，飞快地爬起来，跳起身，不拘礼节地把我也拖起来。“贝特里奇，你真是一字千金啊！”他说，“快走，立刻把马厩里最好的骏马配上鞍子。”

他骨子里的英国式性格，终于透过表层的外国性格显露出来了！这才是我记忆中的富兰克林少爷哟！我顿时回忆起他小时候听见要骑马时的那股欢快劲儿，附带也回忆起过去的好时光来啦。为一匹马配上鞍子？哪怕他要骑十二匹马，我也会都给他配上！

我们急急忙忙地回去，急急忙忙地鞴马，富兰克林就急急忙忙地策马飞驰，去把那该死的钻石重新存到银行的保险库里。我一听到得得的马蹄声消失，就在院子里转悠开了。我发现自己又是孤零零的一个人了，这时我真想问问自己，刚才是不是做了场梦。

第七章

我迷迷糊糊地待在那儿，正巴不得独自安静地养养神，我女儿潘尼洛浦却又来碍我的事了，就像她故世的母亲往常在楼梯上碍我的事一样。她当下叫我把富兰克林跟我谈话的全部经过，都一股脑儿地告诉她。可是在眼前这种情况下，我只能给她的好奇心泼上一盆凉水。我回答她说，富兰克林先生跟我净谈些外国的政治问题，谈得困倦了，两个人就在温暖的阳光下睡着了。下一回碰到您妻子或女儿在一个尴尬的时刻，用一个尴尬的问题来打扰您，您不妨试试我这泼凉水的回答。当时她们虽然板着脸儿不乐意，但是女人的天性是温柔的，往后一有机会，她们还是会吻吻您，跟您和好的。

下午渐渐消逝了。夫人和雷茜尔小姐回来了。

不用说，她们一听富兰克林刚到又骑着马走了，当然是很惊讶的喽。不用说，她们少不得也马上提些尴尬的问题把我盘问了一番。当然，对她们可不能再用“外国政治”啦、“在太阳底下睡着了”这样的话来搪塞了。我一时智穷计尽，只好说富兰克林乘早车来是他一时心血来潮吧。她们又问，那么他急急忙忙地骑上马又走了，是否也是一时心血来潮呢？我顺着竿儿爬，说：“对，一点儿不错。”这样我就又巧妙地蒙混过去了。

刚刚逃过夫人小姐这道难关，回到自己屋里，只见又有一道难关在等着我呢。潘尼洛浦进来了，带着她天生的女性温柔来吻我，跟我和好；又带着她天生的女性好奇心，问了我另一个问题。这一回还好，她只要我告诉她，我们的第二个粗活使女罗珊娜·史珀尔曼是怎么回事。

原来罗珊娜在激沙滩上跟我和富兰克林分手以后，回到家里，心情奇怪得很，无法解释。她忽然没来由地高兴起来，忽然又没来由地发起愁来。要是潘尼洛浦的话信得过的话，她的情绪就像彩虹一样变幻无常。她一口气问了几百个有关富兰克林·布莱克的问题。潘尼洛浦问她怎么会对一个陌生的少爷产生好感，她一下子就生了气。忽然看见她笑，还在针线盒上涂来涂去写着富兰克林的名字。忽然又看见她哭，还对着镜子里她那畸形的肩膀直发愣。难道她跟富兰克林以前就认识？绝对不可能。富兰克林刚才看见那姑娘那样凝视着他，确实大吃一惊呀。可是据潘尼洛浦说，刚才罗珊娜那么认真地打听富兰克林又为啥呢？真有意思。我们父女俩谈论罗珊娜，谈得有点儿厌倦了。突然，我女儿迸出个我生平所听到过的最最荒谬的推测，作为这番谈话的结论。

“爸爸！”潘尼洛浦一本正经地说，“只有一个解释讲得通，罗珊娜对富兰克林一见钟情啦！”

咱们都听说过美丽的小姐们一见倾心的故事，那是很自然的。可是一个感化院出身的粗活使女，容颜丑陋、肩膀畸形，居然会对一位到公馆里来做客的少爷一见倾心！这岂不是天大的笑话，再荒唐也没有了！您找找看，在基督教国家的故事书里有比这更荒唐的事情吗？我笑得眼泪都从腮帮上流下来了。说也奇怪，潘尼洛浦可不赞成我这么乐。“我万万想不到您会这么冷酷，爸爸。”她非常和婉地说了这句话，便走了出去。

我女儿这番话无异于给我浇了一盆凉水。我暗自生气，怎么听到她这话，会不安起来，不过事实的确如此。如果您愿意，咱们还是换个话题。很遗憾，我怎么会写到这事情。不过写写也未必没有道理，您听下去自会明白。

天晚了，晚饭前的整装铃已经响过了。富兰克林刚从弗利辛霍回来。我亲自把热水送到他房里。原以为他在镇上待这么长时间，会带来什么消息。真令我大失所望（您想必也和我同感），居然什么事也没有发生。他在来回的路上都没碰见什么印度人。他已经把月亮宝石存放到银行里，寄存的时候只说是一件贵重的珍宝，收据就安全地装在口袋里。我下楼的时候心想，上午为这颗钻石激动了老半天，结果却平淡无奇。

富兰克林跟他姨妈和表妹会面的情形，我无法告诉您。

那天我真想能在餐桌旁侍候他们用餐。不过我作为公馆的堂堂总管，除非遇到什么喜庆盛宴，平时是不会侍候主人吃饭的，本来夫人就责怪我拿不起总管的架子，我可不能在仆人的眼里轻易降低自己的身份了。当天晚上我还是从潘尼洛浦和听差的嘴里听到了些消息。潘尼洛浦说她还是头一回看见雷茜尔小姐这样精心地梳理头发。小姐下楼到客厅里去见富兰克林的时候，那副漂亮俏皮的模样，她也是头一回见到呢。听差的说法是，他既要在主子面前表现一种尊敬而沉稳的态度，又要周到地服侍富兰克林·布莱克先生吃饭，他实在费了好大的劲，才做到两全其美。他又说，饭后，好晚了，还听见他俩在一起二重唱，富兰克林嗓音高，雷茜尔唱得比他更高。夫人为他们弹钢琴伴奏，悠扬的琴声仿佛在帮助他们顺利地越过篱笆、跳过水沟似的。半夜里，在大阳台上听他们美妙的歌声从几扇打开的窗户里飞出来，真叫人悠然神往，甜丝丝、美滋滋的啊。

过了一会儿，我端了苏打水和白兰地酒，到吸烟室去给富兰克林喝。我看出雷茜尔小姐本领真不小，已经把他脑子里的钻石驱赶到九霄云外去了。我打算把话题转到正经事上，却只听他一个劲儿地讲什么：“她是我回国以来见到的最迷人的姑娘!”

将近午夜时分，我照例由听差塞缪尔陪着巡视了一遍房屋，把门一一锁上，然后就打发塞缪尔去就寝。这时唯独通到大阳台去的边门还没上锁，因为我临睡前总要到屋外散散步，呼吸点儿新鲜空气。

夜阑人静，月亮正圆。屋外安静极了。我不时地可以听到隐约轻微的海水声，这是海水灌入海湾，一阵阵涌到沙滩上，又一阵阵退落下去的声音，好像大海也在安详地呼吸。按照公馆坐落的方向，大阳台正好笼罩在一片黑暗里，只有沿大阳台那一边的石子路被月轮的清辉照得雪亮。我仰望星空，然后往大阳台那边一看，只见墙角后面藏着一个人。月光把他的影子清晰地映到地上。

生姜还是老的辣，我机警地没有声张，打算悄悄地绕到他身后，冷不防地把他抓住。不幸的是我毕竟上了年纪，脚步难免滞重一些，在石子路上走动的声音被他听见了。我还没走到墙角，就听见了一阵比我的还要轻的脚步声（听起来好像不止一个人)，人已匆匆地逃走了。等我赶到屋角，这些宵小已经逃到灌木路的那边，在乔木和灌木的阴影里隐匿无踪了。从灌木路那儿，他们可以轻易地翻过篱笆，逃到大路上去。唉，要是年轻四十岁，我准能够在他们逃离之前，将他们抓获。当下我赶紧回到屋里，找年轻的助手塞缪尔一起追赶。我们带上两支枪，谁也没有惊动，径自绕着公馆走了一圈，再穿过灌木路，彻底搜查了一遍，确信没有任何人藏在园子里，我们才往回走。我走过刚才发现人影的小道，在月光下我第一次发现明净的石子路上有个亮晶晶的小东西。捡起来一看，原来是个小瓶子，里面装着有点儿香味的浓稠的液体，黑乎乎的像是墨水。

我对塞缪尔什么话也没说。但一回想到潘尼洛浦告诉我的那几个变戏法的往男孩掌心里倒墨水的事情，我便顿时疑心，刚才被我吓走的就是那三个印度人。他们特意前来，潜藏在花园里，施行了异教徒的邪术，一心要窥测，那天晚上钻石放在什么地方。

第八章

这里我要暂停一下，有几句话要交代。

凭我的回忆，并且参照潘尼洛浦的日记进行核对，我发现可以把富兰克林来到公馆和雷茜尔小姐的生日当中这段时间很快地一笔带过。这段时间过得平平常常，没有什么值得记录的。如果您能谅解的话，我想由潘尼洛浦帮助，只把重要的几天记一下。等到月亮宝石成为公馆里人人关注的头等大事的时候，咱们再逐日详细记述。

这样交代完毕，咱们又可以继续讲下去，当然还是从我那天夜里在石子路上发现那瓶有香味的墨水讲起。

第二天，也就是二十六日的早晨，我把那个魔法道具，即那瓶有香味的墨水拿给富兰克林看，还把我向您说过的那番话，又对他说了一遍。他认为那些印度人是潜藏在花园里伺机窃取宝石的，他还认为他们居然相信自己那套魔法——在孩子的头顶上临空画符，并往孩子的掌心里倒墨水，指望他看见一般人看不到的东西，实在是太愚蠢了。富兰克林告诉我，在咱们英国也和在东方国家一样，有一些施行这种奇特魔法的人，不过他们不用墨水罢了。他们给它起了个法国名字叫做“千里眼”。“毫无疑问，”富兰克林说，“那几个印度人拿准了钻石是放在这里。要是他们昨天夜里偷偷混进公馆的阴谋得逞了的话，准会把那个‘千里眼’的男孩带来，叫他指点他们怎么寻找。”

“您看他们还会来吗，少爷?”我问。

“那要看这孩子是不是真有能耐了，”富兰克林说道，“如果他看得透宝石是藏在弗利辛霍银行的钢铁保险库里，那几个印度人暂时就不会再来打扰咱们了。要是看不透，咱们不久还会有机会在灌木路那儿碰到他们。”

于是我就信心十足地等待这机会了。可是说也奇怪，等来等去，就是等不到。

是这几个变戏法的在镇上听说，富兰克林曾到过银行，从而推测宝石已经存到银行里了呢？还是那孩子当真看见钻石存放在那儿呢？会不会只不过出于巧合呢？我们不得而知。总之，在雷西尔小姐生日之前的几个星期里，确实再也没有什么印度人到公馆附近来过。变戏法的待在镇上，我跟富兰克林照旧等着瞧会再出什么事，同时竭力不露声色，唯恐打草惊蛇。好，两边的情况都交代清楚了，关于印度人的事，暂时写到这儿，告一段落。

五月二十九日，雷西尔小姐和富兰克林先生想出一个消磨时间的新花样。我在此特别提出他们借以消遣的玩意儿自有道理。您往下看就会明白，它和将来的某件事情有密切的关系。

上流人的生活里往往都好像有块沉重的石头，闲得难受，他们老想找些事情来消磨光阴。看起来倒真是怪有意思的。如果他们的口味是那种所谓知识分子的口味，他们往往会盲目地搞些令人作呕的勾当。他们十有八九喜欢折磨些什么，糟蹋些什么，借以取乐。美其名曰增长知识，其实是把屋里搞得一团糟。我曾经看见他们（非常遗憾，小姐们也跟少爷们一样）天天带着空盒子出去，捉些蝾螈、甲虫、蜘蛛、青蛙什么的回来，把这些可怜的小动物钉起来，甚至于狠心地把它们切成碎块。有时候您会看见一些少爷小姐坐着，用放大镜观察一只蜘蛛的内脏；有时您会看见一只无头青蛙在楼梯上一级一级地往下蹦。你要是请教他们搞这种残酷的勾当，究竟有啥意思，那他们就会告诉您，这是对博物学的一种爱好。有时您还会看到他们忙着用刀剪糟蹋一朵美丽的花，就因为他们那份愚蠢的好奇心，想知道花到底是怎么构成的。可是就是知道了又怎么样？难道能够使花的颜色更美，气味更香吗？什么博物学，得了吧！其实都是因为这些无聊的人闲得发慌，没事找事干。小时候做泥饼子，长大了就搞什么科学，解剖蜘蛛，糟践花儿。说穿了都是因为他们那无聊的脑袋瓜空着无事可想，那双无聊的手闲着无事可做，只好绘画，用油彩弄脏画布，弄得屋里充满难闻的气味；在一个盛满脏水的玻璃缸里养蝌蚪，让屋里的人恶心得直想吐；或是搞雕塑，弄得到处都是凿下来的石头粉屑，砂砾飞溅到食品里去；或是搞摄影，把手指弄得脏乎乎的，把每个人的脸，无论俊也罢、丑也罢，都无情地拍下来。这些名堂，对于迫于生计，需要借此谋求温饱和栖身之地的人来说，无疑是苦差使。不过即使干最沉重的活的苦力，比起那些闲得发愁只好扯烂花瓣、切开蜘蛛的胃的先生来，我看还是要幸运些，因为谢天谢地，他们毕竟有些事必须动脑筋去想，有些事必须用双手去做。

说起富兰克林先生和雷茜尔小姐，我倒是乐于奉告，他们并没有折磨什么小动物，他们只是把房间弄得乱糟糟的。说句公道话，他们也没有糟践什么，只不过弄脏了一扇门上的镶板。

上面已经提到过，富兰克林是个万事通。他什么都会两下，这次搞的是所谓的“装饰画”。他告诉大家，他发明了一种油漆的新配料，管它叫“溶剂”。关于这种溶剂的配方我一无所知。说起它的作用，就两个字：贼臭。雷茜尔小姐迷上了这种新溶剂，老想亲手试一试。富兰克林派人到伦敦去采购原料，他俩把它调和在一起，弄得满屋子臭烘烘的，就是狗闯进来，闻了这味道也要打喷嚏。富兰克林在雷茜尔小姐的裙服外面罩上围裙和围嘴，叫她一显身手，装饰自己的小起居室。这种起居室英语里没有适当的名称；法语里称为 boudoir，大概是“闺房”的意思。他们先从门背着手，富兰克林先生用浮石把这门背上的高级油漆全部刮掉，抹上一层底色。于是雷茜尔小姐在富兰克林的指导和帮助下，在门板上漆满了鹰首狮身兽啊，鸟啊，花啊，爱神啊，诸如此类的图像和图案，都是从一位意大利名画家的画上临摹下来的。这位画家的名字我忘了，只知道他的《童贞女玛丽娅》的画像震惊了全世界，他的情人是一家面包铺老板的女儿。这种装饰画又费事又肮脏，可是我们的小姐和少爷倒像是乐此不疲。只要是不骑马，不接待客人，或者没有吃饭、唱歌的时候，就只见他们俩头凑到一起，像蜜蜂似的忙个不停，拼命糟蹋那扇门。不知是哪位诗人说的，魔鬼看到人们无聊，就找出一些恶作剧的事情让他们做。要是这位诗人代替我当公馆的总管，看到富兰克林在调颜料，雷茜尔小姐在挥毫绘画，一定会赞叹自己语妙惊天啊！

还有个值得一提的日子，就是六月四日，星期日。

那天晚上，下房里展开了一场家务事的争论。这场争论也跟门上的装饰画一样，与那即将发生的大事关系极大。

看见富兰克林先生和雷茜尔小姐情投意合，又看到他们俩在各方面都很般配，堪称美满的一对，我们自然要猜测，他们俩把头凑在一起说悄悄话，可能不只是商量装饰门板的事情吧。有人说，等不到夏天过完，公馆里就要操办喜事啦。另一些人，以我为首，却认为雷茜尔小姐可能结婚，不过是不是嫁给富兰克林·布莱克，那还要打个问号，理由下面即将提到。

富兰克林爱上她了。凡是亲眼看见、亲耳听见他的人都不会否认这一点。问题就难在探测雷茜尔小姐的心意。让我荣幸地把她向您介绍一下，然后由您自个儿去揣摸她的心意吧，如果您办得到的话。

到今年六月二十一日，我们小姐就要过她的第十八个生日了。如果您凑巧喜欢深色皮肤的女人的话——不过听说，喜欢黑里俏的风尚，在寻欢作乐的上流社会近来已经不太时兴了——如果您对身材高低不太挑剔的话，那我敢说，您打着灯笼满处找，也很难找到像雷茜尔小姐这样第一流的标致姑娘。她身材娇小可是苗条，从头到脚长得非常匀称。您看她坐有坐相，站有站相，特别是走起路来是那么端庄优美，任何一个男士都会感到赏心悦目，为之神驰。她的优美之处不在于服饰华丽，而在于肌肤莹润（请您原谅我用词有点儿越礼），她的乌黑透亮的美发，黑如点漆的秋波（为我生平仅见），堪称绝伦。当然，我也得承认，她的鼻梁略嫌小些；她的樱唇和下巴，引用富兰克林的话，乃是神仙的美味佳肴。她的皮肤，还是引用这位权威的话，像阳光一样温暖宜人，而且比阳光还多一层好处，可以让人尽情地观赏。除了上述优点以外，还可以补充一些，如她的头总是笔挺地昂起，神采奕奕，精神焕发，显得很有素养。她生就一副清脆的银铃般的好嗓子，笑起来也很别致，芳唇未绽，眸子里就先透出一丝非常可人的笑意。以上是我为雷茜尔小姐所作的一帧精心描绘、惟妙惟肖的画像。

那么雷茜尔小姐的性情和气质怎样呢？难道这个楚楚动人的姑娘，竟是如此十全十美，没有任何缺点吗？不，女士们，她也跟你们同样有些缺点，不比你们多些，也不比你们少些。

高雅秀丽的雷茜尔小姐虽有这么多惹人喜爱的优点，可平心而论，我得承认她也有个缺点。她跟大多数同龄的姑娘不一样，个性很强，有自己的一套主张，往往固执己见，不把时尚放在眼里。她对待小事倒也随和；遇到大事不合己意，那就针锋相对，绝不含糊，有时甚至寸步不让，做得太过分了。夫人跟我都有同感。她遇事总是自己拿主意，即使年龄比她大一倍的女士们也很少会如此执拗。她从不征求别人的意见，也从不事先披露要干什么。有什么秘密，她也从不找别人商量，上至她母亲，下至平辈亲友，她都守口如瓶，滴水不漏。总之，事无巨细，也无论是对亲者、仇者，她的爱憎都是真心实意、极其分明。无论处于顺境或是逆境，她总是自行其是。我屡次听见夫人说："雷茜尔最好的朋友和最坏的敌人都是雷茜尔自己。"

我再附带说件事，有关雷茜尔的描述就可告一段落了。

尽管她爱守秘密，又那么固执，她可没有半点儿虚伪。就我记忆所及，她从来没有言而无信或是口是心非的事例。我记得她小时候，这个好心眼的小妞儿，不止一次代她心爱的游伴受过。事后，当事情调查清楚了，问她是不是代人受过，她也不承认。可是谁也没有听她扯过谎。她直瞪瞪地看着您的脸，倔强地摇着小脑袋，只是说："我不告诉您！"为了这句倔强的话，她又受到了惩罚。她只承认这句话不礼貌，但不管怎样，她不想说的，就是不说。我承认，她真是固执，有时简直太死心眼儿，不过倒是咱们这污浊的人世间举世无双的好人。可能您认为在她身上看到了什么矛盾吧？那么我有一句话要奉告：在今天这二十四小时里，请您仔细观察一下您的妻子。如果尊夫人在这期间里没有显示出一点儿矛盾，那么愿上帝保佑您，您娶的是一个怪物。

好，我把雷茜尔小姐的个性、为人也向您介绍了，下一步咱们就要面对这位年轻女士的婚姻观了。

六月十二日，夫人发了张请柬给伦敦的一位绅士，请他来参加雷茜尔的生日庆宴。这人就是我认为雷茜尔情有独钟的那个幸运儿！他跟富兰克林一样，也是她的姨表兄，名叫高乎利·艾柏怀特。

谈到夫人的二姐——喂，请您别慌，咱们这一回不会过多地扯家庭琐事——她当年曾一度失恋，伤心之余就闭着眼睛找了个丈夫。因此她的婚姻是一门所谓门不当户不对的婚姻——贵族之家的卡罗琳小姐执意要嫁给平民阶层弗利辛霍的银行家艾柏怀特先生。这事遭到了女方全家的竭力反对。诚然，他很富有，也有相当的身份，这都是他的有利条件，可是他要想以平民的身份和贵族联姻，以提高社会地位，就会遭到反对。然而毕竟时代在前进，人们的思想变得开通了。他的亲事终于得到了大家的认可。得了，咱们现在都变得开明了。无论是在议会里，还是在议会外，大家都是你捧我，我捧你。你是个清洁工还是位公爵，与我何干？掺和着点儿，这是合乎潮流的看法。我的思想是合乎潮流的。艾柏怀特一家在弗利辛霍近郊有一所漂亮的宅邸和庭园，很体面，很受街坊的尊敬。所以本文对他们，除高乎利以外，就毋庸多费笔墨了。高乎利先生是艾柏怀特老先生的次子。为了他和雷茜尔小姐的关系，他理应在本文中占适当的位置。

尽管富兰克林先生这么聪明机灵，人品也高尚，可是依我看，他在我们小姐心目中实在是难以和高乎利先生相比的。

首先，高乎利在身材上就占优。高乎利身高六英尺有余。他脸色白里透红，容貌相当英俊：一张光滑的圆脸，修整得像您手心那么光；一头可爱的淡黄色长发，漫不经心地披拂在颈背上。但是又何须我个人对他特意描绘呢！如果您订阅伦敦的《妇女慈善事业》杂志，您就会和我同样对他刮目相看了。当律师是他的本行；在女流中厮混是出于他的天性；乐善好施是他的癖好。妇女办的慈善济贫事业少了他，就办不成事。什么以赈济贫苦妇女为天职的母亲协会啊；以拯救失足贫女为宗旨的妇女收容所啊；一心要让穷女子担任穷男子的职务，而让后者另谋生路的妇女职业介绍所啊……等等团体，都有他参与其间，不是担任副主席，就是当主任，或是当仲裁人。无论何处，只要有妇女组成的委员会围着桌子在开会，那儿就有高乎利坐在一旁，按照委员会的宗旨，温良恭谨地婉言开导这些好人，披荆斩棘，解决困难。他干这些工作，收入微薄。我认为他是英国有史以来最有才华、最干练的慈善家。在慈善大会上，他发表动人的演说，叫您掉了泪又掏钱，这种雄辩家真是踏破铁鞋也难觅呢。他简直是位社会名流。上次在伦敦，夫人请了我两回客。第一回她请我到剧场去看一位红得发紫、风靡一时的舞蹈家演出；第二回她请我到埃克塞特大会堂听高乎利演讲。那位女舞星的演出有乐队伴奏；而高乎利先生演讲，只带了一块手绢和一玻璃杯的开水。舞蹈家的演出靠好多双腿衬托；而高乎利的演讲全靠他的三寸不烂之舌。除此之外，他又是个非常温和的人，又朴实，又可爱，又随和。他喜欢大家，大家也都喜欢他。富兰克林，或者说任何庸庸碌碌、默默无闻之辈，跟这么一个才子在情场角逐，哪有不败之理?

十四日，高乎利先生的回信来了。

他接受夫人的邀请，从星期三，也就是雷茜尔小姐生日那天开始，待到星期五晚上——他在好多个妇女慈善团体里任职，届时不回去是不行的。他还寄来一本诗集，题为《贺表妹华诞之喜》。我听说，雷茜尔小姐和富兰克林先生在餐桌上嘲笑了这本诗集。潘尼洛浦完全站在富兰克林一边，得意扬扬地问我对这事有何感想。“宝贝儿，雷茜尔小姐在制造假象，存心迷惑你们咧。可是我的鼻子尖，她可骗不了我。”我答道，“艾柏怀特先生的诗是不算数的，等艾柏怀特人来了以后，你再看分晓吧。”

我女儿说，富兰克林先生也许会趁寄诗的诗人尚未到来之际，先插一杠子，试试运气。这个说法倒有点儿道理。富兰克林先生根本不会放弃任何机会，来赢得雷茜尔小姐的欢心。

有一天，雷茜尔说不喜欢富兰克林衣服上那股烟草味儿。他尽管烟瘾很大，却马上就把雪茄烟戒掉了。抽烟对他有一种镇静作用，这一戒，他晚上就睡不踏实，每天早晨下楼来，总显得那么憔悴疲惫。雷茜尔小姐看了不忍心，要求他恢复抽烟。不！他绝不做一丁点儿她不喜欢的事，一定要坚持到底。他相信，只要耐心等待，早晚会睡好觉的。您也许会说，就像楼下某些人说的一样，这么一片至诚，哪有不感动雷茜尔的道理。再说，他们俩每天耳鬓厮磨，一块儿装饰那扇门，也会起作用的。说得都对，可是她卧室里摆着一帧高乎利的照片，照的是他在大会上演讲的风采，雄辩滔滔的气息把头发都吹拂起来，迷人的眼神正在向外勾您口袋里的钱。这又怎么说呢？潘尼洛浦自己也承认，每天早晨雷茜尔小姐梳理头发的时候，都少不得看见那位女流的宠儿正从肖像上朝她看呢。要不了多久，现实中的他就会来跟小姐眉目传情了——最后一句是我的看法。

六月十六日出了一桩事。依我看，这样一来富兰克林更没戏唱了。

那天早晨，公馆里来了个操着英国话，但外国口音很重的陌生的绅士，来找富兰克林商谈什么事。这事不可能跟钻石有什么牵连，理由有两条：其一，富兰克林对我只字未提；其二，外国绅士走了以后，富兰克林先生把这事跟夫人谈了。夫人大概隐约地向小姐透露了。反正那天晚上，听说雷茜尔小姐在钢琴旁边，对富兰克林先生说了些很尖锐的话，批评他交友不慎，还数落他在外国沾染了恶习。翌日，他们头一回没去装饰那扇门。我怀疑是富兰克林在大陆期间行为不检，搞女人或是欠债不还，现在人家追到英国来了。不过这纯属臆测。这一回不仅富兰克林先生，连夫人也对我讳莫如深了，这很奇怪。

十七日，显然乌云又被吹散了。他们俩重新忙着装饰房门了，看上去他俩又和好如初了。要是潘尼洛浦的话可信的话，富兰克林曾抓住这个言归于好的机会向雷茜尔小姐求婚。她的态度很暧昧，既没有接受，又没有拒绝。我的女儿（根据哪些迹象，这儿就不提了吧）断定，她的小姐装作不信他的诚意，说是要再观察一阵再说，后来又暗自懊悔，不该这样对待他。当然喽，潘尼洛浦跟小姐几乎是从小在一块长大的，所以她跟小姐亲密的程度，远远超过一般使女。可是我对小姐守口如瓶的癖性太了解啦。我相信，她对任何人都不会这么轻易地吐露自己的心事。我的女儿这一回告诉我的话，不完全是事实，多半是她一厢情愿的猜测罢了。

十九日，又出了一桩事。我们公馆里特地请来了一位大夫。他是专门来给一个人看病的，这人便是上文中向您介绍过的，公馆的粗活使女罗珊娜·史珀尔曼。

这个可怜的姑娘！上文中已经交代，她在激沙滩的奇特行为，使我摸不着头脑。最近这段时期她又接二连三做了些使人困惑不解的事。潘尼洛浦说罗珊娜爱上了富兰克林。这话能随便乱说吗？我命令她要绝对保密。她听从了我的话，只字未漏。我仍旧半信半疑，认为这话简直荒唐。可是至少我得承认，据我们父女亲眼所见，我们公馆的这个粗活使女的行为，至少说，开始变得神秘了。

比方说，这姑娘老是设法让富兰克林看到她。虽然是躲躲闪闪，悄悄地，但她毕竟这样做了。而富兰克林对她，就像对一只猫似的，毫不在意。他从来也不想浪费时间对她丑陋的面孔瞅一眼。这可怜虫本来就胃口不好，这样一来弄得饭也吃不下了。早晨她的眼睛总是红红的，露出半夜醒来哭过的模样。有一天，潘尼洛浦还发现了一件蹊跷的事，我马上关照她别声张。她撞见罗珊娜偷偷地把富兰克林梳妆台上面的一朵玫瑰花拿开了，这朵花原是雷茜尔小姐送给他别在饰孔里的，竟然换上了自己折来的另一朵相似的玫瑰花。这以后有一两次，我好心地隐约其辞地暗示她，行为要小心些，但她居然对我无理顶撞。更糟的是，雷茜尔小姐偶尔几次和她讲话，她居然对小姐也不大恭敬。

夫人看出了她的蹊跷，问我到底是怎么回事。我想给她打个掩护，就说我认为这姑娘大概有点儿病，结果就像上面所说的，在十九日请来了一位大夫。大夫说她神经有毛病，不知还能不能干活儿。夫人打算把她送到我们的一个农庄里去，换换环境。想不到她竟涕泪交流地哀求夫人让她留下。我就劝夫人再试用她一阵再说。这一下可糟了。后来事实证明，您往下看也马上会明白，我出的馊主意，糟得不能再糟了。我要是看得稍微远一点儿的话，肯定会当场亲自把罗珊娜·史珀尔曼带走的。

二十日，高孚利寄来一封便函。他已经安排好当晚在弗利辛霍过夜，跟他父亲谈正事。他准备第二天下午跟他的两个姐姐骑马来公馆，正好赶上吃晚饭。随着便函还送来一只精致的装了首饰的小瓷盒，说是带着挚爱和良好的祝愿送给雷茜尔表妹的生日礼物。富兰克林相形见绌了，他只送了个普通的鸡心项链，还不值人家的一半价钱呢。即便这样，我的女儿潘尼洛浦——女流之辈总是这样死心眼儿——还是认为他更有希望赢得雷茜尔的芳心。

感谢老天爷，咱们终于写到生日的前夕了！我想这一回您该承认了吧，咱们谈的都是正题，没有过多的东拉西扯吧。振作起来，舒舒坦坦地听我对您讲下一章。从这儿，咱们会直接进入故事的精彩部分。

第九章

六月二十一日，雷茜尔小姐生日那天，黎明时分，多云，晴阴未卜，将近晌午，天却爽快地放晴了。

在这个喜庆的日子里，佣仆们跟往年一样，照例在下房里集合。首先向雷茜尔小姐赠送菲薄的小礼物。接着，由我这个仆人头子代表大家，致一年一度的例行贺词。我采取的是女王在议会开幕式上演讲的方案——每年大体上都说同样的话。在致词之前，大家都热切地盼望我的贺词，就像议员们盼望女王的贺词一样，会有什么前所未闻的新的内容。等到发表了，大家一听还是老一套，不由得要咕哝一番，但仍然殷切地盼望明年会有什么崭新的内容。议会里的人是容易管理的，我们厨房里的情况也相同！国和家都是一个理儿。

用完早餐，富兰克林跟我合计了一番月亮宝石的事情。现在该把它从弗利辛霍银行里取出来，交到雷茜尔小姐手里了。

到底是因为这几天他一直试图向表妹求婚而遭到冷遇呢，还是因为每夜都睡不好，加深了他性格中自相矛盾和反复无常的乖戾成分呢，我说不准。反正在小姐生日这天早晨，富兰克林先生情绪异常低落。在盘算怎么处理这颗钻石的问题上，他犹豫不决，几乎一分钟一个主意。至于我，我是赞成实事求是的。既然没出什么漏子，我认为就没有必要疑神疑鬼地惊动夫人。特别是富兰克林，更没有理由推卸自己的法律责任，不把钻石交到表妹手里。我是这么认为的，富兰克林尽管优柔寡断，反复无常，到头来也不得不同意我的看法。我们商量好了，他吃完早饭就骑马到弗利辛霍去把钻石取回来，归途很可能同高孚利和两位小姐结伴同行。

商妥以后，我们这位少爷又回到雷茜尔身边去了。

他们没完没了地装饰那扇门，足足花了整个上午和小半个下午。潘尼洛浦在一旁根据他的吩咐调颜料。午饭早就开过了，夫人几次到他们房里催他们去吃饭。由于他们用了很多的溶剂，气味难闻透了，夫人进进出出都用手绢掩住鼻子。可是这两位艺术家不肯放下手里的活计。忙到下午三点钟，他们才脱下围裙，放了弄得浑身污迹的潘尼洛浦，把乱七八糟的东西收拾干净。他们要干的活儿总算干完了——终于在生日那天把那扇门装饰完毕，不禁得意扬扬。我得承认，那些鹰首狮身兽、爱神什么的，看起来非常漂亮。可是虽然当时看得舒服，但由于各种花纹啊，图案啊，数目太多，全部歪七扭八地纠缠在一起，而那些人和兽的图形也是千姿百态，杂乱无章，欣赏的兴致一过，您就会感到头痛，昏迷几个小时也苏醒不过来。我还得附带说一句，潘尼洛浦干完了她那一份调颜料的活儿，累得倒在后厨房里，浑身不舒服。我说这话并不是对溶剂反感。不，不！油漆一干，就不再发臭了。既然艺术需要作出这样的牺牲，那么即便承受牺牲的是我的女儿，我也在所不惜！艺术，我们乐意为你牺牲！

富兰克林先生匆匆地吃了午饭，就骑马赶到弗利辛霍去了。他对夫人说，是去接他的表哥表姐。其实只有我跟他两个人心里明白，他是去取月亮宝石。

每逢这样重要的喜庆日子，我总得站在餐具柜旁边，指挥仆役们侍候嘉宾用餐。富兰克林走后，我有不少事情要料理。我把酒摆好了，把侍候用餐的男女佣仆考察了一番……忙活完了回房，趁宾客未来之际，偷一会儿空，休憩养神。来上两口……嘿嘿，咱们心照不宣吧。再翻阅一会儿我一再提到的那本宝书，身心都很舒坦。我就昏昏然，飘飘然，并没有真的打盹，而是沉溺在一种白日梦里，浮想联翩。就在这时，我被一阵嘚嘚的马蹄声惊醒了。我当即去开门，迎来了一队人马，包括富兰克林和他的三位表亲——表哥、表姐，陪同来的还有艾柏怀特老先生的一个马夫。

说也奇怪，高乎利居然也跟富兰克林一样，心情很反常，真叫我暗暗纳闷呢。他照例和蔼地跟我握了握手，还礼数周到地向我问候，说看到老朋友贝特里奇身子骨这么硬朗，颇感欣慰。可是他好像被愁云笼罩着。我问他老太爷身体如何，他只是简短地回答了一句："和平时一样。"我不明白是什么道理。艾柏怀特家的两位小姐倒是像二十岁的姑娘那样兴高采烈，使气氛活跃了不少。她们俩的身材跟她们的兄弟几乎一样高大，黄头发，红脸蛋，肌肉丰满，血气很旺，从头到脚都显得健壮、精力充沛。可怜的马，驮了她们，四条腿就不由得哆嗦啦。她们不用人帮忙，就从马鞍上蹦到地上，好像是橡皮人似的。艾柏怀特家这两位小姐无论说什么话，都爱先"哟"地大叫一声；无论干什么事都要闹得砰砰响；时时刻刻，不论合适不合适，一遇到芝麻大的小事情，就咯咯地傻笑，啊呀呀地怪叫。我管她们叫蹦妞儿。

在这两位小姐嚷声的掩护下，我趁机在门厅里跟富兰克林说了句机密话。

"您把钻石安全地取来了吗，少爷?"

他点了点头，轻轻地拍了拍上衣胸前的口袋。

"您看见什么印度人了吗?"

"没有。"他接着便问夫人在哪里，听到夫人在小客厅里，就径自走了进去。不到一分钟，铃响了，夫人打发潘尼洛浦去找小姐，说富兰克林有话要对她讲。

半个钟头以后，我穿过门厅，忽听得小客厅里传来一阵阵高声尖叫。我不由得停住了脚步。我倒并不着慌，因为我辨认出是艾柏怀特家的两位小姐惯爱拖长尾音的"哎哟"声。不过我还是借口去请示开饭的事情，走进去瞧瞧，是不是真的出了什么事。

只见雷茜尔小姐神魂颠倒地站在桌边，手里拿着上校的那颗不祥的钻石。艾柏怀特家的两位蹦妞儿一边一个跪在她身旁，艳羡的眼光简直要把钻石吞下去。它每闪出一次新的光彩，她们就乐得直嚷嚷。在桌子的另一边站着高乎利，像个大孩子一样拍着手，低声赞叹道："美极了，美极了！"富兰克林坐在书柜旁的椅子上，拈着胡子焦急地望着窗口。窗口站着他端详着的那个人——夫人。她手里拿了上校遗嘱的摘要抄本，背对着大家伫立在那儿。

我请示她开饭的事情。她面对着我，锁着眉头，并且要发火似的牵动着嘴角——这两种表情都是亨卡什尔家族所特有的。

"过半个钟头，你到我房里来，我有话跟你说。"她回答。

她说着就走了出去。显然，她准是也遇到了上回我跟富兰克林先生在激沙滩上讨论了半天也解决不了的那个难题。月亮宝石这件礼物到底意味着什么？是证明她过去误解、亏待了她哥哥呢，还是说明他比她想象的还要坏得多呢？这些严重的问题，叫夫人委实难以决断，而她的女儿却丝毫也不理解上校的为人，手里拿着上校的礼物站在那儿挺自在呢。

我还没有走出房门，雷茜尔小姐便叫住了我。小姐对我这个老仆人是很体贴的，要知道在她出生之前，我就在她家当差啦。"瞧，加布里埃尔！"她一边说，一边迎着从窗户射进来的阳光，对着我的眼睛晃动着那件珍宝。

我的天！真是颗了不起的钻石！足足有，或者说几乎有小鸟蛋那么大。它就像收获季节的一轮满月那样熠熠发光。您往宝石里一看，只见一片黄澄澄的深渊，望不到底，吸住了您的眼球，叫您别的一样也看不见。这颗用拇指和食指就能夹住的钻石好像天空一样深不可测。我们先把它放在阳光下面看，随后又拉上帷帘，把房间里的光遮住。在暗处，它就从本身光源的深处，忽闪忽闪地发出一种月华似的幽辉。难怪雷茜尔小姐被迷住了；难怪艾柏怀特家的两位小姐惊讶得直叫唤。这颗宝石把我的魂摄住了。我也像那两个蹦妞儿一样，喊出长长的一声"哟"。我们当中只有一个人保持着冷静，那就是高乎利。他用胳膊搂住两个妹妹的腰，用怜悯的眼光朝我和钻石来回看了几下，说道："这是炭，贝特里奇，我的好朋友，归根到底，不过是块炭罢了！"

他的原意是想开导我，可是结果却提醒了我开饭的事。我一瘸一拐地向楼下我那一伙开饭的人走去。我出去的时候，高乎利说道："亲爱的贝特里奇老头，我真心诚意地尊敬他！"他双手各搂住一个妹妹，眼睛向雷茜尔小姐频送秋波，又要顾上对我献殷勤，这才是个喷涌着取之不尽的爱心的源泉。富兰克林和他相比，简直是个地道的乡巴佬。

过了半个钟头，我就遵照夫人的指示到她屋里去了。

我跟女东家谈话的内容，大体上和我跟富兰克林在激沙滩上谈的一样。只不过我没告诉她变戏法的人到公馆来过，免得引起她无谓的恐慌。我退出房间之前就明白了，原来夫人认为上校送钻石，用心险恶极了，因此她拿准了主意，一有机会就把月亮宝石从她女儿身边拿开。

我回自己屋里的路上遇见了富兰克林先生，他问我有没有看见他表妹雷茜尔小姐。我回答“没有”。他又请我告诉他，他表哥高乎利在哪儿！我也回答说不知道，可我却不由得怀疑起来，高乎利表哥大概离雷茜尔表妹不太远吧。显然，富兰克林也是这样怀疑的。他烦恼地使劲捋了捋胡子，便走到书房里，心事重重地把门撞上了。

此后总算没有人打扰了。我一心准备生日晚宴，等到一切就绪，我少不得要梳理整装一番，以便接待来宾。刚穿上那件白背心，潘尼洛浦就到了我的梳妆台旁边，借口要替我把那仅剩的几根头发刷平，把我的白领带结得齐整些。其实照她那兴高采烈的样子，分明有话要对我说。她在我的秃顶上吻了一下，悄悄说：“爸爸，有个消息告诉您！雷茜尔小姐拒绝他了。”

“他是谁啊？”我问。

“还不是妇女委员会的那个红人呗，爸爸，”潘尼洛浦说，“一个卑鄙的小人！我真恨他，居然打算把富兰克林挤掉！”

她对这位出类拔萃的慈善家如此出言不逊。我本想训她两句，不料这时潘尼洛浦正给我整领带，她把心里的气都出到手指上了，使劲一勒，差点儿没把我勒死。我哪里说得出话？

“我看见他带着她一起到玫瑰花圃里去，”潘尼洛浦说，“我就躲在冬青树丛后面，看他们回来怎么样。他们去的时候，挽着手，说说笑笑；回来的时候，板着脸，各走各的路，谁也不理谁。我生平没有这么高兴过！世界上到底还有个女人不买他的账！如果我是位小姐，我也不理睬他。”

我听到这儿又听不下去了。本来又想提出抗议，可是这时我女儿又拿起发刷，把对高乎利的气都出到发刷上，痛得我开不了口。如果您是秃顶，就会明白我受的罪了。您要不是秃顶，感谢上帝，您还抗得住发刷的威力，这一段就是多余的话了。

“走到冬青树丛那一头，高乎利站住了，”潘尼洛浦说道，“他说：‘我只当没这回事，待在这儿，你看行吗？’雷茜尔小姐听了，没好气地冲着他说：‘你既然接受我母亲的邀请，’她说，‘你就得在这儿跟她的客人见面。除非你存心想丢我们家的脸，否则你当然要待在这儿。’说着，她往前走了几步，好像气消了点儿，缓和地说了一句：‘咱们把刚才的事忘了吧，高乎利，咱们仍旧是表兄妹。’说着，把手向他伸过去，他趁机吻了一下。依我看，这有点儿放肆。随后她就撇下他走了。他低着头，独自站了会儿，脚后跟在石子路上慢慢磨蹭，几乎蹭出了个小坑。我这辈子还没有见过这么苦恼的人。接着，他抬起头来向正屋走去。‘窝囊！’他低声说，‘窝囊透了！’如果这是他对自己的评价，那倒一点儿不假。我敢说，他的确是窝囊透了。爸爸，怎么样？这桩事的结局我没说错吧？”潘尼洛浦一边大声嚷着，一边用刷子狠劲一刷，这一下可痛极了，“富兰克林才是她的心上人呢！”

我拿起了发刷，正准备对我女儿如此放肆的言语和行动狠狠训斥一通。可还没来得及开口，忽听得外面传来马车的辘辘声，话就咽了下去。头一位赴宴的嘉宾已经莅临。潘尼洛浦马上跑走了。我穿上外衣，照照镜子，只见我的头红得像龙虾，不过除此以外，对当晚的庆宴来说，我总算打扮得够体面的。我赶到大厅,正好赶得上通报头一批来宾,慈善家的父母——艾柏怀特老先生和夫人。

第十章

艾柏怀特夫妇来了以后，宾客陆陆续续到齐了。包括主人家在内，总共有二十四位。等来宾在晚宴桌旁一一就座，弗利辛霍教区长起立，用抑扬顿挫的语调作感恩祷告。这情景可真是壮观。

我不想把宾客的名字逐一报给您听，那是多此一举。反正以后您再也不会碰见他们，至少在我这篇报道中他们不会再露面了。只有两位是例外。

这两位分坐在雷茜尔小姐的两旁。她是这一天的女王，当然在这个盛宴上最引人注目了。尤其吸引大家艳羡的目光的，是她特意佩戴上那精美绝伦的生日礼物，那颗月亮宝石，它使所有来宾的珠光宝气顿时黯然失色。原来交到她手里的时候，尚未镶嵌底衬，经过那位万事通富兰克林先生的精心设计，以他的灵巧的妙手用银丝编了个底衬，使宝石成为胸饰，佩戴在素白的连衣裙上，分外光艳夺目，四座为之动容。每个人都目不转睛地盯着它，赞不绝口地称誉它颗粒特大，式样特美。夫人看了这情况，不由得暗中着急。在座的只有分坐在雷茜尔小姐左右的两位，说了些与众不同的话。

坐在她左侧的是弗利辛霍的坎迪大夫。

他短小精悍，喜爱交游，举止潇洒而令人愉快。不过我得承认，他有两个缺点，一是过分喜欢开玩笑，往往不分场合，乱开一气；二是说话太孟浪，哪怕对陌生人，也不斟酌用词，不考虑后果，就轻率地信口开河。在社交场合，他经常捅娄子，无意中使人失和。在行医业务上，他比较慎重，尽管一些仇视他的人说他全凭直觉诊断，但他实际上胆大心细，有些疑难病症，那些谨小慎微的医生倒误诊了，而他却诊断对了。他对雷茜尔小姐谈起钻石，是用一种故弄玄虚和开玩笑的口吻。他故意一本正经地要求雷茜尔小姐为了造福科学，让他把钻石带回去烧掉。“雷茜尔小姐，”他说，“咱们先把它加热到一定程度，然后暴露在气流中，这钻石就会一点一点地蒸发掉了，省得您日夜坐卧不宁，担心怎么保管一颗价值连城的宝石!”夫人满面愁容，心事重重地听着这番话，看样子她好像希望坎迪大夫认真地这样想，巴不得雷茜尔小姐为了科学，情愿牺牲这件生日礼物，交给大夫去焚毁。

坐在小姐右边的客人非等闲之辈，乃是举世闻名的印度旅行家默思怀特先生。他曾冒着生命危险，乔装改扮，深入到任何欧洲人从未涉足过的殊荒绝域。

他是个瘦高个儿，筋骨硬朗，皮肤呈古铜色。他沉默寡言，神情疲倦，但目光专注而沉着。据说，他厌倦在英国人当中单调无聊的生活，渴望回到东方的蛮荒异域，去过漂泊流浪的生活。在宴席上，他除了对雷茜尔小姐说起她那宝石以外，我看他连六个字都没说满，酒也没有喝上一杯。除了月亮宝石，他对任何东西都毫无兴趣。在他浪迹的某些危险的印度地区，他好像也听到过月亮宝石的盛名。他默默地注视它，看了好久好久。雷茜尔被他看得有些窘了。他用他那冷漠的口气对她说：“如果您到印度，维林达小姐，可千万别把您舅舅的生日礼物带去。印度教的一颗钻石有时就等于跟印度教血肉相连的一部分。我知道在某个城市的一座庙里，要是您现在这么穿戴上那儿去，那您五分钟之内就会送命。”雷茜尔小姐平平安安地待在英国，听到她在印度会遇到危险，不由得笑逐颜开。两个蹦妞儿更是乐坏了，手里的刀叉砰的一声掉到地上。她俩一起张大嘴巴直叫唤：“哟，哟，真有趣啊！”夫人坐在椅子上惴惴不安，连忙换了个话题。

晚宴在继续。我渐渐注意到这次喜庆活动不像以往那么成功，那么喜气洋洋。

现在回顾那次生日宴会，把以后发生的事情联系起来看，我很有点儿相信，准是那颗该死的钻石把不祥的阴影笼罩到了大家身上。我不断地给他们斟酒，凭我这总管的特殊身份，可以跟客人们聊聊天。我看见大家不大碰那些菜，我就殷勤地低声对他们说：“别想什么心事，尝尝这个菜，味道可口，也滋补身体。”十回有九回，大家买我贝特里奇这个老朋友的面子，去动那些菜了。但是变化不大，我的努力没有收到什么效果。宴会进行下去，越来越频繁地出现冷场。我感到很不舒服，而当他们开口谈话的时候，又往往不知所云，经常出错，弄得大家很尴尬。例如坎迪大夫就说了些比往常更不适当的话。举个例子，您就知道我这一心想活跃宴会气氛的人，站在餐具柜旁边，心里是什么滋味了。

出席宴会的一位女宾是可敬的思雷德戈尔太太。她是思雷德戈尔教授的遗孀。这位好心的女士平时经常谈起她去世的丈夫，而对不知底细的陌生人又从不提起她丈夫已经故世了。我想，她敢情以为英国每个健在的成年人都该知道这件事吧。在一次冷场中有人提起人体解剖学这个枯燥乏味的话题，这时思雷德戈尔太太便又像往常那样提到她故世的丈夫了，而又不说明他已不在人世了。她说，研究解剖学是她丈夫的业余爱好。偏偏坐在她对面的坎迪先生听到这话了，而偏偏他又对这个故世的绅士一无所知。他是个最殷勤的人，立刻就抓住机会要对教授的解剖学这嗜好提点儿建议。

“最近外科医学院弄到几副非常完整的骨骼，”坎迪先生隔着桌子高兴地大声说，“我竭力向教授推荐。他不妨花个把小时到那儿去参观一下。”

在座的人出于对教授的尊敬，都停止了讲话。大厅里顿时鸦雀无声，连一根针掉到地上都听得见。我当时恰好站在思雷德戈尔太太背后，立刻亲切地为她斟上一杯白葡萄酒。她低下头，声音非常轻地说了句：“我亲爱的丈夫已经故世了。”

不幸，坎迪先生什么也没有听见。他万万想不到触犯人家的忌讳了，只管隔着桌子，用更大的嗓门儿，更殷勤地说下去。“教授也许不知道，”他说，“凭一张医学院的工作证就可以去参观，除了星期天以外，每天上午十点到下午四点都可以去。”

思雷德戈尔太太差点儿把头埋到花边垫肩里去了，用更轻的声音又庄重地说了一遍：“我亲爱的丈夫已经故世了。”

我隔着桌子拼命向坎迪先生使眼色。雷茜尔小姐也碰了碰他的胳膊。女东家也用眼神告诉他无法说出口的意思。根本没用！他热心得太过分了，只管夸夸其谈地说下去，简直没法阻拦他。“我很乐意把工作证借给教授，”他说，“劳您驾把他现在的地址告诉我，行吗?”

思雷德戈尔太太突然发脾气了，她怒火中烧，一字一顿地说：“他现在的地址是坟墓！教授已经故世十年了。”她的声音很大，把桌子上的玻璃杯都震得叮叮当当地响起来。

“哦，老天爷!”坎迪先生叫唤起来。除了两个蹦妞儿咯咯大笑以外，其他人都死一般地沉默了，仿佛他们也跟教授一起到阴曹地府里去了一趟，刚刚从坟墓里爬出来。

这是一个例子。还有好些客人也跟医生一样惹人恼火，该说话的时候偏偏不说，说起话来老是出错，闹别扭。关于坎迪先生就讲到这儿。

高乎利在大庭广众之下一向口若悬河，滔滔不绝，那天却没有当众露一手。到底是不是因为在花园里碰了钉子所以恼羞成怒了，或是感到惭愧了，那我可说不上了。他始终只对身边的一位女士说话。这位女士是我们家族的成员，也是某个妇女委员会的委员。此人虔信宗教，却是袒胸露肩，而且嗜好喝不掺水的香槟酒，酒量挺大。我这时站在他们背后的餐具桌旁边。尽管我忙着张罗，只能在开软木塞、切羊肉的空隙，偷空听一点儿，却听得很清楚。他们俩谈得饶有兴味。我很为在座的人惋惜，他们没有听到这么精彩，且富于启迪性的对话。他们谈到有关慈善事业的话，我因为正好去别的座位旁张罗而没有听到。等我有了空闲，他们早已把哪些妇女要收容、哪些妇女要拯救之类的话谈完了，正在为一些严肃的话题进行争论呢。我在为他们开瓶塞和切肉的空隙听见高乎利发表宏论，说什么宗教就是爱，爱就是宗教。人间本是天堂，只可惜人们互相仇恨，把天堂糟蹋了，破坏了。但只要人们彼此相亲相爱，人寰便会焕然一新，天堂何愁不能再现。人世间有一些道德沦丧的败类，为了替他们赎罪，所有升入天堂的善女人要组织成一个神奇的委员会，同心同德，和睦协商，而所有的男人都要成为伺候她们的守护天使。太美妙了！太美妙了！可是高乎利先生为什么不向大家慷慨陈词，只跟这位女士悄悄地谈论呢?

再说富兰克林先生。哦，您一定会说，富兰克林准会提起大家的兴致，让大家高高兴兴地度此良宵吧。

完全不是这么回事！他从萎靡不振的状态中恢复过来，变得精力充沛，兴致勃勃。我怀疑潘尼洛浦已经把高乎利在玫瑰花圃里碰壁的事告诉他了。他谈锋甚健，可是十回倒有九回选错了话题，要不就是找错了谈话的对象，结果得罪了好几个人，在座的都感到很尴尬。最后，他在外国培养的气宇风度也就是我上面提到过的法国性格、德国性格、意大利性格，都在我们女东家的宴席上表现得淋漓尽致，把人弄得头晕目眩，如坠五里雾中。

举个例子吧。他居然以一种头脑清醒的风趣的法国风度，谈论一个已婚妇女的婚外恋达到什么程度才算合适，而谈话的对象又是弗利辛霍教区牧师的老处女姑妈！您对此有何感想？再例如，在座的有位庄园主是饲养牛的权威，谈起了他在这方面的经验。此时富兰克林的德国头脑发挥作用了。他居然教训起那个权威，说归根结底经验是毫无价值的，养育公牛的最好办法，乃是苦思冥索，在你自己的头脑里构思出一头完美无缺的公牛，然后努力使概念变成现实。您对这又有何感想？在座的有个郡议员，在上奶酪色拉这道菜的时候，谈到英国民主的推广，变得头脑发热，他对富兰克林说："布莱克先生，请问您，咱们一旦失去了古老的保护措施（民主），还能剩下些什么？"这时富兰克林的意大利艺术观点起作用了，他诙谐地回答说："咱们还剩下三样东西，先生：爱情、音乐和色拉。"您对这种风马牛不相及的回答，能说些什么呢？他不仅是信口开河，以他的外国派头语惊四座，到了一定的时候，他又把这些玩世不恭、圆滑的外国式言论统统收起来，他那直率的英国性格开始占上风了。在谈到医生的行业时，他毫不留情地嘲笑起医生来，居然把那个好性格的小个子坎迪大夫惹得火冒三丈。

争论是由一句不相干的话开头的。富兰克林先生说起——我忘了怎么会说起的——最近几个晚上老睡不好觉。坎迪大夫听了就说是神经系统出了毛病，应该赶快诊疗。这本是句好话，谁料富兰克林就对医生这一行大肆攻击起来。他说，照他估计，医学纯属在黑暗中瞎摸乱碰。坎迪大夫旋即敏捷地回敬，说富兰克林自己才是得了梦游病，从睡梦中起来在黑暗中瞎摸，只有医学才能帮助他发现。富兰克林也立即回击说，常听人说盲人骑瞎马，现在他才头一回明白这句话的含义。两个人就此争论起来，唇枪舌剑，你来我往，越争越厉害，两个人都弄得脸红脖子粗。特别是坎迪大夫，为了维护他这一专业的尊严，竟完全失去了控制。到后来夫人只好出来干预，禁止他们争论下去。这个行使权威的举动使大家的情绪越发低落了，有时虽然冒出两句话，可是缺少风趣，没精打采，谈上一两分钟便无以为继了。那天晚宴上始终有个魔鬼在作祟，这个鬼大概就是钻石吧，弄得大家很别扭。等到女东家站起来，招呼太太小姐们退席，让先生们饮酒时，大家才松了口气。

我刚把几只细颈玻璃酒瓶在艾柏怀特老先生面前摆成一溜（他现在代表公馆的主人），大阳台那边忽然传来一阵声浪，吓得我立刻把刚才那种彬彬有礼的风度丢得一干二净。富兰克林跟我面面相觑。这是变戏法的印度人的鼓声呀！明摆着的事！随着月亮宝石回到我们公馆，那些印度人就尾随而来了。

他们已经绕过大阳台的一角，在我们的面前出现了。我赶紧蹒跚着出去，想吩咐他们走开，谁知真不凑巧，艾柏怀特家的两位蹦妞儿抢在了我前面。她们像放焰火一样，嗖的一声蹿到大阳台上，眼巴巴地等着看印度人变戏法。其他几位太太小姐也紧跟而来，先生们也走出来站在她们一边。您还来不及说"上帝保佑"，几个变戏法的家伙已经在行额手礼了，而艾柏怀特家的两位蹦妞儿也在吻着那个漂亮的男孩子。

富兰克林先生赶忙站到雷茜尔小姐身旁，我站到她后面。她丝毫不知危险，坦然地站在那三个印度人面前，露出了她衣襟上佩戴的那颗钻石。

我说不上他们变了些什么戏法，也不知道是怎么变的。一来由于这场晚宴办得很不顺心；二来那些无赖公然前来亲自察看钻石，这种大胆挑衅的行为简直把我气昏了。我首先记得的是那位印度旅行家默思怀特，突然在变戏法的地方出现了。他绕过那些围成半圆形、或坐或站地看热闹的女士和先生们，悄悄地走到变戏法的人后面，突然操起印度土话跟他们攀谈起来。

他们一听见他嘴里吐出来的第一句话，就大吃一惊，像被猎的猛虎一样，迅即向他转过身，仿佛他用利刃狠扎了他们一下似的。马上他们就对他非常客气，狡猾地鞠了一躬，并行了个额手礼。双方各用那种听不懂的土话说了两句以后，默思怀特就像来时一样悄悄地退场了。接着，为首的那个印度人（他也是充当翻译的）又转身朝着女士们和先生们。我看出自从默思怀特跟他讲话以后，他那张咖啡色的脸就刷地一下变得灰白。他对夫人鞠躬行礼，告诉她戏法已经变完。两个蹦妞儿大失所望，大声地朝默思怀特喊了声“哟”，对他阻拦演出表示不满。为首的那个印度人谦卑地把手按在胸前，再次宣布表演已经结束。那个男孩儿拿着帽子，向大家一一讨了赏。女士们都回到客厅里去，先生们除了富兰克林和默思怀特以外，都回去喝酒了。我和听差跟着印度人，监视着他们，看到他们离开公馆，安全无事，才罢休。

我顺着灌木路走回来，闻到一股烟草的气味。只见富兰克林跟默思怀特正在林子里慢慢地来回踱步。默思怀特抽着一种方头雪茄烟。富兰克林做了个手势，示意我跟他们一起走走。

“这位，”他把我介绍给那位伟大的旅行家，“是加布里埃尔·贝特里奇。就是我刚才提起的我们家的老总管，也是老朋友。如果您愿意的话，不妨将您刚才告诉我的话，再对他说一遍。”

默思怀特把方头雪茄烟从嘴里取出来，疲乏地靠在树干上。“贝特里奇先生，”他说，“那三个印度人像你我一样，并不是什么变戏法的。”

这又是一桩叫我惊奇的新鲜事！我自然要问这位旅行家，以前是不是见过这三个印度人。

“从未见过，”默思怀特说，“不过我知道真正的印度戏法是怎么回事，今天晚上他们表演的是拙劣透顶的冒牌货。我凭多年的经验可以断定，除非我完全搞错了，那三个人都是印度高级婆罗门教士。我揭穿他们是微服乔装的，你不是也看见我这句话使他们多么吃惊吗，尽管印度教徒很善于掩饰自己的感情。这里面有件神秘的事，我可没法解释。他们居然双重地牺牲了自己的种姓利益，不但远渡重洋来到英国，而且改扮成变戏法的贱民。在他们本国，这样做是极大的牺牲。他们一定有个非常紧迫的动机，才肯这样做。他们回到本国后，一定要舌敝唇焦，据理力争，才能恢复原来的种姓。”

我听得目瞪口呆。默思怀特又抽起了他的方头雪茄烟。这时，富兰克林犹豫了一会儿，好像内心的几种性格进行了一场斗争。他终于打破了沉默：

“默思怀特先生，我有点儿犹豫，不知道该不该以我们的家事烦渎尊听。这类事情您可能没有兴趣听，而我也不愿意把家族的秘密向外泄露。不过，听了您讲的话以后，我觉得，为了维护夫人和小姐的利益，我不得不讲。有件事，很可能在您手里会成为解开疑团的线索。不过这是不能外传的机密，您想必不会忘记这一点吧？”

说了这段开场白以后，他就把在激沙滩告诉我的话，对这位印度旅行家尽情倾诉了。连不易动心的默思怀特都听得津津有味，雪茄烟灭了都没有觉察。

“好了，你说说看，”富兰克林叙述完说道，“根据你的经历，你有何看法？”

“我经历了千难万险，不过，富兰克林先生，您经历的事，比我的更惊险，几次都是九死一生，侥幸逃命的啊！真是悬乎透顶了！”

这回轮到富兰克林大为震惊了。

“难道真有这么严重？”他问道。

“我看就这么严重。”默思怀特答道，“听了您这番话，我对刚才的想法深信不疑了，他们之所以牺牲种姓利益，正是为了使月亮宝石重新回到那尊印度神像的前额上。那些人有猫一样的耐性，窥伺机会下手。一旦机会来了，他们就会像老虎一样凶猛。我真想象不出，您是怎么逃过他们的毒手的。”这位声名显赫的旅行家说到这儿，又点燃了他的方头雪茄，直瞪瞪地凝视着富兰克林。“您带着钻石在此地和伦敦之间来来去去，居然还能留住性命！咱们来解释解释看。您两次从伦敦银行里把宝石取出来，大概都是在白天吧？”

“都是在大白天。”富兰克林说。

“路上人很多吧？”

“很多。”

“您一定事先约定一个时间到达维林达夫人的公馆吧？从车站到公馆是人烟稀少的乡村。您有没有准时到达？”

“没有。我比约定时间提前了四个小时。”

“恭喜您。您是什么时候把钻石送到镇上的银行里去的？”

“我把钻石带到公馆一个小时以后就去了，也就是比他们估计我到这儿来的时间要早三个小时。”

“我再一次恭喜您。您把宝石从弗利辛霍银行带回来的时候是一个人吗？”

“不，我正好和我的表兄、表姐，还有马夫结伴同行，一起回来的。”

“我第三次恭喜你！如果您将来到蛮荒地区去旅行，通知我一下，我要跟您一同去，您真是福星高照啊！”

听到这儿，我忍不住要插话了。这样的事不完全符合我英国式的思维。

“先生，您真的认为，他们为了夺回他们的钻石，一有机会就会杀害富兰克林吗？”我问道。

“你抽板烟吗，贝特里奇先生？”这位旅行家问我。

“抽的，先生。”

“你清除烟斗的时候，在乎不在乎里面的烟灰？”

“不在乎，先生。”

“在那些人的国家里，杀人根本不算一回事，就像你清除烟灰一样简单。如果为了夺回宝石，需要干掉一千个人，只要不被发现，他们就会一齐干掉，连眼睛也不眨一下。在印度牺牲种姓利益是件严重的大事，而牺牲生命，可算不了什么。”

我听了就发表意见，说他们是一群杀人强盗。默思怀特却认为他们是挺不错的民族。富兰克林什么意见也不发表，把我又拉回到迫在眉睫的问题上来了。

“他们已经看见月亮宝石佩戴在维林达小姐的衣服上了，”他说，“这该怎么办呢?”

“就用你舅舅吓唬他们的办法，”默思怀特说，“亨卡什尔上校把他要对付的这些人的心理摸透了。明天就派上两三个人把钻石送到阿姆斯特丹去切开，切成六块小钻石。这样，神圣的月亮宝石就不成其为月亮宝石了，他们的阴谋也就彻底失败了。”

富兰克林回过头来对着我。

“咱们再不能隐瞒了。明天一定告诉维林达夫人。”

“今晚就去，怎么样，少爷?”我问道，“说不定那三个印度人会再来哪!”

默思怀特先生抢在富兰克林先生前面回答了我：

“印度人今晚不会再来冒险了。他们干任何事都不会径情直遂地干，更不用说这样的大事了，稍有闪失，就会功亏一篑的。”

“要是这些圣徒比你预料的更大胆呢，先生?”我坚持我的看法。

“那么为防万一，还是把狗放出来吧。你们院子里有没有大狗?”

“有两条，先生。一条獒犬，一条大猎犬。”

“那就行了。目前如果出了什么事，贝特里奇，这两条猛犬有个很大的优点，它们可不像你那样顾虑重重，它们才不管什么人命不可侵犯这一套呢。”

这话对我可是一针见血。这时，客厅里传来悠扬的琴声。他把雪茄烟扔掉，挽起富兰克林的胳膊回到女士们的身边去。我跟着他们进屋时，看见天空很快即将阴云密布。默思怀特先生也看到了。他回过头来看看我，用一种冷面滑稽的口吻说道：

“印度人今天夜里可要打伞来了，贝特里奇!”

他说说笑话倒显得怪轻松的。我可不是赫赫有名的旅行家，并没有在偏僻地区跟强盗凶手捉迷藏，拿性命打水漂的本领。我回到自己的小屋，坐在椅子上出了一身冷汗，束手无策，不知如何是好。别人遇到焦心的事，往往会愁烦出病来。我呢，幸好有个救星。我点燃了板烟，翻开了《鲁滨孙漂流记》。

果然，还不到五分钟，我就在第一百六十一页上看到了这一行警句：

“由此可见，危险的恐惧，实在比我们肉眼看得见的危险本身，还要千万倍地使人心惊肉跳。”

一个人看了这样的警句，还不相信《鲁滨孙漂流记》，那肯定是脑子里缺根弦，或者是太刚愎自用，什么至理名言也听不进，活该他一筹莫展。上帝垂怜的是像我这样虔诚的信徒。

我抽起了第二斗板烟，看这本好书看得入了迷。这时，为宾客们斟茶的潘尼洛浦从客厅里跑来向我报告，说她离开的时候，两个蹦妞儿正在唱一首二重唱，歌词开头便是一个拖得很长的“哟”，音乐也很怪。潘尼洛浦还注意到夫人打惠斯特牌，出了好几个错，我们还是头一遭遇到这种情况。她看见那位伟大的旅行家在屋角睡着了。她还偷听到富兰克林先生与高孚利谈话，妙语连珠。他讽刺挖苦那些妇女慈善活动。而高孚利也用辛辣的话回击，这可不大符合一个大善人的身份呢。她还察看到雷茜尔小姐抚慰思雷德戈尔太太，给她看一些照片。其实小姐在偷偷地瞟着富兰克林呢。小姐的伶俐的侍女哪能看错她的用意呢。最后，她还发现坎迪大夫行动诡秘。他先是神秘地从客厅里出去，又神秘地回来，跟高孚利攀谈起来。总的来说，客厅里的气氛好多了。本来吃晚饭的时候调子很低沉，没承想会变得这么活跃。只要再过一个小时，时间老人就会带来他们的马车，把这些人全都打发走。

世界上万物都在逐渐地消失，连《鲁滨孙漂流记》也不例外。潘尼洛浦走开以后，这本书的安慰作用便减弱了。我决定趁天还没下雨，先到园子里巡视一番。我没带听差，因为人的鼻子在发生盗窃的紧急情况下可不管用，因此我带了那条大猎犬。这条狗的鼻子很灵敏，保证能嗅出生人的气味。我们绕着园子兜了一圈，又拐到了大路上，回来时和去时同样机警。鬼鬼祟祟的人影一个也没发现。

马车一走，好像是发出了一个信号，天就下开雨了。倾盆大雨哗哗地直下，好像是要下一整夜方才罢休。宾客们都坐在有篷的马车里，舒舒服服地回家了。只有坎迪大夫例外，他乘来的是一辆没篷的双轮马车，这时正等在门外。我对坎迪先生说，我害怕他会淋成落汤鸡。他却回了一句话，说我活了这么一把年纪，怎么不知道大夫的皮肤是防水的，说罢为自己的俏皮话得意地哈哈大笑，冒着雨驱车走了。至此，赴生日晚宴的宾客都打发完了。

欲知今夜的故事，且看下文。

第十一章

最后一个客人走了以后，我回到内厅，看见塞缪尔在边桌旁料理白兰地酒和苏打水。夫人和雷茜尔小姐从客厅里出来，两位少爷尾随着她们。高孚利喝了点儿兑苏打水的白兰地酒。富兰克林什么也没有喝。他坐了下来，看上去疲惫不堪，我想他是在生日宴会上谈话过多，累的。

夫人转过身，向他们道了晚安，朝她女儿衣襟上那颗缺德上校遗赠的闪闪烁烁的钻石，不乐意地瞅了一眼。

“雷茜尔，”她问道，“今天夜里你打算把钻石藏在哪儿?”

雷茜尔小姐兴致很好，就爱要个小性儿随口乱说，自以为是。姑娘家兴奋地玩乐了一天以后，往往会变成这个样子。开头，她说不知道该放在哪儿。接着又说：“当然跟别的东西一起放在梳妆台上喽。”旋即想起了钻石在暗处会放射出那种幽幽的光，半夜里怪吓人的。终于，她想起了她起居室里的那口印度古玩橱，于是决定把这颗印度钻石放在那儿，让两件美丽的印度珍物彼此欣赏，相映成趣。她母亲听她信口乱诌，忍不住打断她的话，插了一句。

“亲爱的，你那口印度古玩橱上可没有锁呀！”

“您真是的，妈！”雷茜尔小姐叫道，“难道咱们这儿是旅馆？难道家里会有贼？”

夫人并不理会这种随口乱说的话，径自向两位少爷道了晚安，旋即转过身来吻了吻雷茜尔，对她说：“今晚上干吗不让我为你保存钻石呢？”

雷茜尔听了这个建议，就像十年前有人要拿走她新买的洋娃娃一样不乐意。夫人眼看今晚跟她无理可喻，就说：“雷茜尔，明天早晨别的事都搁下，先到我房里来，我有话跟你说。”说罢，她就心事重重地缓步出去了。看起来这些心事挺愁人的。

接下来是雷茜尔道晚安。她先过去跟高乎利握手。高乎利这时站在内厅的那一边，在端详一幅图画。然后她又回到富兰克林身边。富兰克林筋疲力尽，默不作声地坐在角落里。

他们交谈些什么，我可说不出。可是我正站在栎木框子的穿衣镜前面，在镜子里看着她：她偷偷从胸襟前，把富兰克林送的那个小鸡心掏出来，给他看看，还对他深情地莞尔一笑，这才轻快地回去睡觉了。这真出乎我的意料。我以前的看法动摇了。我不禁想，说到底也许还是潘尼洛浦能领会她小姐的心意。

富兰克林目送雷茜尔小姐走了出去，才看见我。他的瞬息即变的心思无法固定在任何事情上，现在他又想起那几个印度人了。

“贝特里奇，”他说，“我现在倒认为，我跟默思怀特在灌木路上谈话时，我对他太信以为真了。我怀疑，他是不是想用旅行家的海外奇谈来骗咱们！你是不是真的要把狗放出来？”

“我要把它们的脖圈拿掉，少爷。”我回答道，“要是它们闻到什么异常的气味，我会让它们出去巡逻。”

“好吧，”富兰克林说，“咱们看看，明天干些什么？除非有什么紧急情况，我根本不想惊动姨妈。晚安。”

他对我致意，拿起蜡烛打算上楼。我看见他困乏不堪，脸色惨白，就冒昧地劝他喝点儿兑水的白兰地酒。高乎利从大厅的那一头向我们走来，他也支持我的意见，非常客气地敦促富兰克林在临睡前喝点儿什么。

我记下这些鸡毛蒜皮的小事，只是因为那一天我见到和听到了不少有关他们不和的事。这会儿看到两位少爷还是像平时一样友好，我心里实在高兴。潘尼洛浦在客厅里听到了他们唇枪舌剑的争论。他们钩心斗角，竞相博得雷茜尔小姐的欢心，尽管这样，他们并没有什么严重的不和。这才对啊！他们都是性情温和、有教养、深谙人情世故的。有身份的人确实有这个优点，他们一点儿也不像那些没有身份的人那样爱吵架。

富兰克林却不肯喝兑水的白兰地，径自跟高乎利上楼去了。他们俩的房间紧挨着。不料，到了楼梯平台上，他不知道是接受了表兄的劝告，还是由于个性多变，又改变了主意。“说不定我夜里要喝的，”他在楼上叫我，“送点儿兑水的白兰地酒到我屋里来吧。”

我派塞缪尔把兑水的白兰地酒送到楼上去。过后我就到外面，把狗的脖圈解开了。这两条狗见到我在深更半夜放它们出去自由逛荡，乐得没命，竟像一对狗崽似的扑到我身上来了！可是它们淋了雨，一会儿又冷静下来，舔了一点儿雨水，又爬回狗窝去了。我进屋的时候，看到天上有一点儿雨霁的迹象。可是目前雨还是下得很大，地上都湿透了。

我跟塞缪尔循例在屋里巡视了一圈，把所有的门都关上了。我在这样紧要的关头，不放心让我的助手代劳，什么都亲自检查，做到万无一失，才回床睡觉，舒松一下老骨头。这时已是半夜十二点到一点之间了。

我想，大概是这一天过分操心的缘故吧，我也得了富兰克林先生的失眠症，到黎明时分才好不容易睡着了。整整一宿我都眼睁睁地躺着，公馆里就像坟墓一样死寂。除了一夜哗哗的雨声和早晨刮起的微风在树木间叹息的声音以外，可说是万籁俱寂。

七点半光景，我醒来推窗一看，只见天已放晴，阳光明媚。时钟敲了八下，我正待出去把狗重新拴上，忽听得身后传来一阵阵窸窸窣窣的裙子拂动、急速下楼的声音。

我回头一看，只见潘尼洛浦疯了似的朝我飞奔过来。

“爸，”她尖声喊道，“天哪，快上楼！钻石不见啦！”

“你疯了吧？”我问她。

“不见啦！”潘尼洛浦说，“不见啦，谁也不知道怎么丢的！快上楼看看！”

她把我拖到毗邻的小姐卧室的起居间里。只见雷茜尔小姐站在卧室门口，脸色就像身上裹的那件睡衣一样煞白。那个印度古玩橱的两扇橱门大大地敞开着，里头有一格抽屉被拉出来一大截。

“瞧！”潘尼洛浦说，“昨夜我亲眼看见小姐把钻石放进这一格抽屉的。”

我走到古玩橱跟前。那一格抽屉空空的。

“小姐，真的不见了吗？”我问。

那时雷茜尔小姐已经面无人色了，声音也变了。她的回答和我女儿的话一样：“钻石不见了！”

说完这话，她就退到卧室里，锁上了门。

我们还来不及考虑下一步该怎么办，夫人就来了。她听见我在她女儿的起居间里说话，不知出了什么事。一听到钻石丢失的消息，她惊愕得目瞪口呆。她径自走向雷茜尔小姐的卧室，坚决要求开门。雷茜尔让她进去了。

这个惊人的消息像火焰蔓延一样在公馆里迅即传开，接着就惊动了两位少爷。

高孚利首先从屋里出来，他听到这消息竟惊慌失措地举起双手，可见他的神经是何等的脆弱。富兰克林平时思路还算清楚，我原来还满心指望他给我们拿主意呢。他听到消息，也跟他表哥一样束手无策。说也奇怪，昨晚他终于睡了一夜好觉。据他自己说，这一觉睡得太美了，反而不习惯，显然是睡糊涂了。可是等到喝了咖啡以后——他按照在外国养成的习惯，在吃早饭前几个小时总要喝点儿咖啡——他神智豁然开朗了，头脑也清醒了，顿时机灵地毅然把事情抓起来。

他首先把用人召集起来，吩咐他们把楼下的门窗，除了我已经打开的前门以外，一律保持昨晚锁上的原状。然后他向他表兄和我建议，在下一步行动之前先查清楚，钻石会不会偶然落到什么地方，比如说古玩橱或是桌子背后。把两处地方都搜查遍了，确实找不到，他又询问潘尼洛浦，也问不出什么新的情况。富兰克林又建议我们也去问问雷茜尔小姐。他打发潘尼洛浦去敲她卧室的门。

夫人应声而出，随手把门带上。接着，我们听见雷茜尔小姐在屋里把门锁上了。夫人一脸为难和苦恼的样子。“丢失钻石这件事好像把雷茜尔压垮了，”她对富兰克林说道，“她态度奇怪极了，一句话也不提钻石，就连对我也不愿说。眼下你要见她，可办不到。”

她所介绍的雷茜尔的情况，使我们越发困惑了。过了一会儿，夫人经过一番努力，恢复了往常那种泰然自若和当机立断的能耐。

“我看再没有别的办法了，”她安详地说，“我得派人去报警。”

“警察局要做的第一件要紧事，就是把昨天晚上来公馆变戏法的印度人抓起来。”富兰克林说道。

夫人和高乎利不知道我跟富兰克林所掌握的底细，听得很惊讶，不由得愣住了。

“我现在来不及解释，”富兰克林说，“我只能告诉您，这些印度人肯定偷了钻石。”接着，他求夫人：“请您写封介绍信给弗利辛霍镇的某个地方官，只需说明我代表您的利益和愿望。我立刻就骑马赶去。咱们一分钟也不能耽误。能不能抓住盗窃犯，就看咱们的行动快不快了。”注意：这会儿不知道是他的法国性格还是英国性格，反正是他正确的一面占上风了，只是不知能持续多长时间。

他把笔、墨水、纸放在了他姨妈面前。我看，她不乐意写这封信，因为她对那位缺德的哥哥印象极坏，她也相信他送这份生日礼物，绝不会安什么好心。所以，要不是两万英镑这一笔巨款的损失不容忽视，我想，她一定巴不得那些盗贼带了月亮宝石安然无恙地逃走，这反而称了她心愿呢。

我陪着富兰克林少爷到马厩里去，我问他那些印度人怎么可能钻进屋子里来。当然，我也像他一样猜疑到是他们盗窃了钻石。

“恐怕客人告辞的那会儿，就有一个人趁乱混进大厅里来了。姨妈跟雷茜尔商量把钻石放哪儿的时候，这家伙说不定就躲在沙发下面偷听呢。他只要等到夜深人静的时候，伸手到古玩橱里，便能轻易拿到钻石。”说完这几句话，富兰克林就喊马夫开门，随后骑马飞驰而去。

这好像的确是唯一合乎情理的解释。可是贼怎么逃出屋子的呢？我今儿早晨起来开门的时候，看见前门还是上了锁，插了插销的。其他的门窗也都照样被关得严严实实。还有狗呢？要说贼是从楼上的一扇窗户里下去的，他又怎么能逃脱两条猛犬的扑咬呢？难道他来的时候就准备好了拌了药的肉？我这样怀疑的时候，两条狗正好绕过屋角，在湿草地上彼此追逐着向我奔过来，欢蹦乱跳。我好不容易才把它们喝住，重新拴上链条。我越琢磨越不满意富兰克林的解释。

我们吃了早饭——家里不管出了什么事，抢劫案也罢，杀人案也罢，早饭总要吃的。饭后，夫人差人来叫我，我只好把我一直瞒着她的那些印度人阴谋盗窃的事和盘托出。她听了我的话，一开始大为震惊，可是她毕竟是位胆识过人的女性，很快就恢复了常态。看样子，她担心的是她女儿，倒不是什么异教徒的阴谋。“你知道雷茜尔小姐平时就有些怪，有时她的言行是和别的姑娘不一样的。”夫人说，“可我万万想不到，她会这么怪，这么沉默寡言。丢了宝石，她的头脑也昏了。谁料得到，那可恶的钻石竟会一下子就使她这样失魂落魄。”

这倒的确奇怪。雷茜尔小姐并不像大多数姑娘那样，迷恋一些小摆设、小首饰什么的，她平时对这些并不在乎。可她现在却把自己反锁在卧室里，灰心丧气，心情糟透了。不过话说回来，受这桩窃案的影响，神态失常的并不光是她一个人。例如高孚利，从他的职业来说，本是个恤贫悯苦、安慰大家的人，现在他自己倒六神无主了。没有伴侣安慰他，而根据他过去对待遭到不幸的妇女的经验，又找不到一个合适的方法来安慰雷茜尔。他急得团团转，在屋子里和庄园里踅来踅去，踯躅徘徊。他不知如何是好。在公馆遭到不幸以后，他犹豫不决，不知到底是以一个宾客的身份，推卸责任，一走了之呢，还是留下来，稍尽绵薄之力，对主人家多少有所裨益呢。经过再三权衡，最后他才勉强决定留下来，因为当公馆主人遭到如此重大不幸的时候，当然是体贴他们，留下来帮助照料，才是合乎情理的做法。环境是考验一个人素质的试金石。这场考验显示出高孚利的素质并不像我过去想象的那么高。女佣们除了罗珊娜·史珀尔曼仍然一个人待在屋里以外，都背地里在各个角落窃窃私语，但又看不出什么问题，拿不出什么主意。凡是家庭出了意外事故的时候，力量弱小的女流之辈往往如此。我自己也感到焦躁不安，想发脾气。这该死的钻石把我们大家都搅得心乱如麻。

还不到十一点钟，富兰克林就回来了。看起来，他在离开公馆的这段时间里受到了一些挫折，有点儿泄气了。他的坚强果断的性格已经无影无踪了。他去的时候是骑着马飞奔，而回来的时候却是信马由缰，慢慢地溜达着的。他去的时候刚强得像铁汉，回来的时候却像个软不溜丢的棉花人。

夫人问他：“警察来吗？”

他告诉夫人说：“要来的。你们当地警察局的局长西格雷夫和他的两个助手说马上就来。不过也就是走走过场，这案子毫无破获的希望。”

“什么？”我问道，“难道印度人逃走了？”

“虽然那三个印度人已经被关进了监牢，”富兰克林说，“但他们却像胎儿一样纯洁无辜。我本来设想有一个印度人藏在这屋子里，这个设想跟我的其他设想一样落空了。”富兰克林说道。他很坦率，对自己的失算毫不隐讳，反而津津乐道。

我们这位少爷谈起月亮宝石失窃案的这个完全出人意料的转折，倒使我们吃了一惊。过后，他听他姨妈的话，坐下来解释了一通。

原来，他的坚强果断的性格到了弗利辛霍就消失殆尽了。他把案情告诉了地方官，地方官立刻派人找警方。第一次的调查结果，表明那几个印度人根本就没有打算离开镇上。再次询问，警方证明好多人看见那三个印度人跟那男孩儿是于前一天晚上十点和十一点之间回到镇上的。从时间和距离上来推测，证明他们是在公馆大阳台演出后立即步行回来的。后来，半夜里，警方因其他案件搜查他们住的客栈，也看见三个印度人和那个小男孩儿在那儿。刚过了半夜我就亲自把公馆里所有的门都锁起来了。这是对那些印度人最有利不过的铁证。地方官说，到目前为止他们没有丝毫盗窃的嫌疑。不过，警方进一步调查案情，也可能有新的发现。所以他还是答应以流浪无赖的罪名把他们关押一个星期，随时听候我们传唤。反正他们在镇上也无意中干了一点儿违法的事（究竟是什么，我忘了），可关可不关。人类的一切制度，包括司法制度，都有伸缩性，只要处理得当，松一点儿，紧一点儿，悉听尊便。这位可敬的地方官是夫人的老朋友，所以那天早晨一开庭，那几个印度人当然就被请到监牢里蹲一周喽。

以上就是富兰克林叙述的到弗利辛霍调查的经过。我们原以为宝石失踪的神秘案件跟印度人有关。现在显然我们手里的这条线索已经断了。可是如果变戏法的是无辜的，那么太奇怪了，究竟是谁从小姐的抽屉里拿走了月亮宝石呢？

过了十分钟，西格雷夫局长来了，我们心里才好像一块大石头落了地。局长告诉我们在大阳台上遇见富兰克林在晒太阳（这时，我估计，又是他的意大利性格占了上风）。他给警方人员泼冷水，在调查开始之前就断言调查将是枉费心机，徒劳无功。

对于我们这么一户因遭受盗窃而惶惶不安的人家来说，弗利辛霍警察局长的来到起到了定心丸的作用。西格雷夫局长体格高大魁梧，有一种军人派头。他有一副适合于发号施令的洪亮嗓门，目光坚定刚毅，穿一件军便服大衣，纽扣扣得严严实实的，直到皮领圈为止。他脸上显露出“我是你们需要的人”的神情。当下他命令两个警察时那种威风凛凛的气派，使我们相信，此人可是个轻慢不得的人物。

他首先把公馆及其周围的园地里里外外察看了一遍。侦查的结果表明，没有外贼闯进，因此他一口咬定是内贼偷的。当这个官方宣告传到用人们的耳边时，您自个儿想象，他们乱成了什么样子吧。警察局长决定先检查小姐的闺房，再搜查用人的住处。同时他在通往佣仆寝室的楼梯上布了一个岗哨，下令在另行规定之前，任何人不准通行。

这道命令一下，女佣们都急疯了。她们从各个角落走出来，蜂拥到楼上雷茜尔小姐的住屋里，这一回罗珊娜·史珀尔曼也被她们卷进去了。她们冲到警察局长面前，要他马上说出来，他认为谁是嫌疑犯。

可是局长先生应付这个局面是绰绰有余的。他顿时用坚定的目光瞪着她们，吼着他那军人气概的嗓门，把她们镇住了。

“喂，喂，你们这些娘儿们，统统给我下去！不许你们待在这儿。瞧！”局长先生突然指指雷茜尔小姐的房门的外边，就在锁下面，装饰画的一小块被蹭掉的漆斑，“瞧，都是你们一些人的裙子蹭的。出去！出去！”罗珊娜·史珀尔曼站得离他最近，离那一小块漆斑也最近。她听了局长的话，就给大家做了个服从的榜样，立即下楼干活儿去了。其他的人也跟着下去了。局长检查过房间，什么也没发现，就问我谁第一个发现钻石失窃的。是我女儿头一个发现的。于是，我女儿就被传唤来了。

局长先生一开头就对潘尼洛浦非常严厉。“喂，姑娘，听着点儿，你可要说实话。”潘尼洛浦马上火了：“我从来没有学过说假话，警长先生！要是我爸站在那儿，眼睁睁地看着别人指控我说假话，偷东西，不让我进自个儿的卧室，诬蔑我的人格（这可是一个穷姑娘仅剩的一点儿东西），他就不是个好爸爸！”听到这儿，我插进来打了个圆场，使他们之间的关系缓和了些，不那么剑拔弩张了。这样，他们的问答进行得也比较顺利了。可是结果并没有问出什么值得一提的话来。我女儿说头天晚上临睡前亲眼看见雷茜尔小姐把钻石放在古玩橱的抽屉里。今天早晨八点钟，她端了雷茜尔小姐喝的茶，进屋一看，抽屉打开了，里面空空的，什么也没有了。于是她喊起来，惊动了全家。潘尼洛浦的证词到此结束。

接下来，局长要求见见雷茜尔小姐本人。潘尼洛浦隔着门，传达了他的要求。只听得答复隔着门传出来：“我没什么可对警察说的！我什么人也不见！”

这位经验丰富的警官听得又惊又气。我解释说小姐病了，请他等一段时间再见她。于是我们下了楼，迎面碰见富兰克林和高乎利正穿过厅堂走过来。

这两个少爷也被盘问了几句。他们俩的卧室紧挨着。局长问他们能不能提供一些情况。他们回答什么也不知道。局长问，昨天晚上听到什么可疑的声音了吗？回答是，他们只听见哗哗的雨声。他又问我，比他们睡得晚，可听见什么了？没有！富兰克林被盘问过以后（他还是认为破不了案）对我附耳低语：“那家伙帮不了我们的忙。西格雷夫局长是个饭桶。”高乎利被盘问后，却对我附耳说：“一看就知道是个了不起的能人。贝特里奇，我非常信任他。”这就应了古人的话：见仁见智，一人一个理儿。

局长先生下一步带着我和我女儿回到闺房里，看看昨晚有没有家具被移动了位置。看来，他上一次在这个房间里的调查并没有满足他的要求。

我们正在桌椅间搜寻，小姐卧室的房门突然开了。雷茜尔小姐本来说过不见任何人，现在却冷不防主动走到我们当中，使我们很惊讶。她从一张椅子上拿了圆边的便帽，径自向潘尼洛浦走去。

“今儿早上，富兰克林·布莱克先生叫你带口信了吗？”

“叫了。”

“他说有话要跟我讲，是吗？”

“是的，小姐。”

“他现在在哪儿?”

这时我听到下面大阳台上有说话声。从窗口望出去，只见两位少爷在来回踱步。我就替我女儿回答:“富兰克林先生在大阳台上，小姐。”

她什么也没说，也没理睬那个试图对她说话的局长先生。她脸色苍白，很奇怪地带有一种心事重重的神态，径自出了屋，下楼去大阳台找她的表哥了。

按说，偷看是不尊重别人的无礼行为，可是雷茜尔小姐在外面会见那两位少爷的时候，我实在心痒难熬，忍不住从窗口往外窥探。只见她装着没看见高乎利，径直向富兰克林走去。高乎利立刻识相地避开了，让他俩单独谈话。她对富兰克林说了几句好像是很厉害的话，虽然只有短短几句，从富兰克林脸上的表情可以看出，他听了以后是说不出的惊讶。这时，夫人走到了大阳台上。雷茜尔小姐见夫人来了，趁她还没到近前又对富兰克林说了两句，便匆匆地回屋去了。夫人自己有点儿惊异，看到富兰克林的表情惊讶莫名，连忙过来问他。高乎利也过来跟他讲话。富兰克林夹在他们当中，边走边说，想必是把刚才那回事讲给他们听了，因此他俩走了两步都停了下来，满脸诧异，目瞪口呆。我正偷看到这儿，起居间的门砰的一下被打开了，雷茜尔小姐愤怒地发狂似的飞快走进卧室，两眼冒火，双颊通红。局长先生又打算找她询问。她在卧室门口转过身来，冲着他喊起来。

“我没派人请你来!”她厉声叫道，“我不需要你。我的钻石丢了。你也好，别人也好，休想找回来!”说完她就走了进去，当着我们的面砰的一声把门锁上了。潘尼洛浦站得离门最近，听见小姐一锁上门，就号啕大哭起来。

一会儿怒气冲冲，一会儿又哭哭啼啼!这是什么道理?

我对警察局长说，道理很简单。雷茜尔小姐因丢了宝石而神经失常了。看到小姐忘记自己的身份，甚至对一位警官也这样粗暴无理，有损我们公馆的名誉，我真有点儿难受。我只好往最好的方面去解释。我内心里对雷茜尔小姐的古怪言行大惑不解。我根据她在门口说的那两句话来猜测，只能断定她大概是因为我们叫了警察，才气得要命。还有她刚才在大阳台上对富兰克林厉声呵斥，引起富兰克林非常震惊，大概也是这两句话。她之所以恨富兰克林，显然也是因为他是喊警察来的罪魁祸首。不过，如果这个推测正确的话，那么为什么她丢了钻石以后，偏偏反对警察到公馆里来呢?而且老天爷在上，她又怎么会知道月亮宝石再也找不回来了呢?要知道警察正是能找回宝石的人啊!

照目前的事态来看，不能指望公馆里的任何人会对这些问题作出解答。富兰克林为了顾全体面，所以对我这个仆人，哪怕是这么老的仆人也守口如瓶，不肯复述雷茜尔小姐对他说的话。高乎利作为一个亲戚和绅士，很可能得到富兰克林的信任，得悉那番话的内容，但他理所当然是不会辜负他的信任，把话泄漏出去的。至于夫人，她无疑也知道那番话的内容，而且唯有她有机会跟小姐单独谈了一次。可是她随后公开承认，弄不懂女儿是怎么回事，尽管费尽唇舌，也只引出她一句话:“您一提起宝石，我就气得发疯!”

这样一来，我们就陷入僵局了。关于雷茜尔小姐和月亮宝石，都探听不出任何底细来。首先，夫人无能为力，帮不了我的忙；其次（您很快就会看出），西格雷夫这位局长先生也快到智穷计尽、束手无策的地步了。

我们这位足智多谋的警官在整个闺房作了一次彻底的搜查，也没在家具里发现什么。他就盘问我，用人当中有没有知道钻石放在哪儿的？

“首先，我是知道的，先生。”我说，“其次是听差塞缪尔，当晚她们母女商量钻石的藏处时，他也在场。我女儿也知道，这一点她已告诉你了。他们两个当中也许有一个跟别的用人提起了这事。其他用人也可能从内厅偷听到母女俩的谈话。所以我看，公馆里的人说不定个个都知道昨晚上宝石的藏处。”

我的回答太笼统了。每个人都可疑，那就无从下手了。局长先生打算缩小怀疑的范围。于是他接着就问起用人的品行来。

我顿时就想到罗珊娜·史珀尔曼。可是我不愿把嫌疑往一个苦命的姑娘身上套。打从认识她以来，我一直相信她忠实可靠。感化院的女管事曾对夫人说，她是个真心悔改、值得信任的姑娘。局长先生要怀疑她，必须自己先找出怀疑她的理由。那时候等他问起我，我才能告诉他这姑娘的来由。现在我可不能说。所以我说：“我们公馆用人的品行都没什么可挑剔的。大家都没有辜负夫人的信任。”这样一来西格雷夫只剩一件事可做了，就是亲自盘问，了解用人的品行。

用人们一个个都受到了审问。他们一个个明明没有什么好说的，却唠唠叨叨扯上好多，女流之辈往往是这样的。她们说的时候都没好气，因为她们一想起禁止进入自己的卧室，都很恼火。后来局长叫其他人回到楼下，唯独把潘尼洛浦叫去单独盘问。

我的女儿在闺房里发了一顿小脾气，而且老觉得自己蒙受嫌疑，这就给西格雷夫局长一个不好的印象。再说，那天晚上她是最后看见宝石的。这件事也是他心里的一个疑窦。当第二次盘问结束，我女儿回到我身边时，简直被气炸了。事情已经再明显不过了。警官先生就差没有指着鼻子说她是贼了！我简直无法相信局长先生真会是富兰克林所说的那种蠢驴，可是明摆着他就这么蠢。尽管他嘴里不说，他瞅着我女儿的炯炯目光却是咄咄逼人的。我对可怜的潘尼洛浦说，这件事太荒谬了，不值得计较，付之一笑算了。其实我内心也害怕自己会蠢得生起气来。事情确实很令人难堪。我的女儿坐在一个角落里，用围裙蒙住头，伤心透了。您会说她干吗生气呢？这不是有点儿蠢吗？她完全可以等到他公开指控再说。对啊，我是个心平气和的正派人，我也是这么想的啊。不过局长先生应该知道点儿方寸！甭管他了，叫他见鬼去吧！

这位警官接下去的最后一招，他们说，反而把事情弄糟了。西格雷夫跟夫人会过一回面，当时我也在场。他告诉她说，钻石肯定是内贼偷的。随后他就要求夫人让他和部下马上搜查佣仆的住处和箱包。我们这位好心的女东家很有气度，对用人一向是宽宏大量，当下一口回绝，不准他把我们当贼看待。“我绝不同意这样做，”她说，“我们公馆里雇用的仆人都是忠心耿耿的。”

局长先生鞠了个躬，朝我看了看。他的用意很明白："既然你们捆住我的手脚，什么也不让干，那你们请我来是为了什么？"作为佣仆的头头，我觉得为人处世，各方面都要公平合理，不应该利用夫人的宽宏大量。我就说："谢谢您的好意，夫人，不过还是请您答应，一切秉公行事。这宗案子该怎么办，就怎么办吧。我们交出自己的钥匙。"我在门口拦住局长先生，对他说："我加布里埃尔·贝特里奇先做出榜样，我向你保证，其他用人都会跟着做。这是我的钥匙，先检查我的东西！"夫人握住我的手，热泪盈眶地感谢我。上帝啊！这时我真恨不得一拳把西格雷夫打倒在地！

正像我所保证的，其他用人尽管很不乐意，都还是同意我的看法，照我的榜样做了。当警官们翻箱倒柜地搜查女佣们的东西时，那些娘儿们的表情真够瞧的。那个厨娘眼里冒出毒光，好像真能把局长先生在炉子上活活地烤死。其他女佣也都愤恨地瞅着他，好像等他干完就准备咬他几口。

搜查完毕，连钻石的影子也没有。西格雷夫怏怏地退到我的小屋里，考虑下一步该怎么办。他跟他的三个部下已经来公馆闹腾了几个小时，可一点儿进展也没有，既查不出钻石是怎么被偷的，更说不出谁是嫌疑犯。正当这位警官还在独自苦苦思索的时候，我被叫到书房里去见富兰克林。没想到，我的手刚按在门上，冷不防从里头开了门，罗珊娜·史珀尔曼走了出来！

按说书房在早晨已被打扫干净了，一天当中这儿就再也没有两个粗活使女的事了。我拦住了罗珊娜·史珀尔曼，当场指责她破坏了家规。

"这时候你到书房来干什么？"我问道。

"富兰克林先生在楼上掉了一枚戒指，"罗珊娜说，"我捡到了戒指，到这儿来交给他。"这姑娘回答的时候脸色通红，把头一甩，挺神气地走开了。这可出乎我的意料。我揣摩不出是怎么回事。公馆里的这番折腾已经使女佣们多少有点儿失常，可还没有谁像罗珊娜·史珀尔曼那样显然完全改变了性格。

我看见富兰克林正伏在书桌上写字。我一进屋，他就说要去乘火车，叫我备车。我听见他一开口那声调，就知道他那果断坚定的性格又占上风了。那个棉花人已经不存在了，坐在我面前的又是个铁打的汉子了。

"上伦敦去吗，少爷？"我问道。

"发一份电报到伦敦去，"富兰克林说，"我已经说服姨妈，咱们得找个比西格雷夫精明强干的人来帮忙。我征求她同意，拍份电报给我父亲。他认识警察总局的局长，可以请他派个合适的人来办理这宗神秘的钻石案件。讲起神秘的事，我要在你到马厩之前顺便对你说件事，你暂时别跟任何人谈起。"富兰克林压低嗓音说道，"我看要么罗珊娜脑子有点儿毛病，要么她对月亮宝石的案情恐怕知道得太多了。"

听他讲了这话，我简直不知道自己是更惊慌呢，还是更担忧。要是年纪轻一点儿，我就会把担忧的心情告诉富兰克林了。可是如果您是个老汉，您就会养成个好习惯，在不明情况的时候不哼不哈。

"她拿着我丢在卧室里的一枚戒指来交给我，"富兰克林继续往下说，"我谢了她，我想她当然立即会走的。没想到她居然不走，站在桌子对面望着我，神情怪极了，像是很惊慌，又像是故作镇静，对我很亲昵，我说不准。她很奇怪地像是突然不顾一切地冒出了一句：‘钻石丢了这件事可真奇怪呀。’我就说：‘是很奇怪。’心想倒要看看她下一步要干什么。贝特里奇，我用名誉担保，她准是脑子有毛病！她又说：‘少爷，他们永远也不会找到钻石了。会找到吗？不会！他们也永远查不出那个拿走钻石的人了——我敢担保。’说到这儿，她居然朝我点了点头，笑了笑！我正想问她是什么意思，就在那当儿，我们听见外面传来你的脚步声。我想她是害怕被你发现吧，马上脸上改变了颜色，走出去了。这究竟是怎么回事啊？”

即便到了这个关口，我也不敢把这姑娘的来历讲给他听。这岂不等于告诉他姑娘是贼吗？再说，即便我把秘密捅出去，即便她真是贼，她干吗要把自己的秘密不对世界上任何人讲，偏偏要泄露给富兰克林先生听？这个道理也讲不通啊，这个谜还是照样解不开啊！

“我不想仅仅因为她有些疯疯癫癫，说话奇奇怪怪，就难为这个可怜的姑娘，让她遇到麻烦。”富兰克林继续往下说，“可是，要是她把对我说的那些话，也对局长说了，尽管局长是个蠢货，我恐怕……”他说到这儿停住了。

我说：“少爷，我看最好还是由我赶快找个机会跟女东家私下谈一谈。夫人对罗珊娜倒是很厚道，很关心的。说到底，这姑娘也许只不过是容易激动，有点儿傻气罢了。每逢家里出了什么乱子，女佣们总是往坏里想，好像这么一来，这些可怜虫就在自己眼里提高了身价。要是有谁病了，她们准会预言那人快死了。那么，丢了宝石，她们当然就预言永远找不回来啦。”

我这个看法，我仔细想想，确实很有道理。富兰克林听了以后，好像心里一块石头落了地。他折起了电报，再不提起罗珊娜的事了。我到马厩里去吩咐，准备一辆轻便的马车。半路上我朝下房张望了一下，看见用人们正在吃饭，而罗珊娜·史珀尔曼却不在场，便打听了一声。她们说，她突然病了，上楼到自己房里睡下了。

“奇怪！刚才碰见她的时候，她还好端端的呢。”我说。

潘尼洛浦尾随我走了出来。“爸爸，在别人面前可别这么说。您这么一说，会使她们更加作弄她，”她说，“这可怜虫为了富兰克林·布莱克可伤透了心。”

这就是对那姑娘行为的另一种看法。要是潘尼洛浦没猜错，罗珊娜这种奇怪的言语和行为就完全可以解释清楚了。那就是，她无论说啥总要说得耸人听闻，以便引起富兰克林的注意，从而跟他搭上话。这么一解释，她的那些不可思议的奇怪言行，例如她在内厅遇到我的时候那种疯疯癫癫、自命不凡的神态，都可以得到解释了。虽然富兰克林只说了三个字，但她总算达到目的了，富兰克林少爷跟她讲过话了。

我亲自看他们给马驹子上了鞍具。处在错综复杂、神秘莫测的迷津里，真是郁悒。现在看到马鞍和马缰绳的搭扣和皮带配合得那么默契，我感到心里轻松了好多。您看那马驹子往后退，驾到车辕上，心里就会感到踏踏实实的。我告诉您，这可是我们公馆里难得遇到的一种享受呢！

我随着那辆轻便马车来到前门，只见不仅是富兰克林，还有高孚利和西格雷夫都在台阶上等着我呢。

局长先生在佣仆的房间里翻箱倒柜，没有能搜查到钻石，经过一番思索，得出了崭新的结论。我们这位经验丰富的警官还是像以前一样，认定宝石是公馆内的人偷的。不过他如今认为这个内贼（现在他聪明些了，不管心里对潘尼洛浦有何看法，都不再提她的名字了），是跟印度人里应外合干的。因此他决定到弗利辛霍的监狱里，提审那几个变戏法的。高孚利打算参加审问印度人。富兰克林听到局长这个新方案，便自愿把他送回镇上去。反正在镇上打电报到伦敦和在车站打一样方便。高孚利对西格雷夫还是笃信不疑，而且很想看看审讯印度人的情形，便请求陪同前去。两个警察，一个留在公馆，另一个也陪西格雷夫一起去。轻便马车的四个座位正好坐满了。

在乘车离开之前，富兰克林陪我走到其他人听不见的地方，对我说：

“我先去看看审讯印度人的结果，再拍电报给伦敦。我个人相信这个土包子警官还是跟以前一样蒙昧无知。他不过是想赢得时间而已。他那个所谓仆人跟印度人伙同作案的想法是极其荒谬的。在我回来之前，你对公馆的情况要多加小心。另外，你要竭力弄清罗珊娜·史珀尔曼是怎么回事。不过，我不打算让你做任何有损于你自尊心的事，也不希望你粗暴地对待这位姑娘，我只是请你比往常更仔细地观察。要尽力扫清一切障碍，使夫人办事更顺当些。这件事比你料想的要重要得多呢。”

“这事关两万英镑呢，少爷。”我说这话的时候，想起了那颗钻石的价值。

“钱倒是小事，主要是要让雷茜尔小姐安心，”富兰克林严肃地说，“我很为她担忧。”

说到这儿，他突然从我身边走开，仿佛不愿让我再谈下去似的，其实我明白，他害怕再谈下去，就要泄漏雷茜尔小姐在大阳台上谈的那番话了。

他们这就驱车到弗利辛霍镇去了。我为了罗珊娜的利益，一心想找个机会和她密谈一下，可总是找不到机会。她只有在喝茶的时间才下来。她显得有些疯疯癫癫的，神经非常激动，像是得了一种所谓歇斯底里的病症。她听从夫人的命令，服了一剂挥发盐，就又被扶到床上睡下了。

白天阴郁沉闷地过去了。雷茜尔小姐照旧躲在房里不出来，说是不舒服，不能下楼来用餐。夫人为女儿担忧，心境非常恶劣。我不能再把罗珊娜·史珀尔曼跟富兰克林说的话讲给她听，以免她更加着急。潘尼洛浦忧心忡忡，以为自己马上就会以盗窃罪被审讯、判决、流放。那些女佣都愁眉不展，看着《圣经》和赞美诗，脸上的表情就像酸果汁一样酸。据我在自己的生活圈子中观察，凡是在不顺心的时刻做虔敬上帝的事，都会有这样的结果。我呢，几乎没心思翻开《鲁滨孙漂流记》了。我走到院子里想找个人谈谈心，排忧解闷，一时找不到，只好把椅子拖到狗窝旁边，跟几条狗去说话了。

晚饭前半小时，两位少爷从弗利辛霍回来了。他们已经和西格雷夫局长商妥，请他第二天回到公馆。他们也到镇郊默思怀特的寓所拜访了这位印度旅行家。他欣然应允富兰克林的请求，在审讯时为那两个不会说英语的印度人进行翻译。审讯印度人的工作进行得相当慎重，花了不少时间，谁知还是一无所获。根本找不到任何事实，证明变戏法的人跟用人内外勾结，阴谋盗窃。眼看毫无希望，富兰克林便拍了份电报到伦敦。

生日后的第二天就此结束了。迄今为止，破案一点儿没有眉目，但是一两天过后，案情便略有进展了。欲知后事如何，请看下文分解。

第十二章

星期四晚上一宿没事。星期五一早却传来两条新闻。

第一条新闻是面包铺的伙计声称，头天下午看见罗珊娜·史珀尔曼，脸上罩着一层厚厚的面纱，穿过泥沼的小路走到弗利辛霍去。按情理说哪能认错人呢！只要看这可怜人的畸形肩膀就能轻易地认出她来。可是事情明摆着，这家伙肯定是认错了，因为您也知道星期四下午她不是卧病在床，一直待在楼上自己的屋里吗？

第二条新闻是邮差传来的。可敬的坎迪先生在雷茜尔生日那天晚上冒雨驾车回去。当时他曾说大夫的皮肤是防水的。可惜他的皮肤毕竟还差了点儿，湿气还是透进去了。当晚他受了寒，患上了重伤风，现在发烧卧床了！邮差传来的最新消息说，他头晕目眩，神志昏迷，叽里咕噜地说胡话，和他神志清醒时胡说话一样流利。真是可怜。我们全都替这位小个儿大夫难受。富兰克林主要是为了雷茜尔小姐表示遗憾。今天早晨我在早餐桌旁听见他对夫人说，他认为他表妹可能需要延医诊治。

早餐后不久，布莱克老先生给他少爷的回电来了。电报上说他已经通过他的朋友——警察总局局长物色到一位合适的人选来协助我们破案。这人就是闻名遐迩的卡夫探长。预计他可能从伦敦乘早车来。

富兰克林看到新来警官的名字颇为惊喜。他好像在伦敦逗留期间，曾从他老太爷的律师那里听到有关这位探长的一些奇闻轶事。

“我认为，咱们担忧的日子就快结束了，”他说，“如果我听到的事情只要有一半属实的话。在侦破神秘案件方面，英国再没有比得上卡夫探长的了。”

我们大家都迫不及待地恭候这位大名鼎鼎、才干出众的人物来临。西格雷夫局长在约定时刻回来的时候，一听到卡夫探长即将来临的消息，马上拿起墨水和纸笔到一个房间里，关上门写他办案经过的报告去了。我很想亲自驾车到车站去接他。可是夫人专用的车、马是不能让别人用的，哪怕名闻全国的卡夫探长也不例外。而马驹拉的轻便马车，高孚利先生晚些时候要用。高孚利要走。他在夫人这样焦心的时刻不得已离开，他为此深表遗憾。他把离开的时刻稍微推迟，想听听这位伦敦的神探对这宗案件有何高见。可是他必须在星期五晚上赶到镇上，因为有一个妇女慈善团体遇到困难，等着星期六早晨和他商量呢。

探长来临的时刻快到了，我就下楼到大门口等候。

一辆出租单马车从火车站赶到门口，从上面走出一位花白头发、上了年纪的人，他长得瘦骨嶙峋，仿佛身上任何部位连一两肉也没有。他浑身一色体面的黑衣服，脸瘦棱棱的，脸皮又干又黄，活像枯萎的秋叶。他的眼睛呈冷冰冰的淡灰色，当他凝目盯视的时候，有一种古怪的眼神，一碰上您的目光，就好像在期待看出您自己也没有觉察的什么东西，使您深感不安。他的脚步很轻，声调略显忧郁，十根瘦长的手指弯成钩状，活像鹰爪。看来，他还是适合当牧师，当殡仪馆老板，或者随便什么别的角色都行，就是不适合当探长。他跟西格雷夫恰成鲜明的对比。像这样迥然不同的两位，您踏破铁鞋也难觅。对一户遭到不幸的人家来说，他实在不像一个能叫人宽心的警官，好像闭着眼睛瞎摸一个，也比他强。

“这儿是维林达夫人的府上吗?”他问。

“是的，先生。”

“我是卡夫探长。”

“请您往这儿走，先生。”

在走向正屋的路上，我报了自己的姓名和职位，满以为他会对我说起夫人聘请他来干什么差事。可是，他对自己要干的差事只字不提，倒是对庭园很欣赏，并且盛赞海洋的空气非常清新，令人神爽。我暗自纳罕，这位其貌不扬的探长怎么会有这么大的名气！我们到正屋的时候，两条狗见了陌生人，狂吠起来。它们有生以来还是第一次被拴到同一根链条上，特别容易被激怒。

我问起夫人，听说她在某个温室里，于是我们走到屋后的花园里，并派了一个用人去找她。在我们恭候夫人之际，卡夫探长透过我们左边的冬青拱道，窥见了我们的玫瑰花圃，便径直走了进去，第一次显露出饶有兴味的神情。扯起玫瑰花圃这种琐碎的事情，他可说得头头是道，活脱是个种花的行家里手，园丁听了不由得暗暗惊喜，我却听得腻烦透了。

“啊，你这南偏西南的方向完全对头，”探长边说，边摆动着他那斑白的脑袋，忧郁的声音里掺杂着一点儿欢乐的调子，“这才是玫瑰花圃的标准样子——方方正正的一块地当中开辟个圆形花坛。对啊，对啊，所有的花床中间都有小径相通。不过玫瑰花坛里的小径不该铺石子，应该铺草皮，园丁师傅，因为石子太硬，影响玫瑰花的繁殖。哦，这块花床里净是白玫瑰和红玫瑰，真漂亮！这两种颜色也很般配，对不对？这就是白麝香蔷薇，贝特里奇先生，咱们英国古老的玫瑰花品种。”探长说时，不禁用瘦长的手指爱抚着白麝香玫瑰，“它跟最新培育出来的最优良的品种相比，一点儿也不逊色。美丽的宝贝儿!”他说话的口吻就像对一个小孩儿说话似的那么亲昵。

啊呀，这么个人可是找对了！要靠他找回雷茜尔小姐的钻石，抓到窃贼，可大有指望了啊！

“你好像很喜欢玫瑰花，探长!”我说!

“我没有多少空闲的时间，平时任何东西都没法喜欢啊。”卡夫探长说，“可是一旦我有片刻时间可以献出我的爱心，贝特里奇先生，十有八九，我是献给玫瑰花了。我最初的孩提时期是在父亲的苗圃的玫瑰花丛里度过的。我最后的弥留日子，如果可能的话，也会在玫瑰花丛里度过。是的，总有一天，上帝保佑，我会从缉拿盗贼的生涯中退隐，尝试种植玫瑰花。我的花床之间的小径，贝特里奇先生，将要铺上草皮。”探长说。我们玫瑰花圃的石子路好像给他留下了不愉快的印象。

“对于干您这一行的人来说，先生，”我冒昧地说了一句，“这好像是一种怪癖啊。”

“一般人不想观察周围的事物。如果你仔细看看，”卡夫探长说，“你就会发现，一个人的癖好跟他的职业性质往往是背道而驰的。拿玫瑰花和盗窃犯来说，哪有比这两者差异更大的事物呢？如果在我这样的年龄还不算太晚的话，那么我是会纠正我的兴趣的。你没有发现吗，园丁先生？大马士革蔷薇跟大多数比较脆弱的品种相比，还是较好的。啊，有一位夫人来了。是维林达夫人吧？”

尽管我跟园丁知道夫人该从哪儿来，却还没有看见她。而他并不知道，倒先看见了。这下子我才发现这人绝非表面上看来的那样迟钝，他的头脑是非常敏捷的。

由于探长的出场，或者他的重要使命，或者两者兼而有之，夫人仿佛有点儿窘，不知怎么说才好。根据我的回忆，从前夫人同陌生人见面，从来都是从容自如，侃侃而谈的。卡夫探长立刻替她解了围。他问夫人是否请过谁来侦查这宗盗窃案。夫人说请过，这人此刻还在屋里。卡夫探长就要求首先跟他谈谈。

夫人领我们回屋里去。临走，探长跟园丁说了句话：“请夫人改成草皮路试试，”他厌恶地向石子路瞥了一眼说，“不要石子路！不要石子路！”说完便跟夫人走了。

说也奇怪，局长被介绍跟卡夫探长认识的时候，竟缩小到原来的几分之一，并显得十分卑微。我只能告诉您这是事实，可说不出是什么道理。他俩走进一个房间，关上门，不让任何人打扰，密谈了老半天。他们出来的时候，局长先生很激动，探长先生却打着哈欠。

“探长想看看维林达小姐的起居室，”西格雷夫先生神气十足地对我说，“探长可能要问些问题，请陪他去吧！”

局长对我这样呼来喝去的时候，我看了看卡夫神探。他却用我上面提到过的那种期待能看出什么的目光静静地盯着西格雷夫局长。我不敢说，在他的逼视之下，他的那位同行是不是会露出蠢驴的原形。我只能说，我很怀疑他是这么想的。

我带他上了楼。探长轻手轻脚地把那个印度古玩橱和整个起居室仔细检查了一遍。他提了好些问题，主要一直在问我，对西格雷夫只是偶然问两句。这些问题的用意，我和西格雷夫都不明白。过了片刻，他信步走到门前，和门上的装饰画打了个照面。他伸出一只瘦长的指头指着正好在锁下面的那块漆斑。上回用人们蜂拥而入，西格雷夫曾对她们大声叱责的时候，就已经注意到这块漆斑了。

“很遗憾，”卡夫探长说，“这是怎么被蹭坏的？”

这问题是向我提出的。我回答说，在头天早晨，女佣都挤进房间的时候，有人的裙子把漆蹭上了。“没等她们再损坏什么，西格雷夫局长就命令她们出去了。”我又加了一句。

“不错！”局长先生摆出他军人的神态说，“我命令她们出去，是她们的裙子把漆蹭掉的。探长，是她们的裙子蹭掉的。”

“你有没有注意是被哪条裙子蹭掉的?”探长仍旧没问他的同行，而是问我。

“没有，先生。”

他回过头来朝着西格雷夫局长说道：“我想您总注意到了吧?”

局长的脸色有点儿尴尬，但他马上镇定下来。“记不起来了，探长。”他说，“这是无关紧要的小事！”

卡夫探长用像刚才瞅着玫瑰花圃的石子路那样的厌恶神情看了看西格雷夫先生，让我们第一次尝到了他的厉害。他随即用他的忧郁声调说：

“局长先生，我上星期私下调查过一件案子。调查的终点是谋杀案，起点却只是桌布上一块谁也不知来由的墨迹。我从事侦探工作以来，在这污浊的人世间碰到过多少污浊的事情，从没有碰到过所谓无关紧要的小事。咱们没进一步调查这案子之前，先得看到蹭上这块漆斑的那条裙子。咱们还要弄清楚，这漆在什么时候还是湿的。”

局长先生吃了这顿申斥，绷着脸没好气，问是否要他去召集女佣们。卡夫探长考虑了一会儿，叹了口气，摇了摇头。

“不，”他说，“咱们还是先搞清楚漆的问题。讲到漆，只是个‘是否’问题，好解决。至于女佣们的裙子，这就一下子不好解决了。昨天上午用人们拥进这屋子是几点钟？是十一点吗？屋子里有谁知道在昨天上午十一点钟，这漆是干的还是湿的?”

我就说：“夫人的外甥富兰克林先生知道。”

“这位先生在屋里吗?”

富兰克林近在咫尺，他正等待我们介绍他跟卡夫神探见面呢。不到半分钟，他就进屋来作证了。

“那扇门，探长，是维林达小姐在我的监视和帮助下，用我配制的溶剂漆的。”他说，“这种溶剂不管调什么颜料都干得很快，不到十二个钟头就干透了。”

“您可记得，被蹭掉漆的那一部分图画是什么时候漆上的?”探长问道。

“记得很清楚，”富兰克林回答说，“这是最后一部分。我们打算在星期三，把门全部漆好。蹭掉漆的那一块图画，是星期三下午三点或稍后一会儿，我亲手漆好的。”

“今天是星期五，”卡夫探长对西格雷夫局长说，“星期三下午三点，那一小块图画就漆好了。不到十二个小时漆就干透了。换句话说，到星期四凌晨三点漆就干透了。局长，你是星期四上午十一点在这儿调查的。十一减三还剩八。就在你疑心是哪个女佣的裙子把漆蹭掉的时候，这漆已经干透八个小时啦。”

这是对西格雷夫先生的第一下狠狠打击！要不是当初怀疑可怜的潘尼洛浦的话，我倒会同情他的。

把漆斑的问题解决了以后，卡夫探长就不去理会那个窝囊废的同行，而把富兰克林看成比较靠得住的助手，只对他一个人说话了。

“很可能您把破案的线索交到我们手里了，先生。”他说。

他的话音未落，卧室的门开了，雷茜尔小姐突然出了屋，走到我们中间。

她对探长说话，没有顾及（或者注意）对她来说他完全是个生人。

“您刚才说，”她指了指富兰克林，问卡夫探长，“他把破案的线索交到您手里了？”

“这是雷茜尔小姐。”我在探长后面低声说。

“小姐，”探长说，那对冷冰冰的灰色的眼睛凝神审视着小姐的脸，“那位先生可能把线索交到我们手里了。”

她刹那间回过头去，打算看看富兰克林。我说“打算”，是因为她在没有碰上他的目光之前，顿时又转过眼睛往别处看了。我的心里好像起了一阵奇异的骚动。她的脸涨得通红，随即又刷地一下变得煞白。随着脸色变白，她脸上现出一种新的神情，我看了吓了一跳。

“小姐，我回答了您的问题，现在轮到我向您提问了。”探长说，“您可知道您门上的画是什么时候被蹭掉一块漆的吗？是谁蹭掉的？”

雷茜尔小姐没有回答他，只管提自己的问题，仿佛探长什么也没有说，或者她什么也没听见。

“您也是警官吗？”她问。

“我是卡夫探长，侦缉队的卡夫探长。”

“您认为一个小姐的意见值得一听吗？”

“我乐意听，小姐。”

“履行您自己的职责吧，别让富兰克林插一手。”

她这两句话说得非常刻薄，非常粗野，她的声调和表情都不可遏制地充满了对富兰克林的敌意。尽管我从她是个婴儿的时候就认识她，尽管我对她的敬爱仅仅亚于夫人本人，我还是有生以来第一遭，不由自主地为她害臊了。

卡夫探长目不转睛地用镇定的眼光盯住她的脸。

“谢谢您，小姐，”他说，“您对这漆斑可知道些什么吗？会不会是您自己无意中蹭掉的？”

“我对这漆斑什么也不知道。”

说了这话，她转身就走，又把自己关在卧室里。门一关上，她便一个人在里面失声痛哭起来。上一回是潘尼洛浦听到的，这一回可是我亲耳听到了。

我不敢正视卡夫探长。我看了看富兰克林，他离我最近。看上去，富兰克林为了刚才这事，甚至比我还要苦恼。

“我告诉过你，我为她担心，”他说，“现在你看出我担心的原因了吧。”

“维林达小姐显然是为了丢失钻石而感到懊恼，”探长说道，“这是件珍贵的宝物。哭是很自然的！是很自然的！”

头一天，当她在西格雷夫局长的面前失态，发脾气的时候，我替她这样辩解过，因为我对小姐一直是怀有好感的。如今一位素不相识的人竟也替她这样辩解。他是不可能对她怀有好感的。那他故意这么说，是出于什么动机呢？这么一想，我不由得毛骨悚然起来。当时我不知道为什么害怕。现在我冷静地一分析，才知道当时我一定是开始疑心卡夫探长和雷西尔小姐初次会晤以后，见到她的失常状态，听到她奇特的话语，心里是不是突然对她产生了一种可怕的新看法呢？

“小姐们往往随口乱说，这是她们的特权。刚才的事，您别往心里搁啦，还是言归正传吧。”探长对富兰克林说道，“多亏您提醒，我们已经知道漆是什么时候干的了。下一步就是要找出最后看见门上的漆没有被蹭掉是什么时候，您是很有头脑的人，您一定明白我的意思。”

富兰克林镇定下来，努力把雷西尔小姐的事搁到一边，回到手头的事务上来。

“我想，我明白你的意思，”富兰克林说道，“咱们把时间范围缩得越小，咱们调查的范围也就越小啦。”

“就是这话呢，先生，”探长说，“星期三下午您画完了以后，有没有注意，看一看您的大作？”

富兰克林摇了摇头，回答说：“我敢说没有。”

“你呢？”探长问我。

“我也没有，先生。”

“星期三晚上，谁是最后一个留在这屋里的？”

“先生，我看是雷西尔小姐吧。”

富兰克林突然插了一句：“说不定是你女儿，贝特里奇。”他转身对卡夫探长解释了一下，说我的女儿是维林达小姐的贴身使女。

“贝特里奇先生，请你女儿上楼来一趟。且慢！”卡夫探长说到这儿，把我拉到窗口，别人听不见的地方，“你们这位局长把他处理这件案子的方法详尽地告诉我了。其中，他自己也承认，把女佣们都得罪光了。现在最要紧的是，安抚人心，使她们安定下来。请代我向你的女儿和其他女佣致意，并且转告她们两件事。第一，我到目前为止，还没有证据能说明钻石是被盗窃了，只知道钻石是丢失了。第二，我要佣仆们做的事情很简单，只不过是请她们帮我把钻石找出来。”

我突然想起，当西格雷夫局长禁止女佣们进出她们的房间时我出的那个主意，现在可派上用场了。

“探长先生，我能向这些女佣宣布第三件事情吗？”我问道，“如果她们心血来潮，要上楼下楼，在自己的卧室进进出出，可以允许吗？”

“完全可以。”探长说。

“这样一下子就能使她们，从厨师到洗盘碟的，全部安心了。”

“快去，马上就办吧，贝特里奇先生。”

不到五分钟，我就把事情办妥了。当我谈到自由进出卧室时，只遇到一个困难：女佣们听了个个都迫不及待地要跟潘尼洛浦一起上楼来帮助卡夫探长，纷纷自愿向他提供证词。我只好拿出总管的身份，好不容易才把她们拦住了。

看样子，探长倒是对潘尼洛浦挺满意，他瞧着她的那神情就跟他在玫瑰花圃里瞧着白麝香蔷薇时同样高兴。

这就是我女儿在探长的诱导下作的证词，干净利索，条理分明。嗯，她可完全像我，一点儿也不像她母亲！上帝保佑！

她说，她曾经帮他们调颜料，所以她对门上的画很感兴趣，特别注意到了锁下面那一小块地方，因为那是最后完成的。在完成了几个小时以后，也看到它没有被蹭掉。她在半夜十二点钟跟小姐道了晚安出屋时，门上的漆还是完好的。听到闺房里的钟敲了十二下时，她把手搁在门把儿上，知道漆还是湿的，所以尽量不去碰它。而且她敢发誓自己是提起裙子走的。当时漆上还没有蹭斑，不过出来的时候，是否衣服被无意中蹭了一下，那就不敢保证了。她还记得那天穿的什么衣服，因为那是雷茜尔小姐送的一件新衣服（她父亲也记得，也可以作证）。她把那件衣服也带来了。经她父亲认定，确是她那天晚上穿的。把那件衣服仔细检查了一遍（衣服很大，检查花了不少时间），上面一点儿漆痕也没有。潘尼洛浦的证词到此完毕，干净利索，也很使人信服。

探长下一步是询问，公馆里是否养了几条大狗。如果养了，它们可能蹿到房间里去，摇尾巴时把漆蹭掉。我说这是绝对不可能的。于是探长叫人拿来一柄放大镜，仔细察看那漆斑的模样，看出漆上面没有皮肤的痕迹（如手印之类）。所有的特征都表明，这漆是被什么人的衣服蹭掉的。把潘尼洛浦和富兰克林的证词综合起来可以断言，从星期三半夜到星期四凌晨三点这段时间里，肯定有人来过这间屋子。

卡夫探长调查到这一步，发现西格雷夫这个人居然还留在屋里没走。于是他就把调查经过综合了一下，给他的同行听，好叫他“开路”。

“局长先生，”他说，“您心目中的这些区区小事，”探长指了指门上的漆斑，“自从您上回看到以来，已经变成大事了。目前我们要从这块漆斑跟踪追击。第一步，查出屋里有没有沾上漆的衣服。第二步，查出那件衣服是谁的。第三步，查查看那蹭上漆的人，在半夜到凌晨三点之间，到这屋里来是干什么的，叫他讲出原因来。要是讲不出令人信服的理由，那拿走钻石的人就不难找到了。如果您同意的话，这些事我打算自己干。我不再留您了，免得耽误您在镇上的公务。我看见您在这里安插了一个警察，把他留给我支配吧，也许有用得着的地方。祝你一路平安！”

西格雷夫对探长倒是很佩服，不过他对自己更佩服。他被声名显赫的卡夫探长狠刺了一下。那么好吧，他要在临走之前，给他一个漂亮的回刺。

“迄今为止我还没有发表过意见。”局长先生说，他的军人式的嗓音还是那么洪亮，“现在我要离开这儿，把案子移交给你办了。临行之前我只有一句话要说。探长先生，世界上真还有小题大做的事情。”

“碰上眼高手低的人，这个小题，别说大做，干脆什么也做不出来。”卡夫探长这样回敬了他的同行以后，便转过身来，走到窗口。

我和富兰克林等着瞧他下一步干什么。只见探长一个人站在那儿，双手插在口袋里，向外眺望，轻轻地吹着《夏日最后一朵玫瑰》这首曲子。后来我发现他只有在紧张地思考的时候，才忘记了礼貌，吹起口哨来。在这种场合，《夏日最后一朵玫瑰》显然会帮助他一寸一寸地向前探索，达到目的。我认为这首曲子跟他的性格相当适合。它能使探长想起他所心爱的玫瑰花。他吹出的这首曲子，可说是情调最忧伤了。

隔了一两分钟，探长转过身来，从窗口走到房间当中，停住脚步，眼睛盯住雷茜尔小姐卧室的门，陷入了苦思冥想。过了一会儿，他觉醒过来，毅然地点了点头，仿佛说：“就这么办!”于是他招呼我，说他想跟夫人说十分钟话，希望夫人尽早抽空满足他的要求。

我立即去传口信。离开房间时，我听见富兰克林向探长提了个问题。我不由得在门槛上停住脚，想听听探长怎么回答。

“您猜出到底是谁偷走钻石的了?”富兰克林看着探长，急切地问。

“没人偷走钻石。”卡夫探长回答。

我们俩听到他这个新奇的见解，都心痒难挠地恳求他把他的意思讲给我们听听。

“慢着，”探长说，“这谜的碎片还没有被拼在一块儿呢。”

第十三章

我在夫人的起居室里找到了她。我一提起卡夫探长想跟她谈谈，她就很惊讶，一副心烦意乱的样子。

“一定要我见他?”她问道，“你不能代表我谈谈吗?”

我茫然不解，大概我脸上明显地露出来了。夫人便特意对我解释：

“我神经上恐怕受了点儿刺激，”她说，“那个从伦敦来的警官不知怎的总叫我惶惶不安。我有个预感，总觉得他是个惹祸招灾的丧门星。虽说这想法很愚昧，也要不得，但我确实是这么想的。”

我不知道该怎么说才好。我对卡夫探长倒是越看越中意呢。夫人在对我倾吐心事以后，精神又振作起来。正像我告诉您的，她毕竟是个有胆识的女士。

“要是一定得见他，那就见吧，”她说，“不过我不愿单独见他。带他进来吧。加布里埃尔，你也待着，等他走了你再走。”

就我记忆所及，从夫人还是个少女的时候开始，这还是她第一次如此心灰意冷。我回到闺房里来，只见富兰克林信步走进花园，跟高孚利攀谈起来。高孚利马上就要离开公馆了。我领了卡夫探长径直往女东家的房间走去。

卡夫探长一进门，夫人脸色顿时就有点儿发白了。但她控制住自己的心情，没有更多地流露。她问探长是不是介意我在场。她还好意地附带说明，我非但是她的老仆，而且是她亲信的顾问，家里有什么事情，总是找我商量。

探长彬彬有礼地回答说，我在场他颇感荣幸，他也正好要谈谈公馆佣仆的一般情况，而且他还发现我足智多谋，对佣仆的情况了如指掌，对他很有用。于是夫人指了指两把椅子，我们就马上坐下，开始谈话了。

“我对这件案子已经有了自己的看法，”卡夫探长说，“不过，请夫人谅解，目前我还不打算说出来。现在我要把刚才在楼上维林达小姐的起居室里侦查的结果，和下一步的打算说一下，供夫人参考。”

于是他就谈起漆斑的事情，谈起他下的结论，和他刚才对西格雷夫局长谈的内容一样，只不过换了一种慎重尊敬的语气。末了他说：“有件事是肯定的，钻石从古玩橱里不翼而飞了。另一件事也几乎是肯定的，门上的漆斑一定被蹭到公馆某个人的衣服上了。在进一步侦查以前，咱们先得找出那件衣服来。”

“找到沾漆的衣服，就寻获到贼了吗？”女东家问。

“夫人明见，我并没有说钻石是被偷走的。到目前为止，我只能说钻石是丢失了。找到了那件沾漆的衣服，也许就能找到钻石。”

夫人看了看我。“你明白吗？”她说。

“卡夫探长明白，夫人。”我答道。

“你打算怎么找到那件沾上漆的衣服呢？”女东家再一次向探长问话了，“我那些用人都很好，都是跟随我多年的。他们的房间和箱子都被那个警官搜了。我真替他害臊。我绝不容许谁在这方面再次侮辱他们啦！”

我心想，要侍候就得侍候这样的东家，她真是万里挑一的女中精英啊！

“这一点我正要向夫人提出，”探长说，“那个警官让用人们看出，他怀疑他们，已经给侦查带来了麻烦。我要是再让他们认为自己第二次受到怀疑，那就不知道他们，特别是那些女用人，要给我设置多大的障碍了。可是同时，他们的箱子又必须重新搜查。道理很简单，第一次检查只是查钻石，而第二次检查是要查出那件沾上漆的衣服。我完全同意您的看法，夫人，应当顾全佣仆的情绪。可是我也同样清楚，应该搜查用人的箱子。”

好像又陷入了僵局。我们夫人也这样说，不过话委婉些罢了。

“如果夫人同意的话，我有个解决这难题的办法。”卡夫探长说，“我打算对用人们解释这件事。”

“女佣们会以为她们受到怀疑了。”我打断他说。

“她们不会这样想的，贝特里奇先生，”探长回答，“如果我能对她们说，我一视同仁，所有的人，包括夫人在内，只要是星期三晚上在公馆里住宿的，箱笼衣物都得检查，女佣们就不会认为自己无辜蒙受嫌疑了。”他用眼梢瞄了夫人一下，“当然，搜查主人不过是走个过场，可是佣仆们会认为主仆一视同仁，他们对整个事情就会改变看法，非但不会阻碍，而且肯定会协助我们侦查，并引以为荣。”

我认为这番话有道理。夫人开头有点儿惊诧，过了一会儿也明白了。

“你认为非检查不可吗？”她问。

“我认为，夫人，要达到目的，这是快刀斩乱麻的唯一方法。”

于是，女东家便起身摇铃叫使女："你就手里拿着我衣橱的钥匙，对用人们说话吧。"

卡夫探长突然提出一个非常意外的问题。

"咱们是不是先弄清楚，公馆里其他女士和先生们也都同意这样办吗？"他问道。

"公馆里除了我以外，只有一位女士，就是我女儿维林达小姐。"女东家有点儿诧异地回答，"仅有的先生是我的两个外甥，布莱克先生和艾柏怀特先生。根本不用担心他们会提出异议。"

说到这儿，我提醒夫人，高孚利就要离开了。正说着，高孚利在敲门，亲自来辞行。富兰克林也接踵而来，说是要陪高孚利上车站去。夫人向他们解释了难处。高孚利一下子就把问题解决了。他对着窗外喊塞缪尔，叫他把手提箱重新提上楼来，然后亲手把钥匙交到卡夫探长手里。

"调查完毕后，"他说，"再把我的行李送到伦敦来好了。"探长收下钥匙，得体地道了歉："很遗憾，给您添了点儿麻烦。这只不过是例行公事，主人们做出了榜样，这对安定用人的情绪，使他们接受检查，会有奇妙的作用。"

高孚利跟夫人告别以后，就留了张便条给雷茜尔小姐。我看，这张便条意思很清楚，小姐拒绝了他的求婚。可他并未死心，以后有机会，还打算再度求婚。富兰克林跟着他表哥出门的时候，关照探长说，他所有的衣服都没有锁着，请他尽管检查。探长对他深表感谢。这样，您看到了吧，夫人、高孚利、富兰克林都非常爽快地照探长的意思办了。这样一来，在把全体用人召集起来，开始全面搜查沾上漆的衣服之前，就只剩下雷茜尔小姐一个人没有照他的话做了。

夫人对探长好像有一种无法解释的反感。等到其他人都走了，只剩下我们仨的时候，她对这次商谈格外厌恶，比往常更气恼了。"如果我把维林达小姐的钥匙送下来给你，"她对他说，"我想你的要求就都达到了吧？"

"劳驾，"卡夫探长说，"如果方便的话，我想先看看府上的洗衣账册，再开始搜查。沾上漆的衣服也许是件换洗的内衣。如果搜查没有结果，我就要把所有送去洗涤的内衣按账册都查个水落石出。要是有一件不见了，我就可以断言，至少就可以假定，这件衣服是沾了漆的，衣服的主人是故意在昨天或今天，把衣服藏起来了。"说到这儿，探长转身对我说："西格雷夫局长在星期四上午佣仆们拥进屋里的时候，提醒他们要注意门上的漆斑。贝特里奇，这可说是他所犯的又一个错误。"

夫人要我去摇铃，差人去拿洗衣账册。等到拿来以后，她仍待着不走，以防卡夫探长看了账册以后又提什么新的要求。把洗衣账册送来的是罗珊娜·史珀尔曼。这姑娘当天早晨下来吃早饭的时候仍然面如死灰，憔悴可怕，不过头天的病情总算有所好转，能够干些日常家务了。卡夫探长全神贯注地观察着我们公馆的这个粗活使女：在她走进来的时候，细看她的脸；在她出去的时候，又察看她那畸形的肩膀。

“你还有什么话要说吗?”我的女东家问。她很不耐烦，巴不得早点儿离开探长。

这位足智多谋的卡夫先生打开洗衣账册，不消半分钟，一本细账已了然在胸。他又合上了账册。“夫人，劳驾您回答最后一个问题，”他说，“刚才送账册进来的那姑娘，您用了多久了，有其他用人那么久吗?”

“您问这个干什么?”夫人问。

“我上回看见她时，”探长说，“她因盗窃在坐牢呢。”

这可把夫人逼得没法了，只好告诉他实话，但又特别强调她在公馆里干活品行端正，并把感化院女管事对她的好评复述了一遍。最后又诚恳地加了一句:“希望你别疑心她。”

“夫人，我不是告诉您了吗，到目前为止，我对府上的人一个都没有怀疑是贼。”

听了这回答，夫人就起身，上楼去要雷茜尔小姐的钥匙了。探长抢在我前面为她打开房门，深深地鞠了一躬。夫人走过探长的身边，不由得打了个寒噤。

我们等了又等，总不见钥匙拿下来。卡夫探长对我什么都不说，只是把忧郁的脸转向窗户，瘦长的双手插在口袋里，径自柔和地吹着《夏日最后一朵玫瑰》这首曲子。

塞缪尔终于来了，没拿钥匙，却拿着一张写给我的小纸条。我哆哆嗦嗦地摸索了好一会儿，才找到眼镜并戴上。这时，我觉得卡夫探长的阴沉目光盯在我身上。纸条上夫人用铅笔写了两三行字，说雷茜尔小姐断然拒绝探长搜查她的衣橱。问她什么缘故，她就放声大哭，再问得紧了，她就说:“我不愿意，就是因为我不愿意。除非使用武力，否则我不会服从。”夫人听了她女儿这番胡搅蛮缠的话，当然不愿拿这话来回复卡夫探长。我要不是上了年纪，脸皮厚了，想到要用这种无理的话来答复人家，也会脸上发烧的。

“维林达小姐的钥匙怎么啦?”探长问。

“小姐拒绝你搜查她的衣橱。”

“啊!”探长说。

尽管他仍然沉着脸，不动声色，可是他的声音却不由自主地流露出，这句话早在他意料之中。这使我又生气，又害怕。我说不出原因，但事实如此。

“只好取消检查了?”我问。

“不错，”探长说，“只好取消了。因为你家小姐与众不同，拒绝搜查。我们要搜，就得把全部衣物搜遍，否则就干脆不搜。把艾柏怀特先生的手提箱送到伦敦去，把洗衣账册还给那个送来的姑娘吧。”

他把洗衣账册放到桌上，拿出单开小刀，开始修指甲。

“你好像并不怎么失望。”我说。

“对，”卡夫探长说，“我并不怎么失望。”

我试图请他解释一下。

“雷茜尔小姐干吗要从中阻挠呢?”我问他，“她协助你，不是对她有好处吗?”

“等等再说吧，贝特里奇先生，等等再说吧。”

要有个比我聪明的人，才弄得懂他内心的奥秘，要不，也得是个不像我这么疼爱雷茜尔小姐的人。夫人见了他就怕，大概是因为她正像《圣经》里所说的，在镜子里隐隐约约地看到他内心的奥秘吧。

“下一步怎么办呢?”我问道。

卡夫探长修好了指甲，用忧郁的目光端详了一会儿，把小刀又放回原处。

“出去到花园里走走，”他说，“咱们去看看玫瑰花吧。”

第十四章

从夫人的起居室去花园，最近的路就是那条灌木路，这您已经知道了。为了帮助您了解即将发生的事，我不妨补充一句，这儿是富兰克林最喜欢散步的去处。每逢他到园子里走动的时候，如果在别处找不见他，在这儿准会碰见。

应该承认，我这老汉就是有股犟脾气，卡夫探长越是对我隐秘，我就越要猜透他的心思。我们转上灌木路的时候，打算换个招儿套他的话。

“现在事情可不好办啦，”我说，“要是我处在您的地位，只好自叹无能为力了。”

“要是你处在我的地位，”探长回答说，“你就会改变看法。如果原先对自己的结论还有点儿怀疑的话，这样一来就可以完全排除了。目前，你先别问结论是什么，贝特里奇，我叫你到外面来不是让你无止无休地盘问的。我叫你到外面来是为了向你打听件事。按说你也不妨在屋里讲，但是隔墙有耳，我害怕有人在门后偷听。而且干我这一行的都喜欢在露天的地方透透气。”

哎，谁能套得了他的话?我算服了，只好捺住性子听他的下文。

“咱们先不谈你们小姐的动机，”探长往下说，“咱们只能说她不肯帮忙。实在遗憾，因为她这一来就使调查难上加难了。咱们如今得改弦易辙来解门上漆斑的谜了。我敢说，解了这个谜，整个案子的谜也就迎刃而解了。我打定主意不再搜查用人的衣服了，贝特里奇。不过我要看看她们，把她们想的和做的事摸个底。在开始之前，我先要问你一两个问题。你是个有眼力的人!打从丢钻石的事被发现以来，你看到哪个用人有什么奇怪的行为了吗?当然，一般惊慌失措的表现，就不用管了。他们之间发生过什么特别的吵架的事?有谁表现不正常，比如说突然发脾气，或者突然生病了?”

我刚想到罗珊娜·史珀尔曼在昨天午饭时突然病了，还来不及回答，只见卡夫探长突然斜眼向灌木路那边瞟去。只听到他暗自嘀咕了一句:“来啦!”

“怎么啦?”我问道。

“我背上的风湿病又犯了，”探长故意提高了嗓门，好像存心要让别人听见似的，“天气很快就要变了。”

我们走了几步就到了墙角。我们向右拐，上了大阳台，从当中的台阶下去，就到了下面的花园里。探长在空旷的地方停住了脚。我们站在那里，四面都瞧得很清楚。

“咱们谈谈那个年轻女人罗珊娜·史珀尔曼，行吗?”他说，“看她那长相，不大像有情人。不过，为了那姑娘本身的安全，我得马上问个明白，她这个可怜人是否也有个心爱的人?”

在目前的情况下，他问我这么个问题，究竟是什么用意?我没有回答，只是凝神盯着他。

“咱们刚才走过的时候，我看见罗珊娜·史珀尔曼躲藏在灌木丛当中。”探长说道。

“就在您说‘来啦’那会儿吗?”

“对，就是那会儿。要是她有个心爱的人的话，躲在那儿也算不了什么。要是没有，躲在那儿就是件非常可疑的事了。”

老天爷啊，我对他说什么好呢?我知道灌木路是富兰克林喜欢散步的地方。我知道他从车站回来，八成是会转到那儿去的。我知道潘尼洛浦有好多回碰见罗珊娜在那儿转悠。她常对我说，这是为了引起富兰克林的注意。如果我女儿说得不错的话，那么探长看到罗珊娜的时候，想必她是在等富兰克林回来。我实在感到为难了。要说出罗珊娜单相思的事情，似乎没有多大根据；不说吧，又会引起探长的怀疑，会给姑娘带来严重的后果。犹豫了一番，我还是说了。我敢以自己的灵魂和人格担保，我完全是为了可怜那个姑娘才说的，而且我先作了一番必要的解释，然后才告诉探长罗珊娜发了疯，居然爱上了富兰克林先生这一事实。

卡夫探长从来不笑。偶尔有什么事情逗他乐了，他只是稍微咧咧嘴。这会儿他就是这样咧了咧嘴。

“爱上一个像富兰克林·布莱克这种风度翩翩、仪表堂堂的佳公子，我倒并不认为是发疯了。你不如说，她也没有照照镜子，那么丑陋，又是个使女，居然爱上少爷，真是发疯了，那才说到点子上了。不过，我很高兴。事情到底弄清楚了，我也放心了。我会保守秘密的，贝特里奇，我喜欢对人性的弱点抱宽容的态度。可惜干我们这一行，发扬这种美德的机会太少了。你以为富兰克林根本没疑心那姑娘爱上他了?要是她长得标致的话，他一下子就会发现的。丑女在这个世界上的处境太可怜了。但愿她们在另一个世界上会得到补偿。你们这儿有个美丽的小花园，还有一片修剪得很平整的草坪。你自个儿瞧瞧，要是不铺石子路，而是铺草皮路，花朵就会长得更美丽了。不，谢谢你，我不要玫瑰花。我不忍心把它们从梗茎上折断，就像看到用人们遇到什么不幸的事，同样地心里不受用。哎，钻石丢失的事刚被发现时，你有没有看到哪个用人有什么莫名其妙的举动?”

到目前为止，我跟卡夫探长相处得挺不错。可是他狡猾地提出这最后一个问题，使我不由得起了戒心。说白了，每逢他像草丛里的蛇一样，绕着弯子盘问我们家用人的事，我就挺不愿意帮他解答这些问题。

“我什么也没注意，”我说，“光觉得大家都乱成一锅粥，包括我自己在内。”

“哦，”探长说，“你要对我说的就这些吗？”

“就这些。”我不动声色地回答道，对自己的审慎很得意。

卡夫探长以忧郁的眼睛凝视着我的脸。

“贝特里奇先生，”他说，“我想跟你握手，你不反对吧？我对你特别有好感。”

他为什么偏偏在我哄骗他的时候表示对我有好感呢？这我实在弄不明白。不过，我终于能胜过大名鼎鼎的卡夫探长了，实在可以引以为荣。

我们回到屋里，探长要我给他一间屋子，随后把干屋内家务的用人，按职位高低，依次传唤。

我把卡夫探长带到我屋里，随即把用人都召集到大厅里。罗珊娜·史珀尔曼也在其内。她的动作就跟探长一样快。探长刚才发现她以前，她一定已经偷听到了探长跟我谈起有关用人的事。这会儿她却装聋作哑地站在那儿，好像一辈子也没听到过灌木路这地方似的。

我按照探长的吩咐，把用人一个个叫进去。厨娘头一个走进“法庭”，也就是我的房间。她只待了片刻就出来了，告诉大家：“卡夫探长情绪有点儿消沉，不过看样子倒是个好好先生。”第二个进去的是夫人的贴身使女，待的时间要长得多，出来的时候说：“要是卡夫探长不相信一个有身份的女人，搁在心里得啦，何必说出来！”第三个进去的是潘尼洛浦，出来的时候说：“卡夫探长很可怜。爸爸，他年轻时一定在爱情上受过挫折。”潘尼洛浦后面是第一个粗活使女，她和夫人的贴身使女一样，待的时间很长，出来的时候说：“贝特里奇先生，我到公馆里来是干活的，不是来受一个下等警官当面怀疑的。”她后面是罗珊娜·史珀尔曼，在里面待的时间最长。她出来时什么话也没说，默不作声，嘴唇煞白。罗珊娜后面是听差塞缪尔，只待了一两分钟，出来的时候说：“卡夫探长的靴子太邋遢了。那个擦靴子的真丢人。”最后一个进去的是帮厨女佣南希，待了一两分钟，出来时说：“卡夫探长良心好，不拿一个干粗活的穷姑娘开玩笑。”

等到完事，我走进“法庭”，看看探长还有什么事情吩咐。只见他又拿出老一套来了，看着窗外，径自吹着《夏日最后一朵玫瑰》。

“发现了什么吗，先生？”我问道。

“要是罗珊娜·史珀尔曼请假出去，就让这可怜的姑娘出去吧，不过先得通知我一声。”

我本该把罗珊娜和富兰克林的事藏在心里，秘而不宣才对！现在事情明摆着，这倒霉的姑娘被卡夫探长怀疑上了，不管我怎么消除他的疑心也是白费。

“希望您别疑心罗珊娜跟钻石失窃案有什么牵连。”我鼓起勇气说。

卡夫探长忧郁地咧了咧嘴，凝视着我的脸，就像刚才他眺望花园一样专注。

“贝特里奇先生，怀疑不怀疑，我想最好还是不跟你说，要不然你又会丧失信心的。”

我开始怀疑，我到底是不是卡夫神探的对手！我正在伤脑筋，幸亏有人敲门，打断了我的思路，使我舒缓了点儿。厨娘捎来了口信，罗珊娜·史珀尔曼请假出去，跟往常一样，说是头痛，需要呼吸新鲜空气。看了探长的手势，我就准假了。捎信的人走了以后，卡夫探长问："用人出去的门在哪儿？"我指给他看了。"把你的房门锁上，"探长说，"有谁问起我，就说我在里面思考问题呢。"说着，他咧了咧嘴，就走开了。

剩下我一个人了，在这种疑神见鬼、草木皆兵的情况下，我被好奇心所驱使，不禁想亲自去侦查一番。很明显，卡夫探长是在我房里盘问用人的时候了解了一些情况，才对罗珊娜产生怀疑的。而被盘问时间最长的，除了罗珊娜以外，就数夫人的贴身使女和第一个粗活使女了，而她们俩又从来都是跟这不幸的姑娘处处为难的。我该找她们谈谈。打了这个主意，我就装作不经意地走到下房去寻找她们了。正好到了下午茶点的时刻，我就坐下来跟大家一起喝茶。要知道女人喝茶就好像往费油的灯盏里加油。喝了茶，话就多。

我把茶壶当做我打听消息的帮手，可是找对了门路。不到半个小时，我打听到的就跟探长了解到的一样多了。

原来夫人的贴身使女和第一个粗活使女不相信头天罗珊娜真的生了病。这两个魔鬼！请您原谅我说了粗话。不过除此以外，又该怎么称呼这两个恶毒的婆娘呢？她们在星期四下午偷偷上楼去过好几回；推推罗珊娜的房门，发现门竟锁上了；敲敲门，也没人应；听听，也听不出里面有什么动静。后来，姑娘到下房来喝茶，病病歪歪的，我就叫她上床睡觉去了。这两个魔鬼又去了，从锁眼往里张望，只见锁眼被堵住了；半夜里发现门缝下有光透出来；早上四点钟听见有噼噼啪啪炉火的声音。心想，不对啊，怎么六月天用人房里还生火？可是她们兴冲冲地把这些事告诉了卡夫探长，而卡夫探长却不领她们的情，反而怀疑地盯着她们，露出不信任她们的神情。所以她们在问讯完毕的时候，才说了那些不满的话。直到喝茶的时候她们还无止无休，愤愤不平地发牢骚，说卡夫探长不识好歹。

我对这位卡夫神探的老谋深算的门道也摸透了几分，而且看出了他明明是打算趁罗珊娜出去散步时，暗中盯梢。于是我有点儿明白他的深刻思想了。他认为要是承认这两个恶毒女人知道她们帮了他多大的忙，要是她们知道自己的证词多么有价值，她们这种女人就会得意忘形地说出一些话，或是做出一些事，这样岂不打草惊蛇，让罗珊娜·史珀尔曼提高警觉？所以他才故意表示冷淡。

在这个晴朗的夏日的午后，我走了出来，心里为那苦命的姑娘难受，也为情况的变化担心。信步走去，不知不觉便来到了灌木路上，碰见了富兰克林。他从车站上给他表哥送行回来以后，跟夫人谈了很久。夫人告诉他，雷茜尔小姐拒绝卡夫探长搜查她的衣物。小姐那种古怪的举动使他心情沮丧，因此他对这事好像连提也不愿提。家族的执拗脾气在他脸上显露出来，这还是我认识他以来的第一次。

"喂，贝特里奇，"他说，"公馆里这一阵子闹得这么疑神疑鬼的，你也不会喜欢吧？你还记得那天早晨，我刚带了月亮宝石上这儿来的情形吧？我悔不该当时没有把它扔到激沙滩里头!”

他这样发泄了一顿以后，便一言不发，直到心情平静下来。我们默默地并肩走了一两分钟。后来他问我卡夫探长怎么样了。我对富兰克林可不能用“探长在我屋里思考问题”这一套来搪塞，就把事情的经过一字不漏地对他说了，并且特地把夫人的贴身使女和另一个粗活使女编派罗珊娜·史珀尔曼的话学给他听。

富兰克林头脑灵敏，转瞬间就全明白了，知道探长是在怀疑罗珊娜了。

“你今天早晨不是告诉我了吗，在咱们以为罗珊娜在屋里生病的那段时间，有个生意人自称在往弗利辛霍去的小路上碰到她了，对吗?”他问道。

“不错，少爷。”

“如果那两个使女说的是实话，那你完全可以相信，那个生意人说的是实话。她是以生病作为幌子，怀着鬼胎偷偷到镇上去的。沾上漆的衣服是她的。使女们凌晨四点钟听到噼噼啪啪的声音是烧毁衣服的声音。是罗珊娜·史珀尔曼偷走了钻石。我要马上进去，把事情的原委都告诉姨妈。”

“别着忙，先生，还不到时候。”背后传来一个人忧郁的声音。我们回过头一看，只见卡夫探长就站在我们面前。

“怎么还不到时候?”富兰克林问。

“先生，因为您要是告诉夫人，夫人就会告诉维林达小姐。”

“告诉了又碍什么事?”富兰克林突然发火了，很冲地大声问，仿佛探长把他大大得罪了。

“在这么个时候向我提出这样的问题，您认为是明智的吗，先生?”卡夫探长镇静地说。

两个人沉默了一阵。富兰克林走到探长面前。两个人直瞪瞪地对视着。富兰克林先开口，就像刚才突然提高声音那样出人意料，又突然压低了嗓音。

“我想您应该明白，卡夫先生，您是触犯别人的尊严了。”

“像这样触犯别人的尊严，我这不是头一回，算一算也有几百回了。”那一位回答的口气还是那么硬，寸步不让。

“您是不是禁止我把发生的事告诉我姨妈?”

“先生，我要正告您，如果您不经许可，把这事讲给维林达夫人或者任何别人听，我就撒手不管这个案件了。”

事情就这样定了。富兰克林只好屈服，怒气冲冲地撇下我们，转身走了。

我一直站在那儿听他们讲话，全身直打哆嗦。我心里乱糟糟的，不知道该怀疑谁，也不知道下一步该考虑什么。

不过有两件事我是很清楚的。第一，小姐是他们那番激烈争论的根本原因（其内情尚不得而知)。第二，他们两个人对彼此的心思都洞若观火，根本不用多费口舌加以解释。

“贝特里奇先生，”探长说，“我不在的时候，你干了一件很蠢的事——自作聪明地单独侦查了。今后请你务必配合我一起干。”

他挽着我的胳膊，沿着他刚才来的老路，带我一起走了。我想他刻得对，但尽管如此，我还是不打算帮他布下罗网坑害罗珊娜·史珀尔曼。她是小偷也罢，不是小偷也罢；干的事合法也罢，不合法也罢，反正我都不管，我怜悯她。

“你要我干什么?”我甩掉他的手，停住脚步，问他。

“只不过请你略微说说这一带的概况。”

我总不好意思拒绝传授他一点儿地理知识吧。

“往那个方向是不是有条小路，从公路通往海滩去的?”他指了指那一片通向激沙滩的枞树林问道。

“嗯，是有条小路，”我说。

“带个路吧。”

在夏日的苍茫暮色中，我和卡夫探长并肩向激沙滩走去。

第十五章

一路上，探长始终默默地想心事，直到我们走进那通往激沙滩的枞树林，他才拿定了主意似的振作起来，开始讲话。

“贝特里奇先生，”他说，“承你情，帮了我不少忙。今天傍晚，可能还要你协助，所以咱们之间不要再打哑谜了。咱就打开天窗说亮话吧。你是打定主意，不肯把任何不利于罗珊娜·史珀尔曼的话告诉我，因为在你心目中一直认为她是个好姑娘。你打心底里怜悯她。慈悲心是可贵的，可是在这个案子里用不着半点儿慈悲心。你什么也别怕，罗珊娜·史珀尔曼一点儿也没有蒙受罪名的危险。不，哪怕有确凿的证据，证明她跟钻石的丢失有牵连，她也绝不会背上罪名!”

“您是说，只要夫人不起诉，对吗?”我问道。

“我是说，你家夫人不能起诉，”他说，“罗珊娜·史珀尔曼只不过是另外一个人手里的工具罢了。要判就得判那个人的罪，罗珊娜是无罪的。”

不容否认，他是非常认真的。可是我仍然对他有所疑虑，提心吊胆。“您能说出另一个人的名字吗?”我问道。

“你能吗，贝特里奇?”

“不能。”

卡夫探长一动不动地站在那儿，用忧郁的眼光对我上下打量。

“我总是对人性的弱点深表同情，尤其是目前我对你，贝特里奇，特别同情。而你怀着同样高尚的动机，也对罗珊娜·史珀尔曼深表同情，对吗?你可知道罗珊娜最近弄到了一套新的亚麻布内衣吗?”

他突如其来地提出这么个古怪的问题，我可一点儿也摸不着头脑，不知道他是什么用意。不过我明白，告诉他实话对罗珊娜不会有什么害处。我就回他说这姑娘来公馆的时候换洗的衣服太少，夫人不到半个月前刚给了她一套新的亚麻布衣服，作为对她品行端正的奖励（我特别强调了“品行端正”这几个字）。

“这是个令人苦恼的世界，”探长说，“贝特里奇，人生就像一个靶子。一桩又一桩不幸的事就像子弹，不断地射向这个靶子，而且每一发都命中。要没有那套新内衣的话，咱们就会在罗珊娜的衣物中找到一件新睡衣或一条新裙子，凭这一点就可以抓住她的把柄。”探长说道，“你对我的话摸不着头脑吗？你不是亲自查问过用人了吗？其中有两个在罗珊娜的房门外发现的事情，你不是都知道了吗？难道你猜不出昨天她生病以后在干些什么？啊，老天爷，这不是一清二楚，就像树林尽头的一线天光那样清楚吗？星期四上午十一点钟，西格雷夫局长（这个人弱点很多）当着全体女佣的面指出了门上的漆斑。罗珊娜出于某种原因，对自己的衣物发生了怀疑，就趁机溜到自己屋里，找到她某件沾上漆的衣服——或是睡衣，或是裙子，或是什么别的衣服——便关上房门假装生病，却觑个空偷偷地溜到镇上，买到一块做新裙子或新睡衣的料子。星期四晚上，她一个人躲在房间里缝制衣服，生了一堆火。不过，我这里要说明一下，她生火可不是为了把衣服烧掉，她很谨慎，绝不会烧衣服，弄出一股焦臭味让大家闻到，何况弄出一大堆灰烬，又怎么处理呢？我看，她生火只是为了把那件新衣服拧干以后，烘干，熨平，然后把那件沾上漆的衣服藏起来，大概就是藏在自己身上。这会儿她多半是在咱们前面那片荒凉的海滩上，忙着找个合适的场所，好把那件沾上漆的衣服藏起来呢。我今儿傍晚盯她的梢，一直盯到你们的渔村那儿的一个小屋跟前。这小屋，咱们在回去以前，说不定还要查访一下。她在那屋里待了一会儿，出来的时候，斗篷下面藏着一样东西。嗯，妇女的斗篷是个慈善的象征，却往往掩盖了大量的罪行。我看见她出了小屋，就沿着海岸往北走。贝特里奇，你认为这一带的海岸风景优美吗？”

“是的。”我回答得尽可能简短些。

“各人的眼光不同。”卡夫探长说，“照我的看法，在我见过的海岸当中，要数这儿最难看了，光秃秃的。要是你沿着这海岸跟踪别人，要是那人回过头来，你就没有任何藏身之处了。我要么把罗珊娜马上当嫌疑犯拘留起来，要么暂时让她自由活动，不揭穿她的把戏。为了某种我不想告诉你的理由，我决定，与其今夜就去打草惊蛇，惊动某个人——这个人的名字我暂且保密——还不如冒点儿险，作出点儿牺牲比较好。因此我回到公馆里来，叫你带我走另一条路到海滩的北端去。沙子能把人的脚印留下来，就这一点来说，它是个绝好的侦探。即使咱们碰不见罗珊娜，只要暮色中还能辨得清，沙地上的脚印也会告诉咱们她在干些什么。这儿就是沙地。要是你不见怪的话，请你别做声，让我先走怎么样？”

要是大夫诊治的疾病中真有“侦探热”病的话，那么您的卑微的仆人，我很快就要患上这种病了。卡夫探长在沙丘当中穿行，径直往海滩那儿走去。我提心吊胆地跟着他，站在离他几步远的地方，等着看下文。

我发现自己站的地方几乎就是上回我跟罗珊娜·史珀尔曼一起谈话，突然遇见从伦敦往公馆去的富兰克林的那个老地方。尽管我的眼睛盯着探长看，我却有点儿心不在焉，不由自主地想到那天跟罗珊娜谈话的情景。我敢说，我几乎又感觉到这可怜的姑娘把手伸到我的手心里，轻轻地捏了一下，表示感谢我说的一番暖心的话。我敢说，我几乎又听到她的声音，告诉我，激沙滩有一股无法抗拒的吸引力，每次她出来总会不由自主地被吸到这儿来。我还几乎看见，当富兰克林踏着轻快的步子，从沙丘间向我们走来的时候，她的脸突然变得容光焕发的情景。当我想到这些事的时候，我的心情越来越沉重了。

傍晚最后一缕微光也消失了，这儿的整个荒寂凄凉的沙滩笼罩着一种可怕的寂静。我放眼四顾，想振作起来，荒凉的海滩景色却使我越发心神不安。大海的波涛起伏，撞到沙岸上却一点儿声音也没有。内海湾隐约模糊，微风不起，水波不兴，在死寂的水面上浮着一摊一摊肮脏的淤泥。在海湾出口处，一南一北两道伸入大海中的石岬之间，最后的暗淡光线还隐隐约约照见了这里那里泛起的浮渣，好似鬼影。这时正是退潮时分，就在我伫立等候时，只见那一大片赭石色的流沙抖动起来了，这就是那整个鬼地方唯一在动的东西。

我看见卡夫探长在见到沙滩的抖动时浑身一震，他只看了一分钟光景就回到我身边来了。

“这是个变化莫测的凶险地方，贝特里奇，”他说，“海滩上哪儿都看不见罗珊娜·史珀尔曼的踪影。”

他拉着我到下面的海滩上，我亲眼看见，沙地上只有他的和我的脚印。

“根据我们站的位置，渔村是在哪个方向?”

“柯柏洞（渔村那一带的地名）在我们的正南边，”我说，“离这儿挺近。”

“我今天傍晚看见那姑娘从柯柏洞，沿着海滩往北走，”探长说，“因此，她当时势必一直向这儿走来。那边陆地尽头就是柯柏洞吗？现在是退潮时分，咱们沿着海滩能走到那渔村去吗?”

对他这两个问题我都回答“是的”。

“要是你不见怪的话，咱们还是走快点儿。”探长说，“我想趁天还没黑，找到她离开海岸的地方。”

我们朝柯柏洞走了大约两百多码路，卡夫探长忽然在沙滩上跪了下来。看样子他是突然心血来潮，要向上帝祈祷了。

“你们这儿的海上风景里到底还是有个值得一提的东西，”探长说，“贝特里奇，这儿有女人的脚印！除非有不可驳斥的反证，咱们就当它是罗珊娜的脚印吧。你瞧瞧，这些脚印乱七八糟，我敢说是故意弄乱的。啊，这可怜的人，她对沙滩能暴露人的行踪这一点，了解得跟我一样透彻。不过她到底是太慌了，有些脚印还是没有抹干净。我想是的，这儿一个脚印是从柯柏洞方向过来的，另一个脚印却是往柯柏洞方向去的。这个脚印的鞋尖是笔直指向海水的。哦，紧挨着水边不是又有两个鞋跟的印子吗？我并不想伤你的心，不过罗珊娜恐怕为人很狡猾吧。看样子她打定主意要赶到你我刚才来的地方，而又不让沙地上留任何痕迹。咱们可以假定，她是从这里蹚水到咱们后面的岩礁那儿，再从老路蹚水回去的吧？对，就算这样吧。看起来我刚才说她离开小屋的时候斗篷里藏着什么东西，还是猜对了。不，绝不是拿去毁掉的东西。要毁掉的话，就不必这么挖空心思，掩盖痕迹，唯恐别人找到她停留的地方了。我看还是假定她藏掉了什么东西，更合乎情理。要是咱们到那边的小屋去，也许能弄清楚藏的到底是什么。”

他这么一说，我的侦探热一下子就凉了下来。“你用不着我去了吧！”我说，“我能帮您什么忙?”

“我认识你的时间越长，贝特里奇，”探长说，“就越是发现你有很多美德，谦虚是其中之一。老天爷，人世间谦虚太罕见了！可是你却是虚怀若谷呀！要是我一个人到那个小屋去，我一提问，那儿的人就会守口如瓶的。而你跟我去，那就大不一样了。你是他们所尊敬的邻居。你一介绍，他们就会跟我热情地交谈起来。我是这么想的，你看呢?”

我真希望能给他一个合适的回答，可是我笨口拙舌的，一时想不出说什么好。为了拖延一下时间，我只好问他要到哪一家去。

探长描述了那个房屋的模样。我认出那是渔夫郁兰家的房屋。这对夫妇有一儿一女，都已长大成人了。

在我刚向您介绍罗珊娜的时候，我说过她除了到激沙滩去以外，偶尔也到柯柏洞去看几个朋友，就是指的郁兰一家人。郁兰这一家倒全是可敬的被邻里所称道的好人。我想，罗珊娜是最先认识郁兰的女儿露西，再认识其他人的。这露西脚有残疾，我们这一带的人都管她叫瘸子露西。这两个残疾姑娘，大概是有点儿同病相怜吧。反正她们难得见一次面，见了面总是高高兴兴的，非常友好。

卡夫探长跟踪罗珊娜，跟到他们家里，那么我协助他调查的性质就完全不同了。罗珊娜只不过去了她惯常去的地方。她跟这个渔民家庭交往，按照卡夫探长的逻辑推理，恰恰能证明她结交的，至少到目前为止，乃是正派人，所做的都是正当事，因此这调查对姑娘有利而无弊。我承认，我对卡夫探长的逻辑心悦诚服了。

只要有一点儿微光，就能辨认出沙地上的脚印。我们循着脚印，走到了柯柏洞。

我们走到郁兰家的小屋，不料渔夫和他的儿子驾舟出海，尚未返回。瘸子露西体弱疲乏，在楼上卧床休息。好心的郁兰太太一个人在厨房里接待我们。她听我介绍卡夫探长是一位伦敦的知名人士，急忙拿出一瓶荷兰的杜松子酒和两只干净的烟斗放到桌子上，一个劲儿地盯着他看，好像怎么也看不够似的。

我一声不吭地坐在角落里，想听听探长怎么把话扯到罗珊娜·史珀尔曼身上。他干什么都是这兜那转的，这回更是如此。他是用什么巧妙的方法扯到正题的，我当时说不上来，现在也说不上来。但大体的过程，我是记得很清楚的。他一开头先讲英王的家族，再谈到始初循道会的教徒，然后又谈到鱼的价钱，接着又以他那种阴沉而隐秘的方式扯到了月亮宝石丢失案，谈到我们公馆的第一个粗活使女为人多么刻薄，而其他女佣也普遍对罗珊娜·史珀尔曼冷酷无情。她的一些冤家对头都怀疑是她偷的。卡夫这样转入正题以后，便单刀直入地说，他经手办理这个案子，一半是为了找到钻石的下落，一半也是为了驳斥那些血口喷人的家伙，洗刷她的冤屈。我们走进厨房还不到一刻钟，善良的郁兰太太就认为卡夫探长是罗珊娜的最好的朋友，向他掏出心里话，硬是要他喝那瓶荷兰酒，祛祛胃寒，提提精神。

我认为探长这样跟郁兰太太闲聊，完全是白费精神。但有什么法子呢，我只好坐在那儿，欣赏他们胡侃，就好像年轻时看舞台上演戏一样。神探卡夫真有耐性，他不断变换话题，仿佛在随意乱发子弹，却妄想打中靶子。他竭力净说罗珊娜的好话，没有一句有损她的话。郁兰太太则天南海北地瞎扯，对他是一百个放心。我们看了看表，站起身来打算走了。

“郁兰太太，我现在要向你道晚安了。”探长说，“在咱们分手的时候，我只能说一句，你的忠实的仆人，我是衷心祝愿罗珊娜·史珀尔曼得到幸福的。不过，唉！在目前她这个位置上，她不会有多大出息。我对她的劝告是：别干了。”

“上帝保佑你！她是打算不干了。”郁兰太太喊出声来。

罗珊娜·史珀尔曼打算不干了！我把耳朵竖起来听得分外真切。她想走，居然对我们夫人，或是对我连招呼也不打，就不辞而别。不会！我怀疑卡夫探长在搞什么鬼。他这最后一颗乱发的子弹会不会歪打正着，击中靶子呢？我原先以为帮助卡夫探长对罗珊娜进行调查没有坏处，现在我要对这个想法打个问号了。探长刚才扯了不少谎，存心蒙蔽一个老实的妇女。可是我，作为一个虔诚的新教徒，有责任阻止他。我应该记得谎言之父是魔鬼，恶作剧跟魔鬼从来是紧密相连的。我开始闻到恶作剧的气息，试图把卡夫探长拉走。他倒反而一屁股又坐下了，要屋子的主人斟点儿荷兰酒喝。郁兰太太在他对面坐下，让他喝酒。我心里很不受用，径自走到门口，说我想该对他们道声晚安了，可是我也没有走。

“那么她是想走了？”探长说，“她真的走了又有什么事可干呢？可悲，可悲！这个可怜人在茫茫人海中除了你们和我以外没有一个朋友。”

“啊，她倒是有的！”郁兰太太说，“我不是告诉你了吗，今天晚上她到这儿来过。她跟我们母女俩坐着谈了一会儿，就要求上楼去，一个人待在露西的房间里。我们家就那个房间里有钢笔墨水。‘我想写封信给一位朋友，’她说，‘在公馆里写不成，那些用人要偷看。’我说不准她那封信是写给谁的。不过她在楼上待了老半天，想必这封信长得要命。她下楼的时候我给了她一枚邮票。她这封信没有拿在手里，邮票也没有接。这可怜人从来不跟别人谈自己和自己要做的事。可是我告诉你，她在什么地方是有个朋友，她准是投奔那个朋友去的。”

“很快就去吗？”探长问。

“可能的话马上就走。”郁兰太太说。

我听到这话，又从门口回到屋里。作为我们公馆的总管，我属下仆人的事，走也罢，不走也罢，我可不容许外人当着我的面，这么随便议论下去。

“罗珊娜·史珀尔曼的事，你一定是搞错了，”我说，“她要是打算离职出走的话，她会告诉我的。”

“我搞错了吗?”郁兰太太喊道，“嗨，贝特里奇，一个小时之前，就在这个房间里，她还向我买过一些路上要用的东西呢。哦，这提醒了我一件事。”这个令人厌烦的女人，突然伸手在口袋里摸索着，想寻找什么，“有件关于罗珊娜和她的钱的事我一直挂在心上。你们两位回公馆去，大概会碰见她吧?”

我还没有来得及开口，卡夫探长就抢着回答:“我非常乐意给这可怜的姑娘带个信。”

郁兰太太从口袋里掏出几枚钱币，有一先令的，也有六便士的，摊在手心里，数了一遍又一遍，仔细得令人恼火。然后她才磨磨蹭蹭地交给探长，看样子实在舍不得跟这笔钱分手。

“麻烦您把这笔钱交还给罗珊娜，并代我问个好，行吗?”郁兰太太说，“今儿晚上她看上了我的一两件东西，硬是要付钱。当然，我也承认，我们能弄上两个钱是求之不得的好事。不过我可不忍心拿这个可怜姑娘的微薄的积蓄。而且老实告诉你，俺当家的明早打鱼归来，要是听见我拿了罗珊娜·史珀尔曼的钱，准会不高兴的。请你告诉她，什么买不买的，这些东西，她喜欢就拿去，我诚心诚意地送给她了。这些钱别放在桌上!”郁兰太太一边说，一边突然把钱抓起来放到探长的面前，仿佛这钱像火炭一样烫手，“好啦，你听我说，快把钱拿上。日子难过就人穷志短了。钱放在桌上，看着心里痒痒的，就又想往口袋里装了。”

“走吧!”我说，“我可不能再等下去，我得回公馆去啦。”

“我马上就来。”卡夫探长说。

我再次走到门口，可还是怎么也迈不出门槛。

“把钱退给她，这事可不好办，太太，”我听见探长说，“这些东西，我想你一定明白，价钱很便宜的。”

“便宜!”郁兰太太说，“来，你自个儿算算吧。”

她拿上蜡烛，领探长走到厨房的一角，我也鬼使神差地尾随着他们。角落里散放着一堆零七八碎的东西，大部分是废铜烂铁，都是渔夫历次从遭难的船只里打捞上来，而迄今尚未找到合适买主的海损物品。郁兰太太在这堆破烂货中翻寻了一阵，捞出一个涂了漆的铁皮盒子，连同一个外罩和一个吊钩，这是船上海员用以存放地图、航线图表，以防受潮的用具。

“你瞧!”郁兰太太说，“罗珊娜今儿晚上来，就买了跟这个一样的盒子，说是要存放她的袖口和领子，免得在箱子里被压皱。才一先令九便士，卡夫先生。天地良心，没多要她半个便士!”

“便宜透了!”探长说罢，长长地叹了口气。

他把这铁皮盒在手里掂了一下，盯了一眼。这时我好像听到他吹出《夏日最后一朵玫瑰》的一句旋律。毫无疑问，他又在我以为万无一失的情况下，猝不及防地发现了一桩对罗珊娜·史珀尔曼不利的事情，这都怪我太麻痹大意了!请您想想我心里是什么滋味。我真是懊恼啊!悔不该多事，介绍郁兰太太和卡夫探长认识。

“行了，”我说，“咱们实在该走了。”

郁兰太太对我毫不理睬，又在那堆破烂货里翻寻了一遍，这回拿出一条拴狗的链子。

“你用手掂掂，先生，”她对探长说，“我们总共才三条，罗珊娜拿去两条。我问她：‘亲爱的，你拿去两条拴狗的链子干啥?’她说：‘我把它连起来，把盒子捆得结结实实的。’我说：‘麻绳便宜多了。’她说：‘链条最结实。’我说：‘谁听说用链条来捆盒子的?’她说：‘哎，郁兰太太，不要跟我磨嘴皮子了，给我这两条链子吧!’卡夫先生，这姑娘真古怪。她人品再好也没有，对我的露西比亲姐妹还亲，可就是总有点儿古怪。好啦，我只好迁就她，三先令六便士。说句老实话，够便宜的，三先令六便士，卡夫先生!”

“是一条的价钱?”探长问。

“两条一起!”郁兰太太说，“两条总共才三先令六便士。”

“等于白送啦，大娘!”探长边说边摇头。

“就是这钱，”郁兰太太说着又转身回到桌上的那一小堆钱币旁边，好像身不由己地被那堆钱吸引了过去，“她买了这样的铁皮盒子和两条拴狗链子，都拿走了。一先令九便士加上三先令六便士，总共才五先令五便士。”

“大娘，我也不忍心把钱还给她。”卡夫探长说，“这些东西你才要这俩钱，等于是白送，实话说是白送。”

“您真是这么想的吗?”郁兰太太说，面露喜色。

“毫无疑问，”卡夫探长回答，“不信，你问问贝特里奇。”

问我可没用。他们从我嘴里只得到两个字：“晚安。”

“推来推去真讨厌!”郁兰太太说了这话，看来已经控制不住自己了。她猛地一把抓起那一小堆银币，一股脑儿地全放回到自己口袋里去了。“看见它放在桌子上没有人拿，心里怪不受用的。”

这个婆娘喊了这句前言不搭后语的话，砰地一下坐下去，得意地瞅着卡夫探长，好像说：“现在钱又回到我口袋里了，你倒拿拿看!”

这一次我不仅走到了门口，而且迈出门槛，踏上了归途。不管您怎么解释，我感到他们两个人或其中的一个对我冒犯得太厉害了。我在这个小渔村里还没有迈开三步，就听见探长跟在我后面了。

“谢谢你介绍我们见面，贝特里奇先生，”他说，“我很感激这个渔婆给了我一个令人耳目一新的重要消息。郁兰太太使我大伤脑筋。”

我对自己生气，因此也对他生气，很想给他个钉子碰碰，但又感到没道理，话到舌尖，没有说出口。听到他承认大伤脑筋，我感到很舒服，怒气不由得消了，心想他毕竟也没有怎么得罪我嘛。我谨慎地没有搭腔，凝神听下去。

“是的。”探长说，好像他在黑暗中真的猜透了我的心思。

“贝特里奇先生，你这么关心罗珊娜，你可能会感到高兴吧。你到目前为止的所作所为，并没有给我提供线索，反而使我失去了线索。罗珊娜今晚干的事当然再清楚也没有了。她把这两条链子连接起来，一头牢牢地拴在这个铁皮盒子的铁钩上面，然后把那个盒子沉到海水里，要么埋到流沙里。链条的另一头藏在只有她才知道的某块岩石下面，就这样万无一失地藏在那儿，想藏多久就藏多久。直到侦查的险风恶浪过去，她再瞅个适当的时机，偷偷地挖掘出来。到此为止，事情都了如指掌了，可是，”探长说到这儿，我第一遭听到他露出不耐烦的声调，“奥秘就在于，她到底把什么藏在铁皮盒子里了?”

我心里暗自嘀咕：“月亮宝石呗!”可是我对卡夫探长说的却是：“难道你猜不出吗?”

“绝对不是钻石。”探长说，“如果是罗珊娜·史珀尔曼拿了钻石，那我就是白当了一辈子侦探了。”

听了他这句话，我内心的侦探热又熊熊地燃烧起来了。我只顾猜这个谜，其他事情都不考虑，不禁脱口而出：“是那件沾上漆的衣服!”

卡夫探长在夜色里猛地停住脚，一把抓住了我的胳膊。

“东西扔进你们这种流沙里，会重新被海水冲刷出来吗?”他问道。

“绝不会。”我回答说，“无论什么东西，轻的，重的，一旦扔进了激沙滩，就会被吸进去，越陷越深，再也不见天日了。”

“罗珊娜知道这一点吗?”

“她知道，像我一样清楚。”

“那她到底为什么不把沾上漆的衣服裹块石头，扔进流沙里呢?她干吗要把它放进铁皮盒子里埋藏起来?这可是不合情理啊!然而她肯定是把它藏起来了。”

探长又移动脚步了，边走边说：“也弄不清沾上漆的究竟是一条裙子，还是一件睡衣!要么是一件很要紧的东西，所以她宁愿冒最大的危险，非把它藏起来不可，反正其中必有原因。贝特里奇，除非有什么特殊情况，明天我非得到镇上去一趟，看看她做那件衣服买的是什么料子。目前情况很复杂，离开公馆要冒些风险，可是不弄清楚，盲目地行动，风险就更大了。请你原谅，我有点儿冒火了——我居然给罗珊娜·史珀尔曼难倒了。我实在感到有点儿丢丑。”

我们回到家里，用人们正在吃晚饭。我们在外边院子里第一个遇见的就是西格雷夫局长留给卡夫探长差遣的那个警察。探长问他罗珊娜·史珀尔曼有没有回来。他说回来了。问他什么时候回来的?他说将近一个小时前。她到楼上去了一下，脱下斗篷和帽子，现在正同大家一起吃饭呢。

卡夫探长没有再说什么，他大概对自己的评价越来越低了，心里很懊丧，在黑暗中竟没有看见正屋的门。我喊他，他也没听见，一直走到屋子背后，通往后花园的小门跟前才停住脚。我跟过去，想把他带到正屋去，却发现他站在那儿全神贯注地抬头望着一扇窗子。那是楼上某个卧室的后窗。

我循着他的目光抬头一看，只见他盯着的原来就是维林达小姐房间的窗户。房里的灯光忽前忽后地移动着，好像她屋里出了什么异常的怪事。

“这不是小姐的房间吗?”探长问道。

我应了声“是的”，就请他跟我一同去用晚餐。他没有动弹，只是喃喃地说什么他很喜欢夜间花园的清新空气。我只好由他去喜欢了。我自个儿走到了正屋门口，忽然听到花园边门那儿飘来《夏日最后一朵玫瑰》这首曲子。卡夫探长又有新发现啦！这一回他是拿我们小姐的窗户做文章了！

我想到这儿，有点儿担心，就又回到探长身边，彬彬有礼地暗示他，我不放心让他一个人留在那儿。

“你对楼上那儿有什么弄不明白吗?”我指着雷茜尔小姐的窗户问道。

从他的声音可以听出，卡夫探长对他自己的评价突然提高了。他在那儿沾沾自喜了：“你们约克郡的人爱打赌，是吗?”

“嗯，”我说，“是又怎么样?”

“嘿，假定我是个约克郡的人，”卡夫探长抓住我的胳膊，接着说，“我就要跟你赌个金镑，贝特里奇。你家小姐准是突然决定出门了。要是我赢了，我还要再跟你赌个金镑，她准是在最近这一小时之内才心血来潮，打算出门的。”

听了探长第一个猜测，我颇为惊讶。听了他第二个猜测，我不知怎的，一下子想起了那个警察告诉我们的，罗珊娜·史珀尔曼一个小时前刚回来这件事。当我们回屋用晚餐的时候，这两件事连在一起对我产生了奇妙的影响。我挣脱卡夫探长的胳膊，忘记了起码的礼仪，把他推开，从他身旁挤进门，奔到屋里去打听。

我在过道上头一个碰到的是听差塞缪尔。

我还没来得及问他，他先说了：“夫人正等着见你和卡夫探长呢。”

“她等了多久啦?”从我背后传来探长的问话。

“等了一个小时啦，先生。”

又是一个小时！罗珊娜回来；雷茜尔小姐决定出门；夫人眼巴巴地等着要见探长——全凑在过去的这一个小时里头。这些迥然不同的人和事居然这样巧地糅合在一起，真叫人纳闷，心里不舒服。我没有朝卡夫探长看一眼，也没有跟他说一句话，就径自上楼去了。我举起手来敲女东家的房门，感到手突然一阵颤抖。

探长凑过来悄声说：“即便今晚公馆里闹出件丑闻，我也不会感到奇怪。别慌！我处理过比这更难对付的家丑案件呢。”

他正说着，我听见了女东家的话音，她请我们进屋去。

第十六章

我们发现夫人房里只点了一盏台灯。灯罩也压得很低，使她的脸藏在阴影里。她也不像平素那样抬眼坦率地望着我们，却紧挨着桌子，只是死死地盯着一本打开的书。

“警官，”她说，“要是现在这儿有谁打算出门，这是不是与案件调查有关系？你看是不是需要预先通知你?”

“非常必要，夫人。”

“那么我就得通知你，维林达小姐打算到弗利辛霍镇她姨妈艾柏怀特夫人家去住一阵子。她明天一早就走。”

卡夫探长朝我看了看。我向前迈了一步，想对女东家讲点儿什么，可是我得承认，又提不起勇气，只好退到原位，什么也没有说。

“请问夫人，维林达小姐什么时候才告诉您，她打算到姨妈家去的?”探长问道。

“大约一个小时之前吧。”女东家答道。

卡夫探长又朝我看了看。人家说老年人不是那么容易动感情的，可是哪怕我又变成了二十五岁的小伙子，我的心跳也未必比此刻快多少!

“夫人，我丝毫没有控制维林达小姐行动的意思，”探长说，“我只是请您把维林达小姐的行期推迟一下，要是办得到的话，最好推迟到明天下半天。明天早晨，我必须亲自到弗利辛霍去一趟，最迟在下午两点就回来。如果维林达小姐两点还在这儿，我想趁她走以前跟她随便说两句。”

夫人吩咐我关照马夫去，务必等到两点，再把马车赶来接雷茜尔小姐。我把这件事办了以后，她问探长：“你还有什么话要说吗?”

“夫人，就说一句。要是维林达小姐对行期的改变表示诧异，您可别提起是我的主意呀。”

女东家蓦地抬起头来，仿佛想说什么，可又竭力按捺住了。她的视线又回到了打开的书页上，挥了挥手，示意我们离开。

“真是个了不起的女人，”我们又走到过道上的时候，卡夫探长说道，“她要不是控制住自己保持缄默，使你迷惑的这个奥秘，今晚就见分晓了。”

听了他那句话，我那昏聩的脑袋终于明白事情的真相了。这时我大概是精神错乱了，一把揪住探长的衣领，把他揿在墙上。

“该死的!”我大声叫道，“雷茜尔小姐准是出了什么岔子啦，你竟一直瞒着我!”

卡夫探长被我揿在墙上，手没有抬，忧郁的面容也不动声色。

“啊，”他说，“到底被你猜着了。”

我放开他的衣领，手垂下来，头也耷拉到胸口，意识到自己刚才有些鲁莽失态。您要记住，我在公馆里服侍了主人五十年。雷茜尔小姐是我看着长大的。她是个小丫头的时候多少次在我的膝盖上爬，拽我的胡须。雷茜尔小姐不管有多少过失，在我这个服侍她、疼爱她的老用人心目中总是个最可爱、最亲近的人。我请求卡夫探长原谅，可是恐怕我说话的时候泪汪汪的，神态很不自然。

“不要太伤心啦，贝特里奇，”探长安慰我说（我实在不配他这样宽宏大量地对待），“我们当侦探的，如果动不动就计较别人的态度，那就不配干这一行了。要是你觉得还不解恨，再揪我的领子也无所谓。你刚才的做法确实不对，不过考虑到你心里难受，我并不在乎。”

他难看地咧了咧嘴，不过对他这个生性抑郁的人来说，这好像就算是打个哈哈，大事化小的表示了。

我领他走进我的小起居室，关上了门。

“告诉我实话，探长，”我说，“你心里有什么怀疑？事到如今，再瞒我，未免太不像话啦。”

“我不是怀疑，”卡夫探长说，“我是知道。”

我的肝火又旺了。

“您这不是明摆着说，”我说，“雷茜尔小姐偷了她自己的宝石吗？”

“是的，”探长说，“这就是我要一字不差地告诉你的话。维林达小姐自始至终一直偷偷地藏着月亮宝石。她把罗珊娜·史珀尔曼作为心腹，因为她指望我们会怀疑罗珊娜偷了宝石。整个案子可以用这一句话来概括。再揪住我的衣领吧，贝特里奇先生。你要是心里有怨气要出，再揪住我的领子吧。”

老天保佑！我揪他的衣领怎么能消气呢？我实在气昏了，只喊了一句：“拿出您的理由来！”

“我的理由明天再说，”探长回答说，“要是维林达小姐不肯把行期推迟到明天下午，我就只好把案情全部向你们东家挑明了。因为我不知道会出什么意外，所以我请你务必在场，好把两方面的情况都观察一下，做个见证。今晚的事情就此告一段落。不，贝特里奇，你别再问我月亮宝石的事情了。晚饭已经摆上桌了。我对吃饭这类人性的弱点一向是很关切的。如果你要摇铃的话，我可要念主祷文了。赐给我们食物……”

“你放开饭量吃吧，探长，”我说，“我可没有胃口。我等到用人伺候您吃饭了，请您原谅，我就要先走一步了。我想一个人把这件事想清楚。”

我吩咐用人给他端上精美的肴馔，心里却巴不得这些精美的肴馔把他噎死。这时，园丁头子贝格比来了，向我汇报一个星期的工作情况。探长马上就跟他扯到玫瑰花这个话题，并且讨论起草皮小径跟石子小径的优缺点来。我把他们俩撇下，心情沉重地走了出来。多年以来，这是我心情最沉重的一次，这可不是抽一阵烟就能排遣掉的，连《鲁滨孙漂流记》也帮不了我的忙。

我心里非常难受，真是坐立不安，哪个房间也不想去，便转到大阳台上，在静谧的夜空下独自思前想后。我想的是什么，关系倒不很大。主要的是，我凄凉地感到自己老了，筋疲力尽，干总管是不称职了。我生平第一次盼上帝将我召到天国去。尽管这样，我还是坚定不移地深信雷茜尔小姐。哪怕卡夫探长是荣耀无比的所罗门王，亲口对我宣告我们小姐卷进了一个卑鄙罪恶的阴谋，我对所罗门，也只有一个回答：“您不了解她。”

我的沉思冥想被塞缪尔打断了。他送来女东家的一张便条。

我进了屋，在灯光下看便条。这时，塞缪尔说了一句“好像要变天了”。我心事重重，本来没有注意到这一点，他一提醒，才听到狗的不安的吠叫，以及海风低低的呜咽。我抬头一看，只见乌云不断地涌来，变得越来越暗，越来越快地掠过月亮，雨意满天。塞缪尔说得对，要变天了。

夫人通过便条通知我，弗利辛霍的地方官来信提醒她说，下星期初就要释放那三个印度流浪汉，到时候他们就可以自由行动了。如果我们有什么话要问他们，可得趁早，别错过时机。夫人上次见卡夫探长的时候忘了提起这事，现在她希望我赶快补提一下。这三个印度人我早就忘得一干二净了（您大概也忘记了吧）。这会儿我觉得再扯这个话题没多大意思，但是夫人的话我责无旁贷地立即照办了。

我碰见卡夫探长跟园丁在一起，面前放着一瓶威士忌酒，两个人正在激烈地争论种蔷薇花的问题。我进去的时候，探长正在兴头上，举起一只手，示意我别打搅他们的争论。据我了解，他们辩论的焦点只是白洋蔷薇是不是需要芽接在犬蔷薇上才会长得茁壮。贝格比说需要，卡夫探长说不需要。两个人吵得脸红脖子粗，简直就像小孩子似的。我对于种蔷薇的事情一窍不通，就来了个不偏不倚的折中。英王陛下的法官们，当法律的天平只有毫发之差便会倾向一边时，也都是这样做的。“先生们，”我说，“你们双方都很有道理。”听了这句貌似公允的话，他们的唇枪舌剑暂停了下来。我趁机把夫人的便条放在桌上，放在卡夫探长的眼皮下面。

这时我几乎有点儿怨恨探长，不过实事求是地说，我不得不承认，他头脑之敏捷，确实惊人。他看完信，不过半分钟，就把西格雷夫局长的报告在心里过了一遍，把其中有关三个印度人的材料挑出来考虑了一下，便作出了答复。他问我西格雷夫的报告里是不是有个大名鼎鼎的旅行家对印度人和他们的土话颇有研究。我说有。他又问我，知不知道这位绅士的姓名和住址。我说知道。于是他就请我把它写在夫人的便条的背面，并客气地说：“费心了。”他说明天上午他到弗利辛霍的时候要顺便拜访这位先生。

“您想到有什么结果了吗？”我问他，“西格雷夫局长认为这三个印度人像刚生的婴儿一样纯洁无辜。”

“西格雷夫局长，我已经证明，迄今为止他所有的结论都是错误的。”探长回答道，“明天早晨我倒想看看，他对印度人的评判是否也是错误的。”说着，他就回过头跟贝格比继续辩论：“咱们之间的分歧主要是土壤和季节的问题，这需要耐心和勤劳，园丁师傅。现在让我从另一个角度来对你讲清道理。你的白洋蔷薇……”

这时，我关上门，再也听不到他们的争辩了。

我在过道里碰见潘尼洛浦在那儿徘徊。我问她在等什么。

她说，在等小姐的唤人铃，好回房去帮她收拾第二天出行用的行李。进一步询问之下，她对我透露，雷茜尔小姐之所以要到弗利辛霍她姨妈家去，还有一个原因，就是有个讨厌的警察跟她在一幢房屋里，她实在忍受不了。半个小时前，她听说她的行期被推迟到了下午两点，大发雷霆。夫人当时狠狠地剋了她一顿，然后又叫潘尼洛浦出去一下，大概是有些私房话要对她女儿讲吧。我的潘尼洛浦对于公馆里搞得如此乌烟瘴气，也很不满意。她说：“全乱了套，爸爸，什么都变了样了。大概是要飞来横祸，谁也躲不了。”

我也有这种感觉，但在我女儿面前，我还硬是装得若无其事。我们正谈着，雷茜尔小姐的铃响了。潘尼洛浦顺着后楼梯上去帮小姐收拾行李。我循着另一条路到大厅里去看了看晴雨表上显示的天气变化情况。我正走近佣仆的住房通往大厅的双开式弹簧门，厅里有人猛然把门打开了。只见罗珊娜·史珀尔曼跑过我身边，神情非常哀伤，一只手紧紧地按在心口，好像心痛难忍。“孩子，怎么啦?”我拉住她问道，“你病了吗?”“看在上帝的分上，别跟我讲话。”她回答了这一句就挣开我的手往佣仆用的楼梯那儿跑去。我喊近旁的厨娘照应这可怜的姑娘一下。原来，在听得见我声音的近处，除了厨娘以外，还有两个人。一个是卡夫探长，他脚步轻疾地从我的房里冲出来，问我是怎么回事。我回答说：“没事。”一个是富兰克林，在门里头，他拉开了双开式弹簧门，叫我进去，问我有没有看见罗珊娜有什么异常的表现。

“她刚刚从我身边经过，样子很怪。”

“恐怕是我无意中得罪了她，贝特里奇。”他说。

“您，少爷?”

“我也说不清怎么回事，”富兰克林说，“不过，她要是真的跟钻石丢失的案子有牵连的话，我深信，就是刚才，不到两分钟之前，她正打算把案情对我一股脑儿地倒出来呢。”

在富兰克林说最后这句话的时候，我往门那儿瞟了一眼，好像看见大厅的门被掀开了一条缝。

有人在偷听吗?我还没来得及赶到门边，那门已经关上了。我旋即从门缝里觑了一下，好像看见卡夫探长那体面的黑上衣的下摆一晃，就在过道的转角处消失了。他跟我一样清楚，我既然发现了他调查的真正目的，他就甭指望我会继续帮助他了。在这种情况下，按照他的个性，他就只好偷偷摸摸地单枪匹马地干了。

我拿不准是不是真的看见了探长，我也不想惹是生非，事情闹得够多的了。我只好告诉富兰克林，我刚才以为一条狗进了屋。接着，我请富兰克林告诉我，刚才罗珊娜跟他是怎么回事。

“刚才你是经过大厅吗?”我问他，“她跟你说话的时候，你是偶然碰见她的吗?”

富兰克林指了指台球桌子。

“我正在打台球，想借此驱除宝石案件所引起的烦恼。”他说，“我偶然一抬头，只见罗珊娜·史珀尔曼像鬼一样站在我旁边。她这样鬼鬼祟祟地接近我，非常奇怪，我一下子竟慌了神，不知道怎么办才好。看到她脸上着急的神色，我就问她是不是想要跟我说话。她回答说：‘是的，我斗胆找你说话。’我知道她有偷宝石的嫌疑。对她的‘我斗胆’这样的措辞，我只能有一个解释，那就是她做贼心虚。我顿时感到很不自在。我不想博得她的信任，可同时在咱们公馆这种艰难的处境下，她既然真的想向我交代，我又怎么能拒绝呢?这局面很尴尬，而我用来摆脱这个局面的方式更让人尴尬。我对她说：‘我不大明白你的意思，你有什么事情要我做吗?’贝特里奇，你要知道，我说话并非不客气。这姑娘并不是愿意长得丑，我当时注意到了这一点。所以我就不去看她。我手里还捏着球棒呢，就继续打台球，想摆脱难堪的局面。谁知道这样一来，反倒把事情弄得更糟了。恐怕我无意中竟得罪了她！她倏地转身走了。我听见她说：‘他情愿看台球，情愿看任何东西，也不愿意看我一眼！’我来不及拦她，她就走出了大厅。我对这事很内疚，贝特里奇。能不能给罗珊娜带个信儿，说我并没有恶意？我心里的想法也许是对不起她的，因为我几乎希望把钻石丢失的罪名推到她身上。我倒不是对这姑娘太狠心，而是……”他说着，突然住了口，又回到台球桌旁边，继续打台球。

我跟探长相处，也学到了一点儿侦察的本领。富兰克林没说出的那半句话，我已经通过他的心看得一清二楚了。要知道现在问题的性质已非常严重了，已经不是什么使小姐情绪安定的问题了，而是要洗刷她的盗窃嫌疑、证明她清白无辜的问题了！只有把月亮宝石失窃的罪名转嫁到这个粗活使女的身上，才能使卡夫探长不至于怀疑雷茜尔干了不光彩的事。即使罗珊娜没有做过什么不体面的事，光是富兰克林所承认的那种想法就够她受的了。更何况她并非没有做过亏心事。她曾经装病，却偷偷地跑到了弗利辛霍。她曾经通宵达旦地背着人缝制什么或是销毁什么东西。她曾经在那个傍晚到激沙滩去，这个情况至少也得说是极为可疑吧。由于上述的种种理由，我尽管为她抱屈，也不得不承认富兰克林怀疑她，完全是自然的。我把这个想法稍微透露了一点儿。

“说的是啊，”他说，“可是还有一线希望。当然，这希望很渺茫。说不定由于咱们目前还未发现的某种原因，罗珊娜的举动可以得到澄清。我真不愿意伤一个女人的心，贝特里奇。你去告诉这可怜的姑娘，就说是我要你转告的！如果她要跟我说话，我不在乎我会因此而更为难，你就叫她到我书房里来吧。”他说了这几句良心话，就放下球棒，走开了。

我到下房里询问，听说罗珊娜已经回房休息了。别人要帮助她，她一概谢绝，只希望让她安安静静地休息。那么即使她有什么要交代，当天晚上也已经不可能了。我把结果告诉了富兰克林，于是他也离开书房，回卧室就寝了。

我正在把公馆里的灯一一熄灭，窗户逐扇关好的时候，塞缪尔来了，告诉我留在屋里的两位客人的情况。

关于白洋蔷薇的争论，看来终于结束了。园丁已经回去了。可是卡夫探长呢，公馆的底层哪儿也不见他的踪影。

我回自己的房间瞧了瞧。除了两只空的平底玻璃酒杯和一股冲鼻的烈性酒味以外，什么也没有发现。难道探长已径自回到为他准备的卧室里去睡觉了？我上楼去看个明白。

走到二楼楼梯口，我好像听见左边，通往雷茜尔小姐房间的走廊那儿，传来一阵平静均匀的鼻息声。我朝走廊里一看，只见三把椅子挨在一起横在走廊上。卡夫探长用一块红手绢扎在他花白的头上，把那件体面的黑上衣卷起来当枕头，正蜷缩成一团躺在椅子上呼呼大睡呢。

他像狗一样机警。我刚走近他，他马上就醒了。

“晚安，贝特里奇，”他说，“记住我的话。你要种玫瑰花的话，可别听园丁乱说。白洋蔷薇只有别接在犬蔷薇上，才能长得更好！”

“你在这里干吗？”我问他，“你干吗不到正经八百的床上去睡呢？”

“我不到自己的床上去睡，”探长回答说，“因为在这个糟糕的世界上，为人太老实，就没法轻易地挣到钱。这种例子太多了，我也是其中的一个。你想，今天傍晚，罗珊娜·史珀尔曼从激沙滩回家，维林达小姐紧跟着就决定离家出走了。这两桩事都凑到一起了，哪有这么巧！事情不是显而易见吗？你家小姐一定要等到罗珊娜已经把东西藏好了（且不管她藏的是什么）才肯走。这我是一清二楚的。今天晚上她们已经私底下联络过一次了，可不能来第二次。要是她们打算钻全家入睡的空子，再碰一次头，哼，办不到。我就睡在走廊上阻止她们。贝特里奇先生，你可别怪我打乱你关于睡铺的安排，你只能怪那块钻石了。”

我蓦地喊起来：“但愿那块钻石从来没有进过我们公馆的门。”

卡夫探长也哭丧着脸，瞅着他注定要在上面蜷缩一宿的三张椅子，用阴沉的口气说：“我也有同感。”

第十七章

那一宿安静无事，我很高兴。附带说一句，雷茜尔小姐跟罗珊娜根本没想碰头，那个卡夫探长白等了一晚上。

我本来期待探长一清早就动身往弗利辛霍去，他却待着没走，好像先要干些别的事。我撇下他一个人待在屋里，径自走到了园子里，碰见富兰克林在他爱去的那条灌木路上散步。

我们还没来得及交谈一句话，探长就突然插了进来。他巴结富兰克林，可是我看，富兰克林却对他够高傲的。探长客客气气地向富兰克林道了早安，人家却冷冰冰地回了一句：“您有什么事要对我说？”

“我有点儿事要对您说，先生，”探长说，“谈谈我在这儿进行调查的情况。昨天您看见调查有了新的进展，就又震惊又烦恼。当然，处在您的地位，您因为府上的家丑暴露了，自然会把气出到我头上……”

“您想干什么？”富兰克林打断了他的话，厉声说。

“我想提醒您，先生。不管怎么说，到目前为止，还没证明我弄错了呢。同时您还要记住，我是经女主人认可在这儿侦查的一名警官。在这种情况下，作为一个奉公守法的公民，您是否有责任把可能获得的特别情报提供给我？”

“什么特别情报？我无可奉告。”富兰克林说。

卡夫探长只当没听见他的回答，继续往下说：

“请您别装糊涂，浪费我的时间。”

“我不明白您的意思，”富兰克林说，“我没什么可说的。”

“有个女用人，我不想提她的名字了，昨晚私下跟您谈过话，先生。”

富兰克林再次打断他的话，声明：“我没什么可说的。”

我默默地站在一边，想起了昨晚上厅门被掀动了一下，我赶忙开门，只见那黑上衣的下摆在过道的转角处消失这回事。毫无疑问，在我开门之前，他已经偷听得够多了。所以他才怀疑罗珊娜向富兰克林吐露了自己的秘密。

我脑子里转着这个念头，灌木路那一头正好有个人走了过来。可真巧，不是别人，就是罗珊娜·史珀尔曼！潘尼洛浦紧跟在她身后，一看就明白，正在苦苦地劝她回屋去。罗珊娜看见富兰克林不是单独一个人，就停住脚，显然有点儿不知所措了。潘尼洛浦在她身后等待着。我一看见这两个姑娘，富兰克林当然也马上看见她们了。探长像鬼一样地狡黠，偏偏装作根本没看见。以下乃是一瞬间的事情：富兰克林和我没有来得及说话，卡夫探长却顺溜地说开了，装做仍在进行刚才的话题。

“您不必担心会伤害那个姑娘，先生，”他特意对富兰克林大声说，好让罗珊娜·史珀尔曼也听到，“恰恰相反，如果您对罗珊娜感兴趣的话，您完全应该信任我。”

富兰克林也立刻学他的样子，假装没有看见这两个姑娘，也大声回答说：“我对罗珊娜·史珀尔曼根本不感兴趣。”

我往路那头一看，远远地只见罗珊娜在听到富兰克林说这话的刹那间，霍地转过身去。本来她不要潘尼洛浦搀扶，这会儿却体乏无力，听凭我女儿搀住她，领她回屋去。

两个姑娘的身影消逝以后，早饭铃响了。就连卡夫探长也只好承认失败，他悄悄对我说：“我要到弗利辛霍去了，贝特里奇。我在两点以前赶回来。”说完这话，他走了。也好，我们可以有几个小时摆脱他的纠缠。

“你得对罗珊娜把事情挑明了。”富兰克林看见只剩下我们两个人，就对我说，“我好像命中注定，在那个不幸的姑娘面前总要说些尴尬的话，做些尴尬的事。你一定也已经看清了，卡夫探长设了个圈套让我们钻。假如他迷惑住我，或者使她生气，我们就会脱口而出，说出他要刺探的话。在这紧急关头，我看只有刚才我采用的方法才是上策。这样一来就把罗珊娜要说的话堵住了。这样也可以使探长明白，我看穿了他的鬼把戏。贝特里奇，昨晚我跟你说话的时候，探长明明是在偷听。”

我心想，他干的事比偷听还要卑鄙。我曾告诉他，这姑娘爱上了富兰克林。因此他就利用这一点，故意大声问富兰克林是否对罗珊娜感兴趣，好让罗珊娜听见，再设法套他们的话。

“说起偷听，少爷，”我说，“要是这种事情再闹下去，咱们可要一起下汤锅啦。彼此刺探啊，窥视啊，窃听啊，对咱们这种处境的人来说，是很自然的事。要不了两天，富兰克林先生，咱们就会弄得人人自危，只好闷声不响了，因为每个人都要戒备别人偷听、刺探自己的秘密。请您原谅我这么说，少爷。咱们公馆出了那件可怕的疑案，就像最厉害的烈性酒，把我的心搅得七上八下的，都快给折腾疯啦。我不会忘记您关照我的话，我一有机会就马上跟罗珊娜解释清楚。”

“昨晚上的事，你还没有跟她讲吧？”富兰克林问我。

“还没有，少爷。”

“那就什么也别说了。现在既然卡夫探长时时刻刻要算计咱们，我最好还是不要取得这个姑娘的信任。贝特里奇，我的行为是不是出尔反尔？除非这个钻石案件查出来是罗珊娜干的，咱们实在摆脱不了这个困境。真是危机四伏。不过我不可能，也不愿意帮助卡夫探长调查这个姑娘的事情。”

他这种前后矛盾的说法无疑是不合情理的，不过我的心态也是这样，我对他非常理解。我们都是有缺点的凡人。要是您明白这一点，您也会非常理解他的。

卡夫探长动身到弗利辛霍去那一阵子，公馆内外的情况大致如下：

雷西尔小姐还是非常固执地杜门不出，等待马车送她往姨妈家去。夫人跟富兰克林一起用早餐。早餐后，富兰克林突然心血来潮，出去散了好长时间的步，以便使心情平静下来。只有我一个人看见他出去散步了。他说要在卡夫探长之前回来。昨晚就有预兆的风云突变，果然发生了。先是瓢泼大雨。在破晓前，雨停了，又刮起了狂风。白天又刮了一阵风，可是尽管乌云四合，雨意满天，几次要下，结果还是没有下成。要是您年轻力壮，经得起强烈的海风，还是可以散步的。

早餐后，我侍候女东家，帮她结算公馆的账目。她只有一次提到了月亮宝石。她的意思是我们之间暂且别谈这事。“等那人回来再说，”她说，所谓“那人”指的就是探长，“咱们到那时候再谈，现在没有谈的必要。”

从女东家那儿出来，潘尼洛浦正在我屋里等我呢。

“爸爸，我希望您去劝劝罗珊娜，”她说，“我很为她担心。”

我立刻就猜到是怎么回事了。可是我有个做人的准则——男子汉要比娘儿们高出一头，有责任开导她们。要是一个女人（甭管她是不是我女儿）要我做什么事，我总要盯着她问个为什么。您越是逼着她们挖空心思地找原因，她们在为人处世方面就越有长进，就越是听话，容易管理。可怜的妇道人家，她们先做事再思想，这并不是她们本身的过失，而是一味地迁就她们的蠢汉的过失。

潘尼洛浦这一次的原因，可以用她自己的话来说明。她说：“爸爸，恐怕富兰克林无意中伤透了罗珊娜的心。”

“罗珊娜到灌木路上去干什么？”我问道。

“一片痴情呗！简直是鬼迷心窍。今天早晨她不顾一切地要跟富兰克林谈谈。我拼命劝她，您也看到了。唉，要是我能把她劝走，不让她听到那些刺激的话就好了。”

“得了，得了！”我说，“你也搞不清楚！我记得富兰克林没有讲什么刺激的话呀！”

“没讲什么？爸爸，富兰克林不是说他对罗珊娜根本不感兴趣吗？而且他又是那么恶声恶气、冷酷无情。”

“他是故意这么说，好堵住探长的嘴巴。”我答道。

“我也对她这么说了，”潘尼洛浦说，“可是您要明白，爸爸，以前好多个星期富兰克林先生（尽管也不能怪他）一直伤她的心，使她受到屈辱，现在更是变本加厉，到了极点！当然，她并没有权利指望富兰克林对她感兴趣，她完全忘记自己的身份和地位，到了荒唐的地步。可是现在她仿佛失去了自尊心，失去了正常的感觉，失去了一切。爸爸，富兰克林说那些话的时候，她的模样可把我吓坏了。她好像变成了石头人，一下子变得死气沉沉的。从那时候起，她干活儿就像做梦似的。”

我开始感到有点儿不安了。潘尼洛浦的话有些道理，使我的优越感消失了。我想起昨晚富兰克林和罗珊娜两个人之间的事情，那时她似乎就伤透了心；而现在她那受到创伤的心灵又被狠狠地刺了一下。可怜啊，可怜！最可怜的是这个姑娘没有理由为自己辩护，没有权利博得人们的同情。

我曾经答应富兰克林劝劝罗珊娜，看来，现在正是实现诺言最合适的时机，现在不劝，更待何时。

我们发现这姑娘在卧室外的走廊上扫地，脸色惨白，但神态还算镇静。她穿一套朴素的印花布衣服，还像往常一样整洁。我注意到她有一种古怪、暗淡、茫然、呆滞的眼神，不像是哭泣，而仿佛是看什么东西太久了引起的，也可能是某种朦胧的思想引起的，因为她不可能在看什么东西，她身边的一切她都看过成千上万遍了。

“看开些吧，罗珊娜！”我说，“你不要疑神疑鬼地自寻烦恼。富兰克林托我转告你几句话。”

接着，我便用我所能想得到的最友好、最温暖人心的话语，对她解释。您大概已经看出，我对待女性是很有原则的。可是当我面对面地跟这些娘儿们打交道的时候，我承认我的做法并不符合我的原则。

“富兰克林心地善良，能体贴人，请您谢谢他。”她的回答一共只有这两句话。

我的女儿已经注意到罗珊娜干活就像做梦似的。现在我还要再加上一句，她听我讲，对我说话，也是昏昏迷迷，好像做梦似的。我怀疑她神经错乱了，并没有听清我对她讲的话。

“你真的明白我的意思吗，罗珊娜?”我问道。

“真的明白。”她像回声一样重复我的话，一点儿也不像活人，倒像是牵线木偶。她说话的时候，老是不停地扫地。我好心好意，尽可能轻地拿开了她的扫帚。

“得啦，得啦，姑娘!”我说，“你可不像平时的样子！你心事重重啊！我是你的朋友，哪怕你做了什么错事，我还是你的朋友。把你的心事都说出来，都说出来吧!”

以前，我这样推心置腹地跟她讲话，早就使她潸然泪下了，可现在她却无动于衷。

“是的，”她说，“我会都说出来的。”

“对夫人吗?”我问她。

“不。”

“对富兰克林?”

“是的，对富兰克林。”

我简直不知道说什么好。富兰克林一再叮嘱我，告诉罗珊娜别私下跟他讲话。可是她不理解。我只好慢慢来吧。我只告诉她富兰克林出去散步了。

“那没什么，”她回答道，“今天我不去打扰他了。”

“干吗不对夫人讲呢?”我说，“要消除你的烦恼，你最好跟夫人谈谈。她是慈悲为怀的基督徒，总是对你关怀备至的。”

她认真地凝视着我，好像要把我说的话都铭记在心里，随后从我手里拿过扫帚，缓慢地顺着走廊，一点一点地往前移动。

“不，”她一边扫地一边喃喃自语，“我有消除烦恼的好方法。”

“什么方法?”

“请您让我继续干活吧。”

潘尼洛浦跟随着她，提出要帮她干活。

她回答说：“不，我自己干就行了，谢谢你，潘尼洛浦。”她又回过头来看了看我：“谢谢你，贝特里奇先生。”

没有办法打动她了。再没什么可说的了。我向潘尼洛浦做了个手势，示意她跟我走。我们离开她的时候，她还像我们遇见她的时候一样，做梦似的，昏昏迷迷地在走廊上扫地。

“该请位大夫来看看了，”我说，“我是无能为力了。”

我女儿提醒我，坎迪大夫（您可能还记得他吧）在生日宴会那天晚上淋了雨，受了风寒，久病未愈。当然，可以请他的助手，埃兹拉·吉宁士来看病。可是我们这儿的人都对他不够了解。他是坎迪大夫在某种特殊情况下聘用的。不管怎样，我们都不喜欢他，也不信任他。弗利辛霍镇上还有别的大夫，可公馆的人都不认识他们。罗珊娜目前病情严重，潘尼洛浦疑心，这些陌生的大夫弄不好反而会使病情恶化。

我想跟夫人谈谈，而想到她已经心事重重、忧心如焚，真不想再给她添一份烦恼。可总得想个办法啊！我认为这姑娘的病情实在令人担忧，非通知夫人不可，尽管我不愿意打扰她，也只好到她的起居室去。那儿没有人。她在雷茜尔小姐的屋里陪着她呢。门紧闭着。

我白等了一阵，只听前楼梯的钟敲一点三刻了。五分钟后，我听到公馆外的车道上有人叫我的名字。我顿时听出这声音，是卡夫探长从弗利辛霍回来了。

第十八章

我下楼走到大门口，正好在台阶上碰见了探长。既然我们之间有些嫌隙，我本来不愿对他的调查表示关心，但又不由自主地想要关心，于是我的自尊心顿时消失了。我脱口而出：“弗利辛霍有什么消息吗?”

“我看到了那三个印度人，”卡夫探长回答说，“我还查出罗珊娜上星期四偷偷到镇上去买了什么东西。那三个印度人星期三就要被放出来了。我跟默思怀特合计了一下，我们都相信，他们到这儿来是偷宝石的。当然，上星期三夜间公馆里发生的事情打乱了他们原来的盘算。他们跟你我一样，实际上跟宝石的丢失毫无牵连。可是贝特里奇，我可以告诉你一件事。如果咱们找不到宝石，他们倒有办法找到。那三个变戏法的还有好戏在后头呢。”

探长说这些耸人听闻的话时，富兰克林散步回来了。他比我能沉住气，毫不流露他的好奇心，一声不吭地打我们身边经过，向屋内走去。

至于我，既然已经丢掉自尊心“不耻下问”了，那就干脆打破沙锅问到底吧。

“印度人的事谈得够多的了，你说说罗珊娜的事吧。”

卡夫探长摇了摇头。

“这方面的事越来越猜不透了。”他说，“我在弗利辛霍的一家叫莫尔特比的亚麻制品商店里调查出她在其他布店、帽子店或服装店什么也没买，在莫尔特比商店光是买了一段料子。她选择料子很讲究，挑了好一阵，才买了很小的一段，刚够做一件睡衣。”

“谁的睡衣?”我问。

“当然是她自己的。星期四凌晨从十二点到三点之间，当大家都在酣睡的时候，她肯定是溜到你们小姐的屋里，商量隐藏月亮宝石的办法去了。回到她自己屋子的时候，她的睡衣一定蹭了门上的湿漆。这块漆斑洗不掉，她只好先做好一件相仿的衣服，然后再把沾漆的衣服毁掉，要不然就会被查出少一件亚麻布衣服了。”

“怎么能证明那是罗珊娜的睡衣呢?”我问道。

“从她买来缝制衣服的料子就能证明。如果是维林达小姐的睡衣，她就得买花边皱褶以及这一类的其他东西，而且一宿的工夫也缝制不好。反正一段普通布料就可以说明是要做一件普通用人的睡衣。不，不，贝特里奇先生，这已经够清楚的了，可问题的难点在于，她缝好了冒充的衣服以后，为什么不把那件沾漆的衣服销毁，而偏偏要把它藏起来。如果这姑娘不肯说，咱们就只好到激沙滩去搜她藏衣服的地方了，这样才能查得水落石出。”

“你打算怎么找到她藏东西的地方呢?”我问。

“很抱歉，使你失望了，”探长说，“这个秘密不能奉告。”

我倒不想像他那样故弄玄虚，我不妨告诉您，他从弗利辛霍带来了搜查证。他凭多年的侦查经验，知道罗珊娜身边准带着藏东西地点的备忘录，以备情况突然变化或是隔时过久，还能找到那地方。只要弄到这份备忘录，探长就有把握弄到他想要的一切材料。

“呃，贝特里奇先生，”他继续往下说，“咱们先别推测，还是谈谈眼前的事吧。乔伊斯在哪儿？我吩咐乔伊斯看好罗珊娜。”

乔伊斯是西格雷夫留给卡夫探长差遣的一名弗利辛霍当地的警察。探长刚问这话，时钟便敲了两下。一辆马车准时驶来，准备送雷茜尔小姐上她姨妈家去。

我正要派人找乔伊斯去，探长却拦住我说：“事情一桩一桩地来吧。我先得把维林达小姐的事办好。”他随即做了个手势，叫坐在马车背后的跟班座上的塞缪尔过来讲话。

“待会儿你会看到这边的树丛里有个人，他是我的朋友，上来坐在你旁边。你不用招呼停车，什么话也别说，只当没看见。要不，你会自找麻烦的。”

说了这话，他就叫这个听差回到跟班座上去了。塞缪尔对这事怎么想的我不知道，但我自己心里一清二楚。雷茜尔小姐即使走成了，一离开公馆，就要受到秘密监视了。有个密探藏在她母亲的马车后部的跟班座上！我居然还跟卡夫探长讲话！我真恨不得割掉自己的舌头。

第一个走出屋子的是夫人。她站在最高一级台阶上，观看庭园里的情况。她对探长和我一言不发，紧闭着嘴唇，裹着一件外出时穿的斗篷。她两臂相抱，像一尊雕像似的伫立不动，等候她女儿出来。

过了片刻，雷茜尔小姐下楼来了。她打扮得很俏丽，身穿一件黄色上装，色泽柔和，将她的深色皮肤映衬得格外醒目，并且裁剪合身，紧紧地裹住纤细的腰肢；头戴一顶时髦的小草帽，帽檐四周卷着洁白的白纱；手戴一副紧贴着皮肤的报春花颜色的手套；帽子下露出乌黑的秀发，像缎子一样光滑；小巧的耳朵好像浅玫瑰色的贝壳，荡着一对珍珠耳环。她踏着轻疾的步子走出来，呈现在我们面前，亭亭玉立，犹如一株娇艳的百合花。她全身的动作，柔软轻巧，灵活自如，宛若调皮的猫咪。她那张秀丽的面庞，除了眼睛和嘴唇以外，没有任何变化，目光稍嫌灼亮了一点儿，犀利了一点儿，嘴唇却完全没有血色，失去了平素的笑意。我简直认不出来了。她匆匆地吻了一下她母亲的面颊，说了声：“原谅我吧，妈妈！”便把面纱拽下来遮住脸，但由于用劲太猛，把面纱都扯破了。霎时间，她快步跑下台阶，钻进马车，好像那儿是避难所。

而卡夫探长，动作也同样快捷。小姐刚踏进车厢，他就赶到了车旁，把塞缪尔拉开，站在小姐面前，抓住了打开的车门。

“你要干什么？”雷茜尔小姐仍旧蒙着面纱问道。

“小姐，趁您还没走，”卡夫探长回答说，“我要跟您讲句话。我不敢阻挠您去拜访您的姨妈。我只想冒昧地说一声，现在够乱的，您这么一走，我要找见您的钻石，就很麻烦了。请您好好考虑考虑，自个儿决定到底是走还是留下。”

雷茜尔小姐连理都没理他。“赶车，詹姆斯！”她对车夫大声叫道。

探长没辙了，只好默默地把车门关上了。他刚关上车门，富兰克林就从台阶上奔下来，伸出手来说：“再见，雷茜尔。”

“赶车！”雷茜尔喊道，嗓门更响了，她对富兰克林就像刚才对探长一样，理也不理。

富兰克林像被雷电轰击了一样震惊，打了好大一个趔趄。车夫站在最上一级踏板上，愣了神，不知如何是好，为难地望了望夫人。夫人脸上充分表露出愤怒、悲戚和羞辱交织的神情，向车夫做了个手势，示意他策马驶去，然后转过身来，匆匆地走进屋里。马车驶去以后，富兰克林先生才恢复说话的能力，朝夫人喊道：“姨妈，您做得对！请容许我感谢您的恩惠，让我走吧。”

夫人回过头来，似乎要跟他讲话，随后却仿佛不相信自己似的，慈祥地挥了挥手，以哽咽的声音说："富兰克林，你临走前，让我看看你。"说完便进房去了。

"帮我最后一次忙吧，贝特里奇，"富兰克林回过头来，噙着眼泪对我说，"赶快送我上火车，越快越好！"

他也走进屋里，这时雷茜尔小姐已经害得他失去男子汉的气魄了。由此可见，他是多么爱她啊！

只剩下我跟卡夫探长两个人面对面站在台阶下边，探长从树丛的一个豁口眺望着从公馆伸展开去的蜿蜒的车道，双手抄在口袋里，轻轻吹起《夏日最后一朵玫瑰》。

"干什么事都有个适当的时候，"我恶声恶气地说，"现在可不是吹口哨的时候！"

这时，透过树丛的豁口，我瞥见马车远远地驶近庄园的大门了。可以清楚地看出，跟班座上还有一个人坐在塞缪尔身旁。

探长自言自语："好得很！"然后又对我说："你说得对，现在不是吹口哨的时候，贝特里奇，现在是行动的时候了，谁也不能放过。咱们先从罗珊娜·史珀尔曼着手吧。乔伊斯在哪里？"

我们两个人都喊乔伊斯，可是没有人应声。我派一个小马倌去找他。

"你听见我对维林达小姐说的话了吗？"我们在等乔伊斯的时候，探长说，"你看她是怎么个态度？我明白地告诉你，她离开这儿，对寻获宝石的阻碍极大，她居然悍然不顾地走了！贝特里奇，你们小姐乘坐的马车里有一个旅伴呢，名字就叫月亮宝石。"

我默不作声。我死活相信雷茜尔小姐是清白无辜的。

小马倌领着乔伊斯回来了，看样子他很不乐意。

"罗珊娜·史珀尔曼在哪里？"卡夫探长问道。

"我讲不清楚，先生，"乔伊斯说，"很抱歉。不过总会有法子找到吧……"

"我到弗利辛霍之前，"卡夫探长打断他的话，"我叫你看住她，而且不让她发现自己受到了监视，可是你竟让她在你眼皮底下溜了。"

乔伊斯打起了哆嗦："先生，我唯恐她发现，所以恐怕是我小心得过了头。你要知道这公馆的下房里，过道多得很……"

"你不见她已经多长时间啦？"

"差不多一个小时光景了。"

"你还是回弗利辛霍去办你的公事去吧。"卡夫探长还是用他平素那种温和的声调心平气和地说，"乔伊斯先生，我认为你不是干警察的料。你达不到你的职务的要求，差得远呢。"

那个人灰溜溜地走了。我听到罗珊娜失踪的消息，心里难受得无法形容。我心里好像打翻了五味瓶，乱糟糟的什么滋味都有。我就这样痴痴呆呆地站着，瞪着卡夫探长，连话也不会说了。

“不，贝特里奇先生，”探长说，他好像已经猜到我紊乱的心事中哪一件是最重要的，挑出来加以解答，“你的那位年轻的朋友罗珊娜，绝不会像你所想象的那样容易逃出我的手掌的。只要我知道维林达小姐去哪儿，我就有办法找到她的同谋。昨天夜里我没有让她们联络成。可好，她们在这儿会不了面，就想跑到弗利辛霍去会面了。那么看起来，我的调查（比我料想的提前）马上就要从这个公馆转移到维林达小姐拜访的那家公馆去了。不过同时，还得麻烦你再把用人们召集起来。”

我跟他走进了下房。说起来真有点儿不好意思，可倒是确确实实的，他的这番话，又把我的侦探热毛病挑起来了。我忘记了对卡夫探长的怨恨，居然抓住他的胳膊推心置腹地说：“老天爷，你说说看，你召集这些用人干吗呀?”

卡夫神探站着一动也不动，带着点儿忧郁的神色，全神贯注地向假想的听众进行演说。

“要是这个人，”探长说（他显然是指我），“懂得种玫瑰花，他就是世界上最完美的人了!”说了这句充满感情的话以后，他叹了口气，挽住我的胳膊，然后又放下，回到了正题：“罗珊娜做的不外乎两件事。要么她是赶在我前面到弗利辛霍去，要么她就是先到激沙滩藏东西的地方去。首先要查出，在她离开公馆之前，有哪个用人最后看见了她。”

经过一番询问，获悉最后一个看见她的是帮厨女佣南希。

南希看见她手里拿了封信，溜了出去，她还在后门口拦住肉店里派来送肉的伙计。南希听见她请这个伙计在回弗利辛霍的时候替她寄一封信。那个人看了看信封上的地址说，写给柯柏洞的信，拿到弗利辛霍去寄反而耽搁时间，而且在星期六寄，又隔一个休息日，要到下星期一才能收到。罗珊娜说耽误点儿时间不要紧。她只希望这个人切实按她的要求去做。这个人答应了，便乘车离去了。这时，有人喊南希回厨房去干活。这以后再没有任何人看见罗珊娜·史珀尔曼。

南希走后，只剩下我们俩在一起。我问他：“嗯，怎么办?”

“嗯，”探长回答说，“我必须到弗利辛霍去一趟。”

“为那封信的事情?”

“是的。有关藏物地点的要紧话，就在信上。我得上邮局去看看信上的地址。要是这地址跟我所怀疑的一样，我就要在下星期一再去走访郁兰太太。”

我陪探长去预约了一辆轻便马车。在马厩的院子里，我们又找到了有关姑娘失踪的新线索。

第十九章

罗珊娜失踪的消息起初是在户外佣工当中传开的。探长在他们当中也进行了调查。有个偶尔雇来在花园里除草，绰号叫“饭桶”的伶俐的小淘气说，他半个小时前还看见了罗珊娜·史珀尔曼。他在枞树林里看见那姑娘从他身边走过，往海岸去了，不是走，是奔去的。

卡夫探长问我："这孩子熟悉这一带的海岸吗？"

我回答："他是在海边长大的。"

"饭桶，"探长说，"你可想挣一个先令？想挣就跟我走。贝特里奇先生，把马车准备好，等我回来。"

他急如星火地向激沙滩奔去。我尽管老当益壮，也绝对跟不上他。小饭桶拿出我们这一带野孩子的疯劲儿，大声叫嚷着，紧跟在探长后面，一溜烟地飞跑着。

在卡夫探长离开的这段时间，我无法说清楚心里的滋味。我没来由地惊慌失措，坐立不安。我屋里屋外地来回跑，干了十几件不需要干的事，一件也记不起来了。我甚至不知道探长到沙滩去了多久。只见饭桶跑着回来，递给我一张便条，是卡夫从笔记本上扯下的一张纸，用铅笔写的："火速送来罗珊娜·史珀尔曼的一只靴子为盼。"

我找到一个女用人，立刻打发她到罗珊娜的房里去；我还打发那孩子赶快回去，说我将亲自带着罗珊娜的靴子随后赶到。

我明明知道这样做，没有达到他所吩咐的"火速送到"的要求，但我要亲眼看看卡夫的葫芦里到底卖的什么药，才放心把罗珊娜的靴子交到他手里。在这最后的危急关头，我又萌发了尽可能保护那个苦命的姑娘的念头。在这个想法和侦探热的驱使下，我一拿到靴子，马上就以一个七十岁的人所能达到的最快速度奔跑起来。

我刚挨近海岸，已是乌云密布，狂风劲吹，下起了瓢泼大雨。紧跟着，一个响雷在海湾口的上空炸开了。我再往前跑几步，绕过那个男孩儿蹲在那儿避雨的沙丘，便看见大海像沸腾了似的，海浪一阵阵向海岸扑来。风卷着雨幕在波涛上空肆意飞舞。在风狂雨骤中，只见惨黄的荒滩上伫立着一个孤零零的黑影，那是卡夫探长的身影。

他一看见我就朝北面挥手。"顺那边走！"他喊道，"下来到我这儿来！"

我下来到了他的面前，上气不接下气，心怦怦直跳，仿佛要从我嘴里蹦出来，实在说不成话了。我有一百个问题要问他，可一个也说不出来。他的脸色可把我吓坏了。只见他眼睛放射出恐怖的光，一把夺过靴子，放在沙地上的一个脚印里。那一串脚印由我们所站的地方延伸到一道叫南岬的岩礁边。雨水还没有把脚印冲掉。那姑娘的靴子竟跟脚印吻合，丝毫不差。

探长指了指脚印里的靴子，一言不发。

我抓住他的胳膊，竭力要对他说些什么，可还是和刚才一样，一个字也说不出来。他循着脚印走过去，一直走到岩礁和沙滩相连的地方。这时，南岬正涨潮，激沙滩被潮水漫过了。卡夫探长以惊人的耐心，一会儿往这里寻找，一会儿往那里寻找，用靴子去比试脚印，总是发现脚印朝着同一个方向，笔直地指向岩礁。他无论怎样搜寻，始终找不到从岩礁回来的脚印。

后来他终于放弃徒劳的搜寻了。他仍旧一言不发，又朝我看了会儿，然后便瞅着我们面前的海水。海水漫过流沙，越涨越高。我循着他的目光望过去，又抬头看了看他的脸，便猜出了他的心思。蓦地，一个恐怖的念头使我张口结舌，浑身颤抖不已，啪地一下跪到了海岸上。

“她到藏东西的地方来过了，”我听见探长喃喃自语，“在岩礁附近遭到不幸丧生了。”

那个姑娘异常的神色，一言一语，一举一动，还有几个小时前我发现她在走廊上扫地时，她听我讲话和对我说话时那麻木、死气沉沉的神态顿时在我脑海里浮现出来。探长的话还没说完，我就恍悟到他并没有猜中那可怕的事实真相。我要告诉他那使我不寒而栗的事情，我打算说：“探长，她的死是自寻短见啊。”不！这句话没有说出来，剧烈的颤抖使我哑然无声。我感觉不到那倾盆大雨，看不见那上涨的潮水。仿佛做梦似的，那可怜的人的倩魂又回到了我的面前。我依稀看见她，就像我找她回家的那个早晨，在这儿看见她的情景一样。我又听到她的声音，告诉我激沙滩仿佛不由她自主地把她拉了过去，她感到她的坟墓就在那儿等她。那深不可测的恐怖又移情到我自己的孩子身上。我的女儿和她同龄。我的女儿要是有和她同样的厄运，不也会过同样凄惨的生活，落到同样可怕的下场吗？

探长体贴地扶起了我，使我转过身去，免得看到她惨死的地方。

我沉痛的心情宽解了些，才开始缓过气来，能看到现实的情景了。我向沙丘那儿望去，只见在户外干活的男佣们和那个叫郁兰的渔夫，都向我们奔来，惊恐地大声叫嚷，问我们有没有找到那个姑娘。探长三言两语地告诉他们，根据脚印的证据，她一定是遭到意外了。然后他的目光落在渔夫的身上，又转过身去望了一下大海，问他：“在这样的天气，在她脚印终止的岩礁前面，可不可能有条小船把她带走？”

渔夫指了指一阵阵涌向沙滩的巨浪和飞沫，扑打着我们两边的海岬的狂澜巨涛，回答说：

“在这样恶劣的天气里，任何船都到不了她身边。”

卡夫探长最后一次看了看沙滩上的脚印，现在雨水已经快要把它冲刷掉了。

“那边的脚印证明，”他说，“她不可能从陆地上离开这儿。而这里的情形，”他看了看渔夫，继续说，“又证明她不可能从海上离开。”说到这儿，他停顿下来，考虑了一会儿。“据目击者讲，她是在我从公馆往这儿来的半小时前，奔往这里的。”他对郁兰说，“我来到这儿，又过了一段时间。总共就算一个小时以前吧。你估计，当时岩礁这边的水位有多高？”他指着岩礁的南边，也就是没有被流沙填满的一边问。

“按照今天潮水的情况，”渔夫说，“一个小时前海岬南边的水位不高，连只小猫都淹不死。”

卡夫探长转向岩礁的北缘，即覆着流沙的那道边缘。

“这一边怎么样呢？”他问道。

“水位还要低，”郁兰回答说，“海水刚刚把沙面覆盖住吧。”

探长回过头来对我说，这意外的不幸肯定是发生在激沙滩里边了。我一听这话，舌头忽然放松了。“不是意外!”我对他说，“她上这儿来，是活得厌倦了，自寻短见的。”

他震惊得往后一退。“你怎么知道的?”他问。大伙儿都围拢过来。探长立刻就镇定下来，拦住了大家。他说我老了，被这个意外的发现震昏了。“所以，”他说，“让他安静一会儿吧。”然后他又转向郁兰问道：“潮水退了以后，有可能找到她吗?”郁兰回答：“没有可能。埋进激沙滩的人，永远也挖不出来。”说了这话，那渔夫往前一步，挨到我身边。

“贝特里奇先生，”他说，“关于这姑娘的丧生，我有句话要对你说。顺着岩礁的边沿有一道四英尺宽的底岩埋在沙下只有大约半英寸深。我要问，如果她是失足，从岩礁上滑下去，她就该滑到底岩上，马上就可以站稳脚跟，流沙最多不过齐腰深吧。她肯定是走进，或者跳进前面那个深沙坑里去了，要不怎么会失踪呢? 没错，先生，不是遭到意外! 是激沙滩的深沙坑把她吞没了。是她自己跳进去的。”

既然这样一位深谙激沙滩情况，可以充分信赖的人也证明罗珊娜是自寻短见的，探长便不吱声了。我们都像他一样停止了议论。大家不约而同地从海滩上爬上来。

在沙丘那儿，我们碰见马夫从公馆里跑来。这小伙子人品不错，对我也很尊敬。他略带愁容，交给我一张短笺。“这是潘尼洛浦打发我送来的，贝特里奇先生，”他说，“她在罗珊娜的房间里找见的。”

这是她给一个，感谢上帝，总是尽心竭力地照顾她的老汉写的遗书。

“贝特里奇先生，过去您一向原谅我。下回您看见激沙滩，请再原谅我一次吧。我已经在等待我的坟墓里，找到了安息的地方。我在世，去世，先生，都感激您的好意。”

短笺上没有别的话了。虽然只有短短的几句话，但我看了却忍不住心里的悲痛。一个人年轻时初踏入社会，容易流泪。而当他年老了，快离开人间的时候，也容易流泪。我不禁失声痛哭了。

卡夫探长向我挪了一步。他的用意是好的，我不怀疑，可是我却往后退缩着。“别碰我，”我说，“是你威吓她自杀的。”

“你错了，贝特里奇先生，”他轻声回答，“咱们到屋里谈这件事吧。”

马夫挽着我，大家跟在后面，冒着倾盆大雨回去了，公馆里还有棘手的和恐怖的事情在等着我们呢。

第二十章

在我们前面回去的人已经把消息传开了。我们看见佣仆们人心惶惶。我们刚走过夫人的房门口，里面就有人猛力把房门打开了。女东家惊魂未定地从房里出来，走到我们当中。富兰克林跟在后面，竭力宽慰她，但收效甚微。

“您应当对这件事负责!”她一面厉声嚷道，一面狠狠地挥着手，威胁探长，“加布里埃尔! 把钱付给这个无赖，让我永远不要见到他!”

我们几个人当中只有探长一个人能对付女东家，因为唯独他遇事镇定自若。

“对这个令人悲痛的横祸，我跟您一样，毫无责任。”他说，“如果在半个小时之后您仍然坚持要我离开，我就接受您的解雇。不过，您的钱我可不要。”

这句话表面上很恭敬，骨子里却很强硬。它非但对我，而且对女东家也起作用了。她让富兰克林先生扶她回屋里去。门一关上，探长就用敏锐的目光在女佣当中扫视了一周，注意到大家仅仅是惊恐，只有潘尼洛浦在哭泣。“等你父亲把湿衣服换了，”他对她说，“你到你父亲屋里来，我有话对你说。”

还不到半小时，我就把干衣服换上，并且借了一套衣服给卡夫探长换上。潘尼洛浦进来听探长谈些什么。我有生以来要算这会儿感受得最深切，我的女儿多么听话，多么孝顺。我叫她坐在我大腿上，祈祷老天爷保佑她。她把头藏在我怀里，双臂搂着我的脖子，我们就这样默默地坐着等了一会儿。我想，我们父女这么亲热，肯定是因为这可怜的去世的姑娘的缘故。探长走到窗口，伫立在那儿眺望。我想，他这样做是出于体贴，好让我们父女多亲热会儿。我该谢他。我谢了。

上层社会的人能尽情享受各种特权，其中也包括放纵自己的感情。下层社会的人却没有这样的特权。高等人从不感到匮乏，而我们却要忍受贫穷的百般煎熬。我们学会要把感情藏匿到内心最隐秘的角落，如牛负重那样地忍耐，在责任的重压下一步步地趑趄而行。我不埋怨命运，我只是注意到了而已。探长准备谈话了，我和潘尼洛浦也马上就准备好了。探长问我女儿是否知道是什么导致她的同伴轻生的。（您大概也预料到）她应声而答，因为罗珊娜爱富兰克林·布莱克先生。下一个问题：她有没有把这个看法告诉别人？潘尼洛浦回答说：“因为罗珊娜的缘故，我没有提起过。”我觉得要补充一句，就说：“也是为了富兰克林先生。要是罗珊娜确实是为了殉情而死，富兰克林实在不知道，这也不能怪他。如果他要离开公馆，那么让他今天就离开吧，省得他明白事情的真相，徒然痛苦。”卡夫探长说了句“倒也对”，便又沉默了，好像在拿潘尼洛浦的看法跟他自己没说出来的某个看法相比较。

半个小时到了，女东家的铃响了。

我应铃前去，途中遇见富兰克林从他姨妈的起居室里出来。他说夫人打算和以前一样，当着我的面接见卡夫探长。他还补充说，他本人也想先跟探长说两句。在回我屋的半路上，他停下来，看了看大厅里的火车时刻表。

“少爷，您真要离开我们吗？”我问道，“雷茜尔小姐，只要您给她时间，她一定会醒悟过来的。”

“她听到我走了，”富兰克林回答道，“想到再也见不着我了，就会醒悟过来的。”

我以为他这么说是因为小姐冷遇他而有些嫌隙，其实并非如此。女东家已注意到，自从警方一进公馆，只要一提富兰克林的名字，雷茜尔小姐准会怒火勃发。他太喜欢他表妹了，所以一直对自己都不承认这一点。直到她乘车往姨妈家去了，事情挑明了，他才只好承认。面对残酷的事实，他才决定离开公馆——一个有血性的男子汉也只能这样。

他要对探长说的话都是当着我的面说的。他说夫人愿意承认刚才的话太冒昧了。既然如此，卡夫探长是否同意收下这笔酬金，今后再不过问钻石的案件呢？探长回答："不行，先生，无功不受禄，我尽了责任才能拿酬金。"

"我不懂你的意思。"富兰克林说。

"我自己说清楚吧，先生，"探长说，"我当初来这里，就是负责查清钻石丢失的案件。我现在准备，并且等待履行我的诺言。等我向维林达夫人说明目前案子的进展情况，以及怎样找回月亮宝石（这以后，是否让我干下去，那就由夫人决定了），我才算尽到当初承担的责任，才能拿这笔酬金。"

卡夫探长的这番话，使我们恍然大悟，即使在侦探、警察的圈子里原来也有个顾全名誉的问题。

他的看法分明不错，再不用多说了。我起来领他到夫人的房里去，他问富兰克林是否愿意在场。富兰克林说："这要得到夫人的同意。"当我跟随探长出去的时候，他又悄声对我说："关于雷西尔，我知道这个人会编些什么话。我太爱她了，我听了这些话会控制不住。让我一个人待在这儿吧。"

我离开的时候，他够凄凉的，靠在我的窗台上，双手蒙住脸。潘尼洛浦从门缝里窥视时，很想安慰他。换了我的话，就会喊她进来。要是您被一个女人亏待了，把这件事告诉另一个女人，便会得到很大的安慰，因为这另一个女人八成会站在您的一边。也许我一转身，他真的会喊她进去？如果这样的话，我敢夸口，我的女儿会什么也不顾忌地，尽情安慰富兰克林·布莱克先生的。

就在这时候，我和卡夫探长走进了夫人的屋子。

上一次我们跟她会谈时，她始终盯住桌上的书，不太愿意抬头。这一回好多了。她用像探长一样沉着的眼睛盯视着他。她的脸上每一道线条都显露出家族的特性。我知道，像夫人这样的女中豪杰全神贯注地倾听"他将谈到的最坏的情况"，卡夫探长可以说是棋逢对手啦。

第二十一章

我们就座以后，夫人来了个开场白。

"卡夫探长，"她说，"半小时前，我对您讲话未免轻率，如有得罪的地方，请多加包涵。这些话也许情有可原，不过其中缘由我也不想多说了。"

她赔礼时声调和蔼，态度宽厚，对探长起了应有的作用。他也恭敬地请求女东家容许他辩护一下。他说他对这个使大家震惊的自杀惨祸万万不能负责。理由是很充分的：他这次调查，完全出于对大家的尊重，他根本没有对罗珊娜说什么吓唬的话，做什么吓唬的事。他请我证明，他做到了这一点。我证明他说的是事实。我想，给他个台阶，他就该明智地见好就收，事情就此了结啦。

谁知道，卡夫探长反而得寸进尺，竟然对罗珊娜的死做出一种最令人痛苦的解释——逼夫人予以承认！

“我听到对这个年轻女人自杀动机的某种说法，”探长说，“这可能说对了。这动机跟我对此案的侦查毫无关系。我本可以不说，然而出于道义，我却要补充一句，我个人有一种迥然不同的看法。我相信，这可怜人是因为跟钻石失踪有某种牵连，忧心如焚，才被逼得自寻短见。我不敢说使她忧心如焚的是什么事。不过，如果夫人您允许的话，我可以找到一个人，他能断定我是对是错。”

“眼下这个人在屋里吗？”女东家等了一会儿之后问。

“这个人离开了，夫人。”

这句话再明显不过的是指雷茜尔小姐。顿时，大家默不作声了。我以为这种沉默再也不会被打破了。上帝！我坐在那里等待在座的人有个出来讲话的，可是没有，只听见狂风呼号，骤雨敲窗！

“请您把话说清楚点儿，”夫人说话了，“您是指我女儿吗？”

“是的。”卡夫探长直截了当地说。

我们进屋时，女东家原把支票簿放在桌上，准是打算付探长酬金的。这会儿她把支票簿放回抽屉了。可怜她的手在簌簌地发抖呢！这双手曾经给我，她的老仆人多少恩惠啊！我祈求上帝，有朝一日我要辞别人世，永远离开我的职位时，但愿这双手会握住我的手！看见这手在发抖，我心里多难受啊！

“我原指望，”夫人慢条斯理、语气平和地说，“您不公开提名道姓地谈到维林达小姐，就送您一笔酬金，然后跟您分手。哪料想您竟提到她了。在您进这房间之前，大概我的外甥跟您谈到这件事了吧？”

“布莱克先生给了我口信，夫人。我对布莱克先生说了理由——”

“不用说您的理由了。如今您既然公开提到维林达小姐，那么话已出口，覆水难收啦。为了我和我孩子的名声，我坚决要求您留下，要求您把话说清楚。”

探长看了看表。

“要是有时间，夫人，”他回答说，“我宁愿写一份材料，这比口头叙述强些。可是如果调查还要进行，那么时间很宝贵，不能浪费在写材料上。我准备马上就谈。不过要我说出来，要您听进去，可是件很伤脑筋的事。”

夫人再次打断了他的话。

“要是我带个头，先大胆讲出来，您和我的仆人兼朋友讲起来也许就不那么伤脑筋了吧。”她说，“您是怀疑维林达小姐欺骗了大家，为了个人的目的，把钻石藏了起来，对吗？”

“很对，夫人。”

“好，趁您还没开始，我要以维林达母亲的身份告诉您，您假定她做的事，她是绝对不可能做的。您了解她的为人不过才一两天，我可是对她从小到大一直都了解的。不管您对她的怀疑有多深，说得多么天花乱坠，我听了都不会生气。因为我相信，尽管您很老练，您在这件案子里却被一些情况所迷惑了。注意！我并没有私下的内幕消息。我和您一样，得不到我女儿的信任。我之所以这么肯定，原因您已经听到了，我了解我孩子的为人。”

她转过身，向我伸出手来。我默默地吻了一下她的手。然后，她仍旧像平时一样坚定地面对探长，说道：“您不妨说下去。”

卡夫探长鞠了个躬。女东家的话只对他起了一种作用。他那瘦长尖削的脸上表情温和些了。他好像替夫人难受。可是很清楚，夫人的话丝毫也没有动摇他的自信心。他在椅子上坐稳，便开始对雷茜尔小姐的人品做无耻的诽谤。

“我得请求夫人，”他说，“不但从您的观点，也得从我的观点来正视这件事。能不能请您设身处地，根据我的经历来看待问题呢？您能不能让我简单地谈谈我的经历呢？”

女东家做了个手势表示同意。卡夫探长接着说了下去。

“二十年来，”他说，“我一直被视为心腹，受聘侦破家丑案件。我以往办案的心得，有一点对我当前的案件至关重要。富贵人家的小姐偶然有欠私人债务，而不敢向至爱亲朋承认的。有些是欠了头饰商和珠宝商的货款，有些却是借了放债人的钱，以充某种秘密用途的。本案我想还不至于是后一种情况，即便是，我也不想追查，以免夫人惊恐。不过您要记住我的话，夫人。现在咱们看看公馆里有哪些事使我不由自主地想起了过去办案的经历！”

他沉思了一会儿，继续往下说。他的思路极为清晰，使人一听就懂，但又铁面无私，毫不徇情。

探长说：“有关月亮宝石丢失的第一个信息来自西格雷夫局长。后来事实表明他根本没有能耐办理此案。不过他有句话还是值得听取的，即维林达小姐拒绝回答他的问题，而且和他讲话时总带着一种完全不能理解的无理和鄙视的态度。当时我觉得奇怪，但又认为这主要是因为西格雷夫愚蠢，可能得罪了小姐而造成的。后来我把这件事置于脑后，单枪匹马地办这个案子。结果是发现了门上的漆斑。富兰克林说，这个漆斑跟宝石的丢失是一回事。到此为止，我只是疑心月亮宝石是被偷走的，而且很可能是被某个用人偷走的。那么在这种情况下又发生了什么事？维林达小姐突然走出房间，对我讲话。我在小姐身上观察到三点可疑之处。一、虽然宝石已经丢失了二十四小时以上，但她还是焦虑不安。二、她对我的态度跟对西格雷夫的态度一样。三、她对富兰克林是火冒三丈。很好，我心想，一位小姐丢失了一颗价值连城的珍宝，而我又清清楚楚地看到和听出她非常急躁，脾气很坏。在这种情况下，她干了什么事？她见了布莱克先生、局长先生和我就冒火，换句话说，就是见了那三个尽量想帮她找回钻石的人就发火。调查到这一步，这时，夫人，而不是在这之前，我才开始想到以前的经历，这样维林达小姐那些不可理解的举动便可以解释了。我将她跟以前我遇到的一些小姐加以比较，这就恍然大悟，她大概是欠了一笔不可告人而又非还不可的债。于是我心里就琢磨开了。钻石肯定是被偷偷地藏起来，准备还债了。这就是我根据明显的事实得出的结论。不知夫人意下如何？”

“我早就告诉您了，”女东家回答说，“您被这些情况迷惑了。”

我什么也没说。不知怎么，我这老糊涂的脑袋居然又想起了《鲁滨孙漂流记》，当时我就巴不得卡夫探长漂流到一个荒岛上，却不像鲁滨孙那样有星期五陪伴，也没有一艘船把他接回去！这样我才称心。

卡夫探长接着讲了下去。

“夫人，不管是对还是错，”他说，“反正我下了结论，下一步就得检验。我向夫人提议搜查这屋里所有的衣物，用这个办法来找到那件沾了漆的衣服，并检验我的结论是否正确。结果如何呢？夫人您同意了；布莱克先生同意了；艾柏怀特先生同意了；维林达小姐却断然拒绝，使全面搜查无法进行。这使我确信我的看法是正确的。要是您和贝特里奇先生硬是不同意，你们准是对今天发生在你们眼前的事情视若无睹。你们也听见了，我对小姐说，在当时的情况下，她一走了之，会给我寻获宝石带来极大的困难。你们亲眼看见，她理都不理就乘车走了。你们也亲眼看见，她因为布莱克先生比所有的人都热心地为我提供线索，而对他怀恨在心，在她母亲公馆的台阶上，当众辱骂他。要是维林达小姐跟藏匿钻石无关，那么这些举动是什么意思呢？”

这一回他朝我看了。他搬出一桩又一桩的事实作为雷茜尔小姐的罪证。我虽然一心想为她辩护，却苦于无法驳倒他的论证，只有胆战心惊了。好在，感谢上帝，我天生就是不信邪，对他的道理来了个充耳不闻。对夫人的看法，也是我的看法，我坚信不疑。这么一想，我便振作精神，对卡夫探长摆出一副满不在乎的架势。朋友们，你们不妨以我为榜样，就可以免除许多烦恼。

卡夫探长看见我默不作声，我的女东家也默不作声，就只管讲下去。天啊，我们不理不睬，他却来个不管不顾，继续大放厥词，怎么不叫人恼火！

“夫人，以上是这宗案子牵涉维林达小姐本人的部分。”他说，“下面我要谈到它牵涉维林达小姐跟已死的罗珊娜·史珀尔曼两个人的部分。对不起，我现在要回过来谈谈您女儿不答应检查她衣物的情况。当时我打定主意，下一步要解决两个问题：第一个问题是怎么调查比较稳妥；第二个是要查出维林达小姐在公馆的女用人当中有没有一个同谋。经过慎重考虑，我决定采用一种非常特殊的调查方式。原因是，我要办理的是一宗家丑案件，所以必须在家庭的范围以内办理，力求不让家丑外扬，尽可能不用外人作为助手。由于我相信夫人的千金和整个案件有牵连，所以一般案件中将涉嫌者拘留，以及报地方法官，等等做法，统统不能采用。既然这样，我感到像贝特里奇这样性格和地位的人对用人的情况非常熟悉，而且一心维护公馆的荣誉，是我的助手的最佳人选。用他比用任何其他人都安全可靠。本来我也想请富兰克林先生当我的助手，可是有一个障碍。他在我办案伊始，就知道我的动向。而且，他对维林达小姐非常关切，我跟他就不可能达成默契，互相理解。我所以不厌其烦地向夫人叙述这些，无非是要表明，我一心想为府上严守秘密，不让家丑外扬。我是唯一知情的局外人。受人之托，忠人之事，我的职务要求我闭口不谈。

“但另一方面我却感到，我的职业道德却要求我绝不能完全闭口不谈。我这么大年纪，仅仅被人作为警探使唤，这是我作为一个基督徒绝对无法忍受的。”

“我要禀告夫人，”我说，“从开头到结束，我从来没有以任何方式帮他干过这劳什子的侦探勾当。卡夫探长，您敢不敢和我对质一下？”

我讲出了这句话，心里舒坦了许多。夫人友好地拍了拍我的肩膀。我愤愤不平地盯着探长，看看他对这个证词有何想法。探长服服帖帖地回看了我一下，他好像比以前更喜欢我了。

夫人吩咐他继续讲下去。“我明白，”她说，“您诚心诚意地尽了自己的力量，相信是为了我的利益。我准备听听您下面谈些什么。”

“下一步，”卡夫探长回答说，“我想谈谈有关罗珊娜·史珀尔曼的事。夫人也许还记得，那姑娘把洗衣账册送到这屋里来，我一眼就认出了她。在那以前，我倾向于认为维林达小姐不至于把自己的秘密告诉别人。可是我一见到罗珊娜，就改变了看法。我顿时疑心她跟钻石藏匿的事有关。这可怜的姑娘已经自寻短见，悲惨地结束了一生。请夫人您别认为我对她太狠。如果这是一宗普通的盗窃案，我可以像对待公馆里其他用人一样，在证据不足的情况下假定罗珊娜无辜。凡是感化院出来的妇女，根据我们的经验，在试用期间，如果得到审慎的仁慈的对待，多半是诚心悔改，不辜负对她们的苦心教养的。可是这不是一宗普通的盗窃案。照我看来，这是一宗精心策划的诈骗案，钻石的主人乃是主谋。根据这个看法，很自然地就产生了我对罗珊娜的第一个想法。维林达小姐，请夫人原谅我的直率，引我们大家相信月亮宝石只是丢失了，难道便满足了吗？她是不是还要进一步地骗我们相信月亮宝石是被偷走的呢？如果是后一种情况，便有一个现成的有过盗窃前科的罗珊娜·史珀尔曼作为替罪羊，借以迷惑夫人和我，把她当成盗窃犯。”

我听到这儿，心里想，好毒辣！他会不会进一步给雷茜尔小姐和罗珊娜编织更大的罪名呢？会的，您往下看便会知道。

“我疑心那个死去的姑娘，还有一个我认为是更重要的理由，谁会帮助维林达小姐偷偷地把宝石换成现款呢？罗珊娜·史珀尔曼。像维林达小姐那样地位的年轻女士，自己是绝对不敢担那么大的风险的。她得有个中间人。请问，谁像罗珊娜·史珀尔曼这么合适呢？这个死去的使女以前干偷窃的营生，很有本领。据我所知，伦敦几个放高利贷的人当中有一个跟她过从甚密。这个人会收下月亮宝石这种稀世珍宝做押头，并毫不为难地（也不附带任何苛刻的条件）先借出一大笔钱来的。别忘了这一点，夫人。现在我告诉您，我的疑心不是没来由的，是根据罗珊娜自己的行动推出来的。”

于是他便把和罗珊娜有关的那些事情全部倾吐了出来。您和我一样，对那些事情已是耳熟能详了。您会明白，这样一来月亮宝石失窃的罪名便无可辩驳地栽到那个可怜的死去的姑娘身上了。连女东家听了他的话都被吓住了。他说完以后，夫人震惊得回答不出来。探长仿佛根本不在乎是否有人回答，这该死的，还是那么沉着地说了下去。

“我已经把我所了解的全部案情一一讲明了，”他说，“现在我向夫人谈谈下一步要做的事。我看要把这案子弄得水落石出，只有两个办法。一个办法是十拿九稳能成功的。另一个办法，我得承认，不过是个大胆的试验。请夫人您自个儿拿主意。咱们是不是先谈这个十拿九稳的办法？”

女东家做了个手势，示意由他自己看着办。

“谢谢您，”探长说，“既然夫人准许我自己看着办，咱们就先谈那个十拿九稳的办法吧。无论维林达小姐留在弗利辛霍也好，回到这儿来也好，我建议密切注视她的一举一动，注意与她来往的人，注意她乘车或步行外出是干什么，注意她往来信件的内容。”

“下一步呢？”女东家问。

“下一步，”探长回答说，“请夫人您容许我介绍个女用人到府上来，代替罗珊娜的位置。这个人要善于暗中查访这类事，还要保证她有判断能力。”

“下一步呢？”女东家又问道。

“下一步也就是最后一步，我打算派一个警官，来和我刚才提到的那个伦敦的放债人打交道。这个放债人以前是跟罗珊娜认识的，他的姓名和地址，维林达小姐通过罗珊娜的关系知道了。我不否认，我现在提出的这个办法，花钱多而且旷日持久，可是十拿九稳能成功。我们围绕着月亮宝石，把绳子越收越紧，最后要是维林达小姐决定把宝石留在身边，我们就可在她手里查出宝石。要是她的债务逼得很紧，她决定把宝石抵押出去，我们也可以派人，在宝石到达伦敦的时候，把它追回来。”

夫人听到自己的女儿成了这么个恶毒的建议的猎物，不由得气愤到了极点。我第一次听到她怒不可遏地说话。

“你这个建议我断然不能接受，”她说，“谈谈你的另一个办法吧。”

“我的另一个办法，”探长还是那么安闲自在地说，“就像我刚才提到的，是个大胆的试验。我想我对维林达小姐的性情摸得很准。我相信她完全能设置一个大胆的骗局。可是她脾气火暴急躁，平素没有骗人的习惯，不会在一些日常小节上弄虚作假，也受不了别人的刺激。例如，在这件案子里，有好几次，她明明是为了自身的利益该隐忍的，却按捺不住自己的情绪。我这个办法便是针对她的性格特点拟定的。我打算来个突然袭击，触到她的痛处。直率地说，就是事先不露口风，冷不防地告诉她，罗珊娜死了。这样，说不定会促使她真情流露，把所有的事情都交代出来。夫人您可同意这样办吗？”

女东家的回答使我说不出的惊奇。她顿时回答他：“好，我同意。”

“小马车已经准备好了，”探长说，“再见吧，夫人。”

夫人伸出手来，在门口拦住了他。

“正像您所建议的，我的女儿一定会被激发出真情来的，”她说道，“可是作为她的母亲，我有权利亲自去做。对不起，还是请您留在这儿，我上弗利辛霍去。”

神探卡夫生平第一次像个普通人一样惊异得张口结舌，呆立在那儿。

女东家按了铃，叫人给小马车安上雨具，天上还下着倾盆大雨。您也知道，厢式马车已经载着雷茜尔小姐到弗利辛霍去了。我苦劝夫人别冒着风雨外出。毫无用处！我请求和她同乘马车，好为她撑伞。她不愿听！马夫驱着小马车过来了。“有两件事，我保证做到，”在大厅里，她对卡夫探长说，“我一定像您一样大胆地对维林达小姐做这个试验。今天晚上，上伦敦去的末班火车开车以前，我一定把试验的结果，或者写信，或者亲口告诉你。”

说完这话，她就踏进小马车，亲手拿起缰绳，驱车往弗利辛霍去了。

第二十二章

女东家走了，我才顾得上卡夫探长。我发现他坐在大厅的一个温暖舒适的角落里，在翻阅备忘录，并恶意地撇着嘴。

“写这宗案子的笔记吗?”我问道。

“不，”探长说，“我是查看下一笔业务是什么。”

“噢!”我说，“你认为这里的案件结束了吗?”

“我认为，”卡夫探长回答说，“维林达夫人是英国最聪明的女人之一。我还是认为玫瑰花要比钻石有看头。园丁在哪儿，贝特里奇先生?”

他再也不提月亮宝石的事了。他已经对自己的调查完全失去了兴趣，而一个劲儿地要找园丁。一个小时以后，我听见他们在花房里争吵，争吵的题目仍然是犬蔷薇。

与此同时，我要看看富兰克林先生是不是还在坚持，要乘下午的火车离去。他得知了我们在夫人房间里的会谈，以及会谈的结果，便立刻决定推迟行期，等待弗利辛霍那边的消息。对一般人来说，这样改变主意原是很自然的事，不会引起什么特别的后果。可是对富兰克林来说，却产生了不良的影响。他闲着没事干，感到心神不定，于是他的各种外国性格，好像一只只老鼠从袋子里钻出来，相继作祟了。

他一会儿像是个意大利式的英国人，一会儿像是个德国式的英国人，再过一会儿又像是个法国式的英国人，在公馆里的各个起居室间钻进钻出，不谈别的，只谈雷茜尔小姐怎么对待他，也不找别人，净找我谈。举个例子吧。我发现他坐在书房里的现代意大利地图下面，唠唠叨叨地谈他的苦恼，也找不到任何解决的办法，只是一味地诉苦：“贝特里奇，我有好多抱负，可是现在又有何用呢？我有许多潜在的优良品质，但愿雷茜尔能帮我把它发挥出来。”他口若悬河，滔滔不绝地描绘自己的优点，哀叹受不到别人的赏识。他的心情是如此沉痛，我简直不知道该怎么安慰他才好。我突然灵机一动，嗨，这可真是发挥《鲁滨孙漂流记》的教益的好机会呢。我蹒跚着出去，走到自己的房间里，又拿了这本不朽的著作回到了书房。可书房里却没有人了。

我试着到客厅里去找。地板上有他的一块手绢，说明他曾经晃荡进来过。再一看房间，空空如也，这又表明他又晃荡出去了。

我尝试着到餐厅里找他，发现塞缪尔拿着一块饼干和一杯雪利酒，正在静悄悄地观察空无一物的空气。一分钟以前，富兰克林先生曾经狠劲地摇铃，要一点儿便餐。等到塞缪尔急急忙忙地把便餐送到，他在楼下拉的铃声还丁零零地响着呢，他这个人却已无影无踪了。

我试着到上午起居室去找他，终于找到了。他站在窗前，正在用手指往沾着湿气的玻璃上画象形文字呢。

“您的雪利酒在等您呢，先生。”我对他说。我简直就像跟墙壁说话一样。他沉溺在冥想的无底深渊中，无法自拔了。沉默了好一会儿，我才听到他的一句回应：“你对雷茜尔小姐的行为是怎么解释的？”我一时想不出他所需要的回答，只好把《鲁滨孙漂流记》拿出来。我坚信，只要长久地搜寻，肯定能从中得到解释。富兰克林先生却合上了《鲁滨孙漂流记》，喃喃地说出一些德国式英国人的胡话。“你为什么不查阅一下呢？”他问道，仿佛我反对查阅这本书似的。“贝特里奇，见鬼，你为什么失去了耐心呢？只要有耐心，就会发现真相，不要打搅我。雷茜尔小姐的行为是完全可以理解的，只要你公正地对待她。先用客观的看法，再用主观的看法，最后用客观和主观相结合的看法来分析。咱们知道什么？咱们知道的是上星期四早晨月亮宝石丢失了，使她过度激动，迄今尚未恢复。你直到现在还想否认客观的看法吗？很好，那么，别打搅我。她现在处在神经过度紧张的状态中，咱们怎么能指望她像平时那样对待周围的人呢？咱们这样由内而外地辩论，就能得到主观的看法。你未必能反驳这主观的看法吧。很好，那么下一步是什么？老天爷！下一步当然是客观和主观相结合的说明方法！雷茜尔，严格地说，并不是雷茜尔，而是某个别人。难道我还计较被某个别人粗暴地对待？你是不太理智的，贝特里奇，可是你也不能怪我斤斤计较吧。那么结果如何呢？结果是，尽管你们那些讨厌之极的英国式的狭隘的、带有成见的人不以为然，但我的感觉是非常愉快、非常潇洒的。雪利酒在哪里？”

我的头脑被他搅得乱七八糟的。这时候我竟搞不清楚，这究竟是我的脑袋，还是富兰克林先生的脑袋。在这可悲的状态中，我也只能凑合着做三件依我看是客观的事情：给富兰克林先生拿来雪利酒；回到自己的房间；抽一斗烟来安慰自己。啊，就我记忆所及，这可真是最能安心定神的一斗烟啦 。

可是，别以为我就这样轻易地放过了富兰克林先生。他又晃晃悠悠地走出了上午起居室，进了大厅，然后摸到了下房里去，嗅到了我的烟斗的香味，顿时便回想到自己头脑太简单，竟为了雷茜尔小姐的缘故戒烟。一眨眼的工夫，他就拿了雪茄烟盒出现在我的面前，以他那种干净利落、妙趣横生、玩世不恭的法国派头，口若悬河地谈论起那个永恒的主题了。“借光点个火，贝特里奇。真是不可思议啊，像我这么个人，抽了多年的烟，居然没有发现雪茄烟盒里有一整套对付女人的办法呢！你用心听着，我三言两语便能证明这一点。你选择了一根雪茄，试抽了一下。它使你失望了。那你怎么办呢？把烟扔掉，试另外一根，对不？好，现在你听我发挥！你选择了一个女人，试着相处，她却伤了你的心。傻瓜！从雪茄烟盒上学点儿道理吧。把她甩了，再试另一个！”

我听了直摇头。听起来聪明极啦，可是根据我的人生经验，我坚决反对。“已往贝特里奇太太在世的时候，”我说，“我倒是常常想试试您的哲学呢，富兰克林先生。可是法律硬性规定，先生，您一旦选中了某根雪茄，就不能再换啦。”说着，我眨了眨眼睛，递了个眼色。富兰克林纵声大笑起来。我们两个像蟋蟀一样地高兴。可是过了没一会儿，他的性格的另一面就显示出来了。我跟少爷两个人就这么闲聊着，而探长跟园丁则喋喋不休地一直在争论玫瑰花的事情。时间就这样打发着，直到从弗利辛霍传来了消息。

小马车回来得比我预料的足足早了半个小时。夫人决定暂且住在她姐姐的公馆里。马车夫捎来了女东家写的两封信，一封给富兰克林先生，一封给我。

我把富兰克林的信送到书房给他，他现在又转到那里去躲藏起来了。我的信，我在自己的房里看了。我一拆开信，一张支票便掉了出来。我没有看信就知道夫人定而无疑地不要卡夫探长侦查月亮宝石了。

我打发人到花房里去找探长，请他马上就来。他来了，脑子里还转着园丁、犬蔷薇这些事，声称天底下还从没有像贝格比这样顽固的人，将来也不会出第二个。我请他别扯这些鸡毛蒜皮的小事，集中思想考虑一件严肃的正经事。听了这话，他一愣神，注意到了我手里的信。“啊!”他厌烦地说，“夫人给你来信了。有关于我的事吗，贝特里奇?”

“你自己判断吧，探长。”于是我就抑扬顿挫地把信念给他听：

“我的好加布里埃尔，请转告卡夫探长，说我已遵守诺言，把罗珊娜·史珀尔曼的事说了。维林达小姐郑重声明，自从那个不幸的姑娘进公馆以来，自己从来没有跟她私下说过一句话。在钻石丢失的那个夜晚，她们根本没有见过面，连偶然碰上的事也没有。从公馆里发现钻石丢失的星期四早晨，到这个星期六下午维林达小姐离开公馆的时候为止，她们之间根本没有任何交往。以上便是我把罗珊娜·史珀尔曼自杀的事突然地、明确地告诉我女儿，所得到的结果。”

我念到这儿，抬头看了看探长，问他认为这封信的以上这一段怎么样。

“我要是说出我的看法，”探长回答说，“我只能是得罪你。念下去吧，贝特里奇，”他用最令人恼火的、无可奈何的声调说，“念下去吧。”

我想起这个人曾放肆地说我们的园丁顽固不化，就心痒痒地想不用夫人的原话“念下去”。可是，这一次我的基督徒的品质又占了上风。我一字不差地按夫人信中的原话念了下去：

“我按照探长认为最合适的方式向她探问以后，接着又以最能打动她心弦的话，和她恳谈。在我女儿离家以前，我曾经两次私下警告她，她正遭到怀疑，将引起最不堪忍受、最令人丢脸的流言蜚语。现在我又以最明显的话表明，我的担忧已成为事实了。

“可她斩钉截铁地郑重声明：第一，她私下没有欠任何人的钱；第二，自从她在星期三晚上把月亮宝石放进那橱柜里以后，宝石就根本不在她身边，现在也不在她身边。

“她对我谈到的就这些，再不肯说别的事。我请她说明钻石失踪到底是怎么回事，她固执地缄默不语。我请求她看在母女的情分上说出来。她噙着眼泪回答：‘总有一天您会明白我为什么会不在乎被人怀疑，为什么对您也不肯说。我做了不少能使母亲同情的事，却没有做过一件使母亲（为我）羞愧的事。’这些是我女儿亲口说的话。

“在探长和我之间发生误会之后，我想，尽管他是个外人，但也应该让他像你一样知道维林达小姐的话。把我的信念给他听，并且把我附上的支票交到他手里。我虽然不再需要他的服务，但我相信他是一片真心，且智力过人。而且我（比以前）越发相信，在这宗案件里，他被某些情况迷惑了。”

信到此为止。在给卡夫探长支票之前，我问他有什么意见。

“贝特里奇，”他回答说，“既然我不再办理这个案件了，就没有义务发表意见了。”

我把支票从桌上向他扔了过去。“你相信夫人信里的这个部分吧？”我愤愤不平地对他说。

探长看了看支票，忧郁地紧蹙的眉毛舒展开了，表示承认夫人的慷慨大度。

“夫人对我的时间的价值估计得太高了，我应受恩图报。”他说，“我要牢记这张支票的金额，贝特里奇先生，以后有机会，还要效劳，表示感谢。”

“您这是什么意思？”我问道。

“夫人目前巧妙地使事态平息下去，”探长说，“但是这种家丑，在你们根本料想不到的时候，又会被折腾出来。先生，不出几个月，我们又有侦查月亮宝石的事情可做了。”

他这话的意思，以及他说话的方式都表明，女东家的信足以证明，雷茜尔小姐很冷酷，悍然不顾她母亲诚恳的呼吁，居然在家庭危机四伏的处境中用一连串的谎言欺骗了她母亲。我不知道别人处在我的地位会怎样答复探长。我对他的答复可是直率得很。

“卡夫探长，我认为你最后这段话是对我们夫人和小姐的侮辱！”

“贝特里奇先生，还是把它认为是对你的警告吧，这样才比较合乎事实。”

我听了虽然火冒三丈，但他的回答中那恶魔般自信的口吻却使我惊愕得说不出话来。

我走向窗口，想让心情平静下来。雨停了。我看了看窗外，站在院子里的不是园丁贝格比又是谁啊。他在外面等着要跟卡夫探长继续那场关于犬蔷薇的争论呢。

贝格比一看见我就说：“请替我向探长祝贺！要是他想走着去车站，我愿意陪他去。”

“什么，”探长在我的背后喊起来，“我还没有把你说服吗？”

“活见鬼，我才没有服呢！”贝格比先生回答道。

“好，那我走到车站去！”探长说。

“那么咱们在大门口见面！”贝格比说。

您知道我是够生气的。可是被他们这么一搅和，谁还能怒得起来呢？卡夫探长看出了我心情的变化，来了句合时宜的话，以鼓励我高兴起来，“得了，得了！”他说，“为什么不学学夫人的气量，对我的观点宽容些呢？为什么不说，是环境使我迷惑住了呢？”

尽管是卡夫探长提的建议，能像夫人那样豁达地看待任何事物，总是个乐得享受的特权吧。我慢慢地冷静下来，恢复我平日恢弘的气度了。于是我认为只要夫人和我对小姐理解就行了。而那些以不同的眼光来看待雷茜尔小姐的家伙，我完全可以置之不理并加以蔑视。只有一件心事我无法摆脱，那就是月亮宝石这个话题！我是个很有见识的人，本来应当明白应该让这件事就此了结才对！可是当代人特有的这些德行在我们那个年代还没有发明。卡夫探长触到了我的痛处，尽管我高高在上地蔑视他，他的话却依然在我心头，使我隐隐作痛。结果我只有又引他回到夫人的信上。“我自己对信上的话很满意，”我说，“不过没关系，您尽管讲下去吧，只要您讲得有道理，我就服您。您以为雷茜尔小姐的话不可信。您说，不久月亮宝石这案子就又会闹开了。探长先生，拿出事实嘛，”我很轻松自在地结束了这场辩论，“拿出事实来证明你的看法嘛。”

卡夫探长没有动气，只是紧紧地抓住我的手不住地摇，弄得我的手指又疼开了。

“我对天发誓，”这个古怪的探长神色庄严地说，“要是我有机会和你在一起共事，贝特里奇先生，我明天就来上班。说你像孩子一样单纯，那是对他们的恭维，十个孩子当中有九个比不上你。得了，得了，咱们别再抬杠了，以后我再也不提夫人和维林达小姐一个字。不过我要在你面前当一回预言家。我已经警告过你了，你们的月亮宝石的案子还没有了结。好吧，在咱们临别的时候，我要告诉你三件事，这三件事不管你们愿不愿意，在不久的将来肯定会应验。”

“说吧！”我泰然自若地说，心情像平时一样轻松。

“第一件，”探长说，“下星期一邮差把罗珊娜的信送到柯柏洞的时候，你就会从郁兰家听到消息了。”

他这些话好像给我兜头泼了一桶冷水。雷茜尔小姐口口声声地说自己清白无辜，那么罗珊娜的种种行为——缝制那件新的睡衣，把沾上漆的旧睡衣藏起来等等，又该如何解释呢？以前我根本没有想到这件事，而卡夫探长一下子就使我心里豁亮了！

“第二件，”探长接着往下说，“你还会再听到三个印度人的消息。他们会紧随雷茜尔小姐。如果小姐在这一带，你就会听到他们在这一带的消息。如果小姐在伦敦，你就会听到他们在伦敦的消息。”

我对这三个变戏法的印度人失去了兴趣，我深信小姐是清白无辜的，所以我对这第二个预言轻易地就接受了。“三件即将发生的事，已经说了两件了，现在说第三件吧！”

“第三件，也就是最后一件，”卡夫探长说，“你早晚会听到我曾有两次不客气地提到的那个在伦敦的放债人。把笔记本给我，我要把他的姓名和地址留给你，这样到出事的时候你就不会认错门了。”

于是他就在一张空页上写下：“塞普蒂默斯·卢克先生，伦敦，兰贝思区，米德尔塞克斯广场。”

探长指了指那个地址说：“关于月亮宝石，目前我要你记住的就这些了。时间会证明我是对还是错。临走时我要对你说，我对你是怀有真诚的友情的，这友情对你对我都是弥足珍贵的。如果咱们再次相会的时候我已经退休了，那就希望你到伦敦郊区的一座小屋来找我，这座小屋我已经看上了。贝特里奇，我向你保证，在我的花园里，小路是用草皮铺的。至于白洋蔷薇……”

“见鬼，你要是不预先在犬蔷薇上芽接，你那白洋蔷薇就休想种得成。”窗外传来一声叫唤。

我们俩都回过头来看，原来是那个盯住人不放的贝格比先生，他等不及到大门口再争吵，迫不及待地跑来争吵了。探长握了握我的手，就奔到院子里去了。他比园丁火气还大。“等他（从车站）回来，问问他洋蔷薇的事，看看他的说法还能不能站住脚！”神探边跑边转过身来从窗口朝我叫嚷。“两位都是好样的，”我又像上回一样出来做和事佬了，“在洋蔷薇的问题上，两个人都有道理。”我这劝解的话简直就像爱尔兰人所说的，吹曲子叫路碑跳舞——白费劲。他们俩唇枪舌剑，各不相让，边走边吵，在打一场玫瑰花之战。我看到的最后一个情景是贝格比先生顽固地一个劲儿摇头，卡夫探长像逮犯人似的揪住他的胳膊。妙哉！妙哉！虽然我一向讨厌探长，但这时我承认我也情不自禁地喜欢他了。

要是能行的话，您解释一下我的心境吧。我的颠三倒四的叙述就要告一段落了。等我把富兰克林先生离别的情景作一交代，星期六的事情就终于说完了。接下来我还要谈谈下个星期发生的几件怪事。谈完以后，我的这部分叙述就告结束了，我就要把笔交给下一个叙述的人了。我写这篇叙述写得很疲劳，您看我的这叙述想必也同样疲劳，那么好吧，上帝保佑，再过几页，咱们都可以各自松口气，安闲一会儿了！

第二十三章

我恐怕富兰克林先生一定要乘当晚的火车，就把小马车准备好了。行李刚拿下楼，富兰克林先生便紧跟着下楼了。一望而知，他是生平第一次拿定主意不改了。

“您这是真的打定主意了，少爷？”我们在大厅里见面时，我说，“干吗不再等一两天，再给雷西尔小姐一个机会呢？”

辞别的时间到了，富兰克林先生身上的外国派头消退了。他没有回答我的话，却把夫人写给他的信塞到了我手里。信上的话和写给我的那封信大体相同，只是信尾附了一段，说到雷西尔小姐。看了这段话我才知道富兰克林先生为什么坚决要离开。

恐怕你会感到奇怪吧，我怎么能听凭自己的女儿向我隐瞒有关一颗价值两万英镑的钻石丢失的疑案的真相？完全可以推断，这疑案对雷茜尔来说是不成其为秘密的，但她不知道怀了什么目的，也不知道受了哪个或哪些人的唆使，居然和他（们）达成默契，讳莫如深。我能容忍这样被他们摆弄吗？根据雷茜尔目前的情况，这是可以想象的。她现在神经脆弱，容易激动，看了真让人可怜。所以我暂时不敢再向她提起月亮宝石的事，等过些时候，她的心情平静下来再说。为了达到这个目的，我毫不迟疑地解聘了这个侦探。使我们困惑不解的秘密，也同样使他困惑不解。在这件事上，任何外人都帮不了咱们的忙。而且他加深了我的痛苦，雷茜尔只要听到他的名字就会气得发疯。

我对将来的行动，主意已经打定了。我要带雷茜尔到伦敦去，一来是给她换个环境，减轻苦恼；二来是找个一流的医生为她治病。我能请你来看我们吗？亲爱的富兰克林，我劝你学我，耐心等一段时间，等适当的时机再来吧。你为追查珍宝所提供的可贵的协助，在雷茜尔目前的可怕的病态心理中，却成了不可原谅的过失。你在这件事上的盲目行动，使她的秘密有被揭穿的危险，已经增添了她的心理负担，使她越发焦虑，忧心忡忡。如果容你这样刚愎自用，定会造成你我都难以想象、无可预料的后患，你难辞其咎，我也断乎不能原谅。目前她不能喻之以理，只能晓之以情。我们只能可怜她。我很遗憾，不能不对你说，你跟雷茜尔，还是暂时分开为宜。我对你的唯一忠告，就是给她一段时间，待其好转。

我把信还给他，由衷地为富兰克林先生难受。我知道他是多么爱我们小姐啊，我看得出夫人关于小姐近况的描述已经使他伤透了心。我只能对他说：“少爷，你知道这句谚语：事到最坏处，便会生转机。富兰克林先生，将来不会比现在坏到哪里去。”

富兰克林先生把他姨妈的信折了起来。看起来我那句勉强安慰他的话并没有减轻他多少痛苦。

“我从伦敦带了那颗倒霉的钻石上这儿来的时候，”他说，“还以为全英国也找不到比这更美满的家庭呢。照公馆现在这副样子：亲人离散，四分五裂，连空气中都充满了诡秘和猜疑的毒素……你还记得那天早晨咱们在激沙滩谈论我舅舅约翰·亨卡什尔和他的生日礼物吗？月亮宝石总算替上校报了仇啦，贝特里奇，其危害之大，连上校自己也梦想不到呢！”

说了这话，他就跟我握了握手，走出去乘马车了。

我跟他走下了台阶。他一生中最幸福的岁月是在这儿度过的，如今看他如此凄凉地离开，真是令人伤心。潘尼洛浦（她被公馆里的种种不幸弄得失魂落魄）哭哭啼啼地过来，和他道别。富兰克林先生吻了她。我向他挥了挥手，等于告诉他："我们真诚地欢迎您来，少爷。"其他几个女佣也来了，躲在墙角后面向他张望。他是那种娘儿们都喜欢的人。在临别的最后一刻，我拦住小马车，请求他给我们写信。他好像没有注意我的话，只是四下环顾，好像在和自己所留恋的这座老屋、这片园地依依惜别。"告诉我们您要往哪儿去，少爷!"我说话时紧紧地抓住马车，好像这样便能猜到他对将来的打算。富兰克林先生突然将帽子拉下来，遮住眼睛。"哪儿去?"他的话好像是我问话的回音，"我要见鬼去!"拉车的小马听到这话，陡地一震，仿佛它也像基督徒一样感到这句话可怕。"无论您走到哪里，都有上帝保佑!"我只来得及说完这话，他就走得无影无踪了。他虽有不少缺点，也干了些傻事，人倒是个和蔼可亲、惹人喜爱的君子。他离开公馆时留下了一个难以填补的空白。

这个星期六，夜幕降临了。漫长的夏夜是多么单调、沉闷啊!

我全神贯注地抽着板烟，看着《鲁滨孙漂流记》，好让沮丧的心情振作起来。女用人们，除了潘尼洛浦以外，都在谈论罗珊娜自杀的事，借以消磨时间。她们都固执地认为，这个可怜的姑娘是盗窃了月亮宝石，害怕被侦查出来，才自寻短见的。我的女儿，私底下当然始终是坚持自己的说法。她认为罗珊娜自杀的原因是没有得到富兰克林的爱。这说法没有人相信，而雷茜尔小姐声称自己是清白无辜的，也没有人相信。这两种说法对"罗珊娜偷偷往弗利辛霍去，藏匿沾漆的睡衣，缝制新的睡衣"一连串的诡秘行动都无法解释。她们俩不知是什么关系，反正非常蹊跷。我把这一点向潘尼洛浦指出，但是毫无用处。我提出的不同看法对于她就好像是下到雨衣上的雨水，不沾边。事实上，我的女儿继承了我不讲道理的脾气，而且在这方面青出于蓝而胜于蓝，远远超过她的父亲。

第二天，星期日，留在艾柏怀特家的封闭式马车，空着回来了。车夫带来夫人给我的一封信，以及对她的贴身使女和潘尼洛浦的亲笔指示。

信上通知我，女东家决心在星期一带雷茜尔小姐到伦敦的宅邸去。亲笔指示里关照两个使女带上主人需要的衣物，在指定日期到城里去见东家。其他的仆人大部分也要随后进城。夫人发现自从出了宝石案件后，雷茜尔小姐对这乡间住宅非常反感，不打算回去，所以决定从弗利辛霍直接到伦敦。夫人叫我在未接到进一步指示之前留在乡下照管庄园内屋里屋外所有的事情。和我一起留下的仆人，除工资外另给伙食钱。

这些事使我想到富兰克林先生所说的公馆里亲人离散、四分五裂的那一番话，从而又很自然地想到了富兰克林先生本人。我越想就越对他将来的行动不放心，于是在星期天寄了一封信给他老太爷的跟班，我的老相识吉夫可先生，请他等富兰克林先生到了伦敦，就函告我他打算干的事。

星期天晚上甚至比星期六晚上还要沉闷。我们结束这个休息日的方式，跟英伦三岛千千万万个老百姓每周一次结束这个休息日的方式一样，也就是说，都坐在椅子上盼着就寝时间早点儿来，盼啊盼地就迷迷糊糊地睡着了。

星期一这天对家里其他人起了什么样的作用，我可不知道。这一天却给了我一个很大的震动。卡夫探长的第一个预言应验了，我当真从郁兰的家里听到了消息。

这天，潘尼洛浦和夫人的贴身使女带着行李乘火车往伦敦去，我到车站送行。我刚从车站回来在院子里闲逛着呢，忽然听到有人喊我的名字。我回头一看，原来是渔夫的女儿瘸子露西站在我面前。这姑娘要不是瘸了一条腿，而且长得太瘦的话（我认为瘦是女人最大的缺点），在男人的眼里，就相当秀美动人了。她肤色较深，一脸聪明俊俏相，声音也清脆动听，一头美丽的棕色头发，这些都是她的优点。不幸的是她拄着一根丁字形拐杖。论起她的毛病，主要就是脾气太坏。

“嗨，好姑娘，”我说，“你找我有什么事？”

“您称做富兰克林的人在哪里？”这姑娘拄着拐杖，用恶狠狠的眼光盯着我说。

“这样称呼一位绅士可是太不尊敬了，”我回答道，“如果你想问关于我们东家外甥的事，请你称他为富兰克林·布莱克先生才是呀。”

她向我面前跛行了一步，样子凶得像要把我生吞了似的。“富兰克林·布莱克先生？”她学我的话重复了一遍，“应该说是富兰克林凶手才对。”

过去我对付贝特里奇太太的手段在这里用得上了。无论何时，无论哪个女人想引你发火，你就扭转局面，反守为攻，逗她发火。她们一般都准备等你拼命为自己辩护，再乘胜追击，因此你要逗她发火，用不着长篇大论，一个字就够了。我果然用一个字把瘸子露西惹火了。我和颜悦色地瞅着她，说：“呸！”

姑娘的脾气蓦然像一把火烧了起来。她用那条好腿支稳身体，腾出拐杖来，在地上狠狠地捣了三下，边捣边喊：“他是凶手！他是凶手！他是凶手！他害死了罗珊娜·史珀尔曼！”她拼命扯着嗓子喊出这句话来。院子里，在我们近旁干活的人中有一两个人抬头一见是瘸子露西，知道这不是个好惹的主儿，赶紧又瞅向别处了。

“他害死了罗珊娜·史珀尔曼？”我学她的话重复了一遍，“你怎么说出这种话来，露西？”

“你关心她什么？谁关心她什么？唉，要是她像我一样把男人看透了，她可能现在还在人间！”

“她对我的印象可总是不坏，可怜的人。”我说，“我呢，总是力所能及，尽量待她好些。”我尽量用最缓和的口气对她说。事实上，我不忍心再用那种俏皮的回答来刺痛她的心了。起先，我只注意到她脾气坏，现在我可看出了她的悲痛。您只要注意就会发现，对于地位低微的人来说，悲痛往往是表现为蛮横无理的。我的回答使瘸子露西心软了。她低下头，脸颊俯在拐杖上。“我爱她，”姑娘柔声地说，“她的一生是悲惨的一生，贝特里奇先生。邪恶的人虐待她，把她引上了邪路。但是这并没有破坏她可爱的天性。她是天使。她本来可以跟我在一起幸福地生活。我原来打算和她一起到伦敦去，像姊妹一样，靠针线手艺谋生。那个家伙来了，把一切都破坏了。他使她鬼迷心窍。你别说什么他不是存心的，不是故意的。他应该知道，应该对她表示同情。'我没有他就活不下去。可是他，唉，他从来连看也不看我一眼。'这是她说的话。残忍，残忍，残忍。我就对她说：'哪个男人也不值得你这样为他烦恼。'她说：'有这么一种男人，你为他死也值得。露西，他就是这种人。'我积蓄了点儿钱。我跟我爹妈商量妥当了，我要带她离开这里，免得她受这样的屈辱。我们应该在伦敦寄宿一段时期，像姊妹一样共同生活。大爷，你也知道，她受过良好的教育，写得一手好字。她做针线活很快。我也受过良好的教育，也写得一手好字，就是做针线活没有她快，可我练一段时间也能赶上她。我们可以生活得很美满。可是，唉，今天早晨出了什么事？她来信了，告诉我她已经卸下了生活的重担。她来信了，向我永别。他在哪里？"姑娘放声悲呼，从拐杖上抬起头来，泪眼里又燃起了怒火，"这一位我只能带着尊敬的口气才能提到的少爷，他在哪里？哈，贝特里奇先生，穷人起来打倒财主的日子不远啦。我祈求老天爷，但愿先拿他开个头。"

这里您又看到了一个普通的虔诚的基督徒。她的这种怒火勃发是基督徒受压迫太深，精神崩溃所致！教区牧师的传道未必能使这姑娘达到现在这份激情。不过我现在也顾不上这些，我要做的只是叫她言归正传，希望听到发生了哪些值得听的事情。

"你要找富兰克林·布莱克先生干什么？"我问道。

"我要见他。"

"有什么特别的事吗？"

"我有封信要交给他。"

"是罗珊娜·史珀尔曼写的吗？"

"是的。"

"是附在你的信里的吗？"

"是的。"

蒙昧无知的状况要结束了吗？我渴望发现的事情会主动地纷至沓来吗？我得再等一阵。卡夫探长把我传染上了。我有些只能自己感受到的症状和预兆，告诉我，我的侦探热又要发作了。

"你见不到富兰克林先生了。"我说。

"我必须见他，我就是要见他。"

"昨晚他上伦敦去了。"

瘸子露西狠狠地盯住我的脸，看出我说的是实话。她一言不发，转身就向柯柏洞那边走去。

"站住！"我说，"明天有富兰克林·布莱克的消息来。把信给我，我寄给他。"

瘸子露西靠在拐杖上，回过头来看着我。

"我要亲手交给他，"她说，"他要这封信的话，就得这样。"

“你说的那些话我要写信告诉他吗?”

“告诉他，我恨他。你要告诉他实话。”

“好的，好的。可是那封信——”

“他要那封信，就得回到这儿，从我这里拿。”

说了这话，她就一瘸一拐地朝柯柏洞走去。那股侦探热当场就把我的自尊心烧得一干二净了。我尾随着她，试着要她讲话，却是白费劲。亏就亏在我是个男的，不能跟她软缠硬磨。露西看到我失望的狼狈相，很高兴。当天晚些时候，我找她母亲试试运气。好心的郁兰太太只能空喊两声，邀我喝点儿荷兰酒解解闷。我在海滩上找到了渔夫。他说：“不好办。”自管修他的渔网。做爹妈的知道的都不比我多。只剩下一个法子了，那就是写封信给富兰克林·布莱克先生，碰碰运气，说不定明天早晨就有分晓。

您想想看，我在星期二早晨等邮差的心情是多么急切。邮差交给我两封信，一封是潘尼洛浦写来的，我简直没有心思看，说的是夫人和雷茜尔小姐已经平安到达伦敦，安顿下来了。另一封是吉夫可先生写来的，通告我他的少东家已经离开了英国。

看起来，富兰克林先生一到了这个大都会，就直接上他父亲的宅邸去了。他到得不是时候，布莱克老先生正在搞下院的公事，忙得不可开交。当天晚上，他在家里拿着一份所谓《私法法案》的议院的热门玩意儿在消遣。吉夫可先生亲自把富兰克林先生带进他老太爷的书房。“我的富兰克林！你怎么突然跑来，出了什么岔儿了吗?”“是的，雷茜尔出了岔儿。我心里很苦恼。”“我心里也难过，不过现在没空听你讲。”“什么时候您才有空?”“好儿子！我不能骗你，等这次议会开好了，我才有空听你讲呢。晚安！”“谢谢您，老爷子。晚安！”

以上一段是吉夫可先生转述的书房里的对话。书房外面的对话还要简短。“吉夫可，根据潮汐定班次的火车明天早晨几点开?”“六点四十分开，富兰克林先生。”“五点钟来叫我。”“到国外去吗，少爷?”“火车往哪儿开，我就往哪儿去，吉夫可。”“要我通知老爷吗，少爷?”“要，等这届议会开完了，再通知他。”

第二天早晨，富兰克林先生往外国去了。究竟往哪个地方去，没有人猜得出来，连他自己也心中无数。今后我们有可能听到他到欧洲、亚洲、非洲，或是美洲的消息。按照吉夫可的看法，这地球上的几大洲，他去各个洲的机会是均等的。

这个消息一传来，我既然没办法让瘸子露西跟富兰克林先生见面，那么这个哑谜就根本无法猜下去了。潘尼洛浦相信她的同伴是因为对富兰克林·布莱克先生的失恋而自杀的。这一点是被证实了，但也就到此为止了。罗珊娜写给富兰克林的遗书里是不是有她生前渴望对他倾吐的情愫，那就不得而知了。这封信也可能只是一个痴心的姑娘对于难以高攀的心上人一往情深的诀别之言，也可能包含了卡夫探长所察觉到的她从月亮宝石丢失起到投入激沙滩了此残生为止一连串奇特的举动的全部隐秘。送到瘸子露西手里的是一封密封信，而对于我，对于包括她父母在内的任何人来说，它始终是一封密封信。这姑娘的隐秘始终是个谜。我们都疑心露西知道罗珊娜心里的秘密，试探过她的口风，可每次都毫无所获。用人们还是相信罗珊娜偷走钻石，藏了起来，不时有人到她死前去的岩礁一带去探察，也都毫无结果。潮水退落了，潮水又涨起了。夏天逝去了，秋天来临了。埋藏她尸体的激沙滩，隐藏了她的秘密。

富兰克林先生于星期日早晨离开英国，夫人和雷茜尔小姐于星期一下午到达伦敦，这两个消息，是星期二传来的。星期三没有信。星期四潘尼洛浦又来信告诉我更多的消息。

我女儿在信上说，请了伦敦的一位名医给小姐治病，只说了句该让她消遣一下，就挣了一个几尼。在伦敦消遣娱乐的门道很多，花展、歌剧、芭蕾舞剧，应有尽有。叫夫人惊奇的是，雷茜尔对什么都入迷。高乎利先生来拜访过。尽管在小姐生日那天他求婚碰了钉子，他还是对小姐恋恋不舍。令潘尼洛浦非常遗憾的是，他竟受到热情款待，有一次竟当场叫雷茜尔小姐加入他的一个妇女慈善团体。女东家呢，信上说是情绪低落，没精打采，有两次跟她的律师进行了长时间的商谈。信里还提到了维林达家的一个穷亲戚克莱克小姐。在宴会那个场景中我曾经提到过，小姐就坐在高乎利的邻座，很爱品尝香槟酒。潘尼洛浦感到很奇怪，克莱克小姐迄今为止还没有来过。估计她不久要来的，到时候又会像往常那样缠住夫人不放了……如此这般，完全是妇女们彼此嘲笑的口吻，谈话是这样，写信也是这样。这些闲言碎语本来不值一提，我承认。我提起它，只是为了一个缘故——我搁笔以后，听说，下一个向您叙述的，大概就是那位克莱克小姐了。如果是这样，那么请您行个好，要是她说起您的卑微的仆人，可千万一个字也别相信她。

星期五，没有什么事。只不过有条狗耳朵后面有发皮疹的症状。我给它服了一剂糖浆，并且喂它肉汁菜泥。请原谅我提起这件琐事，只当我是信口开河吧，您别看就是了。我的这些唠唠叨叨不合你们现代人的高雅口味的话，快要结束了。此外，还得提一句，这条狗挺不错的，该给它好好服药。确实如此。

星期六，一个星期的最后一天，也是我这篇叙述的最后一天。

早晨，邮差居然给我送来了一份伦敦的报纸，邮寄人的笔迹叫我猜不透。后来我把它跟笔记本上写的那个放债人的姓名、地址一对照，轻易地便看出是卡夫探长的笔迹。

看到是卡夫探长寄来的，我就热切地把报纸从头到尾检查了一遍，只见有一段警方的公报，四周用墨水画了个框子。我把它抄录了下来，请您过目。您如果像我一样仔细察看，便可知道探长寄给我这份当天报纸的用意。

兰贝思消息，法庭退庭前不久，著名古玩商塞普蒂默斯·卢克先生向法官求援。他声称，整日不时受到街头印度流浪汉滋扰，人数共三名。虽被警察驱走，但又不断前来滋扰，以恳求施舍为名，企图闯进屋内。他们在前门被赶走后，又被发现潜入屋后。卢克先生深恐他们滋扰的目的在于图谋抢劫。他的收藏中有不少古代东方的稀世珍宝，价值连城。他曾于日前辞退一名有企图盗窃嫌疑的熟练的牙雕工人（据悉系印度土著）。卢克先生深恐该工人与三名变魔术的印度流浪汉勾结，共同行窃。他们可能在街上聚众闹事，乘乱闯入行窃。法官询问能否提供图谋行窃的证据，卢克先生说目前只能对滋扰提出确凿证据，此外均无法证明。法官说若印度人再度滋扰，卢克先生即可送交法庭处理。并建议采取切实措施妥善保管珍宝，并求得警方协助，予以特别戒备。卢克先生向法官称谢告退。

有一位古代哲人劝导大家凡事要注意结尾。我把这篇叙述从头到尾细看了一遍，花了几天工夫斟酌行文，发现我这篇平铺直叙的文章结束得很自然，很恰当。我们在月亮宝石这一宗奇案上已经叙述了好几件奇事，现在又要以最不可思议的奇事结束——卡夫探长所作的三个预言，不到一个星期，全部应验了。

星期一听到郁兰家来的消息以后，现在我又在伦敦的报纸上看到了三个印度人和放债人的消息。请您记住，此时雷茜尔小姐也在伦敦。您可以看出我把最糟糕的事情也如实报道，即便这些消息和我的看法截然相反。哪怕您根据我叙述的事实唾弃我的看法，完全赞成探长的意见，认为这宗奇案唯一合理的解释乃是，雷茜尔小姐伙同卢克先生作案，将月亮宝石抵押在那个放债人的屋里，我也不能责怪您。您看我的报道，始终是如堕五里雾中，直到现在我迫不得已准备搁笔了，您还是蒙在鼓里，实在抱歉呀。

您可能要问，为什么说迫不得已呢？为什么不叙述下去，一直到真相大白为止呢？

要回答您这个问题，我只能说我是根据严格的规定行事。据我了解，这规定完全是为了尊重事实。在这篇叙述里，不准超出我当时所知道的范围。说得更明白些，按规定我只能谈我自己亲见亲闻的事，不准拿耳食之言来充数。其他人亲见亲闻的事，尽可由他们自己（向您）作第一手的叙述。换言之，这月亮宝石案件，不得有第二手的传闻，只能有第一手的证词。我想象着五十年后（维林达）家族的一员看这本书时的情景。老天啊！他如果知道自己所看到的材料没有一段是道听途说的话，句句都是目击者向他这位法官提供的证词，该感到多么荣幸啊！

读者，我和您长途结伴，希望彼此都怀着友好的感情。到了这儿，咱们要分手了，至少是暂时分手吧。印度钻石的魔舞已经跳到伦敦去了。您也得跟到伦敦去，把我撇在乡间的公馆里。请您原谅我这篇叙述的缺点，我谈自己谈得太多了，而且恐怕口气也太放肆了。不过我倒没有恶意。我在这里拿起一大杯夫人的麦芽啤酒，谨祝您身体健康，万事如意。但愿您在我的叙述中，正像鲁滨孙·克罗索关于他的荒岛漂流记中所说的：“无论是消遣，还是从善恶对比中吸取教训，都同样有益。”再见。

第二部　真相大白

（一八四八 ～ 一八四九年）

分头叙述的几个故事中的种种事件

第一个故事

——已故约翰·维林达爵爷的表侄女克莱克小姐撰稿

第一章

多亏我亲爱的父母（如今都已归天了）教导有方，我从小就养成了做事循规蹈矩、有条不紊的好习惯。

在以往那幸福的年代，二老教导我：（无论白天黑夜）任何时候头发都要光整，临睡前要把每件衣服按照原来的顺序折叠好，放在床脚边同一个地方、同一把椅子上。而在折衣服之前，照例要把当天的事全记到我的小日记本上。折衣服之后，照例要在床上念“晚祷词”。念完“晚祷词”，我就照例沉浸在童年时代那甜蜜的睡梦中了。

在以后的岁月里，哎呀，“晚祷词”念完了便是辛酸的沉思冥想。甜蜜的酣睡没有了，我会因忧虑烦心、睡不安枕而被频频惊醒。不过，我还是保持着折叠衣服和记日记的习惯。前一种习惯使我依然想到父亲破产前我那幸福的童年时光。后一种习惯，以前主要是帮我克服（人类始祖）亚当传下的堕落本性，可是最近我喜出望外地发现它居然对我的贫寒生活大有裨益呢。靠了这本日记，我这穷姑娘居然能为先表婶的娘家的一位阔佬效劳，我实在幸运，竟能帮助富兰克林先生实现他的怪主意，从中拿到一份酬金。

我有好长时间没有听到我那些姻亲的消息了。我们家境贫寒，和亲友很少来往，当然常常被人忘记。目前，为了节省开支，我们住在布列塔尼的一个小镇上。这个镇上有几家经过严格选择的老成持重的英国朋友，其中一位新教牧师对我有莫大的好处。镇上市场的东西很便宜。

在这个与世隔绝的隐居处，在这个天主教汪洋大海包围下的一个新教的小岛上，好不容易收到了一封英国来信。原来是富兰克林先生突然想起了我这个地位卑微的姻亲。我那位富有的亲戚——但愿他在精神上也那么富有——居然毫不隐讳地说，他有求于我。他忽然心血来潮，要把可悲的月亮宝石的丑闻，公布于众。他要我帮他一把，将我寓居维林达夫人在伦敦的公馆期间的所见所闻叙述出来。他提出给我钱。这些没有心肝的阔佬，动不动就提起钱。他叫我把时间老人尚未治愈的伤疤重新揭开，重新唤起人们心里最痛苦的回忆。这样做了以后，我还得忍受他给我一张支票作为酬劳，其实这无异于在我心灵上划开一道新的伤口。我的天性是脆弱的。经过一场激烈的斗争以后，基督徒的谦卑精神才战胜了罪恶的倨傲。经过自我克制，我才收下了支票。

没有我的日记（请容许我用粗俗的话来表达），我真不知道能不能诚实地赚这笔钱。有了这本日记，我这穷雇工（我原谅富兰克林对我的侮辱）就能胜任我的职务。我在亲爱的维林达表婶家里做客期间，哪件事也逃不过我的眼睛。多亏早年训练有素，我把当时的所见所闻全部按日地记了下来，在本文中加以交代，连琐碎的小事也一样不漏。感谢上帝，我尊重事实，远远胜过我尊重人。我秉笔直书，不留情面。要是布莱克先生认为本文中哪些词句对那个主要的角色不够奉承，尽可以轻易地删去。布莱克先生收买了我的时间，可是哪怕他用全部家产，也收买不了我的良心。

富兰克林·布莱克："克莱克小姐在这一点上尽可以放心。我对她的手稿，或是我经手的任何其他人的手稿都绝对尊重，一个字也不删改。执笔者无论发表什么样的意见，无论文风多么怪僻，甚至不登大雅，玷污了我所收集的其他各篇文章，我都不予窜改，从头到尾原封不动地发表。这些手稿都是作为真实的文献送到我手里的，我也要把它们作为真实的文献妥善保存。目击者都签名画押，保证所写的全都是事实。这里还要补充说明一下，克莱克小姐的叙述里提到的那个'主要角色'现在不但幸运地经受住了克莱克小姐辛辣的抨击，而且承认这些抨击对于揭示克莱克小姐的人格，无疑是颇有价值的。"

照我日记上的记载，一八四八年七月三日，星期一，我碰巧路过维林达表婶在蒙塔古广场上的公馆。

我看见百叶窗全部开着，窗帘也都被拉开了，心想按照礼数应当登门请安。应门的人告诉我，表婶和她女儿（我实在不想称她为表妹）一个星期前刚从乡间到达，打算在伦敦住一段时期。我立刻请那人代我致意，说现在不打扰了，只是问一下有没有效劳的地方。

应门的那个人傲慢无礼地一声不吭，听了我的话，也不请我坐，就把我撇在过道上，自管走了。她是一个名叫贝特里奇的异教老头的女儿。我表婶对这种人太放任了，长年累月由他们胡作非为。我在过道里坐下来等候回音。我的提包里经常放着一些传道的小册子，我就拣了一本正好合适的给应门的那个人。过道很脏，椅子是硬座的，可是我心里充满以德报怨的圣洁思想，也就不介意这一类区区小事了。这本小册子是“和年轻妇女谈衣着奢华之罪恶”丛书里的一种。它的笔调既虔诚又毫不拘束，娓娓动人，书名叫做《跟您谈谈您的帽带》。

“夫人非常感谢您，请您明天两点来吃午饭。”她说话的语调是冷冷的，目光是盛气凌人的。这些我都不计较，反而向这个年轻的迷途羔羊道了谢，并且用基督徒那种关怀的口气问：“请你收下一本传道小册子，好吗？”

她看了看书名，问我：“小姐，这书是男人还是女人写的？如果是女人写的，我就为了这偏偏不看。如果是男人写的，我要敬告他一声，他对这些是一窍不通的。”说着就把小册子还给我，把门打开了。不管怎么说，咱们总得传播福音嘛。我等那扇门在我面前关严，便偷偷把那本小册子塞进信箱里。我又把一本小册子投到栏杆里，才感到稍微尽了一点儿爱护别人的责任，感到轻松愉快了些。

那天晚上，我们“童衣改制母亲协会特别委员会”要开会。凡是正派人都知道这个了不起的慈善团体，其宗旨乃是把无力赎回的父亲的裤子从当铺里抢救出来，并且为防止无力赎当的父母再次将裤子送进当铺，而立即按他们那些无辜孩子的身材加以改短。当时我是特别委员会的成员之一。我之所以要在这里提起这个团体，是因为我亲爱的、可钦可敬的朋友高乎利·艾柏怀特先生也参加了我们这项造福人类的工作。我原以为在那个星期一晚上，在会议室里能见到他，并且打算一见面就告诉他维林达表婶已来伦敦的消息。可万万没有想到，他一直没来。我见他没来，感到十分诧异。委员会的姊妹们都放下手里的裤子（当晚我们的事务很繁重），一齐抬头惊奇地问我，有没有听到消息。我说：“不知道啊！”她们这才第一次告诉我，他出了事。可以说这件事才是本文的开场。上星期五，两位社会身份迥然不同的绅士，一起遭到了暗算，整个伦敦都为之轰动了。其中一位绅士是住在兰贝思的塞普蒂默斯·卢克先生。另一位就是高乎利·艾柏怀特先生。

我当时深居简出，孤陋寡闻，所以没有见到报纸上对这次暴行的生动描述，更没有机会听高乎利有声有色、活灵活现地谈他的遇险经过。所以我只能把那个星期一晚上那些委员们讲的话复述一遍。我还是按照从小学会的折叠衣服的老办法，将每一件东西都放得整整齐齐，有条不紊。以下这些是出于一个弱小女人的手笔。对这么个弱小女人，谁还能苛求什么呢？

讲到日期——谢谢我的亲爹妈，从来没有哪本辞典关于日期有我这么认真精确。那天是一八四八年六月三十日，星期五。

在那难忘的一天上午，我们这位很有才华的高乎利先生，碰巧在仑巴德街上的一家银行里支取现金。这家银行的名称偏偏在我的日记上沾上了墨渍，而我尊重事实的习惯不容许我对这类细节乱猜胡编。幸亏银行的名称无关紧要。要紧的是高乎利先生兑完支票以后发生的事。当下，他走到大门口，碰见一位他根本不认识的绅士。这人也恰巧在这时要离开银行。他们客客气气地彼此谦让了一番，都请对方先走。结果在这位陌生人的执意谦让之下，高乎利讲了两句彬彬有礼的话，就先走了一步。两个人颔首为礼，在街上分手了。

粗心大意、浮躁成性的人也许要说，这实在是件芝麻绿豆一般的小事，说得这么详细，岂不可笑。哦，少不更事的朋友，易犯罪愆的弟兄啊！要提防，别滥用你们那浅薄的世俗的推理。哦，要能辨别是非，做到一丝不苟。要把你们的信念当成袜子，要把你们的袜子当成信念。这两样东西任何时候都要收拾得干干净净，以便随时可以体面地穿上！

请你们千万要包涵啦。我不知不觉地又用上了主日学的腔调了。在这么一篇记事录里这种腔调是很不合适的。咱们就用世俗的话来谈吧。让我告诉你们吧，区区小事往往会引起可怕的后果，这件事也一样。这里仅仅关照一句，这位彬彬有礼的陌生人就是住在兰贝思的卢克先生。咱们回过来谈高乎利先生，当下他回到基尔本的寓所里去了。

他看见过道上有个衣着寒碜但眉清目秀的男孩儿在等待他。孩子交给他一封信，只说是位老太太叫他转交的。这老太太他不认识，她也没叫他等回信。高乎利先生热心慈善事业，交游甚广，像这样的事情是司空见惯的。他让孩子走了，便拆开了信。

写信人的笔迹是完全陌生的。信上请他务必在一小时之内，到斯特兰德区诺孙伯兰街的一户人家去，那地方他可是从没去过。写信的老太太想向这位可敬的事业家打听一下“童衣改制母亲协会”的详细情况，如果答复使她满意的话，她想捐一笔巨款给这个团体作为基金。她在信末写了自己的名字，并附带说明在伦敦只是暂住，不能给这位著名的慈善家过多的时间会谈。

叫一般人搁下手边的事情，去拜访个陌生人，总得犹豫一阵吧。可是基督教的仁人志士到行善的地方去是从不迟疑的。高乎利先生立即动身往诺孙伯兰街的那户人家去了。一个非常体面、略微肥胖的人应了门，一听是高乎利先生，立即领他上楼，到会客室后面的一间空房子里去。他一进屋就注意到两桩蹊跷的事：一件是房间里有一股轻微的麝香和樟脑的气味；另一件是桌上有一本用印度文字书写并绘有装饰图案的古东方手稿，摊开来备人观看。

他看了看那本手稿。他站立的位置正好背朝着通往前间的那扇关闭着的折门。正看着呢，冷不防（事先没有一点儿声音使他警觉）有人从背后扼住了他的脖子。在这一刹那，他刚看到扼住他脖子的是褐色的光胳臂，马上他的眼睛便给布蒙上了，嘴也被堵住了。他身不由己地被人（他估计是两个人）摔到了地上。第三个人掏光了他的口袋，并且——作为女士，我可不好意思用这样的词语——毫不客气地把他浑身上下搜了个遍。

这里我很想庆幸地说两句，高乎利先生是怎样凭他虔诚的信仰经受住这样可怕的突然袭击的。不过，暴徒们把这位可敬的朋友彻底地搜查遍的情景，却是妇女不宜描述的。所以我只好把这些都略过不表，只说搜查完毕的情形吧。这一场暴行是默不作声地进行的。搜完身，这几个不露面的无赖交谈了几句。他听不懂他们所使用的语言，但是从他们的语调里分明可以听出他们又失望又愤怒。蓦然，他被提起来，按到一把椅子上，手脚被捆在了上面。过了一会儿，他感到空气从打开的门口流进来。他听了听，断定这些人走了，撇下他一个人在房间里。

又过了一会儿，他听到楼下好像有一个女人衣裳窸窣作响。那女人顺着梯级走上来，然后停住了。一位妇女惊叫起来，划破了犯罪现场的寂静。楼下有个男人喊道："怎么回事?"接着便噔噔地跑上楼来。于是他感到有位好心基督徒的手指解开他眼睛上的布条，掏出堵在他嘴里的东西。他诧异地看了看那两个体面的陌生人，虚弱地问道："这是怎么回事?"那两个体面的陌生人也看了看他，说道："我们正要问你，是怎么回事呢。"

于是他们便解释开了。不！有一点细节我还要不厌其烦地补充一下。他们拿来了碳酸铵提神药和水，来镇定高孚利先生的神经，之后才开始解释。

原来房东夫妇（他们俩在这一带有很好的名声）在一个星期前把二楼和三楼的两套房间租给了一位非常体面的先生，就是高孚利敲门时应门的那个人。这位先生预付了一个星期的房租和附加费用，说是他的朋友，三个首次访问英国的高贵的东方绅士想租这套房子。在出事的当天一清早，两个陌生的东方人在他们那体面的英国朋友的陪同下，来到了这里。说是第三个随后就到，而他们的行李很多，正在海关检查，要到下午才能送来。就在高孚利上门的十分钟之前，第三个外国人才到。房东夫妇在楼下，没有看到什么异常的迹象。直到五分钟前，他们才看见这三个外国人由他们的体面的英国朋友陪着一起出门，不声不响地向斯特兰德的方向走去。房东太太这才想起有个客人来看他们，可是没见这个客人出去。房东太太觉得奇怪，他们怎么把客人一个人留在楼上呢?于是夫妇合计了一番，认为最好还是上来看看有没有出岔儿。结果便是我刚才描述的一幕情景。房东夫妇的解释到此完毕。

他们在房里检查了一番。高孚利的东西被凌乱地丢在房间的各个角落。仔细清点后却发现，一样不缺。高孚利的怀表、表链、钱包、钥匙、手绢、笔记本、文件，都过细地检查了一下，发现均完好无损。而屋主人的物件也检查了一遍，同样地完好无损，连芝麻大的东西都没有缺少。这三位高贵的东方人除了自己的那卷古代手稿，什么也没有拿走。

这是怎么回事呢?用老于世故的人的眼光来看，这几个陌生的不速之客由于某种错误的判断，误把高孚利作为袭击的对象了。想不到我们这位受人敬爱的纯洁无邪的朋友也阴差阳错地被一些黑道中的人卷到他们的罪恶之网里了。连这位基督教行善救世、功勋卓著的英雄尚且会误落陷阱当中，我们这些凡夫俗子岂不要时时刻刻小心提防飞来的横祸！要知道我们自身的邪恶欲念，有朝一日也会像那几个东方贵族，猛扑过来呢！

关于这个题目，我能写上好多页苦口婆心的劝勉之言，可是，哎，给我酬劳的人可容不得我这启迪人心的善举。我只好把我的见闻叙述下去了。我那富有的亲戚的支票——它今后成了我的梦魇——警告我，那场暴行还有一部分没有记录。我们只好撇下高孚利先生，让他在诺孙伯兰街上缓过气来吧。

我们接下来得谈谈卢克先生的事了。这件事出在当天下午。

卢克先生离开银行后，到伦敦好几个地方去洽谈事务。回到寓所，他看到有封信等他拆阅，据说这是不久前一个男孩儿送来的。跟高乎利遇到的情况一样，写信人的笔迹是陌生的。可是写信人的名字倒是他的一个主顾的。写信人用第三人称，显然这封信出于某个副手的手笔。信上说他因事到伦敦，目前在托腾罕考特洛阿弗雷广场的寓所。他希望卢克先生立即来谈一笔交易。这位绅士是个热爱收藏东方古玩的人，多年来一直是卢克先生在兰贝思的商行的老主顾，做成过许多笔大买卖。哎，什么时候咱们才能摆脱对玛门财神的崇拜呢？卢克先生当即雇了辆马车，立即到那个阔绰的主顾家里去。

刚才高乎利在诺孙伯兰街碰到的事，现在又在阿弗雷广场卢克先生的身上原封不动地重演了一番。也是一位体面的绅士应了门，领客人上楼到会客室的后间去，桌上也摊开放着那份东方手稿。卢克先生也像高乎利先生一样，被那精美的印度艺术所吸引，沉浸在欣赏的乐趣中。他也同样被一只褐色的胳膊扼住喉咙，被绷带蒙住眼睛，嘴里被塞进东西，然后被扔到地上，浑身上下被搜了个遍。他被捆绑的时间比高乎利长些，但结果也同样是房东疑心出了事，上楼来察看，才给他松了绑。刚才诺孙伯兰街上的房东对高乎利做了解释。现在阿弗雷广场上的房东也同样对卢克先生做了解释。两者都是被一个自称为外国阔佬办事的体面的陌生绅士的钱包所吸引，而上当受骗，落入圈套的。两件事情唯一不同的地方是，卢克先生散落的东西被从地板上捡起来的时候，发现表和钱包倒原封不动，可是随身携带的一份文件却丢失了。这份文件就是当天卢克先生将一件贵重的珍宝托银行保管，银行出的一张收据。拿了这张收据去冒领是毫无用处的，因为只有物主本人才能从银行取出这件珍宝。卢克先生刚恢复元气，就立刻赶到了银行，满以为抢劫他的盗贼会拿着收据到银行自投罗网。谁知他赶到银行时连人影也没有了。以后也没见到这几个盗贼的踪影。据银行的人员分析，他们那位体面的英国朋友仔细察看了收据，及时制止了他们去银行冒领。

这两件暴行案件都报了警。我相信，警方也出了大力，做了必要的侦查。警方认为这两宗案子，作案前都经过策划，只是因为那帮盗窃者得到的消息不完备，未能肯定卢克先生究竟是亲自把宝石存入银行的，还是委托别人代存的。倒霉的讲究礼貌的高乎利先生，因为被他们看见和卢克先生说话，而被怀疑上了，蒙受了一场灾难。这里还要补充一句，星期一那天晚上警方有事请高乎利先生去商量，所以他未能参加我们的会议。这样高乎利险遭不测的事就介绍完毕了，我必须言归正传，谈谈我在蒙塔古广场上的亲身经历。

星期二我准时去吃午饭。我翻阅我的日记，看出这是变化多端的一天。这一天有好些事令人深为遗憾，也有好些事令人深感庆幸。

亲爱的维林达表婶还是和往常一样亲切慈祥地接待了我。但没过一会儿，我就看出事情有些蹊跷。表婶老是心神不安地看着她女儿。以往我看到雷茜尔，没有一次不纳罕，约翰爵爷和维林达夫人这样高贵杰出的父母，怎么会生出这么个庸庸碌碌的女儿。而这一回，她就不仅使我失望，而且实在让我大吃一惊了。她的言谈举止，全然不像个小姐，丝毫不加检点，那副轻狂样儿，看了叫人恶心。她好像得了什么兴奋病，高兴起来放开嗓子哈哈大笑，令人头痛。在午餐桌上，她吃喝非常任性，吃一半，丢一半，随便浪费，实在是罪过。在表婶把她的隐情向我透露之前，我就深深地为她可怜的母亲悲痛了。

吃过午饭，表婶说："雷茜尔，记住大夫叮嘱你的话，你在饭后要看看书，安定一下你的情绪。"

"我要到书房去了，妈妈，"她回答道，"不过要是高乎利来了，可得通知我一声。自从他在诺孙伯兰街出事以后，我巴不得多听到些他的消息呢。"说罢，她在她母亲的额头上吻了一下，向我瞟了一眼，漫不经心地冷冷说了句："再见，克莱克。"对于她的目空一切、倨傲无礼，我并不生气，反而在心里记上一笔，要为她好好祈祷。

等到别人都走开了，表婶就把这惊心动魄的印度钻石案件从头到尾讲给我听了。这一段情由，按照约定，我不再赘述了。她没有把我当外人，坦诚地说，她本想对这件事保持缄默。可是公馆的用人全都知道月亮宝石丢失了，闹得沸沸扬扬，有些情节甚至见了报。外界有些人在纷纷猜测，维林达夫人乡间公馆里发生的案件是不是跟诺孙伯兰街和阿弗雷广场上发生的案件有连带关系。事情闹到这一步，要瞒是绝对瞒不住的，只有堂堂正正地把案情公布于众才是明智的做法。

换了别人，听到这些事情，可能会大惊失色。可是我，深知雷茜尔从小就是生性乖戾，不讲情理，所以无论表婶告诉我关于她女儿的什么事，我都心里早有准备，不以为奇。嗨，照她这样闹下去，越弄越糟，说不定还要出人命案子呢。可我还是在心里嘀咕了一句："自然的结果！"确实使我吃惊的只有一件事，那就是表婶在这种情况下怎么如此举措失当呢？这种情况要加以挽救，当然要请牧师！可维林达夫人却以为要请大夫才能解决！唉，也难怪。我可怜的表婶早年是在她那不信上帝的娘家度过的。这又是个自然的结果！

"大夫们建议雷茜尔要多做运动，多娱乐，尽力敦促我们要使她心境开朗，尽可能不想过去的事情。"维林达夫人说。

"嗨，真是异教徒的鬼主意！"我心里暗想，"在这么个基督教的国家里，怎么会有这种异教徒的鬼主意！"

表婶接着往下说："我尽量按照他们的指示办事，可是偏偏在这个节骨眼上高乎利出了这么一桩怪事。雷茜尔自从听到这事以来，一直心烦意乱，坐立不安。她老是缠着我，逼我写信给我外甥艾柏怀特，叫他上这儿来。她甚至对另一个遭到暴行的人——卢克先生也很关心，虽然她根本不认识他。"

"亲爱的表婶，您见多识广，看事比我高明。"我踌躇着说，"不过，雷茜尔这些反常的举动，肯定有个原因吧。我看她是有什么见不得人的秘密瞒着您，瞒着大家。最近这两件事，说不定会威胁到她，会泄露她的秘密！"

“泄露秘密?”表婶把我的话重说了一遍，“你这是什么意思？卢克先生会泄露？还是我外甥会泄露?”

她这句话刚出口，谢天谢地，听差打开了门，通报说高乎利·艾柏怀特先生来了。

第二章

高乎利的名字被通报以后，他本人就在恰到好处的瞬间来到了。高乎利先生做什么事都是这样恰到好处。他既不是紧跟在听差后面进来，这样会使我们吃惊的；也不拖延太长的时间，使我们开着门等他进来，引起不方便。一个真正的基督徒日常生活中干什么事都是那么完美。这个可爱的人是完美的化身。

“到维林达小姐那儿去，”表婶对听差说，“告诉她艾柏怀特先生来了。”

我们两个人都问起他的健康情况，并一起问他，遭到上星期那不虞之灾之后，他的精神是不是复原了。他很机智、得体地，同时回答了我们的问话，一个也不冷落。他是用话语来回答维林达夫人的。他用来回答我的却是那迷人的笑容。

“我有什么事，”他无限温柔地喊道，“值得你们如此同情啊？亲爱的表婶！亲爱的克莱克小姐！我不过是被人认错了。我不过是被人蒙住眼睛，扼住脖子，扔到铺在特别坚实的地板上的一块很厚的地毯上罢了。想想看，我并没有遇到更糟的意外哟！我损失了什么呢？只不过精神上受了点儿惊吓，法律不承认这是财产损失吧！所以严格地说，我什么也没有损失。要是我的话，我宁可只字不提这件意外的事！我最害怕大惊小怪，闹得人人皆知。可是卢克先生把他的受害经过公布了，连我的事也跟着一起公布了。这样，在读者对这个题目感到厌倦之前，那些大小报馆都可以从中捞一把。我自己对这件事实在厌烦透了。但愿读者也像我一样厌烦！亲爱的雷西尔小姐可好？还在欣赏伦敦那些娱乐活动吗？我听到这些很高兴！克莱克小姐，我要请大家多多包涵呀。唉，真遗憾，我把委员会的工作耽误了，跟亲爱的女士们也疏远了。我真巴望下个星期能到童衣改制母亲协会来看看。你们在星期一的委员会议上有了可喜的进展吗？委员们对工作的前景充满了希望吗？咱们缝制裤子的成绩不坏吧!”

他那天使般动人的微笑，使你不得不接受他的道歉。他那浑厚温柔的声音，使他问我的那个有趣的工作问题，平添了一股难以形容的魅力。说实话，我们缝制裤子的成绩太大了，这些活儿差一点儿把我们累垮。我正想这么说，房门又开了，维林达小姐作为干扰世俗的化身闯进了房间。

她的头发凌乱得吓人，她的脸依我说红得不成体统。她迈着跟小姐的身份不相称的快步，走到亲爱的高乎利先生面前。

“看到你，心里真高兴，高乎利。”她对他说。她说话没有女性温柔的味儿，简直就像小伙子一样随便，真是邪门儿了。“但愿你把卢克先生也带来。

你们俩是整个伦敦最引人注目的人。谈这些是令人毛骨悚然的，对身心有害。像克莱克小姐那样循规蹈矩的人听到这种事情，会本能地不寒而栗。不过你别在乎。你赶快把诺孙伯兰街上的事情原原本本地讲给我听，我知道报纸上把有些事情漏掉了。”

连亲爱的高乎利先生也继承了亚当传下的那种堕落的天性，当然，继承的份额很少。他双手握住雷茜尔的一只手，并将它轻柔地搁在自己背心的左边。我承认，我看了很不顺眼，这无异于直接鼓励她谈话还要放肆些，对我还要傲慢无礼些。

“最亲爱的雷茜尔，”他说，声调就是刚才谈到童衣改制母亲协会的前景时，使我非常激动的那种，“报纸上把什么都说了，比我说得好得多。”

“高乎利认为我们大家对这件事渲染得太厉害了。”表婶说，“他一直对我说，不想谈它。”

“为什么？”

她问的时候，眼睛突然射出光芒，并且猛地抬头盯住了高乎利的脸。他却俯下头来用一种溺爱的目光看着她。我实在看不惯，忍不住要插进来说两句。

“雷茜尔，亲爱的！”我温和地规劝她，“真正伟大、勇敢的人从来都是谦虚的。”

“你啊，是个自以为是的好好先生，高乎利。”她说。请您注意，她一点儿没有理我的茬儿，只管用小伙子们彼此攀谈时那种轻率的口吻对她表兄说话。“可是我很清楚，你不是个伟大的人。我也不信你有什么过人的勇气。而且我坚信，即使你有过那么点儿谦虚的话，许多年以来，你被那些崇拜你的女士们捧得飘飘然，也早把这种美德忘得一干二净了。你不愿意谈你在诺孙伯兰街遇险的事，一定有你的难言之隐。我倒是真想听听。”

“我的原因再简单也没有，”他回答道，还是对她那么纵容，“一点儿也没有什么难言之隐，我不过是厌倦这个话题罢了。”

“你厌倦这个话题了？亲爱的高乎利，我有句话要说。”

“什么话？”

“你在女人圈子里厮混得太久了，结果养成了两种很坏的习惯。你学会了把无聊的事当正经事来讲。你也习惯了扯一些无伤大雅的谎言，只是为了品尝一下说谎的乐趣。你不能对那些崇拜你的女士们说实话。我偏偏要你对我说实话。来，坐下。我有一大堆直截了当的问题要问你。我也希望你全都直截了当地回答我。”

她当真把他拉到窗口的一张椅子上坐下，好让光线照到他脸上。我深深地感到，非把她的这种粗鲁的话语传给大家听，非把她这种猖狂的举动描写给大家看不可。可是一方面是富兰克林先生的支票，另一方面是我尊重事实的神圣观念，我左右为难，该怎么办呢？我看了看表婶。她纹丝不动地端坐着，显然是不想干预。我以前从来没有看到她这样麻木迟钝，也许是在乡间那一阵太焦心了吧。本来亲爱的维林达夫人年纪并不算大，而且一向精力旺盛，可这会儿在她身上却看不到一点儿令人高兴的征兆。

这时，雷茜尔来到窗口，坐到那和蔼可亲、宽容大度的高孚利身旁，开始向他提出一连串的问题，肆无忌惮，旁若无人，仿佛她母亲和我都不在屋里一样。

“警方有什么行动吗，高孚利?”

“什么行动也没有。”

“我想，设圈套害你的那三个人，肯定就是后来设圈套害卢克先生的三个人，你说对吗?”

“那是毫无疑问的，亲爱的雷茜尔。”

“没有发现他们的踪影吗?”

“没有。”

“是不是有人认为那三个人就是到我们乡间公馆里来的那三个印度人?”

“有些人是这么想的。”

“你也这么想吗?”

“亲爱的雷茜尔，没等我看到他们的脸，我就被蒙住了眼睛。我一点儿都不知道他们的长相，怎么能说是或不是呢?”

你瞧，哪怕高孚利先生有着天使般温和的性格，受到雷茜尔咄咄逼人的盘问，也开始受不了啦。至于维林达小姐到底是出于强烈的好奇心，还是无法控制的恐惧才提出连珠炮式的问题，我不知道，也不想追根究底。我只想告诉大家，高孚利作出上述的回答以后，打算站起来，雷茜尔竟然抓住他的双肩，把他按到了椅子上。哦，别说这仅仅是冒失，也别说这仅仅是做贼心虚，这些都不足以说明上述这些举动的原因！不过，我们还是不要指责别人吧，我的基督徒朋友们!

她一点儿也不害臊，继续提她的问题。潜心研究《圣经》的人们看到她这狂妄的样子也许会像我一样想到，在洪水之前，那些魔鬼的儿女们，不也是这样盲目地纵酒宴乐吗?

“我想了解卢克先生这个人，高孚利。”

“很遗憾，雷茜尔，无可奉告，我对他一无所知啊!”

“你在银行里偶然碰见他以前，从来没见过他?”

“从来没见过。”

“以后见过他吗?”

“见过。警方为了破案，除了单独传讯以外，也曾对我们一起传讯过。”

“卢克先生从银行领取的一张收据被抢走了，是吗? 这是什么收据?”

“银行里收到他托管的一件贵重的珍宝，出的收据。”

“报纸上是这样登的。对一般读者来说，这就够了。可是对我来说，就不够了。银行出的收据上一定说明了这是什么珍宝吧?”

“银行出的收据，据我所知，没有提到是什么宝石，雷茜尔。收据上说明，这是一件属于卢克先生的贵重的珍宝，由卢克先生存放，由卢克先生盖印密封，只能由卢克先生本人领取。银行托管的收据就是这么个格式。我知道的就是这些。”

他说了这话以后，雷茜尔等了一会儿，看了看母亲，叹了口气，又回过头来看了看高孚利。

“我们家的一些私事好像登在报上了，是吗?”她继续问道。

“很遗憾，是这样。”

“有些我们根本不认识的闲人，试图把我们约克郡公馆里出的事，跟以后在伦敦出的事扯到一起，是吗?”

“在某些方面，公众出于好奇，恐怕是有这么个势头。”

“有人说陷害你和卢克先生的那三个不明身份的人，就是那三个印度人，还说那件贵重的珍宝——”

说到这儿，她住了口。在刚才说话的那会儿工夫，她脸色变得越来越苍白，在她乌黑的秀发的衬映之下，竟显得像死人一样惨白。就在她住口不问的那一瞬间，我们都以为她会晕倒。亲爱的高孚利先生第二次打算从椅子上站起来。表婶求她别往下说了。我跟在表婶后面，给她端来一份微薄的“谢罪之礼”——一瓶嗅盐。可是我们仨的行动都没有对她产生丝毫的作用。

“高孚利，你还待在这儿。妈妈，没有什么值得大惊小怪的。克莱克，你是巴不得把它听完的。我不会晕倒的，为了你。”

这些都是她的原话，我一回家，马上就记到了日记上。不过，哎，咱们还是别指责人家了，我的基督教教友们!

她又向高孚利回过头来，偏要打破沙锅问到底：

“我刚才问你某些圈子里的人都说了些什么。老实告诉我，高孚利，他们是不是说，卢克先生那件贵重的珍宝就是月亮宝石?”

她嘴里刚说出那颗印度钻石的名字，我就看到我这位可敬的朋友神色大变。他的脸色变深了，失去了他平素那亲切和蔼、温文尔雅的迷人风度。他愤然回答：

“他们是这么说的。”他说，“有些人信口开河地指责卢克先生为了某些不可告人的目的，说了谎话。他一再庄重声明，在人家这样诽谤他之前，他根本就没听说过月亮宝石。可是那些无赖毫无根据地说，他闪烁其词是有缘故的。绝不能相信他的赌咒发誓。这些人真可耻!”

在他说话的时候，雷茜尔用一种奇怪的难以形容的眼光瞅着他。等他说完，她就说：

“卢克先生只不过跟你萍水相逢罢了，高孚利，你怎么这样热心地袒护他?”

我那辩才无碍的朋友给了她一个我生平听到的最合乎基督福音的回答。

“雷茜尔，但愿我能如此热心地袒护所有受压迫的人。”

他说话时那热乎乎的声调连石头都能被融化。可是，哎，石头的硬度又算什么？比起那种冥顽不化的人来，差得远呢！她听了，只是哼哼地冷笑。我这个记录的人都感到脸红。

“你的那些慈悲的话语，还是留给你那些妇女委员会的人听吧，高孚利。

我可以肯定，那些攻击卢克先生的流言蜚语也不会放过你。”

连表婶也被这些尖刻的话惊得从麻木状态中醒了过来。

“亲爱的雷茜尔，”她规劝道，“你实在没有权利这样说！”

“妈妈，我没有坏意，我是好意。您暂时忍耐一下，会看出来的。”

她回过头来看了看高乎利先生，好像突然又怜悯他了。她居然那么不成体统地抓住了他的手。

她说：“我知道你不愿意在我母亲和我面前谈这件事的真正原因了。出了一件不幸的事故，大家心目中就把你跟卢克先生牵扯到一起了。你刚才说人家诽谤了他，那么人家诽谤了你什么呢？”

亲爱的高乎利先生向来是以德报怨，即便雷茜尔把他逼到这一步，他也不想说伤她心的话。

“别问我吧！”他说，“最好忘了这件事，雷茜尔，真的。”

“我就是要听！”她恶狠狠地提高了嗓门喊道。

“告诉她吧，高乎利！”表婶求他，“现在你如果闭口不谈，那就最伤她的心。”

高乎利那俊美的眼睛里噙着泪水。他向她投去哀诉般的目光，然后说出了那句要命的话。

“要是你真想知道，我就说了。雷茜尔，人家诽谤说，月亮宝石是抵押给卢克先生的，还说我就是抵押宝石的人。”

她尖叫了一声，跳了起来。她从高乎利先生望到表婶，又从表婶望到高乎利先生，就这样发狂似的来回望着，我真的以为她发疯了呢！

“不要对我说话！别碰我！”她一边高喊，一边往后退缩，想躲开我们（我说她就好像一只被猎的野兽），一直退到一个角落里。“这是我的错！应当由我来纠正。我已经牺牲了自己——要是我愿意，我有权利这样做。可是把一个清白无辜的人毁了，为了保住一项秘密而把人家一辈子的名声断送了，老天爷，这太可怕了！我实在受不了啦！”

表婶从椅子上欠起身，然后又突然重新坐了下来。她有气无力地叫我，指着她的针线盒里的一只小瓶子。

“快！”她低声说，“六滴，水里。别让，雷茜尔，看见。”

如果在别的场合，我会对这情况感到奇怪，可是目前连考虑的工夫也没有，我只有时间给她拿药。高乎利正在房间的另一头温言宽慰雷茜尔，无意中竟帮了我的忙，没让她看见我给表婶吃药。

“你实在，实在言过其实了，”我听见他说，“我的声誉不是一些卑鄙的无耻谰言毁得了的。过一个星期这些谰言都会烟消云散。咱们别再提它了。”可是这种慷慨大度的话也打动不了她，她越来越疯狂了。

“我必须辟谣，我一定做得到。”她说，“妈妈！听我说。克莱克小姐！听我说。我知道是谁拿了月亮宝石。我知道——”她把这几个字说得很重，在盛怒之中跺着脚，“我知道高乎利·艾柏怀特是无辜的。带我去见地方官，高乎利！带我去见地方官，我要宣誓作证。”

表婶抓住我的手，低声说："在我们母女之间站一会儿，别让雷茜尔看见我。"我瞧见她的脸色发青，吓了一跳。"这儿滴药水一会儿就会见效的。"她说罢，闭上眼睛歇了一会儿。

就在这时，我听见亲爱的高孚利先生还在温言规劝。

"你绝不能在这样一件事情中露面。"他说，"你的名誉，亲爱的雷茜尔，是那么圣洁无瑕，千万不能被玷污。"

"我的名誉！"她笑出声来，"嗨，人家把我也告在里面了。英国最有能耐的侦探公开说我偷了自己的宝石。问他是怎么想的，他会告诉你，我是把月亮宝石抵押了去还私债！"她住了口，奔到房间这一头，跪在母亲的脚下，"哦，妈妈！妈妈！妈妈！我一定是疯了，不是吗？现在还不承认事实？"一会儿工夫，她又站起来，回到高孚利面前，"我不会让你，不会让任何无辜的人因为我的过错而受冤枉，身败名裂。你要不肯带我去见地方官，那你就拿张纸来写上，声明自己是冤枉的，我来签字。快这样做吧，高孚利，要不我就自己写了去登报。我要出去，我要到街上去大声疾呼！"

依我说，这不是良心发现而忏悔的话，这是歇斯底里的疯话。宽容大度的高孚利先生，却真的拿了张纸，写下了她说的那个声明。她狂热地在纸上匆匆签了名。"拿着到处给人看吧，别顾虑我。"她把纸交给他，说道，"高孚利，以前我恐怕一直把你小看了，我没有想到你会这么好，这么舍己为人，大公无私。你有空就来吧，过去我亏待了你，今后我要尽量弥补我的过失。"

她向他伸出（一只）手来。哎，我们堕落的本性啊！哎，高孚利先生啊！他非但忘记自己的身份吻了她的手，而且柔言细语地回答她，在这种场合，岂不是等于跟罪恶妥协吗？"我会来的，最亲爱的，"他说，"不过有约在先，咱们可别再谈这个讨厌的话题了。"我从来没有看到和听到我们的基督教英雄人物会这么不像话。

谁也没来得及再说一句话，临街的大门就被人咚咚地一阵狠擂。大家都吓了一跳。我从窗口探望出去，嚯，原来是世俗、肉欲、魔鬼在门外等着呢，它们化身为一辆四轮马车和一个抹了粉、穿号衣的男仆，以及坐在车上的三个我生平所见到的最厚颜无耻、穿得花里胡哨的娘儿们。

雷茜尔一震，随即镇定下来，从房间的那边走到她母亲跟前。

"她们来接我去看花展。"她说，"妈妈，临走前问您一句话，我没惹您生气吧？"

（那么疯狂地闹了一通以后，居然还好意思问出这么一句话来。您说对这种不知羞、不懂礼的人，到底是该怜悯，还是该谴责呢？我是倾向于慈悲为怀的，咱们还是怜悯她吧。）

那几滴药早就见效了。我可怜的表婶的肤色恢复了正常。"没有，没有，乖女儿，"她说，"跟咱们的朋友去吧，好好玩玩吧。"

她女儿俯下身，吻了她。我离开窗户，走近房门。这时，雷茜尔走到门口，刚要迈步出去，忽然心情又变了，抽抽搭搭地哭了。我看见这么个冷酷无情的人这会儿变得心软了，觉得很有趣。我很想说两句诚恳的话。哎哟哟！

我的好心反而成了恶意，把她得罪了。“你对我表示怜悯是什么意思?”她走向门口的时候，低声埋怨说，“你没看见我有多开心吗?我要看花展去，克莱克。我这女帽是伦敦最漂亮的。”她嫌揶揄得还不够，又故意给了我一个飞吻，这才出了房门。

我但愿能表达出，我对这个误入歧途的可怜姑娘是多么痛心。可惜我的词汇几乎和我的钱包一样贫乏。让我简单地说一句吧，我的心为她流血。

我回到表婶的椅子跟前，看见亲爱的高乎利先生静悄悄地在房间的各处搜寻着什么。我正想帮他寻找，他已经找到了那件需要的东西，回到了表婶和我的身边。原来就是那张表白自己无辜的声明。他一手拿着声明，一手拿着盒火柴。

“亲爱的姨妈，这是个小小的计谋!”他说，“亲爱的克莱克小姐，我这虔奉宗教的人的小小骗局，想必你这正人君子也会原谅的吧！请您让雷茜尔相信，我已接受了她那份豁达的自我牺牲。在我离屋之前务必请您亲自过目，我当着您的面把它烧掉。”说着，他划了火柴，点燃了那份声明，搁到桌上的一只盘子里让它烧完。“我遇到这一点儿不快意的事情，”他说，“跟保持家族的清白名声不受浊恶人世的污染相比，又算得了什么呢?看！咱们已经把它化为一小撮灰烬，再也不能为害了。咱们爱冲动的亲爱的雷茜尔小姐绝不会知道，咱们把它烧了！你们是什么感觉?亲爱的，你们是什么感觉?我感到自己像个小孩子一样的轻松愉快!”

他看了看我们，动人地粲然一笑。他一只手伸向表婶，一只手向我伸来。我为他高贵的举止感动得说不出话来。我闭上眼睛，在一阵忘我的心灵陶醉之中，将他的手放到我唇边。他温柔地喃喃地告诫了一句。啊，这阵狂喜，这一瞬间圣洁的天堂般的狂喜啊！我飘飘然地坐着，简直不知道身在何处，沉浸在自己高超的情感当中。我重新睁开眼睛，就像从天堂又掉回了人间。房间里只剩表婶和我了，他已经走啦。

我很想就此停笔，以高乎利先生的高贵举动作为我这篇叙述的结尾。可是不幸，还有很多很多东西要写，布莱克先生的支票就像无情的催命鬼，逼着我往下说。那个星期二我到蒙塔古广场去拜望我表婶时，我亲眼所见、亲耳所闻的一些令人痛心的事情还没有写完呢。

看到房里只有我跟维林达夫人了，我自然地把话题转到了她的健康上。刚才她感到不舒服，服了点儿药。她非常着急，不让她女儿知道。我感到奇怪，便委婉地提到了这个问题。

夫人的回答使我非常诧异。

“德罗西拉，”她说（我的教名是德罗西拉，以前我可能没有提到，这里补提一下)，“你刚才谈到的事，我知道是无意中谈到的，很令人心烦。”

我立刻站了起来，知道这是个有关隐私的微妙问题，只好道歉后赶紧告辞。可是维林达夫人拦住了我，硬叫我坐下。

“你无意中涉及了一个秘密，这个秘密只有我姐姐艾柏怀特夫人和我的法律顾问知道。我找他们商量，现在我把其中的原委告诉你，你也可以帮我出出主意。德罗西拉，你有什么要紧的约会吗？今天下午你有空吗？”

不用说，我的时间完全可以由表婶支配。

“那就再陪我个把小时吧，”她说，“我有事告诉你。我相信，你听了一定会难过的。之后，你要是不反对帮我个忙，我要麻烦你为我办件事。”

不用说，我非但不反对，而且巴不得为她效劳。

“你可以在这儿等会儿，”她往下说，“等五点钟布罗夫先生就来了。德罗西拉，等我签遗嘱的时候，你可以做个见证人。”

她的遗嘱！想到刚才看见她针线盒里的药，想到刚才看见她脸色发青，我立刻明白了，莫非表婶将不久于人世了？那表婶的秘密就不再是秘密了。

第三章

考虑到可怜的维林达夫人的心情，我都没有暗示我猜到了悲惨的事实真相，只等她自己开口。我一语不发，等她高兴起来。我心里暗暗盘算，一有机会就讲两句使她乐观的话，并且准备不辞辛苦地为她效劳。

“德罗西拉，前一阵我病得厉害，”表婶开始说了，“可是说也奇怪，我自己一点儿也不知道。”

我想起了千千万万个面临毁灭的人，他们的灵魂生病了，自己却毫无所知。我深恐可怜的表婶也是其中之一。“是的，亲爱的。”我悲哀地说。

“你知道，我把雷茜尔带到伦敦，是为她治病，”她说了下去，“我想该请两个大夫。”

两个大夫！哎，像雷茜尔这种情况，一个牧师也没有请！“是吗，亲爱的？”我又说了遍。

“两个大夫当中的一个，”表婶接着说，“我一点儿也不认识。另一个是我们爵爷的老朋友。为了先夫的缘故，他一直对我很关心。他为雷茜尔开了药方以后，说是想到另一个房间里跟我在私下里谈谈。当然，我满以为他是为我女儿的健康，作一些特别的指导。谁知道他却神情严肃地抓住我的手，说道：‘维林达夫人，我一直以一个医学专家的眼光注视着您。恐怕，您的病比你们小姐的严重得多，迫切需要治疗。’他向我提出了一些问题。开头我掉以轻心地随便回答，后来我才看出我的回答使他很痛心。结果，他和我约定第二天趁雷茜尔外出之际专诚为我看病，还带上一位医学界的朋友。他们悉心地会诊之后，委婉地向我透露，我的病拖延的时间太长，丧失了宝贵的时机，已是病入膏肓，非药物所能奏效了。

“两年多来，我一直患有某种危险的心脏病，这病毫无惊人的症状，逐渐侵蚀我的肌体，以致无药可救。我也许还能拖几个月，也许活不到明天。大夫们都不能，也不敢打保票。亲爱的，自从大夫将我的真实病情透露出来，我不是没有痛苦过，可是现在我比较达观了。我正在尽最大努力为后事做安排。我最焦心的是不能让雷茜尔知道真相。她要是知道了，可怜的孩子，她就会认为我是为月亮宝石愁烦才把身体搞垮的，而狠狠地自责。其实，这绝不是她的过失。两位医生的看法一致，都认为我的病要不是从三年前，最晚也是从两年前就开始了。我相信你一定会为我保守秘密，德罗西拉，因为我相信，我在你脸上看出，你是真心同情我。”

同情？才不是哪！一个虔信上帝的英国的女基督徒怎么能够有这种异教徒的情感！

表婶做梦也不会想到，我听她讲完那件悲惨的事以后，涌起了一阵虔诚的感恩之心！我面前展现出一条为世人造福行善的宽广的道路。眼前就有一位至爱的亲人面临毁灭，她大限已到，命在旦夕，可是对于悔罪得救却毫无准备。然而仁慈的上帝使她把自己的处境全部向我披露了。我一想到我有许多当牧师的朋友可以依靠，不是一个两个，而是数以十计，数以二十计，别提心里有多么高兴啦！我用双臂搂住了表婶。此时我心里的柔情蜜意直往外涌，不拥抱就难以表达。“哦！”我热情洋溢地对她说，“您引起我内心难以言表的关注！哦，亲爱的，在咱们永别以前，我真想为您做一件大好事！”我又说了两句热心的开场白以后，便介绍三位可贵的朋友供她挑选。这三位都住在附近，从早到晚行善积德。他们都有说不完的规劝悔改的妙语。只要我一句话，他们就会充满爱心地带她进天国。结果呢？真叫人扫兴！可怜的维林达夫人却现出困惑不解和惊恐的神色。不管我说什么，她总是反对，推说身体太虚弱，见不得陌生人。我让步了，当然，这只是暂时的让步。我曾经前前后后受过十四位要好的牧师朋友的教益，读经也好，上门传道也好，他们都有丰富的经验。我知道，这里又用得上我的传道书了。我有一些藏书，对目前这种紧急情况很适合，对表婶有提起兴趣、启迪良知、增强信仰等妙用。“亲爱的，读读这些书好吗？”我用最能打动人心的语调说，“我把自己的一些宝书拿给您看，好吗？表婶，重要的章节都折叠了书角，应当看的地方都用铅笔打了记号，您一边看一边思考：这些地方对我适用吗？您看行不行？”可是这个罪恶的尘世异教的影响太深了，就连这样简单的要求都使她惊惶不安。她勉强说：“德罗西拉，为了使你高兴，我尽力而为吧。”她说话时那种惊诧的神态，真是可怕，但也发人深省。现在真是十万火急，刻不容缓了。炉台上的时钟告诉我，我还有一点点时间。如果我赶紧回家，拿上第一套丛书（只有十二本），再赶紧回来，还来得及碰上律师，为维林达夫人的遗嘱作证呢。我打了个招呼，说准于五点赶回，便匆匆地离开，做这件功德无量的事去了。

要是单单为办我的私事，我无论上哪儿，从来都是乘公共马车。可这一回，为了虔诚地引导表婶进天国，我却舍得花钱雇了辆出租马车。由此可见，我待表婶是多么真心。

我乘马车回到家里，挑了一套丛书，打上记号，在毛毡旅行袋里装了十二本书，就乘车回到了蒙塔古广场。我深信，在欧洲任何其他国家是绝对找不到这么好的一套传道丛书的。我付了车钱，一个子儿也没少给。可是马车夫接了钱反而赌了个咒，我立刻给了他一本小册子。我哪怕用手枪对准他的脑袋，这个无赖也未必更为震惊。他跳上驾驶座，惊愕地骂了几句粗话，便气冲冲地赶车走了。我要高兴地说一句，尽管他想躲开福音，我还是要播福音的种子。我朝马车的窗口里又扔进了一本小册子。

这一回应门的用人不是那个帽子上有缎带的了，而是个听差的，这使我大为欣慰。他通知我，大夫来了，这会儿正跟维林达夫人待在屋里。律师布罗夫先生刚来，正在书房里等着呢。我也被领到书房里等候。

布罗夫先生看到我有些诧异。他是这一家的法律顾问。我们以前曾不止一次在维林达夫人的公馆里见过面。这个人，说也可惜，替俗世效力了一辈子，干得人也老了，头发也花白了。这个人，在办公时间是法律和玛门财神的第一流先知，在业余时间也是不信神的孽种。他不光是看小说，还敢撕毁传道的小册子。

“你上这儿来长住吗，克莱克小姐？”他瞟了一眼我的毛毡旅行袋，问道。

在这么个人面前抖出我袋子里的宝书，只会引起他的一大堆渎神的话。我只好降低到他的水平，谈起我在公馆里要办的事。

“表婶通知我，她就要签遗嘱了，”我回答说，“她抬举我当个见证人。”

“啊？啊？嗯，克莱克小姐，你能行。你已经过了二十一岁了，而且你同维林达夫人的遗嘱，丝毫没有利害关系。”

同维林达夫人的遗嘱丝毫没有利害关系。哦，我听到这话，真想谢天谢地！要是我的阔佬表婶，想到我这连五镑钱都要当回事的穷亲戚，在遗嘱上提到我的名字，分给我一小笔财产，那倒糟了。我的仇人就会疑心我把心爱的藏书装满了书包，舍得花钱雇出租马车，都是看在钱的分上。现在哪怕嘲笑人的最刻薄的家伙也不会疑心了。这样才好呢！

布罗夫的声音把我从自我安慰的思考中惊醒了。我的沉默看来使这个市侩的心情有点儿沉重，仿佛逼着他不由自主地要与我攀谈两句。

“嗯，克莱克小姐，慈善界的圈子里近来可有什么新闻？你那位朋友高孚利·艾柏怀特先生自从在诺孙伯兰受歹徒殴打以后，近况怎样？天哪！我们俱乐部里有人在说这位大善人的闲话呢！”

刚才这家伙说我过了二十一岁，说我跟表婶的遗嘱没有利害关系，我对他那嘲讽的态度倒不在乎。可是一听到他用轻薄的口吻编派亲爱的高孚利先生，我可不能容忍。当天下午我亲眼看到那些事情以后，感到随时要维护我那可敬的朋友的名誉。为了达到这个正义的目的，我认为对于布罗夫先生这样的人就得来两句厉害的。

“我同外界很少接触，”我说，“所以没有机会加入俱乐部。不过我倒是知道您提到的那件事。我也知道那是再卑鄙也没有的造谣诽谤。”

“对，对，克莱克小姐，您相信您那位朋友，这是很自然的。高孚利要妇女慈善团体的人相信是不难的，可是要一般人相信他就不那么容易了。情况对他极为不利啊！钻石丢失的时候，他正好在维林达夫人的公馆，后来他又是第一个到伦敦来的人。小姐，从最近发生的事来看，情况很糟糕呢。”

我本应该趁他没往下说，就指出他的错误。我本应该告诉他，他不知道，有一位对这件事的内幕非常熟悉的人能提供确凿的证据，表明高孚利先生清白无辜。可是，哎，我忍不住想故意逗他说下去，让他露出破绽。我就装着毫不知情，问他“最近发生的事”是什么。

“克莱克小姐，我说的是牵涉到那三个印度人的事。”布罗夫越往下说，就越显得比我高明。“那三个印度人被从弗利辛霍的牢里放出来以后，马上干了些什么？他们直奔伦敦，冲着卢克先生来了。接下来呢？卢克先生对藏在家里的那件‘价值连城的珍宝’实在不放心，就把这宝贝秘密地存到了银行的保险库里。他确实是非常精明，可是三个印度人也跟他一样精明。他们怀疑那件‘价值连城的珍宝’正在被转移。为了解开这个疑团，他们想出一个大胆的万无一失的办法。他们劫持的是谁？搜的是谁？不仅是卢克先生一个人（他是当然的劫持目标），还有高乎利·艾柏怀特先生。为什么？据艾柏怀特先生解释，那天他们碰巧看见他跟卢克先生讲话，就胡乱怀疑他了。真是乱弹琴！那天早晨跟卢克先生谈话的还有五六个人呢。他们为什么不盯那几个人的梢，设圈套劫持呢？不，不！事情显而易见，艾柏怀特先生也和卢克先生一样，跟那件‘珍宝’有隐秘的关系。那三个印度人拿不准那件珍宝在谁手里，只好把两个人都搜查了。舆论是这么说的，克莱克小姐。在这件事上，舆论是中肯的，难以驳斥的。”

他说这几句话的时候，一副自以为是的样子。我忍不住再逗他一下，然后再拿出事实叫他哑口无言（不过我这样做很不合基督徒的身份）。

“我不想跟您这样精明干练的律师辩论。”我说，“可是办理这案件的伦敦名侦探卡夫探长只疑心维林达小姐一个人。您总不能忽视他的看法吧！”

“克莱克小姐，您同意卡夫探长的看法了？”

“我对谁也不想评头品足，我没有任何成见。”

“我却是这两样毛病都犯了，女士。照我看，探长的行动是大错特错。我认为，要是探长像我一样熟悉雷茜尔的性格，他哪怕疑心屋子里所有其他的人，也绝不会疑心是她。我承认她是有缺点——做事隐秘、固执、古怪、任性，不像其他与她同龄的姑娘。可是她绝对忠实、人格高尚，大方得有点儿过分。我虽然是个律师，重证据，但是如果雷茜尔说是东，而世界上所有的证据都指向西，那么我也宁可先考虑她的话！我这话太生硬，但我确实是这样想的。”

“您能不能举些例子来说明您的论点，布罗夫先生，也好使我真正明白。假如您发现维林达小姐毫无理由地对艾柏怀特和卢克先生遭到的袭击非常关心，关于这件不虞之灾提出了一些非常奇怪的问题，而当她发现事态有变化时又表现出最难以控制的激动，那您又该作何感想？”

“即便您所提的那些都是事实，我对雷茜尔小姐的信念也丝毫不会动摇。”

“她就这样绝对可信吗？”

“就这样绝对可信。”

“那么让我告诉你，布罗夫先生，不到两个小时前，高乎利·艾柏怀特先生就在这屋里。当时维林达小姐用最强硬的措辞——我生平还没有遇到哪个姑娘用这样强硬的措辞——亲口声明，他被连累到月亮宝石的案件里完全是冤枉的。”

眼看我这几句稀松平常的话，竟使得布罗夫先生茫然不知所措，我不由得扬扬得意。我得承认，这恐怕不是信徒该有的表现。他嗖地一下站起来，目瞪口呆地盯着我。我稳稳地端坐在椅子上，不慌不忙地把事情的经过讲述出来，然后用尽可能温和的语气问他：“现在关于艾柏怀特先生你还有什么要说的？”

“要是雷茜尔小姐证明他是冤枉的，克莱克小姐，我也毫不迟疑地说，我和您一样坚信他是冤枉的。我本来和其他人一样，被表面现象弄糊涂了。我还要尽量弥补我的过错，不遗余力地反驳那些诽谤您朋友的人。同时我还要祝贺您见解高明，在我发表谬论的时候出其不意地猛烈抨击我。女士，如果您是位男士，一定会在我们这一行干得非常出色的。”

说完这话，他就转过身去不看我，开始在屋里烦躁地走来走去。

我可以清楚地看出，我对这件事发表的新的论点已经使他大为惊奇，心绪不宁了。他越来越深地沉浸在自己的冥思默想里，不由得喃喃自语起来。从中可以听出他原来对月亮宝石丢失疑案抱有的一些可恶的偏见。他曾经肆无忌惮地疑心亲爱的高乎利先生盗窃了月亮宝石，他还把雷茜尔小姐的乖张举动归结为“宽宏大量地包庇了高乎利的犯罪”。可是一旦布罗夫心目中神圣不可侵犯的权威——维林达小姐指明，他对事态的解释是完全错误的，那么咱们这位高高在上的法学权威就一下子堕入五里雾中大惑不解了。他没法把住自己的嘴，喃喃地自言自语个没完。他在窗口停住脚步，用手指在玻璃上敲了敲。我听见他嘀咕道：“这案子好奇怪！不光是解释不通，而且神秘莫测，不可思议！”

这些话本来无需回答，可是我竟回答了！简直是难以相信，我怎么在这当口还是不肯放过布罗夫先生？我居然在他的话里又钻了个空子，跟他抬杠了。这种做法可以说是超乎常情，乖戾之至。不过，啊，我的朋友！当我们陷入堕落的本性的时候，什么乖戾的事情做不出来呢？

“对不起，打断你的思路了，”我对布罗夫先生说，他根本没想到我会在这时找他的碴儿，“有一个咱们连想都没想到的哑谜倒确实可以猜一猜呢。”

“克莱克小姐，也许吧。我承认不知道是怎么回事。”

“在我幸运地说服您之前，您曾经举出艾柏怀特先生的一个可疑点，说钻石丢失时他正在公馆做客。那么，请容许我提醒您，钻石丢失时，富兰克林不是也在公馆里吗？”

这个老市侩离开窗口，拿了一把椅子，在我对面坐下，直瞪瞪地瞅着我，奸诈地嘿嘿地冷笑着。

“克莱克小姐，”他沉思着说，“刚才我说您能当个好律师，看来满不是那么回事啊！您不懂得见好就收，偏偏要来个画蛇添足。”

“请原谅我不懂你的意思，布罗夫先生。”我谦卑地说。

“这话讲不通，克莱克小姐，完全讲不通。您很清楚，富兰克林·布莱克先生是我很器重的人，我相信您以后会改变看法的。不过我暂且退一步，采取您的观点。小姐，您说得有道理。刚才我怀疑艾柏怀特先生的理由，也完全可以用来怀疑布莱克先生。很好，咱们把他们俩都怀疑上了。权且说吧，照他的性格，他是可能偷月亮宝石的。问题只是，他偷了对他有没有好处。”

“富兰克林·布莱克先生欠了不少债，”我说，“这已经成了他家庭的耻辱。”

“对，高乎利·艾柏怀特亏空的债，没有达到他那个程度。可是您那个说法有两处地方讲不通，克莱克小姐。我代理富兰克林·布莱克先生的事务，我可以告诉您，他的债权人绝大多数都知道他家老太爷是阔佬，都愿意等他将来还钱，乐得多收点儿利钱。这是第一点，已经很难讲通了。可是您会看到第二点比第一点还要难讲通。维林达夫人亲口对我说，在那颗倒霉的印度宝石丢失以前，她女儿就打定主意准备跟富兰克林·布莱克结婚。当然，她跟他是有时好有时恼，不过这只是年轻姑娘卖弄风情的手段。她向她母亲承认她爱上了富兰克林，她母亲也把这个秘密透露给了富兰克林。所以，克莱克小姐，他目前的状况是，债主们愿意等（乐得多拿利息），而且他眼看就要跟个有继承权的姑娘结婚了。再退一百步讲，就算他是个坏蛋，可是请问，他犯得着偷月亮宝石吗？”

“人心叵测啊，”我轻轻地说，“谁能一眼看到底呢？”

“小姐，您是说，哪怕他没有半点儿理由偷那颗钻石，可由于自甘下流、堕落成性，也可能偷。好吧，就算他偷了，那么见鬼，为什么——”

“请你原谅，布罗夫先生。如果只是听你这么鬼啊鬼地乱说，我就出去了。”

“请您原谅，克莱克小姐。以后我说话注意点儿就得了。我是想问您，就算富兰克林·布莱克先生拿了宝石，他又干吗拼命出头露面，要闹个水落石出呢？您也许会说这是他故弄玄虚，想把嫌疑转嫁给别人。我回答您，他根本不需要转嫁嫌疑，因为根本就没有人怀疑他。要是您一心想把月亮宝石的丢失往富兰克林·布莱克身上套，就不得不作出许多骇人听闻的假设。首先您要假设他没有任何理由，仅仅是因为天生下流，所以偷了那颗宝石。其次，他扮演了没有半点儿需要扮演的、为破案而上蹿下跳的角色，这样反而会把那位一心要嫁给他的小姐大大得罪了。这些假设完全站不住脚。不，不，克莱克小姐！咱们两个今天在这儿一分析，这个案子就进了死胡同，疑团根本解不开了。雷茜尔小姐毫无疑问是清白无辜的，她的母亲知道，我也知道这一点。艾柏怀特先生也同样肯定是清白无辜的，要不雷茜尔就不会为他作证了。富兰克林·布莱克先生，您已经清楚了，是无可辩驳地清白无辜的。可是一方面咱们从情理上来推，这些都无法动摇；而另一方面，又明摆着，肯定有人把月亮宝石拿到了伦敦。而且目前卢克先生或者他信托的那个银行家正私藏着这颗宝石。碰到这么一个案子，我的经验，无论谁的经验，又有什么用呢？它把我难住了，把您难住了，把任何人都难住了。”

不，并非把任何人都难住了吧！卡夫探长就没有被难住。我正打算提到这一点，我要说得非常婉和，也要防备有人说我想损害雷茜尔小姐的名誉，准备做必要的辩解。就在这时，听差的进来通报，说大夫已经走了，表婶正等着接见我们。

这样一来，讨论只好停止了。布罗夫先生收拾起了文件。看来他对刚才的一番谈话很费了点儿精力，因此显得有些疲劳。我也拿起了那满满一包宝贵的传道书，精神倒很好，觉得满可以继续谈几个小时。我们悄无声息地走进了维林达夫人的房间。

在我改谈其他事情之前，请容许我补充几句。我描述律师和我在书房里的对话，绝非漫无目的地闲扯。报道月亮宝石奇案的几个人，各有分工，我主要是写印度钻石据悉是在伦敦的这段时间所发生的事情。按规定，我非但要讲述大家怀疑到哪些事情，而且要把蒙受嫌疑的人的姓名也明白地写出来。我觉得描述这场对话，完全符合这个目的。此外，它还有个好处，那就是克服了我的罪恶的自尊心。在谈话时，我那堕落的本性一度占了上风。后来，我的良知恢复了。我终于克服了这堕落的天性，谦卑地承认了错误，良知重新占了上风。亲爱的朋友们，咱们再往下叙述吧。

第四章

想不到签署遗嘱会这么简单。我看，这纯粹是仓促从事，草草收场，实在要不得。听差的塞缪尔被喊来当第二见证人，紧跟着钢笔就被塞到了我表婶手里。我忍不住要在这个庄重严肃的场合说几句合适的话。可是布罗夫律师态度专横，我还是识相点儿，三缄其口为好。不到两分钟，事情就都办妥了。塞缪尔没有听到我本想说的话，又下楼去了。

布罗夫先生折好遗嘱，朝我审视了一下，看看我是不是准备让他跟表婶待在一起。我有件善事要做，怀里放着一提包的宝书呢。他要是想用目光来催我走，还不如用目光去搬掉圣保罗大教堂呢！我不想否认，熟谙人情世故，无疑是他的一大优点。他很快就领会我的意思了。我给他的印象，也如同我给那个马车夫的印象一样糟糕。他也骂了句粗俗的话，随即悻悻地离开，拱手交出了阵地。

他一走，表婶就在沙发上躺下，心慌意乱地谈到了遗嘱。

“希望你别以为我把你忘了，德罗西拉，”她说，“我打算把你应得的一小份遗产亲手交给你，亲爱的。”

这真是天赐良机！我当场抓住了时机。也就是说，我立即打开提包，把最上面的一本书取了出来。这恰好是无名氏（有些人相信是高贵的贝洛斯小姐）撰写的，早期的第二十五版的名著《家中恶魔》。不过，世俗的读者，您可能对这本书还有点儿陌生吧。我告诉您，它的宗旨乃是警告大家，在许许多多看起来平淡无奇的生活琐事当中，时时处处都有魔鬼在窥探着大家。这本书里最适合妇女阅读的有《发刷里的魔鬼》《镜子后的魔鬼》《茶几下的魔鬼》《窗户外的魔鬼》等章节。

“亲爱的表婶，我什么也不要，只求您费神看看这本宝书，我就心满意足了。”说着，我便把书翻到一节画了记号的地方，递给她。这一节真是妙不可言，题目是《沙发垫子当中的魔鬼》。

可怜的维林达夫人正若有所思地躺在沙发垫子上，她向这本书瞥了一眼，便还给我，神情越发慌乱了。

“德罗西拉，”她说，“等到我的病稍微好一点儿以后，才能看这本书。大夫说……”

她一提起大夫的名字，我就知道坏事了。过去我有过多次的体验，每逢我想拯救快离开人世的老弱病残，劝他们皈依上帝时，总有一些臭名昭著的不信宗教的医学界人士跑出来阻挠我的善举，拿出一些毫无道理的借口，说什么病人需要安静，不能打扰；还说什么最使他们头痛的打扰，莫过于克莱克小姐和她的宗教书籍了。这种盲目的实利主义者恶毒地暗箭伤人，使我屡次三番地功败垂成。这一回又是他们来剥夺我这个穷亲戚仅剩的一点儿可怜的权利——拯救我不久于人世的表婶。

“大夫关照我，”我那误入歧途的可怜的表婶继续往下说，“我现在病情严重，他禁止我会见任何不相干的人，也不准我看书，至多能看极为轻松愉快的书。‘维林达夫人，您千万不能干任何伤脑筋、使您脉搏加快的事情。’德罗西拉，这就是大夫今天临走前叮嘱我的话。”

我无计可施，只好让步了，不过和往常一样，只是作暂时的让步。我的拯救灵魂的善举比起大夫医病的区区小事不知要重要多少倍，可是我也不敢公开反对他的话，要不然他就会恼羞成怒，扬言甩手不管，来威胁病人。幸好传播善种的方法不止一种，我是最懂得随机应变、因势利导的。

“也许再过一两个小时，亲爱的表婶，您会感到硬朗些。”我说，“也许您明天早晨醒来以后会感到需要看点儿什么，那么这本不起眼的书可能就派上用场了。我把这本书留下好吗，表婶？大夫不会反对的。”

我把书塞在沙发垫子下边，一半藏在里面，一半露在外面，紧挨着她的手绢和嗅盐瓶。只要她一伸手去拿这两样东西，就会碰到这本书。谁知道呢，这本书说不定迟早会感动她的。把这件事办了以后，我想还是识相点儿，告辞吧。“亲爱的表婶，我告辞了。您好好睡吧，我明天再来看您。”我说这话时，偶然向窗台瞄了一眼，那儿摆满了栽在方的、圆的花盆里的鲜花。维林达夫人对这些娇气的宝贝儿爱得要命，时不时地爬起来，走过去看一看，闻一闻。我马上心生一计。“哦！我拿朵花行吗？”我说着，就堂而皇之地走到了窗口。其实我并没有拿花，反而从提包里拿出一本书，放在花盆里，好让我的表婶在欣赏天竺葵和玫瑰花的时候冷不防地看到它。接着，我又灵机一动，“何不在可怜的亲爱的表婶出出进进的房间里都如法炮制一下呢？”我马上跟她说了声“再见”，偷偷溜过大厅，钻进书房里。塞缪尔上楼来送我出去，一见我人不在，以为我已经走了，便又下楼去了。我在书房的桌子上看到了两本“消闲解闷”的书，这是那个目无上帝的大夫推荐的。我立即把我的两本宝书盖在了它们上面。在早餐室里，我发现表婶心爱的金丝雀在笼子里鸣啭。表婶惯常亲自给它喂食。在鸟笼下方的桌子上撒着一些草籽儿，我在草籽儿当中放了一本书。在会客室里，我欣慰地看到适合放书的地方更多了。钢琴上摆着表婶心爱的乐谱。我把两本宝书插到乐谱当中，在客厅的后半间，在一件没有完成的（我知道准是维林达夫人亲手干的）刺绣活儿下面，我也放上了一本。在这个内客厅的旁边还有一个用帷幔隔开的小间，我也在里面放上了一本。表婶有一把老式的朴素的扇子放在壁炉架上，我把第九本书翻到一处重要的章节，把这把扇子插进去，好让表婶一下子就翻见。接着，我心里又产生了个问题，是不是到上面卧室的那一层去，也放上两本书，不过这就要冒点儿风险了。要是那个头上戴着缎带帽的姑娘正好在上面，让她发现了，就要挨她一顿骂。可是哦，那又有什么了不得呢？怕挨骂就不是个好样儿的基督教徒。我豁出来，走上楼去。楼上静悄悄的，阒无一人。我想，这大概是用人们喝茶的时间吧。表婶的卧室在前面。我那亲爱的故世的表叔约翰爵爷的小幅画像挂在床对面的墙上。它好像在向我微笑，好像在说："德罗西拉，在这儿放本书吧。"表婶的床两边都有桌子。她睡不踏实，夜里需要，或者是她以为需要许多东西。我在一边桌上的火柴匣的近旁搁了本书，在另一边桌上的巧克力糖盒的下边搁上了一本书。她无论是想划根火柴点灯，还是想吃块巧克力糖，都会有本宝书映入她的眼帘，或是碰到她的手。它们虽然默不作声，却都会雄辩地自我介绍。"来，试试看，试试看！"现在我的提包里只剩下一本书了。还剩一个房间没有去，那就是跟卧室通连的浴室。我向里面张望了一下，那个从不欺骗我的圣洁的心声便悄悄地对我说："德罗西拉，其他地方都放上善书了，在浴室里也放上一本，那就大功告成了。"我看到一把椅子上搭了件晨衣，就把最后一本书塞到了晨衣的口袋里。我神不知鬼不觉地悄悄溜出公馆，夹着一只空提包走到大街上，这时我尽了职责的得意心情真是笔墨难以形容的啊！哦，我的世俗朋友们，追名逐利，寻欢作乐，到头来是一场空。只要你们行善修好，心里自会开朗喜悦。

那天夜晚，我把衣服折叠好了。回想到我在有钱的表婶的公馆里从上到下慷慨地撒满了真正的财富，我告诉您，我真是摆脱了一切烦恼，仿佛又回到了童年时代，不禁唱起了一首晚祷歌。我心里真是轻松畅快，等不到唱第二首，就进入甜蜜的梦乡了，仿佛又成了小孩子！

这一宿就这样幸福无比地度过了。第二天早晨醒来，我感到自己多年轻啊！要是我能多多关心保养我那脆弱的身体，我就可以加上一句：我看起来多年轻啊！可惜我做不到，这句话也就没法说啦。

将近午饭时分，我戴上我那无边帽，准备上蒙塔古广场去，倒不是想去吃顿好饭菜，而是因为这时候准能找到表婶。我正准备出门，房东家的使女在门口探头进来说："维林达夫人的听差要见克莱克小姐。"

我在伦敦寓居期间，住的是客厅那一层。前客厅作为我的起居间，面积很小，天花板很低，陈设简陋，可是哦，收拾得整整齐齐！我探身向走廊窥视，看看是维林达夫人的哪个听差来找我。原来就是年轻的塞缪尔！他彬彬有礼，气色很好，一副百依百顺的亲切模样。我一向对拯救塞缪尔的灵魂很感兴趣，很想跟他谈一些严肃的事情。这一回我邀他进我的起居间来。

他走了进来，腋下夹了一大包东西。他把那包东西放下，好像被吓了一跳。“夫人向您问好，小姐。夫人要我转告您，这里头有封信。”说了这话，这个脸色红润的年轻听差就露出想溜的神色。

我好生诧异，当即把他拦住，和颜悦色地问了他几个问题。“要是我上蒙塔古广场去拜访，能见到表婶吗?”“见不到，她出去兜风了。雷茜尔小姐和她一起去的，艾柏怀特先生也在马车里占了个席位。”我感到好奇怪，亲爱的高孚利先生有这么多善事拖延下来没做，居然有闲情逸致出去兜风。我在门口拦住了塞缪尔，和和气气地问了他几个问题。原来雷茜尔小姐当晚要去参加舞会，艾柏怀特先生约好了上公馆来喝咖啡，然后跟她一起去跳舞。海报上说，第二天早晨有一场音乐会。夫人派塞缪尔去给一大帮人订票，其中也有艾柏怀特在内。“票可能快订完了，小姐。”这个憨厚的年轻人说，“我得赶快跑去订!”他一边说，一边拔腿就跑，又撇下我孤零零一个人，心事重重。

我们母亲童衣改制协会当天晚上要开一次特别会议，明确规定要向高孚利先生讨教，要他协助。我们这个小团体里有一大堆裤子要改制，忙得不可开交。他倒好，不来支持我们姐妹们，反而约好要到蒙塔古广场的公馆去喝咖啡，然后去参加舞会！第二天下午“英国女士的使女星期日情人监督协会”原定要举行一些庆祝活动。这个团体处境艰难，事务棘手。他身为该团体的台柱人物，不来参加活动，反而跟一帮市侩约好去参加早晨音乐会！我暗自思量这是怎么回事。哎哟！这岂不是说，我们的基督教英雄，要以一个新的面目出现在我面前了！他今后在我心目中将和一些摩登时代的最糟糕的没落倒退的东西联系在一起了。

不过，咱们还是言归正传，谈谈当天的事情吧。那个听差一走，我自然便注意到了那一包东西。它怎么把那个脸色红润的年轻听差吓了一大跳呢，岂不奇怪？莫非表婶把她允诺的遗赠送来了？到底是穿旧的衣服、用坏的银匙、不时髦的珠宝，还是诸如此类的东西？我准备不挑肥拣瘦，照单全收。我打开了包裹。映进我眼帘的是什么？原来是头天我散布在公馆的各个角落的十二本宝书，都按照大夫的叮嘱给送回来了！怪不得那个年轻人塞缪尔挟着包裹进来的时候，那么畏畏缩缩的。怪不得他干完那倒霉的差事，拔腿就跑！至于我表婶的信，只不过是表明，她不敢违背大夫的旨意。

现在该怎么办呢？好在我训练有素，按原则办事，从不犹豫不决。

一个真正的基督徒，一旦被自己的良知所指引，作为世人造福的善事，是从不屈服让步的。碰到我们有使命的时候，不管什么公家私人的势力，都丝毫影响不了我们。传道也许会引起征税，传道也许会引起暴动，传道也许会引起战争，这些顾虑会使得世俗的人恐惧动摇，可是我们教会的人却从不畏缩，还是不懈地工作。我们这种人是不可理喻的。我们这种人是不怕嘲笑的。我们从不受别人的视、听、感觉、思维的影响。我们用自己的眼睛看，用自己的耳朵听，用自己的心来思考，办自己的事，这是我们引以为荣的特权！我们怎么赢得这种特权的？啊，朋友们，你们用不着提这种徒劳无益的问题！只有我们这种人才能赢得这种特权，因为只有我们永远正确，不会出错。

对付我那误入歧途的表婶，我们这些虔诚而坚韧不拔的信徒下一步该怎么办，我心里是清楚的。

我准备给表婶介绍几个传道士朋友，却由于维林达夫人不愿见陌生人而告吹了。我准备让表婶看一些善书，由于那个目无神明的老顽固大夫横加阻挠，也告吹了。吹就吹了吧！下一步做什么尝试呢？下一步我要准备一些小纸条。换言之，我要来个化整为零，改头换面！善书本身被退回来了嘛，不要紧，我可以从书上精选一些箴言警句，请几个人分头抄写，都以信的形式寄给我表婶。有的是邮寄，有的是按照我头天的办法分投在公馆的各个角落。作为信，这些福音不会引起怀疑，它们会像一般的信那样被拆开，而一旦拆开，就会被阅读。有些是我亲笔写的："亲爱的表婶，请您费神看几行东西……""亲爱的表婶，我昨天夜里看书，碰到下面这一段……"等。还有一些信是由我敬重的同道、母亲童衣改制协会的姐妹为我写的。"××夫人，请您原谅一个虽然卑微却很忠实的朋友对您的关心……""××夫人，作为一个诤友，我想说几句使您兴奋的话，谅您不会见怪吧……"用诸如此类的客套话开头，用信函的形式来介绍我那些宝贵的名言，连那个实利主义大夫的锐利的目光也觉察不出来。还不到暮色降临的时候，我已经准备好了十二封发人深省的信，代替那十二本发人深省的书，寄给了我表婶。其中六封我立刻付邮，另外六封我藏在口袋里，准备第二天亲自分藏在公馆各处。

两点刚过，我又进入了布道的战场。在维林达夫人公馆的门口好心地向塞缪尔打听我表婶的情况。

据他说，表婶昨夜一宿没好好睡觉。她此刻正在她签遗嘱的那间屋子里，躺在沙发上，打算睡一会儿觉。

我说我要在书房里等，说不定有机会碰见她。我充满宗教的热忱，一心要把信放到各个角落，根本就没有想到问雷茜尔小姐的事。公馆里静悄悄的，已经过了音乐会开始的时间。我料想雷茜尔小姐一定和她的一伙寻欢作乐的游伴（天哪，高孚利先生居然也在内）都在音乐会上，就抓紧时间和难得的机会，兴冲冲地一心一意干起我的善事来。

当天早晨从各地寄给表婶的信，其中也包括我头天晚上付邮的那六封发人深省的信，都放在书房里的一张桌子上，还没有启封。她显然体力不支，已没有精力应付大量的函件了。要是待会儿她走进书房，一定会被这么多的信吓倒的，哪有心思看！我便把信分开来放。我把带来的第二批六封信也分开放。第一封放在壁炉架上，就那么孤零零地放着，以引起她的好奇心。第二封信我故意放到了早餐室的地板上。待会儿第一个走进来的用人会断定这是夫人遗落的，定会小心翼翼地给她送去。底层的各个角落已经播了福音的种子了，我便轻手轻脚地跑上楼，把我的慈惠散布到客厅这一层。

我正走进前房，就听见有人在临街的大门上敲了两下。声音是轻柔的，好像是哪个体贴入微的人用颤抖的手敲的。我还没想起溜回书房里去（我是说好在书房里等的），那个勤快的年轻听差就已经跑到过道里去应门了。我想，不要紧，表婶孱弱多病，一般客人都不让进屋的。可是使我颇为惊诧的是，这位轻柔地敲门的人却例外地被放进来了。只听得塞缪尔在楼下回答了两个我没有听清的问题以后，清楚地说了句："在楼上，请上去吧。"紧接着，我就听见一个男人上楼的脚步声。我心里纳罕，这个受到优待、熟不拘礼的男客是谁呀？马上我就自己回答：除了大夫，还会是谁呀！

如果来的是其他客人，发现我待在客厅里倒也无所谓。我在书房里等得厌烦了，上楼来散散心也未尝不可。可是这个把我的宝书退还给我，侮辱了我的人格的家伙，我的自尊心不容许我和他见面。我偷偷地溜进我曾说过的那间和后客厅通连的小房间，放下门帘，挡住了那没遮拦的门框。只要我在那儿等待一两分钟，按照通常的情况，大夫就会被领到病人的房间里去了。

我等了一两分钟，客人没有走。我又等了好大一会儿，只听见那个来客不住地踱来踱去，还听见他在喃喃自语。我甚至感到他的声音也有点儿熟悉。难道我听错了吗？难道来客不是医生，而是别的什么人？比方说，是布罗夫先生？不是！我凭准确无误的直觉断定，这人不是布罗夫先生。不管这人是谁，反正他还在自言自语。我把那厚重的门帘微微掀开一点儿缝隙，支着耳朵谛听。

我听清了他讲的话："我今天就干！"讲这话的人就是高孚利·艾柏怀特先生。

第五章

我把手从门帘上放下。可是别以为，哦，请您别以为我首先想到的是自己尴尬透顶的处境！我对高孚利先生那姐妹般的关怀是真挚而深切的，因此我根本没有琢磨过他为什么没有去参加音乐会。没有！我只想到那句话，那句刚从他嘴里吐出的话。他今天就干。他是用一种斩钉截铁的口吻说的，他今天就干。他要干什么？啊，他究竟要干什么呀？他已经干了些不成体统的事，难道他还要干什么更丢人现眼的事吗？莫非他要叛教？莫非他要抛弃童衣改制母亲协会的姐妹们？难道我们以后在会议室里再也看不到他那天使般的笑容了？难道我们以后在埃克塞特会堂再也听不见他那无与伦比的滔滔雄辩了？想不到这样一位旷世逸才居然要跟我们断绝往来，真是令人惴惴不安啊！我真想从藏身的地方出来，冲到他面前去，以伦教各个妇女委员会的名义恳求他，请他解释清楚。这时，忽听屋里有另一个人的声音，透过门帘传了进来。这个声音洪亮、冒失，毫无女性的柔媚味儿。这是雷茜尔·维林达的声音！

"你干吗到这儿来，高孚利？"她问道，"你为什么不到楼下书房去？"

他柔声地笑了笑，回答说："克莱克小姐在书房里。"

"克莱克在书房里！"她立刻在后客厅的一张软垫凳上坐下，"你说得对，高孚利，咱们还是待在这儿比较好。"

刚才那会儿，我浑身火热，不知干什么好。这会儿我心里冰凉，什么念头也没有了。听了他俩这番话以后，我不可能再露脸了。要退也无处可退，除非钻进壁炉里去。大难临头，只好豁出来啦。平心而论，我还真是镇静。我悄悄地把门帘再掀开点儿，恰好既听得清又看得见。然后我以早期基督徒的殉教精神，勇敢地面对磨难，临危不惧。

“不要坐在这软垫榻上，”那位小姐说了下去，“拿把椅子来，高乎利，我喜欢和人面对面地讲话。”

他在最近的座位上坐了下来。那是一把矮脚椅子。他身材颀长，比那椅子大几号。我从来没有见过他的两条腿显得这么别扭。

“嗯？”她说了下去，“你跟他们怎么说的？”

“就照你对我的说法，亲爱的雷茜尔。”

“你是说，妈妈今天很不舒服？还是说我不愿意撇下她去参加音乐会？”

“就这么说的。你不去音乐会，他们都表示遗憾，但他们都理解你的心情。大家都向你问候，都表示相信维林达夫人身体欠佳，很快便会复原的。”

“你看她的病不要紧吧，高乎利？”

“绝对不要紧！我敢保证，过上几天就会复原的。”

“我也这么想。开头我倒是有点儿害怕，现在我也这么想了。谢谢你特意去为我打招呼。那些人你几乎都不认识，可是你自己为什么不跟他们一起听音乐呢？你错过这场音乐会真可惜。”

“别那么说，雷茜尔！但愿你知道，我在这儿跟你待在一起，比听音乐强多了！”

他十指交叉紧握，瞅着她。在他待的那个位置上，做这个动作的时候正好脸朝着我。我看到他脸上那哀婉伤感的表情，真感到说不出来的恶心。他在埃克塞特会堂的讲坛上为千百万贫困的兄弟姐妹恳求的时候，也是这么个鬼样子，当时我还真被他迷住了呢。

“一个人要改掉坏习惯是不容易的，高乎利。不过为了我的缘故，请你务必改掉这恭维人的坏习惯。”

“我生平从来没有恭维过你啊！成功的爱情有时也许会使用奉承的语言，可是无望的爱情，最亲爱的雷茜尔，从来都是讲实话的。”

当他说“无望的爱情”时，他把椅子拉近了些，抓住了她的手。霎时间，他们静默无语。这个能打动千万人心的人，无疑也使她的心震颤了。我想，他单独在客厅时嘴里吐露出来的那句“我今天就干”的含义，现在我总算弄明白了。哎哟我的天，连我这最守规矩的人也不会弄错，他这会儿真的在干了。

“你忘记咱们在乡下时约法三章的话了吗，高乎利？咱们不是约定，只做表兄妹吗？”

“雷茜尔，我每次见到你，都要赖掉约定的话。”

“那就别见我。”

“没用！哎，雷茜尔，不久前你说得多好啊，你比以前任何时候都更看重我。我把希望建筑在这句亲切的话上，难道是发疯了吗？我梦想有朝一日你会对我软下心来，难道是发疯了吗？如果我真的疯了，千万别对我说破！最亲爱的，别打碎我的幻想！即使别的什么也没有，我至少也能陶醉在幻想里，拿它来安慰我受伤的心灵！”

他的嗓音发颤了。他将白手绢蒙在眼睛上。又是埃克塞特那一套！这不愧为一场表演，缺少的只是观众的鼓掌喝彩，和一杯润喉的开水。

他的表演真行，连她的铁石心肠也被融化了。眼看她对他挨得更近了。我还听见她接下来的一句话带有关切的语气。

“你真的那么喜欢我吗，高乎利？”

“当然是真的！雷茜尔，你光知道我过去的情况，让我告诉你我现在的情况。我对生活已经毫无兴趣了，只对你感兴趣。你相信吗，我好像脱胎换骨，换了个人，我自己也弄不明白是怎么回事。我现在感到我那些慈善事业，简直是让人受不了的累赘。现在我一看见什么妇女委员会，就恨不得逃到天涯海角！”

这种刻薄无情的话，不知道叛教编年史记载过类似的例子没有，反正我所阅读过的大量书籍中从来没有遇到过。我想到童衣改制母亲协会、女佣星期日情人监督委员会，还有其他各种数不胜数的慈善团体，都把这个人当台柱一样地依靠着。我想到那些跟世俗斗争的妇女委员们都是仰承高乎利的鼻息，来处理事务呢。可就是这个高乎利，刚才却谩骂我们的善举为让人受不了的累赘，说什么到了我们当中就恨不得逃到天涯海角！堪以告慰我的年轻同道姐妹的是，我的德行终于使我克制了义愤，没有吭声，为她们做出了坚忍的表率。同时我还要公正地补充一句，我凝神静听他俩的谈话，半个字也没有漏掉。接下来是雷茜尔开口了。

“你已经自我坦白了，”她说，“要是我也坦白的话，不知道你会不会丢掉对我的这份痴心妄想呢？”

他吃了一惊。我承认我也吃了一惊。他以为，我也以为，她要把月亮宝石的秘密泄露出来呢。

“看着我，你会认为我是人世间最不幸的姑娘吗？”她继续往下说，“真的，高乎利。我自甘身败名裂地苟且偷生，还有什么比这更不幸的呢？这就是我眼下过的日子。”

“亲爱的雷茜尔！你根本没有理由这样贬低自己！”

“你怎么知道我没有理由？”

“难道还用问吗？我知道，因为我了解你的为人。最亲爱的，你的真心朋友们并没有因为你保持沉默而轻看你。你那宝贵的生日礼物不翼而飞了，显然很奇怪。你对这件事保持缄默，更显得奇怪……”

“你是说月亮宝石吗，高乎利？”

“我当然认为你指的是月亮宝石……”

“我指的根本不是这回事。关于月亮宝石的丢失，谁爱说什么就尽管说吧，我听了一点儿也不会看轻自己。有朝一日，月亮宝石的案子真相大白了，大家就会知道，我只是忍辱负重，保守了一个令我痛心的秘密。大家就会知道，我光明磊落，有如皎日，没有做过任何卑鄙的事。高乎利，你误解我了。我的过错在于没把事情说清楚。现在我要尽量把事情说清楚。咱们这么说吧，假如你爱的不是我，假如你爱上了另外一个女人。”

“嗯？”

“假如你发现那个女人根本不值得你爱！假如你深信再为她枉费心机是奇耻大辱！假如你一想到会跟这么个女人结婚，就会脸上发烧……”

“嗯，那又怎么了？”

“假如尽管这样，你还是对她恋恋不舍；假如你以前信任她的时候，她在你心里激起来的波澜、萌生的情愫实在难以平息……哎，该怎么说才好呢？我怎么才能使一个男士懂得我的心情——又为他神魂颠倒，又对他惊恐万状的矛盾心情呢？高乎利，这个人既是我的命根子，又是我的催命鬼——纠缠在一起！走吧！照这样说下去我准会发疯。不！你不能带着错误的印象离开我。我必须为我自己辩解！我刚才告诉你的话，他不知道，永远也不会知道。我永远也不会再见到他。别问我他的名字！别再问我了！咱们换个话题吧。高乎利，你懂医学吗？你告诉我，我为什么感到透不过气来？大概，的确有一种歇斯底里病，发作的时候，不是泪多而是话多？有什么要紧呢？以前我给你造成的麻烦，你现在轻易便能摆脱了。我在你的心目中已经降到应有的位置了，不是吗？别注意我！别怜悯我！看在上帝的分上，走开吧！”

她突然转过身去，两手疯狂地拍着软垫榻的靠背。她头倚在靠垫上，放声大哭起来。我还没来得及反应，又看到高乎利先生完全出乎意料地来了个更令人吃惊的动作，把我吓坏了。谁能预料到他居然扑倒在她脚前，双膝跪下？我敢赌咒，我没扯谎！像我这样稳重的女人怎么好意思说出，他居然又伸出双臂搂住她的腰了？我真佩服他，用“好人儿”三个字就使她像触了电似的震惊起来。

就这三个字！可是这三个字脱口而出，充满激情。他就是靠这种声调成为有名的演说家的。她纹丝不动地坐着，像是被雷击昏了，又像是神魂颠倒了（我不知道哪种说法更确切些），根本没有想把他的胳膊推开，叫他放老实点儿。我呢，完全吓昏了，举止失去了分寸，不知道是该先堵住耳朵呢，还是该先闭上眼睛，结果一样也做不成。我之所以能牢牢地拽住门，愣看愣听，完全是因为我有抑制性的歇斯底里病，连大夫们也承认，得这种病的人总要拽住什么东西才行。

“是啊，”他说这话用了他传道时的浑身解数，声音和仪态都充满了魅力，“你是个高贵的人儿，一个能只为真理而讲真话的姑娘！你宁可牺牲自己的自尊心，也不愿牺牲一个热爱她的正直人，这是世界上最可贵的。这样的女人结了婚，她的丈夫只要能赢得她的尊重和关心，就会一辈子过上幸福无比的生活。最亲爱的人，你说你在我心目中占什么地位，现在你自己判断吧，现在我跪在你面前，恳求你让我来慰藉你那可怜的受伤的心灵。雷茜尔！请你嫁给我，这是我莫大的荣幸。”

这时，我正准备堵住耳朵，幸好雷茜尔讲出了一句从她嘴里吐出来的最有理性的话，我反倒洗耳恭听了。

“高孚利，”她说，“你准是疯了！”

“我从来没说过这样通情达理的话，最亲爱的，这既符合我的利益，也符合你的利益。考虑一下你的前途吧。那个人根本不知道你有多爱他，而且你又决意永远不再见他。难道你值得为他牺牲自己的幸福？为了对你自己负责，你别再痴情了，你得赶快忘掉这倒霉的苦恋。可是你现在过这样的独身生活，肯定是旧情难忘。你已经尝够了其中的苦味了，对它厌倦了。世事沧桑，前途茫茫。你为什么不忘记过去，建立个家庭呢？你会有个爱你的、尊重你的心上人，有个安宁、幸福的小天地。你会日渐陶醉其中，雷茜尔，尝尝家庭的乐趣吧，只有在家里，你的心才会得到慰藉。我并不奢望你爱我，只要你体贴关心我就满足了。只要你答应我的求婚，其他的事你尽管放心，有忠诚你的丈夫疼爱你，照顾你，时间会把你心头的创伤渐渐治愈的。”

她已经开始屈服了。哎，她受的是什么家教！换作我，绝不会这样轻易地委身于人！

“别引诱我，高孚利，”她说，“我这样已经够不幸，够轻率的了。别引诱我更轻率，陷入更大的不幸吧！”

“我只提一个问题，雷茜尔。你讨厌我吗？”

“我！我一向喜欢你。听到你刚才这一番苦口婆心的话，我又增添了一份尊重和钦佩的心情，要不我未免太不知好歹了。”

“亲爱的雷茜尔，你可知道有许多妻子，只是尊重和钦佩她们的丈夫，可是他们伉俪之间也相处得很好嘛。在举行婚礼时，有几个新娘的内心经得起新郎的检查？然而这些婚姻的结局不是满可以的嘛！这些夫妻好歹会在人生途程上缓慢前进。事实是，许许多多的女人都是把婚姻当成避风港的，尽管她们不愿承认。不仅如此，她们都发现婚姻并没有辜负她们的信任。再瞧一瞧你的情况吧。你这样的妙龄女郎，又是如此妩媚动人，你可能保持独身生活吗？我是通达人情世故的，相信我的话，这样的事绝不可能。这仅仅是个时间问题。几年以后，你总得嫁人。亲爱的，现在跪在你脚下的这个人，他把你的尊重和钦佩，看得比世界上任何女子的爱情更宝贵，你嫁给他也许更有把握些。”

“高孚利！你把我从来没有过的想法渐渐地灌输到了我的头脑里。当我万念俱灰的时候，你趁机用一种新的前景来诱惑我。我再一次告诉你，我已经处于悲惨的绝境，只要你再追逼一下，我说不定就熬不住了，就会依你的条件嫁给你。别乘人之危了，走开吧！”

“你不答应，我决不起来！”

“要是我答应了，将来你我都会后悔莫及的。”

“哪儿的话，亲爱的，我逼你屈服的这一天，咱们将来赞美还来不及呢。”

“你的话可是当真？”

“你可以自己判断。我是根据自己的家庭见闻来考虑的。告诉我，你对我在弗利辛霍的那个家庭是什么看法？我的父母的婚姻生活不幸吗？”

"据我亲眼所见，不可能！"

"雷茜尔，你知道（这并不是什么秘密），我母亲结婚前曾经像你一样，爱过一个人，把心都掏出来给了他。可是此人不值得她爱。后来她嫁给了我父亲。她并不爱我父亲，只不过是尊重和钦佩而已。你自己也亲眼目睹了，结果不也很美满嘛！难道咱们不能从中得到鼓舞？"①

"你总不见得逼我答应吧，高乎利？"

"你要我等多久，我就等多久。"

"你总不能提出我无法答应的要求吧！"

"我的天使！我只要求你嫁给我！"

"行吧！"

他又来了一场发作。这一回是邪恶的狂喜，他把她拖得离自己越来越近，直到脸蛋碰到了一起。然后……不行！我实在不想把这件丢人现眼的事细细地描绘了。我只能说一句，我原想趁这些事没发生之前赶快闭上眼睛，可是晚了一步。我原以为她会抵抗的，结果她倒顺从了。以后的种种情况，每个敏感的女性都能猜想得到，无非是卿卿我我。

连我这种单纯无知的人，看到后来也琢磨出他们会谈的结果了。他们这时彼此已经充分理解了，要是他们挽着胳膊，到教堂去结婚，我也不会感到意外。不过，根据高乎利接下来的一句话判断，好像还有一道小小的手续要办。他在软垫榻上（这一回没有遭到拒绝）她的身旁坐下，问道："这件事是我去跟你母亲说呢，还是你去说？"

她对这两种做法都不赞成。

"咱们暂时别告诉母亲吧，等她身体好点儿再说。我希望这件事暂时保密，高乎利。你走吧，今天晚上再来。咱俩在这儿待的时间够长的了。"

她站起身来，就在站起来的这一瞬间，头一回瞟到我正在受难的那个小房间。

"谁把门帘拉上的啊？"她大声说道，"这房间本来就够闷的了，还把空气这么堵住！"

说着，她就向门帘走了过来。她的手搭到门帘上，眼看我注定要被他们发现了。就在这时，楼梯上忽然传来那个气色很好的年轻听差的声音，她跟我都停了下来。这分明是个惊慌失措的人在叫喊。

"雷茜尔小姐！"他大声喊道，"雷茜尔小姐，您在哪里？"

她从门帘旁跳开，转身跑到了门口。

那个听差脚刚跨进门口就停住了，脸色变得煞白。他说："请下楼去，小姐！夫人晕过去了，我们救不醒她。"

过了一会儿，房间里只剩下我一个人了。我也趁人不察，溜下楼去。

高乎利在过道里匆匆地跑去找医生。他经过我身旁时，指了指夫人的房

---

① 参见贝特里奇的叙述第八章。

间说道："进来帮个忙！"我走进去，发现雷茜尔小姐跪在沙发旁，她母亲的头枕在她胸脯上。我只看了一下表婶的脸便知道可怕的真相了，不过我没有吭声。过了不长时间，大夫来了。他先请雷茜尔出去，然后对其他人说夫人去世了。医生态度很冷漠，在宣布夫人的噩耗之后朝我瞥了一眼，一点儿怜悯的神情也没有。正人君子们，你们由此可见，那些怀疑宗教教义的人心肠是多么硬！

后来，我朝早餐室和书房里窥望了一眼。我给表婶的信，她连一封也没有拆开就故世了。我对此事大吃一惊，根本没想到她没来得及把那一小笔遗产留给我就咽了气。过了几天我才知道。

第六章

（1）克莱克小姐向富兰克林·布莱克先生致意，在寄给他报道的第五章的时候，感到自己对描写维林达夫人之死这样一个令人畏惧的题材，难以胜任。所以随函附上她从善书上亲笔抄写的大量有关死亡这个可怕题材的摘录。克莱克小姐热切希望，这些摘录能在她所尊敬的亲戚富兰克林的耳中发出振聋发聩的声音。

（2）富兰克林·布莱克先生向克莱克小姐致意，感谢她寄来报道的第五章。但是他退还了附寄的那些摘录。他没有提出他个人对这一类文学题材的反对意见。他只是说了句，对于达到他预期的目的来说，这些附录并无必要。

（3）克莱克小姐表示收到了退还的摘录。她很关切地提醒富兰克林·布莱克先生，她是个基督徒，因此受到冒犯是不可能生气的。克莱克小姐对布莱克先生深表关切，保证在他病倒卧床的时候一定再次先让他使用这些摘录。同时她在动手写最后几章之前，很想知道是不是可以利用以后发现的关于这个神秘案件的材料，以便使她的报道更完整些。

（4）富兰克林·布莱克先生表示很遗憾，不能满足克莱克小姐的要求。他只能把以前对她的指示再说一遍，关照她只能限制在自己日记上记载的亲身经历的范围之内，以后发现的情况只能由那些亲眼目睹的人来写。

（5）克莱克小姐深感遗憾，又给富兰克林·布莱克先生写了封信。她的那些摘录被退回了，而且她不能发表对月亮宝石案件的比较成熟的看法。所以她感到自己被剥夺了写作的自由。可是，不要紧，克莱克小姐是在逆境中锤炼坚韧不拔的精神的。她写这封信的目的是想知道，布莱克先生是不是禁止她在自己的报道里发表这封信。她在信里要求富兰克林说明，为什么要干涉她的写作自由，使她处境尴尬。克莱克小姐渴望刊登她的信，是非曲直由读者评说。

（6）富兰克林先生同意克莱克小姐的建议，但是希望她能谅解，就此结束他们的这次通信。

（7）克莱克小姐想在这次通信结束之前，以一个基督徒的身份，通知布莱克先生，尽管他的最后一封信显然是存心冒犯她，可他并没有达到预期的目的。她恳请他在密室中扪心自问，这样一位贫穷的弱女子能如此忍辱负重，其宗教涵养之深是他难以企及，值得敬佩。克莱克小姐庄重地宣称，只要富兰克林通知一声，她保证立即将全部摘录寄回。

（这封信没有得到答复，不必加评语了）

（签名）德罗西拉·克莱克

第七章

上面一章的往来函件，充分说明了我为什么在第五章末尾只是简单地宣布维林达夫人的死讯，而没有发表任何看法。

既然富兰克林先生严格规定我只能写我亲自见闻的事，我只好遵命。接下来要叙述的是，表婶过世一个月之后，我才再次遇见雷茜尔·维林达。这一回跟她见面的缘由是我重访表婶在伦敦的公馆，住了几天。其间发生了一件跟她与高乎利·艾柏怀特先生订婚有关的事情，这件事很重要，值得在此详述。我在表婶家里见闻的许多事情都是令人痛苦的，是我极不愿见到的，这件事也不例外。我把此事披露以后，作为一个无可奈何的见证人，就算完成我的报道任务了。

表婶的遗体从伦敦移葬到她庄园的附属教堂的小墓地里。我受邀和家族的其他成员一起参加葬礼。可是表婶之死使我这个有虔诚宗教思想的人深为震惊，几天当中还恢复不过来。而且据悉，主持葬礼仪式的是弗利辛霍的教区长。我过去曾见过这个教士当中的败类，在维林达夫人的牌桌上和俗人们一起打惠斯特牌。我实在羞与为伍，即使我身体复原，能够旅行，我也怀疑自己是不是会参加这个人主持的葬礼。

维林达夫人去世之后，她女儿就由她姐夫艾柏怀特老先生照管了。遗嘱上指定他为保护人，直到他外甥女出嫁或是成年为止。我想高乎利是在这种情况下，把自己跟雷茜尔新建立的关系告诉他父亲的。反正，表婶去世还不满十天，他们订婚的秘密在他们家庭圈子里已经不成其秘密了。艾柏怀特老先生也是一个不可救药的败类，他现在最发愁的问题就是不知道该怎么迎合这位将过门的富贵小姐才好。

雷茜尔一开头就在选择住处的问题上给他添了一些麻烦。她不愿住在蒙塔古广场上的公馆里，因为这房子使她联想到丧母之痛。她也不愿住在约克郡的公馆里，因为那里又会使她想起钻石失窃的丑闻。她的这位保护人自己在弗利辛霍的住宅倒是跟这两件不幸的事情没有什么牵连，可是新近丧母，住在人家家里，难免会使她那两位乐天的表姐——两位艾柏怀特小姐大为扫兴，所以她主动提出等到以后有合适的时机再去。结果艾柏怀特老先生便建议在布赖顿租一幢带有家具的房屋，由他太太、那个患病的女儿和雷茜尔小姐同住。他本人则稍后前往。他们打算在那儿闭门杜客，除了几位老朋友以外，不和任何人接触。他的儿子高乎利则乘火车在伦敦与布赖顿之间往返，有事即来，无事则去。

这真是庸人自扰，毫无目的地迁来迁去，身体忙碌、席不暇暖，精神上却停滞迟钝、极度空虚。我本不屑写这种无聊的事，之所以写，是另有用意。正因为他们租了布赖顿的这幢房屋，所以我才能和雷茜尔·维林达重聚一堂。

艾柏怀特表姨妈是个生性沉默的人，身材高大、皮肤白皙。她为人有个值得注意的特点：没有主见，懒惰无比。自打她出生以来，就从来不懂得动手做事。她这一辈子样样事都依赖别人，别人说朝东，她就不敢朝西。从宗教的角度来考虑，我还没有遇到过比她更难拯救的人。她真叫人困惑。她是个软绵绵的、百依百顺的人，哪怕西藏达赖喇嘛的话她也照听不误，对我的话当然也听得进，听了还乐意照办。那幢在布赖顿的带家具的房屋是怎么找到的呢？我讲给您听听。她待在伦敦的一家旅馆里，安心地坐在沙发上，差遣她儿子到处去找。她是怎么找到用人的呢？还是在那家旅馆里找到的。一天早晨，她在沙发上用早餐的时候，把她的贴身使女叫来，给她放了一天假，条件是先得把克莱克小姐带来。我在上午十一点钟到旅馆里看见她穿着晨衣，安静地扇着扇子。“德罗西拉，亲爱的，我需要几个用人。你办事很麻利，就请你去找吧。”我环顾了一下凌乱的房间。教堂的钟正鸣响着，召唤人们去做礼拜。钟声启发我要对她做一番苦口婆心的规劝。“啊，表姨妈！”我悲哀地说，“一个英国的女基督徒该是这样生活的吗？通往永生的道路应该是这样的吗？”表姨妈回答说：“我就把袍子穿上，德罗西拉，麻烦你帮我一把。”这还有什么话说呢？我曾经向女杀人犯传道，在她们身上创造了奇迹，可对于艾柏怀特表姨妈却是寸步难行。“您要的那些用人，名单在哪儿呢？”表姨妈摇了摇头，她连保存名单的精力也没有。“雷茜尔拿着呢，亲爱的，”她说，“在隔壁房间里。”我走进隔壁房间，于是我和雷茜尔重逢了，这是我俩在蒙塔古广场分手以来第一次见面。

她戴着重孝，格外显得瘦小可怜。要是我对人的相貌这种转瞬即逝、微不足道的小事，也像世俗的人那样斤斤计较的话，我就会赘言两句，她的肤色很不耐看，必须用白色的衣服衬托才稍微好些，否则就叫人看着不顺眼。不过话又说回来了，肤色和容貌又算得了什么呢？亲爱的姑娘儿们，这些无非是咱们在天路历程上遇到的障碍和陷阱罢了！事情真是完全出我的意料，我走进房间时，雷茜尔竟站起身，伸出了手，向我迎面走来。

“看见你真高兴，”她说，“德罗西拉，以前我惯于对你说些傻气粗鲁的话，真对不起，希望你能原谅我！”

我听了这番话，大概脸上露出了惊异的神色吧，她脸红了。过了一会儿，她便为自己解释。

“先母在世的时候，”她往下说，“她老人家的朋友往往不是我的朋友。现在慈母见背了，以前她喜欢的人我都要交往，心里才得到安慰。她喜欢你。德罗西拉，要是你答应的话，咱俩就做朋友吧。”

任何一个心理正常的人听到她说的这番话都会感到吃惊。在信奉基督教的英国，一个丧母的年轻姑娘居然不知道到哪里去寻求真正的安慰，而指望跟她母亲的朋友交往！我的这位亲戚不是出于信念和责任感，而只是出于一时冲动和感情用事，才意识到自己在待人接物方面的缺点，这是多么可悲啊！好在对我这样一个经验丰富，惯于行善修好的人来说，她这样迷途知返毕竟也是件好事。我完全有把握帮她走上正路。我不妨先探测一下，雷茜尔母亲的过世到底给她的性格带来了什么样的影响。我决定从她跟高孚利·艾柏怀特订婚的事入手，逐步深入。

我首先尽量亲亲热热地迎合她的意思，根据她的请求挨着她坐在沙发上。我们谈了些家务事和未来的计划，就是没有谈到她对婚事的安排。我好几次尝试把谈话往那个话题上引，她总是装着不懂我的暗示。要是冒昧地开门见山地问她呢，因为我们刚言归于好，过于直率好像时机还不成熟。好在除了这件事以外，我想知道的都已弄明白了。她已经不再是我在蒙塔古广场上受难时亲眼目睹、亲耳听闻的那个不加检点、傲慢无礼的姑娘了。这一点就是很大的改进嘛，我颇感欣慰。我准备先恳切地劝她不要仓促地结婚，然后逐步深入，最终使她皈依宗教。我觉得有神圣的责任，该干涉那草率的婚约。我顿时兴致勃勃，精神十足，确信能取得巨大的成绩。事不宜迟，我马上转过话题，谈到那幢带家具出租的房屋里雇用仆人的问题。

“名单在哪儿，亲爱的？”

雷茜尔把名单交给了我。

“厨师，帮厨女佣，粗活女佣，听差，”我念了一遍，“亲爱的雷茜尔，这些仆人都是你的保护人租这幢房屋期间临时雇用的，你们需要的这种品行好，有能耐，而又肯接受临时雇用的仆人，在伦敦是很难寻找的。你们在布赖顿的房屋找好了没有？”

“高孚利已经租下了。这所房屋里原先的仆人要求继续干，他却认为这些人不一定合适。他没有打定主意就回来了。”

“你自己在这方面没有经验吗，雷茜尔？”

“毫无经验。”

“艾柏怀特表姨妈没有亲自去找吗？”

“可怜的姨妈，她没有。不要怪她，德罗西拉。她糊涂，但我倒认为她是我平生遇到的最幸福的人。”

“亲爱的，幸福有不同的程度。哪天咱俩要对这个问题好好谈谈。这一阵子我要把雇用仆人的困难解决一下。你的姨妈要写封信给那幢房屋里的人。”

“如果由我执笔写信，由她签名，这也一样吧。”

“这也一样。我拿上信，明天就到布赖顿去。”

“你真体贴呀！你一准备好，我们就跟你一起去。希望今后你当我的客人。布赖顿一片蓬勃的景象，你一定会喜欢上它的。”

这句话就算对我发出了邀请。我的面前便有了无限的希望，今后我可以过问她的事了。

这时正是一周的当中，到了星期六下午便可以迁入新屋了。在这短短的两三天内，我把这座房屋里原先被解雇而又对我提出申请的仆人的品行和他们对宗教的看法考察了一遍，然后作出了合乎情理的选择。我还在布赖顿城里找到了两位教友，可以托付他们帮我做些感化的事情。我到布赖顿来，目的就是要感化雷茜尔。这两位当中的一位是牧师。承蒙他的好意，为我们公馆里的人在他传道的那个教堂里安排了座位。另一位和我一样是个单身女人，她答应把她那满藏善书的书房完全归我支配。我从中借了六本书，都是针对雷茜尔的需要精心选择的。经过周密的考虑，我在雷茜尔可能要去的房间里各放了一本。这样一来，我的准备工作便妥善地完成了：审慎地选择了服侍她的仆人，审慎地挑选了向她传道的人，审慎地把她急需的善书放在她的案头。我对这个失去母亲的姑娘之关怀体贴，到了无微不至的程度！那个星期六下午，我坐在窗口等待我的亲戚们到来时，心中充满了宁静而致远，助人为乐的神圣感情。街上熙来攘往，形形色色的行人不断从我的眼前经过。哎，他们当中有几个人能体会到我完成神圣使命的微妙的情绪呢？这个问题可不好回答，咱们就暂且搁下吧。

在傍晚六七点钟时，迁入新居的人来到了。令我纳罕的是，他们并非像我预料的那样由高孚利先生陪同，而是由布罗夫律师陪同前来的。

“你好，克莱克小姐，”他说，“这回我可要待着不走了。”

他这句话骨子里是指我们上次前往蒙塔古广场上表婶的公馆去，发生了争论，他不得不在我之前离去那件事情。我听了这话，深信这个老市侩到布赖顿来，是别有用心的。我刚为心爱的雷茜尔安排了个小乐园，谁知这条毒蛇就跟踪而来了。

“镇上有些事把高孚利绊住了，他不能陪我们来，德罗西拉，他深表遗憾。”艾柏怀特表姨妈说，“布罗夫先生自告奋勇替他来了，打算待到星期一早晨再走。顺便说一句，布罗夫先生，大夫关照我要活动活动，我不爱做。”艾柏怀特表姨妈指了指窗外那个坐着轮椅，由人推着在街上经过的病人，又添了一句：“这才是我心目中理想的活动。活动无非是为了呼吸新鲜空气和使肢体疲劳嘛。如果您要新鲜空气，坐在轮椅上同样能呼吸新鲜空气；如果您想让肢体疲劳，我敢肯定，看看那个人就够使您疲劳了。”

雷茜尔默不作声，独自站立窗口，凝望着大海。

“疲倦了吗，亲爱的？”我问她。

“没有疲倦，只是心情不太好。”她回答说，“以前在约克郡，我常常恹恹地眺望大海。德罗西拉，我刚才是在想那些一去不复返的日子。”

布罗夫先生留下来吃晚饭，一直待到夜里。我越是看他，就越是肯定他这回到布赖顿来是有险恶用心的。我留神地观察他，只见他还是像往常那样神态自如，还是那样滔滔不绝地谈着目无上帝的庸俗的话，直到该离开的时刻方才住嘴。当他跟雷茜尔握别时，我瞅见他那冷酷而狡猾的眼睛分外关注，特别留神地盯视了她好一会儿。他分明是为了她而来的。他在临走的时候并没有对她，或是对其他任何人说什么不寻常的话。他只是说了第二天来吃午饭，就回旅馆去了。

第二天早晨，我怎么也没法促使艾柏怀特表姨妈换掉晨衣去做礼拜。她那生病的女儿（其实我看，除了从她母亲那儿遗传下来的不可救药的懒病以外，什么病也没有）也声称这天不想起床。我只好跟雷茜尔一起去了。我那位天资聪颖的朋友讲道，谈到世俗的人对于小罪往往掉以轻心，殊不知养痈成患，日积月累便成了深重的罪孽。他讲得鞭辟入里，声色并茂。足足有一个多小时，他那滔滔雄辩如洪钟大镛，在圣殿中回荡，真是妙到极点了。我们走出教堂后，我问雷茜尔："亲爱的，这番讲道是不是引起了你的共鸣?"她却回答道："没有，它徒然使我头疼。"一般人听了她这么回答，说不定会泄气，可是我却一点儿也不泄气。一旦我决心要使她皈依宗教，不达目的誓不罢休。

我们回到家里，看见艾柏怀特表姨妈跟布罗夫先生正在用午餐。雷茜尔不想吃饭，推说头痛，老奸巨猾的律师先生马上抓住了她给予的机会。

"医头痛只有一帖良方，"这个讨嫌的老头说，"雷茜尔小姐，只要散会儿步，您的头痛就好了。要是您肯赏脸挽住我的胳膊，我愿陪您散步。"

"乐意极了，我正巴不得散会儿步呢。"

"现在两点多了，"我悄悄地向她建议，"下午的礼拜三点开始，雷茜尔。"

"你怎么忍心叫我再去做礼拜呢?"她使起了小性儿，"我头痛得这么厉害。"

布罗夫先生过分殷勤地为她开了门。过了一会儿，他们就出去了。我不知道什么时候我神圣的责任感会有这么强烈，可是有什么办法呢?实在无计可施，只好等到下午再见机行事了。

我做了下午的礼拜回来，碰见他们刚散完步回家。一眼就看出，律师已经把要说的话说了。我从未见过雷茜尔如此沉默而疑虑，我也从未见过布罗夫律师对她如此关切，带着这样郑重的表情望着她。他说当天有人邀请他赴宴（也可能只是一种托辞），所以要及早离开，打算翌晨乘头班火车重返伦敦。

"您当真打定主意了?"他在门口对雷茜尔说。

"打定主意了。"她回答说。他们这就分手了。

他刚转过身，雷茜尔便回房去了。她再也没有出来吃晚饭。她打发贴身的侍女（就是那个帽子上有缎带的姑娘）下楼来声明她的头痛病又犯了。我奔上楼去，隔着房门向她嘘寒问暖。门却被严严地锁着，始终未开。我不气馁，磨难越多，反而越能激起我更大的宣道的热情。

翌日清晨，趁使女送茶给她的当儿，我跟着走进了她屋里。我坐在她的床边，说了些诚挚暖心的话。她客气而没精打采的，一副爱听不听的模样。我注意到，我那庄重的道友的那些宝书被堆成一垛放在角落里的一张桌子上。我问她，有没有看过。她说看了一下，可是丝毫没有兴趣。我说："有几段至关重要而又非常有趣的章节，可能看漏了，要不要我念给你听听?""不，现在可不行，我有好多其他的事要考虑。"她心不在焉地回答着，却又全神贯注地把睡衣上的饰边折来叠去。看来，我只好提到她思考的那些世俗的事，才能引起她的注意了。

“亲爱的，你知道吗，”我说，“昨天我对布罗夫先生有种奇怪的感觉。我看到你们散步以后的神情，总认为他告诉了您一些坏消息。”

她的手指霍地从睡衣的饰边上放了下来，用那双黑眼睛恶狠狠地扫了我一下。

“满不是这么回事，他告诉我的正好是我乐意听的消息。”

“是吗?”我很关切地柔声说。

她的手指又抚弄起睡衣的饰边了，同时愠怒地把头转过去，不愿理我。我在行善修好的事业上曾千百次受到这样的冷遇。她的无礼，我何尝在乎，反而激起我再接再厉的热情。为了她，我甘愿冒大不韪，单刀直入地公然提到她订婚的事情。

“你乐意听的消息?”我重复着她的话，“亲爱的雷茜尔，那想必是高孚利·艾柏怀特先生的消息了?”

她从床上一骨碌跳起身来，脸色顿时变得煞白。显然，她马上就要像过去一样傲慢蛮横地反唇相讥了。可是话到了舌边却隐忍住了，她按捺下满腔的怒火，把头回倚到枕边，考虑了一会儿，吐出了一句分外引人注意的话：

“我这辈子也不会跟高孚利·艾柏怀特先生结婚了!”

这一回轮到我大惊失色了。

“你这是什么意思?”我大声说道，“你们的亲事不是由全家认定了吗?”

“高孚利先生今天要上这儿来，”她固执地说，“等他来了，你就会明白了。”

“可是，我亲爱的雷茜尔……”

她按了一下床头的铃。那个帽子上有缎带的使女出现了。

“潘尼洛浦，准备洗澡水!”

我得为她说句公道话。我那时心情激动，再说下去，非大声喧哗起来不可，我深信她当时也只有用这个办法才能强迫我离开。

按照世俗人的想法，要使雷茜尔信奉宗教，是十分困难的。我本来打算从规劝她的婚姻入手，逐步深入的。而现在，如果她刚才说的话可信的话，那么她的婚姻告吹了，我原来的打算不也就落空了吗?不过，哎，朋友们，一个像我这样经验丰富的传教人，当然要比一般人看得更深更广了。假如雷茜尔真的毁弃了婚约，而艾柏怀特父子俩本来十拿九稳指望这门亲事会成功，这样一来会怎么样呢?要是雷茜尔坚持要毁约，就会导致双方恶言恶语地互相指责。这场风暴结束后，雷茜尔又会是怎样一种情况呢?由于个性使然，她绝对不会让步，肯定要跟他们竭力抗争。结果，她的自尊心会受到伤害，她的顽强精神会受到挫折，她会变得情绪低沉，灰心丧气。她一定会向亲近的人寻求同情和安慰。那么，能够用最合适的话语来振奋她的心情的人，舍我其谁呢?依我看，现在我使她信奉宗教的前景比以往任何时候都来得光辉灿烂。

她下楼来用早餐了。可是她什么也没有吃，而且简直是一言不发。

早饭后，她无精打采地在各个房间里走来走去，然后突然提起精神，打开琴盖，弹起钢琴来。她选择的曲子都是俗不可耐的，而她的演奏方式又完全是舞台工用来哗众取宠的无聊透顶的那一套，叫人听了直起鸡皮疙瘩。在这种情况下，要进行规劝，时机还不成熟。我悄悄地打听到高乎利·艾柏怀特先生何时要来，便离开公馆，躲避了那讨厌的琴声。

我一个人走出去，趁机拜访了我那两位当地的朋友。我跟这两位正经人诚恳地交谈了好一会儿，受到了很大的鼓舞，精神很爽，就转身走回屋去。这时候，估计我们期待的客人不久就要来了。我走进了饭厅。饭厅在这时候一般是没有人的，想不到却碰见了高乎利·艾柏怀特先生！

他并没有想避开我，反倒很热情地迎上前来跟我寒暄了。

“亲爱的克莱克小姐，我一直等着要和你见面！今天我在伦敦和人约会，有些事情要办。幸好提前结束了，所以我也就提前来到这里了。”

他在蒙塔古广场演出那一幕以后，今天还是第一次和我见面，但他的话里丝毫也没有忸怩不安的味道。不错，他并不知道我亲眼目睹了他的那场戏。可是话说回来，他总知道我在童衣改制母亲协会里工作吧，总知道我跟一些在其他慈善团体里的朋友有密切来往吧。她们肯定早已把他这种恬不知耻地忘掉同道姊妹和穷人的行径告诉了我，这些情形，他总知道吧。谁知他站在我面前，像没事人儿一样，还是带着他那种迷人的声调，挂着他那动人的微笑。

“你看见雷茜尔了吗？”我问他。

他柔声地叹了口气，握住了我的手。我本该把手缩回去的，可是他的回答非常特别，使我惊讶得瞠目结舌。

“我见到雷茜尔了，”他泰然自若地说，“亲爱的道友，你是知道她和我订了婚的。可好，她突然决定解除婚约了。我无论提出什么质问，她总是振振有词地用一句话答复：她经过考虑，认为最好还是收回仓促许下的诺言，让我另觅佳偶，这样对双方都有利。”

“你呢，又怎么反应的呢？”我问道，“你顺从啦？”

“是的，我顺从了。”他淡然处之，十分镇定地说。

这样的屈辱，他却忍受了，真是不可思议。我听凭他握住我的手，困惑地站着。盯着人看，是无礼的举动，而直瞪瞪地盯着一位绅士，是更加粗鄙的行为。可是这两件不成体统的事我都做了。我像做梦一般地问他：“这是怎么回事呀？”

“容我告诉你，”他回答说，“咱们坐下来，行吗？”

他领我到了一把椅子跟前。我模模糊糊地回忆到他当时非常亲热。我想他的手搂着我的腰，不见得是为了扶着我吧。当时他干了什么，我说不准，我迷迷糊糊，不能自主，而他又自有一套取悦女性的功夫。不管怎么说，反正我们坐下来了——别的事我不敢肯定，这件事我完全可以担保。

第八章

“我失去了一位美丽的姑娘，一个优越的社会地位，一笔可观的收入，”

高乎利先生说开了，“我却毫不抗拒地顺从了。我这种失常的举动是出于什么动机呢？我的知心朋友，什么动机也没有。”

“没有动机？”我跟着问了一遍。

“亲爱的克莱克小姐，让我提醒你，你总跟孩子们打过交道吧。”他接下去说，“一个孩子做了件淘气的事，会使你大吃一惊。你打算追究他的动机。可爱的小家伙哪儿说得出他的动机呢，你倒不如去问青草，为什么生长；或者去问小鸟，为什么鸣唱吧。唉！在这件事上，我就跟可爱的小家伙一样，跟青草一样，跟小鸟一样。我不知道为什么向雷茜尔求婚。我不知道，为什么可耻地把那些亲爱的女士们全都丢在脑后了。我不知道为什么背叛了童衣改制母亲协会。你问孩子‘为什么淘气’。那小天使把指头塞在嘴里，表明啥也不知道。我的情况完全一样，克莱克小姐！我没法向别人坦白。我感到应该向你坦白！”

我这才如梦初醒，这确是亟待解决的心灵问题呢。我对心灵问题深感兴趣！不少人以为，我解决这类问题倒很有些本领。

“最知心的朋友，帮我动动脑筋，开开我的窍吧。”他说了下去，“告诉我，为什么到了某个时候我居然稀里糊涂做梦似的求起婚来了？为什么现在我又突然明白了，我真正的幸福是帮助我那些亲爱的女士们，是干我们那些造福人类的事业，是在会议主席的催促下发表我热情洋溢的演说？我要地位有什么用？我已经有了地位。我要收入有什么用？我的钱已经够我一日三餐，够我租满不错的小屋，够我一年添两件外衣了。我要维林达小姐有什么用？她已经亲口告诉我（亲爱的女士，这事只告诉你，可不能外传啊）她爱上了另一个男人，之所以要跟我结婚，只是为了把那个人忘掉。这是一门多么可怕的亲事啊！哎，天哪，这是一门多么可怕的亲事！克莱克小姐，我这次来布赖顿，一路上净想着这些事。我在雷茜尔面前，就好像一个等待判决的犯人似的怀着惴惴不安的心情。等我打听到雷茜尔也改变了主意，等我听说她提出要解除婚约，我才（这是毫无疑问的）感到心里一块大石头落了地。一个月以前我狂喜地把她搂在怀里。一个小时以前，我知道永远不会再搂抱她了，居然高兴得像喝了烈酒一样醉醺醺的。这种事听起来像天方夜谭。然而事实摆在面前，就像咱们坐在这两把椅子上，我有幸在向你叙谈那样的真实。我失去了一位美丽的姑娘，一个优越的社会地位，一份可观的收入，而我却服服帖帖地顺从了。你能说出道理来吗，亲爱的朋友？我可实在说不出。”

他把漂亮的脑袋垂到胸前，绝望地丢开他那心灵的问题。

我深受感动。假如我能以心灵医生的资格来评述的话，我可以说一句，这件事已经抓住了我的心。我们都有这样的体会，偶尔也会看到一些英雄豪杰降低到最平庸的人的水平。这无疑是上帝明智的安排，目的在于提醒那些杰出的人，他们也是终有一死的凡人。上帝既可以赋予他们才华，也可以收回他们的才华。我曾经隐在门帘后，目击了亲爱的高乎利先生干出了一些丢人现眼、令人叹息的事情。现在我认为，可以明显地看出上帝是在惩罚他，使他蒙受羞辱。这是值得庆幸的好事。同样，还可以明显地看出，他被吓得不敢跟雷茜尔结婚，迫切地希望回到女同道和穷人的身边，这也是值得欢迎的好事。由此可以看出，他那善良的本性重新流露出来了。

我用几句情同手足的朴实的话，把这意见告诉了他。看到他高兴起来，我真是喜悦。他把自己比做一个迷路的人从黑暗走入光明。我向他保证，童衣改制母亲协会一定热烈欢迎他回来。这位基督教的英雄竟然充满了感激的心情，把我的双手轮流地紧紧贴到他的嘴唇上。我为了他重新回到我们当中而欢欣万分，听凭他把我的手任意摆布。我紧闭双目，感到了一阵忘我的精神陶醉，居然把头倒在了他的肩膀上。再过一会儿，我肯定会晕厥过去，倒在他的怀抱里。偏偏这时，门外盘盏刀叉叮叮当当，响成一片。这讨厌的鬼声音把我从美梦中惊醒了。原来是听差走进来摆桌子，准备午餐了。

高乎利先生吓得跳起来，看了看壁炉架上的钟。

“跟你在一起，时间真像飞一样快啊！”他大声说道，“我差点儿要赶不上火车了。”

我冒昧地问了句他为什么要这样急急忙忙地回到镇上。他回答我，家庭的一些老问题还有待解决，而且说不定还会发生一些新的纠纷。

“我已经听家父说了，”他说，“今天他有事要从弗利辛霍赶往伦敦。而今天晚上或是明天他又打算风尘仆仆地赶到这儿来。我必须把雷茜尔和我之间的事情告诉他。他老人家很惦记我们的婚姻，要使他同意解除婚约的事，恐怕要费很大的周折呢。我得拦住他，叫他别往这儿来，等他心平气和地同意我们解约了再说。我最亲爱的知己朋友，再见吧！”

说着，他就匆匆忙忙地走了。我呢，也同样匆匆忙忙地跑步上楼，打算在自己的屋里定一定神，好在午餐桌上没事人儿似的跟艾柏怀特表姨妈和雷茜尔见面。

现在再谈一会儿有关高乎利先生的事。我深深地知道，有些世俗的人指责高乎利先生，说什么雷茜尔一提出解除婚约，他马上就依从，是有其不可告人的秘密的。还听到一些风言风语，说他想通过我的斡旋，跟我的一个知心朋友——童衣改制母亲协会的一个腰缠万贯的女委员言归于好。这些恶意中伤的话纯属捕风捉影，不值一驳。我之所以提起它，只是为了声明，这些话改变不了我对他的崇敬。我遵照富兰克林先生的意见，完全根据日记所载，把我对这位基督教英雄的看法上的波动，如实地披露出来。平心而论，我在这里要补充一句，我一旦恢复了对这位才华横溢的朋友的敬意，就再也没有失去过。我含着热泪，渴望多写些他的情况，可是我限于规定，只能写自己亲身的经历，而在我写的这件事发生之后不到一个月，金融市场上发生的变化使我的一点儿可怜的积蓄也损失殆尽，使我不得不离乡背井，浪迹国外。因此我对高乎利先生的事已没有什么可写的了。只能说我一直保持着对他的温馨的回忆。世俗的人，你们尽管造谣中伤他吧，我爱如初。

让我擦干眼泪，言归正传吧。

我下楼去用午餐，一心想看看雷茜尔解除婚约后态度上有什么变化。

我觉得——我得承认，我在这方面判断得不太高明——她恢复了自由以后，又在想着她那个意中人了。她恼恨自己没有能控制情感上的剧变，并为朝秦暮楚而深感羞愧。那个人是谁呀？我疑心到了一个人，不过我也不必浪费时间乱猜。我一旦使她皈依宗教，她理所当然会对我和盘托出的。那时候我自会获得那个人的全部情况，自会获得月亮宝石的全部情况。使她信仰宗教实在是刻不容缓啊！且不谈她能得到救赎，蒙受上帝的恩宠，获得永生，单单是能使她彻底交代内心的罪恶这一点，也是了不起的收获呢。我兴致勃勃地加紧了对她的感化。

下午，艾柏怀特表姨妈坐在轮椅上做起“运动”来了。雷茜尔陪伴着她。“但愿我能拖得动轮椅，”她信口说，“我累得快摔倒那才好呢。”

晚上她还是怀着同样的心情。我在我那个道友的一本宝书《简·安·史丹普小姐的生平和书信集》第四十四版里发现了一些完全适合雷茜尔目前情况的章节。我劝她看一看，她却躲开我，走到钢琴跟前。要是她以为这样一来我就会失去耐心，那她真是太小心眼了！我以简·安·史丹普小姐作为榜样，等待时机，坚信能使她迷途知返。

艾柏怀特老先生那天晚上一直没露面，大概是他儿子竭力阻止他来吧。但我相信他第二天一定会来。他贪婪成性，非常看重他儿子跟维林达小姐的这门亲事。有他参与其间，定会发生一场风暴，雷茜尔就会招架不住。艾柏怀特老先生是个有名的好好先生，特别是对待下属和晚辈。但根据我的观察，他只有万事称心，才称得上是个性格温和的人，遇到不如意的事情，便要原形毕露了。

第二天，果然不出我的预料，老先生来了。艾柏怀特表姨妈虽然生性懵懂，看到她丈夫突然来到，却是吃了一惊。他刚刚进屋还不到一分钟，想不到便有一个惹是生非的人——布罗夫先生接踵而来，这一回轮到我吃惊了。

在我的记忆中，布罗夫律师从来没有像这一次来得这么不合时宜。他摆出一副为了维护雷茜尔的利益准备应付任何阻力的架势，必要的时候甚至要诉诸法律呢！

“看见您实在喜出望外，先生。”艾柏怀特先生装出一副亲热的样子和布罗夫先生打招呼，“昨天我离开您的办事处的时候，没有料到能够荣幸地在布赖顿遇见您。”

“您走了以后，我把咱们的谈话思考了一番，”布罗夫先生回答说，“我觉得我来布赖顿也许能起一些作用。我正好赶上了火车，我没有发现您乘的那辆马车。”

他这样解释了以后，便坐到了雷茜尔的身旁。我谦谨地退到一个角落，把简·安·史丹普小姐的宝书放在膝头，以备急用。表姨妈坐在窗口，心平气和地扇着扇子。艾柏怀特先生站在房间中央，他的粉红色的秃顶比以往任何时候都亮。当下，他用一种极其亲热的口气对他的外甥女说着话。

“雷茜尔，亲爱的，”他说，“我从高乎利那儿听到一个很特别的消息，所以特地赶来核实一下。你在这幢房屋里有一间自己的起居室。能劳驾你带我去吗？”

雷茜尔没有动弹。她是自己决意把事情闹僵的，还是看到了布罗夫先生暗中的手势，我就没法说了。反正她不肯把艾柏怀特老先生带到自己的起居室去。

“您有什么话要对我说，”她回答道，“就在这儿，当着亲戚们的面，和我母亲信任的老朋友的面说好了。”

“那就随你的便吧，亲爱的。”和蔼可亲的艾柏怀特先生说。他在一把椅子上坐了下来。其他的人都瞅着他的脸，仿佛期待这个在俗世混了七十年的老油子会说出什么真话来。我瞧瞧他的秃顶，因为我曾在其他场合看到过，他每逢要发脾气，头顶的颜色就会变深。

“几个星期前，”这位老绅士往下说，“我的儿子通知我维林达小姐屈尊跟他订了婚。雷茜尔，他是不是可能曲解了你对他说的原话，或者一厢情愿，作出过高的指望了？”

“当然没有，”她回答说，“我确实同他订了婚约。”

“回答得很坦率！”艾柏怀特先生说，“亲爱的，到此为止，一切都非常令人满意。高乎利对几个星期前发生的事并没有弄错。显然，错误出在他昨天对我讲的话里。我现在开始明白了。你跟他发生了一场情人之间的争吵，而我那个傻乎乎的儿子却把它看得太认真了。啊，我在他现在这个岁数时，比他懂事多了。”

听到这话，雷茜尔的劣根性，也可以说是始祖夏娃遗传的罪恶本性，开始发作了。

“咱们开诚布公地把话挑明吧，艾柏怀特先生。”她说，“昨天您儿子和我之间根本没有发生什么争吵。要是他告诉您，我建议解除婚约，而他也同意了，那么他说的是实话。”

艾柏怀特老先生秃顶上的“情绪温度计”开始显示出他的肝火往上冒了。而他的脸色却比任何时候都和蔼可亲，头顶部粉红的颜色已经有点儿变深了！

“得啦，得啦，亲爱的！”他用一种最能安抚人的口气说，“不要生气，别跟可怜的高乎利过不去！他显然说过什么不中听的话，他从小讲话就是粗里粗气的。可是他的心是好的，雷茜尔，他的心是好的！”

“艾柏怀特先生，要么是我笨口拙舌，词不达意；要么是您故意把话讲错了。我跟令郎之间已经确定了，今生今世，只能是表兄妹，绝不能是其他关系，这话够清楚了吧？”

这几句话说得斩钉截铁，连艾柏怀特老先生这样纠缠不清的人，也绝不会再误解了。他的“温度计”又上升了一截，他再开口说话时，已经不是一个出名的老好人所应有的声音了。

“那么我应当理解成，”他说，“你们的婚约已经解除了？”

“艾柏怀特先生，不怕您见怪，您是该这么理解。”

“那么我也得确认，解除婚约是不是由你主动提出的？”

“是由我提出的。之后，我已经奉告过您了，令郎也同意解约了。”

“温度计”上升到最高点了，我是说，秃顶已经由粉红色变成猩红色了。

“就算我儿子是个下贱胚，”这个老市侩怒气冲冲地喊道，“他是高攀不上你的！不过我要恳求你，维林达小姐，公正地对待我。你说说看，高乎利·艾柏怀特有哪些地方对不起你？”

在这个节骨眼上，布罗夫先生第一次出面干预了。

“您是不必回答这个问题的。”他对雷茜尔说。

艾柏怀特先生顿时冲着他来了。

“别忘了，先生，”他说，“这儿谁也没有请您来，您横插一杠子，并不那么光彩。靠边站着去，等有人请您了，您再开口吧！”

布罗夫先没有理会他。雷茜尔小姐谢谢他的劝告，然后，朝艾柏怀特老先生转过身去，神态自若。像她这样一个年轻姑娘，遇事居然如此镇静，实在令人吃惊。

“您的儿子也问过我同样的问题，”她说，“我对他只有一个回答，我对您也只有一个回答。我经过深思熟虑，觉得这个婚约订得太仓促，对双方都很不利。为双方的前途着想，还是解除婚约，由他另择佳偶比较好。”

“我的儿子做了什么错事？”艾柏怀特老先生固执地问。

雷茜尔也同样顽强不屈。

“我认为已经对你们父子作了答复，再不需要什么解释了。”她回答说。

“坦率地说，维林达小姐你是随心所欲，抛弃了我的儿子！”

雷茜尔沉默了一会儿。我紧挨在她身后，听见她叹了口气。布罗夫律师握住她的手，轻轻地捏了一下，她又恢复了勇气。

“比这更严重的误解我都忍受过来了。”她说，“您骂我负心，现在我已经感到无所谓了。”

听她那辛酸口气，我深信，她又想起了月亮宝石丢失时经受的各种流言蜚语。“我再没有什么可说的了。”她没精打采地补充了一句。这句话并不是对别人说的，倒像是自言自语。她转过身去，背朝大家，从最近的一扇窗户向外眺望。

艾柏怀特老先生霍地一下站起来，猛力一推，座椅砰的一声翻倒在地上。

“我倒有话要说，”他重重地拍了一下桌子，郑重其事地声明，“即便我的儿子不感到侮辱，我也感到侮辱！”

雷茜尔吃了一惊，诧异地望着他。

“侮辱？您这是什么意思？”

“维林达小姐，我知道你解除婚约的动机！你的心思我是一清二楚的。你们亨卡什尔家族该死的门阀观念，现在又作怪了。当年我跟你姨妈结婚时，这个门阀观念侮辱了我，现在它又来侮辱高乎利了。就因为你姨妈嫁给了一个靠自己的力量赢得地位和财产的正直的人，她那个家族都不理睬她了。我没有显赫的祖先。我不是一帮子靠杀人抢劫致富的凶手盗贼的后代。我无法指着衣不蔽体、不会签名的祖宗进行夸耀。哈哈！当我结婚的时候，我高攀不上亨卡什尔家族。如今在这节骨眼上，我的儿子又高攀不上你了。我一直在疑心，我的名门小姐，你的身体里流着亨卡什尔家族的血液！我一直在疑心。”

“这种疑心是非常卑鄙的，”布罗夫先生指出，“我感到奇怪，您怎么好意思不打自招？”

艾柏怀特老先生还没有来得及答复，雷茜尔就用一种最令人恼火的轻蔑的口吻插话了。

“当然喽，”她对律师说，“咱们犯不着理睬他。要是他爱这么想，咱们就由他去想好了。”

艾柏怀特老先生的脸色又变了，从大红变成紫红。他恼火得喘不过气来，怒视着雷茜尔和布罗夫先生，不知道先攻击谁最好。他的太太一直坐在一旁不闻不问地扇她的扇子。我在这场令人苦恼的唇枪舌剑的争论中，不止一次地想用几句诚恳的话进行劝解，却又害怕引起不利的后果，硬是控制住了自己。这是问心有愧的怯懦行为。一个英国女基督徒不该谨小慎微，苟且偷安，而应当挺身而出。要是只靠自己的笨拙言辞，我也许还是不敢出来规劝，但是眼前这场令人苦恼的家庭纠纷，在《简·安·史丹普小姐的生平和书信集》中第一千零一页上，“论家庭和睦”一节里有着现成的绝妙的良方，何妨试试呢？于是我在我那卑微的角落里站起来，打开了我那本宝书。

“亲爱的艾柏怀特先生，”我说，“听我说一句！”

我站起来，以引起大家的注意。我看得出，他就要对我说粗鲁的话了，是我的亲如手足的言辞使他克制住了。他以异教徒特有的惊诧的目光瞪视着我。

“我怀着良好的愿望和亲切的友情，”我往下说，“来规劝您。我长期以来惯常激励、说服、启迪人们，使他们皈依上帝，坚定信心。请容许我冒昧地请求您平息怒火，您想必会谅解吧。”

埋在他心里的怒火就要发作了。要是对别人，他一定会发作起来，可是我那一贯温柔的声音，在紧急的情况下，也会发出很高的音调。这一回，我感到我的音调必须高亢，盖过他的吼声。

我把那本宝书送到他面前，用食指在打开的那一页上敲击着，姿势优美，十分感人。“这不是我的话，”在一阵旺盛热情的驱使下，我喊道，“哎，您可别以为我会叫您注意我卑微的话语！艾柏怀特先生，这是旷野中的吗哪①，这是龟裂的大地上的甘霖！这是宽慰的话，明智的话，充满爱心的话，这些乃是简·安·史丹普小姐的使人得福的福音！”

我一时气接不上来，稍微停顿了一下，正待往下说，这个不通人性的妖魔竟然恶狠狠地大声骂起来：

“去她××的简·安·史丹普小姐吧！”

他那粗话我可没法写下来，只好用××代替。他的嘴巴刚吐出这话，我就尖声叫起来。我飞也似的奔到边桌那儿，拿起我的提包，把里面的善书都

① 《圣经》里所说的古以色列人经过荒野时得到的天赐食物。——译者注

倒出来，拣了一本专论骂脏话的叫《看在上帝的分上，住口》的小册子，带着痛苦恳求的神情递给他。他抓起来将其撕成两半，隔着桌子向我扔过来。其余的人都吓得站了起来，不知道下一步还会出什么事。我立刻在我的角落里坐下。以前曾经有过一次类似的情形，简·安·史丹普小姐被人抓住双臂，推出了房间。我在她精神的鼓舞下，等待她的受难场景重演。

可是没有，并没有重演。

他接下来便对他的太太说话。"是谁——谁，"他气得结结巴巴地说，"叫这个宗教狂、冒失鬼到这屋里来的？是你吗？"

艾柏怀特表姨妈还没来得及开口，雷茜尔就替她回答了。

"克莱克小姐是作为我的客人到这儿来的。"

这句话对艾柏怀特老先生产生了奇特的作用。刚才他怒火冲天、面红耳赤，现在却变得冷冰冰的，满脸鄙夷不屑的样子。谁都看明白了，雷茜尔虽然只说了短短的一句普通的话，却被他抓住了把柄，占了上风。

"哦，"他说，"克莱克小姐到这儿来是作为你的客人，在我家里？"

这一回可轮到雷茜尔发脾气了，她脸色变红，眼睛恶狠狠地闪着光。她回头看了看律师，指了指艾柏怀特先生，用高傲的口气问道："他是什么意思？"

布罗夫先生第三次出来干预。

"您好像忘了，"他对艾柏怀特老先生说，"您是以维林达小姐保护人的身份租下这幢房屋，供维林达小姐使用的。"

"别急，"艾柏怀特老先生插话道，"我还有一句话要说。我本来早就要说了，都是这个……"他瞧了瞧我，思忖该用什么称呼来贬低我，"放肆的老处女打断了我们的话。先生，我要通知您，要是我的儿子不配做维林达小姐的丈夫，我想他父亲也不配做维林达小姐的保护人。我请您放明白，我不愿按照维林达夫人遗嘱里的托付，做她的保护人了，用你们律师的行话来说，就是我不愿执行了。这幢房屋是以我的名义租赁的，我负完全责任。这是我的家，我要保留，要出租，随我高兴。我并不想撵维林达小姐走，只是请她赶紧叫这个客人卷铺盖滚蛋。"说罢，他鞠了一躬，便走了出去。

艾柏怀特老先生因为雷茜尔不肯嫁给他儿子，就这样对她报复，报复到了我的头上！

门一关上，艾柏怀特表姨妈就显示了一个使大家都被惊得目瞪口呆的奇迹，她居然有力气走到了房间的这一头！

"我亲爱的，"她抓住雷茜尔的手说，"我丈夫的行为诚然叫人羞愧，不过我知道，驱使他说这番无理的话的是他的脾气，并非他的本性。至于你，"艾柏怀特表姨妈又来了一股劲，这一回劲不是使在腿脚上，而是使在神态上，"都怪你惹老头子发火的。但愿再也别看见你和你的那些小册子了。"说罢，她回到雷茜尔身边，吻了吻她，"亲爱的，以我丈夫的名义，请你原谅。我还能为你做些什么吗？"

一贯刚愎任性、反复无常、不讲道理的雷茜尔，居然被这几句普通的话感动得流泪了，也默不作声地回吻了她的姨妈。

“要是您容许我为维林达小姐负责的话，”布罗夫先生说，“艾柏怀特太太，能不能请您关照潘尼洛浦，把她小姐的无边女帽和围巾拿下来！”然后他又压低声音补充了一句，“让我们谈十分钟话！我向您保证，我能把事情弄妥当，使您和雷茜尔都感到满意。”

这一家人对于这个人的信任真是够瞧的。艾柏怀特表姨妈二话不说，立刻走出了屋子。

“啊！”布罗夫先生目送着她说，“亨卡什尔家族，我承认，血统方面是有些缺陷，但毕竟还是有良好的教养！”

他说完这句市侩气十足的话，便狠狠地盯着我待着的角落，仿佛盼着我走似的。可是我对雷茜尔的关切，远远超过了他，我怎么能走？我像钉在了椅子上，寸步不移。

布罗夫先生这一回也像上一回在蒙塔古广场的维林达表婶的公馆里一样，打消了赶我走的念头。他把雷茜尔领到窗口，在那里和她说话。

“亲爱的小姐，”他说，“艾柏怀特先生这种行为自然使您愤慨和震惊。要是值得跟这样一个人计较的话，咱们马上就会让他知道事情是不会随他心意的。可是不值得嘛！您刚才说得好，咱们犯不着理睬他。”

他停顿了一下，回过头来朝我的角落看了看。我坐在那儿岿然不动。那些小册子放在一边，《简·安·史丹普小姐的生平和书信集》摊在膝上。

“您知道，”他又回过头去朝雷茜尔说，“令堂有一项美德，就是总看到周遭的人的优点，不计较他们的缺点。她之所以指定您的姨父为您的保护人，是因为她信任他，也是为了取悦她的姐姐。我自己从来不喜欢艾柏怀特先生，我曾经劝令堂让我在她的遗嘱里加上一条，授权遗嘱执行人，在某些意外的情况下，跟我协商，指派一位新的保护人。今天不是就发生了一桩意外的事件吗？刚才内人捎来口信，我觉得照她的办法，所有这些细节问题，便都可以比较顺当地解决了。您肯赏布罗夫太太的脸，光临寒舍，成为我家庭的一员吗？在我们这些智囊还没有商量好下一个步骤之前，您就住在舍间吧。”

听到他这话，我站起来抗争了。当布罗夫请艾柏怀特叫使女送下雷茜尔的女帽和围巾时，我就害怕他会请她去做客。果然，他竟这样做了。

我还没来得及插话，雷茜尔已经兴致勃勃地接受了他的邀请。要是他们之间谈妥了，她一旦跨入布罗夫先生家的门槛，我就永远失去我的最美好的希望了，永远也别想把我那迷途的羔羊领回羊圈了！想到这些灾难即将临头，我可被吓坏了。我把所有俗世的顾虑都抛入汪洋大海，抱着满腔的热诚，把心里要说的话一下子都倒了出来。

“停步！”我说，“停步！布罗夫先生！您不是她的亲戚，我是。我邀请她到我家里，我要把执行人召集起来，指派我做保护人。雷茜尔，我最亲爱的雷茜尔。我请你到寒舍做客！亲爱的，咱们乘下一班火车到伦敦，和我待在一起！”

布罗夫先生默不作声。雷茜尔毫不掩饰地带着一脸无情的惊讶神色瞅着我。

“德罗西拉，多承你的好意，”她说，“以后我到伦敦，可以随时来看你，不过我已经接受布罗夫先生的邀请了。我想目前最好还是在布罗夫的照顾下过一阵子。”

“哦，别这么说！”我哀求她，“我不能跟你分开，雷茜尔，我不能跟你分开！”

我试图把她搂到怀里，但她往后退缩了。我的热情没有得到回应，反而使她吃惊了。

“你完全不需要这么激动呀，”她说，“我真不理解。”

“我也不理解。”布罗夫先生说。

他们的这种市侩气十足的可怕的冷酷态度使我很反感。

“啊，雷茜尔，”我失声喊道，“难道你还看不出来，我是多么渴望你成为基督徒啊！你内心的声音没有告诉你吗？我现在尽力要为你做的，正是死神从我手里夺走令堂的时候，我尽力为她做的！”

雷茜尔向我靠拢了一步，诧异地望着我。

“克莱克小姐，你说我母亲什么来着？”她说，“我可不懂，能不能请你解释一下？”

我还没来得及回答呢，布罗夫先生便上前一步，打算挽住她的胳膊，领她出去。

“亲爱的，您还是别追根问底的好。”他说，“克莱克小姐，最好还是别解释。”

哪怕我是泥塑木雕的，他这样横加干涉也会气得我大声疾呼了。我非把事实真相说清不可。我气冲冲地把布罗夫先生推开，又用庄严的、合适而又有分寸的话向雷茜尔解释，严峻的教义毫不讳言，临死不忏悔，必遭可怕的灾祸。

雷茜尔被吓得尖声叫起来，跳起身，离开了我。我写到这里，都替她害臊！

“看在上帝的分上，走吧！”她对布罗夫先生说，“趁那女人还没说出更可怕的话，咱们快走吧！哎，想想我那可怜的母亲的贤德、乐善好施、光明磊落的一生！您是参加了她的葬礼的，布罗夫先生。您看见大家都很爱她。孤苦无依的穷人在她坟前为失去最好的朋友而痛哭。我母亲生前是人世间的天使，现在是天上的天使。可是，那个女无赖却站在那儿，睁眼说瞎话，想叫我相信我母亲有罪！别说了，快走吧，想到和她在一个房间里，我都害怕！”

任何规劝她都充耳不闻，她径自跑到了门口。

就在这时，她的使女把她的无边女帽和围巾拿来了。她匆匆地把帽子戴上，把围巾披上。“把我的东西收拾好，”她对使女说，“送到布罗夫那儿去。”

我试图接近她。我既吃惊又伤心，可是不用说，我并不生气。我只想对她说：“但愿你的冷酷的心变得温暖起来。雷茜尔，我原谅你！”她把面纱拉下来，从我的手里把围巾攫走，便匆匆忙忙地走了出去，当着我的面，把门砰的一声关上了。我像往常一样忍受了侮辱。现在我回忆起这件事，还是十分泰然，毫不生气。

布罗夫先生临走时也挖苦了我一通，才急匆匆地走了出去。

“克莱克小姐，你刚才还是别解释的好。”他说罢，鞠了一躬，便走出了房间。跟随他走的还有帽子上有根缎带的那个使女。

“明摆着，是谁把大家都惹火了。”那个使女说，“我只是个穷用人，可是我要声明，我也为你害臊!”说罢，她也走出去，随手把门砰的一声带上了。

只剩我一个人留在房里了。大家都把我侮辱了一通。他们把我撇下，只剩下我一个人留在了房里。

以上我照实写了这一幕基督徒受世人迫害的凄惨景象。还有什么补充的吗？没有了。我的日记告诉我，我的时乖命蹇的生涯中的这一章到此结束了。从那天以后，我再也没有看见雷茜尔·维林达。可是就在她侮辱我的当时，我就已经原谅了她。我后来还一直为她祈祷，祝她幸福。为了把以德报怨的善行做得彻底，我要在遗嘱里写明，把《简·安·史丹普小姐的生平和书信集》遗赠给她，作为纪念。

第二个故事

——马休·布罗夫律师撰稿

第一章

我的女友克莱克小姐搁笔了。这回轮到我来写下去，有两个原因。

一来，我能披露某些大家关心而迄未知晓的内幕。维林达小姐解除婚约有她自己的隐衷，我知道其底细；高孚利肯答应跟迷人的表妹解约，也有其隐秘的原因，我清楚这些事的来龙去脉。

二来，我发现我自己在我所写的这段时期内原来也被牵连进了这宗月亮宝石奇案中（这到底是幸运还是不幸运，我也搞不清楚）。有一个素昧平生、风度不凡、彬彬有礼的绅士光临我的办事处，无疑是那三个印度人的头目。此外，过了一天，我还碰见了那位闻名遐迩的旅行家默思怀特先生，而且跟他作过一番有关月亮宝石的谈话。这对以后事态的发展至关重要。以上这两点能够说明，我在这段时期中也占有举足轻重的地位呢。

几桩事情中最先发生的是解除婚约，所以本篇报道首先交代解约的真相。我觉得要按事件发生的顺序逐个从头到尾地叙述。哦，我得先谈谈我那位当事人、老朋友、已故的约翰·维林达爵爷弥留时的情况，这一点您想必会觉得突兀吧。

约翰爵爷也有一些，或者说颇有一些无伤大雅的人性弱点。其中有个弱点还是和我所要叙述的事情有关的，即在他身体健旺的时候，一直不肯履行他的责任，立一份遗嘱。夫人屡次提醒他要在这方面负起责任，我也敦促过他。他承认我们说得对，可就是迟迟不肯执行。等到他知道自己已病入膏肓，快到弥留的那一刻，才终于请我去听他谈他的遗嘱的内容。遗嘱其实非常简单。在我的律师生涯中还未见过如此简单的遗嘱。我进入房间时，他正昏昏沉沉。见了我，他便清醒了。“你好，布罗夫先生。我三言两语便说完，我还睡我的觉。”他聚精会神地看着我把墨水都放好，问了句：“准备好了吗？”我鞠了一躬，蘸了点儿墨水，便等待他的指示。

“我把一切都留给我的妻子了。”约翰爵爷说，“完了。”说罢，他在枕头上转过头去，安心地进入了睡乡。

我不得不唤醒他。

我问他："您是不是说，把您去世时所拥有的各种类别的财产完全遗留给维林达夫人了?"

"是的，"约翰爵爷说，"只不过，我说话喜欢简短。您为什么不说得简短些呢？让我睡觉吧！一切归我的妻子，这就是我的遗嘱。"

他的财产完全归他自己支配，分为两种。一种是地产（我故意不用术语，好让大家明白），一种是现款。在我经手的大部分立遗嘱的业务中，我总是尽量叫委托人把遗嘱考虑得更周详些，以免日后发生纠葛，这是我的职责。但是约翰爵爷的夫人，我知道，不但为人正直，值得她丈夫托付，而且完全有能力支配和妥善安排他的遗产（她实在是我生平所见的千里挑一的女中精英)。所以，我没有任何疑虑，不消十分钟，就把约翰爵爷的遗嘱立好了。请他过目签过字，约翰爵爷便旋即长眠不醒了。

维林达夫人完全没有辜负她丈夫的信赖，在她孀居的头几天里就派人请我去，替她也立好了遗嘱。她的见解十分高超精明，我都不用费神为她谋划，只不过把她的指示用法律语言表达出来就行了。约翰爵爷入土还不到两个星期，他的千金的前途便已经由他夫人精明万分、关怀备至地安排停当了。

遗嘱藏在我办公室的防火保险箱里好多年了，我都记不清是几年了。直到一八四八年夏天，我才在凄怆万分的情况下，有机会重睹这份遗嘱。

在我所说的这个日子里，大夫们对可怜的维林达夫人正式做了宣判，实际上就等于判处死刑。她首先把病情告诉了我，希望我跟她一起把遗嘱再检查一遍，作一点儿小的改动。

有关她女儿的事项不可能再加改动了，不过随着时移境迁，留给一些亲戚的小笔遗产，有所改动。这就需要在遗嘱原文后面添加三四页附录。添好了以后，我觉得还不妥当，为了防止意外纠葛，我求得夫人允许，根据她最近的指示，重立了遗嘱。我是唯恐涂涂改改，文句重沓会使原遗嘱不清楚。我从事法律事务，什么都讲究用词妥当确切，清楚明了，所以还是重立为好。这一来我们便立了第二份遗嘱。

签立第二份遗嘱的事情已经由签约证人克莱克小姐交代过了。就雷茜尔小姐的财产来说，这份遗嘱的内容跟第一份毫厘不爽，只字不差。更改的地方只是有关指定保护人及有关条款。这都是参照我的意见订立的。

维林达夫人故世以后，那份遗嘱就存在我的代诉人手里，按照常规，听凭"查验"。

大约过了三个星期，据我回忆，我收到第一份通知，警告我有人在暗中搞一桩暧昧的勾当。我到我的朋友——也是代诉人——的事务所去查看时，觉得他的神情有些异样。

"有件事要关照你，"他说，"今天早晨，我在民法博士会馆听说，维林达夫人的遗嘱曾被人要去查验了一番!"

这确实是新闻！我想不出谁会对这份遗嘱有任何争议之处，或是感到利益攸关，需要查验。这里我得为不太了解法律的人顺便提一下，法律规定，任何人只要付一个先令的手续费，便可到民法博士会馆去查验某份遗嘱。

“您听到查验者是谁了吗?”

“听到了。”我的代诉人毫不迟疑地对我说，“请求查验遗嘱的是施计浦—司马利法律事务所的司马利先生。

“这份遗嘱尚未在档案记录办事处抄录存档，所以只好变通一下，容许他看遗嘱的原本。他看得非常仔细，并在笔记本上做了记录。你知道他用意何在吗?”

我摇了摇头：“不知道。不过一天之内我就会查明那人查验遗嘱的用意。”我暗自嘀咕，立即回到我的事务所去了。

要是这样没来由地检查我的已故当事人的遗嘱的是另一家律师事务所，我要想知道他们的意图，还可能会碰到一些困难，可是施计浦—司马利法律事务所却是受我控制的，跟他们交涉就易如反掌了。我的办事精明能干的习惯法雇员是司马利先生的兄弟。由于这个间接的关系，这家事务所好几年来，从我这儿得到了好多由于种种原因我不想经办的业务。我在业务上的照顾对他们是相当重要的。在交涉现在这件事情时，如果必要的话，我打算提醒他们这一点。

我一回事务所就与那个雇员谈了一番。我告诉他事情的原委以后，就派他到他兄长的事务所去带个口信。“你就说布罗夫先生向他们问候。他想了解一下贵所为什么要查看维林达夫人的遗嘱。”

得到这个口信后，司马利先生跟随他兄弟到我的事务所来了。他承认受一位当事人的委托查看了遗嘱。但是更多的情况他不肯提供。他说泄露当事人的机密，未免不守信用，有悖于职业道德。

我们就此事热烈地争论了一番。毫无疑问，他对，我错。可事实是，我恼羞成怒了。我怀疑其中有鬼，坚决要求知道更多的情况。更糟糕的是，我甚至不肯把他提供的情况保密。我要求，保密与否，完全由我自己决定。更有甚者，我不正当地利用我的有利地位，对他加以威胁。“你自己选择吧，先生，”我对司马利先生说，“要么你丢掉这位当事人的这笔生意，要么你就得丢掉我提供的多笔生意。”我承认，这样说是蛮不讲理的，是一种不折不扣的霸道行径。像其他霸道的人一样，我得逞了。司马利先生毫不犹豫地选择了前者，他屈从地苦笑了一下，便把当事人的姓名告诉了我。

这个人乃是高孚利·艾柏怀特。

我只要知道这个人的姓名便够了，别的我也不想再打听了。

叙述到这里，有关维林达夫人遗嘱的事，读者已经知道得和我一样充分了。

我得在这里言简意赅地提上一笔。雷茜尔只有终身财产所有权。她母亲那超人的判断力，配合我多年的处世经验，保障了她的安全，使她免遭危险，避免成为贪婪无耻的小人的牺牲品。无论她本人，还是她丈夫（如果她结婚了的话）都休想靠她继承的地产或现款，捞到一个子儿的额外收入。他们可以住在伦敦和约克郡两处的公馆里，他们也可以有丰厚的固定收入，但仅此而已。

我查明情况以后，一时不知下一步该怎么办。

我惊诧而懊丧地听到维林达小姐终身已定的消息，还不到一个星期呢。我非常喜欢她，疼爱她。听到她把终身许给高孚利，心里说不出的难受。我始终认为那家伙是个油嘴滑舌的骗子。如今他居然公然暴露他结婚图财的目的啦！他比我想象的还要坏。您可能会说，那有什么，这样的事不是每天都在发生吗？话虽如此，亲爱的先生，如果令妹遇到同样的事，您心里也不会轻松吧！

我暗自忖度的头一个问题是：高孚利先生的律师替他查明遗嘱后，他能够恪守婚约吗？

这要看他的经济情况了。我对他的经济情况不甚了解。要是情况不是糟到极点的话，那么他单为看中维林达小姐的固定收入，跟她结婚倒也值得。可是如果他在一定期限内急需一笔巨款的话，那么维林达夫人的遗嘱就正好对症下药，防止她女儿落到坏人的掌心。

如果是后一种情况，我就不必把这件事说给刚为母亲服丧的雷茜尔小姐听了。如果是前一种情况，我不说破，就等于听凭她落入火坑，嫁给一个使她终身受苦的恶棍。

我到伦敦维林达小姐和艾柏怀特太太下榻的那家旅馆去了以后，心里的疑云也就消散了。我听说她们第二天要到布赖顿去，而高孚利先生因意外的事情不能陪同前往，我便立刻提议由我代替他前去。如果单单想到雷茜尔小姐，我还可能犹豫不决，可是我一旦亲眼见到雷茜尔，就顿时打定主意，把实情告诉了她。

我来到伦敦的第二天，陪她出去散步的时候，才找到了机会。

“我可以跟您谈谈您订婚的事吗？”我问道。

“好吧，”她很无所谓地说，“要是你没有更有趣的事情可谈的话。”

“您能原谅我，你们府上的老朋友、老仆人的直言不讳吗？雷茜尔小姐，我能不能斗胆问一句，您对这门亲事，是否主意已定？”

“我是因灰心失望而订婚的，布罗夫先生。我想，虽然失去了幸福，但求能安逸地度过一生。”

这句话很有骨气！言外之意是她曾有过罗曼蒂克般的经历。不过我有我自己探查的目的。我不想（像我的律师所说的）插入附带问题。

“高孚利·艾柏怀特先生不见得和你想法一样，”我说，“他一定是打定主意要结婚吧？”

“他是这样说的，我想应该相信他的话。不过我向他承认了一些事实以后，他未必要跟我结婚吧，除非他的确喜欢我。”

可怜的姑娘！她根本没有考虑到，这个人和她结婚是为了图财的自私目的。看起来我想办的事比我预想的要棘手得多。

我接下去说：“我这种老脑筋的人听起来，这话透着点儿奇怪。”

“奇怪在哪儿？”她问。

"听您谈起您未来的丈夫，仿佛您都不敢肯定他是否真心爱您。您怀疑他，您扪心自问，有什么理由吗?"

她非常敏感，马上就听出我问话的语调和语气有些变化，从而觉察到了我的言外之意。于是她停住脚步，从我的胳膊里抽出手去，细细地打量着我的脸。

"布罗夫先生，"她说，"您要跟我谈高乎利·艾柏怀特的事吗? 您就谈吧。"

我很了解她，深信她说的是实话，便把这事说了出来。

她又挽住我的胳膊，缓缓地往前走。我觉得她的手无意识地紧紧揪住了我的胳膊。我看见她在听我说话的时候，脸色变得越来越白，但她一声不吭。等我说完，她还是一言不发。她低垂着头在我身旁走着，却好像没有感觉到我在她身旁，对周围的事物也没有感觉，沉浸在，不，可以说完全埋藏在自己的思绪当中。

我不想打扰她。根据我对她性格的理解，我觉得这一次和以往一样，不能操之过急，要给她时间好好思考。

一般姑娘，当听到有关切身利益的事时，出于本能总要问一大堆问题，然后跑开和某个知己的朋友去商量。而雷茜尔小姐在这种场合，却是沉思冥想，独自反复思考。这种完全独立自主的性格，对一个男子来说是种美德，而对一个女子来说却是个严重的缺陷，因为这样会和周围的女性隔离开来，引起大家的误解。在这方面我认为自己的想法也和大伙儿一样。但雷茜尔却是个例外。她的这种独立自主的特点我认为是她的美德之一。一来，无疑是因为我真心器重她，喜欢她。二来，我对她和月亮宝石一案的牵连关系的看法，是建立在我对她的独特性格的理解上的。尽管在钻石丢失这个案件中，表面迹象对她很不利，大家都认为她跟这难以解开的失窃之谜有牵连，这种情况很令人担惊受怕。我却坚信她绝没有做出任何于心有愧的事情。因为我深信，她未经深思熟虑，是绝对不会贸然踏出错误的一步的。

我们大概走了一英里路，雷茜尔才如梦初醒。她忽然抬起头来，面露微笑地看了看我。她比较高兴的时候总是这样微笑的。我从未见过别的女人会露出这么迷人的微笑。

"您对我的盛情，我一向非常感激，如今尤其感激。如果您回伦敦后听到什么有关我婚姻的流言蜚语，我授权您立刻替我辟谣。"

"您决定解除婚约了吗?"我问。

"您还不信吗?"她神气十足地说，"难道您这些苦口婆心的话是白说了?"

"亲爱的雷茜尔小姐，您少不更事，总有一天您会发现，想摆脱您目前的处境，要比您料想的难得多。您有没有个可以商量的人? 我当然是说一位女士。"

"没有。"她回答说。

听她这么说，我实在很痛心。她这么年轻，这么孤独，却要忍受这些。

我曾经为许多当事人出过主意，曾经应付过许多特别棘手的事情。但我这还是第一遭帮一位小姐解除婚约。我建议她告诉高乎利·艾柏怀特先生（当然是在私下见面的时候），根据种种迹象来看，他图财的目的已经昭然若揭。既然如此，他们的结合已属无望。只有依照她的看法私下解约才是上策，否则就得公开揭露他的卑劣意图。如果他狡辩或抵赖事实，则由我来对付他。

维林达小姐用心地听我说完，对我的忠告表示感谢，可是同时又告诉我，她不能采纳我的意见。

我说："请问您为什么不能采纳？"

她犹豫了一下，然后反问我：

"假如有人请您谈谈对高乎利行为的看法……"

"嗯？"

"您称它是什么行为呢？"

"我要称之为卑鄙的骗子行径。"

"布罗夫先生！我曾经信任过这个人。我已经亲口答应嫁给他，怎么能出尔反尔，说他卑鄙，说他欺骗了我，使他名誉扫地呢？我做了嫁给他的打算，已经降低了自己的人格。如果我拿您的理由要求他解除婚约，那岂不是当着他的面承认自己降低了人格吗？我不能这样做。我亲口说的话，不能改口！对我来说，羞辱是难以忍受的，而对他来说，羞辱却是无所谓的。"

这些话淋漓尽致地表现了她的性格的另一个显著特点。她很敏感，害怕卑鄙的事情，不敢睁眼去看。她心里明明知道这门亲事会给她带来多么严重的后果，却闭着眼睛不去看，自己欺骗自己，只求在亲友的心目中维持虚假的面子。在这以前我还有点儿踌躇，生怕自己的建议不合适。听了她这番话以后，我坚信自己的忠告是万分必要的。于是我毫不迟疑地再次劝她采纳。

她只是摇了摇头，用另一种方式来反对我的意见。

"他对我很亲密，才向我求婚。我对他的评价也是很高的。既然如此，我又怎么能改口，指着鼻子骂他是卑鄙无耻的小人呢？"

"可是，亲爱的雷茜尔小姐，"我耐心地规劝她，"您如果不说出任何理由，怎么可能平白无故地解除婚约呢？"

"我会说，经过反复考虑，我认为我俩还是分手的好。"

"没别的理由？"

"没别的理由。"

"您有没有想过他会说什么？"

"他高兴说什么都随便。"

我不能不佩服她感觉敏锐，做事果断，但同样感到她没能抓住理儿，反而让对方抓住了自己的把柄。

我请她考虑考虑自己的处境，提醒她人家会中伤她，说她取消婚约，是出于卑鄙的目的。"您总不能为了顾全某种私人的感情而不顾外界的舆论吧。"我说。

"怎么不能，"她回答说，"我早就这么做过了。"

“此话怎讲?”

“您把月亮宝石忘了吗，布罗夫先生？在那件事上我不是因为私人的苦衷而不顾外界的舆论吗?”

她这么一说倒叫我哑口无言了。

我倒是想根据她刚才说漏了嘴的这句奇怪的话，来追查她在月亮宝石丢失时的奇特行为。要是倒退若干年，我是可能探究出来的。现在我显然是无能为力了。

在我们回去之前，我苦苦地劝她三思，采纳我的意见，她却仍旧无动于衷。那天我离开她以后，心里矛盾极了。她固执，明明是错了，可又有令人钦佩、令人同情的地方。我关照她，一有消息就来信通知我，然后就只好惴惴不安地回伦敦去办公了。

回到伦敦的那天晚上，还不可能收到她答应写的信。艾柏怀特先生来看我了。他通知我，当天高乎利先生获悉解除婚约的事，已经同意了。我实在喜出望外。

高乎利为什么肯解约了？我分析了一些事实，终于对他的动机洞若观火，就像他亲口招认一样的清楚。他需要一笔巨款，而且在一定期限内要动用这笔钱。雷茜尔的固定收入只能应付一般开销，却应付不了这笔急用。所以雷茜尔才能够轻而易举地解除了婚约，没有遇到任何阻力。如果有人说这仅仅是猜测，那么请问，他有什么其他理由愿意放弃这一门可以使他一辈子享福的亲事呢?

我对形势的意外好转固然欣喜万分，艾柏怀特老先生的来到却使我颇为不快。他来找我，显然是要我解释维林达小姐奇怪地解约到底是什么原因。不用说，我当然不能随他的心意。他不久前跟他儿子见了一次面，本来就窝了一肚子火，这回又碰了我的钉子，格外气恼，于是便气势汹汹地原形毕露了。看他的脸色，听他的话音，我便知道他到布赖顿找那几位女眷时，维林达小姐就会明白此人是个难缠的讨厌鬼了。

我一夜没有好好睡，考虑下一步该怎么办。我终于打定了主意，少不得也到布赖顿去一趟，助雷茜尔小姐一臂之力。接下来的一段事情已经由那位为人正派的克莱克小姐有条不紊地交代过了，证明我对艾柏怀特老先生的人品没估计错。这里我只要附带提一下，维林达小姐在汉普斯泰德我家里过得很安宁。可怜的姑娘，她是多么迫切地需要一个安静的环境啊！承蒙她不见外，在我们家住了很久。我的妻子和女儿简直被她迷住了。几个遗嘱执行人商定了一位新的保护人。我自豪而快慰地指出，我的贵客跟我的妻女像多年的好友一样地分了手。

第二章

我下一步要做的事，乃是提供与月亮宝石丢失案（或更确切地说，与印度人盗窃月亮宝石案）有关的一些附带的消息。我所要讲的一些事，看起来尽管细小，却是相当重要，因为它们与案情的进展有密切的关系。

维林达小姐离开我们大约一星期至十天以后，我的一个雇员走进我的办公室，递给我一张名片，说楼下有位先生求见，想跟我谈谈。

我看了看那张名片，上面写着个外国名字。这名字我可记不清，倒是下面的一行英文字，我却记得很清楚。

“兹经塞普蒂默斯·卢克先生介绍。”

卢克先生声名这样狼藉，居然擅自介绍什么人来见我，其厚颜无耻，真令我咋舌。我愣住了，怀疑是不是眼睛发花，看错了。

雇员见我神色惊奇，就把楼下那位先生的模样告诉了我，说：“来客相当体面，肤色黝黑。我们办事处的人都以为他是印度一带的人。”我把雇员的话跟我手中的名片上的字联系起来，认为卢克先生介绍此人来我们办事处，肯定跟月亮宝石有关，于是立刻决定和楼下那个人见面。这次轮到我的雇员感到诧异了。

这里我要说明一下，我为什么要白费精力，仅仅为了好奇心，来接见一位跟律师业务无关的人。请容许我提醒读者，世界上，至少在英国，没有任何人能像我一样与这颗印度钻石的奇遇有如此密切的关系。我参与了亨卡什尔上校逃避暗杀的谋划，上校每年报告他还在人世的秘密信件都是寄给我的。他把月亮宝石遗赠给雷茜尔小姐的遗嘱是我草拟的。是我劝说布莱克老先生按遗嘱执行的，因为这颗宝石可能对维林达一家很有好处。最后，是我打消了富兰克林的顾虑，劝他把宝石送到维林达夫人的公馆的。世界上除了我以外，还有谁能自诩对这颗宝石及与其有关的事情有绝对的发言权呢？

雇员把那位神秘的当事人引了进来。他一进门，我马上知道在我面前的就是三个印度人中的一个，很可能就是为首的那一个。他虽然一丝不苟地穿着西服，但他那颀长而柔韧的身躯和黝黑的皮肤，庄重而彬彬有礼的举止，使明眼人一看便知道他原是个东方人。

我指了指一把椅子，请他坐下，问他有何贵干。

那个印度人温文尔雅，操着地道的英语，请我原谅他的冒昧打扰，然后拿出一个小包，解开第一层金线绣花的袱布和第二层丝绸的袱布，露出其中的一个镶着无数珠宝的乌檀木小盒子，斑斓璀璨，光华夺目。

“我专诚来求您借些钱，先生。”他说，“我留下这个作抵押，保证按期还钱。”

我指了指名片问道：“您是卢克先生介绍来的吗？”

印度人鞠了一躬。

“请问，卢克先生自己为什么不借给您钱呢？”

“卢克先生对我说，他无钱可借，先生。”

“所以他就介绍您来向我借了？”

印度人也指了指名片：“这上面写着呢。”

回答简洁，目的明确！要是月亮宝石在我手里的话，我很明白，这位东方绅士就会一眼不眨地把我暗杀掉。不过，话说回来，除了这个小小缺点以外，我倒不得不说一句，他是个典范。尽管他可能不重视我的性命，但他不像与我打过交道的任何英国同胞，他干脆爽快，不想浪费我的时间。

“实在抱歉，害您白跑一趟。”我说，“卢克先生找错门了。按说，我们这一行是有借款业务的。但我向来不借钱给陌生人，而且从来不收您那样的抵押品。”

那个印度人绝不像别人那样死气白赖地请求我破例贷款。这个可敬的杀手听到我的回答，又鞠了一躬，把那个盒子用两层袱布包好，一言不发地站起身来。

“您能允许我在临走前请教一个问题吗？”他说。

我也向他鞠了一躬。临走前只问一个问题！我平时打交道的那些人，平均要问我五十个问题呢。

“假定您按照惯例把钱借给我了，先生，”他说，“那么按照惯例，我必须几时还清？”

“根据我国的通常情况，”我回答他，“您得在自借钱之日起一年之内把钱还清。”

那个印度人又向我深深地鞠了个九十度的躬，转眼之间就一溜烟地走了出去。他的动作毫无声息，像猫一样柔韧轻疾。我承认，我被吓了一跳。等我惊魂甫定，才对这个难以理解的不速之客做了个肯定的结论。

当我和他谈话时，他的脸色、声音、举止全都不可思议。话虽如此，我毕竟目光敏锐，透过他和蔼圆滑的外表，看到了他内心深处。我对他讲话时，他一直似听非听，无动于衷。直到我提起根据惯例债务人一般还债的期限时，他才显得很感兴趣，头一回直愣愣地盯着我的脸看。我由此得出了一个结论——最后一个问题才是他真正要问的，所以也就特别感兴趣。我越仔细琢磨，就越是疑心他拿出宝盒、申请借款等都是声东击西，实质上是为了套出我最后回答的那句话。

我已经肯定我这个结论是正确的了，正打算进一步深挖这个印度人的动机。就在这时，我忽然收到一封信，正巧就是卢克先生写给我的。他客气得近乎肉麻地请我原谅，并要求和我见一次面，保证把事情解释清楚，使我满意。

我纯粹出于好奇心，就又作了一次与本行业务无关的牺牲，跟他约定第二天见面。

无论从哪个角度来看，卢克先生都比那个印度人差多了。他卑躬屈节地奉承了我一通，语言卑劣乏味，根本不值得仔细描述。我把他的话简略地概括如下。

那个颇有素养的印度绅士在来我们办事处的前一天访问过卢克先生。卢克先生马上就认出他就是那三个印度人中为首的一个。那个人曾经在他家门外来回徘徊，他不胜其烦，只好去报告地方官了。他一发现此人来访，当即（我想这也是很自然的）断定那人一定是蒙住他眼睛，塞住他嘴巴，抢走他银行收据的三个人中的一个。这下他就被吓瘫了，认为命在旦夕啦。

那个印度人却装着与他素昧平生。他拿出那个宝盒，开口借钱，就跟后来向我借的做法一样。卢克先生想尽快摆脱纠缠，就说没钱。那印度人便请他说出最有把握可以借钱的人。卢克先生说，能提供紧急贷款的最妥当的人，一般是有名望、有身份的律师。印度人又请他说出个具体的人。卢克先生便提到了我。因为他当时被吓昏了，脑子里头一个便想到了我。

"我当时汗流浃背！"这个混账家伙说，"希望您别见怪，布罗夫先生，当时我实在是被吓得魂不附体，不知所云了。"

我当即宽容了他，这是摆脱他的纠缠的最好的办法。

卢克先生临走时，我拦住他，问了他一个问题：那个印度人离开时说过什么要紧的话吗？

说过！那印度人临走时问他的问题，正巧就是问我的那个问题。卢克先生的回答也正巧和我的完全相同。

这是什么意思呢？卢克先生的说明帮不了我的忙。不管我怎样苦苦思索，还是解答不了这个问题。当天晚上，我准备参加一个宴会。我真没想到在我走上楼梯，在不太舒畅的心情中走向化妆室的时候，却出乎意料地得到了答案。

第三章

我看出，宴会上的客人以默思怀特先生最引人注目。

他回到英国以后，社交界对这位赫赫有名的旅行家倍加青睐，把他作为一个历经千难万险的英雄人物看待，纷纷请他讲述历险故事。而他现在又提出仍要踏上征途，深入到尚未被人探索、更为荒僻的蛮邦异域去。这种再次置个人的安危于不顾的献身精神，激起了大家对他更大的崇拜热情。他这次再度探险，生还的机遇极少。壮士一去兮，不复返！我们并非每天都可以在宴会上遇到这样名扬四海的豪杰。大家都唯恐不久会听到他被谋杀的噩耗。我们多么希望他不再探险，留在英国啊！

当餐厅里只剩下几位先生的时候，我才发现自己有幸就坐在默思怀特先生的身旁。本来有太太小姐们在场，有些话不便说。现在她们一走，而所有的客人又都是英国人，那就可以无话不谈了。不消说，须臾之间话题便转到政治问题上去了。

我正好是个最不像英国人的英国人。我素来不喜欢谈这类无所不包的国家大事、政治问题。我通常认为政治问题乃是最枯燥无味、最无益于人生的话题。等到大家把桌上的各种酒喝了一巡下来，我看了看默思怀特，发现他显然跟我的看法不谋而合，只是为了照顾主人的情绪，做法比较策略而已。他正想觑空打个盹儿养养神。我打定主意，想不妨试试看，审慎地谈到月亮宝石的问题，可能会驱散他的睡魔。我还想告诉他，最近有个印度人到我们办事处来借钱，听听他对于印度人那个阴谋目前的进展有何看法。

“如果我没有弄错的话，默思怀特先生，”我开始说，“您是认识过世的维林达夫人的。您曾对月亮宝石失踪前的一连串奇特事件颇感兴趣。不知您现在还感兴趣吗？”

那位知名的旅行家顿时清醒了，问我是什么人。

我便告诉他，我跟亨卡什尔家在法律事务上有来往。我也没忘了告诉他，我在过去的一段时间里，在亨卡什尔上校的钻石事件中扮演了一个重要角色。

默思怀特在椅子上转过身来，背朝着宴会上的其他所有保守派、自由派的客人，以便将全部注意力集中到格莱旅馆广场上那个平凡的布罗夫先生身上。

“您近来听到那三个印度人的消息了吗？”他问道。

“我有充分的理由相信，其中一个印度人昨天到我办公室来找过我。”

默思怀特先生并不是轻易受惊的人，听了我的话却大吃一惊。我把卢克先生和我自己遇到的事都描述了一遍。“那印度人临走时问的问题分明是有用意的。”我补充了一句，“他为什么这么关心债务人按惯例几时还钱的事呢？”

“您难道不明白他的用意吗，布罗夫先生？”

“我真惭愧，自己太笨了，默思怀特先生，我实在弄不懂他的用意。”

那位伟大的旅行家饶有兴味地想探测一下我到底愚笨到什么程度。

“那么请问，印度人阴谋夺取月亮宝石的事，现在进展到什么地步了？”

“我说不上，”我回答说，“印度人的阴谋，令我大惑不解。”

“布罗夫先生，您之所以对印度人那个阴谋茫然不知，是因为您根本就没有认真调查过。咱们一起把这件事简单地谈一遍好吗？您身为维林达府上的法律顾问，对这件事应该有个清醒的认识，才能应付紧急情况。这可能与维林达小姐有极其重要的关系，您要记清这一点。告诉我，您是打算单枪匹马地来探究印度人的动机呢，还是要我助您一臂之力，帮您调查这件事？”

不用说，我对他的切合实际的提议欣然同意了。

“很好，”默思怀特先生说，“咱们先来研究那三个印度人的年龄问题。我可以肯定，他们看起来年龄相仿。您遇到的那个人，您是否看出他年富力强？您看他不到四十岁吧，我也是这个看法。咱们就算他们都不到四十吧。现在再回顾一下，当初亨卡什尔上校回英国，您帮他研究如何保全性命，从那时起，我不想要您计算过去多少年了，我只要说一句，现在这三个印度人，照年龄来看，分明是以前跟随上校到英国来的那三个印度高级婆罗门的继承人。好了，目前咱们遇到的这三个人要继承他们前人未竟的遗志。要是他们仅仅干他们前人的事，那就不值得研究了。他们要干的事比他们前人要干的还要多呢。他们继承了他们的先辈在英国创立的那个组织。根据咱们的看法，一般的组织也就是虚有其表，华而不实的玩意儿。那个组织却不然，它拥有大量的钱财，如果需要，在伦敦自会找到那种鬼鬼祟祟、跟下三烂的外侨鬼混的英国人为他们效劳。最后，还有他们的同胞，一些婆罗门教徒啦，在这大都市里的各行各业混事的印度人啦，也都会暗中支持他们。所以，虽然您可能认为印度人的组织规模不大，没什么了不起，但您千万不能小看啊。咱们今后可能会跟这个组织打交道的。以上我把情况大体上讲清楚了。现在我问您一个问题，我希望您凭自己的经验来回答。那三个印度人要夺取那颗钻石，头一个机会是什么?"

我明白他的意思。

"他们的头一个机会分明是亨卡什尔上校的去世。我相信，他们理所当然会知道他去世的噩耗。"

"一点儿不错。如您所说，他的去世为他们提供了头一个机会。他去世以前，月亮宝石一直十分安全地保存在银行的保险库里。您替上校立了遗嘱，把这颗宝石遗赠给了他的外甥女，而且这份遗嘱也按照常规经过公证了。那么，作为一位律师，您是不难想象那三个印度人在一些英国人的协助下，会采取什么行动的。"

"他们会从民法博士会馆里弄到一份遗嘱的副本。"我说。

"一点儿不错，我上面提到的那些下三烂的英国人，总有一个会替他们弄到那份副本的。他们看了副本，就会知道那颗钻石是传给维林达夫人的女儿的；还会知道那颗钻石要由布莱克老先生或由他指派的某人交到她手里。您想必会同意我的看法吧，像布莱克老先生和维林达夫人那样的知名人士，有关他们的消息是很容易弄到手的。那三个印度人的唯一难点，就是确定什么时候夺取月亮宝石最为妥当。是从银行里刚取出来就下手呢，还是等宝石送到约克郡的维林达夫人的公馆以后再下手？显而易见，第二个方案比较妥当。因此他们就扮成变戏法的到弗利辛霍去等待时机了。您也知道，他们在伦敦的组织自会通知他们事态的进展的。这事需要两个人办。一个人在街上盯着任何从布莱克老先生公馆到银行去的人；另一个人则和公馆里的下等男仆交往，给他们喝啤酒，打听公馆里的消息。这样布置以后，他们很快就知道富兰克林到银行去过了，而富兰克林又是公馆里唯一要去拜访维林达夫人的人。实际发生的事情，您无疑和我一样清楚。"

我记得富兰克林先生发现了那个盯梢的人，于是比预定的时间提前了几个小时，先到约克郡，然后又按照贝特里奇的劝告，趁印度人未发现，立即把那颗钻石存到了弗利辛霍的银行里。

"说到这里，一切都很清楚了，"我说，"不过，三个印度人并不知道这些预防措施，一定认为钻石是在公馆里。那么他们为什么不在雷茜尔小姐生日以前那段时间，设法到维林达夫人的公馆里去夺取那颗钻石呢?"

我请求默思怀特先生解答这个难题，顺便也提到了我听说的印度人在小男孩儿手掌里滴墨水等事情。我说，我认为这种千里眼的鬼话是荒谬不可信的。

"我也不相信，"默思怀特先生说，"他们搞的这千里眼的名堂，只不过是印度人浪漫主义性格的一种表现罢了。英国人认为这是不可思议的，可是这些印度人远涉重洋到英国来干这种棘手而危险的窃取宝石的事情，搞些神神鬼鬼的超自然的名堂，倒是能起到一种鼓动作用。那个小男孩儿受了他们所施的催眠术，无疑会在他们的影响下说出一些他们想听的话。我曾经把千里眼的理论付诸实践，发现它不过是骗人的鬼话。印度人不是靠它来探究事实的真相的。印度人假设那个小男孩儿能看到他们自己看不到的事物，只不过是借此来为自己壮胆，好鼓起精神一致行动而已。不过我倒认为借助千里眼，我们可以窥见人性中一个鲜为人知的方面。好了，咱们现在不谈千里眼、催眠术这些事情了，一个求实的人是不信这些鬼话的。咱们的调查也不必考虑这些事情。咱们要搞的是由结果一步一步地回溯到原因的逆推理法，来探测印度人的阴谋。我这些话能使您满意吗?”

“当然，”我说，“不过，我急于要听的倒是您对我刚才请教的那个难题是怎么解答的。”

默思怀特先生莞尔一笑。“这个所谓的难题倒是最好解答的。”他说，“咱们姑且假定您讲的全部是事实。那么这三个印度人无疑并不知道富兰克林先生把那颗钻石藏起来了，因为我们发现在富兰克林到达维林达夫人的公馆的当天晚上，他们就干了头一件失策的事。”

“头一件失策的事?”我重复了一遍。

“没错！就在富兰克林来到的当天晚上，他们到阳台上偷偷侦察，被加布里埃尔·贝特里奇撞见了。然而他们还有自知之明，知道自己走错了一步，以后的几个星期，他们尽管有充裕的时间，也不再上夫人的公馆去了。”

“什么缘故，默思怀特先生？我很想知道其中的奥妙。”

“因为没有一个印度人愿意做无谓的冒险。他们获悉亨卡什尔上校的遗嘱里写明了，在维林达小姐生日那天一定要把月亮宝石交到她手里。很好，请问处在他们的地位，哪种做法最安全呢？到底是从机警多疑的富兰克林·布莱克先生手里夺取那颗钻石呢，还是等到它落到一个姑娘手里再下手呢？那个天真无知的姑娘一有机会就想把钻石佩戴起来呢。也许您还需要一个证明，那就拿印度人的行动本身来证明吧。那三个印度人等了几个星期，不是在维林达小姐生日那天又到公馆里去了！他们的苦心终于有了收获，他们这些天并没有白等一场，终于看到月亮宝石佩戴在她胸前了！那天晚上我听到那颗钻石的事，知道富兰克林若不是由几个人陪同，定会遭到不测。我同样相信，维林达小姐会遇到更大的危险。因此我建议她把钻石车成几块，使原来的月亮宝石消失。后来那颗钻石神秘莫测地失踪了，我的计谋成了泡影，印度人夺取钻石的阴谋也没有得逞。而第二天他们又以流浪罪受到拘禁，下一步行动暂时也就谈不上了。对这一切，您和我一样清楚。印度人的阴谋的头一幕到此结束。在我们进入第二幕之前，我要问一下，是不是把您难解的问题说明白了?”

这一点我无法否认。他的确把我的疑难问题解答得头头是道。这固然归功于他对印度人的性格的了解，但他不像我，在亨卡什尔上校的遗嘱之后，又要拟定几百份别的遗嘱，所以思路才这样清晰，这也是事实。

“到目前为止，一切都弄明白了，”默思怀特先生接着说，“那三个印度人在被关进弗利辛霍监狱那一天，失掉了夺取那颗钻石的头一个机会。他们还在牢里的时候，又错过了第二个机会。我能证明这一点。”

他拿出笔记本，翻到一页，看了看，又往下说。

“那时我正跟几个朋友待在弗利辛霍。那三个印度人被释放的前一两天，我想是星期一吧，典狱官拿了封信来见我。那封信是印度人在弗利辛霍的房东马凯恩太太于前一天早晨收到后送来的。典狱官见到邮戳上的地址是‘兰贝思’。信封上的地址虽然是用正规的英语写的，但格式不规范。他们拆开一看，信的本文是用某种外国语写的，他们猜是兴都斯坦语。典狱官请我把信译出来。我把信的原文和译文都抄到了笔记本上。这就是译文。”

他把摊开的笔记本交给了我。他抄的第一行是地址，全写在一起，没有分行，也没有标点：“约克郡弗利辛霍马凯恩太太的房客三个印度人”。下面是信的正文，是用兴都斯坦语写的，附有英语译文，非常神秘。

“以端坐羚手宝座，四臂环抱大地四方之黑夜主宰的名义。

“弟兄们，脸朝南方，到通往浑浊河的喧嚣街来见我。

“理由是，

“我亲眼看到它了。”

信到此为止，既无日期，也未署名。我把信还给默思怀特先生，承认这封奇特的信使我如堕五里雾中。

“我可以把第一句解释给您听，”默思怀特先生说，“其余的部分用那三个印度人的行动来说明。在印度神话中，月亮神是端坐在羚羊宝座上的四手神，他有个尊号叫‘黑夜主宰’。信上一开头用语便暧昧可疑，好像影射到了月亮宝石。请看，那三个印度人被释放的当天就干了什么事？他们立即到火车站，乘上了往伦敦去的头班火车。我们都感到遗憾，没有在弗利辛霍暗中监视他们的行动。维林达夫人解雇了那个警官以后，再也不过问月亮宝石丢失的事了，别人更不会去过问，所以印度人行动非常自由，一被释放便到伦敦去了。接下来有什么消息，布罗夫先生？”

“他们在兰贝思的卢克先生家门前徘徊，缠得他烦透了。”我回答说。

“您看到卢克先生向地方官求援的信了吗？”

“看到了。”

“您记得吗，卢克先生在向地方官求援时，提到了他雇用的一个外国工人。他怀疑此人跟缠住他的三个印度人里应外合，企图偷窃，便把他解雇了。布罗夫先生，这一说，是谁写了这封令人费解的信，那人打算偷卢克先生的哪件东方珍宝，不是一清二楚了吗？”

我立刻承认这些事我了如指掌了。

以前我从未怀疑过月亮宝石在默思怀特所提到的那时候已经到了卢克先生手中。我弄不懂的只是那三个印度人怎么会知道这情况的。如今这问题才跟别的问题一样，得到了解答。我虽然是资深的律师，但我开始觉得，我比起默思怀特，真是望尘莫及。许多问题他都使我茅塞顿开。现在我该信任他，让他指点我走出这最后一段迷津。我对他表示佩服，他谦让了一下，接着说："在咱们往下谈以前，您该对我提供点儿消息了。一定有人把月亮宝石从约克郡带到了伦敦，把它抵押了一笔钱，要不然它也不会到了卢克先生手中。有没有查到那人是谁？"

"没有。"

"有人怀疑是高孚利·艾柏怀特先生，是不是有这传说？据说他是个闻名遐迩的慈善家，这事对他可绝对不利。"

我完全同意默思怀特的看法。但同时，我认为应该告诉他，有确凿的证据证明高孚利先生是无辜的（不用说，我没有提维林达小姐的名字）。

"很好，"默思怀特先生不动声色地说，"走着瞧吧，有朝一日总会水落石出的。布罗夫先生，现在咱们得回过头来谈谈那三个印度人。他们到伦敦之举失败了。他们失掉了劫夺钻石的第二个机会，是因为卢克先生有先见之明（他不愧是放高利贷这古老的行业中出类拔萃的人物），未雨绸缪地解雇了那个工人，并立即将宝石存放到银行里去了。哎，布罗夫先生，印度人夺取钻石的第三个机会是什么？这机会什么时候才会来呢？"

经他一点化，我顿时悟到那印度人到我们办事处来的动机了。

"我明白了，"我大声说，"那三个印度人已料定月亮宝石给抵押出去了，所以才要打听赎回宝石的日期，因为这也就是月亮宝石从银行被取出的时间。"

"我说了，明白人是一点就透的。布罗夫先生，"默思怀特先生说，"月亮宝石被抵押出去的一年后，那三个印度人就等到他们的第三个机会了。卢克先生亲口告诉他们第三个机会来临的日期，再经过您这位可敬的法律权威一证实，他们心里亮堂多了。您毛估一下，那颗钻石是什么时候落到这个放高利贷的人手里的？"

"我估计最可能是今年六月底。"我回答说。

"今年是一八四八年。很好。如果那个把宝石抵押出去的神秘人物，在一年以后能赎回的话，到一八四九年六月底，那颗宝石便又回到他手里了。到那时，我远离英国有数千英里之遥，不可能听到有关的消息了。不过，您可得记住这个日期，到那一天怎么说也得待在伦敦。"

"您看会出什么乱子吗？"我问。

"我认为，哪怕跟中亚细亚最凶狠的宗教狂待在一起，也比携带月亮宝石跨出银行的大门安全得多。那三个印度人已经接连失败过两次，布罗夫先生，我相信他们决不甘心失败第三次了。"

关于月亮宝石的问题，他谈到这里为止。用人把咖啡端上来了。宾客们都从桌边站起来，分散到厅堂的各个角落。我们也到楼上找宴会的女宾去了。

我记下了那个日期。在我报道的末尾不妨再记上一笔："一八四九年六月。将近月底时，窥伺印度人之动静。"

我写下了这句话，再也没有什么可写的了，该把笔交给接着写的人了。

第三个故事

——富兰克林·布莱克撰稿

第一章

一八四九年春天，我正在东方浪迹。我把几个月前拟定的旅行计划做了些改动，并已通知了伦敦和我往来的律师和银行。

这一改动，某城就不在新的旅行路线上了。于是我就差遣一个仆人到该城英国领事那里取回我的函件和汇款，约好某时在某地会合。由于发生了一件他不能负责的意外事件，他耽误了行期。我们一行滞留在一个沙漠的边缘，等待了一个星期，那个误期的人才带着信和钱款来到我的帐篷里。

“我恐怕给您带来坏消息了，先生，”他说着，指着一封信，信封四周有一圈表示报丧的黑边。信封上的姓名和地址显然是布罗夫先生的笔迹。

在这种情况下，最难忍受的是悬念。我急不可耐地拆开了那带黑圈的信封。

信里通知我说家父故世了，我将继承一大笔遗产，还有随着遗产而来的重大的责任。布罗夫先生敦促我赶紧回国。

翌日拂晓我就踏上归国的途程了。

我的老友贝特里奇描述的我离开英国的那副狼狈相，我认为未免夸张失实了。诚然，他们小姐对我的外国教育，是有些婉讽微词，可是贝特里奇用他的古怪笔调一渲染，就完全走了样。他好像真的看见了我的法国、德国和意大利的性格似的。其实这些只不过是我那俏皮的表妹的玩笑之辞，并非确有其事，他却据此大放厥词了。说到底，这不过是好心的贝特里奇头脑中的空想罢了。不过除了他这言过其实的缺点以外，我得承认，他的话大都属实。比如他说，我受雷西尔小姐的冷遇而被伤透了心，说我是带着一生中最痛苦的失意（心情）离开英国的，这些都是真话。

我出国去，一心想借着客居他乡，把她淡忘了。按人之常情来说情随境迁，愁闷会渐渐减轻。我是根本忘不了她的，但离开的时间长了，再加上新的人和事层出不穷，痛苦的回忆倒也逐渐被冲淡了。

可是在归途中已舒缓的隐痛又开始发作起来。我越是接近她安身的国土，越是有希望再见到她，就越是摆脱不了对她的思念。离开英国时，我最不愿提到的就是她；回到英国跟布罗夫先生会面时，头一个问起的也是她。

布罗夫先生少不得把我侨居国外时英国的事情，也就是贝特里奇的报道之后在伦敦发生的和我们有关的事情，全都告诉了我。只有一件事，即雷茜尔和高乎利解除婚约，以及双方内心的隐衷，他对我只字未提。布罗夫先生认为谈这个敏感的话题为时过早，不便提起。我见他面有难色，也不好问。早先我听到她打算下嫁高乎利，不免又妒忌又失望。如今听到她经过考虑，认识到自己太草率，从而解除了婚约，我心里的石头才着了地。

听罢过去的事，我又问起现在的情况（当然，还是关于雷茜尔的），她离开布罗夫家以后受到谁的照料，住在何处？

目前雷茜尔在已故约翰·维林达爵爷的一位孀居的妹妹梅里杜太太的照料下生活。维林达夫人的遗嘱执行人请求这位太太当保护人。她接受了。听说雷茜尔这个季节住在波特兰广场的梅里杜太太家里，她们相处得很融洽。

我听到这消息半小时后，就到波特兰广场去了。我可没勇气把这事告诉布罗夫先生。

应门的人不知道维林达小姐是否在家，我就叫他拿了我的名片上楼去，以为这是解决问题最快的办法。那个人下楼来，带着捉摸不透的神色说，维林达小姐出去了。我留下口信，说当晚六点钟再去拜访。

六点钟时那个人又对我说，维林达小姐出去了。她有没有留口信？没有。难道维林达小姐没收到我的名片？那听差请我原谅，维林达小姐收到了名片。

用意再清楚也没有了，雷茜尔不愿见我。

我呢，可不愿受她如此的冷遇。我至少也得弄清楚她拒而不见的原因呀。我递了张名片给梅里杜太太，请她定个时间和我见面。

她马上接见了我。仆人引我进了一间舒适的小起居室，到了一位平易近人的小老太太的跟前。她觉得过意不去，同时也很诧异，可就是无法说明是怎么回事，她也不想在这种微妙的感情问题上劝雷茜尔回心转意。这位太太彬彬有礼而又有耐心，不厌其烦地说了几遍。我和梅里杜太太会面的结果仅此而已。

我最后的一招是写信给雷茜尔。第二天我就差仆人去送信了，叮嘱他无论如何要等到她的回信。

回信来了，确确实实只有一句话。

维林达小姐不愿跟富兰克林·布莱克先生通信。

这封回信伤了我的自尊心。我尽管爱她，却也按捺不住怒火。布罗夫先生这时正好来找我谈公事。我余怒未消，就把事情的经过全部对他倾诉了。我请他解释一下。他也跟梅里杜太太一样不善于开导人。我问他雷茜尔小姐是否听到了有关我的流言蜚语。布罗夫先生说，他不知道有这方面的谰言。我问，她在布罗夫家住的时候，有没有提到我的事情。回答是：从来没有。我问，在我出国期间，她连我是死是活的话也没有问过吗？他说，她从未提过这样的问题。我就拿出在我离开约克郡的公馆那天，已故维林达夫人从弗利辛霍寄给我的信，我指给他看信上的两句话。

“你协助警方追究宝石下落，本是值得赞扬的好事。可是雷茜尔目前精神失常，她仍然认为这是不能原谅的无礼行为。你的盲目行动无形中增加了她的心理负担，使她担心她的隐私会被泄露。”

“她会不会仍旧那样痛恨我？”我问。

“如果您一定要我回答，我只好这样解释她的乖僻举动了。”布罗夫先生愁眉不展地说。

我摇了铃，吩咐听差把我的旅行皮包收拾好，然后又打发他去买份火车时刻表。布罗夫先生诧异地问我要干什么。

“我要乘下一班火车到约克郡去。”我说。

“请问您去那儿是什么目的？”

“布罗夫先生，我调查月亮宝石的下落。时间过去快一年了，可是雷茜尔小姐还是耿耿于怀，认为这是不可原谅的无礼行为。我不甘心她这样对待我。我得弄明白雷茜尔为什么对她母亲讳莫如深，而对我又如此怀恨在心。我一定要解开这个谜。我要不惜时间、精力、金钱，一定要找到那个盗窃月亮宝石的贼！”

那位可敬的老先生竭力反对我这样做。他劝我别感情用事，要理智一些。但我却对他的苦口婆心置若罔闻，当时什么也动摇不了我的决心。

“我要重新继续调查这件案子，”我接下去说，“我要从丢开它的地方开始，一步一步追踪下去，直到目前为止。在我丢开它的时候，证据里有些被漏掉的环节，只有加布里埃尔·贝特里奇才能提供，现在我就上加布里埃尔·贝特里奇那儿去！”

那天傍晚，日落时分，我又站在那萦系在心的阳台上了。我再一次凝望着那静谧的老式乡间别墅。园丁是我在荒芜的庭园里第一个遇见的人。他说一个小时前离开时，贝特里奇正在后院他惯常待的那个角落里晒太阳。我熟悉那地方，我要亲自去找他。

我顺着那些熟悉的小径和通道绕到后院，往那扇敞开的院门里窥视了一下。

他就在那儿。我那一去不复返的幸福的童年时代的亲爱的老朋友，仍旧坐在那个原来的角落里，仍旧坐在他那把蜂窝式的椅子上，嘴里叼着烟斗，膝上放着《鲁滨孙漂流记》。与他亲如朋友的两条狗，卧在他两侧，打着盹儿。

在我站立的那个位置，落日的余晖把我的影子投射到我前边。那两条狗也许是看见了，也许是凭它们灵敏的嗅觉嗅出了我的影子，警醒地嗥叫起来。老人被惊动了。他喝住它们，用手在他那视力衰退的眼睛上搭了个凉棚，询问地瞅着门口的人影。

我不由得热泪盈眶，一下子说不出话来。我只好等到能管住我的舌头，才跟他说话。

第二章

“贝特里奇，”我指了指他膝盖上我从小就记得的那本书说，“今天傍晚，《鲁滨孙漂流记》有没有告诉你能见到富兰克林·布莱克啊？”

“凭着哈利爵爷的名字起誓，”老人喊出声来，“《鲁滨孙漂流记》就是告诉我了。”

他在我的帮助下，挣扎着站了起来。站了一会儿，他看了看我，又看了看《鲁滨孙漂流记》，显然不知道到底是哪个使他更惊奇。最后他判定是这本书使他更惊奇。他把书打开，双手捧着，用一种诡秘的神情打量着这本神奇的书，好像巴望鲁滨孙真的会从书里跑出来跟我们见面似的。

“富兰克林，我正读到这一段，”等到他的舌头能活动了，他马上说起来，“千真万确，就在您进来之前，我正好读到这一段。第一百五十六页：‘我站在那儿，像被雷击中了一样，又像看到了一个幽灵。’这是不是等于说‘我期望富兰克林会突然出现’呢？啊，真是不可思议，言语难以形容啊！”他啪地一下合上书，终于腾出一只手来握住了我伸出的手。

我原以为他在久别重逢之际，会提出一连串的问题弄得我难以招架，谁知居然没有。这个老仆人一见家族的一员来到，就顿时高兴得把我当贵宾看待。

“进来吧，富兰克林先生。”他打开身后的门，怪模怪样地鞠了个老式的躬，“我以后再问是什么风把您吹来的！我先要把您舒服地安顿下来。您走了以后，发生了可悲的变化。屋子被关闭起来了，用人都走了。不要紧，我来给您做饭！园丁的老伴给您铺床！要是地窖里有一瓶咱们著名的拉图尔红葡萄酒，富兰克林，咱爷俩就痛痛快快喝一顿！我欢迎您，先生！我衷心地欢迎您！”可怜的老人勇敢地尽力掩盖被荒弃的房屋的凄凉状态，以往日兴盛时代的有礼、好客的热情来接待我。

我不愿扫他的兴。可是这房子如今是雷茜尔的。在伦敦发生的事以后，我能在这屋子里吃饭睡觉吗？但凡有一点儿最起码的自尊心，我也绝对不能跨进这屋子的门槛啊！

我挽住贝特里奇的胳膊，搀他到园子里去。我百无聊赖，只好告诉他实话。他对雷茜尔有感情，对我也有感情。我对我们闹别扭困惑不解，十分伤心。他谈自己的看法，还是以往那样直截了当，充满了我所知道的最积极的哲学气味。

“雷茜尔小姐有她的缺点，这我从来不否认。”他开始劝我，“其中之一就是有时趾高气扬。她一直要盖过您，您只好忍让。老天爷，富兰克林先生，您现在对女人的理解没有比以前深一些吗？您听我说过贝特里奇太太吧？”

我经常听他说起已故的贝特里奇太太，他总是拿她作为女人天生脆弱和乖僻的典型例子。现在他又拿她来举例了。

“很好，富兰克林先生，现在听我说，不同的女人有不同的趾高气扬的方式。每逢我不让故世的贝特里奇太太得到她所要的东西，她就趾高气扬了。

这种情况就像我下班回家一样必然发生，她总是在厨房的楼梯处往上叫嚷，说什么既然我粗暴地对待她，她就没心思给我做饭了。我只好像您现在一样，忍耐一阵。后来，我终于忍无可忍了，就下楼来（得亲亲热热地，您要明白），抱起贝特里奇太太，一口气把她抱到她招待客人的最好的大房间里去。我说：‘亲爱的，这里是适合你的地方。’我说罢就跑到厨房里去，把门反锁上，脱掉外衣，挽起衬衫的袖子，做起自己的饭来。饭菜我弄得非常考究，吃得怪香的。吃罢抽抽烟，喝喝酒，然后把桌子收拾干净，洗好碗盏盘碟，把刀叉擦干净，洗洗收起来，再把炉边也打扫一通。等到一切都弄得锃光瓦亮，我这才打开门让贝特里奇太太进来。‘亲爱的，我已经吃过饭了，把厨房收拾干净了。’我说，‘希望你感到称心如意。’从此以后，富兰克林先生，贝特里奇太太在世之日，我一直再不用动手做饭了！这个故事的经验是：您在伦敦受了雷茜尔小姐的气，您在约克郡就不用受她的气了。进屋来吧。”

还真不好答复。我只得对我的好朋友说，这一回，连他的劝告也不起作用了。

“今天傍晚天色真美，”我说，“回头我要走到弗利辛霍去，住到旅馆里。你明天早晨千万要来找我，陪我吃早饭。我有话跟你谈。”

贝特里奇庄重地摇了摇头。

“听了您这话很遗憾，”他说，“富兰克林先生，我一直希望听到您跟雷茜尔小姐亲亲热热，高高兴兴的。不过您如果硬是要坚持自己的做法，少爷，”他考虑了一下又往下说，“那也不必到弗利辛霍去住。您可以找近一点儿的地方。离这儿不到两英里路，有个何特石东农庄。您总不能为了雷茜尔而反对到那儿去住吧。”他淘气地加了一句：“何特石东的农庄完全是他自有的。”

贝特里奇一提起这地方，我就记起来了。它坐落在一个隐蔽的山谷里，在约克郡那一带风景最优美的一条小溪旁。这个农庄主有一套多余的客厅和卧室，经常租给艺术家、钓鱼爱好者或是游客。在邻近一带再找不到比它更惬意的地方了。

“有房间出租吗？”我问道。

“何特石东太太昨天亲口托我介绍房客的。”

“贝特里奇，我非常乐意租下。”

我们回到院子里，我的旅行皮包忘在那儿了。贝特里奇在拎把上插了根棍子，把皮包扛在肩膀上。他像坐在蜂窝式的椅子里时那样，又陷入迷惑不解的状态中了。他用怀疑的目光看了看房屋，又用更加怀疑的目光看了看我。

“我活了一把年纪，”这个最忠实、最亲切的老用人说，“我可万万想不到会遇到这样的事。房子在那儿，富兰克林在这儿，偏偏要出去租房子睡觉！要是你们俩不闹别扭，您住在这儿多好啊！”

他先走出去，一边摇头，一边恶声恶气地咕哝：“这下子只剩下一个奇迹还没有出现了，”他回过头来对我说，“富兰克林先生，您下一步就会把您小时候欠我的七先令六便士也还给我了。”

说出这句讽刺的话，他的心情变得轻松些了，对我的态度也变得好些了。

我们离开公馆，走出了庄园大门。一离开这座庄园，贝特里奇就认为地主之谊已尽，他那份殷勤好客的礼数就被好奇心所取代了。

他放慢了脚步，好让我和他并肩而行。“今儿晚上天气不赖，散散步挺惬意呢，富兰克林先生。”他对我说，仿佛我们是在路上偶然遇见似的，“假如您到弗利辛霍的旅馆里住下……”

“嗯?”

“我明天早晨就能跟您一起吃早饭了。”

“你到何特石东农庄里来跟我吃早饭，不也一样吗?”

“谢谢您的好意，富兰克林先生，不过我的本意并不是吃早饭。我想，您刚才提起有话要跟我说吧？如果不是秘密的话，少爷，”贝特里奇突然一反他那拐弯抹角的说话方式，直截了当地说了，“我真想听听，您为什么突然来到这儿?”

“去年我是为什么上这儿来的?”

“是为了月亮宝石呀，富兰克林先生，可是这一回您是为什么呢，少爷?”

“还不是为了月亮宝石嘛，贝特里奇。”

老汉蓦然停住了脚步，在暮色的微光中惊讶地打量着我，仿佛他怀疑自己听错了似的。

“您要是开玩笑，少爷，”他说，“恐怕我年老智力迟钝了，我可弄不懂啊!”

“我没有开玩笑。”我回答说，“我到这儿来办一件我出国前没办成的事。我要追究是谁偷走月亮宝石的。”

“别管那颗钻石了，富兰克林先生，听我的话，别管那颗钻石了。那颗该死的印度钻石把挨近它的人都搅糊涂了。别浪费钱财买气受了，别糟蹋您的青春年华调查钻石的下落了。卡夫探长都被搞得一团糟，您怎么能弄个水落石出呢?”贝特里奇坚定地向我晃着食指，“卡夫探长是英国最神通广大的大侦探!”

“我拿定主意了，老朋友。卡夫探长也没有什么了不起的，他干不成的我照样干。顺便说一句，我早晚还要找他谈谈。你最近听到他什么消息了吗?”

“卡夫探长不会帮您忙的，富兰克林先生。”

“为什么不会?”

“您走了以后，警察局的人事有点儿变动。这位卡夫神探已经退休了。他在道金弄到一座小别墅，正在一心一意培植他的玫瑰花呢。这是他亲笔写信告诉我的，富兰克林先生。他已经试验成功，不经过在犬蔷薇上芽接，直接培植成白洋蔷薇。园丁贝格比正打算到道金去，他承认探长终于把他击败了。”

“这没有多大关系，”我说，“我没有他的帮助也办得成事。不过我指望一开头你能帮我点儿小忙。”

可能我讲话不太注意了吧，反正我的回答有点儿使他生气了。

“比我有能耐的人，多得是呢。”他有点儿尖锐地说。

听他说话阴阳怪气的，而且我看出他有点儿心绪不宁的样子。我知道有些重要的话，他犹豫不决，没有讲出来。

“我指望你帮助我，”我说，“把卡夫探长留下的一些零星证据收集起来。我知道你能胜任。除此之外，你还能帮我一些忙，对吧？”

“您还指望我干哪些事，少爷？”贝特里奇故作谦恭地说。

“听你讲话的口气，你能帮我不少忙呢。”

“哪里，我不过是会吹牛，富兰克林先生，”老人固执地说，“有些人爱吹牛，到死也改不了，我就是其中的一个。”

只有一个办法能套出他的话来。他对我和雷茜尔都是很关心的，我打算利用这一点来打动他。

“贝特里奇，你愿意雷茜尔跟我和好吗？”

“那还用说，少爷！要是您还怀疑这个，我白给您府上干一辈子！”

“你记得我出国以前，雷茜尔怎样无理地对待我吗？”

“当然记得，就像昨天发生的一样清楚。夫人写过一封信给您，专门谈起这件事。承您情，还给我看过信呢。信上说，雷茜尔痛恨您，是因为您竭力想找回钻石，任何人都猜不出是什么道理。”

“一点儿不错，贝特里奇。如今我从国外回来，发现她还是那样痛恨我。去年她恨我的原因是钻石，现在她恨我的原因还是钻石。我曾打算找她谈谈，她横下心不肯见我。我曾尝试写信给她，她又横下心不给我回信。天哪，我到底怎么才能弄清事情的真相呢？雷茜尔逼得我无路可走，我只好亲自追查月亮宝石的下落了。”

听了这番话，他对我俩的情况看得比以前更清楚了。他问了一个问题，表明我的话显然打动了他的心。

“您对这件事，没有什么厌恶感吧，富兰克林先生？”

“我离开伦敦时心里是有些愤怒，”我回答说，“不过现在气已经消了。我只想求得雷茜尔的谅解，再没有其他想法。”

“您不怕在调查的过程中发现雷茜尔小姐的隐秘吗？”

我明白，他是唯恐我不信任他家小姐，才问这话的。

“我跟你一样信任她。”我回答说，“我相信彻底探究出她的隐秘，绝不会改变你我心目中对她的评价。”

贝特里奇听了这话，就不再有丝毫疑虑了。

“富兰克林先生，如果我帮您是帮错了的话，”他说，“我只能说是出于无心的。我完全是出于一片赤诚，想把事情办好。我能指给您一条破案的路，这条路却要您自己去走。”他说，“您还记得我们那个苦命的姑娘罗珊娜·史珀尔曼吗？”

“当然记得。”

“您一直以为她有什么关于月亮宝石的话要向您坦白吧？”

“对她那些怪僻的举动我当然不可能有任何其他解释。”

“现在您可以解开这个疑团了，什么时候都行。”

现在轮到我停顿下来了。我试图在渐浓的暮色里看清他的脸，却看不出来。我在惊讶之余，急不可耐地问他这是什么意思。

“别急，少爷，”贝特里奇说了下去，“就是我说的这个意思。罗珊娜临终前留下了一封密封信，是给您的。”

“在哪里?”

“在柯柏洞，她的一个朋友手里。您上次在这儿的时候总听说过瘸子露西吧，就是拄着拐杖的那个姑娘。”

“就是那个渔夫的女儿吗?”

“是的，富兰克林先生。”

“为什么不把信捎给我?”

“瘸子露西很固执，非要亲手交给您，不愿交给任何别人。我没来得及通知您，您就已经出国了。”

“咱们马上去把信取回来吧，贝特里奇。”

“今晚时间太晚了，少爷，我们海岸一带的居民为了节省蜡烛，都睡得早，柯柏洞的人也不例外。”

“晚什么！咱们半个小时之内就能走到。”

“走是可以走到的，先生。不过等您走到了，您会发现门都被锁上了。”他指了指我们下面的一线闪烁的微光。在万籁俱寂的夜里，我听到了一条小溪的潺潺声。

“那是何特石东农庄，富兰克林先生！今夜好好安睡吧。明天一早就劳您驾过来吧。”

“明天你陪我到那个渔夫家去吗?”

“好吧。”

“早点儿去!”

“富兰克林先生，您爱多早就多早去。”

我们踏着下坡的小道往何特石东农庄走去。

第三章

我对何特石东农庄，印象非常模糊。

我依稀记得我受到了热烈的欢迎，吃了一顿丰盛的晚饭，这顿晚饭在东方足够整整一个村庄的人吃的；睡在一间一尘不染的卧室里。什么都好，唯一遗憾的是，我们愚蠢的祖先创造了那种羽绒垫子床，害得我一宿没睡好，费了很多火柴，点那根小蜡烛。等到太阳升起，可以起床了，我才松了口气。

我隔夜就跟贝特里奇商量好，一早就去看他，然后一起到柯柏洞去。他叫我高兴多早就多早去，但我取信心切，竟理解为越早越好。我没有等何特石东农庄开早饭，便拿上一块面包走了。我怀疑那个老好人贝特里奇大概还没起床，没想到他也和我一样心急火燎，早就手里拿根手杖站在屋外等我了。

“今天早晨身体怎么样，贝特里奇?”

“很差劲，少爷。”

“我听了怪难受的。你哪儿不舒服?”

“我生的是一种我臆想出来的病。富兰克林先生，您听了可别吃惊！不到中午，您也会感染上这种病的。”

“见鬼，我才不会呢。”

“您是不是感到胃里不舒服，发热，脑袋发涨?啊，还没有?到了柯柏洞，您就生这病了，富兰克林先生。我给它起了个名字叫侦探热。我是从卡夫探长身上感染上的。”

“是的，是的。要医好这病，唯一的药方便是拆开罗珊娜·史珀尔曼的信，对吗?快走，去拿信吧。”

时间虽早，已经看见渔夫的妻子在厨房里干活了。贝特里奇给我们做了介绍。善良的郁兰太太恭恭敬敬地问候我们，完全是对待陌生贵客的礼数。她把一瓶荷兰的杜松子酒和两支干净的烟斗放在桌上，然后打开话匣子说：“伦敦有什么消息呀，大爷?”

这个问题太广泛了，我还没想出话来回答，只见厨房一个阴暗的角落里劈面走出一个幽灵。一个面色苍白、举止粗野、形容憔悴的姑娘，倒是长了一头秀发，目光犀利逼人，拄着一根拐杖，一瘸一拐地走到我的桌前，用异样的目光瞅着我，仿佛我是个既有趣又可怕的怪物，把她强烈地吸引住了。

“贝特里奇先生，”她目不转睛地盯着我说，“请您再把他的名字说一遍。”

“这位少爷就是富兰克林·布莱克先生。”贝特里奇回答说，他把“少爷”说得特别响亮。

那姑娘转过身去，倏忽之间就离开了屋子。善良的郁兰大婶说了几句话，想必是为她女儿的古怪行为表示歉意吧。贝特里奇也说了两句，大概是把她的土话翻成了温文尔雅的英语。不过我都听不清，说不准，因为此时我的注意力完全被这姑娘的拐杖声带走了。噔，噔，上了木楼梯；噔，噔，走过我们头顶上的房间；噔，噔，又下了楼。于是在敞开的房门口又站着那个幽灵，手里拿着一封信，做了个手势，叫我出去！

我出去了，背后又传来郁兰大婶的道歉的话。这怪物在我前面一瘸一拐地走着，我紧随在她身后。她越来越快，下坡往海岸走去。她领我走过了几条小船。等我们看不见村里稀少的居民、听不见他们的声音了，她才停住脚步，头一回面朝着我。

“站在那儿，”她说，“我要看看你。”

她脸上的表情是再明显也没有了。她看见我就抑制不住满腔的仇恨和厌恶的心情。我虽不敢自诩，从来没有一个女人这样恶狠狠地看我，但说得谦虚点儿，至少我从来没有注意到这种情况。一个人忍受别人的恶意审视，其忍耐力是有限度的。我想引开瘸子露西的注意力，让她别看我这张使她生气的脸。

“我想你有封信给我吧，”我打破沉默说，“那封信在你手里吗?”

“再说一遍！”这就是我得到的回答。

我只好像乖孩子温课一样，重新说了一遍。

“不，”那姑娘自言自语地说，她那冷酷无情的目光仍旧盯着我的脸，“我不明白，她到底看上他哪一点了。我猜不透，她在他的声音里感受到什么魔力了。”她忽然背过脸去，疲惫地把头靠在拐杖的横柄上，“哎，我苦命的亲人呀！”我第一次听到她的声音里充满了柔情，“哎，我死去的亲人呀！你看中这人的什么呀？”她又抬起头来狠狠地盯着我，“你能吃得下，喝得进吗？”

我竭力保持庄重的神情。“能。”我说。

“你能睡得着吗？”

“能。”

“你眼看一个苦命的姑娘为人帮工，良心上过得去吗？”

“过得去。为什么良心上过不去？”

她一下子把那封信（正像俗话说的）扔到了我脸上。

“拿去吧！”她声色俱厉地喊道，“以前我从没见过你。但愿今生今世永远别再看见你！”

说完这句话，她就以最快的速度，一瘸一拐地走开了。我对她这种奇怪的举动，只能有一种解释，她准是疯了。

下了这个必然的结论以后，我就开始了比较轻松有趣的调查工作——看罗珊娜·史珀尔曼写给我的信了。信封上是这么写的：

谨烦　露西·郁兰面呈　富兰克林·布莱克先生

我拆开了火漆。信封里有一封信，里面夹着一张纸条。我先看信：

少爷：

如果您真想知道您寓居我们夫人公馆期间，我对您的情意，那就照随函附寄的备忘录去做——做的时候切忌有别人在场。

您卑微的仆人罗珊娜·史珀尔曼

我再看那张字条，逐字抄录如下：

备忘录：落潮时到激沙滩去。从南岬往外走，直到南岬灯塔和海岸警备队柯柏洞派出所的旗杆成一直线的地方。在这个地方，将一根手杖或其他笔直的东西在岩礁上放倒，正好和旗杆及灯塔成一直线，然后循着手杖的方向在水草中寻找铁链。找到以后，手顺着铁链摸下去，摸到悬在岩礁边、沉在流沙里的那段铁链。

然后把这段铁链拉起来。

我正看完最后一句话（原文中这句话下面加了点），就听到背后传来贝特里奇的声音。这人被自己臆造的侦探热病魔完全征服了。

“我心痒难熬，实在受不住了，富兰克林先生。她信上说些什么？少爷，请您行个好，告诉我们，信上到底说了些什么？”

我把信和备忘录都交给他。他看了信，不大感兴趣。可是备忘录对他影响极其强烈。

“探长说过这话！”贝特里奇叫道，“探长自始至终都说，她有份备忘录说明隐藏东西的地方。这不是嘛！上帝保佑，富兰克林先生，这就是使大家（包括卡夫神探在内）都困惑不解的秘密呀。现在大家都看得出要退潮了，少爷。喂，到退潮还有多长时间啊？”他抬头瞥见一个小伙子在离我们不远处补渔网，便大声喊道：“汤米·布赖特！”

“我听见了！”汤米向他回应。

“到退潮还有多长时间？”

“不到一个小时。”

我们俩都看了看表。

“咱们可以顺着海岸绕到激沙滩那儿去，富兰克林先生。时间还绰绰有余呢！您看呢，少爷？”

“走吧。”

我们向激沙滩走去。一路上，我请贝特里奇讲卡夫探长办案的那段时间，牵涉到罗珊娜·史珀尔曼的一连串事情。这位老朋友告诉我了一些罗珊娜的古怪行为：在大家都以为她卧病在床的时候溜到弗利辛霍去，回来后锁上门，在屋里神秘莫测地忙了一宿，烛光通宵未灭。后来她又从郁兰太太那里买了一个涂漆的铁皮盒子和两条拴狗的链子。贝特里奇还告诉我，探长深信罗珊娜在激沙滩埋藏了一些东西，只是猜不出是什么。经他这么一说，往事一幕一幕地在我脑海里浮现出来。等到我们到达激沙滩，沿着被称为南岬的那道低低的岩礁，一起往外走的时候，月亮宝石失窃案的办案过程中许多奇怪的事情已在我心里拼成了一幅清晰的图画。

靠了贝特里奇的帮助，我很快就找到了备忘录上所说的地方——南岬灯塔和海岸警备队柯柏洞派出所的旗杆成一直线的地方。我们按照备忘录指示的方向将我的手杖尽可能地在崎岖不平的岩石上放倒，然后我们又看了看表。

离退潮还有二十分钟时间呢。我提议别在潮湿溜滑的岩石上等了，还是到沙滩上等吧。刚走到干沙地上，正准备坐下，贝特里奇却意外地要离开我，我颇感诧异。

“你为什么要离开？”

“您把信再看一遍就明白了，少爷。”

我溜了一眼那封信，就记起信上规定只容许我一个人去发现这秘密。

“我在这样紧要的关头离开您，心里也怪不好受的。”贝特里奇说，“可是可怜的姑娘，她死得好惨啊！我感到有责任按她的心意去做。而且，”他神秘地加了一句，“信上并不反对您以后再披露这个秘密。我在枞树林里转悠一会儿，等您来叫我。不过您可别耽搁太久啊，少爷。在这种场合，我的侦探热病症犯起来可不好收拾啊。”贝特里奇说完，便走了。

虽然按照实际长短算起来，我等待的时间并不长，可是按照等待的心情说起来，却显得长得难受。在这种时刻抽烟，就显出它无可估量的妙用了。我点了支雪茄，在沙滩的斜坡上坐了下来。

没有云彩，明媚的阳光普照到我所看见的每一样东西上。空气清新，呼吸舒畅，我不由得心旷神怡，感到活在世上真美妙啊！

连寂寥的小海湾也在兴高采烈地欢迎早晨。袒露的潮湿的流沙面上闪着一片金光，用瞬时的微笑掩盖了它的狰狞面目。这是我回英国以来最美好的一天。

我还没抽完雪茄，潮水就退了。只见沙面像胸膛般起伏，流沙发出叹息般的声音。接着，整个沙面发生了一阵剧烈的抖动，仿佛在深不可测的黄沙下面住着一个恶魔，在翻腾，在颤抖。我扔掉雪茄，又回到岩石上。

我顺着手杖所指的方向，从最靠近灯塔的一端往前摸去。

我一直往前摸，除了石头以外，什么也没有摸到。我毫不灰心，又往前摸了一两英寸。我的耐心终于得到了补偿，在一个食指刚能掏进的狭缝中，我找到了铁链。然后循着铁链，朝流沙方向往回摸，摸到了密密麻麻的一大丛海草。这无疑是罗珊娜藏物以后滋生出来的。

怎么办呢？我既不能把手硬塞进海草里去，又不可能把海草连根拔起来。我思考了一番以后，决定按自己的方法来寻找。我先估计好手杖靠流沙的一端所指的部位，直接在石头下探寻，想在铁链钻进流沙的地方重新找到铁链。我干脆把手杖拿起来，在南岬的边缘上跪下，打算用手杖在沙里拨拉。

这样，流沙的表面离开我的脸只有几英尺，简直是近在眼前，而且流沙每隔一阵就可怕地颤抖一下，我脆弱的神经实在受不了啦！我忽然有了个可怕的幻想，认为那个死去的女人说不定就要在她自杀的地方出现，帮助我寻找呢。这一下我不由自主地，仿佛真的看见她从起伏的沙面上升起，指着那藏物的地方了。在温暖的阳光下，一阵难以名状的恐惧竟使我骨寒毛竖，浑身冰凉。我承认，当手杖刚插进流沙时，我竟被吓得把眼睛紧紧地闭上了。

过了一会儿，手杖插入流沙几英寸了。我那迷信的恐怖却消除了，只觉得从头到脚充满了兴奋。我用手杖瞎捣了一阵，居然歪打正着，碰到了铁链！就在这儿摸吧。

我用左手牢牢地抓住海草的根部，身体伏在岩礁的边上，用右手在突出的岩石下面掏摸，终于摸到了铁链。

我抓住铁链往上拽，不费吹灰之力就把它拽上来了。铁链的一头连着一个涂漆的铁皮盒子。

海水腐蚀力很强，铁链已经跟铁皮盒子上的挂钩锈在一起了。我把铁皮盒子用两膝夹住，使出全身的力气，把盒盖打开了。我朝盒子里一看，只见塞满了一团白乎乎的东西。我伸手进去一摸，原来是件亚麻布的织物。

我取出亚麻布织物的同时，还抽出一封和它揉在一起的信，信上写着我的名字。我把信藏到口袋里，把这件亚麻布织物全部掏出来。它当然已经完全发霉了，变成跟储藏它的铁皮盒形状相同的一团方方正正的东西。它并没有受到海水的腐蚀。

我拿着这件亚麻布织物走到海岸的干沙地上，把它摊开揉平。毫无疑问，这是件衣服，再一看，原来是件睡衣。

我把它铺平时，正面有数不清的皱褶，没有别的。把它的背面翻过来一看，马上就发现，上面沾有雷茜尔闺房门上的漆斑！

我的眼睛盯在这漆斑上，我的心一下子就从现在飞跃到了过去。卡夫探长说的那番话又在我耳边响起，就好像他本人又在我身边了。他向大家指明他从门上的漆斑得出的无可辩驳的结论：

“查查看，公馆里有没有一件衣服沾着漆！查出来那件衣服是谁的，再盘问一下那人在半夜到凌晨三点之间在这房间里沾上漆是什么缘故。要是那人说不出理由，那你就找到那个拿走钻石的人了。”

言犹在耳，一遍又一遍地在我脑子里转着，令我烦躁不堪。我就这样迷迷糊糊地做着噩梦，好像过了几个小时（其实无疑只有一会儿）。忽然听到有人叫我，我这才惊醒过来，抬头一看，只见贝特里奇终于忍耐不住，在沙丘之间出现，回到沙滩来了。

看见这老汉，我马上就想到了眼前的事，才想起我还没有调查完毕。我刚才只发现睡衣上有漆斑，可是这件睡衣到底是谁的呀？

我的第一个冲动是想看看口袋里那封信，就是刚才在铁皮盒子里找到的信。

我正举起手来，想去掏信，忽然记起有个更方便的办法。睡衣本身就能说明真相，因为它上面一定绣有物主的名字。

我从沙地上拿起那件睡衣，寻找物主的标记。我找到了，一看，原来是我自己的名字！

这几个熟悉的字母告诉我，这件睡衣是我的。我抬起头来，太阳当空照耀，海湾里水波粼粼，那边贝特里奇老汉正一步一步地向我走近。我又低下头看那几个字母，的的确确是我自己的名字。

“我要不惜时间、精力和金钱，一定要亲手抓到那个盗窃月亮宝石的贼。”离开伦敦时，我嘴里是挂着这句话的。现在，流沙对世人保守的秘密被我揭穿了。无可抵赖的事实证明，那个贼原来就是我自己。

第四章

关于我自己的感受，我无可奉告。

我的印象是，震惊之余，我完全失去了思考和感觉的能力。当贝特里奇走到我身边时，我完全不知道自己在干什么了。据他说，当时他问我是怎么回事，我竟哈哈大笑，把睡衣交到他手里，叫他自己去猜这个哑谜。

我们俩在海滩上谈了些什么，我更是毫无印象。我能记起的第一件事是我们置身在枞树林中。稍后，贝特里奇和我一起走回了公馆。贝特里奇劝我喝一杯掺水的烈酒，说这一定能帮我们面对现实。

接下来，场景从枞树林转换到了贝特里奇的小起居室。我忘记了不进雷茜尔小姐公馆的誓言。我很感激贝特里奇。早晨，我坐在这荫凉安谧的房间里，呷着老朋友为我掺了冰凉的井水的烈酒，可真是从未经历过的新鲜事，真痛快！以前在任何情况下，喝酒都会使我头昏脑涨，稀里糊涂。可是这一回却不然，我觉得喝了酒神清气爽。贝特里奇的预言应验了，我开始能面对现实了。贝特里奇自己也同样吧。

现在回想起我当时的模样，至少也是很怪的。我生平从未有过类似的经历。我的第一步行动是什么呢？

我有没有杜门谢客，专心致志地分析那个绝不可能、偏偏又摆在我面前的无可辩驳的事实？我有没有乘第一趟火车赶回伦敦，请教第一流的权威人士，立刻开始探究案情？没有。我曾下了决心，绝不降低身份进入这个公馆，而现在却躲在这公馆里面，在早晨十点钟由一个老用人陪伴着一口一口地呷着掺水的烈酒。这难道是我在这样可怕的处境中应有的举动吗？我只能回答，我已处于一种疲惫已极、心力交瘁的状态。看到贝特里奇老头那亲切的面容，我感到无比的安慰。我相信，这老头的掺水烈酒，比任何其他东西都更能帮助我。我只能这样自我解嘲。读者，你们很多人一辈子当中无论遇到什么急事，都能泰然自若，始终保持清醒的头脑，行动有条不紊。我实在自愧不如。

“富兰克林先生，现在您听着，至少有一点可以肯定，”贝特里奇说着，把那件睡衣扔到我们之间的桌子上，指着它，仿佛它是个活人，能听到他讲话似的，“她首先是个撒谎的家伙。”

他这个看法虽能使我得到一点儿安慰，却和我自己的看法不一致。

“我跟您一样，一点儿也不知道自己偷了那颗钻石。”我说，“可是证据对我不利呀，睡衣上的漆斑、名字都是铁一般的事实呀。”

贝特里奇拿起我的酒杯，放到我手里，劝诱地说：“事实？再喝上点儿酒吧，富兰克林先生。别再那么死心眼，相信所谓的事实了。这是卑鄙的陷害，少爷。”他神秘地压低了声音，继续往下说，“我是这样看这个谜的。准是有人在卑鄙地陷害，咱们一定能查出来。哎，您伸手摸进铁盒子的时候，里面没有别的东西吗？”

我听了这话，立即想起了口袋里的那封信，连忙取出来，把信拆开。这封信有好多页，写得密密麻麻。我急不可耐地寻找信末的签名：罗珊娜·史珀尔曼！

我一看到这名字，心里突然一亮，想起了一件事，顿时产生了怀疑。

“且慢！”我喊出声来，“罗珊娜·史珀尔曼来我姨妈的公馆前不是在感化院待过吗？罗珊娜·史珀尔曼不是曾经偷过东西吗？”

“这话是不假，富兰克林先生，可是请问，您现在提它干什么呢？”

“提它干什么？说到底，怎么知道她不会又偷了钻石呢？怎么知道，她不会故意把我的睡衣抹上漆呢？……”

贝特里奇按住我的胳膊，不让我说下去。

“毫无疑问，您会证明自己是清白的，富兰克林先生。但是我希望您不要以这种方式来证明。你还是看看信上说什么吧，少爷。为了她死得瞑目，看看她信上说什么吧。”

我感到他的语气是诚恳的，却带有一种友好的指责意味。“你还是根据她的信来判断吧。”我说，“我把信念出声来。”

我开始念了。

少爷：

我有话向您坦白。坦白这件事是非常痛苦的，有时只消几个字就行了。我的坦白只有三个字：我爱您。

那封信从我手里掉落下去了。我看着贝特里奇。

“老天爷啊，”我说，“这是怎么回事？”

他畏畏缩缩的，好像不肯回答这个问题。

“您今天早晨不是和瘸子露西单独在一起吗？”他说，“她没有谈起罗珊娜·史珀尔曼的事吗？”

“她连罗珊娜·史珀尔曼的名字都没有提起。”

“请您回到信上吧，富兰克林先生。我直率地对您讲，您今天已经够受的了，我不忍心再指责您，增添您的烦恼。让她为自己讲话吧，少爷。您还是喝点儿掺水的烈酒。为了您自己的健康，您还是喝点儿酒吧。”

我重新开始念信。

当您念信的时候，如果我还在人世间，那么我告诉您这隐衷，那是非常不光彩的。可是少爷，当您发现这封信的时候，我已命赴黄泉，所以我才斗胆告诉您。我没有坟墓供人凭吊，我写完这封信，就要葬身于流沙之中。亲爱的，容我向您倾诉衷情吧。

您在我的葬身之处还会发现您的那件沾有漆斑的睡衣。您也许想知道，它怎么会被我藏起来？为什么我生前从未向您提起？我只有一个理由。我干了这些奇怪的事，只是因为我爱您。

我不想多谈您来公馆以前我的为人和经历。是维林达夫人把我从感化院里领出来的。这以前我是从监狱去感化院的。我进监狱是因为我做贼。我做贼是因为我小时候我的母亲流落在街头。我的母亲流落在街头，是因为我那身为绅士的生父遗弃了她。像这样普通的故事不必详述了，它们在报刊上，报道得够多了。

维林达夫人对我很仁慈，贝特里奇先生也对我很仁慈。这两位和感化院的女管事是我一生中遇到的仅有的好人。要不是您来公馆的话，我原可以一直这样生活下去，尽管谈不上幸福，却也能凑合着生活下去。我不怪您，少爷。这是我的过错，完全是我的过错。

您还记得那天早晨您来寻找贝特里奇先生，从沙丘当中向我们走来的情景吗？您好像是童话中的王子。您仿佛是梦里的情人，您是我平生所见到的最可爱的人。我的目光一落到您身上，从未经历过的幸福生活便一下子在我心中出现了。请您行个好，别嘲笑我！我多么希望能使您明白，这对我来说，是多么严肃的事情啊！

我回到屋里，在针线盒里写上您的和我的名字，并在名字下面精心地画了一个同心结。然后，有个魔鬼——不，我应当说有个善良的天使，在我耳边悄悄地说："去照照镜子。"镜子告诉我了。您不要管它告诉了我什么话。我太愚蠢了，没有听它的忠告。我执迷不悟，越来越喜欢您了，仿佛我是和您同样高贵出身的淑女，仿佛我是您生平所见过的最俏丽的美人。我试图——哦，亲爱的，我作了多大的努力啊——让您看看我。可是您从来不注意我。要是您知道我为此是多么伤心，多么屈辱，常常在深夜里哭泣，您也许会怜悯我，偶尔看上我一眼，我心里也会有所希冀，活下去也有个盼头啊！

要是您知道我是多么恨雷茜尔小姐，也许您就不会用仁慈的目光来看我了。我相信在您自己都还不知道的时候，我已发现您爱上她了。她惯常给您玫瑰花，让您别在纽扣孔里。可是您和她都想不到，您佩戴的是我的玫瑰花！我在那段时期唯一的安慰，便是悄悄地把我的玫瑰花插到您的贮水的玻璃缸里，把她的玫瑰花换下，扔掉。

如果她真的像您所想象的那么美，我的心里也会好受些吧。不，我相信我会对她更加怀恨。假使您给雷茜尔小姐换上使女的服装，拿掉她的珠宝首饰……我不知道我写这些有什么用。无可否认，她的体形不美，她长得太瘦。可是谁又能说清楚男人究竟喜欢什么呢？年轻小姐们举止粗俗轻狂可以，要是一个女仆如此举止就会被解雇。这不关我的事。要是我净写这些，就别指望您会看我的信了。不过听大家称赞雷茜尔小姐美，我确实恼火，因为我明白只不过是她服饰考究，自以为漂亮罢了。

别对我不耐烦，少爷。我要尽可能说得简短些，早些谈到钻石丢失的那个时刻。

可是我有一桩心事先要告诉您。

我当小偷那一阵子，并不感到生活是沉重的负担。自从感化院的人开导我，使我觉得自己堕落了，必须改过自新的时候起，我才感到日子漫长难熬。从那时起，我不得不考虑自己的前途。我感到那些正直的人们，即使对我再仁慈，他们自身的行为也是对我最严厉的谴责。无论我到哪儿，无论我干什么，无论我见到什么人，我总是摆脱不了寂寞伤心的感觉。我知道，在我的新的位置上，我必须跟周围的仆人们和睦相处。可是不知怎么的，我却跟她们交不上朋友。她们看起来（也许是我的心理作用吧）好像都猜疑到我过去是干什么的。人家使我觉醒，叫我洗心革面，重新做人，我并不感到遗憾，丝毫没有。可是生活确确实实使我感到厌倦。您的出现，一开始，确实像一道灿烂的阳光，照亮了我的生活。可是不久，您也使我灰心失望了。我真是发疯了，居然爱上了您。我却不能使您瞟我一眼，这实在令人伤心啊！

现在就要谈到我想告诉您的事了。在痛苦的日子里，有两三次轮到我休息外出的时候，我走到了我心爱的地方——激沙滩。我心里忖度，我的生命将在这儿结束。有朝一日我再也活不下去的时候，我的生命将在这儿结束。少爷，您会明白，在您来以前，这地方把我蛊惑住了。我总有一种想法，认为我会在激沙滩出事。但是直到现在，我写信之前，我从来也没有打算在这里结束自己的生命。如今我的确想在这个地方于顷刻之间结束我的一切烦恼，葬身于流沙之中，不留一点儿痕迹。

以上乃是从我初次见到您的那个早晨开始，直到钻石丢失的消息惊动整个公馆的那个早晨为止，有关我的情况的自述。

女佣们叽叽喳喳地议论谁的嫌疑最大，我听到这种愚蠢的议论，心里很恼火。而您那么起劲地忙着寻找宝石，报警，我也对您很生气。所以我尽可能远离大家，孑然独处。直到下午，弗利辛霍的警官来了。

西格雷夫先生，您可能还记得，一开头就咋咋呼呼，派了个岗哨守住女佣们的卧室。女佣们怒气冲冲地尾随他上楼，看看他侮辱大家的人格，到底是什么用意。我也只好随大家一起上了楼，因为要是我行动跟别人不一样，西格雷夫先生会立即生疑。我们发现他在雷茜尔小姐的房间里。他对大家说，他不容许这么多女人涌到那里。他指了指门上的漆斑说："这漆斑是我们当中谁的裙子蹭的?"旋即把大家赶下楼去。

我离开雷茜尔小姐的房间以后，在一个楼梯平台上单独站立了一会儿，看看我的衣服有没有无意中蹭上油漆。潘尼洛浦·贝特里奇（所有的女佣当中只有她跟我好）经过我身旁，看见我在干什么。

"你不用担心，罗珊娜，"她说，"雷茜尔小姐门上的漆已经干了几个小时了。要是西格雷夫没有在我们卧室外派上岗哨监视我们，我也会告诉他的。我不知道你是怎么想的，我可从来没有受过这么大的侮辱。"

潘尼洛浦是个脾气急躁的姑娘。我使她平静下来，便又回来问她，刚才她说门上的漆已经干了几个小时，到底是怎么回事。

"你怎么知道的?"我问她。

"昨天整整一个上午，我都跟雷茜尔小姐和富兰克林先生在一起。"潘尼洛浦说，"他们快漆完那扇门了，我在给他们调颜料。我听见雷茜尔小姐问门上的漆当天晚上能不能干，好让参加生日宴会的人来看。富兰克林先生摇了摇头，说十二个小时之内干不了。说话的时候早就过了午饭时间，就是说他们三点钟才漆完。罗珊娜，你算算看，是几点钟干的?我估计是今天凌晨三点钟干的。"

"昨天晚上有哪些太太小姐上楼来看了?"我问道，"我想，我听到雷茜尔小姐关照她们离门远些。"

"女士们没有一个蹭上漆的。"潘尼洛浦回答说，"昨天夜里雷茜尔上床睡觉，我离开她的时候是十二点钟。那时候我瞅见门上没有被蹭掉漆。"

"你要不要把这个情况告诉西格雷夫先生，潘尼洛浦?"

"我才不说呢！哪怕他给我一大笔钱，我也不说一个字!"

她说罢，去干活了。我也去干活了。

少爷，我的活是给您铺床，收拾房间。这是我一整天当中最幸福的时刻。以前无论是谁给您收拾房间，都没有我收拾得这么仔细，谁叠您的衣服都没有我叠得这么好。您的化妆用品盒里所有那些小玩意儿，都被擦得干干净净，一尘不染。您从来没有注意过这些，正像您从来没有注意过我一样。我请您原谅，我忘其所以了。我要快一点儿继续往下说。

好了，那天早晨我走进您房间去干活。您的那件睡衣被随手扔在床上。我把它捡起来，折叠好。于是我瞧见了，睡衣蹭上了雷茜尔小姐门上的漆！

我发现这情况可吓坏了，赶紧拿上这睡衣急急忙忙地走向后楼梯，钻进我的房间，把门锁上，在一个谁也不会闯进来打扰的角落，仔细察看。

我惊魂未定，回想起潘尼洛浦的话，心里忖度，这漆斑证明他在昨夜十二点和今天凌晨三点之间待在雷茜尔小姐的房间里。

我发现了这一点，不由得满腹疑云。怀疑什么，我可不能明说，否则您会生气，把信扯掉的。

对不起，我只说到这程度吧。后来我竭力琢磨，觉得这事不大可能。什么原因，我可以告诉您。如果您深更半夜待在雷茜尔小姐的起居室里，而小姐又知道这件事，那么即使您粗心大意忘记门上油漆未干，她也会提醒您的，她绝不会让您把这么明显的证据带出去，这是对她不利的。可同时，我承认，我心里也不能完全肯定我的疑心毫无根据。我承认自己恨雷茜尔小姐，这话您是不会忘记的吧。您想想吧，在我的整个心理活动中，始终有一点儿憎恨在作怪。结果我便决定把这睡衣保存起来。等着瞧，看我能利用它干些什么！当时，请您记住，我丝毫也没有认为您会偷了钻石。

我看到这儿，再次停了下来。

本来我看了这个不幸的女人的自白，看到她对我的痴情，我不由得感到惊讶，而且我可以诚实地添上一句，也真心地为她忧伤。我懊悔，真正地懊悔，我竟然在刚拿起信，还没有看上一行的时候就无端地诽谤她。可是当我读到以上这一段的时候，我承认我的心情起了变化，我对罗珊娜·史珀尔曼的埋怨越来越多了。

“你自己看下去吧。”我把信递给坐在桌子对面的贝特里奇，“要是遇到什么我必须看的段落，你告诉我一声就行了。”

“我理解您的心情，富兰克林先生，”他回答说，“对您来说，这是很自然的，可是上帝保佑我们每个人！”他压低声音补充了一句：“对她来说，这样想也是同样自然的啊！”

我保存了这封信，以下是从原信抄录的：

我决心把这睡衣保存起来，看看我的爱或者我的恨（我简直不知道究竟是哪个）能否在将来派上用场。下一步我得设法不让别人发现。

只有一个办法，那就是趁星期六还没有到，洗衣房的女人还没有把她的洗衣账单拿来，赶快缝制一件跟它一模一样的睡衣。

我不敢拖延到第二天（星期五），害怕这段时间万一出什么事。于是我决意当天（星期四）就把这件睡衣缝制好。只要巧妙应付，这段时间我是完全能自由支配的。我把您的睡衣锁进我的抽屉以后，第一件事便是回到您的卧室，并非为了收拾房间（只要我求潘尼洛浦，她是会替我干的），而是检查您睡衣上的漆是否沾到床上或房间里的其他家具上了。

我把每一样东西都检查了，终于发现您的晨衣（不是您在夏天经常穿的那件，而是另外一件法兰绒的）里面也抹上了几条细纹。我猜想，您大概穿着睡衣走来走去，感到有些冷了，便找了一件最暖和的衣服披上了。总之，您的晨衣的里边也有几处隐约可见的痕迹。好在法兰绒质地松软，我轻易地便刮掉了。这件事做好以后，唯一对您不利的证据便是锁在我抽屉里的那件睡衣了。

我刚把您的房间收拾好，西格雷夫就召集用人们去讯问，我便跟大伙儿一起去了。接下来便是搜查我们的箱笼。紧跟着便发生了我发现您睡衣上漆斑以来最特殊的（对我来说）一件事，这件事是西格雷夫第二次讯问潘尼洛浦引起的。

潘尼洛浦回来时为西格雷夫先生的粗暴而非常生气。他毫不含糊地暗示，他怀疑她是贼。我们听了这话都很惊诧，都问道："为什么？"

"因为钻石是放在雷茜尔小姐的起居室里的，"潘尼洛浦回答说，"而我是夜里最后离开这房间的！"

她的话音未落，我就记起来那个比潘尼洛浦在起居室里待得更晚的人。这个人便是您本人。这时我的思想乱成一团，到了头晕目眩的程度。在混乱中，我心里有个声音悄悄地告诉我，您睡衣沾了漆斑的原因可能跟我所猜疑的迥然不同。我心里思量："要是最后待在起居室的人嫌疑最大，那么做贼的不是潘尼洛浦，而是富兰克林·布莱克先生！"

如果我怀疑别的绅士，我相信，我的心里一起疑窦，我差不多马上就会为诬赖好人而感到羞愧的。

可是一想到您居然降低身份到我的水平，而我拥有了您的睡衣，也就拥有了保护您不会被发现、不会终生受玷辱的权力。少爷，我一想到这样一来我便可能赢得您的好感，我便利令智昏，由怀疑变成深信不疑了。于是我便立即肯定，您之所以显得比谁都起劲地急于报警，不过是蒙蔽大家的障眼法。偷走雷茜尔小姐这件珍宝的绝不可能是别人，恰恰就是您自己啊！

这个令人兴奋的新发现使我头脑发热了好一阵子，我急不可耐地想见到您，用一两句暗示的话来试探您，这样不是便能迫使您瞅着我，跟我说话了吗？于是我便兴冲冲地梳好头发，打扮得尽可能齐整些，大胆地闯进我知道您在里面写东西的书房里来。

您把一枚戒指丢在楼上，我捡到戒指交给您，这岂不是打扰您的一个绝妙的借口吗？可是，哎，我一进书房，站在您面前，我的勇气便消失殆尽了。少爷，您要是爱过谁，您会懂得这是怎么回事吧。接着您抬起头来冷冰冰地看了我一眼，用很冷淡的口气感谢我找到您的戒指。我的心凉了，腿直打哆嗦，仿佛要倒在您的脚下。您道谢了以后，您还记得吗，旋即收回了目光，看您写的东西了。我受到如此的冷遇，感到屈辱，便鼓起勇气说："少爷，钻石丢失的事很奇怪呢。"您又抬头看看我说："是奇怪呢！"我不能否认您说话很斯文，可是您对我总保持一段距离，使我无法接近，多残酷啊！我当时相信您说话时钻石就藏在身上。您的冷淡激起了我的不平，我便斗胆给您个暗示，我说："他们永远也不会找到钻石了。会找到吗？不会！他们也永远查不出那个拿走钻石的人了——我敢担保。"我点了点头，朝您笑了笑，骨子里是告诉您："我知道！"这一回，您抬头看我，目光里仿佛对我产生了兴趣，我觉得咱们俩再交谈几句便可以使您明白真相了。偏巧就在这节骨眼上，贝特里奇走到门口，使我痛失良机。我辨得出他的脚步声，我也知道我在这个时刻待在书房里是违犯他的规矩的，更甭说跟您单独在一起了。我只好主动退出，免得他进来命令我出去。我又愤怒又失望。可是我并没有完全失去希望。您瞧，咱俩之间不是已解冻了嘛！我想，下一回我一定瞅准时机，别让贝特里奇撞见。

当我回到下房里时，用人的进餐铃响了。已经到下午了！缝制新睡衣的材料还没有弄到！只有一个机会。我只好在大家用饭时装病，这样从用餐到用茶这段时间就会归我支配了。

当公馆里的人都以为我在自己的房间里卧病的时候，我在干什么？我在大家用茶的时间仍然装病，又被送回自己的床上以后，整整一宿我是怎么度过的？这些都不必告诉您。卡夫探长即使查不出其他事情，这些事他都调查出来了。我能猜出他怎么调查出来的。我虽然蒙着面纱，但弗利辛霍布店里的人还是把我认出来了。我买布料的那个柜台，前面有一面镜子，我在镜子里看见一个店员指着我的肩膀对另一个店员窃窃私语。夜里我锁着门偷偷缝制睡衣的时候，听到门外有几个女佣的呼吸声，这几个人都疑心我在搞什么名堂。

这些我并不在乎，当时不要紧，现在也不要紧。在星期五早晨，卡夫探长进公馆的几个小时之前，我已经把那件睡衣藏起来，并把睡衣的仿制品缝好、洗过、晾过、熨过，并标上您的名字，折叠得跟洗衣房的女用人折叠得一模一样，妥妥帖帖地放在您抽屉里了。我也不害怕这件睡衣显得特别新而被揭露，因为您来公馆的时候所有的贴身衣服都是一色新的。我估计是您从国外回来前新置的。

下一件事是卡夫探长的光临。第二件使大家惊诧的事是，他声明了自己对于门上的漆斑的看法。

我已经承认，我相信您犯了罪，并非因为其他原因，只是因为我巴不得您犯罪。而这会儿，卡夫探长循着一条跟我们完全不同的途径，对于睡衣也得出了相同的结论！那件沾漆的睡衣是唯一对您不利的证据，而它恰恰在我手里！除了我以外，没有任何人知道，包括您自己！我害怕告诉您，我想起这些事情是什么感受，因为告诉了您，您会恨我一辈子的。

读到这儿，贝特里奇抬起头来看着我。

“到此为止，没有一线光明，富兰克林先生。”老人说着，取下了他的玳瑁边眼镜，把罗珊娜·史珀尔曼的自白书从面前略微挪开，“少爷，我在读信的时候，您有没有得出什么结论?”

“先把信读完吧，贝特里奇。也许信的末尾对咱们会有些启发，到时候咱们再谈。”

“很好，少爷。我先让眼睛休息一下，然后再继续读。富兰克林先生，我并不想催您，不过您能不能简单地告诉我，在这个一团糟的局面中，您有没有看到什么出路?”

“我的出路就是到伦敦，”我说，“找布罗夫先生商量。要是他帮不了我的忙……”

“那会怎么样呢，少爷?”

“要是卡夫探长也不肯离开他退休隐居的地方……”

“他是不会离开的，富兰克林先生!”

“贝特里奇先生，那样一来，我可就山穷水尽了。除了布罗夫律师和探长以外，我不知道人世间还有谁能帮我一丁点儿忙。”

我话音刚落，就有人敲我的房门。

贝特里奇看起来对这个打扰的人既诧异又生气。

“不管哪位，进来吧!”他暴躁地喊道。

门开了，悄悄地进来一个我没见过的面目非常特别的人。根据他的体形和举止来判断，他还年轻。可是他的脸，显得比贝特里奇还老。他的肤色像吉普赛人那样黝黑，双颊凹陷，颧骨突起。他的鼻梁端正，大概古代东方人通常长着这种鼻子，在现代西方人当中却极为罕见。他的额头高而平直，脸上的斑痕和皱纹多得数不清。在这张怪脸上，一双眼睛比脸还要怪，深深地凹陷进去。眼珠是柔和的褐色，眼神像做梦似的朦胧而忧郁，叫人（至少我有这种感觉）不由自主地被吸引住了。再加上他那又浓密又卷曲的头发，由于大自然的恶作剧，已经有一半褪色了，奇形怪状。只有他颅顶的那一片头发仍然保持原先的深黑色，而四周的头发已经变得雪白了，黑白分明，非常古怪。而黑白之间也没有一条整齐的界线，有的地方白发掺进黑发，有的地方黑发又掺进白发。我感到有些惭愧，竟然不能抑制自己的好奇心，如此无礼地盯着人家。他那朦胧的褐色眼睛温柔地回看着我，碰到我无礼地盯视的目光。我感觉到他显示出一点儿歉意，其实我是不配接受他的歉意的。

“请原谅，”他说，“我没料到贝特里奇先生有事。”他从口袋里掏出一张纸条交给贝特里奇，“这是下个星期的名单。”说罢，他又看了我一下，便同进来时一样悄悄地走出去了。

“那是谁啊？”我问道。

“坎迪大夫的助手。”贝特里奇说，“顺便提一句，富兰克林先生，那个小个子大夫在生日宴会那天晚上回去，得了病，一直没有复原。他身体还算健康，可是高烧以后，记忆力完全丧失了。诊疗事务完全落到了他助手的肩上。如今来就诊的人不多，只有穷人才找他看病。他们也是没有办法，只好凑合着找这个头发花白、肤色黝黑得像吉普赛人的助手，否则没人给他们治病。”

“你好像不喜欢他，贝特里奇？”

“谁也不喜欢他，少爷。”

“他为什么这样没有人缘？”

“说起这事，富兰克林先生，首先他的长相就叫人看了不顺眼，再加上有人传说，坎迪先生当初雇用他的时候，他就来历不明，谁也不知道他是怎样一个人——他在这里没有一个朋友，怎么能指望大家会喜欢他呢？”

“哦，当然不会有人喜欢他！请问，他给你那张纸条，是要你干什么？”

“他交给我的是这一带每周需要一点儿葡萄酒的病人的名单。以前我们夫人经常给贫穷的病人分送一点儿好葡萄酒和雪利酒。雷茜尔小姐愿意把这个传统保持下去。时代变了！时代变了！我记得以前是坎迪大夫亲自把名单交给女东家。现在是坎迪先生的助手把名单交给我。要是您容许的话，少爷，我就把信念下去，”贝特里奇说着，把罗珊娜·史珀尔曼的自白书又拿到了面前，“我承认念得不生动。不过，念起信来我就不至于想到令人感慨的往事了。”他戴上眼镜，郁闷地摇了摇头，“富兰克林先生，当母亲把孩子带到人世间，使他们踏上人生旅途的时候，他们都是呱呱啼哭着的，因为他们或多或少都不愿意到这个世界上来。这种想法一点儿也不错。”

坎迪先生的助手给我们的印象太深刻了，一下子无法去除。我没有理会贝特里奇最后这一句富于哲理的话，又把话题转回到这个有花白头发的人身上。

“他叫什么名字？”我问道。

“这名字再难听也没有了，”贝特里奇气呼呼地回答说，“叫埃兹拉·吉宁士。”

第五章

贝特里奇告诉我坎迪先生助手的名字以后，才想到我们在一个微不足道的话题上浪费了过多的时间，便又念起罗珊娜·史珀尔曼的信来。

我呢，则坐在面前，等他念完。在这样焦头烂额的时刻，我居然有心思去注意一个不相干的人，真是不可思议！等到埃兹拉·吉宁士给我的印象渐渐消退了，我才又回到原先的思路，强迫自己面对逆境，冷静地考虑下一步该怎么办。

我打算当天就回伦敦，向布罗夫先生陈述整个案情。最后，也是最重要的，要殚精竭虑，不惜任何代价，谋求跟雷茜尔小姐会面的机会。以上就是我当时所能拟定的行动方案。此时离开车还有半个小时。在我离开这丢失钻石的公馆之前，贝特里奇也许有机会能在罗珊娜·史珀尔曼那封尚未读完的信中发现什么对我有用的东西。我现在正等待着这个机会。

您一生的前途居然都掌握在我手里，我发现这一点时颇为得意。不过，富兰克林先生，您也不必生气。转瞬之间我又心惊胆战起来。按照卡夫探长对钻石失窃案的看法，他肯定要检查我们的衣物。在我的房间里，甚至在整个公馆里，我都找不到一处能逃脱他锐利目光的角落。怎么才能藏好睡衣，使卡夫探长也查不出来？怎样才能迅速地藏好，连一分钟宝贵的时间也不丧失？这问题可不易解决！在万般无奈的情况下，我只得采用了一个也许会使您发笑的办法：我脱掉衣服，把您那件睡衣穿上了。我穿上您穿过的衣服，又得到了片刻的欣慰。

真险啊，再晚一点儿就不行了！根据下房里传来的消息，卡夫探长要亲自过目洗衣账册。

我找到洗衣账册，拿到夫人的起居室去交给他。过去我曾经跟卡夫探长打过几次交道，他肯定会认出我来。我实在拿不准，他发现我在这家失窃宝石的公馆里当用人，会怎样对待我。我提心吊胆，巴不得他对我的讯问快点儿结束，能马上知道结果是凶是吉。

我交给他洗衣账册的时候，他朝我看了看，仿佛不认识我似的，感谢我时特别客气。我认为这都是不好的兆头。不知道他背后会编派我什么，也说不准多久以后会把我当嫌疑犯拘留起来进行搜查。估计您到车站给高孚利·艾柏怀特先生送行，该回来了，我便到您喜欢散步的那条灌木路上去等您，试图寻个机会跟您讲话。这是最后一次机会了，尽管我知道未必成功。

您一直没有露面。更糟糕的是，贝特里奇先生和卡夫探长倒路过了我的藏身之处，探长瞅见了我。

我无计可施，只好回到干活的地方去，以免发生什么意外。偏偏就在我打算穿过那条小路的时候，您回来了，径直地向灌木路走来。这时您看见我了，少爷，我知道，您肯定看见我了。可是您就像躲避一个瘟疫病人似的，转过身来向正屋走去。①

我抄近路从用人专用的小门回到了公馆。那时洗衣房里空荡荡的，我就一个人坐在那儿。我曾经告诉您，激沙滩引起的那些可怕的念头，

① 富兰克林·布莱克说：“可怜的罗珊娜完全误会了。我绝对没有看见她。当时我本打算到灌木路去转悠，突然想起我从车站回来，姨妈可能想问我一些事情，我便改变主意，回正屋去了。”

这时又在我心里蠢蠢欲动了。我在琢磨，既然富兰克林先生对我如此冷淡薄情，与其无休止地忍受内心的煎熬，倒不如跳进激沙滩了此残生吧！

您这样冷酷地躲开我，我为什么没有拦住您？我为什么不喊出声来："富兰克林先生，我有事要对您说！这是关系到您一生吉凶的大事，您必须听一听！您的命运掌握在我手里！"不仅如此（要是我能使您相信我就好了），我还能对您有很大用处。当然，我从来没有假定您这样一位绅士偷钻石仅仅是为了开开玩笑。不，潘尼洛浦听见雷茜尔小姐说过，我也听贝特里奇先生说过，您生活奢侈，负债累累。我心里非常明白，您偷钻石是为了出售，或者抵押，来取得您急需的款项。哎！我能告诉您伦敦有个放债的人，可以凭这颗宝石贷给您一大笔款子，而且他不会提出任何使您尴尬的问题。

我为什么不对您说呢？我为什么不对您说呢?!

要不是加上其他的风险和困难的话，藏睡衣的事我足能应付。要是别的女人，就会被它难倒了，可对我来说，它又算得了什么呢？我行窃的那阵子，曾经担过比这大五十倍的风险，多大的困难在我手里也能迎刃而解。相比之下，藏睡衣只不过是儿戏。我经受过坑蒙拐骗的专门训练，有一些诈骗案子规模之大、手段之巧妙，都登上了报纸，闻名遐迩。难道像藏睡衣这样的小事会使我忐忑不安，失魂落魄，在该说话的时候不敢向您说了？这样的问题是荒谬的，这样的事是不可能的。

然而我竟然不敢向您倾诉。我为什么这样愚蠢呢？我也不想多说了。事实再清楚也没有了，不是吗？在您的背后，我是一往情深，魂牵梦萦地爱您；在您的面前，无可否认，我却怕得要命，害怕您对我生气。虽然您的确偷了宝石，可是我却害怕一旦我斗胆说出我发现了您的行径，您会对我大发雷霆。当我在书房里对您讲话的时候，我曾壮起胆子，几乎要对您吐露真情了。那一回您并没有鄙夷我到不屑一顾的程度。您并没有像躲避瘟疫一样避开我。我甚至试图对您假装生气，借以鼓起自己的勇气。不行！在您面前，我只能感到忧伤和屈辱。"你是个其貌不扬的姑娘，肩膀畸形，身份是使女，你也打算跟我讲话？"富兰克林先生，虽然您没有说出声来，但是您的神态已明白地表示了。像我这样发疯地爱您，有什么道理可说吗？没有！我只好承认这一点，由它自生自灭吧。

再次请您原谅我离开正题，写这些黯然神伤的话。苦恋的自白就快结束了，再也不会烦扰您的清静了。

潘尼洛浦第一个走进这空荡荡的房间，打乱了我的思绪。她早就探悉了我的隐衷，用仁爱的语言劝慰我，使我从伤感中苏醒过来。

"啊，我知道你为什么孤孤单单地坐在这儿发愁。"她说，"为了使你恢复常态，富兰克林最好早点儿结束他的来访。我相信他不久便要离开这里了。"

我想到您的种种事情，可从来没有想到您要离开。我说不出话来，只是呆呆地看着潘尼洛浦。

“我刚从雷茜尔小姐那儿来。”潘尼洛浦往下说，“我好不容易才忍受住她的脾气。她说公馆里住了警探，她再也待不下去了，决意今天晚上对夫人说，她明天就要到艾柏怀特姨妈家里去。要是她去了，富兰克林先生接着就会找个借口也离开这儿了。我的话准保没错！”

听了这话，我的舌头才恢复作用。“你是说，富兰克林会跟她一起去吗?”

“要是她让他一起去，他当然是求之不得了，可是她不会的。他已经领教了她的脾气，挨了一顿剋了。可怜的人，拼命想帮她的忙，反而吃力不讨好，失去了她的欢心。不会！他不会！要是他们今天还没有和好，你就会看见他们俩一个往东，一个往西。他会投奔到哪儿去，我说不准，不过雷茜尔小姐离开以后，他是再也不会待在这儿了。”

听说您就要离开，我虽然失望，但马上就经受住了。说实话，要是雷茜尔小姐真的跟您反目成仇，我自己倒是有了一线希望。“你可知道，”我问她，“他俩争吵什么呀?”

“都是雷茜尔小姐的过错，”潘尼洛浦说，“尽管我也听到些相反的看法，但我知道，这都是雷茜尔脾气太坏造成的，没有别的缘故。我不想让你扫兴，罗珊娜，不过你千万别以为富兰克林先生会跟她吵架。他爱她这么深，哪会跟她吵架?”

她刚说完这几句残酷的话，贝特里奇先生就来叫我们了，说所有的用人都要在厅堂里集合，然后挨个儿等待传唤，到贝特里奇的房间里去接受卡夫探长的讯问。

在夫人的贴身使女和第一个粗活女佣之后，轮到我了。尽管卡夫探长老奸巨猾，话说得很婉转，但从他的话音里我还是马上听出来，这两个女人（我在公馆里的死对头）已经把星期二下午和星期四夜晚在我门外窥探到的许多事情都跟卡夫探长讲了，足以使他明了部分事实。他猜我是在悄悄地缝制一件新睡衣，这事他猜对了。但他认为是我的睡衣被蹭上了漆，这一点他却猜错了。他还让我明白——我认为他是故意的——宝石失窃的主犯不是我。他好像认为我是受了另一个人的指使。这个人他到底指的是谁，我当时猜不出，直到现在也猜不出。

在这种扑朔迷离的情况下，有一点却是很清楚的——卡夫探长还远远没有猜到事情的真相呢。只要睡衣没有被发现，您就是安全的；反之，您便会立即遭殃。

我很失望，无法使您明白，我现在多么悲伤和恐惧，我不能再冒着风险穿您的睡衣了。我很可能会以嫌疑犯的身份，立即被带到弗利辛霍的违警罪法庭，受控告和搜查。现在趁卡夫探长还没有剥夺我的自由，我必须当机立断——要么把睡衣销毁，要么把它藏到一个离公馆相当远的安全处所。

我要不是这么爱您，我是应当销毁它的。可是，我怎么舍得把这件能证明我救助过您的唯一信物销毁掉呢？要是咱俩有朝一日能在一起说明情况呢？要是您把事实全部抹杀，反而疑心我存心不良呢？如果我拿不出睡衣作为佐证，我又怎么能使您相信呢？您为了摆脱钱财上的困难，万般无奈，只得乞灵于盗窃。我当时以为，现在仍旧以为，您未必肯让一个像我这样的穷姑娘做您盗窃的知情人和帮手。我这样想没有冤枉您吧？想想看，少爷，您对我是多么冷酷，那么我不愿把我侥幸拥有的能赢得您的信任和感激的唯一信物销毁掉！您大概不会见怪吧！

所以我决意把它藏起来。我选中的地方是我最熟悉的所在——激沙滩。

讯问一结束，我马上找到一个借口，说是要呼吸一下新鲜空气，获准外出。我径直往柯柏洞郁兰先生的小屋去。他的妻子和女儿是我的知心朋友。别以为我把您的秘密泄露给她们了，我对谁都没有泄露。我到那儿去，只想有个安全的地方给您写这封信，并且把这件睡衣脱下来。因为我受人怀疑，所以在公馆里干这两件事，是很不安全的。

我就一个人关在露西·郁兰的卧室里，写这封长信。现在快写好了。写完信以后，我就要把睡衣卷起来藏在斗篷下面，走到楼下了。我要在郁兰太太厨房里那堆破旧的什物里找一件可以存放它，保证它不受潮的容器。然后我就要到激沙滩去。别害怕我会留下脚印，暴露我的行踪！我要把睡衣深深地埋在流沙下面，未经我指点，任何人也休想找到它。

干完这件事之后，我要干什么呢？

富兰克林先生，这件事之后，我要再做一次尝试，对您说我尚未说出的话。这有两个理由。

潘尼洛浦相信您会离开公馆。如果真是这样，我不在您离开之前说，便永远失去机会了。这是第一个理由。要是我说出事情的真相使您发怒了，那么只有当您在这里的时候我才能拿出那件睡衣来作为最有力的证明，您走了以后便再也办不到了。这是第二个理由。要是这两个理由加在一起，还是不能使我坚强起来，冲破那使我寒透了心的冰层（我是指您对我的冷冰冰的态度），来赢得您的心，我的努力就此结束，我的生命也就此结束了。

是的，要是我再次失去了机会——您还像以往一样冷酷，我还像以往一样感到寒透了心，我便要永别这个世界了。上帝啊，您对人人都慷慨赋予幸福，为什么对我如此悭吝，丝毫不给？唯有您的些微仁爱能够使我枯木逢春，要是您连这点儿也吝惜，我便万念俱灰，这充满哀愁的生命要它何用？生命啊，永别了。

要是我这样地了此残生，少爷，您可别引咎自责。可是您不妨试一下，务必试一下，原谅我的僭越，为我感到悲哀吧。虽然我已不能亲口告诉您了，但我会安排好，让您发现我如何为您尽心竭力。那时候您会不会说些关于我的仁爱的话，就像您对雷茜尔小姐说话时那样温柔呢？要是您能做到，要是真有灵魂的话，我相信我的灵魂会听到您的声音，发出快慰的颤抖的。

就写到这儿吧，我忍不住哭泣了。要是我让这无用的泪水模糊了我的眼睛，我可怎么能看清路途，走到藏物的地点呢？

再说，我为什么光看阴暗的一面呢？为什么不相信到头来天遂人愿，会有个好的结局呢？今天晚上我可能发现您心平气和。要不，明天早晨我总能成功吧，总不见得愁烦会使我由丑变美吧？谁知道呢，我写了这满满几张纸，可能结果倒用不上哪！这封信为了安全起见（姑且不谈其他原因）要跟那件睡衣藏在一起。写这封信时非常心酸。哦，但愿咱俩到头来能彼此理解，心心相印，我就会高兴地把这封信撕掉了！

永远忠实于您的爱人和卑微的仆人罗珊娜·史珀尔曼。

贝特里奇默默地把信看完了。他把信纸折好，小心地套上信封，坐着沉思，头低垂下来，两眼凝视着地面。

“贝特里奇，”我说，“信的末尾有什么指点迷津的暗示吗？”

他缓缓地抬起头来，沉痛地叹息了一声。

“没有指引您的话，富兰克林先生。”他回答说，“要是您听得进我的劝告，我劝您暂时不要看这封信，等到这一堆烦心的事情过去再说。您一看这封信，就会悲痛万分的。现在您别看了。”

我把信放进了皮夹子。

您回顾一下贝特里奇报道的第十六、十七两章，便知道当时我已经受过严峻的考验，原来坚忍的意志受到了挫折，我确实有理由原谅自己。这个不幸的姑娘在临终前有两次试图跟我谈话，可是很不幸，两次我都拒绝了（天知道，都是出于无意的）。在星期五晚上，正像贝特里奇如实描述的，她发现我一个人在打台球，她的神态和语言都向我明白地表示（在那种情况下，任何人都会明白的），她打算交代钻石失窃的内幕。为了她的缘故，我故意装得对她要说的事不感兴趣；为了她的缘故，我故意不去看她，而去看台球。引起了什么后果呢？我把她打发走，她伤心透顶！星期六也是这样。头一天潘尼洛浦和她谈话后，她一定已预料到我即将远行。她迫不及待地要向我交代，可是我们又遇到了同样的厄运。她再次试图在灌木路和我会面，却碰见我跟贝特里奇和卡夫探长在一起。探长为了达到自己阴险的目的，故意让她听见，大声问我是不是对罗珊娜感兴趣。这一回我也是为了这可怜人的自身利益，断然否认。为了让她听见，我大声地宣称：“我对罗珊娜·史珀尔曼丝毫不感兴趣。”我讲这话的用意，原是警告她别跟我说悄悄话，以防泄露，她却误解了，旋即转身，离开了那儿。当时我误以为她是领会了我的警告，脱离了危险。现在我才知道，她是去自寻短见啊！从那个时刻起，一直到我在激沙滩发现那骇人听闻的藏物为止的一连串事件，我均已交代清楚，作了一个全面的回溯。至于罗珊娜·史珀尔曼的悲惨经历，直到今天，虽然岁月悠远，每一忆及仍是嗟悔痛心。我实在不忍缕述，你们还是从她的绝命书中去了解吧。

这样我便从她在激沙滩自杀的时候（这件事对我目前和将来都打下了可怕的烙印，产生了奇特的影响），一下子又跳到了与那些尚健在的人有关的事情上，这些事情为我从黑暗走向光明铺平了道路。

第六章

我到了火车站，不用说，是由加布里埃尔·贝特里奇陪同前去的。我口袋里放着罗珊娜的信，在一个小提包里安全地放着那件睡衣。这两件东西在我当晚睡觉之前都要交给布罗夫先生审查。

我们默默无语地离开了那屋子。我还是生平第一回发现贝特里奇老汉一言不发地陪着我呢。我倒是有些话要对他说。我们一离开庄园的大门，我就打开了话匣子。

“我上伦敦之前，有两个问题要问你，这两个问题都和我本人有关。我相信，你会感到惊讶的。”我说开了。

“只要能使我忘掉那个可怜姑娘的信，富兰克林先生，您怎么问都行。少爷，您就把那使我惊讶的问题尽快提出来吧。”

“贝特里奇，头一个问题是，雷茜尔生日的当天晚上，我喝醉了没有？”

“您喝醉了？”老人大声说，“您这人最大的缺点就是只在晚饭时喝酒，饭后一滴酒也不沾。”

“不过生日是个喜庆的日子，我可能破例喝了酒吧？”

贝特里奇思忖了一会儿。

“您就是破例了，少爷。”他说，“我现在告诉您，那天您脸色不好，好像病了。我们劝您喝点儿兑水的白兰地，提提神。”

“我不习惯喝兑水的白兰地，很可能……”

“等一等。我也知道您不习惯。我给您倒了半酒杯的五十年陈酿的料涅克白兰地，却掺了一大缸子凉水（我真不像话），哪怕小孩子喝了这酒也不会醉，更不用说大人了！”

我知道这种事他绝不会记错。非常清楚，那天晚上我绝不可能喝醉。我接着问他第二个问题。

“贝特里奇，我小时候没出国以前，你常常看到我。现在你老实告诉我，你可记得我晚上睡觉以后有什么奇怪的举动吗？你见过我有梦游症吗？”

贝特里奇停了下来，瞅了我一会儿，点了点头，继续往前走。

“我看您在乱扯啦，富兰克林先生，”他说，“您是拼命在找原因来解释，自己怎么会不知不觉地沾上了漆的。少爷，这样是不行的，这样越解释就越荒谬了。梦游？您一生中从来没有梦游过。”

在这一点上我感到贝特里奇也是绝对错不了。无论在国内，还是在国外，我都没有单独生活的习惯，要是我患了梦游症，准有成千上万的人发现我梦游。他们就会为了我的安全警告我，想办法加以防止。

我虽承认这一切，但还是固执地抓住我当时仅能找到的这两种解释，想摆脱我难以忍受的困境。这也是很自然的，情有可原的。贝特里奇看出我还没有彻底信服，立刻就举出月亮宝石案中最近发生的事，把我这两种论点驳得体无完肤。

“咱们换一种说法吧，少爷，”他说，“咱们姑且承认您的看法，看看往下推理到底能不能符合事实。就算我们相信您的话（其实我第一个不相信），您非但不知道睡衣蹭上了漆，就连拿走钻石也不知道。是不是这样？”

“是的，你往下说吧。”

“很好，少爷。咱们姑且承认，您拿走宝石那时是喝醉了酒，或者是在梦游。那也只能说明生日那天夜里和第二天凌晨的事啊，又怎么能解释以后的事呢？后来您把宝石带到伦敦以后，抵押给卢克先生。您做这两件事的时候是不是一点儿也不知道呢？星期六晚上我送您乘小马车离开，您是不是喝醉了呢？火车把您送到伦敦，您是不是梦游到卢克先生那儿去了呢？请原谅我说话放肆，富兰克林先生，不过这件事把您搞得心烦意乱，神智昏迷，所以您自己还不适于下结论。您应当赶快去找布罗夫先生商量，越早越好。”

我们走到车站，只剩一两分钟了。

我赶紧给贝特里奇写了我在伦敦的地址，叫他有事给我写信，我也答应有什么消息就通知他。说完以后，我正在跟贝特里奇道别，偶然朝书报摊那儿瞟了一眼，又看到坎迪先生那个怪模怪样的助手了，他正在跟摊贩讲话。我们的眼光碰上了。埃兹拉·吉宁士对我脱帽行礼，我向他回了礼。火车已经启动，我才走进车厢。我以为，多想想那些跟自己没有利害关系的事，倒也能减轻心里的烦闷。我去见布罗夫，此事至关重要。可是此时我却为一件不相干的小事纳闷，一天之内怎么会两次看见这个头发花白的人呢？

当天傍晚，我到了伦敦。时间已太晚，不可能到布罗夫的办事处去见他，所以我从车站乘马车径直驶往汉普斯泰德他的寓所。我看见他一个人在饭厅里打瞌睡，那条他心爱的哈巴狗躺在他怀里，一瓶酒放在手边。

我谈了我的事情，这对他震动很大。最好的证明是他听完之后，马上做了记录。他命令仆人点灯，沏上浓茶，领我到书房里去，又打发听差通知太太小姐们千万别来打搅我们。做好这些准备工作以后，他先检查了睡衣，然后便全神贯注地看罗珊娜的信了。

我们在他的书房里，没有任何人打扰。看完信，布罗夫先生第一次向我开口了。

“富兰克林·布莱克，”这位老绅士说，“从许多方面来看，这是个严重的问题。依我看，这事对于雷茜尔的关系几乎跟对您的关系一样重大。她那古怪的行为，如今可不是个谜了。她以为您偷了那颗钻石。”

我自己不敢推理，得出那么可怕的结论。布罗夫先生却一语道破，叫我不得不承认。根据他那个结论，我决意去跟雷茜尔推心置腹地谈一谈。

“第一步该去恳求雷茜尔，”这位律师接下去说，“这些日子她一直保持沉默。我是深深理解她的，知道她肯定有正当的动机。发生了这些事以后，不能再让她沉默下去了。一定得恳求她，甚至强迫她告诉大家，她凭什么认为是您偷了月亮宝石。这件案子现在看起来非常棘手，可是只要攻破雷茜尔这一关，只要她把真情都吐露出来，一切就都会迎刃而解了。”

“您这番话讲得真痛快，”我说，“不过我想知道……”

“您想知道我是怎么证明这一点的。”布罗夫先生打断了我的话，“我能在两分钟之内告诉您。首先您要懂得，我是从律师的角度看这件事的。对我来说，这是个证据的问题。证据首先在很重要的一点上瓦解了。”

“在哪一点上？”

“听着，我承认，睡衣上的名字是您的。我也承认，它上面的漆斑是在雷茜尔小姐的房门上蹭的。可是凭什么能证明钻石丢失的那天晚上，穿这件睡衣的就是您？”

他的驳斥非常有力，由于我也是这个想法，所以就更觉得有力。

“至于这个，”律师拿起罗珊娜的自白书说道，“我知道这对您是件痛苦的事，我知道您不愿从公正的立场上来分析它。但我跟您的地位不同。对我来说，这不过是份文件，我能像对待其他文件一样用律师的眼光来分析它。我甚至都不用提起她盗窃的前科，只需凭这封信就可证明她是个骗子，因此我可以从这一点进而推论，我有充分的根据疑心她没把真话全说出来。目前我不想探究她做过哪些事，没有做过哪些事。我只要说一句，如果雷茜尔只凭这件睡衣为证据来怀疑您，那么这件睡衣有百分之九十九的可能是罗珊娜给雷茜尔看的。既然这女人在信上亲口招认她嫉妒雷茜尔，招认她换过玫瑰花，招认她妄想您跟雷茜尔争吵，她就有一线希望。我不想追究是谁偷了那颗钻石，其实罗珊娜为了达到目的，就是五十颗月亮宝石她也会拿的。于是我就退了一步，只说宝石丢失了。于是这个爱上您的、从前做过小偷的女人，就趁机兴风作浪，害得您跟雷茜尔一辈子不和。记住，她写这封信的时候，并没有决定自杀。而且，根据她的性格和地位来判断，如果有机会，她是会偷宝石的。”

“我打开那封信时，心里也有过类似的猜疑。”

“对极了，可是读了这封信以后，您怜悯她这个可怜的人了，于是就不忍心猜疑她了。您真是一片好心啊，老弟！”

“不过如果以后证明真是我穿的这件睡衣，那可怎么办？”

“我就不知道这件事怎么才能被证明，”布罗夫先生说，“不过如果能证明是您穿的，要洗刷您的罪名可就不是件容易事啦。咱们现在先不谈这个问题。咱们等着瞧，看看雷茜尔是不是光凭那件睡衣来怀疑您的。”

“上帝啊，您谈到雷茜尔怀疑我，语气多么冷淡啊！”我脱口而出，“她凭什么疑心我是贼？”

“这个问题倒是很合情合理的，老弟。您是热情冲动地喊出来的，不过倒值得深思呢。您感到困惑的也正是我感到困惑的。您好好想一想，再回答我这句话。您住在她的公馆里那阵子，有没有出什么事，动摇了雷茜尔对您的信心？当然，我并非说她怀疑您人品卑劣，我是说，她怀疑您（不管理由多么不充分）有时作风不大正派？”

我激动得跳了起来。律师这一问，倒使我想起来，确实出过一件事。

贝特里奇报道的第八章里，提到有个外国人到我姨妈的公馆里来找我有事。是这么回事。

以前我常常经济窘迫。我一时糊涂，接受了巴黎一家我经常光顾的小饭店的老板放的债。我未能如期偿还（这也是成千上万的诚实人常干的事），便给了他一张期票，却又未能兑现。后来他经营不佳，眼看要破产了，于是就派他的亲戚——一位法国律师到伦敦来向我讨债。这个外国人脾气暴躁，我们便唇枪舌剑地争吵起来。碰巧维林达夫人和雷茜尔小姐在隔壁房里听见了，于是夫人便进来过问。法国人当即拿出凭证，指控我连累了一个轻信我的商人，使其破了产。夫人立即将钱还给他，打发他走了。她当然不会相信我像法国人说的那么坏，可是她对我不加检点、几乎闹出丑闻，却也非常震惊和愤慨。雷茜尔或是亲耳听到争吵的经过，或是听了她母亲的述说，也知道了这件事，便产生了她自己的一套浪漫主义、夸张失实的看法。她说我“残酷无情”“丢人现眼”“没有原则”“不知道下一步会干出什么事来”，以及诸如此类的严厉指责。我还从未听到一位小姐说过这样的话。我们吵了嘴，一直到第二天下午，还是互有芥蒂。第三天我赔了不是，方才和解。以后我再没有想起那回事。难道雷茜尔在我的荣誉受到更大威胁的严峻时刻，又记起了那不幸的龃龉吗？布罗夫先生立刻对这事作了正面的答复。

“这件事给她一个不好的印象，”他严肃地说，“这事如果不发生就好了。既然发生了，她就对您有了先入为主的偏见。不过咱们总算又弄清了一个疑点。咱们下一步该探讨雷茜尔的问题了。”

他站起来，开始在房间里若有所思地走来走去。有两次我要告诉他，我决意和雷茜尔会谈，后来又考虑到他是个德高望重的长辈，不能冒冒失失地突然向他提起这件事，就没有开口。

“最大的困难是，”他又说开了，“如何使她敞开心扉，尽情地谈谈她的想法。您有什么建议吗？”

这时我便趁热打铁地说了：“布罗夫先生，我已经决意亲自跟雷茜尔谈谈了。”

“您？”他陡然停住脚步，异样地瞅着我，“怎么偏偏您要去呢！”他立刻抑制住自己的情绪，在房间里又踱了个来回。“等一等，”他说，“嗯，碰到这种特殊情况，有时鲁莽的办法倒是最好的办法。”他从这个新的角度，把这问题重新考虑了一会儿，结果便毅然决然地采纳了我的意见。“不担风险办不成事。”这位老绅士继续往下说，“您具备了我没有的有利条件，所以还是您先试试吧。”

“我的有利条件？”我极为惊诧地重复了一遍。

布罗夫先生严峻的脸上第一次绽开了笑容。

“现在的情况是这样的，”他说，“我说句公道话，您的判断力不够强，您的脾气也急躁，这些我都不信任，但是我相信雷茜尔心底深处还是保存着对您的一缕柔情。您只要碰到她心田中这个柔弱的地方，她就会把心里的话全部倾吐出来。问题是，您怎么去见她？”

“她曾在府上做过客，”我回答说，“我冒昧地建议，您事先别提起我的事，我冷不防地在这儿见她，行吗？”

“妙得很。”布罗夫先生对我的回答下了这三个字的评语，便又在房间里踱来踱去了。

“直率地说，”他说，“您是用我的老婆和女儿的请帖作为诱饵，把我的家变成一个诱捕雷茜尔的陷阱了。要是建议的不是富兰克林，而是别的什么人，要是事态不是那么严重，我就会毫不犹豫地拒绝了。我这么大年纪还伙同您干这种背叛她的勾当！不过事已如此，也只好这样了。我深信雷茜尔一辈子都会感谢我的这次背叛的。好，我就当您的同谋了。我们要请雷茜尔在这儿待一天，到时候我们会通知您的。”

“什么时候？明天吗？”

“明天太仓促，我们都来不及得到她的答复。定为后天吧。”

“您怎么通知我呢？”

“明天整个上午别出去，等我来看您。”

我打心底里感谢他的大力协助，对他千恩万谢。他们殷勤地请我在汉普斯泰德过夜，我婉言谢绝了，回到了伦敦的寓所。

说起第二天，我只有一句话要说，就是这天是我毕生经历的最长的一天。我知道自己是清白无辜的，深信加在我身上的罪名迟早会得到洗刷，可是我却有一种自卑感，本能地羞于和朋友们见面。我们往往听说有罪的人可能看起来像是清白无辜的，其实这十有八九是由于观察肤浅而得出的错觉。我觉得有句话要比它正确得多，那就是清白无辜的人可能看起来倒像是有罪的。白天我一整天杜门谢客，到了晚上我才敢在夜色的掩护下出门。

第三天早晨，布罗夫先生冷不防在我用早餐时来看我。他交给我一把大钥匙，声称他生平第一次做了亏心的事情。

“她来吗？”

“今天她来吃午饭，陪我的妻子和两个女儿玩一个下午。”

“布罗夫太太和令爱们都知道其中的奥秘吗？”

“她们必然要知道的。可是您可能也观察到了，妇女都是没有原则的。我家里的人并不像我一样受到良心的谴责。我的目的是使您和雷茜尔小姐团圆，尽管手段有点儿诡秘。但我的妻女像耶稣会教士一样，对于为正义目的而采用诡秘手段，很是心安理得呢。”

“我对她们实在感激不尽。这把是什么钥匙？”

“这是我后花园墙上大门的钥匙。今天下午三点钟到那儿去。您开门走进花园，从花房的门走进屋里，穿过一间小客厅，打开面前的门，就会看见雷茜尔一个人待在音乐室里。”

“我怎么谢您呢？”

“我告诉您该怎么谢。见面后如果发生什么事，别责怪我就行了。”

他说完这话，便走了出去。

我还要惴惴不安地等上几个小时呢。为了打发时间，我看了看来信。其中有一封是贝特里奇写来的。

我迫不及待地拆开了信。使我诧异而扫兴的是，贝特里奇在信的开头便抱歉说，没有什么重要的消息。可是在第二句就又出现了那个似阴魂不散的埃兹拉·吉宁士！他在走出车站的路上拦住贝特里奇，问他我是什么人。贝特里奇告诉了他。他便说曾经看见我去找他的前任坎迪先生。事后坎迪先生听说了这件事，便立刻乘车来找贝特里奇，说他跟富兰克林失之交臂，很遗憾。他有一件特别要紧的事想跟我谈谈。他叫贝特里奇给我带话，恳求我下回到了弗利辛霍附近，务必跟他打个招呼。贝特里奇的信，除了几句他特有的哲理性的口头禅以外，主要内容就是这些。这个热心肠的忠诚的老人承认他写这封信，主要是为了与我通信的乐趣。

我把信揉成一团，放在口袋里，一会儿就把它忘得一干二净了。我一心一意地想着跟雷茜尔会面呢。

汉普斯泰德教堂的大钟敲了三下，我就把布罗夫先生那把钥匙插进后花园的墙上大门的锁眼里。我是第一次进入花园，从里边把门锁上时，我承认确实有点儿忐忑不安，不知道下一步会碰到什么事情。我偷偷摸摸地向四周环顾，唯恐有人藏在某个角落里，目击我的诡秘行动。没有出现什么，我的担心是多余的。所有的小径和通道上都阒无一人，看见我的只有小鸟和蜜蜂。

我穿过花园，走进花房，越过小客厅，刚把手搁到面前的门把上，只听得屋里传来几下哀怨的琴声。从前我寄寓在她母亲家里时，她常常这样弹琴消磨时光。我不得不稍待片刻，稳住情绪。在这个决定性的时刻，往昔和现今的情景同时浮现。想到今非昔比，我不由得打了个寒噤。

过了一会儿，我拿出男子汉的气概，打开了门。

第七章

我刚在门口露面，雷茜尔就一骨碌从琴凳上站了起来。

我随手带上了门。我们俩站在房间的两端，默默无语地对视着。她撑持着站起来，似乎这是她能做到的唯一动作，其余的精力都集中到对我的凝视上了。

我惶惶不安，唯恐自己来得太突然了，连忙迎上几步，轻柔地说：“雷茜尔!”

她听了我这一声喊，肢体才重新现出了活力，脸上也恢复了血色。她仍旧默默无语，非常缓慢地向我走来，仿佛是在某种外力的支配下，不由自主地迈步似的。她离我越来越近了，面颊泛起了温暖忧郁的光晕，苏醒的颖慧使她的双眸，每一瞬间都在变亮。我忘却了来见她的目的，忘却了我的名誉曾蒙受猜疑，我把过去、现在、将来一切该考虑的事都忘了。我什么都看不见，只看到我心爱的姑娘向我越走越近。她颤抖着，犹豫不决地站住了。我再也忍不住了，一把将她搂到怀里，像雨点般地遍吻她的脸。

我一时以为她也在回吻着我呢，仿佛觉得她也忘记过去的嫌隙了。谁知这个念头还没有形成，她的第一个动作就提醒我她仍旧记着往日的嫌隙，仍旧对我怀恨。她惊恐地大叫一声，奋力将我推开，其劲头之猛烈，绝不是我能抵挡得住的。我看见她眼睛冒出怒火，唇边挂着鄙夷的冷嘲。她把我从头到脚打量了一遍，好像我是个侮辱了她的陌生人。

“你这个胆小鬼，”她说，“你这个卑鄙小人，无情无义的胆小鬼!”

这就是她开口说的第一句话！在世界上女人对男人的责备当中，她对我的责备要算是最难忍受的了。

“雷西尔，我记得以前，”我说，“我得罪你的时候，你对我的责备不是这样刻薄的啊！请求你原谅我才是。”

大概我的声音里流露出一点儿辛酸了吧，她本来眼睛转过去，表示不屑看我，可听了我的答话，她又不太情愿地睃了我一下。她低声愠怒而又故作谦恭地回了我一句，在我和她的交往中，还是第一次听到这样的语调。

“也许我是情有可原的吧，”她说，“你干了这种好事，今天还用这种鬼鬼祟祟的手段来见我，这到底算不算男子汉的行为？你妄想利用我对你的情意，趁我不防备抱住就吻，这是不是卑鄙小人的行为？不过这是女人的见识。我应该明白你可能有高明的见解吧。我要是能控制住自己，什么也不说就好了。”

她这番辩解比刚才的侮辱更让人难受了。世界上最低三下四的男子听了这话也会感到屈辱的。

“要不是为了维护我的名誉，”我说，“我会马上就走，永远不再见你。你刚才说我干了这等好事，我到底干了什么?”

“你干了什么好事，居然来问我?”

“我问你。”

“我一直为你的丑事保密，”她回答说，“我替你遮丑，宁愿自己受罪。你不知道感恩，反而倒打一耙，责问我你干了什么，你到底还有没有半点儿天良？你曾经是个君子，那时我母亲喜欢你，我更喜欢你……”

说到这儿，她声音哽咽了。她倒在一张椅子上，背朝着我，双手掩面。

我的心情也很激动，想等到能够开口，再跟她说话。在这片刻的冷场中，我既被她的鄙夷所刺痛，又被自尊心所刺痛，但是被自尊心驱使，决意对她的悲哀不闻不问。我方寸已乱，不知道哪种感受更强烈些。

“要是你不肯先说，”我开口了，“那我只好先说了。我到这儿来是为了跟你说件要紧的事。你肯好好听我说吗?”

她不动弹，也不搭理。我没有做第二次请求，我也没有向她的椅子移动分毫。我带着和她一样的倨傲，把自己在激沙滩发现的事，及其前因后果讲给她听。当然，我的讲述花了一点儿时间。可是她始终没有回头看我一眼，也没有吭一声。

我捺住性子，我的终生祸福说不定就看那一会儿我能不能沉住气了。

到了检验布罗夫先生的理论的时候了。我全神贯注地做这个试验，转过身来，站到她面前。

“我有句话问你，”我说，“我不得不重新提起一个痛心的问题。罗珊娜·史珀尔曼把睡衣给你看过吗？到底看过没有?”

她一骨碌跳起身，主动向我走来，目光犀利地搜索着我的脸，仿佛要看出以前从来没有看到过的东西。

“你疯了吗?”她问道。

我还是捺住性子，冷静地说：“雷茜尔，你回答我的问题呀!”

她不理我的茬儿，继续说下去。

“我不明白你搞的什么鬼名堂，你有什么卑鄙的顾虑！你是不是担心我会妨碍你的前途？据说你父亲一死，你就成了财主。你上这儿来是为了赔我钻石吗？你还有没有一点儿剩余的良心，为你的行为感到羞愧？你假装清白，编出一套有关罗珊娜·史珀尔曼的谎言。奥秘是不是就在这儿？这一回你编这些谎话的动机是不是为过去感到羞耻?”

我忍不住打断了她的话。

“你把我看错了，”我怒火中烧，“你怀疑我偷了你的钻石，我有权利弄明白这是什么道理。我一定会弄明白。”

“怀疑你?”她喊了起来，也跟我一样发火了，“你这恶棍，我亲眼看见你拿走钻石的!”

她这番话如晴天霹雳，完全出乎我的意料。这样一来，布罗夫对这案子的看法就被完全推翻了。我万分惊骇，顿感手足无措。我虽然是平白受冤，但也只好一声不吭地站在她面前。在她眼里，在任何人眼里，我一定像个罪行被揭露、惭愧得无地自容的人。

我受到了羞辱，她胜利了。但她看到这个场景，不由得一愣。我突然哑口无言，倒叫她大吃了一惊。“当时我宽恕了你，”她说，“现在若不是你逼得我非讲不可的话，我也会宽恕你的。”她拔腿就走，好像要离开这屋子，但还没有走到门口，便又趑趄不前了，“你为什么到这儿来自讨没趣?”她问，“你为什么到这儿来羞辱我?”她往前走了几步，又停下来了，“看在老天爷的分上，说话呀!”她激动地喊起来，“你要是还有那么点儿怜悯心，可别让我丢脸丢到这个地步呀！你要么说话，要么就把我赶出去!”

我向她迎上去，简直不知道自己在干什么。我可能在慌乱中想留住她，叫她多说些当时的情况。我一听到她说到我犯罪的铁证，心里就慌了。我知道，这虽然是她亲眼目睹的，但我心里还是一本糊涂账，我甚至弄不清自己是否无辜。我握住她的手，想说几句坚定、中肯的话，但说出口的只是：“雷茜尔，你曾经爱过我!”

她打了个哆嗦，背过脸去不看我。她的手在我掌心里无力地颤抖着。“放开我。”她软弱无力地说。

我握住她的手，又产生了我刚进屋、她听见我的声音时所起的强烈反应。她骂我胆小鬼，公然宣称我是贼，而现在她的手还握在我的掌心里，我还能控制她!

我轻轻地领她回到房间当中，让她坐在我身边。“雷茜尔，”我说，“我解释不了我要告诉你的那个矛盾的情况，我只能像你一样叙述事实。你亲眼看见我拿了钻石！我对无所不在的上帝起誓，我这是第一次知道是我拿了宝石，你相信我吗?”

她没有理会我，也没有听见我的话。“放开我的手!”她有气无力地重说了一遍。这就是她仅有的回答。她的头倚到我肩膀上，嘴里叫我放开她的手，却不知不觉地握紧了我的手。

我没有迫使她回答，可是我再也忍耐不住了。我要想在正人君子当中重新抬起头来，就必须得劝诱她把当时的事情和盘托出。我唯一的希望就是她刚才忽略了某件事。这事在一连串的事件中，似乎只是一件鸡毛蒜皮的小事，可是仔细推敲起来，却最终能证明我是清白无辜的。我仍旧握着她的手，用往常那种同情和信心跟她讲话。

“我想求你一件事，”我说，“我要你把从我们道过晚安以后，一直到你看见我拿走钻石的这段时间里所有的事情全都告诉我。”

她从我的肩膀上抬起头来，竭力把手从我掌心里抽出来。“为什么又要提这些往事呢?”她说。

“我回头就告诉你为什么，雷茜尔。咱俩都被一些似是而非的假象所蒙蔽了。要是咱们把你生日当夜的事情好好思考一下，也许就会互相谅解了。”

她的头又倒在我肩上，热泪顺着两腮慢慢地流淌下来。“哎，”她说，“难道我没存过这种希望?难道我没有像你现在这样，设法弄清事实?”

“以前你是一个人想办法，”我回答说，“没有我的帮助。”

我说这话时心里怀着希望，好像也激起了她心头的一线希望。她不但顺从地回答我的问题，而且在殚精竭虑地思索我的问题。她心甘情愿地对我敞开了心扉。

“咱们先从那天晚上咱俩道过晚安以后发生的事情谈起吧。”我说，“当时你是立即上床，还是迟迟没睡?”

“我立即上床了。”

“你看钟了吗?时间很晚吗?”

“不太晚，大概是十二点光景，我想。”

“你就睡着了吗?”

“没有，那夜我睡不着。”

“你心里不安宁?”

“我在想你。”

她这句回答几乎弄得我失魂落魄。她的话里，或者毋宁说语调里，有一种魅力，直渗入我的心田。我停了好一会儿才能继续往下说。

“你屋里点灯了吗?”我问。

“没有。等到我起床，才点了蜡烛。”

“这离你上床睡觉有多长时间呢?”

“大概是上床一小时以后，我想，大概是一点钟。”

“你离开卧室了吗?”

“我正想出屋。我已经披上了晨衣，打算到起居室里去拿一本书。”

“你打开卧室的门了吗?”

“我刚刚打开。”

“你没有走进起居室吗?”

“没有，有样东西，使我不想进去了。”

“是什么东西?”

“我看到门下面露出光来，我还听见了脚步声，有人向门走过来。”

“你害怕了吗?”

“当时没有。我知道我可怜的母亲晚上睡不好。我还记得那天晚上她竭力劝我让她保管钻石。不知怎的，她为了钻石而感到非常焦虑，那时我还以为这是毫无道理的。这时我以为她是来看我睡了没有，要是我还没睡，想再跟我谈谈钻石的事情。”

“你做了什么?”

“我吹灭了蜡烛，好让她以为我上床睡了。我这样做是毫无道理的，硬要把我的钻石藏在我自己选择的地方。”

“吹灭蜡烛以后，你回到床上了吗?”

“我来不及回到床上。我刚吹灭蜡烛，起居室的门就开了，我看见……”

“你看见了什么?”

“你。”

“穿着平时的服装?”

“不是。”

“穿着睡衣?”

“穿着睡衣，手里拿着你卧室的蜡烛。”

“只有我一个人?”

“只有你一个人。”

“你看得见我的脸吗?”

“看得见。”

“清楚吗?”

“看得很清楚。你手里的蜡烛把你的脸照亮了。”

“我的眼睛睁着吗?”

“睁着。”

“你注意到我眼睛里有什么异样的神色吗?是不是茫茫然，直愣愣地凝视?”

“不是的。你的眼睛发亮，比平时还要亮。你向四下环视，仿佛你知道是到了不该到的地方，害怕被人发现似的。”

“我走进房间时你观察到一件事了吗?你有没有观察我走路的样子?”

“你还是像平时一样的走法。你一直走到房间的中央才站住脚，向周围顾盼。”

“你一看见我，就怎么着了?”

“我什么也干不了。我吓呆了。我说不出话，也喊不出来，就连门都顾不上关。”

“你站在那儿，我看得见吗?”

“按说你该看得见，可是你一直没有朝我看。问这句话是毫无意义的。我肯定你没有看见我。”

“根据什么?”

“要是你看见了我，还会拿走那颗钻石吗? 你还会做以后那些事情吗? 要是当时你看见我醒着，正在注视你，你现在还会来问长问短吗? 不要逼我谈那一段时间的事! 我想平心静气地回答你的问题。帮助我尽量保持安静吧! 接着谈别的事情!”

她说得对，一点儿也没错。我接下去说别的事情了。

“我到了房间当中，停在那儿以后，干了什么事?”

“你转过身，一直到靠窗子的那个墙角，印度古玩橱那儿。”

“我在古玩橱那儿的时候，一定是背朝着你。你怎么看见我的动作了?”

“你移动了位置，我也移动了。”

“你是为了看清楚我的手在干什么吧!”

“我的起居室里有三面镜子。你站在那儿，我能从一面镜子里看清你的全部动作。”

“你看见了什么?”

“你把蜡烛搁到橱顶上，把一格一格的抽屉打开又关上。等到你打开我放钻石的那格抽屉，你看了一会儿，便伸手进去，把钻石拿了出来。”

“你怎么知道我把钻石拿出来了?”

“我看见你的手伸进抽屉拿出钻石，我还看见钻石在你大拇指和其他几个手指间闪闪发亮。”

“接下来我的手有没有再碰那个抽屉，比如说，把它关上呢?”

“没有。你右手拿着钻石，左手从橱顶取下了蜡烛。”

“之后我有没有四下环顾?”

“没有。”

“我有没有马上离开房间?”

“没有。你呆若木鸡地站着，好像站了好长一段时间。我从镜子里看到你的侧影，你好像在沉思，可又想不出什么好主意，自己感到很不满意。”

“接下来呢?”

“你突然清醒过来，径直走出了房间。”

“我有没有把门带上?”

“没有，你急急忙忙地走到过道上，没有关门。”

“后来呢?”

“后来，你的烛光消失了，你的脚步声也听不见了。我一个人留在黑暗里。”

“从那时候，到全家都知道钻石丢失的那段时间里，没有发生什么事吧?”

“没有。”

“你能肯定吗? 在这段时间里，你会不会睡了一会儿呢?”

“我一直没睡。我压根儿就没有回到床边。直到第二天清晨，潘尼洛浦在规定的时间进屋以前，什么事也没发生。”

我放下她的手，站起来，在房间里转了一圈。我提得出的问题，她全都回答了。我想知道的每一个细节都摆在我的面前。我曾经想推说是梦游或是醉酒，来摆脱罪责，可这两个想法也都被目击者的铁证驳得体无完肤。下一步该说什么呢？下一步该做什么呢？茫茫一片黑暗包围着我，难以冲破。只有一个可怕的无情的事实明摆在我面前——我是小偷！当我在激沙滩获悉罗珊娜·史珀尔曼的秘密时，没有一线光明指引我。如今我求助于雷茜尔，她亲口告诉我那个夜晚的痛心事，还是没有一线光明！

这一回是她首先打破了沉默。

“怎么样？”她说，“你问过了，我也回答过了。你希望从中得到什么，所以你也让我希望能得到什么。现在你还有什么说的？”

刚才我觉得还能控制她，现在听她说话的口气，我感到又没辙了。

“你说咱俩一起把我生日那天晚上发生的事研究一下，”她说了下去，“这样咱们便能互相理解了。咱们做到了吗？”她冷酷无情地等我回答。在回答她的问题时，我犯了个致命的错误——我因为处境窘困，一筹莫展，竟控制不住自己的脾气，怪她不早点儿说破，害得我到现在才弄清真相。

我开口便说：“如果你体谅我一点儿的话，早该对我亲口说破，何必等到现在。”

她气呼呼地大喝一声，打断了我的话。我发的这两句牢骚像鞭子抽到她身上一样，使她顿时大发雷霆。

“要我亲口说破！”她把我这句话重复了一遍，“哎，世界上还有这种人吗？我宁可自己心碎，饶了他。我不顾身败名裂，掩护他，现在他居然忘恩负义，责怪我没有亲口说破。我过去这样相信他，这样如痴如醉地爱他，朝思暮想地惦记他，魂牵梦萦地梦见他，他竟怪我当初一见面就没出他的丑！‘我的心肝宝贝，你是小偷！我敬爱的英雄，你趁黑夜溜进我屋里，偷走了我的钻石！’我悔不该没有这样说。你这个无赖，你这个卑鄙小人！我宁肯丢失五十颗钻石，也不愿看见你当面撒谎，混淆是非！”

我拿起了帽子。为了怜悯她！是的，我可以诚实地说一句，为了怜悯她，我一声不吭地转身就走，打开了我走进房间的那扇门。

她跟过来，将我的手从门柄上一把拉开，把门关上，指着我刚离开的地方。

“不行！”她说，“你现在不能走！我似乎该为我刚才对你的行为辩护一下。你得待在这儿听着，不然的话，你就成了最卑鄙无耻的小人了！”

我看见她如此对待我，听见她这样说话，真是心如刀绞。我连话都说不出，只做了个手势作为回答，表示我随她摆布。

我默默地走回去，在椅子上坐下，愤怒的红晕才从她脸上消退。她等了一会儿，才镇定下来。等她继续讲下去的时候，她脸上已看不出什么愤怒的迹象了。她说话时不看我，两手紧握着搁在膝上，双目下垂着盯着地面。

“我应该对你公道地亲口说破。”她学着我的话说，“待会儿你就会明白我是否对你公道了。我刚才对你说，你离开我的起居室以后，我一直没睡，一直没有回到床上。我不要你考虑我当时的想法，你不会理解的。我只告诉你，过了一会儿我镇静下来以后做了什么就行了。我没有惊动全家人，没有告诉大家出了什么乱子，按说我是应该讲出来的。尽管我亲眼目睹你拿了钻石，可是我太爱你了，我哪怕相信任何荒诞无稽的事，也不愿在心里承认你是存心盗窃。我反复考虑，结果便给你写了封信。”

“我根本没收到这封信。”

“我知道你根本没收到信。等一下你就听到是什么原因了。我这封信措词很隐晦，即便落到外人手里，也不会使你（一辈子）身败名裂。信里只用了绝不至于使你误解的话说了我获悉你欠了债，我和我母亲都明白你为人不太审慎，知道你在急需钱的时候，说不定会无所顾忌，不择手段地弄钱。这一下你就会记得那个法国律师登门讨债的事，就会心领神会，知道我指的是什么了。要是你留神再往下读，你就会看到我私下向你提议（注意，我说得很含蓄，没有一个字公开暴露），尽力而为地借一大笔钱给你——我也的确会做到的！”她说到这儿，提高了嗓门，她的脸色又开始泛红了。她再次抬头看我一眼，“哪怕我用别的方法弄不到钱，我也会亲自把那颗钻石抵押出去！信上我就是这么写的。等一下！我做的还不止这些。我跟潘尼洛浦商量好，趁没有人的时候交给你这封信，我打算关在卧室里不出去，我还打算把起居室的门开一个上午，并让房间空着，就指望你，我是一心一意地指望你，趁机悄悄地把钻石放回抽屉。”

我正想开口，她不耐烦地抬起手来阻止我。她喜怒无常，瞬息间肝火又开始上升了。她从椅子上站起来，走到我面前。

“我知道你要说，”她说下去，“我知道你又要提醒我你根本没收到我的信。我可以告诉你是怎么回事。我把信撕掉了。”

“什么理由？”我问她。

“理由再充分不过了。我宁愿把信撕掉，也不愿白扔给你这么个小人！第二天早晨我听到的第一个消息是什么？我这个主意刚刚打好，我就听到了，你就是全家第一个嚷着要报警的人！什么都是你带头的，你闹着要找回宝石的劲头比谁都足！你甚至厚颜无耻地要跟我谈钻石丢失的事，而那颗钻石就是你自己偷的。这颗钻石一直在你手里！我看透了你这假仁假义、借刀杀人的狰狞面目以后，就把信撕了。你派人喊警察来，进行搜查盘问，真把我气疯了，可是就在那时候，我还一片痴心，不肯抛弃你。我心里思忖：‘他是当着全家人装疯卖傻，演一出丑剧，我倒要瞧瞧，他在我面前还演得了吗？’有人告诉我你在阳台上，我就下楼到了阳台上。我强迫自己瞅着你，硬是跟你说话。你忘掉我说的话了吗？”

我满可以回答，她的话我句句记得。可是在这时候回答，又能起什么作用呢？

她在阳台上说的话使我惊讶，使我苦恼，使我感到她是处于一种危险的激动的状态，我甚至一度怀疑她未必像其他人一样弄不清钻石丢失的内幕，可是我始终没有猜到丝毫的事实真相。以上这些我能告诉她吗？现在我拿不出半点儿证据来证明我是清白的，我又怎么能使她相信，当她在阳台上跟我讲话时，我就像一个陌生人一样，半点儿也猜不透她的真实意图。

“你也许忘得了，我可忘不了。”她说了下去，“我知道我说的是什么，因为我是考虑周到了，才说出口的。我一再给你机会让你坦白。我能说的话全说了，就差没有告诉你我知道你偷了宝石。可是你全然无动于衷，故作惊讶地望着我，装出一副清白无辜的样子，就像你今天扮演的一模一样，就像你现在望着我的神情一模一样！那天早晨我离开了你，终于看透了你是个什么样的人，你是世界上最下流的无赖！”

“要是你当时说出来就好了，雷茜尔，你离开的时候我就会知道你残酷地冤枉了一个好人。”

“要是我在别人面前说出来，”她又一次义愤填膺地反击，“你就会蒙受一辈子耻辱！要是我只对你一个人说出来，你当时就会抵赖，就像你现在抵赖一样。你以为我相信你吗？一个像我看到的你这样干了坏事，而事后却又贼喊捉贼，作了一番丑恶表演的人，难道还在乎撒谎抵赖？我再一次告诉你，那天我看见你偷窃宝石感到害怕，现在我害怕再听你撒谎了。听你讲话的口气，仿佛这只是一场误会，只消解释几句就万事大吉了！不！事情还跟原来一样。现在我依然不相信你！我不相信你找到了那件睡衣。我不相信罗珊娜·史珀尔曼的信。你说的话我一个字也不信。你偷了宝石——我看见的！你假装协助警方破案——我看见的！你把钻石抵押给伦敦某个高利贷商人——我敢打保票！由于我保持缄默，你就让一个无辜的人背黑锅！出事的第二天早晨你就携带赃物逃往大陆了。你干了这么多下流事，只剩一件事你没有做，那就是再虚情假意地到这儿来花言巧语一番，说什么我冤枉了你！”

要是我再待一会儿，不知道我嘴边会溜出什么让人追悔莫及的话来。我第二次从她身边滑过，打开了门。她带着一个被惹火了的女人的反常的狂怒心情，再一次一把揪住我的胳膊，堵住了我的出路。

“让我走吧，雷茜尔！”我说，“这对咱俩都好，让我走吧！”

她在门口把我往回拽，怒火在她胸膛里燃烧，使她的呼吸越来越急促，几乎喷到了我脸上。

“你为什么到这儿来？”她死盯着我问，“我再问你一次，你为什么到这儿来？你害怕我揭你的底吗？现在你是个财主了，如今你在社会上有地位了，现在你可以娶英国第一流的名门淑女了，你害怕我把迄今为止除了你以外没对任何人讲过的话泄露出去吧！我不会说的！我不会揭露你的！我比你更坏，我比你坏得多。”她一下子泪如泉涌，抽抽噎噎地哭了。她竭力抑制住情绪，越来越紧地抓着我。“我心里割舍不了你啊，”她说，“就连现在也割舍不了！你可以相信我这个可耻的弱点，我只能这样反抗你！”她突然放了我，蓦然挥起双手，疯了似的与我扭绞着，“换一个女人会嫌弃他，躲得远远的，碰也不会碰他的。”她大声喊道，“啊，上帝呀！我瞧不起他，但我更瞧不起自己！”

我情不自禁地泪如泉涌。“我总会让你明白，你冤枉了我，”我说，“要不然我今生再不见你的面！”

说完这话，我便离开了她。她从刚刚落座的椅子上霍地跳了起来！我的心上人啊！她跟着我跑过外间，说了临别最后一句好心话。

“富兰克林！”她说，“我原谅你！哦，富兰克林，富兰克林！我们再也见不了面了！说你原谅我，说呀！”

我回过头，让她看着我的脸，却说不出话来。我终于流泪了。我依稀看见她，像个幻影。

过了一会儿，刻骨铭心的痛苦减轻了。我又走到花园里了。我再也看不见她了，再也听不见她的声音了。

第八章

那天夜间，布罗夫先生到我的寓所来看我，我有些诧异。

律师的神态显然跟往常不同，平日那种信心十足、神采奕奕的样子不见了。他生平第一回默默无语地跟我握手。

我没话找话地问了一句：“你回汉普斯泰德去吗？”

“我刚刚从汉普斯泰德来。”他回答说，“富兰克林先生，我知道您终于知道事情的真相了。不过，我坦率地告诉您，要是我能预见到您所付出的代价，我是宁愿您被蒙在鼓里的。”

“您见过雷茜尔了？”

“我送她回波特兰广场以后，才到这儿来的。我总不能让她自己乘马车回去吧。你们这次不幸的会面对她刺激很深。考虑到您这次在我家里见她，经过了我的同意和许可，所以我不能怪您。我所能做的就是防止类似的事情发生。她还年轻，个性很强，经过一段时间的休息，会复原的。我希望您别再给她刺激，妨碍她复原。您能不能答应我，往后未经我的许可，别再去见她？”

“她感到痛苦，我也感到痛苦。”我说，“您可以放心，我保证再也不去了。”

“您答应我了？”

“我答应您了。”

布罗夫看样子是放心了。他把帽子放下，把椅子移向了我。

“这件事算说定了！”他说，“现在谈谈前途问题吧，我是说，您的前途问题。我看，现在事态有了不平常的转变。简单地说是这样的：第一，雷茜尔已经非常坦率地向您谈了全部事实；第二，虽然咱们明白，某个地方准是有了严重的误解，但咱们也怪不得她根据亲身见闻认为您犯了罪，因为从表面上看，情况的确是对您非常不利的。”

他说到这儿，我插了一句。“我不怪雷茜尔，”我说，“遗憾的只是当初她没有说服自己更坦率地告诉我。”

“您倒不如遗憾她怎么没变成另外一个姑娘。”布罗夫先生反驳道，“即便这样，我也怀疑一个执意要嫁给您的娇贵的小姐居然会有勇气当面指控您是小偷，不管怎么说，这是不符合雷茜尔的本性的。有一件事尽管跟您这件事的情节大不相同，然而她在那件事中的角色，倒跟您在此案中的角色有点儿相似。她的动机则跟此案中的动机完全一样，纯粹是舍己为人，维护对方。她就是这样的人。此外，今天晚上我跟她到镇上去的时候，她告诉我，要是她当时坦率地对您说了，您当然要否认。您当时的话也绝对不会比您现在的话更能让人相信。您该怎么答复呢？事实上是无可答复。得了，得了，富兰克林先生！事到如今，我承认自己对这个案子的看法完全错了，不过，照目前的情况来看，我的忠告虽然行不通，也多少有些可取的地方。我老实告诉您，咱们要是走回头路，绞尽脑汁，想把这盘根错节、扑朔迷离的案情从头理清楚，那肯定是枉费心机。咱们最好还是别去纠缠去年在维林达夫人的乡间别墅发生的那些事情了。咱们最好还是看看将来咱们能够发现哪些问题，别在过去没能发现的问题上钻牛角尖了。”

“您显然忘了吧，”我说，“案情中牵涉到我的那一部分，主要都是过去的事情！”

“回答我这句话，”布罗夫先生答复我，“月亮宝石是不是所有乱子的祸根？”

“当然是。”

“很好。您认为人家把月亮宝石带到伦敦，会怎样处置它呢？”

“抵押给卢克先生。”

“我们知道抵押宝石的人不是您。那么到底是谁呢？”

“不知道。”

“您认为月亮宝石现在在哪里？”

“交给卢克先生的往来银行保管了。”

“对。注意，现在已经是六月份了。我们相信，大概到本月底（日期可能稍有出入），宝石就押满一年了。那么那个抵押宝石的人，有可能准备在一年期满那天，把它赎出来。假定他来赎，卢克先生准会按照商妥的条款，亲手把钻石从银行里取出来。在这种情况下，我建议到本月快结束时派个人守在银行里监视，看卢克先生把月亮宝石还给谁。您现在明白了吗？”

我有点儿无可奈何，只好承认，不管怎么说，这倒是个新鲜主意。

“这既是我的主意，也是默思怀特先生的主意。要不是不久前我们谈了一次话，说不定我永远也想不出这个点子呢。要是默思怀特先生没有说错的话，那三个印度人到本月底，八成也会守在银行里，这样一来说不定会出大乱子。不管怎么样，反正对咱俩都不会有什么危害，说不定倒能帮助咱们抓住那个抵押宝石的神秘人物呢！您现在处境这么窘困，这个人是要负责的。至于他是如何诡秘地行动的，我就不知道了。只有揭露他，才能使雷茜尔改变对您的看法。”

“我不否认，”我说，“您建议的这个方案大胆、巧妙、新颖，肯定能解决困难。可是……”

“可是您不赞成，是吗？”

“是的，我不赞成。理由是这太费时间。”

“我承认。推算起来，您大体上要等两个星期。时间是不是太长了？”

“布罗夫先生，我处境这么困难，要我等上两个星期，无异于等上一辈子，我可受不了。如果不能澄清事实，我简直一刻也活不下去。”

“好了，好了，我明白您的心情。您想过该怎么办吗？”

“我想请教卡夫探长。”

“他不干警务工作了，别指望他帮您的忙了。”

“我知道在哪儿能找到他，我可以去试试。”

“那就试试吧。”布罗夫先生考虑了一会儿说，“现在这案子有了新的进展，跟卡夫探长办案时不一样了。说不定您能重新引起他对侦查此案的兴趣。去试试吧，把结果告诉我。同时我要问一下，”他站起来，往下说，“要是您到月底之前没有什么新发现，我能不能试着派个人守在银行里进行监视？”

“当然可以，”我说，“除非我跟探长有了重大突破，那就不必多此一举了。”

布罗夫先生笑了笑，拿起了帽子。

“转告卡夫探长一声，”他关照我，“我说只有找到那个抵押钻石的人，这个案子才能水落石出。让我听听老谋深算的探长是怎么个看法。”

我们就这样分手了。

第二天清早，我按照贝特里奇的指点，动身到卡夫探长退休的那个叫道金的小镇去了。

我在旅馆里打听了一番，这才知道到卡夫探长的小别墅该怎么走。它离镇上不远，有条僻静的小路直通到门前。别墅坐落在一座大花园中，花园的两侧和后面砌有坚固的砖墙，前面有一道高高的树篱。花园的门上饰有漆得很漂亮的遮板，现在锁着。我拉了门铃以后，从遮板往里面张望，只见到处都是卡夫神探心爱的鲜花。这个擒拿盗贼的高手，现在远离城市的烦嚣，远离罪恶和疑案，钻到玫瑰花的众香国里优哉游哉地颐养天年了。

一个体面的老婆子替我开了园门。她说了句话，于是我企求得到卡夫探长的帮助的全部希望顿时烟消云散了。他刚在前一天动身往爱尔兰去了。

“他有公事吗？”我问道。

老婆子笑了。“他现在只有一桩公事，先生，”她说，“那就是种玫瑰花。爱尔兰某个大人物的园丁发明了种植玫瑰花的新招儿，卡夫先生是向他讨教去了。”

“你知道他什么时候回来吗？”

“这可说不准，先生。卡夫先生说，也可能马上就回来，也可能待一些日子，全看这个新发现有没有价值了。您如果要留个口信，我准给您传到。”

我在我的名片上用铅笔写了两句：“我有些关于月亮宝石的事奉告，盼回来后立即来信。”我把名片交给老婆子，便无事可干了，只好听天由命，回到了伦敦。

我寻访探长未遇，心里很烦躁，越没事干就越想干。我从道金回来的当天便决定，从第二天早晨开始便要专心致志，排除困难，摆脱逆境，从黑暗走向光明。

下一步我该怎么办呢？

要是我考虑问题时，有那个好心的贝特里奇在我身旁，把心里的秘密向他倾吐，他无疑会说，我的德国性格压倒一切了。说得严重些，我现在之所以徒劳无益地在一些事情的迷宫里钻来钻去，找不到出路，在某种程度上很可能要归咎于我的德国式教育呢。大半个夜晚，我坐着抽烟，想出一个比一个离奇而不可行的理论。而一旦睡着了，醒着时候的心事便又在梦里纠缠开了。第二天早晨起床以后，客观的主观，主观的客观，便在我心里纠结成一团，解也解不开。这一天我本来决意要拿出些实际作为的，可是一开头便从纯哲学的角度怀疑，任何事物（包括月亮宝石在内）是否真实存在。

我沉浸在形而上学的迷雾之中，要是让我凭自己的力量来摆脱，真不知道要等到何时呢。幸亏事有凑巧，一件意外的事帮了我的忙。那天早晨我穿的上衣正好就是我跟雷茜尔会面时穿的那件。我在一个口袋里找东西时，碰到一张被揉成一团的纸条。掏出来一看，原来是贝特里奇的来信，这信早就被我抛在脑后了。

不给我那位好心的老朋友回信可不好。我走到书桌前，把他的信重看了一遍。

一封没有一点儿重要事情的信，不一定就容易答复。贝特里奇的这封来函就属于这一类。信上说，坎迪先生的助手埃兹拉·吉宁士告诉他的前任，他看见过我。于是坎迪先生说想在我下次来弗利辛霍附近时，见我一面，有话对我说。我在回信上该怎么说呢？有什么话值得写出来呢？我无聊地坐在那儿，在本来准备给贝特里奇写回信的纸上，凭着记忆给坎迪先生那个长相古怪、头发斑白的助手画像，至少画了十来张，画了就扔到字纸篓里去。接着，我便给贝特里奇写回信。这是一封很平常的信，却对我有奇妙的效用。我写了几句，头脑便豁然开朗了。

我再次努力，想拨开困境中的那片难以穿透的疑云迷雾。这一回我试图用实际的观点来解决困难。那个难忘的夜晚的种种事情还是难以理解，我就回溯得远一点儿，把雷茜尔生日当天早些时候的事情都回忆一遍，想从中找出一些破案的线索。

我跟雷茜尔在漆那扇门的最后阶段，或是晚些时候，我策马向弗利辛霍驰去，或者之后我跟高乎利·艾柏怀特和他的两个妹妹一起回来；或者更晚一些，我把月亮宝石交到了雷茜尔手里；或者比这再推迟一些，当宾客莅临，在餐桌旁欢聚的时候，都发生了哪些事情？这一连串的问题我都回答得比较利索，到了最后一关却卡了壳。在我回顾生日晚宴的情形的时候，我一下子脑筋就失灵了。我发现自己都记不清那天和我同桌的客人的人数了。

我感到在这儿出了毛病，可是我又认为宴会上的事情非常重要，可能特别值得研究，这是我的心理过程。我相信别人处于同样的情况都会像我这样推理的。调查月亮宝石，调查到自己头上来了，真是性命攸关，自然想弄个水落石出，对于不清楚的环节或事情当然都会怀疑起来。一旦弄到宴会来宾的姓名，我就决定借助于他们的回忆，来弥补自己的不足，把他们在生日那天所能回忆的事情全部写下来，再跟他们离开公馆以后发生的事情加以对照，互相印证。

我对调查的艺术，作了许多试验，这是最新的试验方法。贝特里奇很可能认为这是我的法国性格，即清晰推理的能耐一时占了上风的成果。这种调查方法颇能奏效，值得在此记上一笔。说起来难以相信，我就这样自己摸索，现在居然摸到事情的根子了。我所需要的只是得到个启示，能在一开头就把我导向正路。没过两天，出席生日宴会的一位来宾就给我那个启示了。

我既然打了这个主意，首先就得弄到全体来宾的名单。这名单我毫不费力就能从加布里埃尔·贝特里奇那儿弄到。我决定当天就回约克郡去，第二天早晨就开始我成竹在胸的调查。

要乘中午前从伦敦开出的那趟列车，已经来不及了。我只好乘下一趟列车，要等将近三个小时才开车。在这段时间里，我待在伦敦有什么正事好做？

我的思想又顽固地回到了生日宴会上。

尽管我忘记了来宾的人数，而且把好多人的名字也忘了，可是我记得很清楚，他们绝大多数是从弗利辛霍镇及其附近去的。不过大多数不等于全部。我们当中有少数几个并非常住乡间，我自己就是其中之一，默思怀特先生也是，高孚利·艾柏怀特是第三个，还有布罗夫先生。不，我记起来了，那天他公务羁身，未能出席宴会。有没有女宾常住伦敦？我只记得克莱克小姐一个人属于这一类。不管怎么说，总算有三个宾客是常住伦敦的。在我离开伦敦之前，不妨去看看他们。我立刻驱车到布罗夫的办事处去，因为我不知道要找的另外两个人的地址，我想布罗夫先生很可能帮助我找到他们。

布罗夫先生太忙了，只能给我匀出一分钟的宝贵时间。然而他很干练，就在这短短的一分钟内，就解决了我提出的所有问题，但是令人极为气馁。

首先，他认为我新发现的解决疑难问题的方法是异想天开，不值一提。至于那三个人，默思怀特先生如今正回到原先的蛮域异邦去探险；克莱克小姐蒙受了亏损，为了节省开支，已定居法国；高孚利·艾柏怀特也许能在伦敦的什么地方碰到，不过也说不定，到他的俱乐部去打听打听，怎么样？请原谅，布罗夫先生很忙，失陪了。

这样一来，在伦敦探询的范围一下子就缩小为寻找高孚利的地址了。我根据律师的提示，驱车到了高孚利的俱乐部。

我在大厅里遇到了一位俱乐部会员，此人是我表兄的老朋友，也是我的老相识。这位先生告诉我高孚利的地址以后，告诉了我高孚利最近的两件趣事。这两件事本身都是比较重要的，以前我却没有听说。

高孚利虽然跟雷茜尔解除了婚约，却绝对没有垂头丧气。不久后，他又向另一位小姐，据说是一位富有的女继承人求婚，进行得很顺利。大家都以为已成定局，谁知这件婚事又突然吹了，据说是因为乘龙快婿跟这位小姐的父亲在遗产的问题上意见有严重分歧所致。

高孚利在婚事上受到这第二次打击，总算得到了一些补偿。在高孚利为数众多的崇拜者中，有个人给了他一笔丰厚的遗赠。此人是童衣改制母亲协会里一位颇受尊敬的有钱的老太太，也是克莱克小姐的好友。不过她只遗赠给克莱克一只纪念指环。她赠给这位劳苦功高的高孚利五千英镑的遗产。他原来生活拮据，平添了这笔可观的收入，手头便宽松多了。据传，他声称自己搞慈善事业太劳累，需要休养，大夫劝他到大陆上旅游，说是对健康有益。要是我想见他，得赶紧去。

我当即就去找他了。

真不凑巧，我去找卡夫探长，晚了一天；我去找高孚利，同样晚了一天。他在头天早晨便乘根据潮汐定班次的列车去了多佛，打算渡过海峡到奥斯坦德。他的听差相信，下一步便到布鲁塞尔，归期不定。我估计至少也得三个月以后才能回来。

我有点儿沮丧地回到了寓所。生日宴会上的三位来宾——都是文化素养颇高的——在我急需和他们见面的时候，偏偏都不见了。我把最后的希望寄托在贝特里奇，及已故维林达夫人的那些仍住在乡间别墅附近的朋友们身上了。

弗利辛霍如今成了我调查的中心，于是我便直接到那儿去了。我到达弗利辛霍已是傍晚，来不及找贝特里奇了。第二天早晨，我派人送信给他，请他尽早抽空到旅馆来看我。

为了赶时间，也是为了能把贝特里奇捎上，我叫那个听差的乘轻便马车去。如果没有什么耽搁，我料想在两个小时之内能和这个老人见面。我打算利用这点儿时间开始进行调查，探望参加生日宴会的宾客中跟我认识、住在附近、容易找到的人，其中有我的亲戚艾柏怀特一家和坎迪先生。坎迪大夫表示过很想和我见面，他就住在旅馆附近的一条街上，所以我便首先去探望他。

听到贝特里奇的话以后，我自然料到，在这位大夫脸上会看到病容。可是我根本没料想到，他走进房间和我握手的时候，竟然完全变了个样。他的眼睛暗淡无光，头发完全斑白了，脸干瘪枯皱，身体瘦削。我看着那个一度是生气勃勃、爱饶舌、十分幽默的小个子医生，在我的记忆中他是和玩世不恭、孩子气、无了无休地开玩笑等等改不了的毛病分不开的。可如今除了讲究时髦以外，从前的那种气派已经一点儿影子也没有了。他人瘦得成了皮包骨头，衣服还是花里胡哨，俗里俗气。这就是时间对他无情的嘲弄。

“我常常惦记您，布莱克先生。”他说，“我终于看到了您，由衷地感到高兴。要是有什么可以效劳的事，尽管吩咐，先生，请您尽管吩咐！”

他说这些客套话的时候，有些慌里慌张，带着一种过分殷勤的口吻。他渴望知道我到约克郡来的目的。他那孩子气的急切心情无法掩饰，溢于言表。

我既然带着调查的目的，当然预见到必须进行一番解释，才能使被询问者（大都是素不相识的人）感兴趣，尽力协助我了解情况。来弗利辛霍的旅途中，我就把腹稿打好了，现在我便抓住机会，想在坎迪先生身上试一试。

“不久前，我来过约克郡。今天我又来了，为的是干一件浪漫主义的事。”我说，“坎迪先生，已故维林达夫人的朋友都会对它感兴趣的。您还记得将近一年以前，印度钻石突然丢失的神秘案件吗？现在情况有了些变化，钻石有寻到的希望了。我作为家庭的一员，也在起劲儿地寻找。我所遇到的最大障碍就是必须把当时已发现的证据全部收集起来，如果有新发现，当然更好。这件案子有许多稀奇古怪的地方很令人费解，我感到有必要把维林达小姐生日那天晚上在公馆里发生的每一件事都回忆起来，所以，求助于已故维林达夫人的朋友们，请他们帮我回忆……”

我预先想好的解说词刚说到这儿，就发现了坎迪先生脸上冷漠的神情，我明白自己是完全失败了。

我说话的时候这小个儿医生一直坐在那儿烦躁地剔着指甲。他用满含泪水的昏花的眼睛忧郁而空虚地盯着我的脸，眼睛里蕴含着探问的痛苦神色，使人看了很难受。他在想些什么？我没有办法推测。只有一件事是显而易见的，我只说了三言两语，便马上明白，我无法使他留神听我的话。看起来只有改变话题才能引起他的注意。我立刻换了个话题。

我兴高采烈地说：“关于我到弗利辛霍来的用意就谈到这儿！好，坎迪先生，现在该轮到您谈了。您叫贝特里奇给我带口信……”

他不再剔指甲，突然满面春风了。

“对！对！对！”他起劲儿地大声说，“有这么回事！我托他给您带了个口信！”

“贝特里奇及时来信通知我了，”我说了下去，“他说等我下次来您这里，您有话对我说。现在我来了，坎迪先生！”

“哦，您来了！”大夫应声说，“贝特里奇说得对。我有话对您说。我的口信就是这个。贝特里奇是个了不起的人，记性真好！”

他又一声不吭，开始剔指甲了。我记得贝特里奇说过，那次热病损害了他的记忆力，我便继续谈下去，指望能帮助他回忆。

“咱们好长时间没见面啦，”我说，“上次是在我可怜的姨妈生前最后一次请客的宴会上见面的。”

“不错！”坎迪先生喊道，“生日宴会！”他冲动得跳了起来，瞅着我。他那苍白的脸顿时涨得通红。他随即又坐下了，仿佛知道自己露出了不想让人知道的缺点似的。很明显，他可怜地觉察到自己记性不好，拼命想在朋友面前掩盖。

到此为止，他一直只是引起了我的同情。而他刚才喊的这句话，虽然只有三四个字，却顿时撩拨起我的好奇心并达到了最高点。生日宴会早已成为往事，我每次回顾，总是带着希望和疑虑掺杂在一起的复杂感情。而现在明摆着坎迪先生有些关于生日宴会的要紧话，想对我说！

我再次试图帮助他回忆。可是这一回我同情他的动机不纯，我考虑的是自己，因为急于求成，反而欲速则不达了。

“我们在一起欢聚，”我说，“转瞬已快一年了。您在日记里或者什么别的地方，有没有把您要告诉我的话记下来作为备忘录？”坎迪先生懂得其中的含义，他的脸色告诉我，他认为这是对他的侮辱。

“我不需要什么备忘录，布莱克先生，”他相当生硬地说，“我还不算太老，而且谢谢上帝，我的记性是完全可靠的！”

没必要认为他生我的气了。

“如果我有您这样的记性就好了。”我回他的话，“每逢我回想一年前的事情，总觉得记得不够清楚。就拿维林达夫人的那次宴会来说吧……”

我一说起那次宴会，坎迪先生又满面春风了。

“啊，那次宴会，维林达夫人家的那次宴会！”他大声说，“我要对您说说宴会上的事情。”

他又带着探问似的痛苦神情望着我，看上去那么愁闷、茫然、无能为力。他显然是在拼命回忆被遗忘了的旧事，可就是回忆不起来。“这次宴会大家都很尽兴，”他突然大声叫喊起来，好像终于喊出了心里话，“大家都很高兴，布莱克先生，是不是？”他点头微笑了。这可怜的人好像认为，他通过努力适时地表明自己有理智，从而成功地掩盖了自己已完全丧失记忆力这一事实。

尽管我对于他暂时恢复了记忆力这件事很感兴趣，但他的可怜遭遇实在令人悲痛，所以我立刻改变话题，谈谈当地的一些琐事。

在这方面他变得口若悬河了。镇上的一些丑闻，一些鸡毛蒜皮的小事，有一些已经是一个月以前的事了，他都记得很清楚，谈得很流利。他喋喋不休，好像又恢复了过去巧舌如簧的口才。但就是这种滔滔不绝的谈话，有时也会突然停下来，他又带着痛苦的探问神情，茫然地望着我，经过努力才恢复了谈锋。我耐住性子经受这场苦难（一个胸怀四海的人，低声下气，默默地听一些乡镇的琐事，岂非不折不扣的受难），直到壁炉架上的钟告诉我这个访谈已经延长了半个多小时。这时我才有权利认为罪受够了，起身告辞。握别之际，坎迪先生又主动地提到生日宴会那件事。

“很高兴咱们又见面了，”他说，“我一直想跟您谈谈，的确想跟您谈谈维林达夫人府上的生日宴会上的事。那次宴会很让人尽兴，是不是？”

他的脸上又泛起了愁云。他本来打算陪我到大门口，但突然又改变了主意，摇铃呼唤听差，自己留在客厅里。

我慢慢地走下医生家的楼梯，深信他的确有什么跟我有切身利害关系的话要对我说，我也深信他由于道德上的原因不能明说。非常明显，他的微弱的记忆力能够让他记住，他有重要的话要跟我说，至于是什么话，他实在记不清楚了。

我走到楼梯底下，转了个弯，正要向外面的过道走去，屋子底层的什么地方有扇门轻轻地开了，有个轻柔的声音在我背后说：

“先生，您恐怕看出坎迪先生变得厉害了吧！”

我回头一看，只见埃兹拉·吉宁士和我面对面地站着。

第九章

坎迪大夫的漂亮使女为我打开了街门，手扶门扇站在那儿等我出去。我回头朝埃兹拉·吉宁士瞅了一眼。灿烂的晨曦射入过道，把他的脸照得分外清楚。

怪不得贝特里奇说他的长相很不顺眼，谁见了都讨厌。他肤色黝黑，像吉普赛人；脸颊凹陷，面容憔悴清癯；目光蒙眬恍惚，像做梦似的；头发怪异得一块黑一块白，截然分明。他的身材举止还年轻，相貌却很苍老，很不协调，这些都会给初次见面的人留下不好的印象。我当然也看他不顺眼，可是不可否认，这个人不知怎的却有某种难以抗拒的魔力，引起我的同情。按常情而言，我应当回答他的问题，说我确实认为坎迪大夫变得厉害了，然后出屋扬长而去。可是我却对他很感兴趣，居然扎了根似的站在原地，这就使他有机会对我谈起他的雇主。

"您跟我同路吗，吉宁士先生？"我见他手里拿着帽子，就问道，"我打算探望我姨妈艾柏怀特太太。"

埃兹拉·吉宁士回答说："我要去看个病人，跟你正好同路。"

我们一起走出了屋子。我出去时跟那个漂亮的使女道了声早安。她亲切地回礼，满脸带笑。可是当埃兹拉·吉宁士谦虚地关照她时，她却撅起了嘴，对他爱理不理，鄙夷不屑地瞧着别处。这个可怜的人显然在这屋里不受欢迎。而在屋外，据贝特里奇说，他也到处没有人缘。我们走下医生家的台阶时，我不禁心里喟叹："这是一种什么生活啊！"

埃兹拉·吉宁士已经提起过坎迪大夫的病了，现在他决意使我回到这个话题上来。他默不作声，就等于对我说："现在该轮到您了。"我也有提起医生的病的理由，于是我就顺水推舟地说了。

"根据他的变化来看，"我开口说，"坎迪大夫的病准是比我料想的要严重得多。"

"他居然能死里逃生，倒真是个奇迹。"

"他的记性总是我今天看到的这么坏吗？他一直想对我说……"

"对您说他发病前的某件事情吗？"坎迪大夫的助手见我欲言又止，便问道。

"是的。"

"他对那时的事情，记忆力衰退到极点了。可怜的大夫，他分明一点儿记忆都没有了。他虽然模模糊糊地记得发病前打过某个主意，一鳞半爪地记得他曾经想说某句话，想做某件事，可是您若是问到底是什么主意，究竟说的什么内容，要做哪些具体的事情，他可半点儿影子都记不起来。他觉察到自己的这个缺陷，而且您一定也看到了，便拼命掩盖，不想让别人知道，所以非常痛苦。要是他干脆浑浑噩噩地把过去的事情都忘得一干二净的话，那倒也比现在幸福。"说到这儿，他苦笑了一下，"要是咱们能把过去完全忘掉的话，也许都会幸福些吧！"

“所有的人，生活当中肯定有些事，”我答复他，“是不愿意完全忘掉的！”

“我希望，这是大多数人的情况，布莱克先生，恐怕未必所有的人都是这样的！刚才您跟坎迪先生讲话时，他拼命想记起的那件事对您很重要吗？”

他所提到的那件事恰好是我想跟他商量的事。我对这个奇怪的人有了兴趣，第一步先给他个机会跟我讲话，而有关他雇主的事情我暂且不提，等到我认为他为人谨慎可靠了再说。如今他说的话足以使我相信他是个君子，我觉得他称得上是雍容大方、温文尔雅，而这两点不仅在英国，而且在整个文明世界都是有教养的标志。如今他问我这个问题，不管出于什么目的，我都觉得应当毫无保留地回答他。

“我相信，坎迪先生忘掉的那件事与我有极其密切的关系。请问，您有办法帮助他想起来吗？”

埃兹拉·吉宁士瞧了瞧我，他那做梦般的迷惘的棕色眼睛突然亮了起来。

“坎迪的健忘症已经不可救药了。自从他的热病痊愈以来，我经常帮助他，却无效。我承认，这使我很失望。”

“我希望您别讲这种泄气的话。”我说。

埃兹拉·吉宁士微笑了。“也许并没有完全绝望吧，布莱克先生。也许不用问坎迪本人，我们也可以弄清楚他忘记的事情。”

“真的吗？恕我冒昧地问一句，应该怎样着手呢？”

“您问到点子上了。我答复您的唯一困难就是让您听懂我的意思。要是我谈坎迪大夫的病情时讲些医务专业的细节，您不会不耐烦吧？”

“您尽管讲！我听到‘专业细节’已经感兴趣了。”

我的热心好像使他感到好笑——也许我应该说，使他高兴。他又微笑了。这时我们已经把镇上的最后一排房屋甩到身后了。埃兹拉·吉宁士停了一会儿，从路旁的树篱脚下摘了几朵野花。“多美丽啊！”他把这一小束花给我看，“英国能赏识野花的人好像不多呀！”

“您不常住英国吧？”我说。

“不常住。我在英国的一个殖民地出生，是在那儿长大的。我的父亲是英国人，可是我的母亲……咱们跑题了，布莱克先生，都怪我。事实上，我跟这些朴素的小花常常打交道……这又是不相干的话。咱们刚才在谈坎迪先生。咱们还是言归正传吧。”

他说漏了嘴，提起了他不情愿谈的自己的身世，只说了两句便绝口不谈了。过了一会儿，他那悲观的人生观又驱使他说了句：“完全忘记过去就是幸福。”把这两件事联系起来，我觉得从他脸上看到的不仅仅是悲惨。至少有两点是千真万确的：他经历过常人难以想象的苦难；他的英国血液里掺杂着某种异邦的血液。

“我想，您总听说过坎迪大夫生病的起因吧。”他回到了正题，“维林达夫人宴会那天夜里下了瓢泼大雨，我的雇主驱着轻便双轮马车冒雨回家，被淋成了落汤鸡。偏偏有个等他诊疗的病人，遣人带来了口信，他连衣服都来不及换，便火速赶去为他治病。那一夜，我自己也为一个离弗利辛霍相当远的病人治病，被拖住了。第二天早晨，我一回来就碰见坎迪大夫的马夫在惊慌失措地等候我，把我带到他主人的房间里去。这时已经坏事了，病已发作了。”

“别人只是把这个病笼统地说成是发寒热。”我说。

“我也说不准到底是什么病，”埃兹拉·吉宁士说，“这场寒热病自始至终没有什么特殊的症状。我立即派人去喊坎迪大夫在镇上的两位同行（都是内科医生）来会诊。他们和我一致认为病情严重，可是他们的治疗方法却跟我大相径庭，给病人搭脉得出的结论也完全不同。这两位医生根据脉搏跳得很快，断言必须使心跳减速。我呢，虽然承认脉搏过快，却又指出脉搏惊人的微弱，说明循环系统衰竭，显然要用兴奋剂。两位医生主张他喝粥、柠檬汁、大麦茶等。我却主张他喝香槟酒、白兰地，服用阿摩尼亚和奎宁。您看，意见分歧得多厉害！一边是当地颇有声望的两位名医；另一边只不过是个外地人，坎迪大夫雇用的助手。开头几天我只得屈从于这两个医学前辈的意见，可是病人越来越不行了。我再次尝试，以脉搏来作为明显的证据。我说，脉速未减，而且越来越微弱，说明误诊了。两位医生对我的顽固不化很恼火。他们说：‘吉宁士先生，要么我们来治疗，要么您来。到底谁来?’我说：‘先生们，给我五分钟考虑，这个清楚的问题便会有个明白的答案。’五分钟到了，我的回答也准备好了。我说：‘你们坚决反对用兴奋剂治疗?’他们说坚决反对。‘我打算立即试用，先生们。’‘那就试吧，吉宁士先生，我们洗手不干了。’我派人到酒窖里拿出一瓶香槟酒，亲手倒了半缸子给病人喝。两位医生默默地拿起帽子，离开了屋子。”

“您挑起了重担，这可不是闹着玩的。”我说，“换了我，恐怕逃都来不及。”

“换了您，布莱克先生，您准会记起坎迪先生在您穷困潦倒时雇用了您，是您的救命恩人。看到他命在旦夕，您准会不顾一切，哪怕冒着生命危险，也要把这个世界上唯一待您友好的人救活，不能眼睁睁地看着他死去。别以为我意识不到我的可怕的处境！但我一想到我以前孤苦伶仃、无依无靠的日子，就更感到应该担风险，挑起这个可怕的重担。要是我是个幸福的人，日子过得富裕，我相信就会被这个重担压垮了。可是我没有过去的幸福可以回顾，没有过去的安宁跟目前的焦虑相对照，我才会奋不顾身地挺过去。在他病危的那段时期，只有当我的病人稍微好一点儿的时候，我才能抽空休息一会儿，除此以外几乎一刻也没有离开过病床。一般是到日落时分，他发烧的谵妄就开始了，一直延续到两点至五点的这段可怕的时间（哪怕是身体最好的人，这时精力也会衰退到最低点），胡话中断了。这是死神的丰收时刻，很多人都在这个时刻死去。我就在这时候开始跟死神在病床上搏斗。我毫不犹豫地使用了我押下全部赌注的治疗法。葡萄酒不奏效，我就改用白兰地。要是这个兴奋剂还不起作用，我就把剂量加倍。经历了多少个忧心如焚的时刻——愿上帝保佑，别再让我经受这样的煎熬——终于有一天，脉搏的速度稍微降低了。更令人宽慰的是，心跳的力度也有了转变，明显地变得稳定有力了。这时候，我知道已经把他的命救了。而我自己，我承认，却一下子垮了。我把这可怜的人的手放回病床上，情不自禁地痛哭起来。布莱克先生，这只是一种歇斯底里的发泄！生理学说得一点儿也不错，有些男人体质天生像女人，我就是其中之一。”

他从专业的角度为自己的流泪辩解时，还是惯常那样安详、真挚、自然。他的语调和神态，自始至终表明他特意地（差不多有点儿病态地）不想显露自己。

“您也许要问，我为什么要不厌其烦地絮叨这些事？”他接着说道，“富兰克林先生，我只有用这种方式才能引入正题。现在您已经了解我在坎迪先生患病期间的焦虑心情了，您就更能理解为什么我每隔一段时间就急需舒缓一下，来减轻心理负担。有好几年了，我不自量力，想利用空闲时间写一本供医务人员参考的书，专门阐述大脑及神经系统的微妙的作用。这本书很可能永远也不能竣稿，而且肯定是无法出版的。然而它是我寂寞时的良友，能帮助我排遣掉多少个焦虑的时刻——在坎迪大夫病榻旁等待的时刻。他老是在谵语，我想我告诉过您吧！他从什么时候开始说胡话，我也说了吧？”

“说了。”

“好，我当时已经写到了专论谵妄问题的一章。我不想费很多时间向您絮聒我在这方面的理论，我只谈您关心的那一部分。在行医的过程中，我常常怀疑，一个人失去连贯的有条理的说话官能，难道意味着，他必定也失去连贯的有条理的思维官能吗？未必吧。可怜的坎迪医生这场病，使我有机会检验我的见解是否正确。我懂一点儿速记，能把病人的‘胡言乱语’一字不差地记下来。布莱克先生，您终于明白我要告诉您的话了吧？”

我心里亮堂了，屏息凝神地听他讲下去。

“我利用零碎的时间，”埃兹拉·吉宁士说，“把我的速记稿整理成正规的文字，并根据坎迪先生断断续续的话，在支离破碎的词组或单词之间留出大片空白。然后我就像拼凑孩童的‘画谜’那样，把那些断断续续的胡话连缀起来。开头总是乱七八糟，不过渐渐有了门道，就弄得有条有理了。我用这个办法，按照上下文揣摸说话人的意思，填入稿纸的各个空白。经过一遍又一遍的揣摸，反复修改，务必使填进的字句跟上下文的意思自然连贯，浑然一体。结果，我非但排遣了许多空闲的时间，而且好像也证实了我的理论。说得更明白些，我把支离破碎的话拼凑起来以后发现，当病人的语言表达低级官能已经紊乱失灵的时候，他的高级官能还是能比较连贯地进行思考的。”

“插一句！”我急切地问，“他的胡言乱语里有没有提到我的名字？”

“您会听到的，布莱克先生。在我的这个理论的证明材料中，更确切的说法应该是，在我为了证明我的理论而做的实验的书面记录中的确有一处提到了您的名字。坎迪先生用了整整一夜，思忖他和您之间发生的事情。我把他嘴里吐露的那些支离破碎的单词都记到一张纸上，然后反复琢磨，把这些单词连缀成句子，写到了另外一张纸上。其结果（或者像算术家所说的乘积）

是一篇有条有理的供述：先是说坎迪先生过去确实做过的一件事，然后又说他打算干、后来因病没有干成的另一件事。问题在于，这篇东西记的是否就是今天早晨您访问他时他拼命回忆而又记不起来的那件事？”

“毫无疑问！”我回答说，“咱们马上回去，看看那篇东西！”

“绝对不行，布莱克先生。”

“为什么？”

“您替我设身处地想一想，”埃兹拉·吉宁士说，“假如您有一个孤苦无助的朋友患了病，无意识地吐露出一些机密，如果没有必要的理由，您能把它泄露出去吗？”

我无言以对，可是我不死心，无论如何要弄个水落石出。

“在您所说的这种微妙的事情上，”我回答道，“我能不能说，主要是考虑对我的朋友有没有损害？”

“这个问题早就不用考虑了，”埃兹拉·吉宁士说，“凡是记录里坎迪先生可能想保密的部分，我都一律销毁了，现在实验记录稿里我的朋友的谵语部分，都是他一旦恢复了记忆，就会毫不犹豫地公开的材料。至于您，我有充分的理由相信，我记录的都是他确实想对您说的话……”

“那您为什么还犹豫不决呢？”

“是的，我还在犹豫不决。您要记住我是在什么情况下获得这份资料的。尽管它看起来没有什么危害，我还是不能贸然给您，除非您能说出非要它不可的理由。他病得这么可怜，布莱克先生！他是这么孤苦无助，一切都要依靠我！那么我请求您只对我暗示一下，这件他记不起来的事情与您有什么切身的利害关系，这总不算过分吧？”

他这样情辞恳切，我当然要坦诚地回答他，但这样一来，就无异于公开承认，我涉嫌盗窃月亮宝石。尽管我跟他一见如故，而且情谊越来越深，我还是不能消除顾虑，把我这丢人现眼的处境暴露出来。我本来准备好了一套向好奇的陌生人辩解的词句，如今又只好拿出来敷衍一番了。

埃兹拉·吉宁士耐心地，甚至是聚精会神地听我讲完。

“对不起，布莱克先生，我引起了您的期望，又使您失望了。”他说，“在坎迪先生患病期间，他自始至终没有谈过一句关于钻石的话。我可以向您保证，我听到他说的关于您的话，跟维林达小姐的珍宝的丢失或寻获没有丝毫的关系。”

他说这话的时候，我们已经走到了公路的岔口。前面有两条路，一条通往艾柏怀特家，另一条通往两三英里以外的一个沼泽地上的村庄。埃兹拉·吉宁士在通往村庄的那条路上停了下来。

“我往这个方向去。”他说，“我实在抱歉，布莱克先生，我没能帮上您的忙。”

他的语调表明他说的是真心话。他那温柔的棕色的眼睛带着忧郁而关切的神情瞅了我一会儿。他鞠了一躬，再没有说什么，往村庄那边走了。

我在原地站了一两分钟，眼看他越来越远地走了，把我所寻求的线索——我深信不疑的破案钥匙——也越来越远地带走了。他走了一段路以后，回过头来顾盼了一下。他看见我仍站在我们分手的地方，便停住脚步，仿佛在怀疑我是否想再跟他讲话。我没有时间考虑我的处境，来不及提醒自己在这个也许是我一生的转折点的关键时刻，千万别仅仅为了满足自己的自尊心而白白地丢失大好的机会！我只来得及先喊他回来，然后再思考。我疑心我是那种最鲁莽的人。我喊他回来，然后心里想："现在再没有别的办法，只好对他讲实话了！"

他立即往回走。我也循着那条路迎上去。

"吉宁士先生，"我说，"我没有以诚相待，没有说老实话。我之所以关心坎迪先生忘记的事情，并非为了追回月亮宝石。我这次到约克郡来，根本原因是我的一件重要的私事。我之所以没有推心置腹地和您谈，只有一个原因：我的真正处境，是痛苦及难以言表的。"

埃兹拉·吉宁士第一次露出我前所未见的尴尬神色，望着我。

"布莱克先生，我没有权利，也不愿意过问您私人的事情。"他说，"我无意中使您经受了痛苦的考验，请您包涵才是。"

我回答说："您披露您在坎迪先生的病床旁听到的话，您是完全有权利定条件的。您在这件事情上是很为难的，这一点我非常理解。我对您的权利完全尊重。要是我不充分信任您，我怎么能指望您充分信任我呢？应该让您知道，我为什么对于坎迪先生想告诉我的话，这样关心。不过一旦您真正知道了我的需要，如果事实证明我预料错了，或者您没有能力帮助我的话，我相信您一定会替我保守秘密的。我完全可以信任您。"

"停一下，布莱克先生，在您往下说以前，我有一句话必须对您说。"我诧异地看着他。他的情绪突然激动起来，他的整个心灵被震撼了。他那吉普赛人的那种黝黑皮肤变成了惨淡的青灰色。他的眼睛突然发出粗野的光芒。我第一次听到他的声音变得低沉、坚定。这个人的潜在品质，像闪电一样突然显露出来，是好是坏这时还很难说。

"在您信任我之前，"他说了下去，"您应该知道，您必须知道，我是在什么情况下被坎迪先生雇用的。这不需要好长时间。先生，我不想把我的往事告诉任何人，我的往事将随我葬入坟墓。我所要求的，只是请您容许我把我曾经告诉坎迪先生的事，讲给您听。等您听完了以后，如果您仍旧想说出您要说的事，那么我会洗耳恭听，并且乐于效劳。咱们再走一段吧！"

看到他脸上蕴含的过去忍受的苦难，我噤若寒蝉了，只做了个手势，算是回答。我们继续往前走。

走了几百码以后，埃兹拉·吉宁士在一堵石墙的豁口处停下了。这堵石墙是用来挡住沼泽，不让它侵蚀路面的。

"在这儿休息一会儿，行不行，布莱克先生？"他问道，"我好像换了个人，有些事使我内心十分震撼。"

我当然同意了。他领我钻过豁口，走到欧石南丛生的沼泽地当中的一片草皮上。这块地方在靠近大路的一边，被一些灌木和矮树遮挡住了，另一面则是广袤的褐色的沼泽地。在过去的半小时里，乌云密布，光线昏暗，远方的景物模糊不清。大自然的可爱的面庞，温柔而色彩暗淡，没有对我们露出一丝笑容。

我们默默地坐了下来。埃兹拉·吉宁士把他的礼帽放到一边，手疲乏地抹过额头，疲乏地抹过惊人的黑白分明的头发。他把那一小束野花扔掉，仿佛它所引起的回忆，使他感到十分痛苦。

“布莱克先生！”他突然说，“我要说些使您扫兴的话。我曾经受到控告，多年以来我一直生活在乌云笼罩之中。我把最坏的情况一下子都告诉您吧。我的名誉受到了玷污，我这一辈子完了。”

我试图插话，他拦住了我。

“不，”他说，“请原谅，您暂且别说什么，别对我说同情的话，过一会儿您可能会后悔的。我已经说过了，多年以来我一直生活在控诉的乌云之下。情况对我极为不利。我没有勇气向您承认控诉的罪状是什么。我只能宣称我是清白的，却没有能力，完全没有能力证明我是清白无辜的。先生，我宣称自己清白，只好像基督徒那样对天起誓。我丧失了做人的尊严。”

他又停顿了下来。我回过头来看他。他一直没有回看我。他的整个身心似乎都沉浸在极度的痛苦之中，想说又说不出来。

“我有好多话要说，”他终于又开口说下去了，“我想谈谈我受到自己家庭的无情对待，所有人都无情地对我怀有敌意。可是谈这些有什么意思？我已经受到了伤害，我的冤屈已无法申诉。我不想絮絮叨叨地谈自己的痛苦，使您厌烦或不快。简单地说吧，我刚在这个国家立业，我刚才提到的这恶毒的诽谤就一下子把我击垮了。当初创一番事业的雄心壮志已经被消磨了，等待我的是灰暗的前途。我跟我心爱的女人分手了。我怎么忍心叫她也分担我的耻辱呢？在英国的一个遥远的角落，有一个医生助手的空缺，我获得了这个职位。我指望得到安宁，默默无闻地生活，但是我想错了。恶意的谰言耐心地等待时机，时间一长，它便不远千里地来了。我想逃避的那个指控又紧追不舍地跟上我了。幸亏我事先得到了它要来的警报。于是，我带着到手的证书自动离职了。有人在另一个遥远的地区给我找到了职位。过了一段时间，那个给我的名声以致命打击的谰言又找到我了。这一回我事先没有得到警报。我的雇主对我说：‘吉宁士先生，我不想控告您，可是您必须证明自己无罪，否则就得离开。’我只有一个选择——离开。此后我受的苦难也不用多说了。现在我才四十岁。看着我的脸，从我的面容上您可以看出我受过多少罪。结果我流落到这里，遇见了坎迪先生。他需要一个助手。关于我的能力，我找前一个雇主证明。关于我的品德却找不到人证明，于是这个问题被搁了下来。我把刚才告诉您的话都讲给他听了，讲得更详细。我告诫他，即使他信任我，也少不了有各种麻烦事。‘在这里，像在其他地方一样，’我说，‘我不愿意问心有愧地逃避事实，改名换姓。那到处追随我的乌云不会放过我，我在弗利辛霍不会比在其他地方更安全。’他回答说：‘我干事就讲究个彻底。我相信您，怜悯您。既然您愿意担风险，那么我也愿意担风险。’全能的上帝保佑他！他庇护了我，使我的心得到安宁。我现在已坚信不疑（我有这种信念已经好几个月了），不管会发生什么事，他绝不会后悔的。”

“诽谤您的谰言平息了吗?”我问道。

“诽谤还像过去一样厉害。可是等它来到这儿，就来不及伤害我了。”

“您到时候就离开这里了?”

“不，布莱克先生，到那时候我就死了。在过去的十年里我的内心受到了无法医治的创伤。我不想隐瞒您，我早想让内心的极度痛苦结束了。只是为了一个未了的心愿，我还不能死。我感到活下去还有点儿意义。我要为一个人提供生计，这个人是我最亲的人，不过我永远也见不到她了。我的一点微薄的遗产，还不足以维持她的生活，防止她受到人世间的侵害。我有病，但我不想彻底治疗。我只希望活够一定的岁数，能够凑满一笔生活费就行了，因此就只好用姑息剂来治病了。我所用的这种有效的姑息剂乃是鸦片。多亏这个有多种效果、救苦救难的药物，我才能使我的死刑延迟几年。可是鸦片的美德是有限度的，随着病情的恶化，我渐渐地从使用变成滥用了。我终于感觉到了吸毒的惩罚。我的神经系统彻底崩溃了，每夜都做噩梦。我的末日快来到了。让它来吧。这几年我并没有白活，白干。这笔小小的款项差不多积攒够了。即使我活不到我期望的寿限，我也能够挣满足够的钱。我不知道怎么会跑了题，告诉您这些话的。我想我还不至于卑鄙到乞求您的怜悯吧。哦，我这个知道自己快死的人掏出这些肺腑之言，也许是为了让您知道我的真诚，更容易相信我的话吧。富兰克林先生，我不想掩盖，我很想为您效劳。我可怜的朋友丧失了记忆，倒成了我们增进友谊的机缘。您对他想说的话感到好奇，我能满足您的好奇心。我冒昧地为您效劳没有原因吗?也许有的。一个有过我这样的生活经历的人，想到人世间的命运，满怀悲怆，倍感辛酸。而您呢，年轻、健康、富有，有社会地位，前途似锦。您，以及您这一类人，向我显示了人生的阳光灿烂的一面。您和我交友，在我远行之前，使我跟这个即将与我分离的世界和解了。咱们这次谈话不管怎样结束，我都不会忘记，您已经给予我恩惠了。您要说什么就说吧，要么您就和我道别，都随您的便。”

对他的这个呼吁，我别无选择。我毫不犹豫地告诉了他实话，就像我在这篇自述里所写的那样，毫无保留地向他倾吐。

当我说到无意识地拿走钻石这个最主要的情节时，他一骨碌跳起来，屏息凝神地望着我。

“我肯定走进了那个房间，”我说，“我肯定拿走了钻石。对这两件明显的事，我只能说，我是不知不觉地做的……”

埃兹拉·吉宁士激动地揪住我的胳膊。

“停一下！”他说，“我从您的谈话中了解到的，比您想要告诉我的还多。您以前抽过鸦片吗?”

“我以前没抽过鸦片。”

“去年这时候，您有过神经失常的现象，特别心神不宁，暴躁易怒吗?”

“有过。”

“您睡不好觉吗?”

“糟糕透了，好多夜通宵失眠。”

“生日那天晚上例外吧？您好好想想，那夜是不是睡得很熟?”

“我记得很清楚，那夜我睡得挺香。”

他蓦地放下我的胳膊，就像揪住那样突然，并且带着一种解除了最后一点儿疑虑的神态，望着我。

“今天是您一生中值得纪念的日子，也是我一生中值得纪念的日子。”他严肃地说，“我绝对肯定，坎迪先生今天早晨要对您说的话，就是我在他病床旁记录下的话。等一下，这还没完。我还坚信，我能证明，您走进房间去偷钻石时，根本不知道自己在做什么。我相信，我能洗刷您的冤枉，证据已经在我手里了!”

“看在上帝的分上，您解释清楚吧！您究竟是什么意思?”

我们谈得很激动，往前迈了几步，走出了遮掩着我们的那一丛矮树。埃兹拉·吉宁士还没有来得及回答，就有一个人从公路上非常焦急地大声喊他，这个人显然一直在寻找他呢。

“我就来，”他大声应答，“我马上就来!”他回过头来对我说：“有个急诊病人在前面的村子里等我去。半个钟头前我早该去了，我得赶快去。过两个小时，您再到坎迪先生家里找我吧。我会安排好的。”

“叫我等着，怎么安得下心呢!”我不耐烦地大声说，“您临走前，不能解释两句，使我安心吗?”

“这件事非常严重，匆匆忙忙地解释不好。布莱克先生，我不是故意让您着急，要是我说个三言两语，您反而更提心吊胆。先生，两个小时以后，在弗利辛霍见!”

公路上那个人又大声叫他了，他就匆忙离开了我。

第十章

我只好提心吊胆地等待。换了别人，心里是什么滋味，我可说不准，反正我是受不了。我好像一个缓刑犯人，在这两个小时中坐立不安，又不能跟任何人说，得听到埃兹拉·吉宁士跟我说话，我丢掉的魂才有着落呢。

心里这么着急，本来打算去看艾柏怀特姨妈的，只好不去看了。我甚至连加布里埃尔·贝特里奇都不想见了。

我回到弗利辛霍，留了个便条给贝特里奇，告诉他临时有人叫我去几个小时，不过下午三点左右一定能回去。我请他在这段时间里还是按老规矩订饭，随心所欲地玩玩。我知道，他在弗利辛霍有不少朋友。在我回旅馆之前，不愁没有消磨时光的办法。

留下便条，我就又到了城外，在弗利辛霍近郊的那片人迹罕至的荒野上徘徊，直到看了表，知道时间到了，才回坎迪先生的公馆去。

埃兹拉·吉宁士已经在那儿等我了。

他一个人坐在一间没有什么家具的小屋子里，这间屋子隔着一扇玻璃门与手术室相通。光秃秃的黄墙上挂着各种可怕疾病的色彩难看的图表。一个装满污黑的学术书籍的书柜，顶上不是装饰着通常的半身像，而是放了一个骷髅。一张大松木桌子，沾满了污渍。桌子附近放着几张厨房或村舍里用的那种劣质的木椅。地板当中铺了一块破旧的粗毛地毯。靠墙安了一个洗涤槽，里面放了一个水盆，槽底有一根水管穿过墙壁通出去，使人想到这水槽是做手术时用的，挺瘆人的。以上就是这房间的全部布置。窗外几只蜜蜂飞来飞去。小鸟在花园里鸣啭。附近的屋里传来断断续续的不成调的钢琴声，不时地硬往耳朵里钻。换了其他地方，这些日常的声音倒说不定会使人想起人世间的欢乐，令人感到高兴。而在这里，它们却显得跟这房间格格不入，仿佛只有人间的苦难才有权利打扰这里的寂静。我看看书架上放的桃花心木的手术器械箱和一大卷软麻布，想到埃兹拉·吉宁士房间里惯常听到的那种动手术的声音，不禁不寒而栗。

“我在这样寒碜的地方接待您，我也不想抱歉了，”他说，“因为在这个时刻，唯有在这间屋子里谈话，咱们才不会被人打扰。这就是我给您准备好的记录。这儿还有两本书，供咱们谈话时参考查阅。您把椅子拉到桌子跟前，这样咱们能在一起边看边说。”

我把椅子拉到了桌前。埃兹拉·吉宁士把他的手稿递给我，一共有两大张纸。一张纸上写着断断续续的话，词句之间留有很多空白；另一张纸上用红黑两种墨水写满了字。好奇心使我看了看第二张纸，感到莫名其妙，便又失望地放下了。

“请您行个好！”我说，“告诉我其中的奥妙，我才能看懂。”

“乐意效劳，布莱克先生！我再问您一两个问题行吗？”

“您高兴问什么都行！”

他嘴唇上挂着忧郁的微笑，温柔的棕色眼睛流露出慈祥关切的神情。

“您已经告诉我了。”他说，“据您所知，您从来没有服用过鸦片。”

“据我所知，从来没有。”我重复了一遍。

“您马上就会知道我为什么加了这个保留条件。咱们往下说吧。您没有觉察到曾经用过鸦片。去年的这时候，您神经受了刺激，晚上睡不好觉。可是生日宴会这天晚上却是例外，您睡得很熟。我说得对吗？”

“一点儿不错！”

“您能找出神经受刺激，睡不好觉的原因吗？”

“我找不出原因。我记得贝特里奇老汉曾经猜测过其中的原因，可是这不值一提。”

“请原谅，在这样一个案例中，什么事都是值得一提的。贝特里奇把您的失眠归咎于某个原因，是什么原因呢？”

“归咎于我的戒烟。”

“您有烟瘾吗？”

"有。"

"您是突然戒掉的吗?"

"是的。"

"贝特里奇说得一点儿不错，布莱克先生。一个人烟抽上了瘾，必须有非常好的体质，才能突然戒掉而又不影响神经系统。我认为他猜到了您失眠的根本原因。我下一个问题跟坎迪先生有关。您记得在生日宴会上或以后的什么时候，跟他在医务问题上有过类似的争吵吗?"

他这一问，顿时点破了我记忆深处和生日宴会有关的一件事。贝特里奇叙述的第十章里，曾经费了很大篇幅，不厌其烦地赘述我跟坎迪先生那次无聊的吵嘴。这次口角的详情，因为后来我很少想起，已经记不清了。如今我只记得我当时非常鲁莽，非常固执地一味地痛骂医学之道，把坎迪先生也惹火了。我还记得维林达夫人出来劝架，打了个圆场，于是我跟这小个儿医生，用小孩子的说法，"又好了"。

"这里还有一件重要的事情，"埃兹拉·吉宁士说，"我必须了解一下，去年这时候您为钻石的事特别担心，有什么理由吗?"

"我为钻石担心有极其充分的理由。我知道有人阴谋夺取钻石。有人劝我采取措施，保护钻石所有人维林达小姐的安全。"

"在生日宴会的那天晚上，您临睡前有没有和谁谈过钻石的安全问题?"

"维林达夫人和她女儿谈起过钻石的安全问题……"

"您听到了吗?"

"听到了。"

埃兹拉·吉宁士拿起了桌子上的那篇记录，放到我手里。

"布莱克先生，"他说，"现在您要是根据刚才的问答来看这篇记录，就会发现关于您自己的两件惊人的事。头一件，您会发现自己当时在鸦片的刺激下，神志不清地走进维林达小姐的起居室，偷走了钻石。第二件，坎迪先生偷偷地给您服用了鸦片，这一事实可以驳倒您在生日宴会上发表的观点。"

我拿着记录坐在那儿，惊得愣了神。

"请您原谅可怜的坎迪先生吧。"这位助手柔声说，"我承认，他搞了个恶作剧，不过他并不是存心跟您为难。您从这篇记录中可以看出，要不是他病了，第二天早晨他就会回到维林达夫人的公馆，把开玩笑的事向大家说穿。维林达小姐会详细地问他，那样一来，这件隐秘了一年的事实在一天之内就会被弄清楚了。"

我这才如梦初醒。"我不会记坎迪先生的仇，"我愤怒地说，"不过他这个玩笑开得也太厉害了，纯粹是欺骗。我可以原谅他，但我不会忘记这件事。"

"每个医生在行医生涯中都干过这种欺骗的事，布莱克先生。在英国，许多人都对鸦片持盲目的怀疑态度，不光是下层社会，就是有文化素养的人也是如此。所以每个医生在行医的过程中，都不免欺骗病人，就像坎迪大夫欺骗您那样。我不想为他辩护，在当时的情况下开这么个玩笑确实愚蠢。我只不过恳求您在追究他的动机的时候，更准确些，更宽容些。"

“这是怎么搞的？”我问他，“是谁不让我知道，偷偷地给我服用鸦片酊？”

“我无可奉告。坎迪先生在生病期间，从来没有吐露过这方面的事情。也许您自己能记得这个可疑的人吧？”

“记不得。”

“追问这个是没有意思的。反正有人用某种方法偷偷地让您服用了鸦片酊。咱们不妨把这个问题暂且搁下，接下去谈谈比较重要的事情。您还是看看我的记录吧，要是您看得懂的话。先熟悉一下过去发生的事情。至于将来，我有个很大胆、很惊人的计划向您建议。”

我听了最后这句话，顿时振奋起来。

我按照埃兹拉·吉宁士交给我的先后次序，看了那两张记录。放在上面的那一张字数较少，上面逐字记载了坎迪先生在谵妄状态中吐露出来的不相连贯的词句。

“……富兰克林·布莱克先生……风趣……下不了台……医学……承认……夜里睡觉……对我说……和摸黑走路是一码事……宴会上的全体来宾……我对他说……梦中摸黑……只有医学……他说……骑瞎马……知道……俏皮……不管三七二十一……睡一觉……维林达夫人的医药箱……不让他知道……二十五滴……明天早晨……喂……布莱克先生……今晚您要……睡不着……坎迪先生……挺好……不吃药……实话……上床以前……鸦片酊……现在……医学。”

两份记录的头一份到此结束。我把它还给了埃兹拉·吉宁士。

“这就是您在他病床前听到的话吗？”我问。

“是我听到的，一字不差，”他回答说，“只不过把速记稿上重复的话删掉了。有的词句他重复了十几遍，甚至五六十遍。他认为越重要的，重复的遍数就越多。从这个意义上来看，重复的遍数倒可以帮助我把残缺不全的词句连接起来。”他指了指第二张记录，又补充了一句，“我自诩能把坎迪先生想说的话一字不差地复制出来。我只不过是克服断断续续的词句的障碍，大体琢磨出其蕴含的意思。您自己判断吧。”

我开始看第二份记录，才知道它是第一份记录的答案。

坎迪先生的谵语用黑墨水又抄了一遍，原文的空白由埃兹拉·吉宁士用红墨水填上，我把它一起抄录如下：

“……富兰克林·布莱克先生又聪明又风趣，可是他谈到医学的时候叫人下不了台。他自己承认晚上一直失眠。我告诉他，他神经失常，应当服药。他却对我说服药和摸黑走路是一码事，这是当着宴会上的全体来宾讲的。我对他说‘您才是梦中摸黑走路。只有医学才能帮助您找到路。’他说他曾听人说过盲人骑瞎马的成语，如今才知道这句话的含义。他倒挺俏皮，可是我不管三七二十一，定要叫他好好睡一觉。他的确需要睡觉。维林达夫人的医药箱归我保管。今晚我不让他知道，要给他喝二十五滴鸦片酊。然后明天早晨去看他。‘喂，布莱克先生，今晚您要吃点儿药吧？您不吃药是睡不着的。’

‘这您可说错了，坎迪先生，我不吃药昨晚睡得也挺好。’这时我才告诉他实话：‘您除此以外还吃了点儿什么呢？先生，在您上床以前，您喝了一剂鸦片酊呢。现在您对医学还有什么说的？’”

我把这份手稿还给埃兹拉·吉宁士之前，我的第一个感想就是佩服这个人的聪明。他居然把那乱七八糟的胡话连成了一篇通顺的谈话。我表示诧异和钦佩，他却谦虚地问我，得出的结论是不是和他根据记录得出来的结论一样。

“您是不是和我一样相信，您在维林达小姐生日的那天晚上在维林达夫人府上干的那些事，全都是受鸦片酊刺激的结果？”

“我对鸦片酊的作用一无所知，谈不出自己的看法。”我回答说，“我只能相信您的看法。我深信您说得非常对。”

“很好，下一个问题。您也相信，我也相信，可是咱们怎么能叫别人也相信这个事实呢？”

我指了指我们之间那张桌子上的两份记录稿。埃兹拉·吉宁士摇了摇头。

“没用，布莱克先生！照它现在这个样子，根本没用。有三个问题无法解决！首先，这两张记录都是在鲜为人知的特殊情况下作出的，大家不会相信！其次，这两份记录都是根据玄奥的医学理论推出的，大家不理解！第三，这些记录都是我作的。除了我自己担保，谁能出来证明它不是伪造的？我跟您在荒郊野外的谈话您总记得吧，请问我这种身败名裂的人的保证又值几文钱？不行！我的两份记录只能供外界裁决，别无他用。不过，要辩明您是清白无辜的，这份记录提供了一个办法。咱们必须把咱们的信念加以证明，而出来证明的人应该是您自己！”

“怎么证明？”我问道。

他探过身来，很热心地对我说：

“您愿意做一个大胆的实验吗？”

“为了洗刷我身上的嫌疑，我什么都肯干。”

“您能暂时忍受人身的不便吗？”

“无论什么不便，我都能忍受。”

“您能绝对听从我的主意吗？这会引起一些庸人的讥笑，也会引起朋友的规劝，而您不得不尊重他们的意见……”

“别说这些，告诉我怎么办吧！”我忍不住喊起来，“不管什么事，我都照办。”

“您要做的是这样一件事，布莱克先生，”他回答说，“您要当着一些有身份的、其证词不容置疑的证人的面，再于昏迷的状态中偷一次钻石。”

我霍地跳了起来。我试图说话，却说不出，只能呆呆地瞪着他。

“我相信这件事能做好，”他接着说，“而且一定会做好，只要您与我合作。定定神，坐下来，听我对您说。您已经恢复抽烟的习惯了，我亲眼看到的。您恢复抽烟有多长时间了？”

“将近一年了吧。”

"比以前抽得多还是少？"

"多。"

"您能重新戒掉吗？注意，要像以前一样，突然戒掉。"

我隐约地看出他的意图了。"就打现在起，说戒就戒。"我斩钉截铁地回答。

"要是引起了像去年六月份那样的后果，"埃兹拉·吉宁士说，"要是您再次像当时那样，每天晚上失眠，那么咱们的第一个目的便达到了，这样您的神经系统便会恢复到生日那天晚上的状态。要是咱们下一步能使您的生活环境恢复原状，或大体上恢复原状，使您像去年一样，一心想着钻石的问题，我们就可以使您的身心恢复到去年吃鸦片以前的状态了。这样一来，我们便有理由相信，再让您吃一剂鸦片酊，便会或多或少地产生同样的效果。这便是我匆匆几句话中提出的建议。好，我要让您看看我的种种理由。"

他在身旁的书当中挑出一本，把它翻到夹着一张小纸条的地方。

"别以为我会絮絮叨叨，来一番生理学的说教。"他说，"我想，为了公正地对待咱俩，我得证明一下。我请您做这个实验，并非遵照我自己杜撰的什么理论。我的这个意见有许多公认的原理，公认的权威支持。请您用心听我讲五六分钟，我便会使您明白，我的建议尽管看起来有些稀奇古怪，却是有科学根据的。首先我要指出，我所根据的生理学原理是卡彭特这样一位生理学泰斗提出的。您自己看吧。"

他把书里夹的那张纸条递给了我。它上面写着如下几句话：

我们似乎有充分的理由相信，我们的意识所接受的每一个感觉印象，都会储存在大脑里，尽管隔了很长一段时间我们并未意识到它在我们心里存在，以后还是会在某个时刻被复制出来。

"这段话清楚吗？"埃兹拉·吉宁士问道。

"非常清楚。"

他把那本打开的书从桌子那端推到我面前，指着用铅笔画线的那一段。

"现在请您看一个案例，"他说，"我相信它跟您的情况相似，跟我劝您做的那个实验有直接关系。布莱克先生，在您开始之前，请您注意，我现在提到的是英国最伟大的生理学家之一，艾略特生医生，您手里的这本书便是他的著作《人类生理学》。这位医生所引的案例乃是著名的权威科姆先生提供的。"

他指给我的那一段抄录的文字如下：

艾贝尔医生告诉了我，一个仓库的脚夫的病状。这个人在清醒的时候，忘了喝醉时所做的事情；可是一喝醉酒，便又记起以前喝醉时所做的事情了。有一回他喝醉了，把一个值钱的包裹丢失了。他清醒的时候怎么也说不清是怎么回事。可是下一回喝醉了，他便记起来是把包裹丢在某一家了。因为上面没有地址，所以那个人家也无法给他送来，但是妥善地为他保存起来，他一去便拿到了。

"这一段也清楚吗？"埃兹拉·吉宁士问。

“再清楚也没有了。”

他把纸条夹到原处，把书合上。

“您看，我讲的话不是没有权威人士的支持的。您满意了吗?”他问我，“如果您还没有满意，我还可以再从书架上拿几本，您只消看看我画的段落就行了。”

“我很满意，一个字也不需要再看了。”

“这样咱们便可以回过来谈谈和您有关的事情了。我得告诉您，这个实验可能有正反两种结果。如果咱们今年能不折不扣地创造出去年那样的条件，从生理学的观点来看，就完全可以肯定，咱们能取得完全相同的效果。可是不容否认，这简直是不可能的。咱们只能希望跟以前的条件大体上接近。要是我们没有能使您大体上恢复到一年以前的状态，这个尝试便成泡影了。要是咱们成功了，我自己是指望会成功的，您至少能把生日那天晚上的行动，多少做出一点儿，使任何一个通情达理的人相信您是无意中偷窃钻石的，从道义上说，是无罪的。我相信，布莱克先生，现在我已经尽可能公平合理地把问题的正反两个方面都说清楚了。要是您还有什么不明了的地方，就说出来，我会尽可能地向您解释的。”

“您对我说明的事情，”我说，“我都能领会，只是有一点您没说明白，我还有点儿困惑。”

“是哪一点?”

“我不懂得鸦片酊对我的作用。我弄不明白，下楼，顺着走廊走过去，打开、关上古玩橱的一个个抽屉，又回到自己的卧室，这一连串的事情都是主动的行为。我以为鸦片的作用首先是使人失去知觉，昏昏欲睡。”

“这是一般人对鸦片的误解，布莱克先生。我此刻是为您出谋划策，靠的是什么呀，就靠我服用的鸦片酊，它的剂量要比坎迪先生给您服用的大十来倍。不过哪怕这是我的亲身经历，我也并不指望您完全相信。我早就预料到您会提出这样的质问，所以我也准备了一个很有分量的证据，供您和您的朋友们参考。”

说到这儿，他把放在桌子上的第二本书也递给了我。

“这是名声远扬的《一个英国鸦片服用者的自白》!把这本书拿回去，好好看看。在我做了记号的这一段，您会看到作者德昆西自称‘大量服用鸦片’的情况。他要么到歌剧院顶层去欣赏音乐，要么在星期六的晚上在伦敦的各个市场上溜达，兴致勃勃地观看那些贫民们熙来攘往、讨价还价，购买星期天打牙祭的食物。您看，在鸦片的刺激下，一个人是能走来走去，从事各种活动的。”

“您对我的问题回答了一部分，”我说，“可是关于鸦片对我起的作用，您还没有提起。”

“我打算三言两语地回答您。”埃兹拉·吉宁士说，“大多数情况下，鸦片有两种作用，先是兴奋，后是镇定。在兴奋作用下，服鸦片的人会一味地想着刚发生不久、记忆犹新的事。照您的情况来说，您脑子里老是想有关钻石的事，在您这种病态的神经过敏的状态中，钻石的印象很可能在大脑里得到了加强，主宰了您的判断力和意志力。在它的影响下，您白天担心钻石安全的顾虑，在鸦片的兴奋作用下就会逐渐加深，从疑心发展到深信钻石一定会丢失。于是您就鬼使神差地实际行动起来，保护钻石了。这种念头驱使您迈开脚步走进房间，伸手把古玩橱的抽屉一一拉开，直到找到了钻石方才罢休。您的神经中了鸦片的毒，就会做出这一连串的事情。过了一会儿，镇定作用开始胜过兴奋作用了，您慢慢地会变得呆滞迟缓，麻木不仁了。再过一会儿，您会进入梦乡，睡得很熟。第二天早晨，经过一夜的熟睡，鸦片的刺激作用已消失殆尽，您醒来时就会像另一个世界上的人似的完全不知道隔夜做的事。您能勉强听懂我的话吗？”

“您讲得非常清楚，”我说，“不过我还要请您进一步解释一下。您已经描述过我怎样走进房间，怎样拿钻石的了，可是维林达小姐看见我手里拿着宝石，又离开了房间。您能告诉我以后的举动吗？您能推测我下一步干了什么事吗？”

“我正想谈到这一点呢。”他回答说，“我一直在盘算，我建议的这个实验除了辨明您是清白无辜的以外，是不是也能作为破案的手段，借以寻到宝石。您手拿宝石离开维林达小姐的起居室，很可能是回到自己的房间里去了……”

“是吗？后来呢？”

“布莱克先生，我不敢做过多的推测。很可能，您一心想保护钻石，自然地会进一步想把它藏起来，可能就藏在您卧室的哪个角落吧。这样一来，那个脚夫的案例就完全适用于您了。您如果再服用一次鸦片酊，说不定就会记起第一次服用后藏钻石的地方了。”

现在轮到我来开导埃兹拉·吉宁士了。我拦住他，没让他说下去。

“您推测的这个结果是不可能出现的，现在那颗钻石在伦敦。”

他吃了一惊，惶惑不解地望着我。

“在伦敦？”他问了一遍，“它怎么会从维林达夫人的公馆里被弄到伦敦去的？”

“谁也不知道。”

“是您亲手拿着它走出维林达小姐的房间的。您怎么会把它弄丢了？”

“我一点儿也不明白怎么会弄丢了。”

“您第二天早晨醒来时见它了吗？”

“没有。”

“维林达小姐又寻到了吗？”

“没有。”

“布莱克先生！这里有个疑点需要澄清。请问您怎么知道钻石目前在伦敦的？”

我回国以后，第一次调查月亮宝石的时候，我也向布罗夫先生问过同样的问题。所以我也照搬律师的话来回答埃兹拉·吉宁士的问题。这话读者已经知道了，我也就不赘述了。

他对我的答复显然不满意。

“我虽然尊重您，”他说，“也尊重您的法律顾问的意见，我却要坚持我刚才表示过的看法。我很清楚，这仅仅是一种假设。但是恕我冒昧地提醒您，你们的意见也仅仅是假设。”

他对这事的看法完全出乎我的意料，我急切地等待着，想听听他是怎么为自己辩护的。

“我是假设，”埃兹拉·吉宁士说了下去，“您受了鸦片的刺激，为了保证钻石的安全，您拿走了钻石，那么在同样的作用和动机的驱使下，您把它藏到了自己房间的某个地方。您的假设是，那三个阴谋窃取宝石的印度人是不可能出错的。印度人到卢克先生的寓所去搜寻钻石，所以钻石就必然在卢克先生手里！您究竟有什么证据证明月亮宝石已经被带到伦敦了呢？您甚至无法猜测，究竟是谁，用什么方法把它从维林达夫人的公馆里取出的。您有什么证据说明这件珍宝押给卢克先生了？他声称从来没听说过什么月亮宝石，和他往来的银行的收据上只表明收到了一件价格昂贵的珍宝。印度人认为卢克先生在撒谎，您又假设印度人说得对。我和您的看法有分歧，我只能说我的看法可能是对的，那么布莱克先生，不论从法律上讲，还是从逻辑上讲，您都只能说您的意见可能是对的吧！”

他的说法很尖锐，但是很正确。

“我承认您使我动摇了，”我答复他，“我想写信给布罗夫先生，把您说的话告诉他，您不会反对吧？”

“哪儿的话，您写信给布罗夫，我只会感到高兴。他经验丰富，咱们要是向他讨教，就会有新发现了。目前咱们还是回到鸦片实验的话题上吧。咱们已经决定您从现在起立即戒烟了。”

“从现在起？”

“这是第一步。下一步是尽可能恢复您去年的生活环境。”

“该怎么做呢？维林达夫人去世了。雷茜尔和我的关系已经破裂，只要偷钻石的嫌疑不消除，就不能言归于好。高乎利·艾柏怀特到大陆旅行去了。要想把我去年在公馆里住宿时同屋的那些人重新召集到一起，那简直办不到。”埃兹拉·吉宁士并没有因为我反对而面有难色。他认为这些人是否重聚一堂并不重要，因为集合到一起了，他们也未必能恢复以前与我的关系。而另一方面他却主张，我周围的物件都要保持原样，他认为这对于实验的成败是非常重要的。

“尤其重要的是，”他说，“您必须睡在生日宴会那晚上睡过的房间里，屋里的布置也要和当时相同。楼梯、走廊以及维林达小姐的起居室也必须恢复您上回见到的原样。现在这些地方可能有些家具被拿走了，布莱克先生，必须物归原处。这至关重要，不可大意。还有，您戒烟必须取得维林达小姐的许可，否则就毫无用处，不抽白不抽。”

“谁请求她许可呢？”我问道。

“您不能去请求吗？”

“绝对办不到。她为了钻石丢失而与我反目，至今我既不能见她的面，也无法给她写信。”

埃兹拉·吉宁士停下来，考虑了一会儿。

“我可以对您提一个敏感的问题吗？”

我做了个手势，示意他说下去。

“布莱克先生，听您的话音，我想您以前与维林达小姐感情很深，对吗？”

“一点儿不错。”

“这种感情又恢复了吗？”

“是的。”

“您以为维林达小姐对于证明您清白无辜的实验，也许很关心吧？”

“我可以肯定。”

“既然这样，我打算写封信给维林达小姐，要是您许可的话。”

“把您对我的建议告诉她吗？”

“把今天咱俩谈的话、做的事情都告诉她。”

不用说，我热切地接受了他的帮助。

“我这就写，今天还能赶得上寄出去。”他看了看表说，“您回到旅馆，别忘记把您的雪茄烟都锁起来！明天早晨我来看您，听听您晚上睡得怎样。”

我起身告辞了。他对我的好意我由衷地感激，正想开口表示，他却轻柔地捏了捏我的手。“记住我在郊外荒野对您说的话，”他答复我，“布莱克先生，要是我能聊表寸心，为您效劳，那是再高兴也没有了，就好像在乌云密布的一天之后，傍晚放晴，最后的一缕阳光照在了我身上。”

我们分手了，这天是六月十五日。以后十天发生的事情——或多或少都跟那个鸦片酊的实验直接相关——都由坎迪先生的助手翔实地记在他的日记里，没有隐瞒一桩事，也没有遗漏一桩事。这个服用鸦片的冒险之举，如何进行，如何结束，请听埃兹拉·吉宁士娓娓道来吧。

第四个故事

——摘自埃兹拉·吉宁士日记

一八四九年六月十五日……尽管接待病人花了点儿时间，身体有点儿疼痛，但我还是写完了给维林达小姐的信，赶上了今天的邮递。我想要言不烦，尽量写短些，却未能如愿。不过，我以为并不掩沓，还算清楚，讲明一切完全由她裁夺，是否答应协助，纯属自愿，不必碍于对富兰克林·布莱克先生或对我的留情，而勉为其难。

六月十六日……一宿没睡好，起床晚了。昨天服用鸦片过多，尽做噩梦，折腾了一夜。一会儿在旷野里回旋，身边尽是死人的幽灵，朋友、仇人都跟我一起团团打转。一会儿，我心爱的人的脸庞（我以后再也见不到了）在我的床边升起，在黑黢黢的夜色里发出可怕的磷光，瞪着眼睛朝我狞笑。清早，在惯常的时刻，痛风的老毛病又犯了。我很欢迎它，因为它驱走了那些幻象，我觉得比做噩梦好受多了。

由于一宿没睡好，早晨弄得很晚才赶到富兰克林·布莱克那儿。我看见他伸着手脚躺在沙发上，喝着兑苏打水的白兰地酒，啃着干巴巴的饼干，当早饭。

“我已经尽量照您的意思开始戒烟了。我翻来覆去，一夜没睡着。今天早晨一点儿胃口也没有，就跟去年戒掉雪茄时的情形一样。我准备好了，但愿早点儿第二次服用鸦片酊，越早越好。”

“会尽早让您服用的，”我回答说，“在这段时间，要尽量当心您的身体。您要是太劳累了，咱们就会前功尽弃。您吃饭一定要有胃口，换句话说，今天上午您必须骑骑马或者散散步，透透新鲜空气。”

“要是这儿能给我弄到马，我就骑。顺便说一句，我昨天给布罗夫先生写信了。您写信给维林达小姐了吗？”

“写了，昨天晚上寄出的。”

“很好。明天咱们会收到一些值得听的消息，可以互相谈谈了。先别走！我有话要对您说。昨天您好像认为，咱们这个服用鸦片的实验，我的一些朋友不见得赞成。您说得对。加布里埃尔·贝特里奇老汉也算是我的朋友，昨天我见他的时候，他坚决反对，您听了会感到好笑的。‘富兰克林先生，您这一辈子干了一大堆蠢事，这一件蠢事可算是拔尖的了！’这就是贝特里奇的意见！要是您跟他见面，我相信，您会原谅他的成见的！”

我离开布莱克先生，巡回出诊去了。尽管我跟他会面的时间不长，可我感到比以往舒畅和高兴。

这个人对我有如此的吸引力，奥秘何在？莫非他待我坦率诚恳、和蔼可亲，而别人对我总是冷酷无情、猜忌厌恶，使我感到两者截然不同？莫非我多年来一直孤苦伶仃，受人糟践，如饥似渴地渴望人世间的同情？我真能在他身上找到这种同情？问这种问题多无聊！布莱克先生给了我生活的新乐趣，这就够了，何必要追问这种新乐趣是什么呢？

六月十七日……今天早晨早饭前，坎迪先生关照我，他要出门半个月光景，去看英国南方的一位朋友。这可怜的人叮嘱我了许多有关病人的事情，仿佛他还像发病前似的，有那么多的业务。他的诊所现在门庭冷落，很少有人问津！别的医生取代了他。我呢，有点儿办法的谁也不会用我。

他在这个节骨眼上出门，真算我走运。我要在布莱克先生身上做的这个实验，要是我不告诉他，他知道了会不高兴的。可是假如我向他透露了这件机密事，却不知道要惹出多少麻烦！还是现在这样最好，毫无疑问，这样最好。

坎迪大夫走后，邮差送来了维林达小姐的回信。

真是一封感人肺腑的信，令我十分钦佩。她毫不掩盖对我们这一举措的关注。她以极其生动的语言表示，她看了信之后便深信布莱克先生是无辜的。她甚至责备自己，没有当时就预感到破案的关键所在。她这封信里除了为自己无意中冤枉了别人而深表歉疚，愿诚恳地弥补过失以外，显然还有更深一层的意思。可以清楚地看出，即使在他们相互疏远期间，她还是一直恋着他的。她发现他是值得自己爱慕的，狂喜之情一再通过正式的文体和措辞在无意间流露出来，连对陌生人通信时措辞应当拘谨这一点儿也顾不上了。我看了这封喜人的信，不禁自问，会不会是老天选中我这个奇零人，来把这两个年轻的爱侣重新撮合在一起？我自己的幸福已被践踏。我和心爱的人已被生生地拆开了。难道我有生之年还能亲手给别人带来幸福？还能看到有情人终成眷属？哦，慈悲的死神，在拥抱我之前，在向我耳语“安息吧”之前，让我看到这动人心弦的一幕吧！

这封信提出了两个要求。一个要求是不让我把信给富兰克林·布莱克先生看。她只授权我告诉他，维林达小姐答应我们随意使用她的房屋。第二个要求是，希望我不多说一句话。

这倒容易做。可是她的第二个要求却使我为难透了。

她已经写信给贝特里奇先生，吩咐他按照我的指点办事了。但她并不放心，要求亲自指挥，使起居室恢复原状。她说，一看到答复便动身到约克郡来，在第二次试验鸦片作用的晚上，在场当一个见证人。

这个要求骨子里还有一层意思，我以为也弄明白了。

她不准我告诉富兰克林·布莱克先生的事情，我看，她倒是巴不得在他做这个洗清罪责的实验（这次试验是否能证明他无辜，还不得而知）之前，亲口告诉他呢。可怜的姑娘在无意之中冤枉了他以后，一心要弥补自己的过失，迫不及待地要宣称他无罪，这种心情，是完全能够让人理解的。可是这个做法使不得。我丝毫也不怀疑，他俩重逢，会悲喜交集，蛰伏的感情会复苏，可这样一来，就会影响布莱克先生的心理，我们的实验必然会失败。要恢复或大体上恢复去年的环境条件，本来就困难重重，如果他的心理再接受新的事物的刺激，这次实验简直就毫无用处了。

我明明知道这一点，却不忍心扫她的兴。我只得挖空心思，想出了个新办法：赶在邮递时间前写信答应她，而又不至于辜负富兰克林先生，使实验归于失败。

两点钟，我才巡回出诊回来。当然，我先到旅馆去了一趟。

布莱克先生昨晚还跟以前一样，只能断断续续地打个盹儿，睡不成个囫囵觉。不过毫无疑问，因为我劝他骑了一趟马，他晚饭后就早早地上床睡了，所以还不感到太疲惫。恐怕该限制他在新鲜空气里做恢复体力的运动了。诚然，他不能身体过差，但也不能精神太好。这就要有分寸感，像水手们说的：不偏不倚地掌好舵。

他还没有得到布罗夫先生的回答，很想知道我是否收到了维林达小姐的回信。于是我就把她准许我说的话告诉了他，一个字也没有多说。没有给他看信，也不必找什么借口。可怜的富兰克林十分伤心地告诉我，他懂得不让他看信的奥妙。“她答应咱们使用房屋，当然是出于礼貌和顾全大局，”他说，“她对我还是抱着成见。看这次实验的结果如何，再作定夺。”我心痒难挠，恨不得对他暗示，以前是维林达小姐冤枉他，现在是他冤枉小姐啦。可是三思以后，觉得还是不说的好，还是让她亲口宽恕他，使他喜出望外吧。

我待了一会儿便告辞了。经历了那一宿的折腾以后，我不得不再次戒用鸦片。可这样一来，疾病的痛苦又折磨开我了，我感到病快发作了，便冷不防地离开了，以免我的病状使他吃惊，或是伤感。这一回我的病只发作了一刻钟，我还有精力继续工作。

五点钟时，我给维林达小姐写了回信。我想了个两全其美的好办法，她要是同意了，双方的利益就都能兼顾了。我先提出在实验开始前，她跟布莱克先生千万不能见面。我建议她安排好旅行的时间，正好在我们做实验的那天晚上悄悄地到公馆来。她乘下午那趟列车从伦敦出发，下车后必须耽搁一段时间，务必在晚上九点再到达公馆，这时我已经安排妥当让布莱克先生进卧室了。在施用鸦片酊的时刻到来以前，维林达小姐只能在她自己的那套房间里待着。等到施用了鸦片酊，她就要尽量跟大家一起观察实验的结果。第二天早晨，她如果乐意的话，尽管把写给我的信让他看，证明在没做实验之前，已相信他是清白无辜的了。

我在给她的信上，写了这些话。我今天只能做这点儿事了。明天我要去看贝特里奇先生，关照他重新开放公馆的有关事宜。

六月十八日……访布莱克先生，又去晚了。大清早，剧烈的疼痛又开始了。这一回，好几个小时完全瘫倒在了床上。我料想，尽管会有严重的后果，我还是不得不第一百次恢复使用鸦片。要是仅为我自己着想，我是宁可忍受剧痛，也不愿做可怕的噩梦的。可是身体的疼痛使我精疲力竭。要是让身体这样垮下去，到了布莱克先生最需要我出力的时刻，我就会无能为力了。

今天迟至将近一点，我才到了旅馆。尽管我体力不支，这回拜访却非常有趣，这全亏加布里埃尔·贝特里奇在场。

我一进去，就看见他在屋里了。他走到窗口向外眺望，我则照例先问病人睡得怎么样。布莱克先生又睡不好觉了，今天上午休息不好、疲惫不堪的感觉比以前更强烈了。

接着，我问他有没有收到布罗夫的信。

当天早晨收到了一封信。布罗夫先生坚决反对他的朋友兼当事人听我的劝告，做这个实验。他认为这是一场恶作剧，这种荒唐的主张，根本办不到。他不能理解为什么要这么做，这看起来像是骗人的把戏，跟催眠术、洞察术是一路货。这会把维林达小姐的公馆搅得一团糟，到头来还会把维林达小姐弄得晕头转向。他曾为这件事（有关人的姓名没有提）请教过一位名医，这位名医摇了摇头，笑而不答。布罗夫先生只是在信里表示反对，并没有什么行动。

我接着便问起了宝石的事。律师能证明宝石是在伦敦吗？

不，律师根本不想讨论这件事。他本人深信月亮宝石已经抵押给卢克先生了。那位已出国的名人，他的朋友默思怀特先生（他深谙印度人的性格，那是尽人皆知的）也这么认为。在这种情况下，再加上他手头上还有好多事要处理，他不想争论这个话题了。时间会证明谁是谁非，布罗夫先生抱着观望的态度。

显而易见，根本原因是他还不信任我。布莱克先生只是提起信上的话，并没有让我看信，事情就更明显了。不过这早在我的意料之中，所以我并不感到诧异或是屈辱。我问布莱克先生，他朋友的异议是否动摇了他的决心。他强调说，这对他毫无影响。

我们的谈话至此告一段落，于是加布里埃尔·贝特里奇便从窗口那儿走了过来。

“先生，您能费神跟我谈谈吗？”他冲着我问。

“请吩咐吧。”我说。

贝特里奇搬来一把椅子，坐在桌旁。接着，他又拿出一本老式的皮面大笔记本，和一支大小正好与之相配的铅笔。他戴上眼镜，把笔记本翻到一张空页上，再一次朝我说话了。

“我替故世的夫人当了将近五十年的差，”他板着脸瞅着我说，“在这以前给她的老太爷亨卡什尔老爵爷当过小听差。我如今已是七八十岁的人了，懂的人情世故比谁都不差。这可好，到头来是什么下场？埃兹拉·吉宁士先生，一个大夫的助手弄了瓶鸦片酊在富兰克林·布莱克先生身上装神弄鬼，而我这么一把年纪，倒被派为这个魔法师的下手！”

布莱克先生听了，哈哈大笑。我正想说什么，贝特里奇却举起了手，表示他还没说完。

“一个字也别说，吉宁士先生!”他说，“您的话我一个字儿也不想听。上帝保佑，我有我做人的原则。要是您吩咐什么，那倒行。哪怕是疯人院的吩咐，那也无所谓。只要主人命令我，我就照办。我有我的看法。记住，这也是布罗夫先生，了不起的布罗夫律师的看法。”贝特里奇这时提高了嗓门，严肃地向我摇了摇头，“这无所谓，我可以收回我的看法。只要小姐吩咐我照办，我就照办。现在我在这儿，面前放着笔记本，手里拿着铅笔。这铅笔削得不够尖，可是当正教徒被气得发昏的时候，怎么能指望他的铅笔削得尖尖的呢？吩咐吧，吉宁士先生，我会记下来。我决心记得跟您说得一样快，不差一秒，也不会有丝毫差错。我是个盲从的人!”贝特里奇对他自封的这个称号很欣赏。

“很遗憾，”我开口说，“咱们意见不一致……”

“甭把我扯进去!”贝特里奇打断了我的话，“这不是什么意见一致的问题，这是个服从命令的问题。下达命令吧，先生!”

布莱克先生向我使了个眼色，叫我照他的话去做，于是我便尽量清楚、严肃地下达了命令。

“我希望把公馆的某些地方重新打开，”我说，“而且要布置得跟去年此时一模一样。”

贝特里奇把他那削得不够尖的铅笔头，预先用舌头舔了一下。“说明是哪些地方，吉宁士先生!”他高傲地问。

“首先，是通往主楼梯的内厅。”

“首先，是内厅。”贝特里奇边写边说开了，“喂，先生，要把那地方布置得跟去年一样，根本办不到。”

“为什么?”

“因为去年内厅里放着一只鹈鹕的标本，吉宁士先生。全家一搬走，这鸟也就跟其他东西一起被收起来了，刚被收起来就裂了。”

“那只鸟就不要了吧。”

贝特里奇把这句话记下来，边写边说：“内厅要布置得跟去年一样，就是不要那只裂掉的鹈鹕标本。请往下说吧，吉宁士先生。”

“楼梯上要跟从前一样，铺上地毯。”

“楼梯上要跟从前一样铺上地毯？对不起，先生，又要使您失望了。这一条也办不到。”

“为什么办不到?”

“因为以前铺地毯的那个人死了。他能把地毯在各个角落都铺得平平整整，服服帖帖。像他那样的能人，您打着灯笼在全英国也找不到。”

“好吧，咱们就找那个二号能人来试试吧。”

贝特里奇把这一条也记上了。我继续下达命令。

“维林达小姐的起居室要布置得跟去年一模一样。从那间起居室通往第一个楼梯平台的走廊也要布置，还有从第二个楼梯平台通往宾客卧室的第二条走廊，以及富兰克林先生去年六月份住的那间卧室。”

贝特里奇用那支钝头铅笔认真地逐字记下了我的话。“再往下说吧，先生，”他故作严肃地揶揄道，“这根铅笔的笔尖还能写不少字呢。”

我告诉他，再没有什么可吩咐的了。“先生，”贝特里奇说，“既然这样，我自己也有一两件事情要说。”他把笔记本又翻过一页。

“我想问一声，”他说道，“我可不可以洗手……”

“那还用问，”布莱克先生说，“我摇铃叫茶房来。”

“我是说，有些事情我可不可以洗手不干？”贝特里奇仿佛看不见房间里还有别人似的，专门盯着我说。“首先是维林达小姐的起居室。吉宁士先生，去年我们收起地毯的时候，发现有很多别针，多得惊人。我是不是要把这些别针放回原处？”

“当然不行。”

贝特里奇当即把这一条让步的意见记了下来。

“再谈谈第一条走廊，”他继续说，“我们搬掉那儿的装饰品的时候，搬动了一尊裸体胖娃娃的雕像，在公馆物品目录里起了个乌七八糟的名字，叫什么‘丘比特爱神像’。去年，在他那肉鼓鼓的肩膀上长出了两个翅膀。我一下子没看住，就掉了一个翅膀。我要为丘比特的翅膀负责吗？”

我做出了第二个让步，贝特里奇把这一条也记上了。

“至于第二条走廊，”他说了下去，“去年那儿空荡荡的，除了各间卧室的房门以外，什么也没有，我可以发誓。我承认，公馆里只有那个地方我是绝对可以放心的。不过，说到富兰克林先生的卧室，要是那儿也要恢复原状的话，请问由谁来负责把它总是弄得乱糟糟的（不管用人多勤快地收拾干净了），裤子放在这儿，毛巾扔在那儿，法国小说丢得到处都是。我是说，由谁来负责把整洁的房间弄得不整洁？由他，还是由我？”

布莱克先生声明，他非常乐意亲自担起这个责任。贝特里奇却固执地不听别人的话，他要先听听我的，看我是不是认可和赞同这个办法。我接受了布莱克先生的建议，他这才把这最后一条记到了他的笔记本上。

“从明天起，吉宁士先生，”他说着，站了起来，“您什么时候高兴就过来看看。您会看到我跟那些协同布置的人在一起干活。我对您谨表谢意，谢谢您不追究那只鸟的标本和丘比特的翅膀损坏的责任，谢谢您叫我不必负责把那些别针仍放到地毯上，还有不必负责把布莱克先生的房间弄得乱七八糟。作为一个仆人，我对您感激不尽。作为一个正常的人，我却要不客气地说，您这个人满脑子尽是怪念头。我反对您做这个实验，这是骗人的圈套。别害怕我作为正常人的想法会妨碍我尽职，我保证唯命是从。尽管您满脑子怪念头，我还是要服从您的命令。要是您闯下祸来，把房子烧了，我也不喊救火车，除非您先摇铃下命令。”

他作了最后的保证以后，向我鞠了一躬，便走出了房间。

“您认为他靠得住吗？”我问。

“那还用说。”布莱克先生回答说，“一件事也不会被遗漏，一件事也不会被忽略。”

六月十九日……又有一个人反对我们的计划！这一回是一位女士。

早晨，邮差送来了两封信。一封是维林达小姐的，非常友好地，同意我的安排；另一封是她的保护人，梅里杜太太写来的。

梅里杜太太向我致意，她说，对于我给维林达小姐的信里谈的事情，从科学的角度来看，她是门外汉，可是从人情世故的角度来看，她觉得可以发表点儿意见。梅里杜太太认为我很可能没有考虑到维林达小姐还不到十九岁。要让这样一位年轻小姐，没有年长妇女的陪伴而抛头露面，到男人堆里参加什么医学实验，确实是一件伤风败俗的事情。再说，在维林达的公馆里做这事也是梅里杜太太不能容许的。如果我们硬要做，梅里杜太太认为她有责任，勉为其难地陪伴维林达小姐到约克郡来。她说，鉴于维林达小姐只肯听从我的意见，只好冒昧地请我根据这种情况重新考虑。显然，我们并不是非她不可，那么只要我声明一下，梅里杜太太跟我都可以免除责任，岂不两全其美。

这封信的内容说白了，我看就是，“梅里杜太太害怕外界的舆论”。可是她找错了人，我是最不把外界舆论放在心上的。我不能扫维林达小姐的兴，我也不能让两个彼此相爱的情侣错过言归于好的时机——他们分离已经太久了。我的这个看法如果从大白话译成信函的酬酢语，那就是“吉宁士先生谨向梅里杜太太致意，因此事未能效力，深表遗憾。”

今天早晨富兰克林自述，昨夜睡眠依然如故。我们决定今天不到公馆去惊动贝特里奇了。明天还有足够的时间检查。

六月二十日……布莱克先生开始感到连续几夜辗转反侧不能成眠的痛苦。现在得赶紧把那几个房间布置成原来的样子了，越快越好。

今天早晨，在我们去公馆的路上，他跟我谈起卡夫探长写给他的一封信时，有点儿犹豫不决而且不耐烦。

探长的信是从爱尔兰写来的。他说道金郊外寓所的管家妇交给了他布莱克先生的名片和留言。他声称可能在一星期之后（也许不到一星期）回英国。他还说富兰克林在留言中说想和他谈谈关于月亮宝石的事，不知是什么用意。要是布莱克先生能证明探长在去年侦查宝石案时犯了严重错误，鉴于已故维林达夫人慷慨地付给了他酬金，他觉得义不容辞地应当为布莱克先生效劳。否则，他请求容许他仍留在隐居的地方，于花木葱茏的田园风光中安度晚年。

看了这封信，我毫不犹豫地劝布莱克先生给他回信，把去年侦查中断以后所发生的事都告诉他，叫他根据这些事实自己决定来与不来。

我考虑了一阵，又改变了主意，建议邀请他参加我们的实验，只要他回英国后来得及参加。无论如何，他总是个少不了的重要证人。再则，如果事实证明我判断错了，宝石并没有藏在布莱克先生的房间里，我就无法安排下一步的举措了，在这种紧要关头，探长的指点是会起巨大作用的。我最后考虑的这点意见，看来使布莱克先生下了决心，他答应照我的意见办。

我们踏上通往公馆的车道的时候，听见一片敲榔头的声音。这表明重新布置房间的工作正搞得热火朝天。

贝特里奇特地戴了一顶渔夫的红帽子，腰系一条绿台面呢的围裙，在外厅里迎接我们。他一看见我，就掏出笔记本和铅笔，固执地硬是要把我关照的每件事都记下来。不管往哪儿看，正像布莱克先生预言的那样，到处都在争分夺秒地干活，又快，又麻利。不过内厅里以及维林达小姐的房间里有好多活还没干。我倒有点儿怀疑，布置工作是否能在周末以前完成。

我们祝贺贝特里奇工作进展顺利（我一开口，他就非要记下来，而对布莱克先生的话却毫不在意），并且约好一两天内再来检查一遍，然后便往屋后走去，准备离开。我们穿过了楼下的那些过道。我经过贝特里奇的房门时，被他拦住了。

“我能私下跟您说两句话吗？”他神秘地悄悄对我说。

我当然答应了。布莱克走出屋去，到花园里等我，我则陪贝特里奇走进他的屋里。我鉴于上次那个鸟标本和丘比特雕像的翅膀的先例，满以为他又要我做出某个让步。使我非常诧异的是，他竟信任地扶住我的胳膊，提出了一个奇特的问题：

“吉宁士先生，您知道《鲁滨孙漂流记》吗？”

我回答他，我小时候看过这本书。

“以后再没看过？”贝特里奇追问道。

“以后再没看过。”

他退后了几步，用一种同情而又好奇，还掺杂着几分迷信的敬畏的目光瞅着我。

“咦，这个人成年后一直没看过《鲁滨孙漂流记》，”贝特里奇不是对我说，而是自言自语地说，“我倒要看看他现在对这本书有什么感想。”

他打开屋角的一个小橱的锁，拿出一本肮脏的好多页被折了角的书，翻阅的时候散发出一股强烈的陈年烟草味。他分明是在翻寻某一章节，找到了以后，便招呼我也到屋角来。

“我想谈谈您给布莱克服用鸦片酊的这套骗人的把戏，”他开口说，“当干活的人还在公馆里的时候，我作为一个仆人，服从命令的感觉超过了我作为一个正常人的感觉。等干活的人走了以后，我作为正常人的感觉便占了上风。昨天夜里，吉宁士先生，我强烈地感到，您这个新奇的医学冒险行为不会有好下场。要是我依从内心的意愿，我会自己一个人把这些家具都搬走，第二天早晨我会关照那些干活的人再别来了。”

“从楼上的情况来看，”我说，“幸亏您抵制了内心的意愿。”

“我不是抵制了，”贝特里奇答道，“而是动摇了，先生，我内心无声的命令往这边拖我，我笔记本上记下的命令往那边拖我，不怕您见笑，弄得我浑身出冷汗。在头脑晕乎乎、身体软塌塌的情况下，我找什么良药来治病呢？先生，我找的是三十多年以来屡试屡验的灵丹妙药，喏，就是这本书！”

说着，他啪的一声在书上猛击一掌，击出了一股更浓烈的陈年烟草味。

“在我翻开的这第一页上，”贝特里奇说了下去，“我找到了什么？这是第一百七十八页，上面有这么一段：‘我对这些以及许多类似的问题深思熟虑之后，便定出了一条规矩：每逢我的内心暗示我或强制我干或不干某件事，走这条或那条路的时候，我总是服从这内心的意愿。’就像我靠面包活命那样千真万确，吉宁士先生，恰巧就在我蔑视内心的意愿的时候，我一眼便看到了这一段！您看不到其中的神奇奥妙吗，先生？”

“我看只不过是巧合。”

“您对那个医学冒险行为，吉宁士先生，信心没有动摇吗？”

“丝毫没有动摇。”

贝特里奇一言不发，死死地盯着我。他非常慎重地合上书，小心翼翼地把它又锁到橱子里去了。他转过身来，再次死死地盯着我，接着便开口说话了。

“先生，”他严肃地说，“对于一个成年后再没读过《鲁滨孙漂流记》的人，应当是宽大为怀的。我祝您早安，再见。”

他打开房门，深深地鞠了一躬，便让我自己寻路到花园里去。我碰见布莱克先生正回屋里来。

“您不用对我说事情的原委，”他说，“贝特里奇打出了最后一张牌，他又在《鲁滨孙漂流记》里发现了一条预言。您没有迁就他的幻想吧？您让他知道您不相信《鲁滨孙漂流记》了吗？这样一来，您便成了贝特里奇最瞧不起的人！您以后无论说什么或是做什么，都会发现，他不会在您身上浪费一个字了。”

六月二十一日……今天要记的东西很少。

昨晚是布莱克先生最难受的一个晚上。我迫不得已，只好给他施用了药物。幸好对于他这样敏感的人，药物能立即奏效，否则我真担心，到时候他会不适合做实验的。

至于我自己，这两天疼痛略微缓和了些，谁料今天早晨又疼得厉害了。再没什么可说的了，我只得决定恢复使用鸦片了。我合上笔记本，然后服用了最大剂量的鸦片酊。

六月二十二日……今天大有起色。布莱克先生的神经系统的症状大为减轻，昨晚睡着了一会儿。我呢，由于服用了大剂量的鸦片，眩晕了一夜。今天早晨谈不上是睡醒了，确切地说应当是，我恢复知觉了。

我们驱车到公馆去看布置的活儿是否完成了。说是将于明天，也就是星期六完成。还真给布莱克先生说中了，贝特里奇再没有为难。他自始至终客客气气，一言不发，也许不是好兆头。

我那个被贝特里奇称为冒险行为的医学实验，看起来只好推迟到下星期一了。明天晚上打工的人要干到很晚。在这个自由的国度里，宗教还是很霸道的，星期天什么活动都得停止，不可能叫人家从伦敦乘火车过来。我在星期一以前什么事也干不成，只好小心地照看着布莱克先生，尽量使他保持今天的状态。

同时，我还劝说他写了封信给布罗夫先生，叫他务必来充当证人。我特别看重这位律师，正因为他对我们成见很深。要是我们能使他也信服，那就说明我们的实验大获全胜了。

布莱克先生还写了封信给卡夫探长。我也给维林达小姐写了两句。有了这三位，再加上贝特里奇老汉，这位公馆里的重要人物，哪怕梅里杜太太甘冒大不韪，宁愿被人说长道短也懒得来的话，我们这次实验的证人也足够了。

六月二十三日……昨夜鸦片又对我肆虐了。别管它，现在我要继续使用它，直到星期一过去。

布莱克先生今天又不舒服了。他承认凌晨两点曾打开过藏雪茄烟的那个抽屉，结果他猛地一下把抽屉又锁上了。第二次烟瘾上来，他干脆把钥匙扔到了窗外。今天上午，茶房在一个空水池里捡到了这把钥匙，把它交还布莱克先生——命运真会开玩笑！我把钥匙拿过来，打算保管到下星期二。

六月二十四日……我跟布莱克先生乘一辆敞篷马车兜了好大一圈儿。夏日，和风习习，我们都感到神清气爽。我跟他在旅馆里吃了晚饭。今天早晨，我发现他过分激动之后，又过分疲惫，很是担心。现在见他胃口还好，晚饭后又美美地睡了两个小时，悬着的心才落了下来。现在，即使他今夜还睡不好觉，我也不怎么害怕其后果了。

六月二十五日，星期一……今天要做实验了！下午五点钟我们才到公馆。

最大的问题便是布莱克先生的健康问题。根据他的身体状况来判断，他今夜会跟去年此时同样易受鸦片酊的影响。今天下午他神经过敏得厉害，差一点儿就到了神经错乱的程度，脸色忽红忽白。他的手在发颤，动作不稳，偶尔听到什么声音，意外见到什么人或物都会惊惶不安。

这些症状都是缺乏睡眠引起的，而缺乏睡眠又是大量抽烟又突然戒掉后神经紧张造成的。这些病因都跟去年一模一样。那么到了实验的关键时刻，还会出现同样的结果吗？今夜便见分晓了。

我在写这段日记的时候，布莱克先生正在内厅里打台球，也和他去年六月在公馆里做客时惯常的做法一样，练习各种击球的技法，倒也自得其乐。我把日记本带到公馆里来有两层原因，一来是因为预见到，到明天早晨为止，这漫漫长夜里肯定会有好多空闲时刻，应当好好利用；二来是指望随时发生什么值得记的事情，便可迅即记下来。

到此为止，我遗漏了什么事情吗？一看昨天的日记便知道把昨天早晨邮件到来的事情给忘记了。把这一条补上后，我暂且搁笔，到布莱克先生身边去。

在昨天（早班邮递时间）我收到了维林达小姐的一封短信。她准备听从我的劝告，乘今天下午的那趟列车来。梅里杜太太坚持要陪同前来。信中字里行间透露出，这位老太太平素脾气很好，却为这次实验有点儿恼火。维林达小姐请我看在她年龄大思想古板的分上，多多包涵。我要学贝特里奇对待我那样，迁就梅里杜太太，跟她搞好关系。贝特里奇今天穿上了最考究的黑上装，系上了最挺括的白领带，大大方方地接待我们。每逢他的目光落到我身上，他就记起我成年以后从来没有看过《鲁滨孙漂流记》这件事，不由得露出一种表面尊敬，骨子里却是怜悯的神色。

昨天，布莱克先生也收到了律师的回信。布罗夫先生不太情愿地接受了邀请，他认为明摆着应当有一位通情达理的男士陪维林达小姐到这个（冒昧地说一句）抛头露面的地方来。因为找不到一个更可靠的人陪同，布罗夫先生便自告奋勇地来了。所以，可怜的维林达小姐这一下便有了两个护花使者。外界的舆论毕竟还是顾全的好，这样一来大家就都松了口气。

卡夫探长却毫无音讯。他准是还在爱尔兰。我们今天晚上是别指望看到他了。

贝特里奇刚刚进来，说布莱克先生请我去。我只好暂时放下了钢笔。

七点钟，我们把恢复原样的几个房间、楼梯又检查了一遍。我们又到灌木路那儿逍遥自在地逛了一趟，这是布莱克先生上回在公馆时最喜欢溜达的地方。我希望用这种方法来尽量唤起他往日的生动回忆。

我们在与去年的生日晚会同一时刻吃的晚饭。这样做纯粹是为了达到医学上的目的，为了尽量使鸦片酊服用时消化系统的情况和去年一样。

我建议晚饭后适当的时候尽可能自然地使谈话回到月亮宝石以及印度人阴谋盗窃的话题上来。等到布莱克心里装满了这些题材，我便算大功告成，做好了给他再次服用鸦片酊前的一切准备。

八点半，这个时候我才找到机会做一件最重大的事情——搜寻家用医药箱，寻找坎迪医生去年用的鸦片酊。

十分钟前，我才瞅个空子抓住贝特里奇，告诉他我要的东西。这一回他利索极了，既没有说半句反对的话，也没有打算掏出笔记本来，马上带路，风风火火地（当然，每一步都要让我跟得上）赶到存放医药箱的贮藏室。

我发现了那个盛鸦片酊的玻璃瓶，玻璃塞子塞得严严的，外面用皮条束得紧紧的。里面盛的制剂，正如我所预料，是普通的鸦片酊剂，装得相当满。我恐怕一时找不到，多长了个心眼，自己配制了两种鸦片酊以备急用。比较之下，我决意还是用这只瓶里的。

使用多大剂量，也是个棘手的问题。我思考了一阵，决定还是加大剂量。

我的笔记上记着坎迪先生只用了二十五滴。这个剂量很小，哪怕对布莱克先生这样敏感的人，也不会起那么大的作用。我知道坎迪先生是个饕餮之徒，爱大吃大喝，而鸦片酊是他在生日宴会上喝了不少酒之后用的，所以他实际用的剂量很可能超过了这个量。不管怎样，我决定冒个险，把剂量加大到四十滴。这一回，布莱克先生既然预先知道要服用鸦片酊，从生理学的观点来看，这就等于说，他无形中已经对鸦片的刺激作用产生了一种抵抗力。要是我没估计错的话，这回剂量必须大一些才能产生去年那样的效果。

十点钟，证人们，或者说客人们，都在一个小时前来齐了。

快到九点钟的时候，我说服布莱克先生让我陪他到他的卧室里去，理由是，我希望他再最后环顾一遍这个房间，务必做到一样东西也不遗漏。我预先跟贝特里奇商量好，第一，要把布罗夫先生的卧室安排到布莱克先生卧室的隔壁；第二，在布罗夫先生到来时，贝特里奇必须敲一下门，让我知道。厅里的钟敲了九下。五分钟后，我听见敲门声，立即出来，在走廊里遇见了布罗夫先生。

和以往一样，我的长相叫人一看就讨厌。布罗夫先生瞅着我，眼睛里明显地露出不信任的神色。反正我早就习惯陌生人对我的反感了，并不在乎。我一分钟也不迟疑，在律师进入布莱克先生的房间前，就把要说的话对他说了。

"我想，您是陪同梅里杜太太和维林达小姐一起来的吧?"我说。

"是的。"布罗夫先生冷冰冰、干巴巴地回答。

"维林达小姐大概关照您了吧，在我做实验之前，决不能把她（当然也包括梅里杜太太）来到公馆的秘密向布莱克先生透露!"

"我知道我应当缄口不言，先生!"布罗夫先生不耐烦地说，"对于别人干的蠢事，我惯于保持沉默。对于这件事，我更要把嘴闭紧。您对我的回答满意吗?"

我鞠了一躬，让贝特里奇领他到他的房间里去。贝特里奇临走时对我睃了一眼，仿佛说"您碰到对头了吧，吉宁士先生！此人的名字叫布罗夫。"

下一步要跟两位女士见面。我走下楼梯，往维林达小姐的起居室走去的时候，我承认，神经确实有些紧张。

园丁的老婆负责招待两位女士。她在二楼的走廊里遇见了我。这个贤惠的女人对我礼数过于周到，显然是由于极为恐惧。每逢我对她讲话，她总是睁大了眼睛，身体发颤，行屈膝礼。我问她维林达小姐在哪儿。她睁大了眼睛望着我，哆哆嗦嗦，无疑接下来就要行屈膝礼了。就在这时，维林达小姐本人突然把起居室的门打开，园丁老婆的屈膝礼没有行成。

"是吉宁士先生吧?"小姐问道。

我还没来得及回答呢，她就热情地跑到走廊上来跟我搭话。我们在壁灯的光线下会面了。维林达小姐刚见到我时，愣了一下，犹豫起来。但她立刻便恢复了常态，脸红了一阵，接着便以一种妩媚的姿态，向我大方地伸出手来。

"我不能把您当外人看待，吉宁士先生。"她说，"哎，要是您知道我看到您的信有多高兴就好了!"

她容光焕发、万分感激地望着我这张皱纹密布的丑脸。她的热情诚恳是我跟世人交往中从来没有遇到过的。我一时语塞，不知道如何回答她。我万没想到她是这样善良，这样美貌。感谢上帝，多年的苦难并没有使我的心变得麻木冷漠。跟她在一起，我感到又窘又臊，就像十几岁的毛头小伙子似的。

“他现在在哪儿?”她很自如地问起了她最关心的布莱克先生，“他在干什么?他说起我了吗?他情绪好吗?他经历了去年的灾难以后，来到公馆有什么感想?您打算什么时候给他喝鸦片酊?我能看着您把酊剂倒出来吗?我可感兴趣呢，激动得很。我有一千桩事情要对您说，都涌到一起，不知先说哪一桩好。我这么感兴趣，您觉得奇怪吧?”

“不,”我说，“我倒是认为我对您非常理解。”

她完全没有故意做作、忸怩作态，她就像对待自己的兄长或父亲那样和我搭话。

“您把我从难以形容的悲惨处境中解救出来了。您给了我新的生命。我对您感激不尽，哪能有什么事隐瞒您哪!我爱他,”她直率地说，“我自始至终地爱他，哪怕当我有冤枉他的想法，哪怕当我对他说最冷酷、最粗暴的话的时候，我还是爱他……呃，我来有什么借口吗?我希望有个借口——恐怕这是我唯一的借口。到了明天，他知道我在公馆里，您以为我该……”

她又停顿下来，恳切地望着我。

“到了明天,”我说，“我想您只要把刚才对我说的话告诉他就行了。”

她容光焕发，喜气洋洋。她又向我走近了一步，手指激动地玩弄着我纽扣孔里的一朵从花园里采撷的花。

“您最近经常见他,”她说，“您确实地、真正地看出这一点了吗?”

“确实地、真正地看出了。”我回答说，“我对明天发生的事很有把握。但愿我能对今夜发生的事也同样有把握。”

我们正谈到这儿，贝特里奇端着茶盘过来，打断了我们的话。他从我们身边走过，进入起居室的时候又意味深长地瞥了我一眼。“哎，哎!赶快做好准备。对头在楼上呢，吉宁士先生!”

我们跟他走进了房间。只见一位衣着非常考究的小个子老太太坐在一个角落里，在聚精会神地绣花。她一看到我那吉普赛人那样的皮肤和黑白分明的头发，不觉一惊，让针线活儿落到膝盖上，轻微地尖叫了一声。

“梅里杜太太,”维林达小姐说，“这位是吉宁士先生。”

“请吉宁士先生原谅,”这位老太太冲着我说话，眼睛倒望着维林达小姐，“乘火车旅行总弄得我神经紧张。我现在跟往常一样，做些针线活儿，想让心神安定下来。我不知道，在这个特殊场合绣花，是不是合适。要是这妨碍吉宁士先生的科学思维，我当然乐意把它搁到一边。”

我连忙说绣花不碍事，正像我说鸟标本裂开、丘比特断了翅膀不要紧一样。梅里杜太太感激地看了看我的头发。不行!这可看不下去。梅里杜太太赶紧又回过头来看维林达小姐。

“要是吉宁士先生容许的话,”这位老太太接着说，“我想请您帮个忙。吉宁士先生今晚要做一个科学实验。我小时候上学，倒是经常参加科学实验，最后总是要爆炸。请吉宁士先生照顾一下，要是有爆炸，就预先关照我一声。要是可能的话，请在我上床睡觉之前把实验做完。”

我试图让梅里杜太太相信，这回的实验没有什么爆炸。

“不，”老太太说，“谢谢吉宁士先生的好意！我明白，他这是为了叫我放心，在骗我呢。我宁可该怎样，就怎样。爆炸就爆炸吧，只好随它去啦。不过我实在希望在我上床睡觉之前，把实验做完。”

这时，门开了。梅里杜太太又轻轻地尖叫了一声。是爆炸来了吗？不，只不过是贝特里奇来了。

“请您原谅，吉宁士先生，”贝特里奇煞费苦心地装成非常机密的样子说道，“富兰克林先生想知道您在哪儿。我遵照您的意思瞒住他，不让他知道我们小姐来了公馆。不过请您注意，我这是在撒谎呢。哎，先生，我的一只脚已经跨进坟墓里了，希望您行行好，少叫我说些谎话，免得我见上帝时良心受责备。我忘不了您的恩典。”

我可没有工夫来考虑贝特里奇纯粹是瞎编的良心问题。要是我不赶快去，布莱克先生说不定马上就会来找我。于是，我拔脚就往他的房间走去。维林达小姐跟到了走廊上。

“他们好像商量好，存心跟您过不去呢，”她说，“这究竟是什么意思？”

“维林达小姐，世俗的人对任何新事物都要提出抗议，我这个实验不过是个小小的例子。”

“咱们对梅里杜太太怎么说？”

“告诉她爆炸在明天早晨九点进行。”

“为了催她早点儿上床睡觉？”

“是的。”

维林达小姐回到起居室去了。我上楼去见布莱克先生。

我诧异地发现，他一个人在房间里烦躁地踱来踱去。他为大家撇下他而感到恼火。

“布罗夫先生上哪儿去了？”我问他。

他指了指那个通连房间的门。布罗夫先生进来看他，待了一会儿，又打算对我们的实验提出抗议，可是又一次碰了钉子。布莱克先生根本没有理会他。律师只好自我解嘲地指了指他那个满满地装着法律文件、快要胀裂的黑皮包，拿它当挡箭牌。“正经的事务，跟此时此地的形势格格不入，”他承认，“可是正经的事务总得有人去做。布莱克先生想必会体谅一个老派人讲求实际的习惯吧。时间就是金钱。至于吉宁士先生，叫他放心，我布罗夫随叫随到。”律师这样辩解以后，便回到自己的房间，一头钻进了他那个黑皮包里。

我想起了梅里杜太太和她那刺绣活儿，我又想到贝特里奇和他的良心，这些跟律师和他的皮包真是异曲同工呢！英国人这种扎扎实实的性格真是惊人的一致，就像英国人脸上那刻板的表情一样。

“您打算什么时候给我服用鸦片酊呢？”布莱克先生不耐烦地问。

“您得稍等一会儿，”我说，“我会待在这儿陪着您，时间一到就给您服用。”

这时还不到十点。我曾多次问过贝特里奇和布莱克先生，得出个结论，坎迪先生施用鸦片酊不可能在十一点钟之前。因此我也决定等到那个时刻再施用。

我们谈了一会儿。但我们内心都为即将到来的严峻考验而焦虑。谈话很快就变得索然寡味，接着便中断了。布莱克先生懒洋洋地翻阅着卧室桌上的几本书。我刚进房间便审慎地看了一下，一本是《前卫》杂志，一本是《闲话》杂志，还有理查逊的《帕米拉》、麦肯齐的《多情的人》、罗斯科的《罗伦卓·德·梅迪齐》和罗勃逊的《查理五世》，都是经典著作，后来的任何作品都难以望其项背。依据我的看法，它们都有一个共同的优点：既不能引起读者的兴趣，也不能激起读者的思维。我让布莱克先生开卷欣赏他的权威性文学作品去，我自己则提笔写我的日记。

我看了看表，快到十一点钟了。我再一次合上了日记本。

深夜两点钟时已经做过实验了。现在谈谈结果如何。

十一点钟，我按铃叫贝特里奇来，并且告诉布莱克先生，可以准备就寝了。

我看了看窗外的夜色。天气比较温暖，下着雨，很像去年六月二十一日雷茜尔生日之夜。我并不相信什么预兆，但是天空中并没有暴风雨的迹象，也没有闪电雷鸣等直接刺激神经的因素，这总是令人兴奋的吧，实验估计会成功。贝特里奇过来跟我一起站在窗口，秘密地将一张小纸条塞到我手里。纸条上写着几行字：

"梅里杜夫人上床睡觉了，满以为明天早晨九点钟会发生爆炸呢。您还叫她看着我，不让我跑出这房间，不经她同意不能自由活动。她根本想不到主要的实验场所就是我的起居室。要不然她不整宿守在那儿才怪呢！我一个人待在房间里，心里很着急。求您让我看您配鸦片酊吧，我想参加这次实验，哪怕是以一个旁观者的身份也好。——雷·维。"

我跟随贝特里奇走出房间，叫他把医药箱搬到维林达小姐的起居室里去。我的这道命令冷不防把他吓了一跳。他好像疑心我要在维林达小姐身上要什么阴谋。

"我可以冒昧地问一下吧，"他说，"我们小姐跟医药箱有什么关系啊？"

"待在起居室里，你会看见的。"

贝特里奇捉摸不透我的用意了，居然把医药箱也用上了，这是什么意思？他好像怀疑自己一个人能否有效地监督我。

"先生，您是不是反对叫布罗夫先生也参加这一部分的实验？"

"恰恰相反！我现在就去请布罗夫先生陪我下楼去。"

贝特里奇再没说半句话，径自去拿医药箱了。我回到布莱克的房间里，敲了敲那个通连房间的门。布罗夫先生开了门，他手里拿着法律文件，满脑子装着法律，对医学实验不闻不问。

"对不起，打搅您了，"我说，"可是我马上就要给布莱克先生配鸦片酊了。我必须请您在场，为我做个见证。"

“是吗?”布罗夫先生九分注意力集中在他的文件上，只有一分注意力用在我身上，“还有什么事吗?”

“我得麻烦您过来跟我在一起，看我配药、用药。”

“还有别的事吗?”

“还有一件事。我还要委屈您留在布莱克先生的房间里，等着瞧发生的事情。”

“哦，很好!”布罗夫先生说，“我的房间也罢，布莱克先生的房间也罢，都无所谓，反正在哪儿都能研究我的文件。吉宁士先生，只要您不嫌我就行了，我是个外行，在实验里起不了什么作用!”

我还没来得及回答，布莱克先生就从床上对律师发话了。

“听您的口气，您真的对我们要做的实验毫无兴趣！布罗夫先生，您的想象力比牛强不到哪儿去!”

“牛是很有用的牲口，布莱克先生。”律师答复了这句话，便跟我走出了自己的房间，手里仍旧拿着他的宝贝文件。

我们发现维林达小姐脸色苍白，心情激动，焦躁不安地在起居室里踱来踱去。贝特里奇站在角落里的一张桌子旁边，提防地看着那个医药箱。布罗夫先生找到一把椅子便立即以勤恳的老黄牛为榜样，又一头钻到文件堆里去了。

维林达小姐把我拉到一旁，马上又谈起她朝思暮想的布莱克先生。

“他现在身体怎样?”她问我，“是不是容易激动？是不是爱生气？您认为实验会成功吗？您认为对他身体无害吗?”

“肯定没问题。来，看我配鸦片酊。”

“等一下！现在过了十一点了，要过多长时间才起作用?”

“很难说。也许得一个小时。”

“我想，房间里必须像去年一样黑咕隆咚的吧?”

“那当然。”

“回头我要像上回一样，在卧室里等着。我要把门开一道缝。去年就是开了一道缝。我要留神看着起居室的门，一有动静，我就马上吹灭蜡烛。在我生日那天晚上就是这样的。今天也得照旧，是吗?”

“您有把握沉住气吗，维林达小姐?”

“为了他，我什么都办得到!”她热情洋溢地说。

看她的神情，我就知道她是可以信任的。我又对布罗夫先生发话了。

“我得麻烦您把那些文件暂时放到一边。”我说。

“哦，当然可以!”他吃了一惊，站了起来，跟我走到医药箱跟前。那儿可没有叫人激动得喘不过气来的惊险情节，他看看贝特里奇，困乏地打了个呵欠。

维林达小姐从一张桌上拿了一玻璃壶凉水，走到我面前，悄悄地对我说：“让我来倒水，我必须插手。”

我从药瓶里量出了四十滴鸦片酊，倒进一个药杯里。“倒凉水进去，倒满三大格。”我说罢，便将药杯交给了维林达小姐。接着，我又吩咐贝特里奇把药箱锁上，并告诉他再也用不着了。这个老仆人顿时如释重负，脸上露出难以形容的宽慰神情。

维林达小姐按照我的吩咐兑了水，趁贝特里奇锁上药箱，布罗夫先生又埋头看文件的当儿，淘气地偷偷吻了吻药杯的边缘。“您给他杯子的时候，”这个可爱的姑娘说，“把这一边向着他！”

我从口袋里拿出那块代替钻石的水晶，交给了她。

“您也得在这次实验里插手，”我说，“您得把它放在您去年藏月亮宝石的地方。”

她领我走到印度古玩橱跟前，把那块假钻石放进去年生日晚宴时藏真钻石的那个抽屉里。对这一动作，也跟对所有其他事情一样，布罗夫怪不情愿地作了见证。可是有趣的是，实验现在带有了强烈的戏剧效果，居然使贝特里奇失去了自我控制能力。他拿蜡烛的时候，手直打哆嗦，心急火燎地低声问：“小姐，您没弄错，就是这个抽屉吗？”

我手里拿着兑了水的鸦片酊，带头走出了房间。在门口，我停了一下，叮嘱维林达小姐最后一句话。

“您把灯火灭掉的时间不要拖得太长。”我说。

“我马上就把灯火灭掉，”她回答说，“只点一根蜡烛，在卧室里等着。”

我们出去后，她随即把起居室的门关上了。我领布罗夫先生和贝特里奇回到了布莱克先生的房间。

我们发现他在床上辗转反侧，烦躁极了，怀疑是不是该用鸦片酊了。我当着两个证人的面给他服用了，然后把几个枕头拍松，叫他重新躺下，安静地等待。

他的床上挂着淡色的擦光印花布帐子。床的一头抵着墙，两侧留有宽绰的空地。我把一边的帐子完全拉拢，这样他就看不见那边的屋子了。我把布罗夫先生和贝特里奇安插在那儿静候动静。床脚的帐子只拉拢了一半，我就坐在离床脚不远的一把椅子上，这样他想看看我或跟我讲话，都根据情况随他的意。我已听说他睡觉时总要点根蜡，我就把两根点燃的蜡烛中的一根，放在他床头的一张小桌子上，这样既有光线，又不刺眼。另一根蜡烛我交给布罗夫先生放在近处，这样透过擦光印花布的床帐，烛光便显得分外柔和。窗子顶部开着，好让房间里空气流通。细雨淅淅沥沥地下着，屋里阒然无声。准备工作做好了，我端把椅子坐在床脚的时候，我的表是十一点二十分。

布罗夫先生又看他的文件了，表面上看，还是那样凝神专注。但是我冷眼瞅瞅他，终于看出一些迹象，察觉到法律已渐渐拴不住他的心了。我们处在这关键时刻，一切都未见分晓，吉凶难卜，终于使他那颗缺少想象力的心也悬起来了。至于贝特里奇，平时最讲究为人的尊严，什么事都正经八百的，现在也把这些都抛到脑后了。他忘记我是在装神弄鬼，糊弄布莱克先生了；他忘记我是把这座公馆搅得乌烟瘴气，乱成一团了；他也忘记我成年以后从来没有读过《鲁滨孙漂流记》了。“看在上帝的分上，先生，”他悄悄地对我说开了，“快告诉我们，什么时候药性发作啊？”

“要到半夜以后，”我也悄悄地回话，“别说话，安静地坐着。”

贝特里奇忘记身份，甘拜下风了，从冷冷淡淡变为跟我亲热得不能再亲热了。我训了他，他还向我挤了挤眼睛。

回过头来再看看布莱克先生，只见他还在床上辗转反侧，焦躁不安。真纳闷，鸦片酊怎么还没有起作用？在他心情如此烦躁的时候，本想告诉他越烦心、越疑惑，就越会推迟（大家都在等待）药性的发作，但转念一想，这是没有用的。较明智的做法乃是，不让他心里老是想鸦片，无形中诱导他想想别的事情。

存了这个念头，我就要引他和我谈话。我竭力把话头引到今晚早些时候我们谈论的月亮宝石上来，我还有意侧重地提到布莱克将它从伦敦带到约克郡，冒险在弗利辛霍银行存、取钻石，以及印度人在生日前夕突然在公馆出现等情节。我谈这些事情的时候，还故意装着把布莱克几小时前亲口告诉我的话，大部分都误解了，用这个办法来引他纠正一遍，使他渐渐地把鸦片酊的问题淡忘了，不再辗转反侧，好让他心里装满钻石的事，而又天衣无缝，不露痕迹。在这个万分重要的时刻，我从他的眼神里看出，鸦片酊开始把他的脑子麻醉了。

我看了看表。他最初显出鸦片酊药性发作的前兆的时间是差五分十二点。

在这个时候，一般人还看不出他有什么变化。但是十二点以后不久，鸦片酊难以捉摸而又极其神速的刺激作用就更加明显地显示出来了。他因鸦片中毒而两眼炯炯发光，脸上也开始亮晶晶地沁出了汗。他还在继续跟我谈话，但五分钟后，就前言不搭后语了。他还是盯住月亮宝石的事，但已说不出囫囵句子了。又过了一会儿，句子也说不出了，只能咿呀学语似的说些单词。接着，他便哑然无声了。然后，他在床上坐起来，开始讲话了，不是对我讲，而是自言自语，仍然讲月亮宝石的事。这个变化表明，实验的第一个阶段来到了。鸦片的兴奋作用在他身上奏效了。

现在是十二点二十三分。至多再过半个小时，他是否会从床上爬起来，离开房间的问题便会见分晓了。

我看到实验的第一个结果差不多就在我预料的时间，以我预料的方式出现了，一种难以名状的胜利的喜悦油然而生。我屏住气息，全神贯注地注视着他，竟完全忘记了和我一起守夜的两个伙伴。我现在向他们瞥了一眼，只见布罗夫先生已经不顾散乱地丢在地板上的法律文件了，眼巴巴地从床帐的缝隙往里窥视。贝特里奇也忘记了尊卑有别的礼数，趴在布罗夫先生的肩膀上张望。

他俩发现我正瞅着他们，都惊得往后退缩，好像两个做错事的男孩被老师抓住了一样狼狈。我做了个手势，示意他们脱掉靴子，要像我一样轻轻地脱掉。

十分钟过去了，什么动静也没有。随后，他突然掀掉被褥，一条腿跨到了床外。他在等待。

“我真后悔，从银行里取出来，”他自言自语地说，“放在银行里多安全。”

我心跳得厉害。疑心钻石会被盗窃，又成了他头脑里的主导思想！整个实验的成败，全系于他的这个意念了。胜利突然在望，我脆弱的神经受不了啦。我只好移开目光不去看他，不然我会发狂的。

又是一阵静默。

等我恢复自信，回过头来看他的时候，他已经下了床，直挺挺地站在床边。现在，他瞳孔收缩，头缓缓地来回摆动。在烛光下，他眼睛发亮，在思考，在怀疑。他又说话了。

“怎么知道呢?”他说，“那三个印度人会不会躲在屋子里呢?”

他又停顿下来，缓步踱到房间的另一头，转过身来，迟疑了一会儿，又回到了床边。

“它甚至没有被锁起来，”他说了下去，“它放在雷茜尔的古玩橱的抽屉里，锁都没有锁。”

他坐到了床边上。“谁都会把它拿走。”他说。

一阵可怕的猜疑袭上了我的心头。会不会鸦片已经开始起镇定的作用啦?在我的亲身经历中没有出现过这种情况。可是涉及鸦片，那就很难说了，经验绝不能生搬硬套。没有两个人对鸦片的反应是完全一样的。是不是他体质特殊，所以反应跟别人不同?我们这次实验会不会功败垂成?

没有！他又蓦然起床了。“真该死，我怎么还睡觉，”他说，“有这么大的心事怎么能睡!”

他看了看床头桌上的烛火，把蜡烛拿到了手里。

我把被拉拢的帐子后面的第二根蜡烛吹灭了。我和布罗夫先生、贝特里奇都退避到最远的角落里。我示意他们千万别发出声音。

我们等着，可什么也没有听见，什么也没有看见。我们躲到被帐子挡住的地方，不让他发现。

他手里拿着的烛火突然移动了。再过一会儿，他拿着蜡烛，悄无声息而又迅疾地打我们身旁经过。

他打开卧室的门，走了出去。

我们跟着他走过走廊，下了楼。我们跟着他走过第二条走廊。他根本没有往回看，根本没有迟疑不决的动作。

他打开小姐起居室的门，走了进去，没有把门带上。

这扇门和公馆里所有的房门一样，是挂在老式的大铰链上的。门开着的时候，在门扇和门柱之间有一道缝隙。我向两个同伴做了个手势，叫他们从门缝里望进去，既看得清，又不会暴露自己。我自己留在门外，站在另一边。我左边的墙上有一个凹进去的地方。如果布莱克有回头朝走廊看的迹象，我便可立刻躲进去。

他走到房间当中，手里仍旧拿着蜡烛。他向左右环顾，根本没有往回看。

我看见维林达小姐卧室的门被掀开了一道缝。她已经吹灭了蜡烛。她豁达大度地沉住了气。我只能隐约模糊地看到她那白色夏装的轮廓。若不是事先知道她要做见证，谁也不会猜疑这屋里还有一个活生生的人。她躲在暗地里，任何事情都逃不过她的眼睛。

现在是一点过十分。只听到淅淅沥沥的雨声，和树叶在夜风吹拂下的簌簌微语声。

他在房间当中犹豫不决地等了一两分钟，便走到了靠窗口的那个屋角里的印度古玩橱跟前。

他把蜡烛放到橱顶，把抽屉一格一格地打开又关上，终于找到了放假钻石的那一格抽屉。他往那一格抽屉里张望了一会儿，便用右手取出那颗假钻石，用左手拿下橱顶上的蜡烛。

他朝房间当中走了几步，又站了一会儿。

到目前为止，他已把生日晚上的事情原封不动地重演了一遍。以下的举动是否也跟去年的一样呢？他会不会走出起居室？我相信他去年是回到卧室的，那么他现在是不是也回卧室呢？他会不会把去年回卧室后处置钻石的情景重演一遍呢？

他接下来的头一个动作显然是去年第一次服用鸦片时没做过的。他把蜡烛放到桌上，便向房间的远头趑趄而去。那里有一个沙发。他倚在沙发靠垫上，左手搭在沙发背上，然后又站起来，走到房间当中。现在我才看清，他的眼睛已经疲乏无神，目光很快暗淡下去，变得睡意蒙眬了。

这时，维林达小姐忐忑不安，实在撑持不住了。她向前走了几步，又停下来。布罗夫先生和贝特里奇第一次从门口那边向我投来疑惑的目光。他们和我一样，预感到令人扫兴的事来到了。

不过，只要他站在那儿，就仍有一线希望。我们眼巴巴地等着，看下一步有什么动静。

下一步注定没戏唱了。他听凭那颗假钻石从手里掉落下去。

它掉到了地板上，在门里边。他看得见，在场的人都看得见。他不想捡起来，只是茫茫然地往地上看看，同时脑袋低垂到胸口。他摇摇晃晃地走了几步，硬是提起精神，跌跌撞撞地走到沙发跟前，一屁股坐下。他作了最后一番努力，打算站起来，又跌坐下去。他的头又倚到沙发靠垫上了。这时是一点二十五分。我还没有把怀表放进口袋，他已进入了睡乡。

现在一切都了结了。鸦片对他起了镇定作用，实验到此结束。

我走进房间，关照布罗夫先生和贝特里奇，可以跟我一起进来。现在已不用害怕惊动他了。我们不妨随意走动，谈话。

“第一桩要解决的事，”我说，“便是怎样安置他。他大概至少要睡六七个小时。把他抬回卧室有一段路呢。要是年轻几岁，我一个人就能应付，可是我的健康和体力已经不如以前了。恐怕要请你们帮一把了。”

他们还没有来得及回答，维林达小姐就已经在轻声召唤我了。她在卧室的门口跟我见面，手里拿着一条淡色的披巾和她自己床上的床罩。

“您打算看着他睡觉吗?”她问道。

“是的，我相信鸦片对他的麻醉作用很厉害，我不能撇下他不管。”

她把披巾和床罩给了我。

“您为什么要惊扰他呢?”她悄声说，“把这个盖在他身上，让他在沙发上睡。我可以关上门，待在屋里。”

这是让他过夜的最简便、最安全的办法。我把她的建议对布罗夫先生和贝特里奇说了，他们也表示赞成。要不了五分钟，我便让他舒舒服服地躺在沙发上，轻轻地把披巾和床罩盖在他身上。维林达小姐向我道了晚安，关上了房门。在我的请求下，他们两位跟我一起围着房间当中的桌子坐下，桌上的蜡烛仍燃烧着，笔、纸、墨水都是现成的。

“在咱们分手之前，”我说道，“我要对今天夜里的实验谈两句。这个实验要达到两个目的。第一个目的是要证明，去年布莱克先生是在鸦片的刺激作用下无意识地走进这间屋子，拿走钻石的，所以是没有罪责的。你们都亲眼目睹了，你们承认这个目的达到了吗?”

他俩都毫不犹豫地点头称是。

“第二个目的，”我往下说，“是要发现，在生日那天晚上，在维林达小姐见他拿了钻石离开起居室以后，他到底把钻石怎样处置了。能否达到这个目的，当然要看他这次的行动是不是和去年生日晚上的完全符合。他没有做到这一点。因此，这回实验没有完全成功。我对这一点是颇感失望的，但我并不感到意外。我从一开始就对布莱克先生说，要想把实验做成功，就得看是否能恢复和去年完全一样的条件，但我早就关照过他，这几乎是不可能的。我们只能部分地恢复去年的条件，所以实验也只能获得部分的成功。也可能是我用的鸦片酊剂量过大。但我个人认为，第一个原因是真正的原因。”

我说了这些话以后，就把整理好的书面材料放在布罗夫先生面前，问他在我们分手之前，是否愿意把他亲眼目睹的事写一份证词，并在上面签名。他立即提笔写了一份。

他签了名，交给我说：“这也算是将功折罪吧。我在昨天傍晚，怀疑您，说了些不中听的话，请您海涵。您对富兰克林·布莱克做了一件功德无量的事。用我们律师的行话来说，您已经证实当事人无罪了。”

贝特里奇的道歉很能说明他的性格。

“吉宁士先生，”他说，“我竭力向您推荐《鲁滨孙漂流记》这本书，您在上面可以看到，他一旦证明自己是错了，认错从不犹豫。请您明白，我现在正是按照鲁滨孙的办法行事。”说了这话，他也在证词上签了字。

我们从桌旁站起来，布罗夫先生把我拖到了一边。

“关于钻石的事，我还要说两句。”他说，“您的理论是富兰克林将月亮宝石藏在了他的卧室里。我的理论是，月亮宝石在伦敦卢克先生往来的那家银行里。咱俩不必争论谁是谁非。咱们只要问一声，谁的理论经得起检验?”

“我的理论，”我回答他，“今天晚上已经考验过了，证明是失败了。”

“我的理论，”布罗夫先生答辩说，“还在接受考验。前两天我已经派了个眼线在银行里守着卢克先生。我命令他一直守到本月底。我知道他一定会亲自到银行去取那颗钻石。我的根据是那个抵押宝石的人很可能会来赎宝石，逼得他只好从银行里取出来。如果我们严密监视卢克先生，就不怕抓不住那个人。要真能抓获，我就会恰恰在这个最使咱们迷惑的关键点上一举破案了。您看我说得对吗?”

我承认他说得不错。

“我打算乘今天的早班车回城，”律师说了下去，“我回去的时候，可能会听到已有重大发现，这时候我就非得有富兰克林·布莱克在身边，有事好随时商量。他一醒来，我打算就叫他跟我一起回伦敦。通过这种种事情，我对您非常信任，能不能请您帮我说说?”

“当然可以。”我说。

布罗夫先生跟我握了握手，便走出了房间。贝特里奇跟他一起出去了。

我到沙发旁边看了看布莱克先生。自从我扶他躺下，盖上床罩和披巾以后，他一直没有动弹过。他睡得很熟。

我还在照看着他的时候，只听卧室的门被轻轻地打开了。维林达小姐再一次在门口出现了，她还是穿着那件漂亮的夏装。

“再行个方便好吗?”她悄声说，“让我跟您一起守着他。”

我迟疑了一下，不是考虑是否合适，而是考虑她夜里要休息。她走到我近旁，握住了我的手。

“我睡不着，我在自己的房间里连坐都坐不安稳。”她说，“哦，吉宁士先生，您替我想想，我是多么渴望坐在这儿看着他啊！您快说行，说呀!”

还用说吗？我屈服了。

她把一把椅子拉到了沙发的另一端。她静静地心醉神迷地看着他，不由得泪如泉涌。她擦干眼泪，说是要拿针线活儿来。她把针线活儿拿来，却是放在膝上，始终一针也没有动。她目不转睛地盯住他，连穿针引线也顾不上。我想到了自己的青年时期。我想看那双曾经爱怜地望着我的温柔的眼睛。我心头沉重起来，只好用记日记来忘却心里的忧郁。

我们一起默默地守着他。一个埋头记日记，另一个沉湎在爱河里。

一个小时一个小时地过去了，他始终睡得很熟。曙光由窗户透进来，房间越来越亮了。他还是一动不动。

快六点了，我感到痛风病又要犯了，只好暂时离开，让她一个人守着他。我说我要到楼上他的房间里再拿一个枕头来。幸亏这次疼痛的时间并不长。过了一会儿，我便又回来和她见面了。

回来时，只见她靠在沙发上，正把嘴唇贴在他的额头上。我故意装得很严肃地摇了摇头，指了指她的椅子。她对我回眸一笑，脸上泛出可爱的红晕。“您假如是我，”她悄声说，“也会这样做的。”

他第一次开始动弹了。

维林达小姐正跪在沙发旁边。他的眼睛一睁开，目光准会射到她脸上。

我让他俩单独待在一起吗?

当然喽!

十一点钟,屋里又空寂无人了。各人有各人的安排,大家都乘十点钟那趟列车到伦敦去了。我那短暂而幸福的梦结束了。我醒来了,又回到孤苦伶仃的现实生活中来了。

大家对我说的那些和蔼可亲的话,特别是维林达小姐和布莱克先生的那些仁慈友爱的话,我都不敢相信自己能准确地写下来。而且,又何必写出来呢?在我孤寂落寞的时候,这些美好的话又会回到我身边,帮我度过凄凉的残年。布莱克先生要写信给我,告诉我伦敦发生的事情。维林达小姐秋天要回约克郡来(无疑是为了办喜事),到时候我要成为他们结婚盛典的上宾。她会用满含幸福的感激目光望着我,用她纤柔的手温暖地握我的手,告诉我:"这都是您的恩赐呀!"

我那些可怜的病人在等着我,今天早晨又要开始老一套的行医生涯了。今天晚上又要受可怕的鸦片和疼痛的轮番折磨了!

仁慈的上帝啊!让我看到了一缕阳光,让我度过了一段幸福的时光。

第五个故事

——富兰克林·布莱克继续叙述

第一章

进行实验的事，埃兹拉·吉宁士的日记里已叙述得够详细了，我没有多少话需要补充。

讲到我自己，我只有这么几句话可说。二十六日早晨，我醒来时，完全不知道自己在鸦片的刺激下说过什么话，做过什么事。从鸦片酊的药性发作开始，直到我在雷茜尔的起居室里睁开眼睛为止，全部是浑浑噩噩，一片空白。

至于我醒来以后的事，我感到没有必要详细叙述，只谈谈结果吧。我和雷茜尔不用费力解释，便相互间完全谅解了。我不想说明，雷茜尔也不想说明，我俩为何如此神速地便言归于好了。女士们，先生们，你们只消回顾一下，我们原是多么如胶似漆地恩爱，那么埃兹拉·吉宁士关上起居室的门以后发生了什么事情，你们便会和我自己同样一清二楚了。

然而我也不妨补充一句，要不是雷茜尔头脑清醒的话，我俩准会被梅里杜太太发现的。她听见这位老太太的衣裙在走廊里的窸窣声，立刻跑出去跟她打了个照面。我听见梅里杜太太说："是怎么回事啊？"我听见雷茜尔回答："就要爆炸了！"梅里杜太太顿时吓愣了，让雷茜尔搀住她的胳膊，把她扶到花园里去，远远地避开这吓人的事情。她回到公馆的正屋，在大厅里遇到了我，说从她上小学的时候到现在，科学有了很大的进步。"布莱克先生，连爆炸也比以前和缓多了。我向你保证，我在花园里几乎听不见吉宁士先生的那个爆炸的声音，现在回到屋子里来也闻不出什么气味！我实在要向你那位行医的朋友道歉。我要对他说，多亏了他才把这次实验搞得这么棒！"

就这样，在征服了贝特里奇和布罗夫先生以后，埃兹拉·吉宁士又把梅里杜太太也征服了。

在用早餐时，布罗夫先生推心置腹地和我交谈，说明他要我陪他乘早班车到伦敦去的理由。雷茜尔在一旁，听到什么眼线守在银行啊，等待什么人啊，将有什么举动啊，不由得极为好奇，马上就决定，要是梅里杜太太不反对的话，就陪我们回伦敦去，这样便能随时听到我们的消息了。

梅里杜太太见到那次爆炸一点儿都不可怕，而且认为我们办事对她很体贴，所以变得非常随和。于是，贝特里奇随即得到通知，说我们四个人将一起乘早班车回去。我满以为他会闹着要陪我们去的。可是雷茜尔巧于心计，她交给这个忠诚的老仆人一个饶有兴味的任务，叫他把公馆重新布置起来。这一堆挺有意思的事情够他忙活的了，他也就不会感到什么“侦探热”啦。

我们回伦敦的唯一憾事，就是必须这样猝然地跟埃兹拉·吉宁士分手。他忙于医务，不可能劝他陪我们同去。我许诺常给他写信，雷茜尔要他（在她回约克郡的时候）一定来看她，这就是我们仅能做到的事情了。当然，完全可以指望在几个月以后跟他重逢，可是眼看我们那位最贴心、最知己的好友，在火车出站时，形单影只地给撇在站台上，毕竟叫人心酸啊！

我们一到伦敦这个终点站，站台上就有一个穿着破旧的黑布衣裤的男孩儿招呼布罗夫先生。这孩子的长相有点儿古怪，一双金鱼眼骨碌碌地乱转。布罗夫先生听了孩子的一番话，便请两位女士原谅，我们不能陪她们回波特兰广场了。我刚答应雷茜尔，回来后把发生的事统统告诉她，就被布罗夫一把拽住胳膊，赶紧拖到一辆出租马车里去了。那个金鱼眼的小孩儿在车夫旁边坐下，指点他往伦巴德街驶去。

“银行那边有消息吗?”我在马车启动的时候问。

“有关于卢克先生的消息，”布罗夫先生说，“一个小时前，我的手下看见他由两个人陪同，乘马车离开了兰贝思的寓所。我的眼线认出这两个人是便衣警察。要是卢克先生防范是由于害怕印度人，其中的逻辑推理是非常明显的，他分明要上银行去取钻石。”

“那么我们上银行去是见机行事喽?”

“是的，如果他钻石已经到手，我们就要打听它的下落了。您看见我那个小听差了吗，就是坐在赶车的那人旁边的?”

“我注意他的眼睛了。”

布罗夫先生哈哈大笑。“我们事务所的人，都管这个可怜的小淘气叫‘醋栗’。”他说，“我雇用他是叫他跑腿，但愿我那些给他起绰号的雇员都像他一样绝对可靠。醋栗尽管眼睛长得丑，布莱克先生，他却是伦敦第一流的小机灵!”

我们在伦巴德街的那家银行的门前停住的时候，是四点四十分。醋栗打开马车的车门时，渴望地瞅着他的主人。

“你也想进来吗?”布罗夫先生慈祥地问他，“那就进来吧，紧紧跟着我，等我的命令。”布罗夫先生又对我耳语说：“他简直是个飞毛腿，而且特机灵，对别的孩子说二十遍都不顶用的事，对他三言两语就够了。”

我们走进了银行。外边的营业室里有长长的一溜柜台，里面坐着好多出纳。营业室里挤满了人，都在排队等候，赶在银行五点钟关门之前存款或取款。

布罗夫一露面，就有两个人从人群里钻到了他面前。

“喂，”律师问他们，“你们看见他了吗?”

“先生，半个钟头之前，他刚经过我们身边，走到里面的办公室里去了。”

“他还没有出来吗？”

“还没有，先生。”

布罗夫先生回过头来，对我说：“咱们等吧。”

我四下张望，在周围的人群中寻觅那三个印度人，却没有踪影。人群中只有一个人是黑皮肤，这个人高个子，穿一套水手服，戴一顶圆礼帽，看样子像个水手。会不会是某个印度人乔装改扮的？不可能！这个人比哪个印度人都高。他的脸在蓬松的黑胡须中露出来，显得至少比他们的脸宽一倍。

“他们一定派了密探，”布罗夫先生说，他也看了看那个黑皮肤的水手，“他也许就是密探。”

他还想说下去，他那个有醋栗般眼珠的机灵鬼随从，却有礼貌地轻轻拽了拽他的上衣后摆，打断了他的话。布罗夫先生顺着小孩儿的视线望了过去。“嘘，别做声！”他说，“卢克先生来了！”

那个放债的从银行里面走出来，后边跟着他雇用的两个便衣警察。

“留神看着他，”布罗夫先生悄声说，“要是他把钻石交给谁，准在这里转手。”

卢克先生对我俩没有注意，慢慢地走向大门，一会儿穿过拥挤的地方，一会儿又穿过人少的地方。我清楚地看见他走过一个穿一套体面的灰色衣服的矮胖子身边的时候，手动了一下。那个人吃了一惊，向他看了看。卢克先生继续慢吞吞地穿过人群往前走。到了门口，那两个保镖一左一右在他身边护卫着。布罗夫的一个眼线就尾随着这三个人。他们都在人群中消失了。

我回过头来望了望律师，又意味深长地朝那个穿灰衣服的人瞟了一眼。“对！”布罗夫先生悄声说，“我也看见啦！”于是他四下张望，找他的第二个眼线，那人早没影儿了。他又回过头去找他那机灵的小随从，想不到醋栗也不见了。

“见鬼，这是怎么回事？”布罗夫先生气冲冲地说，“在用得着他们的关口上，偏偏都跑了。”

现在轮到那个穿灰衣服的人办业务了。他向柜台上交了张支票，拿到一张存单，便转身出去了。

“怎么办？”布罗夫先生问我，“咱们总不能降低身份盯他的梢吧！”

“我能！”我说，“哪怕给我一万英镑，我的眼睛也绝不会放过他！”

“既然这样，”布罗夫先生应和我的话，“哪怕给我两万英镑，我的眼睛也不会放过您！”我们尾随那个陌生人走出银行的时候，他嘟哝道：“我这么个有身份的人，倒干起这种好差使！看在上帝的分上，可别说出去，让人知道了，我就毁啦！”

那个穿灰衣服的人上了一辆往西去的公共马车。我们也跟着上了车。布罗夫先生仍旧潜藏着青年人的精力。他在公共马车上坐下的时候，我赞扬了一句，他脸红了！

那个穿灰衣服的人在牛津街叫马车停住，下了车。我们又紧随不舍。谁知那个人却走进了一家药店。

布罗夫先生蓦地一愣神。“是个药剂师!”他惊呼道，“恐怕咱们弄错了吧。”

我们走进了药店。布罗夫先生跟店老板私下谈了一会儿，便垂头丧气地回到了我身边。

“咱们可实在光彩啊，”他挽住我的胳膊往外走，“真惬意呢!”

“什么光彩?”我问道。

“布莱克先生！咱们俩是破天荒的最蹩脚的外行侦探。那个穿灰衣服的在这家药店干了三十年了。他的东家派他到银行去付账。他跟月亮宝石没有一点儿瓜葛。”

我问他下一步该怎么办。

“回我的事务所吧，”布罗夫先生说，“醋栗，还有我的第二个眼线，显然也盯上了什么人，但愿他们别看错了人!”

我们到达格雷旅馆广场的时候，第二个眼线已经比我们先到了一步。他已经等了一刻多钟。

“好了!”布罗夫先生问他，“谈谈，你有什么消息?”

“实在抱歉，先生，”那个人回答说，“我搞错了。我可以发誓，我看见卢克先生递了个东西给一位穿浅色宽松外套的老先生。后来才弄明白，那老先生原来是东奇普区的一位很有身份的金属器具商人。”

“醋栗到哪里去了?”布罗夫先生无可奈何地问道。

那个人傻眼了。“不知道，先生。我离开银行以后就不见他的影子了。”

布罗夫先生把那个人打发走了。“有两个可能，”他对我说，“要么醋栗是跑去干私事了；要么他主动追踪什么人去了。咱们就在这儿吃饭，怎么样?这孩子可能一两个小时就回来了。我的酒窖里藏着一些上好的葡萄酒，咱们还可以从咖啡馆叫两份排骨。”

我们在布罗夫先生的事务所吃了饭。台布刚被撤掉，听差的就通报说“有个人”要跟律师说话。这个人是醋栗吗?不是，他只是个被雇来盯卢克先生梢的人。

这个人报告的内容平淡无奇。卢克先生回到家里就把保镖打发走了。他后来再没有出门。到了黄昏时分，百叶窗都被闭得严严的，门都被拴得牢牢的。屋前的街道、屋后的巷子都被仔细看过了，根本不见印度人的踪影。卢克先生的寓所附近也没有看见任何踯躅闲逛的人。那个人陈述了这些事实以后，请示下一步该做什么。布罗夫先生说今夜没事，把他打发走了。

“您以为卢克先生把月亮宝石带回家了吗?”

“不会。”布罗夫先生说，“要是他冒险把钻石再藏在自己屋里的话，他绝不会把两个警察打发走的。”

我们又等了那个小孩子半个小时，白等了。时间好晚了，布罗夫先生该回汉普斯泰德了，我也该回到波特兰广场的雷茜尔身边了。我留了一张名片给事务所的门房，上面写着我当天晚上十点半准在寓所里。我托门房等孩子回来就交给他。

有的人善于守约，有的人却惯于失约，我属于后一种人。何况，在波特兰广场的公馆里一间四十英尺长的房间里，梅里杜太太远远地待在那一头，我跟雷茜尔坐在这一头的同一张沙发上，难道我可能不待到十二点半，而会准时在十点半回到寓所吗？那个要求我守约的人一定是个不通人性的先生！我发誓永远不和这种人打交道。

听差开门让我进屋，交给我一张便条。

我看便条上整整齐齐地写着："请您原谅，先生，我很困。明天上午九点至十点之间我再来。"一打听，说是有个眼睛暴突的孩子来过了，交给听差我那张写了字的名片，等了一个小时，老是打瞌睡，醒来后写了这张便条，对听差说："要是晚上不好好睡一觉，就什么也干不成了。"然后便回家了。

翌晨九点，我已在等候客人了。九点半，我听见门外有脚步声。"进来，醋栗！"我喊了一声。"谢谢您。"一个严肃而忧郁的声音回答我。门被打开了。我惊得跳起来，站在我对面的是卡夫探长。

"我想进来看看，布莱克先生。您是不是在伦敦？要是不在，再写信到约克郡。"探长说。

他还是像过去一样忧郁，一样瘦弱。他的眼睛还是那样老奸巨猾——贝特里奇在他那篇报道里形容得很好——总好像要从您身上瞅出一些您自己都没有觉察到的东西。不过，卡夫探长的服装倒是改变得令人几乎认不出来了。他戴一顶白色的阔边礼帽，穿一件淡色的猎装及一条白色的裤子，脚蹬一双黄褐色高帮松紧鞋，手里拿着一根结实的栎木手杖。他好像一心想装扮成一辈子住在农村的乡巴佬。我恭维他完全换了个样，他都没想到这是在打趣。他一本正经地埋怨伦敦声音嘈杂，气味难闻。我说我有点儿拿不准，他是不是稍微带点儿土里土气的口音了。我叫他吃早饭。这个淳朴的乡下佬感到很诧异。他的早餐时间是六点半。他上床睡觉的时间和公鸡母鸡是一样的！

"我昨晚刚从爱尔兰回来。"探长用他惯常那种神出鬼没的方式一下子把话题转到他此行的真正目的上了，"我上床前，看了您的信，信上谈到去年我停止侦查钻石案以后发生的种种事情。对此我只能承认，我完全搞错了。但是话又说回来了，处在去年那种复杂情况下，我不知道有哪个人能看透真相！不过自我表白并不能改变事实。我承认我把事情搞得一团糟。布莱克先生，我做侦探以来，把事情搞糟，这也不是第一回了！把侦探说得神乎其神，一个错误也不犯，那只是书本上乱吹的。"

"您来恢复名誉，正是时候。"我说。

"请您原谅，布莱克先生，"探长驳回了我的话，"现在我已经不干这一行了。我才不在乎什么名誉呢，我已经把名誉抛到了一边，感谢上帝！我是为了感谢维林达夫人在世时对我的慷慨大度，才上这儿来的。如果承蒙不弃，信任我，需要我，我就继续干下去。我只是考虑这个，别的都不在话下。请注意，我不要您一分钱的酬劳，以人格担保。布莱克先生，现在请告诉我，从您上次写信给我以来，这件案子有什么新的进展？"

我告诉了他鸦片的实验，以及其后在伦巴德街那家银行发生的事情。他听到实验的事，感到十分震惊——他从来没有经历过这种事情。他对于埃兹拉·吉宁士先生有关我在生日那天晚上离开雷茜尔的起居室以后如何处置钻石的理论，特别感兴趣。

“我不赞成吉宁士先生认为您把月亮宝石藏起来了的那种看法，”卡夫探长说，“但是我完全同意他说您把它拿回自己的房间了。”

“难道您一点儿也不疑心出了什么事?”

“一点儿也不。”

“布罗夫先生有什么疑心吗?”

“和我一样，没有。”

卡夫探长站起来，走到我的书桌跟前。过了一会儿，他又回来了，手里拿着一个密封的信封，上面写着“密件”。这封信是给我的。信封的角落上有探长的签名。

“去年我怀疑错了人，”他说，“现在我也可能怀疑错了。等到真相大白以后您再把信拆开，布莱克先生。然后把那个罪犯的名字，跟我写在这密封信里的姓名核对一下。”

我把信放进口袋，然后请探长谈谈，他对我们在银行里的做法有什么看法。

“考虑得很周到，先生，”他回答说，“做得也很对。不过除了卢克先生以外，还有一个人应该监视。”

“就是您刚才给我的信里提到的那个人吗?”

“是的，布莱克先生，就是信里提到的那个人。箭在弦上，不得不发了。时间一到，我就要向您和布罗夫先生建议了。咱们先等一等，看看这孩子会不会告诉咱们一些有价值的消息。”

快十点了，这孩子还没有露面。卡夫探长谈了些其他的事情。他问起了老朋友贝特里奇，以及老对头——那个园丁。再过一会儿他肯定会从这个话题扯到他心爱的玫瑰花上，幸亏听差来打断了我们的话，说孩子在楼下等我。

听差把醋栗带了进来，他在门口停住了，以不信任的目光瞅了瞅这个陪伴我的陌生人。我叫孩子过来。

“你尽管在这位先生面前讲话，”我说，“他是到这儿来帮我的忙的。这儿发生的事他都知道。”我又补充了一句：“卡夫探长，这就是布罗夫先生事务所派来的那个孩子。”

在我们现代文明的制度下，无论哪一种名望都是推动事物前进的杠杆。卡夫神探名闻遐迩，甚至也灌到了小醋栗的耳朵里。当我提起这个显赫的名字时，他那双暴突的眼珠子骨碌碌地转起来，我真担心会掉到地毯上。

“小孩子，到这儿来，”探长说，“让我们听听你带来了什么消息。”

孩子看到这位大人物——伦敦每家律师事务所都传诵的许多惊险故事的主角——居然对他这么注意，不由得被迷住了。他站在卡夫探长的面前，两手别在背后，就像一个新入教的人接受教义问答考试似的。

“你叫什么名字?”卡夫探长开始问他教义问答里的第一个问题。

“奥塔维乌斯·盖伊。”孩子回答说，“事务所的人因为我的眼睛像醋栗，所以叫我醋栗。”

“奥塔维乌斯·盖伊，还是叫你醋栗吧，”探长极为严肃地说了下去，“昨天你在银行失踪了，你干什么去了?”

“对不起，先生，我是跟踪一个人去了。”

“是一个什么人?”

“先生，是一个高个儿，留着黑胡子，打扮得像个水手。”

“我记得那个人，”我插进来说，“我跟布罗夫先生都以为他是印度人雇用的暗探。”

卡夫探长看样子对我和布罗夫是怎么个想法毫不在意。他继续盘问醋栗。

“哦，是吗?”他说，“你为什么要跟踪这个水手呢?”

“回您的话，先生，布罗夫先生想知道卢克先生走出银行时是不是把一样东西递给什么人了。我瞧见卢克先生把一样东西递给了那个黑胡子水手。”

“当时你为什么不把看到的事情告诉布罗夫先生呢?”

“我来不及了，先生。那个水手急匆匆地走出去了。”

“于是你便跑出去追他了，嗯?”

“是的，先生。”

“醋栗，”探长拍拍他的小脑袋说，“你那个小脑袋瓜里很有些东西哪，不是塞的棉花。我听到这儿，感到非常喜欢你。”

孩子高兴得涨红了脸。卡夫探长继续往下说。

“嗯，你跑到街上的时候，那个水手又怎样啦?”

“他雇了辆马车，先生。”

“你怎么着了?”

“紧紧咬住他，跟着马车跑。”

探长还没来得及提第二个问题，听差就通报第二个客人来了。来人是布罗夫先生事务所的领班雇员。

因为探长讯问醋栗的一些话至关重要，我便在另一个房间里接见了这个雇员。他带来了有关他雇主的坏消息。布罗夫先生这两天过于激动，终于支持不住了。他早晨醒来，痛风病犯了，只好待在汉普斯泰德的寓所里不能出来。钻石案到了紧要关头，他却撇下我单独应付这艰难的局面，不能为我出谋划策，助一臂之力了。为此，他心里很不安，特派这个得力的人来供我调遣。这个雇员表示愿意竭力为我效劳。

我立即拟函安慰这位老先生，告诉他卡夫探长来了，此刻正在盘问醋栗，并且答应他，当天如有什么动静，当立即函告或面谈。我打发这个雇员将我的信带往汉普斯泰德之后，便回到了原处。只见卡夫探长在壁炉那里，正在按铃。

“请您原谅，布莱克先生，”探长说，“我正打算派您的听差通知您，我有话对您说呢。我已经毫不怀疑，这个孩子，这个值得称赞的孩子，”说到这儿，探长拍了拍醋栗的头，“没有盯错人。先生，由于您昨晚十点半钟没有在寓所，您已经痛失良机，让宝贵的时间虚掷了！现在唯一的补救办法，是雇一辆马车，立即出发。”

五分钟以后，卡夫探长和我坐上了马车。醋栗坐到马车夫的座位旁，指引方向。马车立即向东，往伦敦市区驰去。

“有朝一日，”探长透过马车前部的玻璃窗往外指，“这个孩子将会在侦探界干一番大事业。他是我多少年来所遇到的最聪明伶俐的小家伙。布莱克先生，您听听您出去的那一会儿他对我讲的那些事情吧。我想您出去之前，他刚好谈到他咬住不放，跟着马车飞跑，紧追不舍吧？”

“是的。”

“好，那辆马车从伦巴德街一直驶到伦敦塔码头。那个黑胡子水手下了车，跟开往鹿特丹的一艘轮船上的茶房搭话。这艘轮船明天早晨便要开船了。他问茶房能不能让他立刻上船，在他定的铺位上过夜。茶房说不行。船上所有的舱室、铺位以及被褥都要在当天晚上彻底打扫。旅客要到第二天早晨才能上船。于是，水手便转身离开了码头。等到水手重新走到大街上，孩子第一次瞧见有个人，穿戴好像一个体面的技工，在马路对面踅来踅去，分明是在监视着那个水手。水手在附近的一家饭馆停住脚步，走了进去。孩子一时拿不定主意，便混在其他孩子当中，假装观看饭馆橱窗里好吃的东西。他注意到那个技工像他自己一样仍在等候，不过仍在对面等候。过了一会儿，一辆出租马车缓慢地过来，停到了技工站立的地方。孩子只能看清楚马车上有个人倚在窗口，分明在跟技工讲话。布莱克先生，我并没提示什么，这孩子主动地描述，说这个人脸庞黑黝黝的，像是印度人。”

这时我才明白，我和布罗夫先生又搞错了。黑胡子水手显然不是印度人雇用的密探。那么，他会不会是从卢克先生手里拿到钻石的人呢？

“过了一会儿，”探长说了下去，“那辆马车顺着街缓慢地过去了。那个技工穿过大街，走进了饭馆。孩子在外面等候，又乏又饿，便也走进了饭馆。凑巧，他的口袋里有一个先令，便叫了一份黑香肠、一个鳗鱼包子、一瓶姜啤酒，美美地吃了一顿。有哪样东西是小伙子消化不了的？这种东西还没有被发现呢。”

“他在饭馆里发现了什么？”我问道。

“哦，布莱克先生，他看见水手在一张桌子上看报纸，技工在另一张桌子上看报纸。天黑了，水手才站起来离开饭馆。他走到街上时，疑神疑鬼地东张西望着。孩子，因为是孩子，所以经过他身边，没有受到注意。那个技工还没有出来。水手继续东张西望地往前走，显然还没有打定主意往哪儿去。技工又在街对过出现了。水手一直走到通往下泰晤士街的海岸巷，在一家挂着‘幸运轮’招牌的客栈前停住了脚步。他先从外边把这家客栈打量了一番，才走了进去。醋栗也走了进去。酒吧间有许多人，大多数是正派人。‘幸运轮’是一家很体面的客栈，布莱克先生，以黑啤酒和猪肉包子闻名。”

探长老是离开正题，使我很烦。他看出了这一点，便约束住自己，专讲醋栗的证词。

“那水手，”他说了下去，“问有没有床铺。老板说：‘没有，房间都客满了。’酒吧间的女招待纠正他的话，说：‘十号还空着。’于是老板派人喊茶房，领水手到十号房间。就在这之前，醋栗眼快，瞅见技工也混在了酒吧间的人群当中。茶房还没有来，技工已经没影儿了。茶房把水手领到了十号。醋栗不知道下一步该怎么办，反正他机灵，就等着瞧有什么动静。果然出事了。老板被喊了去。楼上传来怒气冲冲的吆喝声。技工又突然出现了，被老板揪住领子，就像个醉鬼，使醋栗诧异极了。老板把他推到街上警告他，要是再来，就喊警察。从吵架的话里可以听出，原来店里的人发现这家伙待在十号，发酒疯，硬说他把这屋子定下了。醋栗看到这个人刚才还神志清醒，突然酩酊大醉了，感到非常诧异，不由得跟他跑到了街上。在客栈里的人看得见的地方，这个人还是东倒西歪的，一副醉鬼模样。刚拐过街角，他就立刻恢复常态，非常清醒了。醋栗回到客栈，感到困惑不解。他又等了一会儿，想看看有什么动静。什么事情也没有，再也听不见水手的动静了。醋栗决定回事务所去。他刚打这个主意，只见又有人在对面出现了，不是那个技工又是谁？技工正抬头看客栈顶层的一扇窗子。整个客栈就这扇窗子透出了灯光。他看见灯光，放心了，旋即离开了那地方。孩子立刻回到格雷旅馆广场，拿到了您的名片和留言，却找不到您。布莱克先生，这就是案情进展的情况。”

“探长，您对客栈的事有什么看法呢？”

“我想事情挺严重，先生。从孩子看到的情况来分析，首先，印度人是插手这件事了。”

“是的。水手显然是卢克先生交给钻石的那个人。很奇怪，怎么布罗夫先生和他雇用的眼线，加上我一共三个人，居然都看错了人？”

“不是你们看漏了眼，布莱克先生。考虑到这个人所冒的危险，卢克先生很可能事先盘算好了，故布疑阵，把你们引进了死胡同。”

“您明白客栈那些事情的内幕吗？那个衣着像技工的人一定是受了印度人的指使。可是他为什么突然装作发起酒疯来了呢？这一点我和醋栗一样感到迷惑。”

“我想我能猜出其中的用意。”探长说，“您只要思考一下，就会看出这个人一定是受印度人的密令指示的。印度人太引人注目，所以绝对不敢冒险在银行或是客栈露面。他们只好一切都托代理人来办。好啦，他们的代理人听到了水手准备过夜的房间号码。不用说，除非我们的设想完全错了，这也就是钻石过夜的房间。既然如此，完全可以断定，印度人准会要求他弄清楚这房间的详情，比如它在客栈中的位置，从外面怎样进去，等等。这个人接到命令后，该怎么办呢？只能像实际上那样办！他趁水手还没有住进去，赶忙跑到楼上的房间里看个究竟。人家撞见他在房里观察，要想逃脱这个难关，最容易的办法莫过于发酒疯了。我是这样解这个谜的。他被撵出客栈以后，大概到雇主那儿汇报去了。雇主无疑又打发他回去查明水手是否真的在那儿过夜。至于孩子离开‘幸运轮’客栈以后发生的事情，咱们本来应该在昨天晚上去侦查的。现在已经是上午十一点了。我们也不能悲观，必须作最好的打算，尽力而为吧。”

又过了一刻钟，我们的出租马车在海岸巷里停了下来。醋栗为我们打开了车门，让我们出来。

“行吗?”探长问他。

“行!”孩子回答。

我们一走进“幸运轮”客栈，连我这个外行都马上看出来，出事了。在卖酒的柜台后面只有一个手足无措、根本不熟悉业务的姑娘。一两个顾客在等他们上午的饮料，不耐烦地用硬币轻叩着柜台。酒吧间的女招待从休息厅里边走了过来，显得激动而又心事重重。卡夫探长问她老板在哪儿，她有点儿不高兴地回答，主人在楼上，不准任何人去打扰他。

“跟我来吧，先生。”卡夫探长说着，冷静地领我上楼，又招手叫孩子也跟他上去。

酒吧间的女招待喊开了，警告她的主人，有三个陌生人闯到客栈里来了。我们在二楼碰到了匆忙从楼上赶下来的店老板。他气急败坏，怒气冲冲地问是怎么回事。

“你们是什么人?你们来这儿想干什么?”他问道。

“别发脾气，”探长安静地说，“我首先自我介绍一下，我是卡夫探长。”

这个如雷贯耳的名字顿时起了作用。本来大发脾气的店老板把起居室的门开得大大的，一个劲儿地道歉。

“我很烦恼，不知道怎么才好，先生，这是实话。”他说，“今天早晨客栈里出了乱子。干我们这一行的，动肝火的事情可多的是，卡夫探长。”

“这是毫无疑问的，”卡夫探长说，“要是您允许的话，我就开门见山地谈我的来意吧。这位先生和我来这里，劳驾您回答一些对我们至关重要的问题。”

“关于什么，先生?”店老板问。

“关于一个水手打扮、皮肤黝黑的人，他是昨晚在这儿投宿的。”

“老天爷!就是为了这个人，整个客栈被闹得天翻地覆!”店老板喊了起来，“您，还有这位先生，知道他的底细吗?”

“见了他，才心里有数。”探长回答说。

“见了他?”店老板应了一声，“从早晨七点到现在，谁也见不到他。昨天晚上那个人留了话，叫我们七点钟叫醒他。我们叫过了，根本没有回答。我们想进去看看是怎么回事，门无论如何也打不开。八点钟试了一回，九点钟又试了一回，没用!门还是被紧紧地锁着，屋子里一点儿声音也听不见!今天早晨我出去了一趟，一刻钟前刚刚回来。我亲自过去一阵猛敲，门闭得严严的，纹丝不动。跑堂的去叫木匠了。先生，请你们稍候一会儿，我们就会把门打开，看看究竟是怎么回事。”

“那个人昨晚喝醉了吗?”卡夫探长问。

“神智很清醒，先生，要不然我是不会让他住宿的。”

“他预付住宿费了吗?”

“没有。”

“要是他不经过门口，有没有别的办法出去?”

“这房间是在顶层，”店老板说，“天花板上有个活板天窗，可以通到屋顶上。顺着街往前不多一段路，有一幢正在维修的空屋。探长先生，您认为这个坏蛋会不会不付房租，用这个办法溜走呢?”

“大清早，大街上还没有什么人，”卡夫探长说，“一个水手是会干出这种事的。他惯于爬上爬下，在屋顶上行走，也不会头晕目眩。”

说话之间，有人通报说木匠来了。大家立即上楼到了顶层。我注意到，探长的神情比平时还要严肃。我还有一件事感到奇怪，他本来是鼓励那个孩子跟着我们的，这时却关照他在楼下的房间里等候。

要不了几分钟，木匠就用榔头和凿子把门撬开了。可是里面有几件家具顶住了门扇，还是进不去。我们一阵猛推，终于把障碍物推开，钻了进去。店老板第一个进去，探长第二，我第三。其他在场的人都跟随我们涌了进去。

我们大家往床上一看，都大惊失色。

那个人没有走。他和衣躺在床上，一个白枕头盖在脸上，把脸全遮住了。

“这是怎么回事?”店老板指了指枕头问。

卡夫探长没有搭理他，径自走到床前，挪开了枕头。

那个人黑黝黝的脸凝滞不动，黑发和黑胡子稍有点儿乱，眼睛睁得大大的，茫然无神地望着天花板。那种朦胧的眼神和呆滞的表情把我吓坏了，我连忙走到了打开的窗前。其他人都和卡夫探长一起留在床前。

“他发病了!”我听店老板说。

“他死了。”卡夫探长回答说，“在近处请个大夫，再去喊警察来。”

茶房被差遣去干这两件事了。卡夫探长着了魔似的站在床边，其余的人也异常好奇地等待着，看探长下一步干什么。

我又转向了窗口。过了一会儿，我觉得有人轻轻地拉我上衣的后摆。一个细小的嗓音悄悄地说：“瞧这儿，先生!”

醋栗跟随大伙儿走进了房间。他那双眼睛骨碌碌地乱转一气，不是由于害怕，而是由于得意。他单枪匹马地揭露了一个秘密。“瞧这儿，先生。”他重说了一遍，领我到屋角的一张桌子跟前。

桌上放着一个打开的小木盒，里面空无一物。木盒的一侧有一些垫珍宝用的棉花；另一侧放着一张撕开的白纸，上面盖了个印，这张纸虽然有一部分被撕坏了，但上面写的字还清晰可辨。内容如下：

> 今有居住兰贝思米德尔塞克斯广场之塞普蒂默斯·卢克先生委托布什·莱绍特·布什银行保管函封的小木盒一个，内藏巨价瑰宝一件。此盒仅限卢克先生亲自凭证提取。

看了这几行字，我心里的疑团涣然冰释了。至少有一个问题迎刃而解了：前一天，水手离开银行时，月亮宝石就藏在他身上。

我又感到有人拽我的上衣后摆。醋栗还有话对我说。

“抢劫!”醋栗兴高采烈地指着那个空盒子说。

“叫你待在楼下的，”我说，“走开!”

“还有谋杀!”醋栗更加津津有味地指了指床上那个人，补充了一句。

这孩子对这恐怖场面如此欣赏，简直是幸灾乐祸。我抓住他的两个肩膀，把他推出了房间。

我刚跨过门槛，就听见了卡夫探长的声音，问我在哪儿。我进房间时，他跟我打了个照面，便逼着我和他一起回到床边。

“布莱克先生!”他说，“瞧瞧这个人的脸，是经过化装的，这便是证明!”

说着，他用手指在死人的额头上往后一划，黝黑的皮肤和略微蓬乱的头发之间便出现了一道白里带青的细痕。“咱们看看下面是什么。”探长说着，突然牢牢地揪住了死人的黑发。

我神经脆弱，可受不了这个，连忙转身从床边走开。

我一眼就看见，在房间的另一头，那个约束不住的醋栗站在一把椅子上，正大气不出，越过那些成年人的头顶，全神贯注地瞅着探长的一举一动。

“他正在揪那个人的假发!”醋栗见我是房间里唯一看不见这精彩场面的人，便同情地对我悄声说。

停了一会儿，围在床边的人群中发出一阵惊讶的叫声。

“他揪掉那个人的胡子了!”醋栗喊道。

又停了一会儿，卡夫探长向人要什么东西。店老板跑到洗脸架跟前，端了一盆水，搭了一条毛巾，回到床边。

醋栗高兴得在椅子上手舞足蹈。“到这儿来，跟我一起看，先生！他正在洗掉他皮肤上的黑颜色呢!”

探长突然从他周围的人群里钻出来，一脸惊恐地径直走到我站的地方。

“回到床边来，先生!”他开口说。他又仔细看了看我，按捺下自己的激动心情。“不!”他往下说，“先把密封信拆开，就是我今天早晨给您的那封信。”

我拆开了那封信。

“读一读他的名字，布莱克先生，我写在信里边的名字。”

我读出了他写的那个名字——高孚利·艾柏怀特。

“现在，”探长说，“跟我来，看看床上那个人。”

我跟他走过去，看了床上那个人。

高孚利·艾柏怀特!

第六个故事

——卡夫探长撰稿

（一）

萨里郡，道金镇，一八四九年六月三十日。

富兰克林·布莱克阁下：

原来我答应为您撰稿，却拖延到了现在，深表遗憾。我本来想等一段时间，好把这篇稿子写得全面些，岂料在各个方面总有些俗务羁绊，只得耐心应付，可能写得不够理想了。

不过我希望还是达到了原定的目标。您看了这几页便知道，上次我荣幸地和您见面时，您所关注的有关已故的高乎利·艾柏怀特先生的种种问题，虽然不是全部，但至少是大部分已得到解答了。

我打算先告诉您令表兄去世的经过。我所作的推理、下的结论都是根据事实得来的。

其次，我试图把您和他一起在已故维林达夫人的乡间别墅做客期间及其前后，他的种种作为，就我所发现的范围作一报道。

（二）

我先谈谈令表兄去世的真相。

我觉得无可置疑，他是在熟睡时或刚醒时，被人用床上的枕头闷死的。谋杀者就是那三个印度人。谋杀的目的是夺取那块被称为月亮宝石的钻石，此目的已经达到。

我这结论，一半是根据对那个客栈的顶层房间的检查，一半是来自验尸报告里的铁证。

我们把门强行打开以后，发现这位先生死在床上，脸上盖着一个枕头。验尸的医生听到这情况，便说死后征象完全同窒息谋杀相符，也就是说，有一个或几个人将枕头压住死者的口、鼻，使他窒息，肺部充血而死。

再谈谈犯罪的动机。

在房间的一张桌子上发现了一个木盒子，附了一张从上面扯下来的盖了印的字条。盒子是打开的，里面空无一物。卢克先生亲自确认了这个木盒，以及纸条上的印鉴和笔迹。他声称，这个盒子确实盛过那块被称为月亮宝石的钻石。他承认于六月二十六日下午把这个用纸条封好的盒子交给了乔装打扮的高乎利·艾柏怀特先生。从上述种种事实，可以合情合理地推论，谋杀的动机就是夺取月亮宝石。

然后，谈谈犯罪的手段。

检查那个房间时，发现它仅有七英尺高，那扇直通屋顶的天窗敞开着。那架本来放在床下、用来到达天窗的短梯，搁在天窗口，房间里的人能轻易地爬上屋顶逃逸。而在天窗的活板上，发现罪犯用一种非常锋利的利器在活板下方插销的旁边凿了一个小方洞，这样罪犯从外面便能从方洞伸手进去拨开插销，打开活板，跳进房间（如果由助手扶持着下来，便能做到毫无声音）。刚才已交代过这间阁楼仅有七英尺高，跳进来是极为方便的。至于一个或几个罪犯是怎样到达客栈的屋顶的，且看以下的说明：从客栈顺着街往下数的第三幢房屋正在修复，没有住人。维修工人有一架梯子搁在人行道上，这梯子很长，顺着它一直可以爬上屋顶。二十六日收工时，工人们在长梯上绑了一块木板，防止别人使用。二十七日早晨上工的时候，只见这块木板被卸了下来，放到了地上。这说明，有人用过梯子了。那么，顺着梯子爬上去，踩过三座房屋的屋顶，作案后又踩着屋顶回来，再顺着梯子爬下来，难道不会被人发现吗？那就听听值夜巡警的证词吧。他巡夜时，一小时只经过海岸巷两次。而当地居民也说，海岸巷在午夜以后可以说是伦敦最冷清的街巷了，空空荡荡，阒无人迹。所以在这方面也完全可以推论，只要稍加小心，镇定一些，任何人都能顺着梯子上下屋顶，而不会被发现。一旦到了客栈的屋顶上，经过实验，证实任何人只要伏在活板上，便能轻易地从天窗下去，而不至于被发现，因为屋顶前方的护墙挡住了行人的视线。

最后谈谈作案的那个人，或那些人。

（1）大家知道，三个印度人一心想得到那块钻石。（2）那个模样像印度人的人，即醋栗瞧见他在马车窗口跟技工般打扮的人谈话的那个人，非常可能就是三个印度人中的一个。（3）那个技工装束的人，有人看见他在二十六日晚上一直严密监视着高乎利·艾柏怀特。而且在后者没有被领进投宿的房间之前便闯进去发酒疯，很可能是为了观察这个房间。（4）在高乎利投宿的房间里捡到一段金线。对织物素有研究的专家认为，这是印度产品，英国从没有过这种金线。（5）在二十七日早晨，有人看见三个长相很像那三个印度人的家伙顺着下泰晤士大街走，便盯他们的梢，一直盯到塔桥码头，看见他们搭乘一艘开往鹿特丹的轮船离开了伦敦。

因此，即便谈不上有法律上的证据，从道理上讲也完全可以证明那三个印度人是谋杀犯。

那个技工装束的人很难说究竟是不是同谋犯。要说他单独下手，那是绝对不可能的。艾柏怀特先生个头比他高大，身体比他强壮。他一个人怎么能使艾柏怀特窒息致死，而不经过一番搏斗，不发出一点儿声音呢？一个睡在隔壁的女佣没有听到任何声音。睡在高乎利卧处下面房间的店老板也没听到任何声音。根据种种迹象可以推论，作案者肯定不止一个。我再重复一遍，从道理上讲，完全可以断定那三个印度人是谋杀犯。

这里只要再补充一句，验尸结果证实，这是一件由一个或数个不知名的人干的“蓄意谋杀案”。艾柏怀特家悬赏缉拿，不遗余力，想尽一切办法要捉住凶犯。那个技工打扮的人迄无下落。三个印度人已查明是往鹿特丹去了，但要最终捕获他们，希望是很渺茫的。在这篇报告末尾，我还要提到这方面的事。

有关高乎利·艾柏怀特先生去世的真相，该写的都写了。我现在要调转笔头，叙述一下您和他在已故维林达夫人公馆里共同做客期间及其前后，有关他的种种事情。

（三）

在开始叙谈这个题目之前，我先要声明，高乎利·艾柏怀特先生的生活是具有两面性的。

在社会公开场合出现的，是个正人君子，是个有相当名望的慈善会演说家，是个富于管理才能的人。他把他的才能全部贡献给各种慈善团体，多半是妇女团体。背着大家的一面，这位先生却是个迥然不同的人。他贪图享乐，在郊区有座别墅，可不是以他自己的名义购置的。别墅里有个情妇，也不是以他自己的名义姘居的。

我在别墅里作了一番调查，看到了不少精美的图画和雕像，还有以审美的眼光精选的、做工极为考究的家具。别墅里有一个花圃，种了许多在整个伦敦都罕见的名贵的鲜花。我也调查过那位太太，结果发现她有不少跟那奇花异草同样罕见的珠宝。她拥有的良种骏马和结构精巧的马车，颇得鉴赏家的好评，在海德公园区一带轰动一时。

以上所讲的并不奇怪。别墅、情妇在伦敦的生活圈子里乃是司空见惯的。如果光介绍这些，就得向您道歉了。可是这一切精美的东西均非赊购，无一不是付了现款的。调查表明，图画、雕像、鲜花、珠宝、马车、骏马，所有这些都付了现款，没有挂一个子儿的账。至于那座别墅，房款全都付清，过户给那位太太了。

多亏高乎利·艾柏怀特先生的死，促使我作了这番调查，才破解了这个谜，没有白费心血。

调查结果帮助我弄清了以下这些事实。

高乎利·艾柏怀特先生受人委托，保管一笔两万英镑的款项。他是一位少爷的两个托管人之一。这位少爷在一八四八年尚未成年。到一八五〇年二月，这位少爷成年那天，托管期满，那笔两万英镑的款子就要归还他本人了。在这天之前，他那两个托管人每年都必须给他六百英镑，作为日常开支，分两次付，一次在圣诞节，一次在施洗约翰节。这笔款子照例由执行托管人高乎利·艾柏怀特按期付给。可是到一八四七年年底，这两万英镑已经被他分批盗用一空了。银行的支款凭单按规矩应当由两个托管人签字。可是第二个托管人，一位住在乡间的退役军官，并不知晓实情。每次支款，他的姓名都由执行托管人艾柏怀特先生冒签。这些事实说明了，艾柏怀特先生所以能堂而皇之地付清别墅的房款，供养那个情妇过奢侈的生活，以及其他一些开销（您很快就会看到）的来源。

现在咱们要谈维林达小姐生日那天，即一八四八年六月二十一日的事了。

在前一天，高孚利·艾柏怀特先生到达他父亲的公馆，向他父亲借了三百英镑。注意这个数字，再回忆一下六月二十四日他要付给那位少爷下半年的款项。更重要的，您要记住这位少爷的全部财产到一八四七年年底，已经被这个托管人盗用一空了！

艾柏怀特老先生一个子儿也不肯借给儿子。

第二天，高孚利·艾柏怀特先生和您一起乘马车到了维林达夫人的公馆。几个小时以后他向维林达小姐求婚，如果小姐应允，他的一切开支，不论是现在的还是将来的，都不用发愁了。可是实际情况又怎样呢？事与愿违，小姐拒绝了。

在生日当天晚上，高孚利·艾柏怀特先生已经捉襟见肘，山穷水尽了。要是在那个月的二十四日，他筹不出三百英镑，到一八五〇年二月，又凑不齐两万英镑的话，他就要身败名裂了。

在这种情况下，接下来出了什么事呢？

您跟坎迪大夫在医学问题上争论起来，使他难堪，把他惹火了。于是，他就对您搞了个服鸦片酊的恶作剧。他把鸦片酊装在一个小药瓶里，托高孚利先生施用。高孚利承认他参与其事了。其中的详情，我马上便跟您说。高孚利因为在当天下午受到了您的刻薄讥讽，所以也乐意对您报复一下。他跟贝特里奇一起劝您喝一点儿兑水的白兰地再上床睡觉。他悄悄地把这一服鸦片酊掺到了酒里。您喝了下去。

咱们不妨调转笔头，把场景换到卢克先生在兰贝思的公寓吧。我先谈一谈布罗夫先生和我如何略施巧计，逼得这个放高利贷的只好和盘托出他跟高孚利先生谈话的内容的。我们把他的话略加整理，摘录如下。

（四）

六月二十三日，星期五晚上，高孚利·艾柏怀特先生出其不意地拜访了卢克先生。高孚利先生拿出月亮宝石，卢克先生吃了一惊。他虽然见识过很多珍宝，可据他所知全欧洲还没有任何私人拥有这样贵重的钻石。

高孚利·艾柏怀特谦卑地提出了两个关于这无价瑰宝的建议。第一，能否请卢克先生买下这颗宝石？第二，如果不能买下，能否委托卢克先生代售，再根据估计的收益，酌情预付订金。

卢克先生试验了宝石的成色，秤了宝石的重量，并且估计了宝石的价值，然后才作出了答复。他说宝石有些瑕疵，所以估计只能值三万英镑。

估计了宝石的价值以后，卢克先生提出了一个问题。“您怎么弄到的？”

只有六个字，但含义多么深刻！

高孚利·艾柏怀特编了一套话。卢克先生这回只说了三个字：“那不行！”

高孚利·艾柏怀特又编了一套话。卢克先生再也不跟他啰唆了，站起来按了一下铃，叫听差的送客。

高孚利·艾柏怀特先生迫不得已，只好搜索枯肠，斟酌用词，把事实经过讲了出来。

他将鸦片酊偷偷地掺进您的兑水白兰地里以后，和您道了晚安，便走进您隔壁，他自己的房间里去了。这两间房通过一扇门相通。高孚利走进自己的房间，以为关上那扇门了。他的经济困厄使他不能成寐。他穿着晨衣和拖鞋坐了将近一个小时，苦苦思索怎样摆脱困境。正准备上床的时候，忽然听到您在您房间里自言自语。于是他便走到通连门的门口，才发现自己想错了，门并没有关上。

他朝您房里望了一下，看是怎么回事。只见您手拿蜡烛走出卧室，听见您用一种异乎寻常的声音在自言自语：“我怎么知道呢？那三个印度人也许躲在屋里哪。”

直到此时为止，他一直以为自己给您服鸦片酊，只不过是帮助坎迪大夫拿您开了个无伤大雅的玩笑。现在他才想起来，鸦片酊对您起了刺激作用。这一点原是他跟坎迪大夫始料未及的。他害怕会出什么意外，便悄悄地跟着您，看您要干什么。

他尾随您走到维林达小姐的起居室，看见您走了进去。您没有关上门。他先从门缝里窥视，看看自己是不是也可以冒险走进去。

他从这个位置，不仅看见您从抽屉里拿走了钻石，而且看见维林达小姐在自己的卧室，透过她那扇敞着的门，在默默地看着您。他一看就明白，她也看见您拿钻石了。

您离开起居室之前，踌躇了一下。高孚利先生就瞅准这个空，趁您还没走出来，一溜烟地回到自己房里，免得被您发现。他刚回来，您也紧跟着回来了。在他穿过那扇通连门的时候，（他以为）您看见他了。反正您睡意蒙眬，怪里怪气地叫他了。

于是他回到了您面前。您睡眼惺忪，懵懵懂懂地望着他。您把钻石交到了他手里。您对他说：“拿回去，高孚利，存到你父亲的银行里。在那里安全，在这里不安全。”于是您便转过身，踉踉跄跄地走了。接着，您披上晨衣，坐到自己房间里的那把大扶手椅上。您说：“我可不能把它拿回银行，我的头像铅一样沉，脚在发飘。”说罢，您的头便垂到了椅背上。您深深地叹了口气，便呼呼地进入梦乡了。

高孚利·艾柏怀特先生拿着钻石回到自己房间里，对卢克先生说，当时他并没有一定的主意，只是想等到第二天早晨看看情况再说。

到了第二天早晨，他根据您的言行看出您根本不知道前一天夜里说了什么话，干了什么事。而维林达小姐的言谈举止又显示出，她为了可怜您，什么话也不会说。要是高孚利想把钻石留在身边，一点儿风险也不用担。月亮宝石可以挽救他不致身败名裂，于是他就把那月亮宝石揣到口袋里了。

（五）

以上是令表兄迫不得已对卢克先生讲的话。

卢克先生认为他的这番话的主要情节都是真实的。理由很简单，高孚利先生头脑简单，编不出这个故事。我和布罗夫先生同意卢克先生的看法，认为这番话是真实可信的。

第二个问题是卢克先生怎样处理月亮宝石的问题。他认为收下月亮宝石，哪怕在他这暧昧的行业中也是一笔很悬乎、很危险的交易。所以他提出了很苛刻的条件，不答应他的条件他就不干。

卢克先生答应借给高孚利·艾柏怀特先生两千英镑，条件是必须拿月亮宝石做抵押。一年期满，如果高孚利先生还他三千英镑，就可以赎回宝石；如果到期还不出钱，月亮宝石就归卢克先生所有了。只不过另外送给高孚利一些期票（也是这个放高利贷的人在别的交易里吞没的抵押品），作为聊胜于无的补偿。

不消说，高孚利先生很生气，拒绝接受如此苛刻的条件。卢克先生当即还给他钻石，向他道了声晚安。

令表兄走到门口，又折回来了。能不能保证他跟这位“朋友”今晚的一席话，不被传出去呢?

卢克先生说保证不了。要是高孚利先生接受他的条件，那么他们就成为同谋了，自家人好说话，保证不会外传。不过卢克先生是根据自己的利益行事的。如果高孚利不肯做成这笔交易，那就是不够交情。如果受到难对付的盘问，怎么能指望他包庇一个不仗义的人呢?

高孚利·艾柏怀特先生听了他的答复，就像所有的动物（不管是人，还是畜生）发现自己上了圈套一样，垂头丧气，一筹莫展。他沮丧地四下环顾。这个放高利贷的人的壁炉架上有一个活页台历，翻开的一页上印的日期赫然映入了他的眼帘，引起了他的警觉。六月二十三日！在二十四日，他这个托管人就要付给那位少爷三百英镑了！除了卢克先生提供的办法以外，再没有弄钱的门道了。如果没有这道难关，他早就把钻石拿到阿姆斯特丹去车成几块，成为容易脱手的抢手货了。可是事到如今，走投无路，只好接受卢克先生的苛刻条件了。好在还有一年的时间可供他支配。一年的时间很充裕，足以筹款赎回钻石了。

卢克先生办事麻利，当场就拟好了需要的文件。文件签署了以后，他交给高孚利两张支票，一张日期为六月二十三日，金额为三百英镑；另一张日期为一星期以后，金额为余下的一千七百英镑。

月亮宝石怎样托付给卢克先生的往来银行保管，三个印度人紧接着又怎样对付卢克先生和高孚利先生，这些您已经知道了。

令表兄在世时的下一件事，又和维林达小姐有关。他第二次向她求婚，被接受了。后来她又变了卦，他也同意解除婚约了。他做出这个让步的原因之一，被布罗夫先生识破了。维林达小姐对她母亲的遗产只有终身财产所有权，只能支息，不能动用和变卖。所以他靠这门亲事是无法弄到两万英镑的。

您也许会说，他如果跟维林达小姐结婚，是完全可以积攒三千英镑来赎回抵押的钻石的啊。当然，他如果不遇到阻碍，是完全能办到的。可是您要知道，如果他的妻子，或她的好几个保护人和财产托管人提出异议，反对他在结婚的第一年，就非法动用他可支配的那一半收入以外的款项，用于暧昧的场合，那么即使他绕过了这个障碍，也还有另一个障碍在等着他。维林达夫人在乡间别墅就已经得知他求婚的事了。布莱克先生，这位肤色白皙，生就高高的罗马鼻的女中豪杰可不是好惹的。她对高乎利·艾柏怀特先生极端鄙视。如果他识相些，那就是不出声的鄙视，否则鄙视之外就要加上锋利的舌头了。维林达小姐只有终身所有权，使他又无法识相，正如同无法筹措这两万英镑一样。所以，考虑到这种种情况，他不能，实在不能跟雷茜尔小姐结婚。

至于他后来想在另一位女士身上试试运气，却因为金钱问题，那门亲事又告吹了。不久以后，他的一个女信徒（这位有魅力的先生赢得了许多异性的好感）赠给了他五千英镑的遗产。这些事您想必都知道吧。后来的事情证明，正是这笔遗产害他送了命。

我已查明，他拿到五千英镑出国以后，随即往阿姆斯特丹作了一些必要的安排，准备将月亮宝石车成几块较小的钻石。他乔装改扮地回国，在规定的日期赎回了月亮宝石。如果他平安无事地将钻石带到阿姆斯特丹，那么在一八四九年七月和一八五〇年二月（即那位少爷成年之时）之间完全来得及将钻石车成小块，无论打磨光洁与否，都可以轻易脱手。人为财死，鸟为食亡。请您判断一下，有如此重利可得，他还有什么危险不敢冒？他事实上也这样做了。要讲玩命，他真算得上是个玩命的好汉。

在结束这篇报道之前，我还要请您注意，我们还有捉拿三个印度人，重获月亮宝石的良机。我有充分的理由相信，他们如今正乘一艘东印度公司的船前往孟买。这艘船除非碰到意外，中途不停靠其他城市，直驶孟买。我已由陆路致函孟买当局，船一驶入孟买港，警方即登船搜捕。

永远忠于您的
伦敦　苏格兰场　侦探大队
前任探长　理查德·卡夫敬上①

① 本篇报道中有关雷茜尔生日及以后三天的事情，请参照贝特里奇的叙述第八章～第十三章。

第七个故事

——坎迪先生的来信

弗利辛霍，一八四九年九月二十六日，星期三。

富兰克林·布莱克阁下：

谨原封不动地奉还您致埃兹拉·吉宁士的信。您看到以后，想必会预料到我给您带来噩耗了吧。他于上星期三日出时分，在我的怀抱中去世了。

请别责怪我没有将他病危的消息及早通知您，是他特意关照我的。“我非常感激富兰克林·布莱克先生为我带来幸福的几天。坎迪先生，别说我病危，那样会使他伤心。”

直到他生命的最后六个小时之前，他一直忍受着疾病的煎熬，真令人触目惊心。在病情稍缓、神志比较清醒的时刻，我恳请他告诉我，有什么亲人，以便写信通知。他却请我原谅，不肯告诉我。然后他并非痛苦而是平淡地说，他愿意死后和生前一样，做一个被人遗忘、湮没无闻的人。他一直恪守他的誓言，直到最后一息。现在已无法发现有关他的任何情况了。他的身世是一个空白。

他在去世的前一天，告诉了我他的书信文稿的藏处。我将文稿拿到了他的床上。其中有一小捆单独存放的书信。有他那本未完成的著作，也有他的日记，其中好几本都被密封起来了。他拆开今年的那本日记，把他和您在一起那几天的日记一页页地扯了下来。“把这些送给富兰克林·布莱克先生，”他说，“在未来的岁月里，他会对在那里写的东西感兴趣的。”然后他十指交叉紧握，虔诚地祈祷上帝祝福您和您亲爱的人。他说他想再看看您，可是一瞬间他就改变主意了。当我要替他写信时，他喊道：“不行，我不愿使他伤心！”

在他的请求下，我把他其余的书信文稿——一捆信、那本未完成的著作稿、许多卷日记——都包在一起，用火漆密封之后，盖上了我的图章。

“请您答应我，”他说，“您亲手把这些放进我的棺材，不让任何人再碰到。”

我答应了他。后来，我也信守了我的诺言。

他又请我做另一件事。我经过一番剧烈的内心斗争才遵照他的要求去做。他说：“让世人忘记我的坟墓吧。请您用名誉担保，不用任何式样的墓碑，哪怕用最简陋的碑石，来标出我的葬身之处。让我隐姓埋名地长眠，让我默默无闻地安息。”我试图恳求他改变这个主意。他变得异常激动，这是他生平第一次，也是仅有的一次这样激动。我不忍目睹，只得让步。后来，只有一小堆长满青草的土壤，标示他安眠的地方。这座无名的坟，不久就会被别的有墓碑的坟包围，后人在惊讶之余，很快就会把它遗忘。

我刚才已告诉您了，在他弥留前的六个小时里，他的痛苦停止了。他昏昏沉沉地打了一回盹。我想他是幻游梦境。有一两次，他露出了微笑，并喃喃地呓语。一个女人的名字，我认为是“爱拉”，常常在他的唇间出现。在临终前几分钟，他要我把他扶起来，靠在枕头上，看窗外旭日升起。他非常虚弱，头无力地垂到我的肩膀上。他喃喃地说：“快来了！”然后说：“吻吻我！”我吻了吻他的额头。他蓦地抬起头来，脸上出现了一种美丽的表情，天使般的圣洁的表情。他喊出声来，共有三遍：“安宁！安宁！安宁！”他的头又垂靠在我的肩膀上，于是他一生漫长的痛苦结束了。

他就这样撒手人寰了。我想，这是个伟大的人，虽然世上的人从来没有认识他真正的价值。他勇敢地忍受了生之重轭。他秉有我所见到过的最温柔的性情。丧失了这位知己，我感到分外孤寂。我在一场大病后，身体没有完全复原。有时我想停止行医，远离故乡，到国外去休养，看看那些温泉浴和矿泉水对我的健康有何裨益。

此间传说，您下个月将要和维林达小姐结婚。请接受我衷心的祝贺。

我这可怜的朋友的几页日记封存在舍间，封皮上写着您的名字，等您来取。我不敢邮寄，唯恐丢失。

我对维林达小姐致以敬意和最热情的祝愿。

亲爱的富兰克林·布莱克先生，再见了。

您忠实的朋友　托马斯·坎迪谨上

第八个故事

——加布里埃尔·贝特里奇撰稿

您无疑记得，我是开宗明义，第一个叙述这钻石奇案的故事的。仿佛注定还是要我来收场，讲完这个故事。

请大家别误会，以为我最后还要为这颗印度钻石交代几句。不，我对这倒霉的珍宝痛恨极了。目前，你们想必很想探听有关月亮宝石的消息吧。咳，可别来找我，另请高明去吧。我在这里要讲的是这一家族中的另一件事，这件事被大家忽略，我可不能让它受到无礼的对待，销声匿迹。我指的乃是雷茜尔小姐和富兰克林·布莱克先生百年好合的大事。他们饶有兴味的婚礼于一八四九年十月九日，星期二，在约克郡我们的公馆中举行。我为参加婚礼盛典，特地穿了一套新装呢。新婚夫妇已前往苏格兰度蜜月去了。

自从可怜的女东家故世以来，我们公馆很少举行家庭喜庆活动，所以我承认，我在这个大喜的日子里，傍晚的时刻多喝了几杯醇烈的美酒。

您要是也像我一样贪嗜杯中之物，定会了解我的心情，表示同情。不然，您很可能会说："嗨，这个糟老头子！告诉我们这些事干什么？"下面我就要告诉您干什么了。

我多喝了两杯（上帝保佑！您也有常犯的毛病的，不过您犯的不是我的毛病，我犯的不是您的毛病罢了），然后便求助于那个屡试屡验的药方——《鲁滨孙漂流记》。我打开那本无与伦比的书是在哪一页，我说不上，反正我醉眼昏花，一行行的字都混到一起了。突然，我眼睛一亮，一行行的字不再混到一起了，这一页我倒记得分外清楚。这是第三百一十八页，有关鲁滨孙结婚的那一小段。摘抄如下：

"我苦思冥想，考虑我这新的举动——我有妻子了……"注意！富兰克林先生也有妻子了！"生了一个孩子"注意！富兰克林先生也会有一个孩子的！"于是我的妻子……"去吧，鲁滨孙的妻子干了什么，没有干什么，我一概不想知道。我在有关孩子的那一小段用铅笔打了个记号，并在那个地方夹了张小纸片。"小乖乖，躺在那儿吧，等到富兰克林先生和雷茜尔小姐结婚几个月以后，咱们再看吧！"

好几个月过去了，超过我预料的时间了，还没有什么动静，书里打了记号的那一段还派不上用场。直到本月份，一八五〇年十一月，富兰克林先生才兴高采烈地走进我的房间，说道："贝特里奇！我给你带来一个消息！咱们公馆里几个月之内就要发生一件大事啦。”

“是跟家庭有关的事吗，先生?”我问道。

“显然是跟家庭有关的。”富兰克林先生说。

“请问，少爷，您夫人是不是与这件事有关呢?”

“她跟这件事有密切的关系。”富兰克林先生说，他开始露出一点儿惊奇的神色了。

“您甭再多说一个字了，少爷。”我回他的话，“愿上帝保佑你们！我听到这事打心底里高兴。”

富兰克林先生像遭雷击了似的，目瞪口呆地望着我。“恕我冒昧地问一句，您是从哪儿得到消息的?”他问道，“我可是五分钟之前才有人非常秘密地告诉我的。”

这样一来，又有机会显示我的《鲁滨孙漂流记》了。我可以把富兰克林先生结婚那天我打了记号的有关孩子的那一小段念给别人听了！我给这一段加上应有的重音，把这奇妙的预言念了出来，然后我一本正经地瞅着他的脸。“少爷，现在您总该相信《鲁滨孙漂流记》了吧?”我带着适合当时情境的庄严神色问他。

“贝特里奇!”富兰克林先生带着同样庄严的神色说道，“我终于服了。”他跟我握了握手。精诚所至，金石为开，我感到我把他感化了。

我在本书中再次露面，就为了叙述这一特殊的插曲。谁也不应该对这一段佳话嗤之以鼻。我写的别的东西，您爱找乐子就尽管找吧。可是当我写到《鲁滨孙漂流记》时，我对上帝发誓，我可是很认真的，我要求你们也同样认真!

这句话一说，该说的就都说完了。女士们，先生们，我这厢施礼了，就此搁笔。

尾　声

发现月亮宝石

一、卡夫探长下属的报告（一八四九年）

今年六月二十七日，我接到卡夫探长的命令，叫我跟踪三个涉嫌谋杀的印度人。当天早晨，有人看见他们从伦敦塔码头登上了一艘开往鹿特丹的轮船。

我当即乘一艘定于二十八日星期四晨起航，属于另一家公司的轮船。到了鹿特丹，我找到了那艘于星期三起航的轮船的船长。他告诉我，这三个印度人确是乘他的轮船的，可是到了格雷夫森德，即中途离去了。轮船驶近该城时，三人中有一个人询问何时到达加来。人家告诉他这艘轮船是开往鹿特丹的时候，那个人说他们乘错了船，非常惊讶，叫苦不迭。他说他们情愿白扔路费，只求船长让他们上岸。船长同情他们在异国他乡，人地生疏，认为把他们留在船上是没有道理的，便打信号叫一艘驶往海岸的小船载他们离去了。

这个举动明明是他们预先策划好的，以摆脱别人的跟踪。我不敢耽误，立即乘上回英国的船，在格雷夫森德下了船。我发现那三个印度人已从那里到了伦敦，下一步又发现他们离开了伦敦，前往普利茅斯。到了普利茅斯，查明他们于四十八小时前，搭上了东印度公司直驶孟买的波利堡号轮船。

卡夫探长接到这个消息，即令我由陆路和孟买当局联系，该船一进港，即派刑警登船搜捕。采取这一步行动以后，我即跟此案没有瓜葛了。从此，我再没有听到下文。

二、波利堡号船长的报告（一八四九年）

去年夏天，有三个据称是印度人的乘客，搭乘我所指挥的直航孟买的波利堡号轮船。卡夫探长请我把他们的有关事实写下来。

这三个印度人是在普利茅斯上船的。在航行的途中未闻他们有何不端行为。他们的铺位在船的前部。我很少有机会看到他们。

在航程的后半段，离印度海岸不远的地方，不幸三天三夜没有风，因而船不能前进。我手头没有航海日记查对，记不清船所在的经纬度，所以说不准船的具体位置。我只能笼统地说，海流使我们向陆地漂流。等到三天后又起风了，我们只消二十四小时便到达了目的港。

凡是航海的人都知道，每逢长期无风，船上的纪律便会松弛。这一回我们船上的纪律也松弛过。乘客中有几位先生把几只小艇放到海里，划船取乐。等到傍晚时分太阳光线弱了，比较凉快时，他们还游泳作乐。这些小艇用完以后本该吊起来，架到原位，可是这些人却掉以轻心，任凭小艇在船旁停泊。而船上的海员、水手，因为天热，也可能因为无风而烦恼，也好像无心履行职责。

第三天夜里，甲板上的值班船员没有看到什么异常的情况，也没有听到什么特别的声音。翌晨却发现一只最小的小艇不见了，过了一会儿又有人报告说三个印度人也失踪了。

我们的船离岸太近，如果这三个人是在天黑后不久偷船的（这一点我可以肯定），早晨发现未免太晚了，要追捕他们已是徒劳之举了。我毫不怀疑，在这种无风的天气中，波平浪静，即使把他们的疲劳和不谙划船技术等因素考虑进去，他们在破晓前也一定到岸了。

我到达目的港，才第一次弄清这三个乘客处心积虑地从船上逃走的原因。我只好把这份报告再向当局报告一遍了。他们认为我是使得船上纪律松弛的罪魁祸首。我已经为此向当局和船主认了错。从那以后，我再没有听到过有关这三个印度人的事情。以上写的是全部经过，我再补充不了什么了。

三、默思怀特先生的报告（一八五〇年）

——摘自《致布罗夫先生书》

阁下，您是否还记得，一八四八年秋季在伦敦的一次宴会上遇到的那个有些野蛮的人？请容许我提醒您，那人名叫默思怀特，饭后和您作过一次长谈。谈的是一颗被称为月亮宝石的印度钻石，有人阴谋夺取它。

从那以后，我一直浪迹中亚细亚，又从那里游荡到我过去曾作过数次探险的印度北部和西北部地区。大约两星期以前，我发现自己到了一个名为卡提阿瓦的地区或省份，这地方欧洲人是很少知道的。我在该地作过一番探险，您对此会感兴趣的。

在卡提阿瓦这种蛮荒地区，甚至农民耕地也得全副武装。由此可见，该地区之蛮荒到了什么程度。当地居民都笃信古老的印度教，信奉自古膜拜的梵天和毗湿奴。在那里，有些稀疏零落的伊斯兰教家庭散布在内地的村庄里，这些人家都不敢吃肉，无论是哪种肉。有一个伊斯兰教教徒因涉嫌屠宰了一头黄牛（在当地被称为圣牛），竟被一些信印度教的邻居残酷地处死了。为了提高当地居民的宗教热情，印度教徒朝圣膜拜的著名神殿有两个设在卡提阿瓦境内。一个设在讫里什那神的诞生地特瓦卡；另一个设在圣城松纳特，十一世纪，该城曾被伊斯兰教国的征服者，伽建尼的马穆德洗劫过，该神龛亦被捣毁。

我既然再次游历到这充满浪漫色彩的地区，决意重睹壮观的松纳特城废墟以后，再离开卡提阿瓦。我打定这个主意的地方，据我精确地估计，离这个圣城有三天步行的路程。

上路后不久，便看到三三两两的人，和我朝一个方向前进。

我对那些跟我搭话的人，自称是一个信佛教的印度人从一个遥远的省份，到这个圣城来朝圣。不用说，我的衣着服饰是符合我说的身份的。何况，我对印度语和本国语同样熟悉，而且我面容枯瘦，皮肤呈古铜色，所以不容易探悉我是欧洲人。这么一讲，您就会明白，我很快就和当地人打得火热了。即便他们没有把我当成同乡，至少也是当成印度某个遥远省份的同胞了。

朝圣的第二天，和我同一方向前进的印度人已经增加到五六十人，或上百人了。到了第三天，人数已增加到成千上万了，都在缓慢地朝同一个地点——圣城松纳特进发。

第三天，我为身旁的一个朝圣者做了点儿好事。于是他就向我介绍了几位印度上层人士。我从他们那儿打听到，原来这许多人都是去参加一个盛大的纪念月亮神的宗教仪式的。这个仪式将于夜间在松纳特附近的一座小山上举行。

我们接近举行仪式的地点时，人山人海，举步维艰。等我们到达小山脚下时，月亮已经高挂在天穹上了。我的几位印度朋友享有特权，能到达圣龛的跟前。他们好心地让我跟他们结伴而行。我们到达山顶上举行仪式的场所了。两株参天大树之间挂着帷幕，掩住了神龛。大树下是一座向前伸出的石头平台，构成了一种浑然天成的祭坛。我陪同几个印度朋友站在下面。

我回过头来，向山下望去，眼前展现出一幅我生平从未见过的人与大自然融合无间的极为壮丽的景色。高地的坡底部分与草原浑然融为一体。有三条大河在草原上汇合。一边是浩浩荡荡的河流，时而露出，时而被树木遮掩，蜿蜒曲折地伸展，直到极目难见的远方。另一边是波平浪静的海洋，在静谧的黑夜的怀抱中安眠。请您想象一下，在这样的背景下，有成千上万的人，都穿着素衣白袍，汇成一片白色的人流，从山坡上涌下来，流到原野和近处的河岸上。再运用您的想象力描绘出数不清的人群中，到处都有标灯和火炬，开放出朵朵血红的火花。最后，再请您构想一下，东方的月轮在洁净无云的苍穹中放射出熠熠的光华，普照大地万物。这样一来，您就可以依稀知道，我当时在小山顶上极目四望，所看到的图景了。

弦乐器和长笛奏出如泣如诉的音乐，使我注意到掩藏的神龛。

我转过身来，看见砥石平台上有三个人影。当中的那一个，我认出了，就是我在英国约克郡做客时，三个印度人在维林达夫人公馆的阳台上出现，我跟他说话的那个人。当时，在他身旁的两个同伴，无疑就是现在他身旁的同伴。

我身旁的一位观礼的人看见我身体震动了一下，便悄悄地对我说起石头祭坛上那三个鬼影般人物的来历。

他说他们都为了敬奉神祇而舍弃了自己的种姓。天神命令他们必须用朝圣的方法来赎罪。在这一夜，这三个人即将分离，循三个不同的方向，往印度各神殿去朝圣。他们彼此将永不见面，而且从今天这分离之日开始，直到他们灭度为止，永远要浪迹云游，不得停歇。

这位观礼者向我耳语时，如泣如诉的音乐消逝了。这三个人五体投地，伏在砥石祭坛上，向遮住神龛的帷幕膜拜。他们起来后，彼此深情地对视，互相拥抱，然后各自走下祭坛，混入人群中。人们在死一般的寂静中为他们让路。我看见人群又合在一起了。这三个注定要漂泊终生的凡人，在凡人的海洋中消失无踪了。我们再也没有看见他们。

一阵新的威武雄壮的音乐，从那隐藏的神龛里响起了。我同周围的人们一起震颤了一下，又紧紧地挤到了一起。

参天大树之间的帷幕被拉开了，神龛赫然呈现。

看呀，高高的宝座上，月亮神骑在有特殊象征意义的羚羊背上，四臂伸向大地四方，在神秘的天光的衬托下，威风凛凛，居高临下，阴森森地令人生畏。神像的额上，那颗黄钻石在熠熠闪光。上次我在英国时，它的光辉曾从一位姑娘的衣服的胸襟上向我闪耀呢！

是啊！经过几个世纪的漫长岁月，月亮宝石再次照耀这座圣城了。它的故事就是从这儿开始的啊。它是怎样回到蛮荒的故土的——那三个印度人凭什么机缘，用什么犯罪手段，才夺回他们那颗神圣宝石的——您也许知道，我就不得而知了。不过您在英国看不见那颗钻石了，而且（我是了解印度民族的），您永远也不会看见它了。

时光流逝，年复一年，人事嬗变，循回往复，月亮宝石下次还会有什么奇遇呢？谁说得准？

Wilkie Collins
THE MOONSTONE

本书译自英国牛津大学出版社 1985 年版